幸運之子

The GREAT BELIEVERS

Rebecca Makkai

蕾貝佳・馬凱————著

宋瑛堂————譯

我們曾經都是相信好運的人。

我如今最關心的始終是這群與我同感初春的人，他們曾預見死神將至，暫獲赦免——而今舉步在夏日漫長風雨中。

——費茲傑羅，《我的世代》（*My Generation*）

世界是一盤奇蹟，可惜每人分到的分量甚少。

——蕾貝佳．黑佐頓（Rebecca Hazelton），《情愛同人誌》（*Slash Fiction*）

一九八五年

二十哩外，離這裡以北二十哩，一場殯喪彌撒正在教堂裡展開。走在貝爾登街上，耶爾看看手錶，對查理說：「你覺得那座教堂空到什麼程度？」

查理說：「別管了，省點力氣。」

愈接近里察家，他們瞧見，朝同一方向前進的朋友也愈來愈多，有的衣裝體面，好像里察家才是喪禮的正式場地，有的則穿牛仔褲和皮夾克。

教堂那邊一定只有親屬、雙親友人和神父。接待室桌上有三明治的話，也肯定大半晾著沒人吃。

耶爾從口袋掏出那張昨晚守夜會的公告，摺成近似「東西南北」的紙玩具。童年在校車上，朋友們常摺來玩，開合之間能幫人算命（「成名！」或「被殺死！」）耶爾摺的這個無法開合，但每一區各含幾個字，有些上下顚倒，有些被折縫截斷：「神父喬治・H・惠特……」、「摯愛的兒子、兄長，願你長……」、「閃亮與曼妙的萬物……」、「以善款替代鮮……」。耶爾暗忖，這些字眼不也透露尼可的一生嗎？尼可一路走來的確閃亮而曼妙。用不著鮮花助陣。

這條街上的民房魁偉華麗。萬聖節過了，家家戶戶門廊上依然擺著南瓜，但雕刻成鬼臉的沒幾個，風格以美觀爲重，葫蘆和七彩玉蜀黍擺得詩情畫意。鍛鐵圍牆，鐵柵門。里察家是一棟貴氣的褐砂岩屋，和同樣貴氣的左鄰右舍相連。耶爾和查理轉進里察家的走道時，查理悄悄說：「這房子是他老婆裝潢的。在他還有老婆時。在七二年。」在最不巧的當兒，耶爾呵呵笑起來，因爲他們正好通過里察身邊，里察正爲來賓開家門，滿臉是凝重的客套笑臉。里察家位於芝加哥的高檔林肯公園區，耶爾一想到他曾和一個富有裝潢巧思的女人住一起，過著異性戀人生，腦海不禁浮現一幅笑鬧劇場景：忘了帶香奈兒手拿包的老婆衝回家，里察急忙把野漢子推進衣櫃。

耶爾正經起來，轉身面向里察說：「你家好漂亮。」一群客人從背後湧進，耶爾和查理被擠進客廳。屋裡的陳設與其說是走一九七二年路線，倒不如說，到處寫滿一八七二的大字：印花棉布沙發、東方地毯、精雕扶手的絨面古典椅。兩人直奔人群之際，耶爾的手被查理捏一下。

尼可生前規定，告別式要辦成派對。「要是我陰魂不散，別以為我想看大家一把鼻涕一把淚，好嗎？看我變鬼嚇死你們。誰敢坐著哭哭啼啼，等著看我拔檯燈向客廳對面砸過去，看我去壁爐拿撥火棍捅你屁眼，包準捅到你抓狂。」假如尼可才往生兩天，大家絕對硬不起心腸照他意思辦派對，但他過世已經三週了。尼可的外祖父定居古巴，美國親戚二十年沒見過他，家人為了等他從哈瓦那飛來芝加哥，因此延期舉辦守夜會和喪禮。尼可的外祖父是古巴樂手，外祖母是外交官女兒，兩人在卡斯楚當權之前結婚，沒幾年告吹。如今，喪禮由這位古巴長老居中運籌，今晚在教堂告別尼可，同居三年的另一半竟然連通知也沒收到。這事令耶爾一想就光火，現在他儘量不去想，以免有違尼可遺志。

再悲慟，大家好歹也熬過三星期了，如今里察家洋溢著硬撐出來的歡樂氣氛。放眼一看，朱利安和泰迪正從環繞客廳的二樓欄杆向下揮手。再上面還有一層樓，上空有富麗堂皇的圓形天窗俯瞰全廳，比大教堂的氣勢更宏偉。緊靠著耶爾耳朵旁邊，有人驚笑一聲。

查理說：「照理說，我們應該盡情玩一玩。」耶爾深信，查理的英國腔在調侃時特別明顯。

耶爾說：「我等著看舞郎出場飆勁舞。」

里察家有一臺鋼琴，有人正在彈奏《帶我奔月》（*Fly Me to the Moon*）。

大家在搞什麼鬼？

一個耶爾從沒見過的瘦皮猴走過來，熊抱查理一下。耶爾猜，這瘦皮猴在耶爾出現前搬到外地，直到今天和查理重逢。查理說，「怎麼搞的？你越來越年輕了。」耶爾等著查理介紹瘦皮猴給他認識，但瘦皮猴急著講一個耶爾不認識的人給查理聽。查理是無數個齒輪的軸心。

有人湊近耶爾耳根：「我們正在喝自由古巴。」這人是尼可的妹妹菲歐娜。耶爾轉身抱她，嗅到檸檬香的秀髮。「會不會有點扯？」耶爾說。尼可以身為古巴裔為榮，但古巴外公飛來芝加哥攪局，他若地下有知，一定會拒選這款調酒請客人。

昨晚，菲歐娜告訴大家她打算杯葛喪禮，改來參加這一攤。儘管如此，耶爾在這裡見到她仍覺得突兀，沒想到她居然說到做到。但反過來說，菲歐娜早已和家人一刀兩斷了，態度之堅決直逼家人不認尼可的這些年。（最後尼可病入膏肓，家人才認他這兒子，堅持將他轉院到郊區，在一家壁紙好看、設備卻不盡理想的醫院安息。）菲歐娜的睫毛膏糊了。她已經脫掉鞋子，走起路來卻仍像踩著高跟鞋搖曳。

菲歐娜的調酒剩半杯，杯緣有半個粉紅唇印。她遞酒給耶爾，伸手指碰觸他的人中。「小鬍子竟然被你刮掉了，我到今天還不敢相信。這樣還算好看啦。看起來有點——」

「有點像直男。」

她笑一下，然後說，「喔。喔！該不會是被校方逼的吧？西北大學對你施壓嗎？」以耶爾見過的關切表情而言，比菲歐娜更真摯的沒幾個。這時她蹙眉頭，唇瓣遁入口中。但耶爾納悶，哀悼哥哥都來不及了，她怎麼還有閒情關切別人。

他說：「不是。是——唉，我負責開發的工作，平日接觸太多老校友了。」

「向老校友撈錢？」

「錢和藝術品。互動關係很怪。」在尼可病倒的八月同一星期，耶爾在西北大學新成立的布瑞格（Brigg）藝廊找到工作，至今仍不確定職務的範圍。「校方嘛，他們知道查理的存在。我同事都知道。他們無所謂。畢竟是藝廊嘛，又不是銀行。」他淺嚐一口自由古巴。十一月初三不是喝冷飲的時候，但這天午後秋老虎發威，喝這酒正合他意。酒裡摻的汽水甚至可能有醒腦作用。

「你的小鬍子有湯姆・謝立克（Tom Selleck）的味道。金毛男留小鬍子像桃子皮上的細毛，我討厭。深褐色頭髮的人留小鬍子才是我的最愛。誰叫你刮掉嘛！好吧，刮掉就算了，反正你現在像影集《飆風天王》裡的陸克（Luke Duke）。不是損你喔。不對，比較像《豪門恩怨》裡的巴比[1]！」耶爾笑不出來，菲歐娜歪頭認真端詳他。

他多想把頭埋進她頭髮哭一哭，但他忍住。起床至今，他一直努力讓自己無動於衷，像繩索似的抓緊這心態不放。假使這場聚會早三星期舉辦，大家大可以乾脆抱頭痛哭一場。如今，傷口已結痂，派對的念頭凌駕一切，但凡一切平常心看待。歡歡喜喜就好。

尼可是耶爾的什麼人呢？只是一個好朋友。既非親屬，也不是男友。其實，尼可是耶爾搬來芝加哥交到的第一個眞朋友，是能促膝長談的第一個，不是在夜店談，不必和音樂較量分貝。耶爾懂得欣賞尼可的圖畫，常請他吃薄煎餅，幫他惡補同等學力考試，稱讚他有才華。查理對藝術興趣缺缺，尼可的男友泰倫斯也一樣，耶爾只好帶尼可去看美術展、聽藝術講座，並且介紹他認識藝術工作者。話雖如此，如果連尼可的親妹妹都能調適得這麼好，交情點到爲止的耶爾不是更應該振作嗎？

菲歐娜說：「很難接受，人人都一樣。」

尼可十五歲那年被父母棄養，之後菲歐娜常偷偷帶著食品、過敏藥和錢，從郊區的高崗公園市搭通勤電車轉捷運，來到哥哥和四個男室友在百老匯街合租的公寓，送給哥哥。當時她年僅十一歲。尼可介紹菲歐娜時總說：「這位是拉拔我長大的女士。」

此時，耶爾搜遍心中詞庫，無話可說。

---

1 由派屈克・達菲（Patrick Duffy）飾演。

菲歐娜建議他有機會上樓參觀一下。「簡直是凡爾賽宮喔。」

在人群裡，耶爾看不到查理。查理雖然給人身形高䠷的印象，個頭卻只比一般人略高一些，而在這一類場合中，耶爾無法一眼瞧見查理，總感到訝異。在人海裡，他看不到查理的平頭、整潔的落腮鬍、慵懶的眼睛浮現在眾人頭之上。

但這時候，朱利安・艾姆斯下樓站來他身旁，對他說，「我們從午餐開始一直灌到現在！喝得我都茫了！」下午五點的天空已漸次暗沉下來。他貼近耶爾，嘻嘻笑著。「浴室全被我們搜過了。里察家**什麼藥都沒有**。即使有，也被他藏起來了。對了，有人從冰箱最裡面挖出幾小瓶陳年Rush，只不過，沒床可上，用什麼Rush？」

「對。天啊。Rush？」

「我是認眞在問你話**啊**！」朱利安打直腰桿。他額前有一撮深褐色頭髮，查理認爲造型像超人。（耶爾會補上一句，「也像獨角獸。」）朱利安撩開頭髮，噘起嘴唇。要批評朱利安的話，也只能批評他外型太完美了。他離開亞特蘭大後，爲開創劇場前途，接受鼻子整形手術，耶爾但願他能省下那一刀。他比較喜歡瑕疵版的朱利安。

「我是認眞在回答你**啊**。在告別式用Rush，一點道理也沒有。」

「這哪算告別式。這是一場**派對**。而且，這好比——」朱利安又湊近，故作神祕對著他耳朵說，「這好比愛倫・坡的短篇小說，講『紅死神』的那個[2]。外面在鬧瘟疫，我們懶得管，關上門，盡情爽個夠。」

「朱利安。」耶爾把自由古巴喝乾，對著空杯吐一小塊冰。「搞錯重點了吧。結局不是那樣。」

「我不是乖乖啃完作業的學生。」

朱利安下巴搭在耶爾肩膀上。這是他的慣性舉止，也總讓耶爾擔心正好被查理瞄到。交往四年以來，耶爾屢次向查理擔保他不會移情愛上朱利安這一型，也不會跟泰迪．奈普斯私奔。泰迪這時倚著二樓欄杆對著樓下朋友叫嚷，雙腳離地，隨時可能墜樓。（泰迪是個小不點，墜樓大概還有人接得住，但耶爾見狀心驚，不敢再看他。）不考慮朱利安和泰迪的外表，也不考慮他們逢人打情罵俏的話，查理其實沒理由窮擔心。如果也不考慮查理永遠無法放心的現狀。最初提議專情專一性伴侶的人是耶爾，但動不動擔心破局的卻是查理。此外，查理執迷焦慮的對象不是別人，正是全芝加哥最俊美的兩個。耶爾聳聳肩，抖掉朱利安的香腮，朱利安傻呼呼微笑一下後走開。

客廳裡的音量升高，聲響從二樓和三樓彈射而下，陸續有人潮湧入。兩位年齡下探底限的俊美少年端著托盤遊走，招待來賓取用小塊法式鹹派、焗烤蘑菇、惡魔蛋。耶爾心想，調酒是古巴系，餐點爲何不照著搭配？他猜里察辦活動大概是一式打遍天下，場場都照同一套程序：開門迎賓、飲料任君暢飲、找男孩招待法式鹹派。

這場辦得再俗套，也絕對大勝昨晚那場守夜會。守夜會在教堂舉行，氣氛詭異而假惺惺。除了現場焚香宜人之外，能討尼可歡心的事物寥寥無幾。查理見狀說，「他死也不會來這裡。」語畢驚覺失言，強擠出一笑。尼可的雙親事先很謹愼，邀請尼可的男友出席守夜會，對他說，這場合「適宜朋友前來悼念。」言下之意是，今天正式喪禮不准你出席。言下之意是，我們這樣夠仁至義盡了，你其實連守夜會也用不著參加。然而，泰倫斯昨晚現身守夜會，另有八名友人也跟著到，多數人護著泰倫斯，也爲菲歐娜撐腰。據說，說服父母邀請泰倫斯的正是菲歐娜。她曾對爸媽揚言，如果不邀請尼可的朋友，她一定在葬禮上起立公告周知。儘管如此，不少朋友謝絕出席。友人艾許．葛拉斯曾自稱，他只要一踏進天主教教堂，全身會馬上拉警報抗議。（「我會開始大聲嚷嚷保險套的主張。我對天發誓。」）

2《紅死神的面具》（*The Masque of the Red Death*），一八四二年發行。

守夜會上，八個朋友穿西裝並肩坐最後一排，護衛著泰倫斯。假如泰倫斯能融入人群中，該有多好？大夥還沒就坐，耶爾就聽見一位老婆婆指著泰倫斯，對丈夫說：「就是那一個。戴眼鏡的那位黑人紳士。」好像整間教堂裡還有另一個黑人一樣，而且視力健全。守夜會過程中，頻頻回頭瞄的人不止老太太一個，彷彿大家都成了人類學者，想觀察這個黑皮膚同性戀物種會不會哭，什麼時候才掉淚。

耶爾低調握著查理的手。他不是想聲明什麼主張，而是因爲查理對教堂向來敬謝不敏。「我一看到讚美詩集和下跪的信徒，」查理說，「脖子就好像被五噸重的英國國教罪惡感掐住。」因此，遠在眾人視覺範圍之外，耶爾以寬大的拇指撫揉著查理骨瘦的拇指。

守夜會上，大家輪流發表尼可生前事蹟，但親屬回憶的全是他的童年，好像他早在青少年期就夭折似的。令人動容的往事有一則，由尼可的父親娓娓道來。父親面如死灰，神態剛毅。他說：在菲歐娜七歲那年，便利商店櫃檯上有一桶瑞典魚軟糖，她想買一把，於是向爸爸討兩毛錢。爸爸說零用錢早給妳了，誰叫妳花光了。菲歐娜聽了哇哇哭起來。十一歲的尼可在走道中間一屁股坐下，手伸進嘴巴，捏住還不太鬆動的臼齒，對著臼齒又扭又扯，過了五分鐘才拔牙成功，一嘴巴是血。身爲矯正牙醫的父親見血肉模糊的牙根仍附著在牙齒上，不禁心驚，但小尼可把臼齒放進口袋說，「牙仙子今天晚上會送兩毛五過來，對不對？」在菲歐娜面前，馬庫斯醫師無法反駁。尼可接著說，「你先借我錢好不好？」

守夜會的親朋好友哄堂大笑。馬庫斯醫師不需說明，大家都清楚，尼可立刻轉身給妹妹錢，而整整一年後，恆齒才填補缺口。

這時在里察家，耶爾正在找泰倫斯，半晌才看見他坐在半樓高的樓梯上，四周人太多，耶爾還沒機會跟他聊。一盤迷你法式鹹餅正好路過，耶爾順手拿起一塊，穿進欄杆遞給他。耶爾說：「你好像動彈不得！」泰倫斯一口吃掉鹹餅，伸手說，「再來再來！」

菲歐娜本想矇騙父母，拿壁爐的炭灰調包尼可的骨灰，將眞骨灰歸還給泰倫斯。她此言是否當眞，難以判斷。但泰倫斯沒領到骨灰，甚至連遺物也沒領到。他只收養尼可的貓。尼可住院之初，貓就歸泰倫斯照顧。家屬曾明言，明天開始清空尼可的公寓，不准泰倫斯參與。尼可生前沒預留遺囑，因爲他病情惡化太突然，視事能力在轉瞬間喪失——最初幾天只出現類似帶狀皰疹的症狀，一個月後就爆發超高燒和失智症。

今年夏天，尼可需要全天候看護時，教國二數學的泰倫斯辭去教職，自己也確診。如今尼可死了，泰倫斯的飯碗也砸了，如何挺得過秋冬？這不單純只是財務問題。泰倫斯熱愛教職，熱愛他的學生。

泰倫斯體重掉了幾公斤，也出現幾種若有似無的早期症狀，但都不嚴重，不足以申請殘障救濟金。他在尼可發病後做檢查，耶爾不清楚他的用意是想和尼可同舟共濟，或者只想確定一下。畢竟還沒有神奇解藥這回事。耶爾和查理基於原則去驗血了，是那年春天頭一批受測的人。查理辦的報紙不斷鼓吹驗血、宣導衛教、安全性行爲，因此查理覺得自己應該以身作則。除此之外，耶爾只想驗血求心安。耶爾認爲，不知自己是否帶原，對身心健康都有害無益。在那時期，診所尚未開放民眾驗血，幸好文森醫師願意。驗出好結果後，耶爾和查理開香檳慶祝，但兩人心情凝重，連一瓶都喝不完。

朱利安回來了，對著耶爾耳根說：「再點一杯吧，要放幻燈片了。」

「有幻燈片可看？」

「派對是里察辦的嘛。」

來到吧檯，耶爾發現菲歐娜正和一名他不認識的男人聊天。這男人外表像下巴帥氣的異性戀。菲歐娜用手指纏著金髮玩弄。她手中的酒杯見底，剛才給耶爾那杯已經喝掉一半，可見她灌超兇。菲歐娜體重大約只有四十五公斤。耶爾碰碰她手臂，說：「妳沒忘了該吃點東西吧？」

菲歐娜笑一笑，看著男人，再呵呵笑一下。她說：「耶爾。」隨即對耶爾臉頰紮實獻上一吻，可能留下唇印。她對男人說，「我有兩百個哥哥。」她隨時可能醉倒。「不過呢，你應該看得出，他是最文質彬彬的一個。對了，看看耶爾的手。好好看一下。」

耶爾細看自己的掌心，看不出哪裡不對勁。

「錯啦，」她說，「看手背啦！看起來像不像動物？毛茸茸的！」耶爾小指附近的手背毛森森，她伸出一指撩過去。她假裝講悄悄話，大聲對男人說，「他的腳也一樣喔！」接著，她轉向耶爾，「喂，你跟我姑婆談過了沒？」

耶爾放眼全場，只見零星幾位女性，沒有一個超過三十幾。

他說：「在守夜會上嗎？」

「錯，她又不能開車。我告訴她了，你們一定談過了吧。我老早告訴她了，都好幾個月了。她也說她談過了。」

耶爾說：「妳的姑姑？」

「錯，我爸的姑媽。她以前好疼尼可。耶爾，你非知道不可。她好疼尼可啊。」

耶爾對男人說，「去幫她弄點東西吃。」男人聽了點點頭離去。菲歐娜拍拍耶爾胸口，轉身走，彷彿語無倫次的人是他。

他點的這杯幾乎是純蘭姆酒。他到處找查理，瞥見蓄鬍的下巴和藍領帶，會不會是查理？可惜人群再度遮住身影，耶爾也沒有高到能俯瞰人海。此時，里察調低燈光，展開投影幕，耶爾只見他被一群肩膀和背部包圍。

里察．坎普正職不明，攝影不知是他的本行或消遣。耶爾不清楚里察錢從哪裡來，總之里察有錢，經常買高級相機，也有閒漫遊全城按快門，偶爾也拍拍婚禮照片。耶爾搬來芝加哥不久，在貝爾芒岩灘曬太陽，查理和他的朋友也在，不過這是在兩人正式交往之前。即使耶爾忘了帶浴巾，即使耶爾總是被曬傷，他仍覺得那裡是天堂。男男光天化日下親熱！一個背對著市區的隱藏式男男空間，對著一望無垠的密西根湖開放。查理有一位朋友穿萊姆綠Speedo泳褲，少年白的頭髮捲曲，拿著Nikon相機坐著猛拍，不時換底片，鏡頭瞄準所有人繼續再拍。耶爾問：「那個變態是誰啊？」查理說：「他可能是個天才。」他就是里察。無論是誰，查理都能慧眼識天才。他會追問對方，問出對方熱衷的事物，然後鼓勵對方去追尋理想，但里察是眞的才華洋溢。耶爾和里察走得不近，今天他是頭一次進里察家，但耶爾已習慣他的存在。里察總待在角落觀察，獵取鏡頭。里察比這群朋友足足年長十五歲，具有大家長溺愛小孩的風範，常搶著請大家喝酒。查理的報社草創之初，里察是金主。原本，耶爾嫌里察行爲詭異，但幾個月後，他漸漸覺得里察是不可或缺的一環。耶爾聽見快門聲的時候不禁想，「最起碼，那一幕被他捕捉到了。」意思是：無論今後三年或二十年物換星移，那一刻將留存於世。

有人在調整唱盤。木吉他前奏傾瀉而出，是中央公園現場版的賽門與葛芬柯二重唱（Simon and Garfunkel）的《美國》（*America*），第一張幻燈片隨之亮相（去年菲歐娜二十歲慶生會上，尼可和泰倫斯舉杯慶祝）。這首是尼可最愛的歌曲，他認爲能映照叛逆青年的心，不只是一首歌詠駕車遠行的小調。去年，雷根總統連任成功的那一夜，尼可在小吉姆酒吧的點唱機前，憤而反覆點播這首歌，播到全酒吧醉漢齊聲附和歌詞裡的迷惘、數著來去車流、追尋美國。一時眾人齊聲引吭高歌。

難以承受的耶爾無法跟著唱。雖然淚崩的人不獨他一個，他卻覺得自己待不下去了。他從人群中退出，上樓幾階，居高臨望。大家目不轉睛看著幻燈片。然而，另外有個人也想走了。泰迪·奈普斯來到沉重的大門口，悄聲穿回西裝外套，緩緩轉動門把。平日，小不點泰迪活力充沛，腳尖不停打拍子，手指也隨只有他聽得見的音符搖擺，但現在泰迪行動如幽靈。也許他想通了。若非受困在人群這一邊，耶爾可能也有同樣的反應。不是一走了之，只是出去外面透透氣。

輪番上映的幻燈片：尼可穿著慢跑短褲，胸前別著號碼牌。尼可和泰倫斯倚靠著樹幹，兩人都豎中指。尼可叼香菸的側影，圍著橙色圍巾，身穿黑外套。忽然，耶爾也入了鏡，委身查理臂彎，尼可在另一邊。場景是去年十二月查理報社辦的年終晚會。尼可在查理的《芝加哥同聲報》（*Out Loud Chicago*）擔任美工，定期在報上發表四格漫畫，也開始幫劇場設計布景。全是自學。這本來是尼可初試啼聲的舞臺。另一張：萬聖節，朱利安和泰迪變裝桑尼和雪兒二重唱（Sonny and Cher），尼可對著他們大笑。尼可開禮物。尼可端著一碗巧克力冰淇淋。尼可大特寫，牙齒雪亮。耶爾見尼可最後一面時，尼可已喪失意識，不明的恐怖白沫突然從口鼻汩汩冒出，嚇得泰倫斯驚叫衝進走廊找護士，不慎撞上清潔車，傷到膝蓋，欠揍的護士居然比較關心泰倫斯有沒有流血，不太想管尼可出了什麼狀況。而現在，幻燈片呈現尼可整副俊俏的臉孔，耶爾再也看不下去了。樓梯走到一半的耶爾直衝樓上。

他擔心每一間臥房全有剛吸過Rush的人，幸好他開的第一間房空著。他關上門，坐到床上。天色暗了，貝爾登街上稀疏的路燈不夠照亮屋內的牆壁和地板。屋裡至少這間被里察重新裝潢過，在他姓名不詳的老婆搬走之後。大床兩旁各擺一張黑皮椅。美術書擺在一座小書架上。酒杯擺地上，耶爾在床上躺平，凝望天花板，照查理教他的呼吸法徐徐吐納。

整個秋天，他一直在默背藝廊定期捐款人芳名錄。他排除樓下的聲響，啟動他在家失眠常用的招數：默背捐款人的姓氏，從A開始，A背完後再背B。過去三年，他在芝加哥藝術博物館（Art Institute）任職，有不少捐款人和目前名單重疊，但新名字數百個，多數是西北大學校友和北岸權貴，他有必要熟記，以免見面喊不出名字。

最近，在他心眼裡，名單周圍蒙上一抹暗沉的憂慮，令他惶惶不安。記得八歲時，他曾問父親，家附近有沒有住其他猶太人（「羅斯曼家是猶太人嗎？安德森家呢？」）父親揉揉下巴說：「兒子，最好不要。自古以來，把猶太人列名單常鬧出壞事。」多年後，耶爾才明白，這是老爸才有的心結，是他獨門的自我仇恨法。然而，當時耶爾年紀小，思想容易被牽著鼻子走，如今背誦名單心生不祥，也許正是這個原因。

或者另有原因：近來他背誦的名單有兩套，互相平行無交集，一份是捐款人名單，另一份是病患名單。前者是可望捐獻藝術品或金錢的人，後者是可能病發的朋友。前者是大財主，姓名千萬不能忘記，後者是被死神帶走的友人。然而，在今夜之前，他失去的朋友沒有一個和他往來密切。他們和耶爾的交情淡薄，全是朋友的朋友，例如尼可以前的室友強納森、開藝廊的一對、一位酒保、書店老闆。總共幾個？六個吧。六個他認識的人，是他曾在酒吧打過招呼、喊不出中間名、甚至連姓氏也不清楚的人。他參加過三場告別式。但現在，名單上增列一個：摯友。

去年，耶爾和查理曾參加一場宣導會，來自舊金山的主講人說：「身邊人各個安好的朋友，我認識一些，有些團體還沒被愛滋病魔染指過。但是，我認識的人當中，也有喪失二十個親朋好友的人。甚至整棟公寓的住戶全倒。」耶爾聽了，傻傻以為，想抓住最後一根稻草地以為，也許自己是第一類的幸運兒。不巧的是，拜查理之賜，男孩城（Boystown）的人他幾乎無一不識。更不巧的是，這些朋友全是人生佼佼者，似乎在躲避病魔這方面同樣出類拔萃。

耶爾和查理相識後閃電定情，算是兩人命大。他們在一九八一年二月正式交往，並且自同年秋季起不再拈花惹草，幾乎令所有人困惑不解。在一九八一年染上愛滋不算太早，一點也不算，何況這裡不是舊金山，不是紐約。芝加哥的步調比較慢，謝天謝地。

蘭姆酒總讓耶爾心情鬱悶、口乾舌燥、渾身發燙，胃腸不適。居然忘了自己討厭蘭姆酒，他自責著。

房間外面有間小廁所，只有衣櫃一般大。他進去坐在涼涼的馬桶上，頭垂在兩膝之間。

朋友當中有誰不夠小心，誰中鏢了，甚至已經病發？他在心裡擬了一份名單。嗯，朱利安，一定。里察。艾許．葛拉斯。泰迪。老天爺啊，泰迪．奈普斯自稱有一次去「男世界」三溫暖，逾時還逗留不走，接連在幾個大叔開的私人炮房睡覺，不顧隆隆的音樂和叫春聲，靠販賣機的士力架充飢。

泰迪反對受測，理由是怕驗血結果和姓名掛鉤，被政府動歪腦筋，倣效納粹列猶太人名冊的手段。至少這是泰迪的說法。也許他只是嚇壞了，和大家一樣。泰迪在芝加哥羅耀拉大學攻讀哲學博士，再平庸的心情也能被他用複雜的哲理掩飾。泰迪和朱利安的交往分分合合，但大致上泰迪周旋在古哲齊克果和酒吧夜店之間。耶爾總懷疑，泰迪至少有七群互無交集的朋友，不太看重他們這一群。泰迪從這場聚會開溜就是證據。也許，幻燈片讓他看得受不了，和耶爾的心情相同。也許泰迪只想去外面走一圈就回來，但耶爾認爲不太可能。泰迪有別的地方可去，有更好玩的派對可參加。

耶爾另有一份已經病發的友人名單。有些人遮得住手臂上的病斑，臉上的卻遮不住，猛咳嗽，日漸消瘦，等著病情加劇——或者已經躺進病房，或被父母接回家鄉等死，然後名列地方報紙訃聞版，死因被寫成肺炎。這份名單目前只有少數幾人，但空位多的是。空位太多太多了。

耶爾終於能走動，去洗手臺空手接水潑潑臉。鏡中的他臉色駭人，眼袋深重，膚色轉爲淺橄欖綠。他覺得心臟怪怪的，但話說回來，他的心臟老是怪怪的。

幻燈片一定播完了吧。這時候往下看，一定能一眼找到查理，然後結伴開溜。兩人甚至能叫計程車，他可以把頭伸出車窗外，回家後查理會幫他按摩脖子，堅持泡茶給他喝，他一定會舒服起來。

他打開走廊門，聽見四面八方鴉雀無聲，彷彿所有人正屏息聆聽演講。不過，他沒聽見演講的聲音。他往下看，客廳一個人也沒有。大家全跑光了。

他慢慢下樓，不想受驚嚇。突如其來的聲響會害他嘔吐。

然而，下樓進客廳後，他只聽見唱盤空轉聲，最後一首已播完，唱針退回一旁。半滿的啤酒瓶和自由古巴酒杯布滿桌面和沙發扶手。派對小點的盤子擺在餐桌上，耶爾想到，該不會被警方掃蕩了吧？但他繼而一想，這裡是私人住家，與會者全是成年人，也不見嚴重違法行爲，頂多大概有人挾帶一點大麻而已，不至於全被扭送吧。

剛才在樓上待多久了？也許二十分鐘。也許三十分。他懷疑自己是否在床上睡著了，也懷疑現在是否已經凌晨兩點。但他看錶，不可能，除非錶停了。現在才傍晚五點四十五分。

別胡思亂想了。大家一定在後院。這種豪宅都有後院。他穿越無人的廚房，走過一間圖書林立的書房。後院門在眼前，門閂鎖死。他對著玻璃窗圈著手向外看：條紋遮雨棚、一堆落葉、月亮。不見人影。耶爾轉身，放開喉嚨大喊：「哈囉！里察！喂！哈囉！」

他來到前門——怪事，門閂也扣死了。他慌張一陣才打開門閂。黑暗的街頭空無一人。

他興起一股朦朧恍惚、荒誕不經的念頭，以爲世界末日降臨了，某種浩劫剛橫掃地表，唯獨他倖免於難。他笑自己傻，但同時發現，鄰居窗內也不見動來動去的人頭。對面房裡有燈光，但這一間不也亮著燈？在這條街的路口，交通號誌由綠轉黃，繼而轉成紅燈。他聽見遠處隱約傳來車聲，但可能是風聲吧？甚至可能是湖水拍岸聲。耶爾希望聽見警笛聲、按喇叭聲、狗吠聲、飛機劃破夜空聲。什麼也沒有。

他回屋內，關上門，再喊一次：「喂！」他覺得自己被耍了，等一下大家可能會跳出來哈哈笑。然而，今天辦的不是告別式嗎？又不是高一校園。大家不會時時想辦法捉弄他。

他看見自己的身影映在電視機上。人還在，還看得見。

椅背上掛著一襲藍色風衣，他認得主人是艾許・葛拉斯。口袋裡沒有東西。

該走了。可是，能上哪裡去呢？

菸灰缸裡全是菸屁股，沒有一根只抽到一半，不見哪一根被匆忙捻熄。尼可的漫畫複本原先陳列在茶几和吧檯上，如今散置各處，像宴會進行中，比較不像宴會結束。耶爾從地上撿起一張。主角是名叫馬丁娜・路德・雞恩的扮裝皇后，無厘頭的搞笑稱自己一直有一個夢想。

他走遍一樓大小空間，逢門必開，不放過食品儲藏室、掛衣間、吸塵器櫃，最後打開一道門，冷風撲鼻而上，下面是一道水泥梯。他找到電燈開關，踏進地下室。洗衣機、幾個箱子、兩輛生鏽的腳踏車。

他回頭往上走，一路上到三樓，見一間書房、一小間舉重室、儲藏間，然後回二樓，見門就開。精美的桃花心木抽屜櫃，天篷床。一間主臥房，採白綠雙色系。如果這一間是前妻的傑作，她品味還不賴。牆上掛著黛安・阿布斯[3]的攝影名作複製品，鏡頭下的男孩手持一枚手榴彈。

里察床邊有一座電話機，如釋重負的耶爾拿起聽筒，聽著撥號音，寬心不少，然後慢慢撥自己家的號碼。沒人接聽。

他非聽聽人聲不可，隨便誰都行，於是他掛電話，等撥號音出現，打去查號臺。

「請說明您想查詢的姓名和城市。」女接線生說。

「哈囉？」他想確定對方不是錄音。

「這裡是查號臺。您知道您想去電的對象姓名嗎？」

「知道，對方姓馬庫斯。尼可・馬庫斯，地址是芝加哥北克拉克街。」他拼出姓名的字母。

「我查到北克拉克街有一位N・馬庫斯。需要我直接爲您接通嗎？」

「不用——不必了，謝謝妳。」

「請別掛斷，我爲您報號碼。」

耶爾掛掉電話。

他在屋裡再兜一圈，最後走向前門，無特定對象喊兩句：「我準備走了喔！我要走了！」語畢，他步入暗夜。

3 黛安・阿布斯（Diane Arbus, 1923-1971），美國攝影家，作品以社會邊緣人爲主。

二〇一五年

飛機開始橫渡大西洋之際，靠窗座位的男乘客陡然驚醒。飛機在芝加哥歐海爾機場時，他就已經睡著。坐走道位的菲歐娜爲排解心煩，暗暗對著他意淫不已。機上雜誌在她大腿上已攤開一小時，她只翻到填字遊戲頁，反覆緊捲頁角。鄰座男子具有攀岩健將的體格，服裝、頭髮、落腮鬍都像攀岩族，髒亂不堪，捲髮長及下巴，短褲沾有藍墨漬，額頭頂著前座，熟睡中。他醒來，坐直，四下張望一陣，神態恍惚。菲歐娜這才發現她登機至今未曾見過這男人的面貌。一直以來，她在心中爲這人捏造一張臉，因此見他長得帥氣挺拔，反而覺得不對勁。從他的腿肌、臂肌判斷，菲歐娜嫌這男人太嫩。才三十出頭。

男子從腳下拉背包出來，翻找東西，然後摸摸口袋，摸索座位四周。他再掘背包一次，挖出所有物品：捲好的襪子、裝牙膏和Scope漱口水的塑膠袋、一小本日記簿。靠窗的他轉向菲歐娜說，「欸，我買酒嗎？」菲歐娜不確定有沒有聽錯。對方可能想請她喝一杯調酒，但他問話的口氣急迫，不像在撩妹。

菲歐娜說：「什麼？」

「我剛有沒有買飲料？登機之後？」他略爲口齒不清。

「喔。你一直在睡。」

「幹。」他說，頭仰到極限，以至喉結對準客艙頂。

「出了什麼事嗎？」

「我皮夾掉在吧檯了。」他低語，彷彿講太大聲，假設恐將演變成事實。「在歐海爾機場。」

「你的整個皮夾？」

「皮革製，好大一個。妳該不會見過吧？」倏然靈光一閃，他扳開椅背的雜誌收納袋查看，然後扳開菲歐娜的收納袋。「幹。還好護照還在，可是，幹。」

她爲鄰座感到驚恐。在年少輕狂的歲月，她也會犯這種錯。包包掉在夜店，置身治安堪慮的市區，不知如何回家。

「要不要呼叫空服員？」

「叫空姐也沒用。」他神情疑惑甩甩頭，捲髮撞擊鬍子。他短促笑一下，聲音刻薄。「操他媽的酒癮。可惡的我。幹。」

她無法分辨這人是否在開玩笑。哪門子酒鬼會罵自己給別人聽？但反過來說，不是酒鬼的人豈有自責的道理？

菲歐娜說：「你在巴黎能向朋友求救嗎？」

「有個朋友和我說好了，這週末可以讓我借住。她不太可能讓我住到下禮拜。」

剎那間，菲歐娜醒悟：遇到騙子了。這是他的催淚劇碼。歹徒想激發母性關懷，誘使她交出一百美元說，「收下吧，應急應急。」假使她與他同齡，歹徒甚至可能財色一起騙。

她說：「太慘了。」她故作感同身受狀，隨即將雜誌翻頁。她本可說，老弟，我的麻煩比你嚴重。她大可說，掉皮夾還不算最慘的事。

客艙燈熄滅後，菲歐娜面向走道縮身，頭靠薄枕。

她絕對睡不著，但能虛擬一下也好。降落巴黎後，有百萬個對策等著她敲定。過去這一星期以來，她爲了規劃忙得焦頭爛額，但在八小時的航程中，幸好她想忙也無從忙起。搭飛機，即使搭經濟艙，有一種回歸嬰兒期無助的感受，但舒暢無比，是成人絕無僅有的返童良機。女兒克萊兒生病時，菲歐娜總有一份跳脫理性的嫉妒感。她會找書給女兒看，幫女兒拿衛生紙，泡一杯溫熱的果凍水，講故事給女兒聽，但願互換母女身分，一來想免除女兒的病痛，二來也想嚐嚐母親呵護的滋味。只有在生病時，克萊兒才接受母親溺愛，也唯有在這時候，她才願意蜷縮在母親大腿上睡覺，發燒的身體輻射著熱度，汗濕的軟髮捲黏在額頭和頸部。菲歐娜會輕撫發燙的小耳朵，摸摸高燒的小腿腹。克萊兒長大後，情況不同了，拒絕被干擾，只想捧書或敲筆電，但她仍允許母親送羹湯給她喝，准母親在床角坐一會兒。這樣就不錯了。

她大概是熟睡了一陣，但由於時差、機艙燈、朝東飛行等因素，她不確定自己睡了半小時或五小時。鄰座男子臉頰靠肩膀，呼呼大睡中。

飛機抖一下，一名空服員過來，伸兩指逐一確定座位上方置物箱是否全關緊。菲歐娜想一輩子寄居在飛機上。

直到早餐時刻，鄰座才醒過來。他點一杯咖啡，語氣悲哀。他對菲歐娜說，「我想要的，其實是一杯威士忌。」她沒有請他一杯的意思。他拉開窗板，外頭仍一片黑。他說：「我不喜歡這機型。七六七飛機。」

她搭腔了。「為什麼？」

「在我以前那一行啊，我開過這種飛機。我換過的跑道數不清。我不喜歡這型飛機起落架的角度。」是另一招騙術嗎？藉這開場白，他想自述時運不濟的遭遇，說明飯碗是怎麼砸的，或許連老婆也跑了？看他年齡，不太像老到能連續換幾次跑道。他年紀也不像老到能開這麼大的飛機。機長不都要累積多年資歷才夠格嗎？

她說：「不安全嗎？」

「告訴妳好了，一切都徹底安全，也徹底不安全。飛機都在高空飆速啊，對不對？能安全到哪裡？」

他似乎酒醒了大半，不至於吐在她大腿上，或對大腿伸手。只嫌嗓門有點大。理性放一邊，她繼續聊。閒著也是閒著。何況，她好奇這騙子接下來要講什麼鬼話、耍什麼詭計。

男子告訴她，以前他習慣為他駕駛的每一架飛機取名，菲歐娜回應說，女兒小時候也愛取名——牙刷、樂高玩具人、垂掛臥房窗外的每一根冰棍都有名字。

「好厲害。」他說，口氣像言過其實。

降落後，飛機在跑道上滑行，他問菲歐娜有沒有來過巴黎。「只來過一次，」她說，「讀高中的時候。」

他聽了笑出聲。「所以說，這次感覺會不一樣？」

她對那一趟的印象模糊，只記得法語社其他同學有誰參加，記得她盼望能親一口的那男生，記得那男生後來跟蘇珊娜・馬科斯上床被逮到。她也記得抽大麻菸，除了可頌一概不吃，寄給哥哥尼可幾張她回家後才寄到的明信片，在羅浮宮和巴黎鐵塔排隊，暗暗想著，為什麼感受沒像預期那麼深刻。母親認定她應該懂一點西班牙文，她偏偏修法文，以示叛逆。

菲歐娜問他有沒有去過巴黎，隨即說，「我猜如果你當過機長的話——」忘了他開過飛機，原因是她不信。

他說：「全世界第二棒的城市。」

「第一是哪個？」

「芝加哥，」他以不言自明的語氣說，「因為巴黎沒小熊隊。妳住左岸或右岸？」

「喔。兩岸之間吧？我朋友家在聖路易島上。」在這街名哄抬下，此行聽起來光鮮亮麗，少了分窘迫。

男子吹一聲口哨。「你這朋友不錯嘛。」

也許她不該講這種話自抬身價，不該讓自己更值得詐騙。然而，由於浸泡在這說法裡的感覺無比溫暖愜意，她接著再說，「他其實是——你有沒有聽過攝影家里察・坎普？」

「有啊，當然聽過。」他看著菲歐娜，等她賣完關子。「什麼？妳的朋友就是他？」

菲歐娜點點頭。「多年的老朋友。」

「媽呀，」男子說。「眞的還假的？我最瘋藝術了。我常把他和理查・艾維頓[4]搞混。不過，坎普他擅長臨終寫眞，對吧？」

「正是他。比艾維頓更蒼勁寫實。」

「沒想到他還活著。哇。哇。」

「這話我不會轉告他的。」說實在話，菲歐娜不清楚里察目前健康狀況如何。高齡八十的里察仍創作不輟。幾年前，里察前來芝加哥現代美術館辦展，當時背是駝了點，但精神奕奕，對他聘請的二十九歲法國公關讚不絕口，顯然那名公關是他今生的最愛。

飛機降落後滑行好久。他問菲歐娜是否打算和里察・坎普一同逛博物館，菲歐娜說，她此行的目的其實是拜訪女兒。「拜訪」是最樂觀的說詞。「也看看她女兒。」菲歐娜說。「我的孫女。」

男子笑了，隨即意識到她不是在鬧著玩。「妳看來不像是——」

「謝了。」她說。

叮的一聲，安全帶燈熄滅，令她鬆一口氣。這男人不再有空問她一些她無法回答的問題。（她們住哪一區？孫女多大了？叫什麼名字？）

她等走道容得下她起身。「你的皮夾該不會在行李箱裡面吧？」她指向上方的置物箱。

「在芝加哥就托運了。」

現在她比較相信他了，但仍不至於掏錢救濟他。她說：「你需要的話，我可以讓你和我搭同一輛計程

4 理查・艾維頓（Richard Avedon, 1923-2004），美國肖像攝影家。

車。」

男子咧嘴笑笑，牙齒工整潔白。「不用了，我起碼還有車可搭。」

終於擠得進走道了。菲歐娜站起來，膝蓋啪啪兩聲。她說：「祝你好運。」雖然他不可能知道菲歐娜此行多需要幸運之神眷顧，他還是說，「我也祝妳好運。」

她取下登機行李。在藥丸形的窗外，一球粉紅色的旭日正在東昇。

一九八五年

耶爾看見貝爾登街上一輛車呼嘯而去，頓時如釋重負。馬路對面的房子有人開鎖。動作快一點的話，他半小時就能回到家，但他動作盡量放慢。他不想回家獨坐空屋，更不想面對查理，因爲他怕聽見查理轉述迫使大家鳥獸散的慘事——緊急叫救護車、再出一條人命。也可能是，在里察家，大家開電視看新聞得知俄國出手了，嚇得衝回家防範未然。

他轉進霍斯特德街，走這條長路能直達自己的床。他沿街逛著櫥窗，行人綠燈亮了也不過馬路，讓別人通行。也許，他以爲整票朋友會從背後殺過來，說他們剛去酒吧續攤，不知道他躲去哪裡。

來到自家的轉角處，他繼續向前走，每到一間酒吧就往窗內瞧，如果窗戶以鏡面處理過，或被塗黑，他就開門進去找查理、菲歐娜、今天在場的任何一個人。

在一間酒吧的入門廳，一個男人靠著一臺香菸販賣機站立，一手按著牛仔褲拉鍊，對耶爾說，「喂。」他喝得醉醺醺，講話口齒不清。「喂，小帥哥。想吹什麼嗎？」

他接著進另外一間，裡面的酒客三三兩兩，牆上的電視不知道爲何播放著新聞雜誌節目《六十分鐘》，而非A片或音樂錄影帶。節目串場用的碼表畫面滴滴答答。至少沒有爆發核子大戰。沒有新聞快報。

耶爾腿痠，夜也深了。走到警察局，他停下腳步，過馬路往回走，一路回到布萊爾街的交叉口。他走進布萊爾街，在三樓公寓前抬頭望頂樓有無燈火。

他不進公寓。他繼續慢吞吞走，往東過一條街再走半條街，來到一棟藍色小房子前。這棟的大門黑亮，有黑色窗板。耶爾和查理住的那棟曾經貴為豪宅，如今結構堪慮，和同一條街上的多數民房一樣雄偉，但耶爾獨鍾這棟被巨人箝制的小屋。精巧，大方，不算太豔麗，所以耶爾一留意到門外掛著「吉屋出售」的招牌，立刻興起瘋狂的念頭，盤算著他和查理是否有財力買下。瘋子才會想買房子吧？但也許兩人合力買得起。能在芝加哥自擁一片天，能擁有兩人專屬的房地產，再也沒人能藉任何託辭逼他們退租，應該很值得一試。也可能在男同志圈引爆購屋潮！如果查理買房子，財力夠的其他人也會跟進。

他回頭看同一條街，不見查理，不見一群酒醉同歡的朋友。在這裡等也好。總比回去無人的公寓好。他靠近招牌幾步，以免被人誤認為癡漢。

入主這房子，他們可以招待客人在門廊上抽菸談心，也能從廚房多抱幾瓶啤酒出來，直接坐上木製的大鞦韆上。

他忽然想對著市區高聲呼喚查理，讓大家都聽得見。他一腳重重踏人行道，以鼻子吸一口氣。他望著這棟小而美的房子。

房仲電話後三碼全是二，耶爾背得住，這星期有空可以打去詢問看看。如此一來，今晚不會再是無法參加尼可葬禮的一夜，也不會是耶爾徬徨無助的一夜，而是找到理想歸宿的一夜。

他突然覺得冷。他從布萊爾街折返，回到公寓。家裡四處幽暗寧靜，但他還是去查看床鋪。床上無人，只見查理睡的那邊藍棉被仍皺成一堆。他寫下房屋仲介的號碼，以免忘記。

時間是晚上七點，難怪他肚子咕咕叫。里察家的小點心擺著沒人吃，早知道他應該吃飽才走。

他突然假想出另一種可能情境：食物中毒。剛才不是身體不舒服嗎？其他客人可能病情更嚴重，成群叫車去掛急診。他想得出的理由當中，唯有這一個說得通。在派對中，惡魔蛋曾經過他身邊，現在他慶幸自己沒取用。

他做一份雙層起司三明治：三片波芙隆起司加三片切達起司，塗棕色芥末醬，加萵苣、洋蔥、番茄，以裸麥吐司夾著。他在沙發上坐下大嚼。這份三明治勝過他以前在密西根大學的校園午餐。當時校園小吃店免費供應漢堡佐料，起司也包括在內，他每天上學前在背包塞兩片吐司，中午到小吃店吃霸王三明治。

他撥電話給查理的母親泰瑞莎。查理的母親是倫敦人。查理的英國腔日久淡了一些，但泰瑞莎的腔調則加重，變得綺麗悅耳。泰瑞莎目前定居加州聖地牙哥，嗜飲夏多內葡萄酒，常和衝浪大叔交往。

她說：「你好嗎！」從她輕快、驚喜的口吻，耶爾聽得出，她今晚沒接到查理從醫院或牢房來電。

「還好，還好。新工作棒得沒話說。」耶爾獨自打給泰瑞莎並非不尋常。泰瑞莎心裡明白，她是耶爾有實無名的母親。耶爾的親生母親曾是童星，長大後想在密西根小鎮立足，卻在耶爾三歲大時出走，再闖演藝圈。成長過程中，耶爾偷偷觀賞肥皂劇裡的母親，先是《指路明燈》（*The Guiding Light*），後來是《不安分的青春》（*The Young and the Restless*）。在這兩齣肥皂劇裡，她仍有少數露臉的機會。原來，她的角色年紀已上大媽級，劇情主軸已容不下她，但外表居然有點像耶爾的螢幕兒子仍屬要角，所以每當螢幕兒子被綁架或罹癌，她可以上鏡頭淚崩一下。

生母離家後，耶爾至今只當面見過她五次。每一回，她總在假期後旋風式返鄉，帶著遲到的禮物送耶爾。她神似她在肥皂劇中的角色：孤傲矜持。她最後一次返鄉探耶爾是在他十四歲生日時。她請他去餐廳吃午餐，堅持要他喝一杯奶昔當點心。小耶爾已經吃飽了，但見她態度那麼堅決，只好聽話。事後連續幾星期，他不停懷疑，母親會不會嫌他太瘦。或者是，給兒子吃甜食、讓兒子吃能開心的東西，對她而言意義非凡？小耶爾吃得並不開心，甚至到現在看見奶昔就聯想到母親緋紅的指甲焦躁地咚咚敲桌面。她全身上下，唯有手指不是完全拘謹。那一天，她對小耶爾說，「將來你長大會變成什麼樣的人呢？現在想想都覺得好有趣喔。」耶爾滿二十歲，母親寄一張三千美元的支票給他。滿三十歲時，什麼也沒收到，反而是泰瑞莎專程飛來芝加哥，破費請他去高級Le Francais法國餐廳。但凡在雜誌上讀到聯想起耶爾的文章，例如藝術、游泳、氣喘病、小熊隊等等，她都會剪下來寄給他。

「新工作怎樣，快告訴我。」泰瑞莎說。「你忙著對闊佬拍馬屁，對吧？」

「不完全是啦。我們努力壯大館藏數量。」

「你有迷倒人的天賦，自己知道吧。我可不是罵你油嘴滑舌喲。你有小狗狗的那種迷魂術。」

「呵。」他說著笑一笑。

「哎唷，耶爾，你也學著接受讚美嘛。」

這通電話講了二十分鐘才結束。耶爾對她說明藝廊的空間配置、捐款人、校方。泰瑞莎告訴他，有兔子在偷吃她種的萵苣，不確定是被什麼偷吃的，總之兔子吃萵苣好像是常有的事，對吧？耶爾拿著除塵布，揩淨電視機、畫框、擺在書架上展示的古董刮鬍鏡、裝著查理童年彈珠的木盒。

泰瑞莎說：「長途電話講這麼久，很花錢吧。查理在家嗎？」

「他不在。」耶爾說，語氣儘可能謹慎。

「喔。那你轉告他，老媽前幾天還有兩個兒子，不過她懷胎生下的那一個呢，好幾個禮拜不聞不問了。」

耶爾說：「我們愛妳，泰瑞莎。」

半夜三更了，耶爾不必翻身看鐘就知道。他聽見門聲，然後聽見冰箱，最後是走廊燈穿透他眼瞼而入。他說：「查理？」

沒回應，他只好坐起來，把雙腳盪下床，見到查理斜倚門框佇立的身影。醉醺醺。

若耶爾再清醒一些，耶爾可以厲聲質問，但他連開口都有困難，只問：「媽的，出了什麼事？」

「我倒也想問你。」

「問什麼問？你沒資格問我。我不過上樓去，頂多五分鐘。可惡，現在幾點了？」他抓起鬧鐘，血紅的數字對準查理：3:52 am。「你是怎麼搞的？」

「我後來出去了。」

「什麼後來？」

「搜。」

「里察家——有警察上門搜查？」這是他假想的第一個情境，但隨即被他推翻。

「什麼？不對。是在去尼可家之後。」

耶爾在臥房左看右看，以確定自己醒著。

查理說：「告訴你好了，我不曉得你什麼時候失蹤的，只知道我們去尼可家的時候，你已經不見了。希望你玩得很爽。希望是棒透了。」

耶爾傻傻說：「你們去尼可家。」

「我們進他公寓搜刮。」

「喔。」

「我們去——你也知道，他爸媽不准泰倫斯回公寓住。幸好泰倫斯還有一支鑰匙，他——咦，你那時候已經不見了吧？」查理仍未從門口進來，似乎費了好大工夫才講得出整句，才發得出子音。「他有鑰匙，拿出來給里察看，里察看了說，我們大家應該趕快過去。大家真的一起去了。菲歐娜願意掩護我們。結果，我們把尼可的家當給分了。看。」查理伸手解開纏繞頸子的物體。查理背著光，耶爾只看得見他解下一條長長的東西。

「是尼可的圍巾嗎？」耶爾盡力拼湊著事情的原委。在里察家，眾人拋下飲料，徒步前進克拉克街，進尼可公寓，見喜歡的遺物就搜走，皆大歡喜。耶爾錯過了。

這條橙色條紋圍巾，尼可生前冬天常圍著到處走動，朋友隔著馬路一眼就能認出他。

「那些侍應呢？端盤子的那幾個男孩子呢？」

「我猜他們也走了吧。我們只不過是換個地方拍拖而已。你呢，你老早就跑去搞只有天曉得的事。」

「查理，我不過是上樓躺一下而已。差不多五分鐘。」也有可能是半小時，但是，差別有那麼大嗎？

「我知道你去哪裡。大家談得很起勁。」

「爲什麼沒人來叫我？」

「我們不想打擾你。」查理似乎盛怒中——氣呼呼的，幾乎按捺不住怒火。

「肚子不舒服，躺一下而已，怎麼叫打擾？」

「所有人都看見你跟泰迪一起上樓。」

「泰迪？」耶爾差點噗哧笑卻及時打住。那麼一笑會顯得像自我辯解。「泰迪早走了。幻燈片一開播，他就從前門走出去了。」

查理默然無語，可能在思索某件事，也可能即將嘔吐。

耶爾說：「就算他沒走，我又能跟他搞什麼？你給我聽好，我上樓是想靜一靜。」

查理慢慢說，語氣呑吐，「我看見他了。放幻燈片的時候，我看見他。」

「你看見的是相片吧？泰迪變身雪兒的那一張吧？查理，坐下。」他不坐。「聽著：我那時頭昏想吐，過了差不多五到十分鐘就下樓了。頂多十五分鐘。我當時以爲——我甚至不清楚當時想到什麼。大家都不見了，只剩我一個。媽的，這輩子沒有感覺那麼詭異過。你拖了十個鐘頭才回家，到底是怎麼一回事？」

「我——我們後來出去了。」奇怪的是，查理的口氣多了一分喪氣，可能是爲了耶爾和泰迪的事生一肚子悶氣，如今不知何去何從。「菲歐娜說你跟泰迪在一起。」

「看見我們在一起的『所有人』就是菲歐娜？」

「主要是她。」

「菲歐娜醉昏頭了。而且，天啊，她最近心情糟透了。」

「你們兩個都不見了。你們兩個同時失蹤。」

「她看見我們幹什麼了嗎？她看見泰迪像抱新娘一樣，抱我上樓嗎？」

「沒有，她只——我問她，你去哪裡了，她說你在樓上。我說，『他爲什麼上樓？』她說，『泰迪好像也在樓上。』」說到這裡，查理歇口，彷彿意識到多麼荒謬。

「算了。」

「可是，她一直講一直講。」

「哼，她喝醉了。」

「繼續睡吧。」查理說。「我過一會兒就上床。」

耶爾原本以爲再也睡不著，沒想到再翻身時發現已經上午六點，身旁的查理蜷縮沉睡。查理的床頭櫃平日擺著維他命B和人參錠各一罐，現在多了一罐阿斯匹靈和滿滿兩杯水，想必是他睡前爲宿醉未雨綢繆。耶爾平時不樂見他宿醉，今天尤其眼不見爲淨。幸好爲了參加里察家的聚會，查理這星期的報紙提前付梓，今天能出車配送報紙，讓工作人員睡懶覺或抱馬桶吐個夠。

他靜觀查理的肋骨腔在蒼白肌膚下起起伏伏，雀斑遍布肩、臉、手臂，但胸部是象牙白。他渾身柔軟，宛如皮膚不曾受天候試煉過，而肘骨、膝蓋、肋骨隆起處看似異物戳弄著一層薄絲。

耶爾淋浴著裝，聲響儘量放輕。他不想吃早餐。

尼可的橙圍巾擱置地上，查理的衣物亦然。廚房流理臺上另有一袋子東西：半瓶伏特加、尼可的藍色船鞋、一張空白的溫哥華明信片、絲絨盒裝的白鐵袖口鍊、《草葉集》。耶爾恨自己沒去尼可公寓。遺憾的未必是沒能抱紀念品回家，他但求能摸一摸遺物也好，憑弔尼可，認識一下前所未見的一面。能對往生者多一番體認的話，他就不算是消失於無形，反而變得更高大、更貞切。查理腳大，絕對穿不下這雙船鞋，搶這雙回來一定是爲了耶爾。這是查理的本性：即使怒火衝冠，即使錯認耶爾可能偷腥，查理照樣帶禮物回家送他。

耶爾脫掉自己的樂福鞋，換上尼可的船鞋，感覺有點緊，腳趾頂著縫線和皺牛皮，但他喜歡腳被尼可捏住的感受。藍船鞋配卡其褲不太搭調，但也不盡然礙眼。

他從貝爾芒街搭捷運北上艾文斯頓市，後腦勺壓窗。原本是髮旋的地方漸漸禿了一小片——太不公平了吧，才三十一歲！——所幸頭皮被周圍深褐色的捲髮罩住。壓窗角度對的話，玻璃的涼意能滲透頭皮，冷卻全身。昨天熱到外套穿不住，今天變成沒外套冷到吃不消。即使冷，空氣感覺清爽，振奮人心。從捷運站步行至藝廊的路上也冷得過癮。此時剛過七點，街頭只見幾人在慢跑。

布瑞格藝廊位於一樓，整棟小樓房原本是教室，走廊改裝成藝廊，暖氣常鬧牛脾氣，牆壁擋不住人聲，但這場地別具個性。目前，布瑞格藝廊只能辦小展，願景是過幾年能茁壯，另覓新居，也期盼能開拓滋長藝廊的財源（校方延攬耶爾的用意在此）。資金一部分來自募款活動，另一部分是爲了巴結校長和理事會。

耶爾的辦公室四壁各立起一座黑書架，空間因此被壓縮，正合他意。他不斷從家裡搬書過來，一次帶一箱，但多數書架仍空著。嚴格說來，盤據書架上的是灰塵和舊馬克杯。西北大學採學季制。下學季，耶爾能收一名實習生。他打算讓這位勤勞的學子去搜羅拍賣會型錄來塞書架，去二手書店採買合適的藝術書。

這星期，他的次要任務是整理旋轉式名片架，此時他試圖以顏色分類，粉紅卡屬於同僚，藍卡屬於曾捐款的人，綠卡屬於潛在捐款者，黃卡屬於收藏者，其餘列爲白卡。他細心將每一張卡置入打字機，打好地址。他以為這項工作不需勞心，沒想到做起來卻複雜到令人氣餒。由於他交接到的檔案多數日期不詳，因此他有時無法分辨地址的新舊。他在同一張卡片上打四組電話號碼，隨即想到，直接打去試試才對，順便自我介紹也好。可惜時間尚早，於是他把通訊卡片擱置一旁。

九點，他聽見腳步聲，嗅到咖啡香。九點半，藝廊主任比爾．林吉以指關節敲敲耶爾沒關的辦公室門。比爾的耳朵長，水汪汪的眼珠機靈，習慣打領結，穿著手肘補丁西裝，全套老學究的裝束。耶爾敢篤定他是抵死不出櫃的同類。

比爾說：「有蟲吃！」

「什麼？」

「你起得很早嘛。」

「喔。我巴不得週末趕快結束。」

「你有沒有見過——」比爾走進門來，壓低嗓門。「你有沒有見過希思莉．匹爾斯？」

「見過幾次。」

這問題問得荒唐。希思莉是西北大學計畫性捐贈主任，職務和耶爾對等，位階相對於耶爾是無限大。

「上週五你下班後，她打電話找過我。我想她今天會親自來找你。提醒你，和希思莉交手的時候，你如果反對她，不能直接表態。建議你以問題代替反對，可以說，『這樣做可能導致那樣，妳會不會擔心？』我這樣提醒你，是因為不清楚她為何非要親自過來一趟。她可是點子王。」

「謝謝你的建議。」

比爾的眼珠子在辦公室裡轉。「換成我，我會——嗯。你不擺居家相片嗎？」

「什麼？查理的相片嗎？當然不擺。」難不成比爾期望他擺出一張在希爾斯百貨拍的情侶沙龍照？耶爾強擠出不置可否的微笑。

「可以。我只想說——她還好，我沒有負面的暗示。她的喜怒哀樂是什麼，我一直搞不清楚。她的城府很深。」

正午時分，耶爾正要外出午餐，希思莉・匹爾斯現身辦公室門口，有比爾伴隨。希思莉頂著黛安娜王妃髮型，秀髮輕柔而豐足。她比黛安娜多好幾歲，絕對年過四十——然而，假如她佩戴珍珠首飾和后冠，難保不會讓人信以爲是王妃本尊。反過來說，這女人的確另有一股令人心寒的特質，可能是她在打照面時匆匆從頭到腳打量對方一番，宛若女校長在檢查學生服裝是否符合校規。

希思莉說：「第敘曼先生。」說著走向耶爾辦公桌，伸出乾燥的手。「我希望你明天有空。」她的口齒萬分俐落。

「我可以騰出時間。幾點？」

「整天。可能也要整夜。」她沒顯露羞赧狀。若非失言而不自知，就是她老早摸清了耶爾的底細。在她背後，比爾站在門口，歪著頭，一臉困惑。「可以開我的車子，」她說，「除非你自己也有。你有車嗎？」

「沒有，我——」

「那你會不會開車？」

「我有駕照。」

「我們九點左右出發。」

出發去哪裡？耶爾不確定自己是否有權過問。他說：「我該怎麼穿？」

「禦寒裝吧，我猜。她住在杜爾郡。」

杜爾郡在威斯康辛州，是凸向密西根湖的一小座狹長半島，耶爾知道。在他心目中，杜爾郡是闔家渡假採水果的地方。

他說：「我們是要去拜訪捐獻者嗎？」

「情況很急，不然我不會劈頭過來找你。」她從腋下取出檔案夾，交給耶爾。「對方想捐的藝術品是好是壞，我沒概念。最起碼她是個有錢人。不過，她想見面商量的人是你。我們明天再好好討論策略。車程有四個半小時。」

主任比爾·林吉陪她離開大樓，臨走前丟給耶爾一副同情的神態。耶爾掀開檔案夾，最上面是今年九月的一張手寫信影本，草寫體傾斜有致，以「親愛的第敘曼先生」開頭。如此看來，收件人是他的這封信被希思莉扣押了兩個月。執筆日期是在他受聘到正式上班之間。是比爾轉給她的嗎？明天即將見到對方，希思莉這下子才殺過來給他信。下班回家一定要告訴查理。理直氣壯的憤怒是破解冷戰的良方。信裡接著寫著：

先夫大衛·藍諾博士於一九一二年畢業於西北大學，一九六三年辭世，生前曾服務軍旅，後取得約翰霍普金斯大學醫學院學位，進入腫瘤科，以身為野貓校友為榮，盼能為母校盡點力，本人在規劃自己的後事時，也將他的遺願謹記在心。我的姪孫女菲歐娜·馬庫斯鼓勵我聯繫你，在此向你問候一聲。據我所知，布瑞格藝廊有意累積一批館藏。

昨晚菲歐娜提到的「姑婆」就是她。巧合到令他心驚。信都寄了兩個月，菲歐娜才提起，隔天信就出現他眼前。菲歐娜醉酒的念力如此靈驗的話，該不會也有本事把泰迪·奈普斯變到他辦公桌上吧？

我擁有一批現代美術品，多數年代可溯及一九二〇年代初期，有繪畫、素描、線圖，畫家包括莫迪里亞尼、蘇丁、帕斯金、藤田嗣治[5]，從未公開展示過，也不曾為外界收藏，始終由我私人保管，授受僅止於我與畫家之間。遺憾的是，這些作品的文書證明付之闕如，但我能憑人格擔保，件件俱是真跡。你可能有興趣的作品總共約二十幀，此外也有幾份書信文物。

我健康狀況不佳，無法出遠門，但願有人能親抵寒舍研商作品維護之道。我企盼它們尋得歸宿，得以展出、供慧眼欣賞、妥善保存。在此邀請你遠道前來威斯康辛州，並盼能藉信件協調見面時日。

致上最誠摯的問候。

諾拉．馬庫斯．藍諾

（一九一二年西北大學校友大衛．C．藍諾遺孀）

耶爾瞇眼看信紙。「授受僅止於我與畫家之間」略顯可疑。諾拉．藍諾列舉的這幾位男畫家當中，多半不是向美國遊客兜售作品的街頭工作者。此外，籌備方面可能會傷透腦筋。作品缺乏認證，也不曾列入型錄，鑑定期可能長達數年。而且，在報稅之前，捐獻者必須驗證每一件作品並估價。到估價的階段，她可能得知這些作品不值一文，也可能因作品價值連城而打消捐獻心意。耶爾服務於芝加哥藝術博物館任職最後幾個月，曾有一名男士表示願意捐獻一幀賈斯培．瓊斯[6]的作品（絢爛的三原色中堆疊著阿拉伯數字），後來得知該作市值，女兒勸他立遺囑改留給她。耶爾的職務是開發員，不是搞藝術的人，至少他的本分不是搞藝術，但他卻放縱自己愛上那幅畫。是他一時糊塗。為牲口取名字是農家大忌。但話說回來，他接下這份職務的唯一理由，不正是能希望親手建立館藏嗎？他理當躍躍欲試才對。

他有一小份孬種的私心，但願北上杜爾郡的行程能一眼看穿贗品，西北大學能因此拒收。總比發現一幅近似梵谷眞跡來得好，因為眞跡出土保證害他心碎。然而，眞假其實沒差別。即使這位老婦人擁有的作品全是從美術書照描出來的，他也不得不爲她使盡全力，以免觸怒遺贈者心意。

檔案裡的其他內容也不太能澄清事實。裡面另有幾則信件，商討見面日期，至爲乏味，另外是希思莉辦公室某人針對藍諾夫妻歸納出的背景資料。大衛・藍諾生前成就中上，在世時曾捐贈西北大學幾筆不甚起眼的款項，但全無跡象顯示藍諾家買得起數百萬美元的藝術品。話說回來，錢從哪裡來，藏在哪裡，外人永遠無從得知。有經驗的耶爾懂得最好別問。而且，菲歐娜和尼可童年不是住在北岸嗎？那地區財主雲集。即使尼可和菲歐娜總是喊窮，即使耶爾從未聽兄妹提及百萬富翁。

一張備忘錄底下有某人手寫：「希思莉，我們找布瑞格的人馬加入沒？」備忘錄的日期是兩星期前，耶爾見狀鐵定要搥胸頓足一番，但他能理解希思莉的立場。耶爾是新人，藝廊也是最近才成立，而這名捐獻者看上去是個大戶金主。至少希思莉現在來找他了。只不過，他多少希望她沒找自己。或許他只是累了，內心只有一股看牙醫前的畏懼。

查理目前心情如何，他不清楚。查理可能以溫柔表示愧悔，也可能仍在爲莫須有的事生氣。或者，查理可能出門了，埋首報社工作，家裡的事眼不見爲淨。

耶爾在開家門之前，就聽見交談聲，心頭如釋重負。人多是好現象。查理和部屬葛洛莉亞、拉斐爾圍坐咖啡桌，詳閱舊報紙。每逢週一，查理邀請他們來家裡慶祝這星期順利出刊，但「慶祝」是幌子一個，實際上是拗他們加班。查理先請他們吃飯，然後當場在客廳使喚他們工作。查理身爲發行人，實地採訪編

5 莫迪里亞尼（Amedeo Modigliani, 1884-1920），旅法義大利籍人像畫畫家。蘇丁（Chaim Soutine, 1893-1943），旅法俄籍表現主義畫家。帕斯金（Jules Pascin, 1885-1930），保加利亞籍畫家。藤田嗣治（1886-1968），旅法日籍畫家。

6 Jasper Johns（1930- ），美國普普藝術大師。

輯未必得勞駕他，但他事必躬親，從支持哪一位市議會候選人到廣告的決策全歸他管。他也開一家旅行社，在貝爾芒街上有一間辦公室，自從三年前創辦週報後，他將旅行社營收轉投資報社。查理不太熱衷旅遊，也不太有興趣爲別人安排行程。他在一九七八年頂下這間旅行社，是因爲當時的大叔男友拜倒在他的魅力下，萌生退休之意。近來，查理每週只進旅行社一次，看辦公室有沒有遭火災，也和少數幾位指定要他安排事務的客人見面。查理賦予旅行社員工全面自主權，連眼皮也不眨一下，至於編輯和撰稿人，他卻堅信非盯緊不可，把報社員工煩死了。

耶爾進門，向大家招招手，自己拿啤酒喝，躲進臥房準備行李，幾分鐘後才注意到床上有異狀：查理用M&M巧克力豆在耶爾那邊拼出「SORRY」大字。S以淺褐色呈現，O是黃色等等。他看了咧嘴笑笑，從Y字尾撿三粒吃掉。查理的道歉每次都有形有體，別出心裁。耶爾頂多只寫張有氣無力的紙條。

耶爾正苦惱該穿哪件毛衣的當下，葛洛莉亞叫他回客廳。葛洛莉亞是個袖珍蕾絲邊，兩耳從上到下擠滿耳環。她遞給耶爾一份舊報，掀開只見成排的金剛芭比照，每張都廣告著酒吧、錄影帶店、伴遊服務。她說：「你翻一翻，看到女人的時候講一聲。或者，找找看，哪一個不是白人青年。」

耶爾翻遍廣告版找不到她要的人。有一張相片是柏林萬聖節舞會，他找到兩個變裝皇后。「這大概不算吧。」他說。

「好了。」查理說。他激動起來。「不管怎麼登，廣告一定以視覺取勝。我們總不能要求三溫暖登一張……女清潔工照吧？」

拉斐爾說：「對啊，可是，人家《同眾報》——」下半句被他硬生生吞掉。查理的週報《同聲報》一直把女同性戀相關報導擠到最後四版，並以顏色和男同版區隔，報社有三名員工氣不過，憤而集體辭職，另辦一份《同眾報》打對臺。耶爾不得不認同他們，畢竟查理的《同聲報》以粉紅標題區別女同文章，怎麼看都覺得退步，但也有幾名拉子員工認爲，另闢版面賦予她們編輯自主權，因此決定不跳槽。新登場的

《同眾報》印刷質感低劣，發行量欠佳，但查理照樣嚴陣以待，舞會相片仍每期都有，卻也增加社運、政經評論、影評劇評的比重。

查理說：「我們家的問題《同眾報》沒有，因為他們拼死拼活也賣不出廣告。」

桌上有一包椒鹽脆餅，耶爾抓一把吃著，拉斐爾乖順地點點頭。三名員工辭職後，拉斐爾升任總編輯，但他尚未學會如何以嗓門鎮壓查理，而他非趕快學不可。說也奇怪，拉斐爾生性稱不上羞赧。多喝幾杯的他曾數度見人猛親臉。進報社之初，他撰寫夜生活評介。他年輕可愛，頂著一頭刺蝟髮，曾從事舞蹈業，然而，坐上編輯位子後，他表現優異，儘管他對查理畢恭畢敬，儘管員工人數縮水，出刊品質卻好到前所未見。也變得時髦。

耶爾滿嘴椒鹽脆餅說：「葛洛莉亞，拉子吧的相片怎麼不太常見？妳不能多登幾則拉子吧的報導嗎？」

「我們又不像你們男同志那麼愛搔首弄姿！」她說。查理雙手朝天一甩，一副氣到沒力的表情，她見了也不免自嘲。

查理說：「不如這樣吧。我們幫我的旅行社做一個四分之一版的新廣告，找兩個女人拍照，兩人拖著一個行李箱走路之類的。」

葛洛莉亞點頭，氣消了。她對耶爾說：「面對他呀，想生氣也難。」

「我有切身之痛。」

耶爾總算回臥房，將行李打包好。他把尼可的藍船鞋攏出來明天穿，求好運。他把巧克力全掃進手裡，收進休閒西裝口袋明天吃。

他用床頭電話打給菲歐娜。他最主要是想問候她一聲，關心她飲食，看她是否平安返家。他為菲歐娜憂愁。嚴格說來，菲歐娜沒有家人了。她和泰倫斯比較親近，然而一旦泰倫斯也死了，耶爾不難想像她的下場如何。毒品纏身，寄居巷弄，墮胎失敗，遇到粗暴的痞子。

他也想打聽姑婆的事，感謝菲歐娜引介。他私心想把話題轉向昨晚，問她爲何把他和泰迪扯在一塊兒。但他不問也知道。當時她醉了，一時糊塗，喪兄打擊太深。不含惡意。他原諒她了。如果菲歐娜接聽電話，他願意親口原諒她。可惜她沒接。

客人終於走後，查理進臥房，他正在床上塡交叉拼字遊戲。查理看著行李箱，不發一語進浴室，半晌不露臉，終於出來之後，才淡淡說一句，「你想跟我分手。」

耶爾坐起來，放下鉛筆。

「什麼話，查理。」

「不然我該作何感想？」

「我不過是準備出差過一夜而已。我幹麼跟你分手？」

查理揉揉頭，看著自己腳尖撥弄著行李箱。「因爲我昨天態度太差勁了。」

耶爾說：「上床來。」查理照著做，壓著棉被躺平。「你從來沒嚇成那樣過。」

初相識那幾個月，兩人尚未認眞交往。當時耶爾剛搬來芝加哥不久，查理屢次介紹耶爾認識他在密西根安娜堡大學城沒見過的鮮事，看他咋舌而暗爽，滿足歪念頭。查理帶從未涉足三溫暖的他去「獨角獸」。他怕東怕西的，雙臂交叉腹部，頻頻問這種場所合不合法，一直糗他的查理鬧得好開心。最後，兩人在氤氳的紅燈下，窩進角落親熱，然後移師查理的公寓享受隱私。另有一次，查理帶他去食堂舞廳，對著舞池裡的男人指指點點，叫耶爾改天去找他們「撫吻」。以前查理愛賣弄英式英文，因爲他心知耶爾愛聽。那天晚上，耶爾對他說：「感覺上，我好像走進新聞裡了，例如說，在《誰是同性戀》系列報導裡常搭配的那種從圖庫裡抓出來的舞廳場景。我們掉進斷袖圖庫啦。」查理聽了說，「結果呢，好好一幅圖被你破壞了。你站得像個木頭人，還滿臉驚恐。」耶爾記得，當紅舞曲《潮城》（*Funkytown*）結束時查理說：「看！」角落的大砲對準舞池齊射亮彩屑屑，體格本來就像健美男模的舞棍渾身汗，霎時藍、綠、粉紅色屑屑繽紛上身，肩膀線條更顯突出。查理指向一個豔光絢爛的舞客說，「那一個。去報你的電話給他，快去。」

即使耶爾當時只願和查理獨處，食堂舞廳的景象仍令他情緒高亢。他住安娜堡時，全市正宗同性戀酒吧只有一間，但完全不像這裡，不是同性戀舞廳，不是一個人人玩得如此酣暢的場所。安娜堡那間酒吧髒兮兮，有一臺垂頭喪氣的點唱機，窗臺擺著半死不活的天竺葵，用來遮擋路人的視線，裡面總有一股鬼鬼祟祟的氛圍，好像再微小的歡樂也要靠偷偷摸摸的方式爭取。在這裡，音樂大放送，吧檯有三座，有一雙霓虹唇燈，鏡球眾多，全場縱情放肆眉飛色舞。五年前在霍斯特德街，夜生活大不如現在，酒吧才剛一間間開幕，男同志才剛搬過來，「男孩城」甚至尚未打響名號，以同性戀爲主的商圈才剛要成形，因此緊鄰河畔的這裡，是耶爾最早愛上芝加哥的地方。

耶爾覺得在食堂舞廳，即使只端酒當壁花，他也有享樂的權利。食堂宣布，這裡是好事即將發生的地點。芝加哥即將對他開展全城地圖，對著他一次延展一條希望無窮的街，一次拓展一個迷醉人心的場所，將他編織進芝加哥這疋布，對著他的嘴灌啤酒，對著他的耳灌音符，永久居留。

同年秋天，耶爾和查理開始認眞交往。某天，耶爾藉酒壯膽，悄悄對著查理耳朵說愛上他了，查理也低聲回應，「你最好講話當眞。」自此，兩人感情進展加速，有大約一年的時間，查理把擔心的事掛在嘴上，說耶爾尚未全盤體驗芝加哥的自由風情，尚未品嚐夠男味，總有一天將醒悟，決定向外再發展。那段日子，查理常說，「以後你回首這一段，一定會質疑自己爲什麼浪擲青春。」耶爾當年二十六歲，查理只大他五歲，不知道爲何卻把兩人當成跨代的忘年之交。原因是，在倫敦老家時，查理出道的年紀輕到不像話，而在密西根州的耶爾直到大二仍在性向十字路口蹉跎。

最後，感情路穩定了。耶爾適合走穩定交往的路，穩到泰迪特別愛調侃他是蕾絲邊，笑問他在拉子公社的日子怎樣。耶爾的前兩段感情各維持一年。感情天地中，他不喜歡風浪，不只討厭曲終人散，也討厭開頭的磨合期，討厭自我疑慮和緊張兮兮的情緒。他厭倦在酒吧和男人邂逅，寧願張嘴舔人行道，也不願去岸邊停車場獵野味。他喜愛跟固定的人做固定的事。他喜歡爲了看電影而去看電影。他喜歡買菜。交往兩年下來，狀況容易掌握。

接著，愛滋魔掌伸向芝加哥，如慢動作的海嘯從東西岸撲來，轉瞬間，查理莫名其妙一直窮擔心，不是唯恐染愛滋，而是擔心耶爾移情別戀。今年五月，在耶爾明瞭查理信心惡化到多嚴重之前，耶爾應朱利安和泰迪邀約，去麥迪遜大酒店玩一個週末。報社工作太忙的查理無法抽身同行，玩三天也不行。耶爾跟他們探索市區，在飯店的酒吧熱舞。週六，耶爾聽收音機轉播小熊隊賽事，耗掉大半夜。豈料耶爾回家後，被查理質問了一小時。查理想知道三人床位如何安排，喝了多少酒，更追問朱利安做過的每一件事——問夠了，接下來一星期，查理懶得跟耶爾講話。如今查理自稱能明瞭週末三人行沒有亂來，但一想到耶爾跟朱利安或泰迪同行，想像力就猖獗到令他無法招架。查理顧忌的其實是朱利安，不是泰迪。朱利安比較騷包，是拿自己叉子叉一塊蛋糕餵人吃的那一型。對泰迪吃醋就比較怪了，是昨晚才有的情況。

耶爾翻身向查理。藝廊主任比爾曾建議他面對希思莉．匹爾斯以問題代替反對，耶爾這時派上用場：「會不會是因爲朋友一個個生病，喪禮那麼多的關係，所以我們才信心動搖，你覺得呢？因爲你以前不會這樣。何況，我也從來沒做過讓你擔心的事。」

查理對著窗戶說：「我想講一句難聽的話，耶爾，你可別批判我。」語畢，他不繼續說下去。

「好。」

「說眞的，我最自私的想法是，愛滋蔓延反而讓我快樂。因爲我知道，在愛滋有藥可醫之前，你不會離開我。」

「什麼屁話，查理。」

「我自己知道。」

「知道個屁，查理，太扯了吧。這種話居然從你嘴巴講出來，我眞不敢相信。」耶爾覺得喉嚨深處有一條血管噗噗脈動著。他想正對著查理的臉大罵。

但查理正在發抖。

「我自己知道。」

「來。」他把查理當成原木翻過來。「我搞不懂你在想什麼，不過，我沒有移情別戀的心意。」耶爾吻他額頭一下，接著親他眼睛和下巴。「我們大家都承受很大的壓力。」

「你很寬容。」

「原本只怕一個東西，結果一眨眼，變得什麼東西都怕了。」

二〇一五年

計程車駛向巴黎市中心之際，菲歐娜才想到太早了。她原以為延誤在所難免，也可能遇到塞車，這時才上午七點二十二分，而她和里察約九點見面。她請司機靠邊停車一下，攤開地圖請他指出目前方位。她在芝加哥機場買的變壓器不知道能不能接充電器，為了避免手機電池用罄，她只好用地圖。明白方位後，她下車，在寬闊的人行道上前進，腳步堅定，只不過，方向對不對她沒概念。

來到轉角，她再查地圖（拿著地圖猛看，身邊有個行李箱，像全世界最容易被搶劫的觀光客），看來路程長達三哩。與其搭計程車走馬看花，徒步更能定睛仔細瞧，總比閒坐里察家好。等上班時間一到，她想儘快回電給徵信社。（徵信社！人生怎麼變這樣？）這班飛機是菲歐娜買得起的最早一班，訂票後趕忙打包行李，託人照顧狗，急得像賽跑，只不過，再遲一小時又能怎樣？那支錄影帶是兩年前拍的。儘管如此，下車走路感覺像在拖時間，她覺得應該趕快過去辦正事才對。

能看到塞納河的話，她會比較心安。只需沿河往西走準沒錯。高中來過巴黎的她記得河中有兩座島。那次，大夥遊覽大島上的聖母院，有個同學拿著旅遊指南朗讀著殘酷的自殺統計數據。

她路過小男童騎坐爸爸肩膀上，孩子手握一個《玩具總動員》的巴斯光年，在父親眼鏡前飛來飛去。能借宿河中島上是命運之神的安排，因為影片裡的克莱兒好像在橋上吧？由於畫質不夠細，背景也不太清晰，她無從分辨橋是哪一座。她上網比對相片，篩除幾座橋。克萊兒那座橋的鐵絲網掛鎖密布，但這年代好像多數橋都吊著一大堆掛鎖。

她路過幾家即將開張的河畔書攤，綠色的架子上陳列著平裝書和古董情色刊物。她在每一座橋上駐足看，這座像不像克萊兒那一座，說不定克萊兒奇蹟似地被定格在原地。滿腦子克萊兒的她忘了置身萬里晴空下。天啊，我人在巴黎呢。巴黎！但她提不起驚嘆的興致。女兒是否仍和邪教霍桑納共生營（Hosanna Collective）往來，她不清楚，但女兒八成仍在柯特．匹爾斯的指掌間。影片裡有個小女孩，捲捲的金髮像菲歐娜，菲歐娜不知克萊兒是不是女孩的母親。和巴黎相較之下，這些事她更陌生。巴黎不過是一座城市罷了。誰想來都能來。然而，誰想得到自己親生寶貝長大會誤入邪教？誰能想像自己爲了尋親來到巴黎？而且她想找的人不希望被她找到。

這一趟很可能空手而回。伸手想抱克萊兒，哪一次不是灰頭土臉？最近，她多次回想起克萊兒七歲那年，一家三口來到佛羅里達海邊，當時她和戴米恩仍是夫妻，關係岌岌可危。菲歐娜宣布說，該走了。她已經多給克萊兒一些時間讓她蓋沙堡。克萊兒一聽，哭了起來，菲歐娜可以不理她，也可以縱容她任性，但她卻決定過去抱女兒，被小克萊兒推卻。克萊兒衝向海水，夏日洋裝不脫，撲進浪濤中。「讓她哭個夠吧。」戴米恩說。克萊兒此時已離沙灘二十碼，站起來，走進大海，水淹到大腿，淹到腰。菲歐娜說，「她不想停下來。」戴米恩聽了笑說，「她正在表演吳爾芙輕生術。」小克萊兒正有此意。菲歐娜不作聲，衝刺過去，心知如果喊停，克萊兒一聽更有可能讓自己沒頂。菲歐娜終於跑到女兒背後，抓住她，水深及胸，克萊兒的腳丫有好幾秒沒踩到沙。狀況還不止那一次。類似的狀況和更嚴重的狀況不下一千遍。然而，海灘事件最近別有一番更重大的意義：克萊兒投身海外，這還是頭一遭。

菲歐娜過橋來到聖路易島，路過一家冰淇淋店，被煎餅甜筒香逗得飢腸轆轆。她路過幾家店，裡面賣的是色澤鮮豔的皮包、葡萄酒、威尼斯面具。終於來到里察家前面。這一棟岩造樓房的一樓是鞋店，里察家在四樓。門口有五個黑色門鈴，其中一個註明「坎普/狄布」。現在是八點四十五分，時間夠接近了，可以了。她按鈴，片刻後，有人下樓，不是里察，而是一名身穿摩托車夾克的瘦青年。他說：「妳抵達了！我是賽吉，里察的男友。」他以歐風英文說，「里察」被他喊成習─沙赫。「我帶妳上樓，OK？妳先安頓一下。里察正在洗澡，等他出來。」

賽吉一把拎起行李箱，當成空箱提著，她跟著步上幽暗的樓梯。

里察的公寓新潮而極簡，但燈飾、窗戶、玻璃門外的熟鐵欄杆古韻盎然。牆上的藤蔓浮雕，甚至電燈開關飾品，細節全被無數層油漆淡化了。菲歐娜記得里察在芝加哥林肯公園區的公寓，全是甜膩膩的桃紅和粉紅，這一間完全相反，牆上是單色而鮮豔的繪畫，家具是從建築雜誌躍出紙面的灰色系精品。賽吉帶她去客房：滿壁書架，一張白床，一棵盆栽。隨後，賽吉帶她進廚房，倒一杯柳橙汁請她喝。她聽見里察的淋浴聲歇止，賽吉對他喊，菲歐娜來了。里察喊一句她聽不懂的話回應。呆了片刻，她才理解里察講的是法文。

不久後，里察出現了，賽吉的景觀導覽因而中斷。碩果僅存的頭髮溼答答，被里察梳去遮禿。他穿著熨燙過的襯衫，大他一號，彷彿整個人最近縮水了。他大叫：「菲歐娜．馬庫斯本尊現身了！」說著抓住她雙臂，擬吻她左右頰。雖然她已數十年不冠本姓了，她卻不糾正里察。年少的姓，從老友口中喊出，不啻為一份好禮。這位好友令她聯想起樂觀又無羈絆的那段歲月。雖然，里察也勾起後幾年的往事，哥哥尼可撒手後的那些年，尼可的朋友圈成了她僅有的朋友圈，朋友一個接一個死，然後是成雙過世，一眨眼的工夫，成群不見了，情勢恐怖。話說回來，即便如此，她仍想念那段光陰，不顧一切想飛奔回去。

「親愛的，調時差有竅門喔。妳今天白天不能躺下，絕對不能睡。平常有吸收咖啡因的習慣才准沾。而且不能喝葡萄酒，一滴都不行，等妳水分補足了再說。」

「他是專家。」賽吉說。「遇見里察之前，我從沒飛渡過大西洋。」

「現在呢，幾次了？」里察問。「二十次了吧？」

「*Alors, beaucoup de temps.*（好幾次。）」菲歐娜無來由地改講法文，隨即認定自己剛講「許多天氣」。她覺得頭暈，犯傻，眞想把里察的建議當耳邊風，躺下來睡。她說：「你剛提到咖啡。」

不久，老中青三人在里察的灰色家具上坐下。她想撬開變壓器的對折式包裝殼，拿出來幫手機充電，打電話給徵信社，不顧現在離上班仍有七分鐘。但她強迫自己坐好，謝謝主人熱情歡迎，也感激他們招待她住幾天。說實在話，能休息一陣子，能回歸菲歐娜．馬庫斯的身分，能重溫二十歲的青春，能再讓里察溺愛，感覺很不賴。她內心充實起來了。

賽吉剛才在廚房直接爲她調配一杯拿鐵，用的是機長座艙才有的咖啡機，現在菲歐娜啜飲著綿密的泡沫。他說：「他年輕時鬧過什麼醜聞，妳可要全告訴我喔！一個都不准漏，懂嗎？」

里察一聽，走向窗旁一座矮架子，取來一本相簿，想必是他大老遠運來巴黎、帶進新世紀的古物。長沙發上，他在賽吉和菲歐娜之間坐下，翻閱著相簿。名攝影師里察．坎普的作品在這一本中，全是快照、泛黃的拍立得、柯達沖洗照，視覺多麼奇特。里察當年也拍攝過一些比較正經的作品，但這幾張被廉價玻璃紙封套封存著。

里察說：「裡面有尼可，不知道收在哪一頁。」說著，他大概是找到一張了，因爲他把相簿遞給賽吉，點一點其中一頁。「哇，那陣子我愛死他了。」

「你見一個愛一個。」菲歐娜說。

「的確是。男孩好多好多。他們又年輕，而且好開放，不像我這一代。我那時好羨慕他們。他們在十八、二十歲就出櫃了，人生沒有虛度。」

「你也沒虛度太多。」菲歐娜說。

他把打開的相簿遞給菲歐娜。「我老是在彌補虛度的光陰。」

尼可出現相簿中，褐色捲髮，牙齒長，淡棕色的臉上有雀斑，笑著看向鏡頭外，大概是聽見笑話了，笑靨永世凍結。同樣的相片菲歐娜也有一張，裁邊放大過。這一張印有橙色日期：6/6/82。再過三年，他才生病。這一張入鏡的人不獨尼可，左右各有一人，其中一個是朱利安．艾姆斯。俊逸的朱利安．艾姆斯。另一個是誰，她不認識或不記得了，但她端詳這男人的長相時，看見他左眉毛上方有一小顆紫色橢圓形的痣。「天啊。」她說，但里察正忙著向賽吉解釋八〇年代初的芝加哥，說明男孩城多小，當年定位仍不明確，介於同志雜居區和同志朝聖地之間。里察也描述男孩城多麼獨一無二，在舊金山和紐約都找不到。菲歐娜心想，紫斑該不會是玻璃紙上的污點吧？伸手擦拭，但紫斑仍在。她凝視著這些不知自身染病的病患。那一年夏天，這種斑還只不過是疹子罷了。她把相簿還給里察，聽他繼續描述，看他邊講邊翻頁。菲歐娜假裝注視著他大腿上的相簿，其實正任憑時差侵佔她的視覺，讓相片模糊成一團。她受不了。

「這一個是艾許．葛拉斯。」里察說。「社運健將，砲火猛烈。嗓音美到沒人能比，洪亮的律師嗓音。他的肩膀啊！套句當年的老話是，壯得像一頭牛。好像沒辦法翻譯成法文。這一個我沒概念。很可愛就是了。這一個名叫赫藍姆什麼的，在貝爾芒街上開唱片行。貝爾芒街好比是……不知道。相當於現在哪裡？」

賽吉笑答：「全巴黎？」

「不是啦，親愛的，像瑪黑區的古街。我們芝加哥沒那麼鄉下。這個是達斯汀．姜諾普洛士。泰迪．奈普斯。口袋型的小鮮肉，你也看得出來吧。老是動個不停。這一個，我也不記得了。他長得像儒艮。」

「我不懂這名詞。」賽吉說。

「胖海牛。」菲歐娜不看照片搭腔。

「這個是泰倫斯，尼可的男友。耶爾．第敘曼和查理．基恩。這一對有一段纏綿悱惻的故事。看看他們多恩愛。這個是拉斐爾．潘尼亞。記得他嗎？」這話的對象顯然是菲歐娜，她強打起精神點點頭。

她以嚴肅的口吻回應，表面上是對賽吉說，其實對象是里察。「他們全死光了。」

「亂講！」里察說。「不是全部。大概一半吧。誇大其辭沒有好處。」

「誇張是美國人的習慣。」賽吉對里察說。「你們愛誇張。」

「別聽她亂講話。他們沒有全死光。」

菲歐娜說：「我想找一把鋒利一點的刀子。」這話來的不是時候，逗得老少兩男哈哈大笑，她才意識到，剛才沒提起變壓器的事，討利刃是想拆開塑膠硬殼包裝。經她解釋後，賽吉去拿一把大剪刀回來，敏捷剪開塑膠殼，不久後她的手機就能充到飽了。

里察說：「有兩件事還沒告訴妳。一件只是個小麻煩，另一件更算不上什麼。」

「才不是不算什麼。」賽吉說。「不得了的大事。」

「再大也礙不到妳。妳發信給我的那天，我沒跟妳提起。接下來幾個禮拜，我會忙得不可開交，因爲我有個攝影展要舉行。」

「在龐畢度中心。」賽吉接話。「媽的，不得了的大事。」

「還好，我的作品全準備好了，開展的前一天才會忙起來。不過，我有幾個訪問，其中幾個記者夠貼心，答應來我們家專訪我。所以，沒事、沒事、沒事、沒事。」

「可是，如果妳到時候還住這裡的話，一定要去看 *vernissage*！」賽吉說。

「意思是『預展』。」里察解釋。「只開放給媒體和名流。主辦單位想連續辦兩晚預展，不過我對他們推說，我老了。」

「十六日。」賽吉說。離今天仍有一個多星期，菲歐娜無暇思考那麼遠的將來。「後天晚上有一場大宴會喔！」

「我——也好。」她說，暗暗希望這樣的回答夠含糊。

「另一件事是個小麻煩。有一齣電影即將在我們這條街上拍攝。好像是美國片，浪漫喜劇吧。至少他們保證沒有爆破的場景，沒有飛車追逐戲。範圍是我們這街廓和隔壁兩街廓。哪一天開拍，我甚至不清楚，總之就快來了。恐怕妳是誤闖禁區了。」

「也可能會很好玩吧。」菲歐娜說。她想到的是曾立志當導演的克萊兒。克萊兒背得出整幕的《安妮霍爾》或《線索》（*Clue*）。也許如今人事已非了，但換作是從前的克萊兒一定想把握大好機會，好好在警戒線外觀摩拍片過程。

賽吉說：「順便可以談談第三件事。」

「還有第三件事？」

「噓！保留給妳的驚喜啦。」里察說，但菲歐娜不認爲他看得出她狐疑的表情。「相信我，是個很不錯的驚喜。很棒的驚喜。聽著，親愛的，我很高興妳來巴黎。我知道妳目前的處境不盡理想，不過能見到妳太好了。」

「我也高興見到你。」她是說眞話。眼前的里察是老年版的里察，她從來沒見過。人露老態的歲數似乎因人而異，但自從上次她見里察至今，里察邁入老年了。

上午九點〇七分。手機仍在充電，她在電源旁席地而坐，撥號給徵信社，接聽者是女性，劈里啪啦一串法語，菲歐娜心慌了。菲歐娜說：「哈囉？」對方再說一遍，比剛才更急。菲歐娜將燙手山芋似的手機丟給賽吉。「哈囉？」賽吉說。他解釋自己代表菲歐娜．馬庫斯（被她糾正應該是「布蘭查」（Blanchard））。菲歐娜人在巴黎，可以見面了。至少菲歐娜猜他的意思是如此。「好。」他說，然後摀住手機收音孔，小聲說，「幾點？」無所適從的菲歐娜聳聳肩，賽吉講了一句她聽不懂的法文，然後掛掉。

「半小時後在波拿巴咖啡廳見。」

「喔。」這算好消息，大好消息，但菲歐娜覺得措手不及，衣服還沒換，也沒照過鏡子。她以爲下午才見徵信社的偵探。她更不清楚咖啡廳在哪裡。

「別擔心。我騎摩托車載妳去。」

一九八五年

耶爾上氣不接下氣趕到時，希思莉開著金色馬自達停在藝廊外等，天空飄著毛毛雨，他連傘也沒帶。

她說：「我車上有咖啡。」

於是，濕漉漉的他坐進副駕駛座，握著熱騰騰的麥當勞咖啡，在她向北行駛的同時溫一溫手掌。

「你該知道的第一件事是，」希思莉說，「諾拉的孫女也想參與討論，還有她請的律師。不過，她沒找理財專家來，這可能是天賜的大禮，也可能是很不祥的預兆。」

菲歐娜在這件事的角色是什麼？耶爾納悶著。照推論，諾拉的孫女是她堂姐。不對，應該是表姐。對嗎？

「置物箱裡面有音樂卡帶。」

耶爾找到幾捲古典樂和合輯，另有一套兩捲的比利喬《精選輯》。他挑第一捲，放進卡帶座，從放到一半的《永遠是女人》（*She's Always a Woman*）開始播放。

他說：「所以說，到頭來，我們可能會白忙一場。」

「嗯。做我們這一行的，每一次都可能空手而回。有些人，我們用心經營了好幾年，砸了好多錢，最後他們把所有財產捐給某個不知名的慈善機構，一個幫母貓結紮的機構。」

「好吧，那我說出來好了——她在信裡不是提到幾個畫家？怎麼看都不太可能。尤其是莫迪里亞尼。他可以說是個警訊。自以為家裡有一幅莫迪里亞尼的人滿街跑，其實全是假的。」

「哼。」她一手放開方向盤，扭一扭耳環。

「不過，贗品要做得幾可亂眞，不花大錢可做不起來。僞造師專找錢多到沒地方可撒的對象。」他不希望希思莉全程生悶氣。此外，他也明瞭，他不希望希思莉調頭開回去。和查理吵架後做愛是很爽沒錯，但爲此吵架不値得，而且他現在不想回家。他想等到明天下午才回家，筋疲力竭，有故事可傾訴，也希望查理工作一天累了。他希望查理說，「我們叫外帶吧。」耶爾聽了會附和，「你懂我。」兩人會坐在沙發上，拿免洗筷吃中國菜，看黃金檔節目。如果耶爾今晚回家，上述假想情境一概不會發生。

進入威斯康辛州後，車子經過火星起司城堡店，然後見到一面「Bong森林休閒區」的路標。耶爾說：「我敢說，那塊招牌常被大學兄弟會的痞子偷走。」

「什麼意思？」希思莉說。她正視前方，有充裕的時間看清路標。

「我是說，偷回去掛在宿舍地下室。他們愛偷路標。我猜他們會想偷一個寫著bong（大麻水菸管）的路標。」

「我不懂。」

「喔。只是個好笑的字眼。」

「嗯。」

他們在加油站買優沛蕾和品客，換耶爾駕駛。搬來芝加哥後，他不常開車，但他在高中學過，有兩年暑假甚至借父親的車，當披薩外送員。一旦他弄懂這輛車的離合器後，開車的老本能全都復甦了。希思莉攤開一份檔案夾，放在大腿上，說，「我們目前指望對方無條件遺贈。從一九七〇年起，每年本校募款，她一年也沒捐，而以前的捐款全是小數字。樂觀而言，這可能只意味著她有點小氣。有時候，小氣鬼遺贈的錢比誰都多，原因不說也知道。如果她不清楚個人財務狀況，我們可以要求她捐幾個百分點，而不是捐一個整數的現金。她那一型的人往往低估自己的身價。她以爲自己有五百萬財產，捐給我們一百萬，結果她實際上有七百五十萬。倘若我們事先要求百分之二十的話，差別可就大了。」

「可是她只——」耶爾及時縮口，因爲他想起主任以問題代替反對的建議。「在妳看來，她信裡爲什麼只提藝術品？」

「也許她只關心藝術品。也許她答應把錢留給家人，但不想打散心愛的收藏品。」

她似乎覺得這問題沒什麼大不了。希思莉必定是精於大坑繼承人油水。他也想到，老婦人的遺囑裡，菲歐娜該不會也有一份吧？菲歐娜不是說過諾拉特別疼尼可？同理，她也疼愛菲歐娜吧？

途中閒聊之間，耶爾得知希思莉已離婚，有個十一歲的兒子。她在戴維斯街上有間小公寓，是斯基德莫爾學院畢業生。反過來，她完全不問耶爾的背景。

杜爾郡半島的南界是鱘灣（Sturgeon Bay），車子行經此處，希思莉攤開威斯康辛州的大地圖，以塗著透明指甲油的美甲，指出順著半島兩岸北上的途徑。「看起來，這兩條路在姐妹灣再會合，和我們前進的方向一致。」

「這地方有什麼？」耶爾說。「有知名景點嗎？」

「有幾座燈塔吧，我想。渡蜜月聖地。」

「風景的確漂亮。」

她猛然抬頭，望向耶爾另一邊的車窗外，彷彿這才發現置身何處。「是的。非常美。」

「待會兒，妳想主導嗎？」

「如果你不介意的話。」

原則上，耶爾介意。那封信是衝著他來的。但這一次事關多面。就算那批畫證明是贗品，他最後也會慶幸這一趟不只是爲了接受捐贈，也能認識尼可的姑婆。

耶爾選擇走西岸，希思莉指引他駛上一條名爲「ＺＺ」的郡道。「我懷疑本地人都說雙Ｚ嗎？」她說。「或只說一個Ｚ？」

「或者說ZZ。」耶爾說。「像ZZ Top樂團那樣。」

希思莉居然噗滋笑了，小奇蹟一樁。接著，她轉頭望向她那邊的車窗外，耶爾見她肩膀繃緊，臉孔向下垮。這一帶的房子不是豪宅。剛才，一路上曾見過幾棟佔地遼闊的莊園，如今沿途只見樸素的農屋式民房，全是大片田野包圍的小房子，環境其實美不勝收，卻不是百萬富豪的天地。

車子減速停靠在一棟白房子前面。屋子正面的門廊裝設紗門紗窗，樓上三角牆只有一扇窗。通往門廊門的水泥階整齊，兩旁掛著鮮花盆栽。一間亟待整修的獨立式車庫只容納一輛車，外面停著兩輛舊福斯車。

希思莉看後照鏡檢查頭髮。她說：「完蛋了。」

「說不定她老年癡呆了。」耶爾說。「該不會有妄想症吧？」

他們尚未走到門口，一名年輕女子出門來，站在臺階上招招手，沒有高興的樣子。

希思莉和她握手。女子名叫黛博拉，諾拉的孫女。她道歉說，雖然諾拉衣服換好了，準備見客，可惜律師還沒到。她的長相和菲歐娜或尼可毫無相近之處。黑頭髮，黑眼袋，膚色可以說是古銅，也可以說是蒼白。也許是選錯粉餅的色調。

他們跟著黛博拉穿越門廊，進入客廳。這裡令耶爾回想起童年學鋼琴的地方。和鋼琴老師一樣，諾拉也精心挑選裝飾品，擺滿所有架子和窗臺：玻璃小玩偶、貝殼、盆栽、裱框相片。書籍看起來是真的讀過。緊鄰壁爐的箱子裝滿唱片。沙發背的表皮被磨破了。這客廳的風格像大學教授或退休心理治療師的家，衣食無缺但不重視虛浮的家具。反過來說，這地方的屋主也不是酷愛蒐藏藝術品的人。

客廳對面有人用助行器走來，想必就是諾拉，只不過，照檔案資料看，她年高九十，而這位老婦人的臉孔不超過七十五歲。她的嘴唇動一動，半晌才講得出聲音。「我很高興你們能來這一趟。」她的嗓音出奇的自信明快。她說話之際，耶爾查覺，剛才她講不出話的原因並非失智，或言語困難。她說：「黛博拉這就去幫我們泡茶，我請的律師史丹利待會兒就到。我們可以認識認識！」在黛博拉攙扶下，她坐下來，皮椅的皺褶處仍是褐色，但太陽曝曬處已經褪成泥灰色。她熱切凝視著耶爾，全程只看耶爾，令耶爾不禁懷疑，她在客廳外駐足遲疑的原因會不會就是自己。也許，菲歐娜曾向她解釋過耶爾在尼可人生裡的角色。耶爾忽然在意自己穿的藍船鞋，擔心會被諾拉認出。

耶爾和希思莉坐在低矮的藍沙發上，沙發被壓得朝中心傾斜，令耶爾拼命阻止自己滑去撞上希思莉，希思莉則握住她那邊的扶手，穩定重心。進門至今，她始終安靜，耶爾能察覺她在身邊生悶氣。

黛博拉說：「我很樂意去泡茶，不過，在我離開時，能不能請你們不要討論事情？」

耶爾答應她。諾拉在孫女背後做了一個在代課老師背後翻白眼的學童表情。

諾拉穿一套經編平紋布粉紅色運動衣褲，莫卡辛鞋的縫線已裂損。耶爾想著，讓她外表年輕幾歲的關鍵是不是髮型？典型老太太的髮型是短捲髮，她的白髮則是平直垂下的鮑伯頭。她的體型像菲歐娜，嬌小纖瘦。有些老年人，你怎麼看也無法想像他們年輕的模樣，也有一些老年人，老臉仍有二十五歲的遺跡，諾拉屬於這一類。諾拉這型的臉孔顯然能返老還童。耶爾注視諾拉，隱然見到她五歲時的童顏，小淘氣、早熟、目光湛藍。也許是她微笑的關係，也許和她十指摸臉頰的動作有關。

希思莉啞巴似的坐著，耶爾只好開口撐場面。「妳是菲歐娜的姑婆。」他說。

諾拉眉開眼笑。「很討人歡心的孩子，不是嗎？我弟修是她的祖父。她和尼可的。」她說。「家族裡愛畫畫的只有尼可和我，其他人都太重視文字，不看重圖形，每一個都是。至於菲歐娜嘛，我們還在拭目以待，看看她屬於哪一型。你不也有點擔心嗎？不過尼可是個不折不扣的畫圖高手。」

耶爾說：「我和他是好朋友。」他不願在此時激動起來。當場在沙發上情緒崩潰，希思莉看了會作何感想？這位老婦人外表不太像尼可，但她是個美人胚子，尼可也是美人胚子，這樣不就夠了嗎？

諾拉為他解圍。「介紹你的藝廊給我聽聽吧。」她從進來就握著一團面紙，這時拿起來對著面紙咳嗽。

耶爾轉頭看希思莉，見她聳一聳肩膀。進老婦人家後，耶爾見到的裱框藝術品僅有幾幀快照和全家福沙龍照，對她的藝術收藏不再抱奢望。話雖這麼說，他還是回應，「藝廊成立五年了。現階段，我們輪流展示自家和其他機構的作品，不過，我們也開始蒐集永久館藏。這是我的任務。」

「喔！」諾拉顯得焦慮，不耐煩。她匆匆搖頭一下。「我不曉得你們是*Kunsthalle*。」

耶爾聽了感到意外，希思莉露出迷惘、心煩的表情。「意思是輪展式的藝廊。」他對希思莉說。但這麼說顯得希思莉一無所知，也許是不智之舉。他改對諾拉說，「不過，我們正在累積永久館藏。我們有世界級的大學在背後強力撐腰，更有捐款潛力雄厚、事業成功的校友團，地處全球藝術大城之一。」他的語氣近似募款機械人，不像有血有肉的耶爾。去年新曆除夕夜，他曾和她的姪孫尼可翩然慢舞，也曾站在尼可病床旁說，無論將來發生什麼事，他和查理一定會好好照顧菲歐娜。諾拉愣一愣，料想他會繼續闡述。他說：「我們在複製畫和草圖方面的收藏已經很豐富了。據我瞭解，妳的收藏品裡面有幾幅是素描吧。」

他及時封口，因爲黛博拉正好端茶盤進來。茶具古意濃厚，小花薄杯有破損處，茶壺冒著蒸氣。

諾拉看著希思莉說：「妳呢？是他的助理嗎？」

耶爾認爲這句話冒犯到希思莉，大事不妙，差點爲希思莉辯護，但繼而一想，護著希思莉只會讓場面更難堪。於是，他幫所有人斟茶，讓希思莉說明自己的角色。她說：「我想說，我親自來一趟的話，可以在計畫性捐贈方面提供更全面的建議。」

諾拉說：「黛博拉，乖孫女，妳幫我去前院招呼史丹利好不好？他老是開過頭又調頭回來。」

黛博拉在鬆垮的毛衣外披上外套。她的隨性裝扮還算時尚，年紀輕輕卻因疲態而顯老。她大約三十出頭，和耶爾相近，可惜像個憂鬱纏身的少女般缺乏魅力。

黛博拉出門後，諾拉向前傾身說：「我非講一聲不可，我孫女對這事很不滿。她的觀念是，這批畫如果賣掉，她這輩子就不必上班了。她是怎麼被慣壞成這樣的，我想破頭也想不出原因。我兒子呢——她的爸爸——他再婚，娶了一個年紀比黛博拉更小的太太，生了兩個小娃兒，也被寵到不像話。我講句難聽的話，問題就出在我兒子身上，不過，兒子是這些個問題的交集，不是嗎？」她的嗓音夾雜著咻咻聲，彷彿言語全是從狹隘的走廊被擠壓出來。

耶爾想提的問題不下百萬個：家族、財務、諾拉的收藏品、收藏品的出處、諾拉的精神狀態，但他不願當面拷問她。他說：「我從藝廊帶了幾份說明書過來。」他在咖啡桌上翻開其中一份。

「喔，親愛的。」諾拉說。「老花眼鏡沒帶在身上啦。乾脆你介紹給我聽吧。學生常去逛嗎？藝廊是不是學生常出沒的地點？」

耶爾說：「不只是，本校研究生和藝術本科生也有機會去——」

這時門廊已傳來對話聲。耶爾和希思莉起立，迎接律師史丹利。高個子的律師頭髮灰白，新聞播報員臉型，眉毛狂亂不羈。「我最愛的女士！」他對諾拉說。聲如洪鐘的大嗓門和他的外表一致。他很適合站在鏡頭前告知觀眾今天股價下跌，西奈半島衝突導致十五人喪生。

彼此介紹的當下，耶爾就能預測到接下來的話題。果然。史丹利拍拍他的背說：「不會吧這名字！你讀耶魯？那一定很神：耶爾上耶魯。或者你是哈佛人？耶爾上哈佛！」[7]

「密西根大學。」耶爾說。

「爸媽很失望吧！」

「是照親戚取的名字。」

在六歲前後，耶爾得知，名字是照姑媽「雅耶爾」（Yael）取的。他不曾向人吐露。

---

7 Yale的名字和耶魯大學撞名。

史丹利接著轉向希思莉，煞有介事地朝著她從頭到腳打量一番，希思莉在他有機會讚美前緊急煞車，說，「我是希思莉．匹爾斯，西北大學計畫性捐贈處主任。我們很高興你能過來。」

史丹利自我介紹說，他住在鱘灣，認識諾拉多年。他端起茶杯，茶杯在大手裡顯得像裁縫用的頂針。他是專辦遺產的律師，希思莉聽了黯然不悅。耶爾心知，希思莉僅抱一絲希望，但願這名律師的專業是離婚或意外理賠。

所有人坐下後，史丹利一句話碾碎希思莉的幻想，耶爾的希望也差不多全破滅。史丹利說：「諾拉小姐可是比志願律師更大方喔。」

「史丹利！」諾拉臉紅了，受寵若驚。

手臂勾緊沙發扶手的希思莉鬆手了，耶爾感覺沙發動了一下。希思莉心涼了半截。

耶爾於是說，「我想談一談妳收藏的藝術品。」

黛博拉在祖母開口前搶答。「首先，家裡一幅也沒有。」她說。「全擺在銀行保險箱。」

「很好。非常明智。」

「她也拒絕請人估價。」黛博拉語帶盛怒。那當然。祖母只請得起志願律師，能留下的家產絕不會多如山，只有家裡一些小玩意，或許能遺贈的是這棟小房子。此外，表面上看來，遺產還有黛博拉無法得手的高價藝術品。

「瞭解。它們的真僞也還沒有通過鑑定，是嗎？」

諾拉說：「我哪用得著鑑定！這些畫是我第一手從畫家那裡取得的。我在巴黎待過兩段時間，不知道信裡有沒有提到。第一次是一九一二到一九一四年，那時候我才十幾歲，然後是在第一次世界大戰之後，住到一九二五年爲止。打仗的時候我坐壁上觀。」她小笑一陣。「那時候，信不信由你，我是藝術生，姿色不錯，而且認識這些畫家又不比登天難。戰後，我開始當他們的人體模特兒。要是傳出去，我爸媽的名聲可就遭殃了，因為那年代當模特兒跟出賣靈肉沒兩樣。我取得的這些畫多數是寫生的酬勞。有少數幾位畫家我在信裡沒提到，有些作品可能一文不值，另外還有我這幾年送走的好多幅。誰死了，我就送一幅素描給他的遺孀，差不多是這樣。」她歇口喘喘氣。「他們並非各個是天才，我當年也不想對他們太挑剔。不過，其中有幾個，甚至在當年也大名鼎鼎。唉，我為名人癡狂。我收藏的畫呢，幾乎每一幅都有簽名。這是我當時限定的條件。畫家不見得人人都肯簽名，尤其是快筆素描的東西。不過，這是我訂的酬勞。」

排除其他心態不管，耶爾聽得入迷。諾拉有可能是狡詐的偽造集團拱出來的幌子（更弔詭的詭計不是沒發生過），也可能根本罹患妄想症，但她絕非贗品受害者。在捐贈藝術品的領域，多的是握有贗品卻渾然不知情的受害人，耶爾的任務是靜觀其變，靜候百萬富豪得知他炫耀多年的德．奇里訶[8]是個徹底冒牌貨。

「這些畫有沒有投保？」他問。

黛博拉插嘴：「有，但金額差太多了。」坐著的她端著茶杯不喝，怒瞪咖啡桌面。

諾拉說：「咦，難道你們美術館不能自己鑑定嗎？」隨即她又說：「老天爺啊，看！」因為屋外下起滂沱大雨。

耶爾輕聲說：「假如美術館都能自行鑑定館藏的話，每間美術館都收藏一百幅畢卡索了。話說回來，妳聽我說，如果我們有理由相信這些作品的出處真如妳所言，我們或許能在鑑定時提供財務上的贊助。鑑定費用不能由我們直接支付，不過，說不定我們能另外找到有財力贊助的捐款人。」這方式是否禁得起考驗，他不確定，但說出來應急總是值得。

諾拉以異樣眼光看他。「出處真如我所言！」

8 德．奇里訶（Giorgio de Chirico, 1888-1978），希臘裔義大利籍超現實畫派畫家。

「我沒有懷疑妳。」他查看黛博拉和史丹利的神情，見他們一臉認眞，不像在哄老婦人。他說：「我儘量不想太興奮過頭，因爲對本校和藝術圈而言，這是一批至寶。我不想樂極生悲。」這是實話。

希思莉這時候接話，但耶爾忙於思索一件事：在我人生遇上岔路而徬徨時，我常怕選錯路導致失望心碎，這份恐懼該不會是主宰我人生的魔障吧？或者，更確切而言，左右人生方向的是自保的念頭——想保護尚未破損的半顆心，保住隨著每次失戀、每次落敗、每場喪禮、在世每一天愈變愈小的那一部分。全芝加哥男人那麼多，他只守著查理，心理因素該不會被分析成「怕心碎」吧？耶爾可能讓查理心碎——他幾乎每天讓查理心碎——但查理縱使佔有慾再強，也絕不會棄耶爾而去。

這場大雨有意壓垮整棟房子。

史丹利說：「我們先假設一切鑑定無誤好了。你能保證這些畫被展示在醒目的位置嗎？能不能保證接受捐贈之後不會變賣？」

耶爾請律師放心，作品將定期輪流展出。日後如果場地擴充了，作品能永久展示。

「有件事。」諾拉說著向前傾身，直視耶爾，彷彿呼之欲出的下一句話是最重大的事情。「我不希望你偏心。我希望全數作品都能展示。」

「這其實由不得——」

「這些畫家裡面，有兩三人籍籍無名，尤其是藍科．諾瓦克。基於情懷，我留著他的作品不肯放手。他的畫還可以，你可別以爲他的作品是醜八怪，他只是沒名氣罷了。我可不希望你顧著展示蘇丁，卻把諾瓦克關進櫃子裡。」她食指指著耶爾。「你知不知道藤田嗣治？」

耶爾能誠實點點頭。相較於其他美術館募款人，他的一大本錢是對於藝術的認知豐富。在這方面，他屢講不厭的一個笑話是，大學期間，他有兩件事瞞著父親，一是他的性取向，二是他主修藝術。該向父親透露哪一個祕密呢？他的想法是，乾脆向父親出櫃，因爲似乎比較不棘手。實際狀況是，大二那年放寒假，他在返鄉的車上一路默背著他想稟告父親的消息，說他想從財金系轉修藝術史。結果那天晚上，男友打電話到耶爾家，耶爾的父親接電話，男友馬克誤以爲線路另一端是耶爾（男友說：「我好想你喔，寶貝。」耶爾父親回應，「想什麼想？」依本性，馬克一五一十詳盡說明。）內幕驚爆之後，整個假期父子互相迴避，默默嚼著吃剩的義大利麵。原先，耶爾打算告訴父親，明年秋季班他想找一位教授修獨立研究課，說他不是那麼愛財金系，說他如果取得藝術史學位，將來能教書，能出書，也能從事名畫修復的工作，甚至能進藝術品拍賣公司上班。他原本打算解釋說，他深受卡拉瓦喬[9]《聖傑羅姆》（*Saint Jerome*）系列畫的震撼，看得雙臂顫抖不已，天下萬物頓時杳然無蹤。怪的是，震撼耶爾的並非卡拉瓦喬爲人稱道的「影」，而是光。都怪馬克一通電話攪局，耶爾羞辱到不敢吐露想換主修一事：我不只是同性戀，而且是主修藝術的同性戀。寒假結束，耶爾於一月回學校，對他的指導教授撒謊，騙她說他改變心意了。他繼續攻讀財金系，但也抽空去藝術史系旁聽許多課程，坐在講堂的最後面，全場只亮著馬內、哥雅、索羅亞[10]的幻燈片。

諾拉說，「你知道藤田嗣治啊，我太高興了，因爲史丹利和黛博拉一竅不通。菲歐娜一提起你，我就知道非你莫屬。你知道嗎，我以前常去看尼可。我看見他住的那一區，那些男孩子，讓我回想起的往事多到數不清啊，想起以前在巴黎的那票朋友，我們全是外國人。全是漂流木和渣滓。」

耶爾心想，希思莉是否聽得懂「那些男孩子」的「那一區」。他連手都不敢隨便移動，不敢朝她那邊望去。

「我不是把尼可的那一區跟巴黎相提並論，你可別誤會，不過男孩子從四面八方聚集在一塊，意思是

---

9 卡拉瓦喬（Caravaggio, 1571-1610），十六、七世紀義大利畫家。

10 索羅亞（Joaquin Sorolla, 1863-1923），西班牙印象派畫家。

一樣的！我年輕時，哪懂那年代盛行什麼運動，現代人倒是稱呼那年代是『巴黎美術學院』運動，意思其實是，那一批龍蛇和雜碎，全在同一年代，被浪沖刷到巴黎。每個人各自出生在什麼雞不拉屎的村落，後來到了巴黎，全升天了。」

耶爾抓住她的話尾，趁機轉變話鋒。「能見識一下那幾幅畫該有多好。」他說。

「喔——」諾拉故作姿態喟嘆。「唉，全是黛博拉的錯，對吧？我們本來想帶她的拍立得去銀行，結果不曉得缺了什麼東西。」

黛博拉說：「沒辦法，冬天到了，所有禮品店全關門。底片我有，可惜沒閃光燈。」

「我去鱘灣可以幫妳找一個。」史丹利說。黛博拉聽了一臉不悅。

「我們就這麼辦吧。」諾拉說。「用拍立得拍幾張，然後我郵寄給你。看相片看不太清楚，我曉得，不過至少你看了心裡有個譜。」

在場既然無人提議一同冒雨去銀行，耶爾也不作聲。他不想被黛博拉和史丹利嫌他企圖心太強，不希望諾拉被這兩人勸退。他的任務是贏取諾拉信任，而非染指藝術品。耶爾說：「我也可以寄藝廊分布圖給妳參考。我再把我的地址給妳一次，這樣一來，郵包可以直接寄到我這邊。」他瞄希思莉一眼，見她早已置身事外。他對諾拉和史丹利各遞一張名片。「這上面有我的專線。」

告別前，史丹利拿到「實物捐贈」與一般遺贈的簡介。沒帶傘的耶爾和希思莉出門，直奔停車處，希思莉拿檔案夾遮雨，好像不在乎檔案被淋濕。送客的黛博拉目送他們走，手也不揮。

「她肯定是迷上了你。」希思莉說。她邊說邊想弄清楚雨刷如何啟動。

「也好，我們可以善加利用。」他不願說明尼可的背景，不想解釋說，諾拉和他談得來的原因和藝廊無關。

「敗得好慘。」雨刷動起來，擋風玻璃兩側的雨水頓時嘩嘩傾瀉。

「有嗎？」

「快說你剛才只是在哄老太太。」

「我不確定是。」

「看那老太太，看那棟房子，哪一點讓你覺得她那幅莫迪里亞尼是眞跡？」

「我覺得——我覺得是啊。當面談一談之後，我的想法變了。我認爲是眞跡的機率還算可以。」

「哼。祝你好運。如果你沒被那孫女攔住的話。還有個兒子。遺囑拖到這麼晚才立，家屬一定會提出質疑。『哎唷，她老年癡呆了！被律師佔便宜了！』我還是祝你好運。」

希思莉飆上鄉道ZZ，耶爾才領悟到她輸不起。她在這一行做得有聲有色，可能正因爲具有輸不起的個性。她和查理一樣，野望薰心。耶爾仰慕有這種個性的人。把查理介紹給他認識的人是尼可，當時查理轉身招呼某個剛進酒吧的人，尼可悄悄告訴耶爾，「他將來會當上全國第一個同志市長。二十年以後。」查理精於動員，擅長對人心煽風點火，引人閱讀他出刊的週報，主因是他極難嚥下吃癟的苦水。打敗仗，他的解決辦法是熬夜到清晨五點，到處打電話，對著筆記簿振筆疾書，直到擬好一套新的行動方案才肯睡。和這種個性的人朝夕相處是難事，然而，假如有一天，查理這個轟轟運轉的時鐘從他的人生中央地帶消失，他將如何自持？他再也無法想像了。

希思莉說：「剛才我好想找一把剃刀，剃一剃那律師的眉毛。」

她在雨中的車速過快。耶爾想請她減速，開口卻說，「我餓死了。」沒錯。下午三點了，他們只吃了在加油站買的零食。

有家餐廳標榜著週五油炸魚，樓上有房間，他們開進這裡停下，進餐廳看見每桌的桌布式樣不一，有一座長長的吧檯。

希思莉說：「吃飽後，我們又要上路嗎？或者乾脆借酒澆愁？」

耶爾連想都不必想。「我相信這裡有房間。」明天出太陽再開車回家。

希思莉去吧檯坐下，點一杯馬丁尼，耶爾點啤酒，說他馬上回來。大廳沒有公用電話，飯店老闆讓他借用店裡的電話。

響了十聲，查理才接聽。

耶爾說：「我們今晚絕對要過夜。」查理說：「再說一遍，你去哪裡了？」

「威斯康辛。在半島上。」

「你跟誰去？」

「天啊，查理。她是一個長得像黛安娜王妃姐姐的女人。」

查理說：「好。我想你。你最近太常鬧失蹤了。」

「太扯了。」

「聽著，我今晚去奈爾斯鎮。」耶爾忘了查理的抗爭行程，但他相信，這次抗議的主軸是警察不停找碴的一家酒吧。早在兩人交往之初，耶爾就對查理聲明，他絕不參加抗爭活動，因爲他太容易緊張，用不著警棍和催淚瓦斯就投降了。

耶爾說：「祝你平安。」

「我被打斷鼻梁的樣子一定很正吧，趕快承認。」

耶爾回餐廳，酒保正在對希思莉說，黑手黨老大艾爾．卡彭來這裡住過幾次，嘍囉們常利用大湖結冰，整車整車走私烈酒。希思莉喝乾剩下的馬丁尼，酒保嘿嘿笑說，「我調得很不錯。」酒保接著又說，「我也能加櫻桃口味，號稱是『杜爾郡特級』。妳想不想嚐嚐看？」她說想。

坐久了，餐廳裡的客人慢慢變多，有一家大小，有莊稼人，有流連忘返的渡假旅客。希思莉喝醉了，點一盤鍋餅，有一口沒一口吃著，嫌太油膩。耶爾分她吃一些炸魚加薯條，被她婉謝。見她點第三杯馬丁尼時，耶爾加重語氣再多點一些麵包。

她說：「我才不要麵包。我要的是酪梨和幾塊茅屋起司。這才是減肥餐。你吃過酪梨沒？」

「吃過。」

「你當然吃過。呃，我不是有意暗示什麼。」

「有什麼好暗示的，我不太懂。」他左右瞄一眼，幸好沒有被閒人聽見。

「少裝蒜。你們啊，比較文雅。咦，『儒雅』才對吧？算了，『文雅』。總之啊，聽我說。」她伸兩指，按在耶爾大腿上，接近卡其褲胯下。「我想知道的是，你們難道都不找樂子了嗎？」

耶爾聽得霧煞煞。正好走過去的酒保調皮眨眨眼。在酒保眼裡，這兩人大概是姐弟戀吧？即使希思莉大他好幾歲。一個主流白人職業婦女，帶著她的猶太裔小白臉。他壓低嗓門，希望希思莉也跟著小聲。

「妳指的是我個人，或是所有男同性戀？」

「就說嘛，你果然是同性戀！」不是太大聲，謝天謝地。希思莉的手停留在胯下地帶，也許她根本沒有煽情的意思。

「對。」

「不過，我剛才想講的是，我想說啊，男同性戀——不好意思，我不該亂猜的，不過，我剛亂猜，結果被我歪打正著——我想說，男同性戀以前比任何人更懂得怎麼找樂子。你們以前讓我好嫉妒。現在呢，你們全變得好正經，全愛待在家裡，全被一個無聊的病礙到了。有天，有人帶我去看『指揮棒秀』。在『指揮棒俱樂部』[11]。你應該知道的。好好玩喔。」

依然沒有閒人在旁聽。靠窗的一桌有個女娃正在鬧脾氣，把烤起司甩到地上。耶爾說：「我可以說，

---

11 Baton Club，以妖姬表演聞名的夜店。

有整整十年，我們是玩得挺開心的。妳認識的人如果懂得收斂一點，那我很高興。不是所有人都懂得收斂。」

希思莉的手指對他的大腿再施壓，彎腰向前。他擔心她會從吧檯高腳椅摔下地。「可是，你難道不懷念找樂子的日子嗎？」

他小心移開她的手，放到自己大腿上。「我認為我們對『樂子』的定義不同。」

她露出受傷的表情，但迅速回神過來。她壓低音量。「我想講一件事，我包包裡有一點『鹼鹼』。」

她指向吧檯椅下面的淺黃色手提包。

「妳有什麼？」八成是聽錯了。今早她連水菸管的笑話都沒聽懂。

「『古—柯—鹼』。待會兒我們上去，可以樂一樂。」

幾股念頭同時湧入耶爾腦海，其中最大的想法是，明早希思莉必定會赫然發現自己失態。他為她尷尬到極點，多想直接把古柯鹼倒在吧檯上吸食，一了百了。然而，最近他心臟連多喝一杯咖啡都受不了。一年以來，他連大麻都沒抽過。

他看著她，神態儘可能親切地說：「我幫妳點一大杯水，妳多吃點麵包，然後去睡覺，盡情睡個飽，等妳準備好了，全程我來開車。」

「哇，你以為我醉了。」

「是的。」

「我其實還好。」

他把麵包推過去，也推給她一杯水。

日後，希思莉可能找他出氣，可能故意搞砸將來布瑞格藝廊的遺贈案。但反過來說，他不必怕，因為他抓到她的把柄了。他不會藉機恐嚇，不會出狠招，但這件事或許能稍微平衡雙方的位階。

他說：「等妳一覺醒來，妳不必擔心這事。這一趟很順利，對吧？」

「是啊。」她說。「對你而言。」

翌晨，耶爾點煎餅和一杯咖啡。昨夜，他寫一張紙條給希思莉，以防她忘記既定計畫。送她回她房間時，他把紙條留在抽屜櫃上：妳慢慢準備，我會在樓下等妳。

他閱讀《杜爾郡倡議報》和《芝加哥論壇報》，在後者讀到兩篇值得和查理討論的文章，一則是提倡查禁酒吧減價時段，另一則是抨擊國會愛滋經費微薄的社論。輿論仍在談同性戀，而且《論壇報》依然肯爲同性戀闢篇幅，不啻爲小小的奇蹟。查理沒料錯。查理曾說，當紅名人愛滋病逝的消息最能提高愛滋能見度。果不其然，洛赫遜染上愛滋，病危甚至沒勇氣出櫃。愛滋肆虐四年了，總算亮起一絲曙光。但還不夠。查理一度發誓說，如果共和黨的雷根總統肯屈就，願意公開談愛滋危機，他一定捐五元給共和黨。（查理說：「我打算在備註欄裡寫『我用我的基佬舌頭舔過信封。』」）然而如今，至少耶爾搭捷運時聽得見乘客提到同性戀。有一次，他去飯店接一名捐贈者，在大廳聽見兩個青少年調侃說，「水果（同性戀）怎麼變才會變蔬菜（植物人）？」他也聽過一個女人問另一女人，應不應該再去找同一個同性戀美髮師做頭髮。很難聽，沒錯，但總勝過活在平行時空裡，喊救命喊破嘴也沒人聽見。如今變得像有人聽得見，只是懶得理。話說回來，這不就代表進步嗎？

上午十點三十分，希思莉終於現身，穿毛衣和筆挺的長褲，妝化了，頭髮也梳理整齊。她說：「天氣比昨天好太多了！」

「妳感覺還好吧？」

「棒透了！告訴你好了，我連宿醉都沒有。我昨晚眞的沒醉。多謝你好意爲我操心。」

耶爾開著車，希思莉頭靠車窗。耶爾儘量避免車子震盪，轉彎儘量和緩。兩人話不多，開口只討論如果這批畫是眞跡，該採取什麼樣的策略。和諾拉一家交涉的事宜交給耶爾，等到進入實際遺贈程序，有必要時希思莉才介入。

耶爾瞥見希思莉腳邊的黃包包。現在他知道，包包裡有個裝古柯鹼的小夾鏈袋——除非今早被她吸光了。但看情況，她沒吸食。萬一被警察攔檢，他和她都會遭逮捕。他把車速放得更慢。

他伸手進夾克口袋，取出M&M巧克力，請希思莉吃。她只拿一粒。

希思莉說：「你認識她姪兒。」

「姪孫。他是我在芝加哥第一個眞朋友。」

她說：「希望別因此影響到你的判斷力。」

二〇一五年

在波拿巴咖啡廳，菲歐娜和賽吉圍著圓桌坐，對面是徵信社的偵探。直到她和偵探面對面，她才察覺自己對偵探有定見。在她既有的觀念裡，曾任警察的偵探穿風衣，行事狀況百出，揮汗如雨，最後以行動證明是天才偵探。菲歐娜面對的這位偵探個子矮小，沉默寡言，名叫亞諾。他以標準英式英語主動說：「叫我Arnold就好。」彷彿她連簡單的「O」音都抓不準。亞諾猶如一支剛削好的鉛筆，黑臉窄小，主要特色是尖鼻子。並不是說她想找個電影偵探。這案子和電影無關。如果女兒克萊兒眞的在巴黎，找起來應該不難。至於能不能勸她出來見面，那又是另外一回事了。

亞諾接下她遞交的支票，摺好，放進胸前口袋。他低頭吃水果沙拉，快口發問。

「妳女兒，她的法文如何？」

菲歐娜看著她的起司煎蛋捲。剛才她餓得很，現在卻一口也吃不下。「她高中在學校學過。」

「公立中學。」賽吉解釋。賽吉載菲歐娜過來的路上，菲歐娜抱緊他的腰，兩眼不敢睜開。到了目的地，賽吉留下，給自己點一杯義式濃縮咖啡，現在似乎覺得有必要證明自己爲何參一腳。

克萊兒念六年級時，菲歐娜曾承續母親當年的說詞，勸克萊兒：「妳有古巴血統，妳是知道的。妳不覺得西班牙文——」克萊兒打斷她說：「我也有法國血統啊。而且，我的DNA有百分之九十九跟老鼠一樣。我有必要學吱吱叫嗎？」

在咖啡廳裡，菲歐娜繼續說：「可是，我不知道她在這裡住了多久。三年吧，可能。」

「她脫離邪教已經三年了？」

「對，」菲歐娜說，「不過——」她不知如何接下去。她想講的大約是，進邪教的人一輩子也走不出來。除了邪教本身之外，克萊兒還受制於個人的邪教——臣服於柯特．匹爾斯。一個帶頭，另一個跟隨。

「而妳現在相信，她住在巴黎。」

「呃——」忽然間，她不記得自己為何一口咬定拍片地點就在巴黎。背景有巴黎鐵塔嗎？沒有，但是——影片的主題正是巴黎。她感覺好累，轉頭時，視覺拖一秒才聚焦。她說：「你看過那支影片嗎？」前幾天，她聯絡上徵信社時，已經把連結傳給他。

亞諾點頭，從腳邊的背包取出薄薄的筆記型電腦，流暢地掀開，播放影片。巴黎咖啡廳能無線上網，感覺突兀。在她心目中，巴黎凍結在一九二〇年，始終是諾拉姑婆的巴黎，到處是以悲劇收場的愛情和罹患結核病的藝術工作者。

「在三分鐘的地方。」她說。十天前，克萊兒的大學室友莉娜發電郵給她，內含YouTube連結，也附上謹慎的字句：「有人傳給我的，不知道裡面那人會不會是克萊兒，在三分鐘處。我分辨不出來——妳認為呢？」菲歐娜的電腦太笨，不能快轉，只好看完全長七分鐘、針對中上階級觀光客想帶子女遊法國而製作的「全家福旅遊攻略」。旋轉木馬、安吉麗娜茶坊的熱巧克力、盧森堡公園池塘的輕舟。接著，小男生髮型的女主持人開始在橋上倒退走，講著畫家「捕捉美景讓您帶回家。」在亞諾的筆電上，主持人身後出現一名女子坐在摺疊凳上，似乎照指示對著小畫布瞇眼，拿著畫筆沾沾顏料。看起來像克萊兒嗎？對。不過，這女人比較胖一些，頭髮紮著一條時髦的頭巾。主持人快活地說，「誰知道呢？畫家甚至可能也帶著自己的小孩呢！」她指的是女子身旁的小女孩，嚴格說來仍在襁褓，正在女子腳邊玩著紅色小玩具。

「這就是她？」亞諾說，點一點畫面上的人臉。

「對。」她不想說她幾乎認定是，也不想提自己惡夢連連，一直夢到橋上女子轉身，臉變成動物臉，變得糜爛不堪，根本不是克萊兒的臉。要亞諾去找克萊兒的話，菲歐娜希望他有找得到人的自信。

「這頭巾看來沒有宗教味。」

「對，不過，她信的邪教不綁頭巾。」

亞諾說：「我認得這座橋。」

「是藝術橋嗎？」

「什麼？不是不是。是大主教橋（Pont de l'Archevêché）。在聖母院旁邊。這橋上有車子來來去去，看見沒？藝術橋不准車輛通行。」

旁人必定看得出她想一躍而起，立刻騎上賽吉的機車殺過去。

「在這橋上畫畫不太尋常。我懷疑——」他望向賽吉，彷彿想求證——「是影片特別安排她去擺擺樣子的。」

菲歐娜說：「可是，她也可能住在那附近。要不然，拍片子的人可能認識她！」

亞諾沉重點點頭。「美國的一家小製片公司，設在西雅圖。她有沒有可能住在那裡？她可能是攝影團隊的一員，被叫到橋上擺姿勢。」

克萊兒的確熱愛製片，亞諾的推測不無可能，菲歐娜日後能探查看看，因此她說，「她作畫的可能性遠比拍片高。她信的那個教——他們排斥科技。後來，我就不清楚了。」

「不過，她已經脫離邪教了。」亞諾合上筆電，拿起叉子，菲歐娜見狀知道自己該從頭交代全貌了。在電郵中，她的描述只點到為止。

「柯特其實是我介紹給她的。」她說。「他年紀比較大，是朋友的小孩。他今年四十一了。」

「我有他的幾張相片。」亞諾說著叉一顆草莓到嘴前。

「我不是有意把他們湊成一對。當時她放暑假，去科羅拉多當服務生，到處玩玩，而柯特正好住那裡。當時是二〇一一，是她快升大二那年暑假。結果一轉眼，她談起戀愛了，暑假結束不想回學校念書，打算待在博爾德（Boulder），在類似牧場的地方打工。後來，她沒消沒息的，一直音訊全無，牧場沒電話，也沒網際網路，只有傳統郵件。最後，我寫信告訴她，我想過去找她，她回說不准我去。我這才恐慌起來。」

遭克萊兒推拒，這不是頭一回。高中有整整一學期，克萊兒不肯對父母親開口。更早，在克萊兒九歲那年，當時菲歐娜和戴米恩剛離婚，有天克萊兒不告而別，躲進同一條街上的教堂裡。那些年，除了一場婚禮之外，克萊兒不曾進過教堂，但菲歐娜總叮嚀她，假如遇到突發狀況，她可以去教堂求救。但在克萊兒失蹤那天，菲歐娜早忘了教過女兒這一招。

那間聖公會教堂的祕書終於來電通知時，克萊兒已失蹤五小時，菲歐娜和戴米恩帶著警察在街頭地毯式搜索。那時候，九一一恐怖攻擊才過一星期，人行道上的民眾見到警車，心情依然七上八下。奇怪的是，這場個人危機是大難中的一環，卻令她感到安慰。他們去教堂辦公室找到克萊兒，見她有巧克力牛奶喝，還有兩個教會阿姨陪伴。這兩個女人帶著敵意瞪菲歐娜和戴米恩。克萊兒對阿姨們吐露什麼，有沒有提及離婚？菲歐娜始終不得而知。她給兩個女人二十元，抓起克萊兒手臂，帶她大步離開，警官和戴米恩留下來瞭解事情。

當晚，克萊兒就寢後，菲歐娜和前夫戴米恩坐在兩人曾共有的沙發上，菲歐娜才問他，「你認爲，她爲什麼離家出走？」她語氣保持和善，但心裡其實已有解答。

戴米恩笑說：「大概是基因吧。看妳和妳哥。你們爲什麼離家出走？」

菲歐娜說：「我十八歲長大才走的。尼可是被趕出家門的。不許你再提起他。」

戴米恩舉雙手，即使不是道歉，也表示投降。

「我爸媽，」她說，「我媽拿我哥的素描本給神父看。那是——算了，我不想跟你談這事。戴米恩，**你覺得有沒有可能是，**你昨晚講的話被她聽見了？」

戴米恩看著地毯，不看她，因爲事實當然如此。昨晚，戴米恩送克萊兒回來後，自己沒有立刻走。他留下來談事情——說實在的，是想吵架。他對著菲歐娜大吼大叫時，克萊兒尙未睡著。他幾乎不曾對菲歐娜大小聲。戴米恩罵的是菲歐娜跟離婚男上床一事，更確切而言，他不滿菲歐娜看上的這男人有兩個小孩，那年夏天曾去密西根州和他們共度週末。戴米恩也罵她，紅杏出牆還不夠，非得換掉整個家庭才過癮？

事後，戴米恩說：「我去跟她溝通。」菲歐娜不經大腦，任他進臥房開導克萊兒。理由或許是，難聽的話從他嘴巴吐出來，就應該由他去收回。早知道，她應該自己去疏導。爲什麼不自己去呢？

菲歐娜並未向亞諾轉述這件事，只告訴他，二〇一一年冬天，她曾赴科羅拉多州博爾德一趟。等到她去的時候，克萊兒曠課夠久了，如今菲歐娜自我反省發現，拖這麼久才去找女兒是無可原諒的過失。儘管當時她的初衷是要多給克萊兒一點空間，拖一些時日的作法似乎沒錯。那陣子，戴米恩已遷居波特蘭，唯有在克萊兒拉警報時才和菲歐娜通話。耶誕節，戴米恩和新任妻子曾寄支票給克萊兒，支票被克萊兒拿去兌現，她卻遲遲不寫信道謝。拖到一月初，戴米恩覺得不對勁，才終於打電話給菲歐娜。獨自著急的菲歐娜當時還可以自我慰藉說，這孩子的脾氣就是這樣，多給克萊兒一點時間就好，讓她自個兒慢慢嚐到對學校的思念。戴米恩是從不恐慌的人，菲歐娜卻在電話上聽他說感覺不太對勁，好像出了什麼事，才赫然明瞭大事不妙。隔週，菲歐娜搭機去科羅拉多州，在丹佛機場租車，依循ＧＰＳ駛向博爾德另一邊。

地址顯然搞錯了。這地方怎麼看也不像牧場。一條顚簸的窄路蜿蜒鑽進樹林子，來到一座類似廉價露營地的地方，幾棟貨櫃屋和小木屋包圍著一棟年久失修的黃色住宅，沒有湖泊，沒有誘人的景物，看不出爲何有人搬來這裡定居。

菲歐娜想倒車離去，想找張詳盡的地圖仔細查看，研究一下牧場究竟在哪裡。但她捨不得說走就走，心想至少也該去敲敲門，查看女兒是否被拘禁在屋裡。她用手機打給戴米恩。萬一發生憾事，能多一個證人。她手機握胸前，叫戴米恩別掛斷，自己一步步接近房門。

在巴黎咖啡廳，她告訴亞諾，「應門的男人打扮就像邪教。我當時沒想那麼多。他一臉大鬍子，頭髮很長，穿木鞋，看起來很像嬉皮，尤其是那裡面的男人。」男人比女人的打扮好一些。可憐的女人穿長袖長裙，不施脂粉。

「所以，即使問到克萊兒的確住這裡之後，即使在她被叫來門口時，我心裡還在想，這裡是個嬉皮公社。後來我猜，現代其實已經沒有嬉皮公社了。」

菲歐娜告訴亞諾，克萊兒一見她陡然退一步，隨後擁抱她，動作僵硬，活像情侶分手後，各自帶著新對象，在街頭不期偶遇。戴米恩仍在電話上，但菲歐娜不能切斷對他實況轉播。克萊兒抓一件外套出門來，在車道上和她交談，不久柯特也來了，站在克萊兒身旁，猶如保鑣。

「他看起來佔有慾很強。」她說。「一手按著她的背。」菲歐娜居然忘了柯特是高個子。菲歐娜第一次看見成年的柯特時，他比他母親高出好幾顆頭，一時目瞪口呆。他大概有六呎五，現在腰圍變粗，飽受風吹日曬的臉粗糙如牛皮，金髮的髮梢及肩。

「關於他們住的地方，不盡然是謊報。他們說這裡是一個新規劃社區，也說這地方名叫霍桑納共生營。哼，看一眼馬上明白，那地方不純粹是一座有機農場，懂嗎？」

菲歐娜不記得母女當時對話細節了。那時候菲歐娜思緒混雜，心裡也難過，雖然她問這裡住了什麼人，她卻比較擔憂克萊兒的神態，不太關心聽到什麼樣的回答。克萊兒眼神呆滯，一腳碎碎動個不停。菲歐娜記得當時講了一句彆腳話，「芝加哥也有教會啊，妳不妨回來參考看看。」柯特對著她猛搖頭。「現代基督教會是《聖經》講的『巴比倫大淫婦』。」他說。

克萊兒不願跟她走，甚至不肯上車跟母親進市區吃一頓晚餐，不肯對著手機和父親通話，寸步不離柯特．匹爾斯身旁。

柯特說：「妳這算是擅闖民宅。」

他語氣平緩，彷彿代表理性的一方。

克萊兒說：「媽，我們好得很。念大學時，妳沒操心我，我念得好苦。現在住這裡愜意多了。」

「妳念大學時，我怎麼沒操心妳？至少我清楚大學那邊的狀況。」

「錯，妳狀況外。」菲歐娜不確定克萊兒想駁斥哪一件事實。大房子的門廊上高高站著三個大人和一個孩子，觀望著，靜候著。

菲歐娜沒有笨到強人所難，也沒傻到硬闖進門。她說：「我明早會再來。我會帶甜甜圈。」

「拜託不要。」

隔天，菲歐娜回來，長長的車道盡頭多了一座木造拒馬，馬尾辮及腰的男人挨著拒馬站，見菲歐娜車子駛近，豎一指，對她比劃「調頭回去」的手勢，她只好回去，因爲戴米恩已經坐上飛機了。反正想回這裡的話，最好跟戴米恩一起來。

接下來一星期，菲歐娜夜夜難以成眠，白天在博爾德四處打聽，夜裡上網爬梳，兩人調查出一些背景。菲歐娜這時轉告亞諾：霍桑納共生營原本是隸屬於丹佛的一個入會資格嚴格的小支派，表面上以猶太教和基督教爲依歸，但也崇尚星象、素食、反科技、男人當家。教友們相信，基督教必須回歸《使徒行傳》某些章節描述的純潔境界，批評保羅以降的一切都是腐敗。他們稱呼耶穌爲「耶述亞」（Yeshua），只慶祝復活節。公社無恆產，生計來自幾乎日夜無休的婦孺勞動力。男人在農民市集設攤兜售蜂蜜和沙拉醬，偶爾進市區工地打零工，薪水全貢獻給所有人共用。

菲歐娜和戴米恩去報警，但該團體並未涉及不法情事。戴米恩提醒她一個她已知的道理：追得克萊兒愈急，克萊兒愈避不見面。他們聯手再試，這次找來一位同情父母心的警官，駕駛警車前進共生營。菲歐娜深信，戴米恩必定也憶起九年前在芝加哥坐警車拼命找女兒的往事，所以她沒必要提。到了共生營，上次的拒馬男再度出面，對警察賣弄一牛車高深學問的法律術語。沒搜索令，進不去。

在丹佛機場，菲歐娜和戴米恩坐在吧檯前，眼袋深重，兩人哭一陣，停一陣再哭，看在其他旅客眼裡，一定像一對即將永別的愛侶。男的戴著婚戒，女的沒戴。菲歐娜說：「我們應該留下來。」然而，各自返家，更能善用金錢和時間。戴米恩可以回去找律師，菲歐娜可以回去聯絡克萊兒的高中和大學朋友，甚至主動買機票請他們對克萊兒發動友情攻勢。她查到希思莉・匹爾斯的電話，商量看看她是否願意對兒子曉之以理。

亞諾聆聽著，頻頻點頭，但沒執筆。菲歐娜擔心他問當初為何不拒絕離開博爾德，為何不直搗黃龍。理由是，她不信克萊兒真能和那夥人長久相處。另外，她有點想讓女兒經一事、長一智，從母親以外的人身上學到教訓。只一次也好，她要克萊兒遍體鱗傷爬回家，而非逃離母親身旁，自稱心傷慘重。從博爾德回家後，菲歐娜見過心理治療師，至少歸納出以上的結論。然而，事情也許更複雜。仗打不贏，不打也罷之類的。歷經二十幾歲那些年的浩劫。她愛過的每個人不是死了，就是離她而去。愛也變成毒藥。

菲歐娜幾乎天天寫信，勸克萊兒說，想回家隨時都行，絕不會被媽媽批判。過了幾星期，信開始原封不動退回。

將近一年，菲歐娜和戴米恩找警察，聯絡律師，找退教互助團體的成員，最後重返博爾德，聘用一名保鑣隨行，這次沒有警察，沒有警車。他們並無綁架克萊兒的規劃，只想堅持對話。這次應門的人是個臉上長濕疹的女子，她說克萊兒和柯特已經走了一個月，不知去向。沒人知道他們去哪裡了。

戴米恩去博爾德農民市集，找到霍桑納共生營男教友設的攤位，假裝隨口說說，上次跟一個名叫柯特的人做過生意，今天柯特正好也來了嗎？「教友柯特已經不在了。」其中一人說。另一人翻翻白眼。

菲歐娜心想，嗯，起碼他們脫教了。即使克萊兒還跟他在一起。她以為不久就能接到克萊兒的消息了。結果沒消息。在芝加哥，他們找徵信社，私家偵探欣然接下他們的錢卻徒勞無功。他們考慮要求警方發失蹤通報，但避不聯繫的成人不列入失蹤人口。

亞諾不問菲歐娜爲何不再多盡一點心力，反而問，「這是妳女兒慣有的行徑嗎？宗教信仰一個換過一個？」

「不是。」菲歐娜說。「這是最怪的部分。她從小就叛逆。她脫離女童軍，脫離交響樂團，談戀愛頂多一兩個月。直到遇到柯特。」

「她有理由迴避妳嗎？」

菲歐娜拿起叉子，戳進蛋餅，拔出叉子，看著起司從四個小孔汩汩滲出。「我們是鬧過幾次意見，不過大吵一架的事倒是沒發生過。」她大可進一步說明母女的正面衝突、克萊兒總和爸爸比較親但離婚後對父母都疏遠、菲歐娜每天心懷愧疚並自我質疑。但說明這些只會模糊焦點。她說：「有些人天生就難搞定。這種話很難說出口。」

她感覺不太舒服。她口渴，但咖啡廳給她氣泡水。討厭氣泡水的她喝一小口，比口渴更難受。

「男朋友會打人嗎？」賽吉開口問。雖然他問得合情合理，菲歐娜卻憎恨他干擾亞諾的推理進程。

「好像不會。我們上網找到一些有關霍桑納共生營的報導，據說他們常打兒童。管教。我確定不只管教而已。不過，我認識柯特好久了。從他小時候就認識。動物喜歡跟他相處，你知道嗎？我覺得，打女人的男人很容易被動物偵測到，動物不太可能喜歡和這種人類相處。」

亞諾緩緩點頭。「我們暫且假設，她脫離邪教是因爲她發現自己懷孕了。」

菲歐娜佩服他。她和戴米恩也有類似的推論，但過程艱辛，在影片出現後數日才有此推斷。發現影片後，她和戴米恩隔空喝葡萄酒討論至深夜，透過電話規劃、推敲多日。十五年來，兩人不曾如此交好，但現在誰在乎呢？偶爾，她會聽見戴米恩的妻子在他背後講話，然後他會說，凱倫認爲我們應該做……但沒有一次幫得上忙。

凱倫剛被診斷罹患乳癌，是可以治療的一種，下星期開始接受放射線療法，而戴米恩也礙於教書的緣故，不克前來巴黎。

亞諾說：「男友的家人呢？家屬有他的消息嗎？」

她說：「我只認識他母親。她不太——她不想和兒子打交道。」

她覺得胸口緊縮，腦殼裡充滿灰色的雜訊。她感覺到賽吉一手握住她手臂，發現鼻尖快觸及蛋餅了。

原來是她暈了。

「她今早剛飛到。」賽吉說著。

亞諾說：「她的餐一口也沒吃。」

「我送她回家。」

「我聽得見你們。」她說。「我就坐在這裡。」

「我去牽車過來。」

「不要！」她說。「我們還沒談完！」

亞諾把餐巾摺成整齊的三角形，用餐盤邊緣壓著。「談完了。現在我該去尋人了。」

一九八五年

尼可的告別式結束後，接下來數週，大家都無心再聚會，無論打電話約誰，對方不是忙著送餐飲去泰倫斯家，就是正忙著親自送去給泰倫斯。不然就是病了，是普通的小病痛，是天氣轉涼導致的咳嗽。有些人搭機返鄉慶祝感恩節，假扮異性戀給兄弟姐妹的小孩看，哄祖父母說已有交往對象，還沒定下來，全是條件不錯的女孩。在車庫或走廊被父親堵住時，請父親放心，不會被新病毒感染到。查理和母親因為是英國人，對感恩節無感，不聽耶爾抗議，感恩節是移民慶祝的節日才對，特別是英國來的移民！耶爾決定煮幾隻科尼許童子雞[12]，找艾許．葛拉斯、泰倫斯、菲歐娜來和他們一起慶祝，泰迪和朱利安晚一點會來吃點心。

最先到的人是艾許。他先遞給耶爾一條剛烘好的麵包，仍熱熱的，用毛巾裹著，然後塞給耶爾一份牛皮紙信封。「別讓我拿這東西煞大家風景，等酒足飯飽後再談。」艾許說。「別讓我搆得著。等我吃飽喝咖啡時再拿出來，好嗎？」耶爾不懂他的用意，把信封束諸電冰箱上的高閣。他找到一把鋸齒刀，用來切麵包。艾許講話帶紐約腔，有些字的發音——例如「咖啡」——令耶爾不禁想在背後學舌。

艾許不開口，查理為他調一杯琴通寧。「你真的不回去了？」查理說。他和查理是霍華德．布朗診所的理事。該診所幾經辯論，終於決議下個月開始提供HTLV-III檢驗。從今年春天起，醫生已開始檢驗這種病毒。艾許大動作辭職了。根據查理轉述，在議事過程，艾許為強調己見，拿起原子筆猛戳桌面，筆

12 Cornish game hen和英國Cornwall無關，也不是野雞。

芯因而爆裂，他雙手沾滿藍墨水，悻悻然離開理事會議。

多年來，耶爾曾暗戀艾許，偶爾愛得癡狂，多半是愛他動怒偏激、聲如洪鐘的時刻。（耶爾情竇初開的亂愛對象之一是《風的傳人》(*Inherit the Wind*) 劇本裡的克雷倫斯・達洛[13]。這是高一課堂的指定讀物。讀完劇本，整整兩星期，他拒絕在課堂上發言，唯恐討論到這齣戲時臉紅。）好笑的是，換作是查理情緒激動時，耶爾卻只想找棉花塞耳朵。此外，艾許的深褐色頭髮亂七八糟時，例如今天，外型肖似馬龍・白蘭度年輕時不修邊幅的模樣，耶爾也怦然心動。和巨星相比，艾許比較壯，比較笨拙，但仍有幾分神似。

艾許在奧丁街有一間公寓，在家裡開律師事務所，起初辦理平等居住權的案子，沒多久後改辦遺囑和保險官司。在耶爾眼中，他屬於日間朋友，不是晚上結伴去泡酒吧的友人。他的感情世界其實是一團謎。他工作時熱心，床笫之間是否同樣帶勁，耶爾一直猜不透。不無可能的是，艾許白天打官司耗盡熱忱，寧願一禮拜只找牛郎消火一次。近來，他開口閉口談「搞社運」和「倡議」之間的差別。耶爾忘記艾許主張哪一個，說不定艾許期許大家在雙方面都加強。艾許的肩膀雄壯如木桶，睫毛濃長，講話時嘴唇搶眼，令耶爾卯足力氣壓抑，才不至於看得目不轉睛。

艾許的聲音已開始盈灌全場，嗓門大到耶爾擔心如果樓下有人開門請泰倫斯進來，站在入門廳的泰倫斯就會聽見。艾許說著，「我們每個人都有死期，對不對？你和我都一樣，都不知道哪天死翹翹。有可能是明天，也有可能五十年後。你想縮短這範圍嗎？你想嚇死自己嗎？驗愛滋只有這點好處。我是說，神藥在哪裡，指給老子看，老子就去驗血，也逼所有人去驗。現在沒神丹，你去驗血，是想被匡列進政府資料庫嗎？」

查理說：「我的主張是什麼，你清楚。」

「我清楚。你好好聽著。」艾許邊說邊比手畫腳，琴通寧溢出杯緣。耶爾向後倚著洗碗臺，看著他大手揮舞，彷彿在欣賞煙火秀。「如果你的當務之急是安全性行為，那麼，驗血幫不上忙。驗血結果出爐後，陰性的人誤以為自己很安全，陽性的人知道自己死期快到了，陷入憂鬱，灌酒自我麻醉，然後，你認為他們會幹麼？哼，他們才不會跑去套子店。」

「套子店」逗得查理大笑。查理耍嘴皮編出幾個怪店名「頭盔屋」（Helmet Hut）、「小雨衣反斗城」（Trojans R Us），這時候，泰倫斯和菲歐娜按電鈴進門。在他們拾階而上的當兒，艾許清一清嗓子，怨聲靈巧地轉一個彎，改批評在芝加哥找不到一家像話的中式餐館。耶爾辯稱，好餐館不是沒有，只要你肯進中國城、敢吃鳳爪就有。

泰倫斯和菲歐娜手挽手進來。

非裔的泰倫斯遞給查理一瓶葡萄酒，以他最逼真的保守派白人腔調說，「塞車嚴重得不得了，使得打從席波伊甘（Sheboygan）來的內人和我動彈不得。富人減稅[14]才能補強基礎建設啊，感謝上帝，願上帝保佑美利堅。」

泰倫斯和菲歐娜慟失至親尼可，似乎調適得不錯，但誰知道他們是不是強顏歡笑？菲歐娜金髮燙捲的髮型總賦予她一份活躍感、一份機靈，再深的疲態也能掩飾。至於泰倫斯，外表瘦是沒錯，但不知他驗血結果的外人怎麼看也看不出他有病。說實在話，驗血對他有什麼好處？也許現在他少喝幾杯。也許他睡眠比較充足。不無小補。

「那個信封。」艾許對耶爾悄悄說。「喝咖啡才拿出來。」

晚餐期間，耶爾一直坐立難安，注意力無法集中，部分原因在於，時序進入十一月下旬，漸入冬眠期的秋陽日愈黯淡，總令耶爾心浮氣躁。另一原因或許是艾許在場，只不過，通常他在場時，耶爾的心浮氣

13 克雷倫斯．達洛（Clarence Darrow, 1857-1938），美國民運律師。

14 雷根總統的下滲理論政策。

躁是另一番情趣。或者，泰迪即將登場也有關係。去里察家參加尼可的告別式那天，據傳他和耶爾一同上樓之後，這是兩人首次見面。

排除以上原因，更深一層的理由，是他遲遲未收到諾拉答應過的拍立得相片。名畫捐贈一事才剛引燃他的興致，如今進展卻受阻。去諾拉府上拜訪後，他好好寫一封信給諾拉，複印一份也寄給她的律師史丹利，然後依約另寄幾張藝廊配置的相片供她參考。結果全數石沉大海。好事被他搞砸了。他以爲檔案裡有諾拉的電話號碼，現在希思莉卻說，雙方始終靠郵件往返，她從來沒有諾拉的電話。資訊組也沒有。他致函諾拉的律師史丹利，問他是否曾接到諾拉的訊息，也向他暗示，希望能取得諾拉的電話號碼。史丹利回信表示，照經驗他認爲不打擾諾拉爲上策，諾拉一定會主動聯繫。電話號碼又沒問到。史丹利的號碼印在信紙上，耶爾去電詢問，女祕書卻說，半退休狀態的史丹利每週只上班幾天，她無法預測史丹利哪天進來，但可爲他留言。耶爾再打一次，祕書說她可以再次留言。耶爾擔心自己太緊迫盯人，也擔心律師告訴諾拉說，他覺得這兩個西北大學的傢伙絕非善類。

因此，在感恩節的主餐期間，大家討論著拯救生命演唱會（Live Aid），艾許說了一句沒人聽得懂的影射語，這時耶爾轉向菲歐娜提起諾拉姑婆。

「她好厲害喔，你不覺得嗎？」菲歐娜說。「等我長大，我也想效法她。她年輕時跟好多藝術家有一腿喔！不蓋你。」

「想跟藝術家有一腿，妳從這裡走出去，馬上就有。」

「哎唷，你明知道我的意思。她呀，年輕時有自己一片天，懂嗎？我們整個家族，只有她沒和尼可斷絕來往。她每個月寄五十美元的支票給尼可。」菲歐娜說，尼可根本不必對諾拉出櫃，諾拉早就知道了。可惜，菲歐娜也沒有諾拉的號碼。今年八月，親戚曾在威斯康辛州辦一場婚禮，菲歐娜當時見過諾拉，坐著和她聊藝術，聊巴黎，對諾拉透露耶爾的職務，勸諾拉儘快寫信聯絡他。菲歐娜說，耶爾來訪後，諾拉曾打電話給她，透露她多麼欣賞耶爾。「她呀，一定愛死你囉。」菲歐娜說。「因爲她從來不打電話給我。」菲歐娜的父親總該有諾拉的號碼吧？菲歐娜答應問問看。耶爾沒傻到以爲菲歐娜會說到做到。

在同一桌，泰倫斯高談他剛開始練冥想，也收集水晶，聽卡帶學習紓壓法，艾許邊聽邊搖頭笑。泰倫斯說：「你給我聽著。你儘管去研究怎麼拯救世界，我努力的方向是幫自己多爭取幾個月。假如吃水晶能保命，我保證吃給你看。」

艾許說：「水晶塞得進去的地方另外有兩三個，我可以教你塞。」

菲歐娜聽了捶他手臂，力道之重，艾許縮縮脖子。菲歐娜叫他留口德。

幫耶爾收拾善後的是菲歐娜。至少她幫忙撐開通往小廚房的門。其他人移師客廳，好讓泰倫斯收看牛仔隊下半場的賽事。

自來水一嘩嘩流，耶爾壓低嗓音。「欸，妳是不是告訴查理，我跟泰迪上樓？在告別式結束後？」

「喔！天啊，耶爾，我一直想找機會跟你道歉。」她後退到流理臺，蹦一下，坐上去，雙腳懸空晃來晃去。「人喝醉時，想法不是會比較篤定嗎？那天我醉了，查理找不到你，我親眼看見你上樓，有人也說看見泰迪上樓，所以我一直說，『耶爾跟泰迪在樓上。』我以爲講一聲可以幫上忙。結果是幫倒忙。」

「我想也是。」耶爾說。「和我的想法一樣。泰迪根本不在樓上。幻燈片一開始，他就走了。」

「唉，耶爾，我不是故意惹事生非的啦。後來我聽說，查理他——唉，天啊。」

「現在沒關係了。」他說。「那天晚上，最不重要的事就是這一樁。」

耶爾刮除餐盤上的殘餚之際，菲歐娜進客廳和其他人一起坐。查理正忙著待客、看著美式足球不懂裝懂，假如耶爾不趁現在收拾盤子，待會兒查理會堅持親手洗所有餐具。

整理完後，耶爾終於進客廳，話題卻戛然而止。「怎麼了？」耶爾說。

查理說：「我等會兒告訴你。」

「不行，到底怎麼了？」

「牛仔隊快贏了。」泰倫斯說。

艾許想假裝喝酒，拿起的杯子卻是空的。

「直接告訴他啦。」菲歐娜說。

查理拍拍沙發，咬咬唇，瞪著電視。「我剛才好像看見你媽。」

「喔。」

「嗯，我眞的看見她了。她是護士——在泰諾止痛藥（Tylenol）廣告裡。她有臺詞。不多。」

艾許說：「你媽是電影明星，我們怎麼不知道？」

耶爾頭暈起來。「她不是。」

這一類的突襲，有兩三年沒發生了。幾年前，福爵粒狀即溶咖啡有支廣告，她飾演服務生。有一集《賽門與賽門》[15]，她飾演櫃檯小姐。耶爾討厭看電視見到母親。查理必定也告訴在座所有人了，所以大家表情才如此尷尬。耶爾是打從心底討厭，厭惡自己和全國民眾一樣只分得到兩秒鐘，更覺得羞辱難耐。他厭惡自己非看不可，無法故作冷淡而轉頭不看。他厭惡自己剛錯過這支廣告，厭惡大家全看見了，身爲兒子的他卻無緣。他厭惡大家的悲憫，厭惡自己爲何厭惡到這種地步。

耶爾七歲那年，父親帶他去看電影《第凡內早餐》。耶爾知道母親是演員，也知道演員爲扮演角色而改頭換面，電影看著看著，竟深信母親是劇中角色荷莉．葛萊特利（Holly Golightly）。小耶爾盼望高歌《月河》的人是母親，因爲母親如果沒走，對他唱的曲風可能就是這一類。沒幾年後，他長大了，不再戀棧這遐思，但之後多年，當他輾轉難眠時，他常幻想奧黛麗．赫本對著他唱歌。

在客廳，耶爾說：「很高興知道她還活著。」

他從咖啡桌下的架子取出黃紙筆記本。這天早上，他在筆記本上打草稿，想致函年度基金科。他抓起一支筆，在沒必要畫圈的事項猛打圈圈。

菲歐娜說：「你還好吧？」

他點點頭。賽事重回螢幕。查理用手指纏繞著耶爾的捲髮。艾許拿起《電視指南》翻閱，彷彿隨時能轉臺似的。

就在這時候，門鈴響了，謝天謝地。

泰迪獨自來。他說：「朱利安推說有一場緊急排演，誰曉得是什麼鬼。他託我致上遺憾之意。哇，我的天啊，好香。」講話連珠炮的泰迪總像剛嗑了古柯鹼加海洛因，這正是他本性。

「所以說，他今天不來了？」查理說。「他到底是怎麼告訴你的？」

泰倫斯說：「希望他的『緊急排演』妙不可言。」

泰迪的舉止無異常，把外套扔向沙發背，和每一人擁抱。嗯，那當然。他不知道告別式之後發生什麼事。這就好比你做了春夢，隔天見到春夢的對象，你覺得對方不可能不知道，畢竟他就出現在春夢裡，日後兩人怎能假裝一切照舊？然而，春夢過後一切總是如常。

金捲髮的泰迪理成短髮，肌膚即使在隆冬依然呈黃金古銅色，看似一尊銅像，也像童書神話裡赫密斯神（Hermes）的畫像。他出生時唇顎裂，人中殘留一道略有似無疤痕，可以說是破相，但對於以炸子雞為主食的族群而言，他是令人食指不動也難的極品。泰迪身形像青少年，頂多五呎四吋高。

查理事先做好一盆英國傳統點心草莓布丁，現在忙著舀給客人，避免正眼看泰迪或耶爾。他似乎心不在焉，數錯碗，然後又將勺子留在廚房。耶爾想叫他休息一下，為他按摩頸子，但也不願讓查理的窘態成

---

15 Simon & Simon，一九八〇年代美國偵探影集。

爲焦點。查理發誓說他不再誤會了，疑點百分之百釐清了，告別式上絕對沒人出軌，現在耶爾甚至不想對查理重提舊事。

查理懂的食譜沒幾份，草莓布丁是其中之一，摻入超高比例的雪利甜酒，還頗爲自豪。耶爾學到教訓，懂得把每一碗當成一整杯酒看待。

點心開動後，泰迪對菲歐娜說：「小菲，妳年紀夠嗎？能吃這點心？」

菲歐娜擺出一副感冒的表情。「我滿二十一歲了。」她說。「今年九月三日起。」

「慶生會怎麼沒邀我！」

「只請好人。」

耶爾猜，這年夏天哀鴻遍野，她根本沒慶生。過二十歲生日時，她在尼可家辦慶生舞會，現場備有頻閃燈。今年生日，她八成是在醫院等候室渡過。

泰迪說：「我只能待十分鐘。我的論文指導教授家有全套晚餐等著我。」

艾許說：「這是你的開胃菜？」

泰迪把湯匙倒過來含著，抽出的動作嫵媚，算是應答。泰迪說：「這是我的味蕾清洗餐！我已經在我媽家吃過飯了。對了，大家對霍華德·布朗診所的事有什麼見解？」見眾人忸怩無語，他再說，「他們開始驗愛滋了。」

「我確定他們都曉得。」泰倫斯說。

「我嘛，你們都知道，我還是反對驗血，不過，搞不好這間驗血眞的能匿名。我的意思是，如果我想要眞正匿名，我會跑去克里夫蘭或什麼地方驗。」

菲歐娜說：「泰迪，今天是感恩節。我們不應該——」

艾許說：「對啊，去這間驗，人人都誤以爲安全。」

泰倫斯視線下垂，看著自己的碗，撫平點心表面的鮮奶油。

查理說：「艾許希望大家別驗血，全等到長了潰瘍剩半條命再說。緊張到喝酒醉死就好。」耶爾暗踹他一腳。但查理繼續說：「這麼說來，你想去驗血了？」

「才怪。驗血的結果正不正確，我都很懷疑了。說不定病毒根本是政府搞的陰謀，誰曉得驗血是不是陰謀的一部分？我想講的只是——」

「夠了！」菲歐娜說，把酒杯重重放回桌上。

泰迪張嘴，想想不妥，閉嘴為妙。

泰倫斯說：「嗯。欸，問大家一下，一個研究岩石的黑人，該怎麼稱呼他？」

唯一出聲的是菲歐娜。她嘻嘻驚笑一陣，然後說：「我不知道。怎麼稱呼？」

「地質學者啊，你們全有種族歧視。」

哄堂大笑後，幸好席間對話岔成三條，三組人各自聊起瑣事。

耶爾起身去換唱片。

泰迪告辭，拿起夾克走了。

「該喝咖啡了吧？」耶爾問。說話的對象是艾許，但其實想問的是信封該不該登場。艾許點點頭，起身，從冰箱上面取來信封，但無人走向咖啡壺。

「我們把場面弄得喜氣洋洋一點。」艾許說。「我們辦個小儀式吧。」他從牛皮紙袋取出文件，向查理借一支筆。

泰倫斯對菲歐娜說：「我要不要採取高跪姿？」

耶爾望向查理，看他是否知情。查理以唇形說：「醫療意願書。」

這合情合理。尼可病倒後，父母安排他轉院，出了大紕漏——那間醫院根本不想收愛滋病患。病逝後，連喪禮也被父母包辦。據耶爾瞭解，泰倫斯不願家屬代他安排醫療手續。泰倫斯已有十年不見母親了，高中畢業後，更始終不曾回芝加哥南區的摩根公園童年老家。話雖這麼說，將生死託付在菲歐娜手上，似乎太沉重。她不過是個小毛頭。

「我們已經把『限制』的部分塡好了，不過，你檢查一下。另外，你要在這三欄的其中一欄簽名。」艾許邊指邊說。他摘下筆蓋，遞筆給泰倫斯。

「我簽第一欄，對吧？我不願接受非自然延續生命措施？」

艾許清清嗓子。「我們討論過了。不過，你還是仔細看一下。」

泰倫斯久久才讀完這一頁。

「喔！」菲歐娜說。隨即，爲了趕走沉默，她似乎不得不隨便找話說。「我想講一件妙到沒力的事！」菲歐娜曾爲幾個小女兒擔任過保姆工作，其中一個三歲大，家住林肯公園動物園附近，夜晚臥房窗外常傳來獅吼聲和狼嚎，因此小女孩始終認爲，珍禽異獸會趁深夜在市區走動。菲歐娜徵求小女孩的母親同意，在就寢時間過後帶小女孩散步去公園，看看關在獸籠裡的動物。

「我以前常去動物園『尋航』釣男人。」查理說。

泰倫斯覺得好笑。他放下原子筆。

「是眞的！記得馬丁嗎？我就是在動物園認識馬丁的。呃，是在動物園附近。」

耶爾結識查理之初，查理的男友馬丁是個留鬍鬚的壯漢。馬丁在一個不堪入耳的新浪潮樂團擔任鼓手。耶爾身材瘦小，言行謹愼，查理怎麼會棄馬丁而移情耶爾？耶爾自己也永遠猜不透。那年夏天，耶爾和這一對相處久了，明白是馬丁在追求查理。每當耶爾出現，馬丁必定一手放在查理肩膀上，儘可能不縮手。後來有一天在赫爾館（Hull House）游泳池的更衣室，查理首度約耶爾找地方喝一杯，耶爾知道查理心靈有個洞。就算不是實務上的空虛，也是感情世界有空格。

可笑的是，耶爾去赫爾館游泳，正因爲那裡並非釣男人的場所。在那座泳池，耶爾遇到的友人只有艾許，而艾許獨鍾赫爾館的理由可能和耶爾不謀而合，赫爾館泳池環境濕臭，絲毫撩不動性趣。結果，查理開始進這裡游泳。

那天，耶爾和查理剛游完泳，渾身濕淋淋。見到查理，耶爾通體潮紅起來，他可以推說是運動後血脈暢通的現象。事後他得知，查理討厭游泳，之所以不惜狂嗾消毒水，只爲了在池畔和耶爾不期而遇。兩人彼此已認識一段時日，縱使在最無邪念的情況下，更衣室裡那份親密感就是不一樣。（日後，每當被人問起他們交往的起始點，他們會覺得難以啓齒，因爲當時的場景簡直像A片肉搏戰前的序幕。）兩人離開泳池，回查理家喝酒，馬丁迅速退場，成爲遙不可及的往事，只有少數幾次在酒吧重現，從耶爾身旁氣呼呼走掉。礙於馬丁的體形，耶爾在查理身邊時，總覺得自己顯得渺小。查理比耶爾高五吋。耶爾常笑稱，查理高他五吋，大他五歲，ＩＱ多他五分。儘管只高五吋，耶爾覺得自己矮他兩呎。

艾許問泰倫斯有無問題，泰倫斯半晌後搖搖頭，簽下姓名縮寫。在醫療意願書最後一頁，他大動作抬肘簽署。

艾許對菲歐娜說：「妳一定要確定才行。」

「我確定啊！」

艾許說：「無論橫生什麼狀況，無論誰出面質疑這份醫療意願書，我會到場講公道話。懂嗎？不過妳聽好，妳最好考慮一下，到時候如果親屬蹦出來的話，妳該怎麼辦。」

「到時候我們再見招拆招。」她說。

「對。」艾許謹慎以對，言語放慢速度。「不過到時候，『我們』不包括泰倫斯在內。如果他已經意識昏迷的話。」

耶爾爲泰倫斯添葡萄酒。他但願艾許不要再講下去了。耶爾明瞭，泰倫斯最恐懼的是能導致他淪爲植物人的各種惡疾。而對泰倫斯更恐怖的是，他怕自己陷入失神狀態之後到處跑。眾所周知的一個例子是朱利安的朋友達斯汀・姜諾普洛士。達斯汀病情告急後，曾在大白天走進「一字未刪書局」（Unabridged Books）鬧腹瀉，穢物從內褲順著大腿往下流，人卻站在書店裡買一疊雜誌，神情亢奮而渾然不覺異狀。那時是一九八二年秋天，沒人見過這種愛滋併發症，朋友圈盛傳他當時嗑藥嗑昏頭。和大家一樣，耶爾和查理也笑談這件事，直到事隔兩星期，達斯汀肺炎喪生的噩耗傳來。

菲歐娜說：「艾許，我是個徹徹底底的老將。」她在兩份醫療意願書上簽署，然後拿起來，貼近嘴唇，作勢想吻醫療意願書一口，想留下唇印。

「不行。」艾許說。

「鬧著玩的啦！緊張什麼。」她笑著說，把原子筆夾在耳朵上。

艾許問耶爾和查理是否願意簽署見證。當然願意。

「你們兩個也考慮過嗎？」艾許在他們簽名後問。長久以來，艾許不斷催他們簽醫療意願書，但驗血結果出爐後，他們覺得情況不是那麼緊急了，因此尚未下決心簽署。

「我們眞的應該簽一簽。」耶爾說。「下次再說吧，好嗎？」

泰倫斯沉默下來。菲歐娜再開一瓶葡萄酒。開多少瓶了，耶爾早已數不清，但他確定菲歐娜比任何人喝更多。她醉到拿不住湯匙掉進空碗裡，笑一笑，大家跟著笑，只有耶爾笑不出來。

耶爾問她怎麼回家，她對著耶爾比一指，瞇眼看他。

她說：「變魔術。」

進入十二月，查理比平常更忙碌，咖啡猛灌，耶爾恐怕他傷身。耶誕前有一場募款會，募集的善款將用來資助霍華德・布朗診所新闢的愛滋熱線，而募款會的籌劃委員會找查理加入，宣傳事務全交給查理包辦。募款會中將舉辦抽獎和無聲競標，場地訂在貝爾芒街的安莎澤餐廳。以前募款都借用公寓住家舉辦，臺上演講，捐獻桶在臺下傳來傳去，這場募款會可謂升了一級。說眞的，耶爾很期待。和查理交往後，熱愛耶誕節的耶爾才有耶誕可慶祝。他也期待見到所有人。

那陣子有一晚，耶爾和查理去上城區越南餐廳吃晚餐，兩人穿著毛衣，瑟縮在餐廳最裡面。耶爾說：「晚會可以找里察來拍照吧？幫你的週報做一個圖像式特寫。可以做得藝術性和新聞性兼具，不單純是一般的晚會相片。比如舉杯的特寫鏡頭之類的東西。」

查理把筷子插進河粉，視線向上移至耶爾，說：「我的天啊，可以。」耶爾鬆了一口氣，彷彿這下子能和查理扯平了，總算能彌補什麼。查理咬咬唇，暗示著：等我們回到家……。

然而，回家後，查理累了，只想倒頭就睡。感恩節前，他曾發燒，起初病得很重，後來病情趨緩卻似乎盤桓不去。假如在一年前，在他們驗血之前，兩人一定擔心這是大禍臨頭的徵兆。驗血陰性之後，發燒只不過是發燒，咳嗽只不過是咳嗽，出疹子只不過是出疹子，這是驗血賜予他們的厚禮。在這方面，艾許錯了，有些時候，知識是一種福氣。從越南餐廳回家後，耶爾幫查理泡花草茶，端到床前給他，叫他明天放自己一天假。

查理說：「天啊，那怎麼行？整期全交給他們做，我不插手，以後會被他們騎到頭上啊。」

翌日傍晚，希思莉・匹爾斯來電找耶爾喝咖啡，約在克拉克餐廳。這地方霓虹燈太花稍，總照得耶爾頭疼。電話中，希思莉的語氣很急躁，導致耶爾赴約路上疑神疑鬼，臆測著，杜爾郡之行的那一晚，希思莉醉到不記得自己失態，事隔將近一個月，今早她才回想起當晚曾想請耶爾吸食古柯鹼，還一手放在他大腿上。也許她回想起失態的部分，不記得其他部分，例如證實耶爾的性傾向，例如他送她回房間後走人。

耶爾提早五分鐘到，希思莉已經在等他了，也幫他點好一杯外帶。她說：「我沒心情坐下談。」耶爾本來慶幸能進來避寒，卻見她扣上外套，準備外出，只好尾隨她踏上人行道。他設法把前進的方向兜回校園，以免被希思莉帶到冷颼颼的湖畔。她對寒天無怨言。她的手套能搭配帽子和圍巾，全是柔和的米黃色系，襯托出她脆弱的一面。

她說：「我們碰到一點狀況了。你有沒有接到諾拉的消息？」

「一個字也沒有。」

「瞭解。也好。我眞心希望這整件事能就此消失。」她止步，茫然望著櫥窗裡的無頭假人。「有個捐贈者，本身是董事，他名叫查克・唐諾文。五二年那屆校友。他每年捐一萬給年度基金，他立遺囑指定要遺贈兩百萬。不算是本校史上最大的捐贈者，不過我們需要他。像這種人，我們不能說丟就丟。」

「當然。」耶爾意識到自己正在被訓誡，他想不透原因何在。

她說：「我應該把他的背景介紹給你聽。他這種人，不是我胡謅，他有一次捐一臺史坦威鋼琴給音樂學院，後來跟院長有什麼過節，結果親自進學院，拆掉鋼琴上刻著他姓名的小銅牌。自己帶上一支小螺絲起子。」

耶爾忍不住笑起來，希思莉也跟著笑。當初接這傢伙電話的希思莉絕對笑不出來。

她繼續走，耶爾閃過學生跟上。「昨天，我接到查克・唐諾文來電，他說他跟法蘭克・藍諾談過。法蘭克是諾拉的兒子。他是那棟房子的屋主。」

「黛博拉的父親。」耶爾說。

「對。法蘭克和查克都從事醫療用品業，我猜他們是高爾夫球友。」

耶爾說：「所以，法蘭克看我們不爽，跑去找查克訴苦？」他這杯咖啡太熱，燙到他舌頭中央。今天晚餐嚐不到滋味了。

「哈。是的。還不只訴苦。他還訓我幾句。他說：『那女人的名畫和我的遺贈，妳只能二選一，不能兩個都要。』根據他的說法，他承諾法蘭克——說什麼『紳士的承諾』之類的，向法蘭克保證能結束這件事。如果她再沒消息，也許這能不了了之。另外，就算名畫是眞跡，價値也不可能有兩百萬，對吧？」

言下之意，這是一道不言自明的問句，但耶爾吸進長長一口冰風。「這個嘛，要看她握有什麼作品而定。不過，如果她的莫迪里亞尼和蘇丁是眞跡，如果她的收藏品當中有完整的油畫或水彩畫，如果作品一切狀況良好，估價超過兩百萬的機率不低。」

希思莉超前他一呎，他看不見她的臉，但他聽見她發出的聲響。「這個不是我想聽的。」她說。

「我不想對妳說假話。」

「現況是這樣的，耶爾。這件事本來是我們碰碰運氣，說不定另找一個金主出資鑑定她的收藏品，現在卻演變成我們收下這批作品，得先付出兩百萬的代價，等於是我們花兩百萬美元買下她的收藏品，甚至收藏品的眞僞還沒定論。」

「對。」耶爾說。「對。查克這傢伙是玩眞的嗎？妳不覺得他在唬弄妳嗎？我想不通。他個人的投資扯不上這件事吧？他只想往自己臉上貼金嗎？」

「他凡事只求滿足自我虛榮。」她說。「我交手過的捐贈者裡，就屬他最難纏。」

耶爾字斟句酌說：「不過，他這麼熱心幫助諾拉的兒子，該不會是他知道那批畫是眞跡吧？如果全是贗品或隨手塗幾筆，他才不會擺架子幫忙高爾夫球友。」

「查克．唐諾文不是藝術品專家。」希思莉說。「諾拉的兒子八成也不是。聽著，假如我們考慮接受的作品是驗證無誤的林布蘭，那就不成問題。不過，我有我的上級要交代。你應該能諒解。」

「我明白。」夕陽已完全沒入地平線下，耶爾但願自己有帽子可戴。

她說：「如果確實是眞跡，恕我直言，她爲何想捐給我們？」

「問得好。」確實是。好東西何不留給親人呢？爲什麼不捐給芝加哥藝術博物館？他說：「話說回來，假設說，我們見識一下這批畫，眞跡的機率眞的很高，價值可能遠遠超出兩百萬——何況，可別忘了，藝術品的特質之一，是價值通常只漲不跌——這樣一來，不就值得了嗎？」

他這番話希思莉並不買帳。她步伐加快，低頭看自己的腳。她說：「不能等全部鑑定之後再說嗎？」

「可能一拖就好幾年。等著等著，諾拉死了，兒子又耍了什麼天知道的伎倆，整件事就泡湯了。」

「我不是你的上司，耶爾。而且，嚴格說來，我不能命令你行事。不過，查克．唐諾文讓很多人爲難，這次也可能爲難到你。」

有個女人遛狗走過來，黃金獵犬衝向耶爾和希思莉之間，嗅一嗅耶爾的腿，順勢擦擦狗嘴，在卡其褲上留下一條唾液和爛泥巴的混合物。女人向他道歉。他看手錶。他和查理今晚要去劇場看戲，如今褲子髒了，他非回家換褲子不可。現在已經五點〇五分。他說：「我懂妳意思。或許妳也應該找比爾商量看看。」比爾是藝廊主任。

「喔，比爾。」她說。「比爾只會打破沙鍋問到底，總給我一種被應付的感受。我找你商量，是因爲事情牽涉到錢。我想要求你，不要整垮我，好嗎？我家有個小孩等著我栽培，公事一定會連累到我的飯碗。今年特別吃緊，原因不提也罷。」

她的語氣變了，究竟是有意或無意，究竟是不是耍詐，耶爾都認爲她正對他交心，認爲她其實走投無路了。

他說：「好吧。可以。我懂。我終究也有上司，就是比爾。我會向他告知目前情況。如果運氣好，這批畫一看就知道是冒牌貨。一切劃下句點。如果不是——我們再談吧。」

她說：「我該去買菜了。」語畢，她不握手，反而捏捏他的上臂。

回藝廊途中，風勢轉強，迎面撲向他。他縮頭走，宛如橫衝直撞的蠻牛。剛才有對希思莉做出什麼承諾嗎？他不確定有。說穿了，他只承諾日後再談。捐贈名畫一事基本上還處於癡人說夢話的階段，他卻爲了這事挨罵被警告，未免太荒謬。耶爾同情她，眞的很同情，滿腔苦水漲到咽喉。寒風撕扯他的皮膚。

朱利安的《哈姆雷特》話劇在凱旋花園劇場上演，票在耶爾和查理手裡有一段時日了。朱利安邀請他們時曾說，「不算是在凱旋花園隆重登場啦。應該只算是串場秀而已。在主秀停演的日子才換我們出場。」這齣《哈姆雷特》由王爾德喧鬧劇團（Wilde Rumpus Company）擔綱，借別人的劇場演出，日子選在劇場休息日。

這是尼可的舞臺設計遺作。病發時，他才剛完成草圖，劇團儘可能忠實呈現他的意思。介紹尼可進劇場圈的人是朱利安，朱利安也引介圈內人士給他認識，但憑眞本事闖劇場圈的人是尼可自己。他令人想爲他做事。他的笑容總如此眞誠，總在別人願意略施小惠時表現出驚喜異常。

耶爾從西北大學趕回家，換掉沾污泥的長褲，卻發現查理忽然沒興趣去看戲。查理躺床上，和天花板對看。「《讀者週報》[16]裡的劇評看過沒？」查理說。「評價是『令人不安』。」

「演的是《哈姆雷特》。」耶爾說。「『不安』很正常啊。」

「戲演多久，你知道嗎？戲還沒演完，我們都老了。」

耶爾脫掉樂福鞋，改穿尼可的藍船鞋，現在鞋子稍微合腳了，腳趾不覺得太緊。

「喔，」查理說，「你爸來過電話，好像是。」

---

16 *Chicago Reader*，芝加哥另類小報，以藝文報導著稱。

耶爾的父親雷昂總在每月初來電，規律到耶爾認爲這和父親的行事曆有關，大概列在他每月待辦事項裡，和檢查消防偵測器的電池是同一回事。這不是挖苦父親，只是身爲會計的父親頭腦的確如此運作。來電如果被查理接到，雷昂會支吾其詞說，一定是打錯了，也不肯留言。五年前，耶爾剛愛上查理，忍不住想爬上屋頂大聲宣示，也想稟告父親他找到對象了，父親聽了一直以「啵啵啵啵啵」唇音淹沒耶爾的告白，阻止兒子講下去。

耶爾說：「他來電的日子到了。」

「對，可是，他一句話也不講。有點不尋常。只一直呼吸。」

「該不會是有人在暗戀你吧。」耶爾說。「呼吸聲沉重嗎？」

查理不覺得滑稽。他說：「除了爸爸，還可能是誰嗎？因爲感覺怪怪的。」

耶爾不喜歡他借故含沙射影。他大可豎起鋼毛，也可以講幾句話請查理寬心，但他說：「尼可保證過，他會變鬼回來嚇我們。」

查理翻身，臉壓枕頭，對著枕頭嗚嗚說：「我今晚眞的不想去。」

「別這樣嘛，下床啦。我們去看上半場就好，這樣你就能說，你看見舞臺設計了。」

「我的確想看一看布景。我只是不想看舞臺劇。」

「爲什麼？是因爲有朱利安嗎？我不懂。只因爲我們正處於疑心病重的階段，我們就不能有朋友嗎？」

「別開戰。」查理說。耶爾正想反駁說，開戰的人不是他，但查理已經坐起來，拉開抽屜櫃，找襪子換。

這齣戲的演員清一色男性，奧菲莉亞和葛楚德由男演員反串，不只朱利安飾演的配角羅森克蘭茨和吉爾登斯騰明顯是同性伴侶，連哈姆雷特和何瑞修都是一對。耶爾覺得這齣戲充滿黑色幽默，「（男）人是何其偉大之傑作啊」等臺詞突然另有一番新意，但查理沒笑，不停在手中摺疊展開節目單。

尼可將舞臺設計成末世情境般的淒幽。看樣子，哈姆雷特不住城堡，而是蝸居巷弄裡，左右全是消防逃生梯和垃圾子母車，別具一分異樣的美感，只是布景看上去更適合《西城故事》。假使尼可在世，耶爾想像他可能會多添幾許色彩，多加幾筆塗鴉，多打一點燈光。

朱利安的扮相一如平常，適合上舞臺作戲。他的深褐色頭髮如未乾的油漆般閃耀。

高中時期，耶爾但願自己能迷上演戲。他不希望上臺被譏笑，但他迫切想和一起上臺的演員有東西可聊。舞臺上的他們放得開，敢唱歌，甚至能跳完整場音樂劇《紅男綠女》（*Guys and Dolls*）和《亞瑟王庭》（*Camelot*）。但除了被嘲諷的風險外，他一想到上臺就心驚膽顫。假如上了臺，他萬萬不可能講得出臺詞。

就讀密西根大學時，他找學校的諮商師，不經意提起這心理關卡。諮商師偶爾會對耶爾暗示，他的問題癥結在於寂寞，和本身是同性戀的關係不大。聽了耶爾對舞臺既愛又怕的說法，諮商師說：「這會不會和你母親有關？你想藉劇場和母親搭上線？」耶爾不以為然說，完全不是這因素。但諮商師的分析不由得令他思索多年，主因會不會更複雜幾倍，該不會是他天生擁有隱性的戲胞，死不浮現，但他不時能感覺到戲胞蠢蠢欲動。

第一幕演到一半，耶爾才發現艾許．葛拉斯坐在他前兩排，舞臺燈照透艾許的耳朵，明晰到耶爾看得見細線般的血脈。

中場休息，他們在大廳找到艾許，見艾許正在逛劇團帶進來賣的書籍和T恤。

耶爾說：「還不難看吧？」

「天啊，我不知道。我不知道自己爲什麼來。我沒辦法專心看戲。你能嗎？」

「任思緒漫遊一下也無所謂吧？」

艾許茫然看他。「你搞錯了，我指的是泰迪。我滿腦子是泰迪。」

查理的語調變輕。「他怎麼了？病了嗎？」

艾許短促怪笑一聲。「他被人打斷鼻梁了。昨晚。」

「什麼？」

「他被人抓頭去撞人行道。在羅耀拉大學校園。他不是在教一堂大學部的課嗎？下課後，他走路回家路上，被人——」艾許揣摩著現場，揪住自己的頭髮往前扯。「在人行道上。甚至連搶劫也不算。」

「他現在——」

「他還好。他臉上貼了一塊繃帶，縫兩針，一個黑眼圈。他已經回家了，如果你——不過，他沒事了。讓我比較心煩的是案子本身。歹徒還查不出是誰。有可能單獨行動，也可能有五個。可能是學生、小混混，也可能是個正好在校園蹓躂的王八蛋。」

「你去看過他嗎？」查理問。

「有啊。有，我去幫他對付警察。遇到這種案子，警察有什麼樣的反應，你也曉得。即使是揪出歹徒了，警方也會誣賴受害人對別人褲襠亂伸鹹豬手，害對方恐慌反擊。隨便警察怎麼亂掰。你的報紙會刊登這個吧？」

「平常的暴力事件嗎？」查理說。

「不是，泰迪這案子。你們會報導嗎？」

查理撥一撥下唇。「要看泰迪的意願。也要看我的主編。」

「報導一下準沒錯。我明天會去追蹤。」

說完，下半場開演。

耶爾努力想專心看戲，眼前卻反覆出現泰迪臉撞人行道的慘狀。由於案發現場能揣測的角度太多，他忍不住每一個角度都揣測看看：下課後被大學生跟蹤、有機可乘的單車青少年。泰迪的身材好瘦小。耶爾閉上眼睛，用眼皮強力擠掉想像圖。

他數度瞄向查理，想判讀他的神情。查理的手指不停敲著扶手，上半場他也一直如此。散場後，觀眾等著向朱利安打氣，耶爾也想去排隊。這群人當中有艾許，有朱利安上班的三明治店同事，也有和朱利安交往過的胖會計。但查理說他不回去工作不行。他說：「你想留下的話儘管留。」但耶爾不是白痴。

當週五，耶爾走進辦公室。猶太光明節隔天即將展開。主任比爾・林吉見他進來，奸笑著說，辦公桌上有個東西正在等他，耶爾暗暗叫慘，擔心見桌上多了一座光明節金燭臺。比爾不是對猶太教興趣過度濃厚，就是假藉對猶太教感興趣，以不甚圓滑的手法放電。幸好，桌上擺著一個大信封，寄件人地址是威斯康辛州鱘灣。一股腎上腺激素直竄他大腿，忍不住要跳起來狂奔。

本可跟上來的比爾沒有跟來。比爾也可以拆信封先看。耶爾不得不稱許他：在重大時刻，比爾懂得迴避之道。

對比爾而言，耶爾尚未告知他和希思莉的難題。耶爾原本希望對此置之不理，盼最後能無疾而終。比爾倒是明白杜爾郡之行的要點，也知道耶爾對這批藝術品神往。耶爾告知感想時，慎選的字眼是「神往」，而非「興奮」，部分原因是，以耶爾的身分，他不宜太在意藝術品，也不宜估算藝術品價值。

耶爾撕開信封，在桌面攤開從裡面抽出的十幾張拍立得相片。色彩、線條、反射光模糊成一團。裡面附一封信，待會兒再讀。他坐下，閉眼睛，不看就拿起其中一張，舉向窗外透入的光線。一幀藤田嗣治的畫作。應該說，相片裡的畫可能出自藤田之手，他自我叮嚀。最起碼，這幅一眼就能辨識是藤田作品。而且，這一幅他不熟，並非藤田名畫的複製品。這幅是妙齡女子側面畫，是墨筆畫的簡圖，頭髮和綠洋裝有幾處塗上水彩，是一幀迷人的未完成圖，意境卻已到位。一角有作者漢字兼拼音的簽名。

「可以。」他說。「可以。」在這種時刻，他想盡情自言自語。等今天下午，他會把相片上呈比爾，但現在，這些相片是他的。他攤開雙手，按著桌面。他不想掀起一場兩百萬美元的反彈，不希望諾拉家屬鬧上法院，不想打電話給希思莉，不想為這事砸飯碗，甚至也不想現在興奮到換氣過度。然而，如果這批畫證實是真跡，這將是他職場生涯挖掘出的一大寶藏。這是他走這一行夢寐以求的層次。若說一般考古學教授的美夢是《法櫃奇兵》，小藝廊的開發員的美夢可說是當前的耶爾。

接下來令他驚艷的是莫迪里亞尼的幾幀素描。素描是言過其實了。這幾幅只算隨筆，或許是其他作品的習作，或許如諾拉所指，用意是在酬謝模特兒。每一幅的畫筆看似藍蠟筆，四幅當中有三幅附簽名，全是裸體畫。如果這四幅全是真跡，如果全能獲得鑑定，價值將遠遠超出耶爾想像裡的鉛筆素描。

他再細察藤田嗣治的三幀草圖，分別是身穿袍子的女子、手握一朵玫瑰遮酥胸的女子、一疊水果。此外，也有一幅空臥房的彩繪，以及一幅用鉛筆隨手畫一畫的草圖，畫的是身穿外套的男子。這兩幅似乎都不吻合諾拉最初列舉的畫家。接著，他單手拿起一幅朦朧美的蘇丁——天啊，這幅是成品，筆觸流轉、高聳、狂野——他這才直挺挺起立，旋即腿軟坐下。這一幅的模特兒確切和藤田畫中的女子是同一人，同樣是金髮、小耳朵、小胸脯、調皮的勾魂笑。據推測是諾拉。如果耶爾偏頭再看，畫中人甚至和菲歐娜有幾分像。神經錯亂了嗎？真的像菲歐娜。莫迪里亞尼的幾幅太抽象，線條太粗，到處是尖橢圓，和諾拉搭不上邊。

有一張相片拍的不是畫，而是滿滿一盒子紙張。耶爾細看每一張拍立得，幾經整理後，改拿起信來讀，看看信上如何解釋這一張。信紙的抬頭是律師事務所，內文打字。

親愛的第敘曼先生：

在此獻上年度佳節的祝福！請查收本信附上之十九張記錄諾拉．馬庫斯．藍諾收藏品之拍立得相片。藍諾夫人願藉此提醒您，這些作品的畫家是蘇丁、莫迪里亞尼、藤田嗣治、帕斯金、珍妮．赫布特尼、尚．梅金傑[17]、賽傑．穆坎肯、以及藍科．諾瓦克，完成期間介於一九一〇至一九二五年之間。除此之外，有一張相片顯示往來書信、私人相片以及紀念品，全屬藍諾夫人旅居巴黎期間留藏之物件。

藍諾夫人與我欣聞布瑞格藝廊對此批典藏至感興趣，期待再進一步與您溝通交流。

謹此誠摯問候。

史丹利．托因畢律師

耶爾走向比爾辦公室，雙腿仍抖個不停，但比爾不在。耶爾在門上留一張便利貼：我有好消息和壞消息。回辦公室後，耶爾起草一份寫給諾拉的信——他會先徵求比爾核可再寄出。在草稿中，耶爾盛讚相片之餘不忘提到，雙方若能儘快展開合作，這批作品就能儘早面世。他也寫說，目前所有通信最好能暫時保密。他希望諾拉看得懂弦外之音，最好對兒子法蘭克隱瞞此事。他打給菲歐娜留言：「妳們讓我今年大有斬獲——妳和妳那位跟畫家有一腿的姑婆。」他不打電話給希思莉。如她所言，她不是耶爾的上司。比爾回辦公室後，看到拍立得相片，站著喔喔一直叫，好像見到新生小貓咪似的。耶爾告知查克．唐納文

17 珍妮．赫布特尼（Jeanne Hebuterne, 1898-1920），法國畫家，莫迪里亞尼的戀人。尚．梅金傑（Jean Metzinger, 1883-1956），法國立體派畫家。

扣住兩百萬美元揚言攪局，連帶說明唐納文曾親手拆除鋼琴上的小名牌事件，比爾鼓起雙腮，視線移不開相片。比爾說：「這比兩百萬多太多了，耶爾。我的估計算非常保守了。不信你看看。仔細看一看。怎麼對付希思莉，你自己想想辦法就好。你是我的奇蹟開創者。」

回家途中，耶爾買一束鮮花和一盤蘋果派，搭捷運時對陌生人微笑，感受不到寒意。

二〇一五年

賽吉載菲歐娜回家後，她一直睡到凌晨三點，睡得很熟。醒來後，她靜靜躺床上，不想吵醒里察。儘管認識那麼久了，里察畢竟老了，不是嗎？躺著躺著，她又睡著，夢見在航班上結識的鄰座乘客陪她在泳池游泳。他說克萊兒有件東西在他這裡，找到克萊兒後，可以轉交給她嗎？像魔術師一般，他從泳褲口袋慢動作掏出尼可那條長長的橙色圍巾。

菲歐娜終於起床進廚房時，里察坐在早餐桌前，晨曦照亮他的電腦和雙手。他飛快打著鍵盤，嘴唇念念有詞。他說：「電郵啊。有誰料想得到，人類居然會被這種堆積如山的東西壓扁？」她拿一根香蕉切一切，問賽吉起床沒有。里察笑答，「妳應該問他回家了沒。他是回家了。大概四點，他倒頭上床。」他也說，賽吉有過幾個男友，沒有一個是玩真的。「多數是義大利人。他懂得挑帥一點的。」菲歐娜沒有迷糊到問里察是否在意。賽吉年輕有活力，似乎令里察振奮。里察舒舒服服伸懶腰，恰似一頭穿浴袍的雄獅，高居皇座的太陽王。他蓋上電腦說，「看看外面天氣這麼好，爲妳一個人出太陽。要是妳能享受一下巴黎就好了。下次妳再來，一定能好好享受。我什麼時候死，我不知道，不過，這是我的英靈神殿瓦爾哈拉（Valhalla）。」

里察告訴她，昨夜拍片，雙橋路被封街了。她望向窗外。依舊沒有人潮，也不見電影明星，只有幾輛卡車。駕駛人發現此路不通，狂按喇叭表達憤怒。里察說她可以過橋叫計程車，但她不想搭計程車。即便腿痠，她仍想再散步。里察說，除非賽吉陪妳走。他說他不希望她出門迷路。（里察不願明講的是，不希望菲歐娜暈倒。）

不顧菲歐娜抗議，賽吉還是起床穿上夾克，跟著她出門，半數時候落後，動作像在夢遊，半數時候超前，像在競走，決定去向。她看慣了賽吉的後腦勺，看著他一頭黑色亂髮，看著他修長而紅潤的脖子。

昨天，見過偵探後，賽吉騎摩托車載她，她堅持要去大主教橋。橋寬闊，幾乎無人，一對新郎新娘正在拍照，但不見克萊兒的人影。當然，無論是在這座橋上，或者任何一座橋，根本不可能找到克萊兒。人生不會這麼巧合。

現在，賽吉陪她走向河畔。她拿著克萊兒的相片，逢畫師便出示相片。這些繪畫工作者兜售的油畫小如索引卡。有個男畫師畫著滑稽人像，甚至有個小丑化著全套的彩妝，正在吃三明治。賽吉站到一旁，點菸抽，倘若他能從旁口譯，對菲歐娜的幫助會更大。菲歐娜每次講著菜法文，「她畫畫。」但願自己能說得更詳細，解釋說女兒不是懷孕少女，不是潦倒的逃家小孩。大家全搖頭面露困惑。

賽吉帶她去莎士比亞咖啡書店。菲歐娜知道這間是書局，但她赫然發現樓上居然有幾張床。賽吉解釋，「給寂寞的外國人睡的。」被他這樣一說，反而像妓院。但她上樓看見幾張供單身青年睡的小床，一晚限睡四小時，藉咖啡治療宿醉，激情拈花惹草，不適合拖著小孩和另一半暫住。這裡的地板吱嘎作響，書架隧道搖搖欲墜，若非菲歐娜情緒低落，她會愛上這書局。但礙於心境，她只想移地再找。

賽吉在她背後觀望著，她走向櫃檯，出示相片給一名年輕人。男子有美國南方口音，留著布魯克林翹八字鬍。他叫一個女孩過來。

這張相片裡的克萊兒就讀麥卡利斯特學院大一，當天是家長週末會，克萊兒站著，單手扶著塞滿衣物的抽屜櫃，臉上似笑非笑，心煩但能隱忍。菲歐娜選這張是因為那年秋天克萊兒增重，臉變圓，最像影片中的克萊兒。菲歐娜回想起，那年每次送克萊兒回學校，心頭總如卸下重擔，現在想想竟覺得反胃。並不是她巴不得女兒快走，一點也不是，而是她當時以為，母女兩人聚少離多才最融洽，因為克萊兒能擁有自己的空間，過一陣子回家，母女一同去逛街、用餐、聊聊近況，不久後，母女或許甚至能共飲一瓶葡萄酒，像成年人一樣談心。母女倆可以這樣子互動到她大學畢業，等她搬去另一城鎮定居——菲歐娜知道女兒一定待不住芝加哥——每年去拜訪她兩次。但是，在耶誕假期間，克萊兒宣布她暑假想去科羅拉多州。六月，她回家一星期，然後菲歐娜開車送她去芝加哥機場。菲歐娜下車，想繞過去和她擁別，她卻說，「會被人按喇叭。」她草率親媽媽臉頰一下了事。

之後就沒有下文了。

書局的女孩搖搖頭。「她嘛，長得有點像瓦蕾莉亞（Valeria）。」

男店員說：「她是捷克人嗎？」

菲歐娜說不是，然後告訴他們，她有個年幼的女兒。男店員說：「我們去找凱特過來。來過這裡的年輕人她全認識。」

凱特來了，是個身材高䠷的英國人。她凝視相片後說：「我不能確定。」

「她現在年紀大幾歲了。」菲歐娜說。

「她的長相很接近《瞞天大佈局》的女主角。」

背後有個男客人，捧著一疊平裝書等著結帳，於是他們讓開，往店內深入。賽吉捏著相片邊緣。「她一定很想念妳。」

菲歐娜不知如何對應。

賽吉說：「妳會住到里察辦展，對不對？他的朋友對他意義重大。」

「我儘量看看。」

「不行不行，要答應！」賽吉微笑說，突然笑得燦爛。從小到大，他必定就靠這笑容強人所難。

「住到他辦展，八成會住到被主人嫌吧。」

「那我們到時趕妳走，去飯店幫妳訂房間！快答應嘛。」

「好吧，」菲歐娜說，「我答應。」說說無妨，她不清楚自己多認眞。再拖九天不回去看店，離開太久了。但再待九天，她要不是已經找到克萊兒，就是還在尋尋覓覓——在這兩種情境中，她有可能打道回府嗎？

臨走前，菲歐娜爲避免空手離開書局，不想讓店員爲她難過，於是拿一本談巴黎歷史的英文書。蓄鬍的店員正在向客人抱怨美國ＤＶＤ播放機的什麼影格率。他說：「美國人根本不在乎！所以我才搬來巴黎。」說著，他兩手往上一拋。

菲歐娜憋著笑意。有這種事？不可能吧？怎麼可能有人爲了小事，說搬家就搬家？在菲歐娜認識的人當中，移民海外的人每個都有正當理由，例如工作、戀情、政治。或者像諾拉，出國深造。克萊兒和柯特已跳脫霍桑納共生營，不過，菲歐娜不是沒想過，克萊兒想逃離的是母親，想逃出她主觀認定的童年創傷。換個角度想，克萊兒遠走高飛的原因，該不會也是突發奇想吧？最早她投靠公社，然後遷居巴黎，接下來呢？去保加利亞幫農場放羊嗎？該不會是菲歐娜在克萊兒的童年疏於母職，所以女兒才如此不安分？

男店員看書的定價。三歐元。他告訴菲歐娜，免費。

走完一圈，下午兩點左右，他們繞回里察家，電影已經開拍。

現場人擠人，彷彿爭相看花車遊行，難以看見拍片實況。街上的高空有一臺起重機，巨燈矗立三腳架上，向下投射光芒。

菲歐娜丟下賽吉，逕自鑽進人群，仗著身材矮小的好處，不用擔心搶走別人的美景。不久，她擠到最前面，雙手放在木欄上。

拍攝的場景在下一條街的轉角，附近有一家餐廳，門面粉刷成血紅色，但圍觀民眾不能再靠近。菲歐娜看得見亂七八糟的椅子、梯子和幾人，餐廳前有個女人正在和一個男人講話，男人擁抱她，然後她走開，只走幾碼又掉頭回來，從頭再來一遍，每次都有兩個手持反光板的男人在她前方奔跑，一臺滑軌攝影機跟進。

「我知道那男的是誰。」菲歐娜附近的女人低聲說著英語。「就是那個……叫做德莫……麥德莫的男明星。至於女的，我就沒聽過了。」

她身旁的男人聽了爆笑得太大聲。「德莫．麥德莫。取得妙。」

一名警衛走過去。女人低聲說：「我們麻煩大了。」群眾中的確有持續不斷的竊竊私語聲，如果被麥克風收音，應該能剪掉才對。

菲歐娜細看馬路對面的人群，沒有一個長得像克萊兒，沒有一個帶著小女孩，沒有一個看似柯特。然而，民眾不停換位洗牌。

大學中輟前，克萊兒曾提及她想主修媒體研究。高中時，她週六常去音樂盒戲院連看三部電影。畢業那年期末，她交了一名立志寫劇本的男友，想幫他拍片。那男孩指甲留得很長，不願正眼看人，菲歐娜一點也不喜歡他，但是，男孩總有長大的一天吧！等他長大後，絕對強過柯特．匹爾斯幾倍。

柯特和母親希思莉認識菲歐娜。有幾年，菲歐娜和他們疏於往來，後來有一天，柯特走進她的店，說他最近在芝加哥參加幾場濟貧抗議活動，還說希望跟她保持聯絡。之後，有活動時，柯特偶爾邀請她參加，但她鮮少到場。菲歐娜有所不知，那段期間，柯特毒癮纏身，曾經偷過母親希思莉的錢。在他不辭辛勞效命的幾個濟貧組織當中，他甚至也侵吞公款。菲歐娜得知，希思莉曾對他下最後通牒，然後再給他最後一次機會，才終於對這個兒子心灰意冷，斷絕往來。這些事，菲歐娜後來才得知，但她已介紹女兒給柯特，女兒的前途已被他葬送。

一架飛機凌空而過，拍片因此暫停。菲歐娜回想起朱利安．艾姆斯曾告訴她，他寧可一輩子搞劇場挨餓，給他一百萬他也不願意拍電影。朱利安說，拍片無聊到令人頭皮發麻。朱利安爲了繳房租，在百老匯街上的藍牆三明治店上班。在同一家三明治店，泰倫斯曾找她坐下，向她傾吐尼可生病的消息。那天，朱利安不可能在店裡。假使朱利安在場，她不可能沒印象。她聽見尼可染病，嗚咽起來，櫃檯上的餐巾全被她用盡，當時不可能沒看見櫃檯裡的朱利安。但在她心海裡，那天負責結帳的人是朱利安。他一手永遠在小費罐裡，一綹深褐色髮絲永遠垂掛在他眼前。

女演員重複著同樣的動作，菲歐娜反覆掃視群眾。

該回去找賽吉了，別讓他擔心。菲歐娜才剛擠出人群，正開始找賽吉，後腦勺卻被人輕拍一下。她轉身，看見一名男子對著她微笑。這張臉她認識，一時想不起來是誰。

「就知道我會遇見妳。」男子以對方聽得見的音量低聲說。想必是菲歐娜顯得一頭霧水，男子緊接著說，「我是杰克。和妳同一班機。」

「喔！」向後退一步。「能見到你眞好。杰克。」

杰克似乎無醉意，但他的鬍鬚和頭髮，以及他衣服上的橡木香，仍暗示著他昨晚可能露宿樹林中。說實在話，她一肚子火氣。依照或然率，假如她在巴黎街頭能和誰偶然相遇，爲何偏偏遇到的是飛機上的鄰座？這是雷擊，被擊中的機率一生僅有一次。

他說：「我一直隨便亂走。我那件事今晚才有。」

「你那件事。」他在飛機上解釋過嗎？

她理解到，這次相遇一點也不偶然。在班機上，菲歐娜說過朋友的住處，而這座河中島小之又小。她左右張望，但賽吉已經杳無蹤跡。她招手要杰克跟過來，帶他進相連的另一條街，離拍片現場夠遠，能以正常音量交談，但也不至於遠到喊救命沒人聽見。

「你沒事了吧？」菲歐娜說。

「什麼事？喔，對。對。沒事了。有人在芝加哥機場撿到我的東西，要寄還給我。」

「就這樣？」

他聳聳肩。「我的皮夾是迴力鏢，已經被我搞丟十二次，每次都被人撿到還給我。」

「這——不可思議。」

「稱不上。對人類來說，這明顯算是一種道德考驗。人一看見皮夾，趕緊捫心自問，我是好人或壞人？人都想相信自己本性善良。同樣的人，上班逮到機會說不定也會挪用公款。可是，這些人一撿到皮夾會寄還給失主，內心比較踏實。」

他說得沒錯。但是，他未免太狂妄了吧？狂妄到隨地亂丟皮夾，自信皮夾總有一天會回到他手裡。

他說：「這電影好絕啊！」

「你是來看拍片的嗎，杰克？」她不掩飾話中帶的刺。

「不是。」他說。「我是來找妳的。呃——我不是無聊男子。抱歉。我想問妳一件事。」要不是他長得帥，菲歐娜老早逃之夭夭。不然，她會就近挽起隨便一個男人的手，說：「他是我先生！」但她駐足原地，仰望他的臉，等著。

他說：「下了飛機，我氣壞了，氣自己沒多問里察．坎普的事。嗯——這樣講，我好像是愛糾纏人的那一型，不過，我真的很想找他見個面，我可以兩三句就推銷成功。」

菲歐娜舉起一手，示意他停嘴。她說：「我聽不太懂。」

「抱歉。我不記得在班機上講過什麼了。我寫一些文藝方面的報導，多半是幫旅遊雜誌寫稿。妳讀不讀《國家地理雜誌》？今年夏天，我發表過一篇文章，描寫瓜地馬拉的馬雅舞蹈祭。」

「好。」想通了——他是機長，因酗酒被開除？或者，空中飛人的生活不適合他，有更好的管道讓他行遍天下？她說：「他最近有一大堆專訪。他會不會因此比較容易同意或拒絕，我不清楚。」

「重點是，專訪不一定談藝術。可以聊這裡的生活，例如談談旅法攝影家對巴黎的感想。不然，也可以談攝影藝術。總之，主題由他指定。」

理他做什麼？為何甚至考慮幫他？也許道理和皮夾考驗相同：她想覺得自己是好人。也許是他眼睛漂亮。也許藉此紓壓也好。她從包包掏手機出來，說：「我可以報他的公關人員號碼給你。」他的公關是賽吉。

杰克調整背包，搔一搔鬍子。他說：「夢寐以求。」

菲歐娜手機在手，賽吉的電話號碼報到最後一個數字，手機居然震動起來。

「哇，糟糕。」她說。「這通不接不行！」語畢扔下杰克，無緣無故快步走開。

耳際一片沙沙聲。亞諾清清嗓子說：「他們滿容易找的。柯特．匹爾斯先生夫人。我查到地址了。」

菲歐娜左手插進牛仔褲口袋，以免手抖。「你確定是他們嗎？」先生夫人！

「呵，是的，一查就查到柯特了，因為他去年被逮捕過。沒坐牢，放心。」

「天啊，犯什麼罪？」

「小竊案。」亞諾說，一語攔阻她的臆測全面邁向謀殺、弒嬰、本土恐怖主義。「從他的——從罰金判斷，八成只是順手牽羊。」

「咦，」她說，「等一下。不會吧。他該不會被遣返吧？」

「啊，」亞諾說，「好。其實沒有。我另外也查到，他是歐盟公民。照理他是可以，不過——」

「哪一年入籍的？」

亞諾不知道。但她想一想，柯特的生父不是愛爾蘭人或哪一國人嗎？說不定他出生就有雙重國籍。說不定這能解釋兩人為何移民法國。

賽吉在巷子對面揮手。他走向菲歐娜，站一旁聆聽。

「亞諾，你沒有和柯特講過話吧？」

「我掌握到一個地址，在第四區，就在瑪黑區外圍。那條街在那一區地段房租中下，但治安也不算差。妳知道瑪黑區嗎？」

菲歐娜記得里察暗示過，第四區的同志居民密集，不過她好像有印象，那一帶有很多阿拉伯人，有可能是正統派猶太人。三個族群全擠在同一區，不會打架吧？她說：「不熟。」

「我打算去盯梢。像電影裡演的那樣，懂嗎？只是去監視看看。」

「可以讓我跟嗎？」

亞諾嘿嘿笑一笑。「不太好。」

「那你什麼時候去？今晚嗎？」

「除非另外有狀況。我會多拍幾張相片。」

「現在呢？我該做什麼？」

「好好享受巴黎。妳不是有個朋友騎摩托車嗎？他可以載妳，對不對？去觀光一下。」

觀光。見鬼了。

「向我保證妳會好好休息一下。昨天妳的臉差點掉進蛋餅裡了。把力氣留到用得著的時刻，好嗎？現在，我們等著。妳喝點葡萄酒，休息，放輕鬆。」

休息聽起來不賴。何況，她好累好累。

一九八五年

猶太光明節過了，湖岸凍結成白冰。查理母親的新男友想帶她去聽歌劇，不能飛來芝加哥慶祝耶誕。她說她過一陣子會來。耶爾聽了有點慶幸。他很欣賞泰瑞莎，但這段日子查理的壓力實在太重了。

耶爾在銀行遇見泰迪，他的黑眼圈褪成紫色，鼻子上仍橫貼著一張白繃帶。泰迪自稱遇襲大難不死，感覺心情變得海闊天空，耶爾一句也不相信。泰迪說：「知道嗎，我眞的看見滿天星耶。我一直以爲是卡通編出來的。」耶爾說：「對。我也挨揍過。」

耶爾也在路上遇到菲歐娜。菲歐娜說，她家人終於清走尼可公寓裡所有遺物，沒留意到缺了什麼東西。「多半是因爲，他們根本不曉得公寓裡有哪些東西。電子產品全被我親戚搬光了。」她說。「他們只在乎電子產品。畫板被我媽帶走了，不過她只把畫板塞進箱子裡，不曉得她拿走畫板能做什麼。我爸戴手套。他居然戴手套進公寓。」耶爾緊緊抱她，抱到她雙腳離地。

在一家二手商店，他遇見朱利安，朱利安正在試穿一件鮮黃色燈芯絨長褲。朱利安覺得褲子太短，脫下來讓耶爾試穿。朱利安說：「這件可以讓屁股看上去像漢堡包。不帶貶義喔。」他向後退一步，上下打量耶爾。「可惜這件對正面沒啥幫助。我聽說過你的正面呢。」耶爾覺得臉一陣熱，延燒到脖子。「怎麼了？」朱利安說，「你以爲查理守得住祕密？」朱利安買一件難看的白色皮夾克，有流蘇。他告訴耶爾，他和一位同是演員的朋友活用化妝技巧，教罹患卡波西氏肉瘤（Kaposi's sarcoma）的愛滋男遮斑。「他們看起來眞的很不錯。」朱利安說，「遠遠看的話。」

下著冰霰的某個陰天，耶爾約房屋仲介去看布萊爾街上的那棟房子。他在人行道上和女房仲見面，她拍拍手，猶如一場好戲即將開演。

房子的標價是耶爾年薪的三倍，比他預期來得低。依然很勉強，但並非不可行，只要他工作保得住，只要他薪水和布瑞格藝廊同步成長。藝廊是有成長的空間。查理去年為報社買下一臺照相排版機，代價和這房子不相上下。器材小如冰箱，價格卻令人咋舌，同樣的數字對一棟房子而言則相當合理。買下機器後，查理破產了，但查理的部屬再也不必半夜去下城區，向排版公司借用機器，大清早六點撤退時，各個累成殭屍。理論上，週報的進帳能彌補機器的支出，但必須熬過幾年，必須仰仗酒吧買廣告。一旦有盈餘，查理更傾向為部屬的薄酬加薪，比較不會自肥。查理從不買東西犒賞自己，連三餐也捨不得。若非有耶爾，他可以靠茶和泡麵渡日。

耶爾尚未向查理提起這棟房子，怕查理得知標價後退避三舍。查理也可能因耶爾願意出多數錢而不高興。但買房子能給查理多一份安全感。如果房子登記在兩人名下，安全感一定有。然後，他們也可以養一條狗。查理一直想養狗。

房仲帶耶爾參觀。耶爾愛上客廳、木質地板、凸窗、壁爐兩旁的內建式書架。廚房不怎麼樣，但他們日後能花錢改裝。他一直想學習鋪瓷磚術。樓上洋溢著午後陽光。在空曠的臥房裡，耶爾光站著，望著戶外小巧的後院，就覺得飄飄欲仙。一棟房子！他已經想像得到朋友間的揶揄——泰迪會罵他們是蕾絲邊分離主義分子。但誰在乎呢？因為，看看窗戶的玻璃多厚，這些地板多紮實！

在這裡聽得見的噪音，耶爾從目前的公寓也聽得見：車流聲、車門砰然關上、有人正在聽音響，但在這裡，不知為何，怎麼聽都覺得新鮮，彷彿他不僅置身另一棟房子，更飄進了另一座城市。甫遷居芝加哥時，他也有同樣的振奮感。他慢條斯理探索不同住宅區，研究地圖，在筆記本裡記下：「叫司機走艾許蘭街，不要走克拉克街」之類的瑣事，也收集餐廳名（第一週，他寫下貝爾登熟食店，好像他獨自發現這片新大陸似的）。曾聽說但永遠不想去的地方，他也記下來，例如早已蔚為發展場的馬歇爾百貨的五樓廁所。他只想知道這些地方存在，想將搭計程車奔馳湖濱大道時的感受永存於心。不知爲何，隔著這棟小房子的臥室白牆壁，芝加哥再度在他四周脈動著。

「妳認爲我能考慮多久？」他問房屋仲介。「方便照實說嗎？」

她說：「天啊，我不知道。我猜這房子很搶手吧。」

如果諾拉捐贈案一帆風順——多久以後才知道？再等一個月？再等一年？——他至少確定飯碗能安穩一些。到時候，他比較有置產的準備。等到事業穩定時，如果房子還待售，他會認爲這是命中註定。

他陪房仲走回霍斯特德街。她問他知不知道，街角這間戲院原本是馬廄。耶爾知道。兩人站在戲院前，看著如今被牆包圍、以前用來讓馬車通行的拱門。房屋仲介說：「想像一下。」

霍華德．布朗診所的募款會當晚，風勢強勁而刺骨，耶爾和查理逗趣說，乾脆搭計程車去安莎澤餐廳算了。餐廳離這裡只有四分之一哩。早在八月籌備這次募款會時，就敲定這家瑞典餐廳，當時感覺肉丸配馬鈴薯泥的瑞典式主餐有點可笑，現在卻覺得太完美了。耶爾出門前喝一杯蘇格蘭威士忌暖和身子，酥酥麻麻的酒意如今竄向手腳。

耶爾最近特別敏感，因爲他等著接諾拉的好消息，每次辦公室電話響起就嚇一跳，擔心是希思莉又來找麻煩。現在，他和查理走在街上，在星期一上班之前百無煩憂，緊張兮兮的情緒變得喜不自勝。他高興身邊人是位身穿黑羊毛西裝的帥哥，高興能丟一元給坐在人行道毛毯上的龐克小子。

這一星期，藝廊主任比爾．林吉天天來耶爾辦公室，轉告帕斯金或梅金傑專家密報的估價。「並不是說我在乎錢。」比爾說。「不過，估價超出兩百萬越多，我心裡會越舒坦。」

基本而言，比爾是個「以紙筆爲重」的人。耶爾有一位叔叔常自稱「以玉腿和奶子爲重」，語調和比爾差不多。和耶爾相較之下，比爾對素描畫更感興奮，但比爾也特別受那幅臥房畫吸引。臥房畫據信是赫布特尼的作品，而她是莫迪里亞尼的同居人，本身也畫畫，但她年紀輕輕過世後，家屬不准她作品公開展示，因此驗證起來特別棘手，但有她的作品存在，也許更能佐證莫迪里亞尼的畫是眞跡。臥房畫裡的牆壁和影子畫得歪斜，也受耶爾喜愛。

諾瓦克和穆坎肯是無名小卒，但在耶爾稍微探究下，發現一九七九年蘇富比曾高價賣出一幅穆坎肯的炭筆人體寫生畫，和諾拉的收藏品不無異曲同工之處。反正比爾喜歡這一幅。

至於諾拉堅決一併展出的諾瓦克，他的作品是唯一的失望。諾瓦克作品共五幅，其中兩幅是粗糙的小畫，三幅是素描。稀奇但價值不高。其中有一幅畫著一名穿菱形花紋背心的男人，菱形格畫得超出背心邊緣，眼眸畫得深邃，耶爾覺得這幅還可以，但比爾討厭它。比爾也討厭諾瓦克另一幅畫——一個哀傷的小女孩。至於三幅素描，畫的全是乳牛，比爾一概討厭。比爾說：「別對她承諾這東西能掛上牆展出。」見耶爾皺皺眉，比爾再說，「哼，過陣子，搞不好她，呃，會先過世。這樣一來，就不會被她發現。不過，除了這些牛素描，整批收藏品的氣勢不錯。我很開心。整體來看，有平衡，有對比，有故事，而且數量恰到好處。你知道，辦展剛剛好。有人拱手送我們一個展。」他拍一拍耶爾的背，好像作品全出自耶爾之手似的。

因此，儘管寒風刺穿耶爾渾身毛細孔，耶爾仍覺得輕飄飄。

瑞典餐廳原本就掛滿民俗藝術，充滿節慶氣息，如今耶誕彩燈和綠葉到處都是，蔚爲北歐仙境。耶爾和查理上樓，晚出場才有派頭。查理儘管是籌委，卻不插手現場布置，因此他們連外套都還沒脫下，立刻有十幾人一擁而上。正確來說，大家一擁而上的對象是查理。並不是說耶爾不是他們的朋友，或他們不想見耶爾，而是人人都有趣事急著告訴查理。泰迪的朋友田民勝在布朗診所擔任輔導員，他蹦蹦跳跳過來，活像一隻瞪羚。他雖然是日裔，卻有一雙榛子色的眼珠。他說：「來了差不多兩百人啊！抽獎券都快不夠用了！」他去幫兩人端啤酒，因爲查理在走到吧檯之前，少說會被攔下二十次。

來賓多數是熟臉孔，看了欣慰，卻總難免略為失望：有朝一日，假如能見到上次和上上次沒出現的臉孔，能見到市議員，或一兩位異性戀醫師，該有多好。

無聲競標的桌子羅列會場周圍，拍賣品是各界捐獻的葡萄酒禮品籃和音樂會門票，查理的旅行社也提供免費在下城區大飯店住一晚。但會場人潮洶湧，耶爾無法看遍所有拍賣品。

他瞧見菲歐娜和朱利安，兩人正在激辯，菲歐娜邊說邊比手勢。耶爾曾笑稱她的手是鳥手，她聽了手指翩翩起飛，飄向他臉前，對著他的雙頰振翅。他考慮去英雄救美，因爲儘管菲歐娜自己的個性常令人難以招架，連她也嫌朱利安太累人。她一度說：「他就像滿滿一口跳跳糖。我喜歡吃跳跳糖啊！眞的！甜甜的，而朱利安也甜。我不是講刻薄話。不過，吃滿滿一嘴巴，誰受得了？」

如耶爾提議，里察到場拍照，從旁捕捉吃喝談笑的掠影。由於他的相機無所不在，來賓不太注意到他，正合里察心意。他說，這才是拍到好鏡頭的訣竅。

泰迪前來祝賀查理活動舉辦成功，然後轉向耶爾，問西北大學所在地艾文斯頓今天是否比芝加哥更冷。「同樣在湖邊，你們在遙遠的北國！」泰迪說。他不停轉動手裡的啤酒杯。他的臉看起來還好，鼻子看起來也還好，鼻梁中間的一道疤和上唇的疤相呼應。然後他說，「看見泰倫斯沒有？」他的語調壓得很低。耶爾放眼尋找泰倫斯瘦長的身影，找戴著細框眼鏡的他。「狀況不好。」泰迪說。耶爾看見他了，查理必定也看見了，因爲查理沉聲驚嘆，趕緊轉頭回來。耶爾以爲，「狀況不好」意思是泰倫斯神情落寞，感恩節至今可能又瘦了一些。多久前的事了？兩禮拜吧。泰倫斯靠著牆壁站著，貌似稻草人，頂著大光頭，無肉的臉頰凹陷。要不是他戴同一副眼鏡，耶爾可能認不出他。曾經溫煦黝黑的肌膚，如今枯槁如胡桃殼的色澤，看起來幾乎連舉頭都有困難。

「我的媽呀。」查理低聲說。

「他病了嘛。」泰迪說。「他本來就病了，不過現在他是**眞的**病了。可能T細胞完蛋了。被破釜沉舟了。他應該住院才對，怎麼還來捧場？」

查理說：「他本來好好的！兩個禮拜前，他還好好的！」

耶爾說：「兩個禮拜前，他外表還好。」

查理說：「現在呢，他成了甘地。我的天啊。我的天啊。」耶爾以爲查理會過去打招呼，但他遲遲不去。他端著空杯前進吧檯。

啤酒好喝。耶爾提醒自己該填填肚子，該去陪泰倫斯聊一聊，該去關心他的病況，但耶爾等著機會，因爲泰倫斯已經在牆邊的椅子坐下，朱利安和某個老年人坐在他右邊。耶爾不確定自己能否讓維持表情，不知如何避免面露驚恐的模樣。因此，耶爾回吧檯，不慎撞到前面一名紫洋裝女子。女子轉身說，「耶爾！」啤酒嗆進耶爾的氣管。是希思莉．匹爾斯。穿高跟鞋的她高耶爾一吋，塗著她上班從不塗的藍眼影。「好高興見到你喔！早該知道會碰到你！」

耶爾不確定她指的是什麼，於是說：「我的另一半是籌委。」

「喔，他也來了嗎？我跟兩個朋友一塊來，結果他們躲進掛衣間親熱，我現在一個人也不認識。」

醉和不醉的希思莉，耶爾都見識過，因此相當篤定目前的希思莉屬於前者。至少是微醺。或許，希思莉醉和不醉之間有個快樂折衷點，是她最理想的狀態，既不會拿遺贈案要脅他，也不會對他性騷擾。

查理在會場另一邊，正在和耶爾不認識的人交談。但就在這時候，朱利安來了，一手摟住耶爾的腰，用耶爾的肩膀托下巴。

希思莉以過於爽朗的口吻說：「嗨！我是希思莉，西北大學！很榮幸終於認識你！」她緊緊和朱利安握手說，「你一定很自豪吧！」以耶爾自豪，或以晚會自豪，耶爾無從判斷。

朱利安回應時，下巴壓得更起勁，鬍碴摩擦著耶爾頸部。朱利安說：「我的確非常自豪。是的。正是。自豪。」

耶爾能預測這場誤會急轉直下，能料想希思莉離開會場時稱讚兩人多麼郎才郎貌，被查理聽見，於是耶爾急忙說：「朱利安只是喜歡貼身靠啦。查理・基恩才是我的另一半。他在這裡，不知道去哪裡了。他留落腮鬍。」

朱利安說：「我討厭他的鬍子。我告訴過他了。臉長得那麼正，幹麼遮遮掩掩的？」

希思莉覺得滑稽，不然至少也是陪笑表示禮貌。她的笑聲帶有走投無路的意味，宛如深怕被人冷落，淪爲壁花，只好極力把話題炒熱。耶爾瞧見查理報社記者葛洛莉亞，於是把滿耳朵是耳環的她招過來。他說：「葛洛莉亞是西北校友。」兩個女人開始聊。不到一分鐘後，耶爾和朱利安託辭脫身。

「洗手間。」朱利安對著耶爾耳朵正後方悄悄說。啤酒漲滿膀胱的耶爾覺得是好主意。

廁所裡無人，有兩座隔間，朱利安只是去洗手臺洗把臉，站著，彷彿等著聊天。他纏扭著額前髮。將來朱利安禿頭了，兩手豈不閒到發慌？

耶爾說：「剛才那女人不算是我上司，不過，她也不完全不是我上司。」

「她好像沒那麼壞。」朱利安的美，有一部分來自他目視對方時的舉動。如果對方盯著地板看，朱利安會半蹲下來，由下往上扣住對方視線，彷彿想把對方拉正。他會揉揉自己的耳朵，臉紅起來，也不失一份異樣美。

耶爾進其中一間。幸好這廁所不設小便斗。

朱利安說著：「你有沒有見過蛇舞者？」

「吹笛子逗籃中蛇的那種？」

「不是。通常蛇舞者是女的，像肚皮舞孃，不同的是，蛇舞者一面跳舞，一面讓蟒蛇在身上亂爬。言歸正傳。澡堂俱樂部打算請一個肌肉男跳蛇舞。」

耶爾笑著拉好拉鍊。「不出意外才怪！」

「你很掃興耶！」

「抱歉。在那裡面做的事，跳蛇舞大概是最安全的一種。」耶爾走出隔間，洗洗手，朱利安注視著鏡子。

「全都關了，你也不在乎。」

「老實說，朱利安——對，我覺得三溫暖最好是全關門大吉。關一陣子也好。有些顧客在裡面亂搞，把事情鬧大了，我不會怪罪到三溫暖頭上，不過，三溫暖絕對是火上加油。而且，這跟恥辱、不進反退或什麼的，完全無關。這就好像，我拿餐廳打個比方好了，假如有家餐廳爆發沙門桿菌疫情，你不會一直去那家吃吧？」

朱利安搖搖頭。他似乎無意離開洗手間。「你根本是不懂裝懂。我在三溫暖聽到的保險套宣導，比任何地方都多。你只是照搬查理的主張。」

「有些東西，查理講得有道理。」

「可是，耶爾。等這病能治好了，到時候我們一定沒地方可玩了。」

頓時，耶爾覺得自己比朱利安老了一百歲。朱利安正照鏡子細看額頭上的毛細孔。耶爾本想說出心中話，說，有藥可醫的一天永遠不會來，但他說的是，「等到能治療了，我們再新開幾家就好。而且會比現在更好玩，對不對？」

朱利安轉頭慘然一笑，不失俊美。「有藥可醫的那天，慶祝場面會多熱鬧，你能想像嗎？」

「能。」

朱利安並沒有把視線轉回鏡子。在狹小的洗手間裡，兩人相距僅兩呎，站得愈久，耶爾愈覺得兩人已進入肢體接觸層次，胸貼胸，腿碰腿。兩人實際上並未碰觸，整個地方也尿味充斥，但這並不重要。或許是，子虛烏有的泰迪事件遺毒仍在，但話說回來，這時兩人都半晌沒動靜，原因另有其他。是朱利安在暗發邀請函。在過去，朱利安隨手發的邀請函多的是——誰沒感應過朱利安放的電？——然而，在四目相接的一直線上有某種眞摯得令人心驚的情愫。耶爾陡然醒悟，這表情是無可救藥愛上人的表情。

朱利安說：「耶爾。」

耶爾眼睛瞥向門，認定查理會在這節骨眼衝進廁所，省了他傷腦筋。但是，沒人進洗手間來。等他視線轉回來，朱利安已前進一步，兩人相隔的近距離也縮水一半。朱利安眼珠濕潤，嘴唇微張。

耶爾說：「我們該回會場了。」

重回會場之際，朱利安走在他後面，他突然想到，或許查理當初不是無理取鬧。查理絕不可能說出「朱利安愛上你了」。因爲一語道破只會讓情況更糟。人是血肉之軀，誰不會因此心動？至少會微微心動吧？自知成了某人暗戀的對象，這是世上最強的春藥。因此，查理把箭頭轉向耶爾，說他不信任耶爾。很多事豁然開朗了。從洗手間門到吧檯的二十呎，耶爾的世界徹底被撼動。

他才剛再添一杯酒，在查理身旁坐下，致詞就開始了。希思莉來到他肘邊，這是再好不過的情況。在這段時間，他能和希思莉一同鼓掌，一同舉杯致敬，不必開口，無需擔心再談諾拉的兒子和憤怒金主的後續發展。有人致詞談布朗診所的沿革，接著有人起立談熱線。耶爾忍住哈欠。他四處尋找泰倫斯，看泰倫斯是否還撐得住，但牆邊的椅子上已不見他的身影。想必是尼可帶他回家了。

不對。

不對，尼可沒有帶他回家。

因此，在會場上，在某人闊談募款目標金額等枯燥話題之際，耶爾終於耐不住醉意，霎然啜泣起來。告別式那天他上樓的原因，不也是同一個？爲的不也是忍住眼淚？

那一天，要是他釋放情緒，情況會比較好，今天就不會哭成淚人兒了，那天也不至於嚇壞查理，兩人也不至於吵架，他也能跟朋友去尼可家搶救遺物，帶走幾張舊唱片之類的。

耶爾哭出來時曾退縮一下，查理沒注意到他在哭，以免晚會情緒被他搞砸，但他頭一轉，被希思莉看見了，菲歐娜也看見。他正準備下樓梯時，她們追過來，各扶住他一手。「去外面吧，」菲歐娜說，「去外面一下。」

來到人行道，希思莉把自己用來裹酒杯的紙巾遞給他，他用來拭鼻涕。鼻子的流量比眼睛更大，好丟臉。「妳們兩個會著涼。」他說。

希思莉說：「我小時候住降雪最豐沛的水牛城。」

菲歐娜坐在人行道邊，拉耶爾過來，牽著他雙手說：「一起深呼吸吧。」他隨著菲歐娜吸氣吐氣。她戴著超大圓形的銀耳環，底部觸及肩膀。尼可常唸她，耳環那麼大，遲早會被東西鉤到，例如「停」的標誌或路過的上班族。耶爾現在也想提醒她，沒想到哭得更凶。尼可是個好哥哥。有菲歐娜在的場合，尼可的嗓音會變得低沉些，穩重些。耶爾把臉埋進她的鎖骨。他試圖把鼻涕和眼淚吸回來，菲歐娜身上卻仍泛濫成災。

希思莉說：「給你。」她不知從哪變來一杯水，裡面有冰塊。

耶爾啜飲後說：「對不起。有些心事憋了一陣子。」

「沒關係。」希思莉說。菲歐娜接著也說，「沒關係。」

耶爾有點醉，也已就地釋放情緒，索性對菲歐娜說：「那天我沒機會去尼可的公寓。我沒——大家都跑光了。」

「全怪我不好。」菲歐娜說。「這事我一直放在心上。我真的很抱歉，耶爾。」

希思莉說：「你難過的是這件事嗎？」

「不是，希思莉。我難過是因爲我才三十一歲，媽的，朋友卻一個接一個死。」

語畢他瞬間後悔。但話說回來，這又不比哇哇哭得像小孩更糟，也不比出差時私藏古柯鹼更糟吧？

菲歐娜伸手撫弄耶爾的捲髮，不發一語。值得稱讚的是，希思莉也不再多說。耶爾強打起精神，站起來。

「想不想去散散步？」菲歐娜問。

「不要，冷死了。」而且查理會對他的去向起疑心。

走回餐廳門的路上，菲歐娜先進去，耶爾摸摸希思莉的手臂說，「我從來沒有爲妳惹麻煩的意思。眞的沒有。」天啊，的確醉了。清醒到聽得見自己的言語，清醒到隔天早上還記得說了什麼，但同時也醉到口無遮攔。他暗寄一封信給明早的自己：你沒跟她提藝術品的事。你沒講難聽的話。

上樓時，她說：「聽著，耶爾，我欣賞你。我想當你的朋友。」

耶爾不認爲自己能和希思莉做朋友。她想怎樣？約他進市區找樂子嗎？耶爾無法想像，但也受寵若驚。說實在話，受寵若驚的程度逼近剛才在廁所面對朱利安的時候。多久沒有人找他做朋友了？現在的朋友全是他和查理的共同朋友。

「妳是一個好人。」天啊，酒蟲令他多愁善感。爲何有些人酒後變刻薄？耶爾酒後只會廣愛世人。

回樓上會場後，致詞結束了，有一群人圍著查理，凝神聽他高談闊論，看著他比手畫腳。耶爾對希思莉說，「那一個，他才是我的另一半。」

「喔，那個英國佬啊！我剛才和他認識了！」

「我不意外。」

「你們這一對好完美哦！」她說，但聽起來沒道理，因爲她甚至沒看過兩人站在一起的樣子。

此外，這一對當然不完美。天底下豈有完美的一對。耶爾知道這是酒精作祟，認爲查理說的其實沒錯，至少就某種程度而言，兩人廝守是怕外面有病魔。若非不願定情的人一個個被病魔抓走，耶爾和查理難保不會勞燕分飛吧？兩人曾吵過幾次架，只差沒有分手。近幾個月的壓力也很沉重。但是，不至於吧。

不至於。架吵得再凶，兩人也會重修舊好。每次都會。查理會雙手摀臉問，怎麼做才能改進，露出絕望的眼神，耶爾見狀只想抱住他，避免他日後再受傷害。

查理滔滔不絕地說著：「芝加哥死了一百三十二個人，不是每一個姓名都公開，原因是，聽著，半數是住郊區的已婚男，是躲在櫃子裡的人。在哪裡染病的？你們知道，在車站廁所。通勤同性戀族群。他們勸溫內特卡[18]的醫生對妻子瞎掰是癌症。不知道他們是誰就算了，我個人無所謂，不過，他們是僞君子，對不對？他們一票投給違反自己利益的候選人。不過，他們照樣一個接一個死。苦難就是苦難。而且，他們仍然在散播病毒。」

耶爾手裡又多了一杯啤酒，他最不需要的東西。

查理的聽眾宛若傀儡：點頭、點頭、點頭。繩子拉對了，他們全會拍拍小手。

晚會後來，耶爾沒事默默對查理生悶氣。氣查理沒有千里眼，沒看見他去外面哭。或許，耶爾憎恨的是，查理料中朱利安的心。或許，耶爾氣他好久了，醉酒愛哭時，怒火才浮現，像暴雨過後蚯蚓滿地爬。

晚會結束，他和查理走路回家，心頭仍有一股怨氣。

查理說：「我認爲辦得很成功，對不對？」

「絕對是。」

「眞的很成功。」

「是，我說過了。」

回到家，查理癱進床上。他說：「我該去看看廣告賣得怎樣。」

耶爾說：「醉了不應該辦公。」他換上牛仔褲，說：「我沒吃飽，想出去看看半夜哪裡還有東西吃。」

---

18 Winnetka，芝加哥北郊的高收入小鎮。

他有點以爲會被查理拷問，以爲查理怕他去夜探泰迪或朱利安，或兩個都要，或跟風城同性戀合唱團的所有團員亂來。但查理只對著枕頭嗚一聲。

他想一想，爲什麼不能去找朱利安？耶爾走上霍斯特德街，來到隔街就是朱利安住處的羅斯科街。得知有人愛慕，那股吸引力難以阻擋。音符從脫軌酒吧（Sidetrack）飄進他耳朵——他考慮進去，但他沒必要喝得更醉。他轉進羅斯科街，朱利安的公寓大樓就在右手邊。耶爾可以去街角打公共電話給他，說：我在你家外面。你睡了沒？他相當確定自己記得朱利安的電話號碼。或者，乾脆直接按門鈴好了。但，然後呢？

然後嘛，他想得出幾種情境。

他自知動不了手。現在的他，只是站在懸崖邊緣，試想著跳下去的滋味。記得高中集會時，他和同學同坐一堂，不知不覺以爲自己隨時可能起立大叫。並不是因爲他想，只因爲起立大叫是他當時最不應該做的事。他繼續乖乖坐著。在朱利安家外面的他不也一樣嗎？他只是產生一個危險的念頭，想得津津有味而已。

他繼續走。

他買一個起司漢堡，沿羅斯科街往回走，再次路過朱利安的門前，以爲自己終究還是一不做二不休，但隨即明白自己横不下心。

二〇一五年

菲歐娜心亂如麻，好想再出去，去瑪黑區的街頭冷靜一下，但這想法太不明智了。她對里察說：「千萬別讓我出門。事情會被我搞砸。」

「我們可以對妳下禁足令。」他說。「也對妳強迫灌食。」

《解放報》（*Libération*）的女記者今晚來共進晚餐，賽吉正在煮菜。菲歐娜自願幫他切菜，他叫她站到切菜板前，給她一把刀和六顆小洋蔥，對她說：「女人總愛壞男人。爲什麼會這樣？」

「說不定天下沒有好男人了。」菲歐娜說。隨即她又說，「我不是那意思。」

賽吉問她訝不訝異柯特曾被逮捕過。她自認覺得意外。她說：「其實啊，我很高興。是不是很奇怪？那——也許是得意吧。高興他出事。」她在意的不是柯特開不開心，她只盼克萊兒認清遇人不淑的下場。

里察說他想去睡一下，賽吉播放尼爾・戴門的歌，幫菲歐娜倒一杯她沒要求喝的紅酒。

菲歐娜切洋蔥從不掉淚，引以爲豪。根據父親的說法，這是馬庫斯家族的本事。的確，克萊兒也不會被洋蔥催淚。也許這是全家族唯一的共同點。諾拉總聲稱，馬庫斯家族有兩串截然不同的遺傳因子，一派懂藝術，另一派懂分析，沒人能同時具備兩者。沒錯，菲歐娜的父親洛伊德大概曾考慮退休後把矯正牙醫診所傳給尼可，卻對尼可莫可奈何，而這還是在尼可的性傾向浮現之前。洛伊德曾想讓兒子迷上西洋棋，想教兒子看棒球賽算比數，結果尼可只想照著週日報上的漫畫描著玩，愛畫太空船和動物。尼可的母親曾提醒父親，姑媽諾拉不也愛畫畫嗎？古巴那邊的家族不也出過一個詩人嗎？她勸說的效果不彰。後來，諾拉挑起擔子，在耶誕節送尼可一臺照相機，送他一組針筆，一本匈牙利裔美籍攝影師安德烈・柯特茲

（André Kertész）的攝影集。諾拉叫他拿作品出來給她鑑賞。

菲歐娜自己毫無藝術稟賦——她的實力在於經營二手商店，懂得對抗成千上萬個物流問題。克萊兒出生後，她發現女兒五歲大開始素描馬，畫得逼眞，九歲時能憑記憶刻畫鬧區天際線，菲歐娜領悟到，女兒系出馬庫斯家族的另一派。問題在於，諾拉和尼可不在了，家族傳說中的詩人也早被遺忘，週末也沒人能送克萊兒去上畫畫課。菲歐娜盡最大能力，買炭筆和美勞橡皮擦給她，帶她逛美術館，卻無法提供諾拉對尼可的那種栽培。假使里察仍住芝加哥，或許里察能栽培克萊兒。

賽吉說：「里察很高興妳來這裡。他認爲妳是他辦展的幸運符。」

菲歐娜切好洋蔥，撥進爐邊的碗裡。她說：「我認爲你才是他的幸運符，賽吉。他看起來很快樂。」

「哈！從來不快樂。不信妳問他覺得作品怎樣。從來不快樂。」

「也許吧，」菲歐娜說，「不過，他看起來很滿足。」

她不確定賽吉能分辨兩個字的差別，但賽吉點點頭。他正在疊餐盤和刀叉。他說：「妳可以幫我拿五個盤墊子嗎？」他指向菲歐娜腰邊的抽屜。

「五個？」

「里察另外加了一個記者，今天又有記者想來。他常在我買完菜又多加一個人。一個美國男記者，我不清楚是誰。」

菲歐娜說：「可惡。」她大概猜得到是誰。

又過兩小時，門鈴響了。賽吉忙著煮一鍋摩洛哥燉肉餐，顯然要熬上大半天。門一開，果然不出菲歐娜所料，的確是杰克。他面帶洋洋得意的笑容，交給菲歐娜一瓶聞似他剛從樹林裡搜出來的葡萄酒。菲歐娜想說，這晚宴不是她辦的，也不是她出的主意，她報賽吉號碼的用意完全不是這個，但不久後，招待人的確變成她，因爲賽吉忙著攪拌，里察仍在打扮，女記者說會遲到。

菲歐娜將手機塞進大腿下壓著，震動時能感應到。亞諾曾承諾今晚不會來電，暗示明早才會聯絡她，但是，如果他看見好現象或壞現象，不可能不會儘快通知她吧？

杰克自我介紹說：「杰克・奧斯丁（Jake Austen），差一個K就和英國小說家同名同姓。我媽以前是英文老師。」他接下賽吉調給他的一杯透明調酒，菲歐娜在沙發坐下，儘可能和杰克保持距離，特意喝著白開水。撇開其他情況不說，原則上，她才不打算跟杰克・奧斯丁打情罵俏。她不打算讓杰克以爲他能大搖大擺來這裡，指望她見了他會興高采烈，聽他稱讚項鍊會流露嬌滴滴的小女生神態。他問：「邊邊畫的是小鳥嗎？」

「喔，這有很強的象徵意味。既然提到英文老師……呃，不是小鳥。招好運。」

他說：「妳沒戴其他首飾。」

原來，他一直在看她耳朵和手。他也許在暗指菲歐娜未戴婚戒。

假如菲歐娜此行不爲了尋女，假如她有閒工夫，悶著沒事做，她或許會考慮譜一段即興戀曲。如果只想利用他一下，他是不是酒鬼、騙徒，不見得重要。而且，從他猛瞄她腿的模樣判斷，他似乎不介意兩人年紀的鴻溝。

離婚後的菲歐娜約會的次數多到數不清，被朋友調侃說，乾脆幫妳製作一個實境秀算了。但那是好久前的事情。近年來，她店裡忙不過來，其他雜事也多。克萊兒失聯後，她和戴米恩常打電話，內容並不浪漫，但能略爲彌補空虛，算是一個能讓她隔兩千里哭訴的好對象。她仍偶爾約會，但現在淪爲機械化，床事也差不多如此。

杰克面對她，坐談他該買一雙新健行靴，她不得不承認，氣氛還算融洽。也好，他以爲菲歐娜此行的目的是渡假。賽吉進客廳，幾乎是奪走她手上的那杯水，硬塞給她留在廚房流理臺上的葡萄酒。她望向窗外，看著漸漸灰暗的巴黎街頭牆壁，幾乎能說服自己的確是來渡假。

晚間七點了。亞諾極可能正在盯梢。菲歐娜摘手錶，放進口袋，以免整晚瞄個不停。

杰克說：「介紹妳的生平吧。」

「我的生平。」她說完哈哈一笑。她從來不擅長自述生平。她一生歷經不少波折，但流水帳似的生平聽來總嫌枯燥。

她告訴杰克，她曾取得心理學學位，二十四歲才上大學，嫁給她的教授，然後離婚。她經營一家二手商店。她略過不提這家義賣店以資助愛滋病患居住權爲宗旨。人生的這一面不浪漫也不高枕無憂，她也不太想聽杰克追問。

他說：「心理學位對妳經營店面有幫助嗎？」

她以爲手機震動起來，拿起來一看卻發現無通知。是幻覺，是她的神經在震動。

她說：「生下女兒的時候，我還在念書。我把書念完後，情況就時不我與了。」

「我懂，」他說，「我懂。」他其實不可能懂。

門鈴再度響起，里察衝過去開門。

記者可琳送上一束大理花和一個蘋果塔。銀髮皤然的她，戴著光滑綠串珠手鏈，看似全身裹著披巾的那一型。她和里察、賽吉是熟人，熱情吻他們臉頰。如果不看她帶來的數位錄音機，旁人可能以爲這頓晚餐純粹是交際。

「我們講英文吧。」里察對可琳說。「爲了菲歐娜和，呃，杰克，著想，不過最主要是——嗯，如果妳要引述，我想講得高明一點。我的母語還是比法文俐落。」他對菲歐娜調皮眨眨眼。

可琳笑說：「對是對，不過，我還不一樣要把你的話翻譯成法文嗎？到時候，你還得求我手下留情呢！」

「比求大美人手下留情更慘的事多著呢。」

「看見沒！」賽吉說。「爲了讓專訪文章有看頭，他不惜使出打情罵俏這一招！」

在餐桌坐下後，賽吉端來一籃餐包，里察解釋說，可琳的丈夫是知名藝評家，她在《解放報》的文章既是報導，也不掩私心。

可琳說：「只因爲我太愛你了！」

謝天謝地，杰克話不多。若是杰克講錯話出洋相，菲歐娜會自責不已。菲歐娜暗喜他仍在喝同一杯調酒。

菲歐娜不忘帶手機過來，再次壓在大腿下。時間接近八點。飯廳另一邊的陽臺門開著一道縫。傍晚氣溫攀升不少，如今一陣宜人的輕風鑽進門縫。

可琳詢問里察近來的作品。據說這場攝影展的半數作品是他這一批巨幅相片。依照里察的說法，菲歐娜得知，有一整面牆只掛一幅嘴部大特寫。菲歐娜感到訝異，因爲她以爲這場是回顧展。

賽吉的摩洛哥羊肉燉裡放了杏子肉，入喉後辣味十足。

杰克帶來一本筆記簿，卻留在客廳沙發上，這時他發問——問得挺有技巧——想推敲里察的年紀，也問里察歷年來作品的風格變異、具體侷限、攝影生涯的廣度。「說來也好笑，」里察說，「在你這年紀，我以爲，一個人一超過五十歲就走下坡。哼。對年齡的歧視是唯一能自我修正的偏見，不是嗎？」

在桌面底下，菲歐娜查看郵件，有一則來自戴米恩，問她過去四小時有沒有進展。另一則是代她照顧狗的人報平安。

杰克又寡言了，聆聽著里察敘述準備過程，畢恭畢敬傾聽里察和可琳追憶往事。席間所有人當中，杰克是唯一把里察視爲里察．坎普的人，對里察的印象全來自紀錄片，只知里察是小女孩跨坐柏林圍牆的曠世巨作背後的慧眼，是《玷污雷根》（*Defiling Reagan*）系列幕後的辣手。成名前就認識，感覺大不相同。

如果戴米恩見她坐這裡享清福，不知會怎麼挨他的罵，菲歐娜不禁心想。他該不會質疑她爲何不出去找女兒？或者，戴米恩會高興她懂得照顧自己，讓徵信社去辦事。即使她不出手，案情目前依然有進展。

她擺脫思緒，聽聽里察對杰克有說有笑。「你想當我的助理嗎？我一直在找新助理。」

「因爲啊，幫他賣命是不可能的任務。」可琳說。

「我也能保證，薪水低得不得了。甚至比做記者還低！」

賽吉向菲歐娜解釋，明晚可琳會在家幫里察辦一場聚會，嚴格說來是和她先生合辦。他們住在巴黎近郊的萬塞訥（Vincennes）。

「妳一起去。」里察對菲歐娜說。菲歐娜點點頭敷衍他。

可琳對里察說，「你介紹一下你的錄像裝置好嗎？我好想多報導這方面的展覽。這世界對你拍的影片不熟。」

「都怪這世界的錯。」賽吉插嘴。

「這個嘛。」里察說。他直視著菲歐娜，彷彿發問的人是菲歐娜。「反諷的是，毛片是蠻久以前拍的。是我用ＶＨＳ攝影機錄的影片。一九八〇年代的芝加哥。妳也知道，ＶＨＳ的錄影帶處理起來簡直是惡夢。」

菲歐娜終於摸清他的意思了。她傾頭。八〇年代的芝加哥。錄影帶。

他對可琳說，「那些片子很樂觀，我認爲是。片子裡活力充沛。我用當代的視角去剪輯，可是，內容是二十五年、三十年前的東西了。而且——」里察支吾起來，菲歐娜隱然聯想起電影《眞善美》中的克里斯多夫．普拉瑪（Christopher Plummer）面對納粹，上臺想歌頌祖國卻如鯁在喉。他說，「菲歐娜正好來巴黎，建議妳把握這機會訪問她。至於我，妳想訪問我，隨時都行。不過她的哥哥和那些男孩子，他們——」里察猛眨眼，講不下去，一手在臉前揮一揮。他進廚房，隔著流理臺問，「誰想來一份蘋果塔？」

「他本來就想告訴妳的。」賽吉對菲歐娜說。

她說：「什麼？影片嗎？他想說他有影片？」

「錯，不是影片，藝術品。」

「好。」但菲歐娜感覺血脈在臉頰裡砰砰跳。她來巴黎是想救克萊兒，不料卻能重溫一段尼可往事，尼可和泰倫斯的往事，以及——這很了不起。這不也算是一種救援嗎？她說：「我想看一看。」

可琳呵呵一笑。「全世界都想看啊！再等一個多禮拜吧。妳也一樣。」

晚間已近十點，菲歐娜認了。亞諾說好明早才來電，果然不是隨口說說。

里察舀香草冰淇淋附在蘋果塔上，賓客五人端著小盤子，來到陽臺，倚著欄杆，站著吃點心，俯瞰被封鎖的街道。

一九八五、一九八六年

新年期間，西北大學和布瑞格藝廊都休假，但夏普夫婦正好在芝加哥過新年，耶爾和藝廊主任比爾・林吉迫切想藉機找他們聚一聚。亞倫・夏普是藝廊顧問董事。在藝廊的金主榜上，夏普夫婦的貢獻僅亞於布瑞格夫婦。艾倫和艾斯美是外形出眾的一對，作風不虛浮，寧可來比爾家吃晚餐，也不願去法國餐廳鸚鵡（Le Perroquet）接受名酒大餐款待。早在耶爾就職芝加哥藝術博物館期間，夏普夫婦常熱衷贊助學院辦的宴會或知性活動。耶爾向布瑞格求職時，懷疑夏普夫婦也幫他美言兩句。他們堅持耶爾今晚帶查理一起來。於是在十二月三十日，頂著徘徊在攝氏零下十八度的低溫，耶爾和查理來到艾文斯頓，帶著一瓶梅洛，站在比爾家門口，比預定時間早十分鐘。他們剛才從捷運站走來。查理說：「我們繞這裡走一圈再進去吧。」有暖外套和厚手套的人是查理。耶爾否決繞圈殺時間的提案，按門鈴。

應門的女主人是桃莉・林吉。耶爾曾和她有一面之緣。她開門時顯得慌忙，背後的屋內卻整理得無懈可擊，洋溢著自製番茄醬的香味。早幾個小時，她已經準備就緒。桃莉身材矮而福態，頭髮燙成小捲。如果耶爾沒料錯，如果比爾確實是不肯出櫃的同性戀，那麼，比爾擇偶的條件也不出所料：相貌平平但儀容端莊，個性夠溫順，極可能事事儘量寬容。耶爾不曾對查理吐露他懷疑主任是圈內人。耶爾最不樂見的是查理擔心他在職場上外遇。

桃莉說：「外頭那麼冷，快進來吧！」接著，她講了一句彷彿是中小學話劇裡的臺詞，「這一位，想必是你的朋友查理吧。很榮幸認識你。」

查理來得不情不願——他覺得自己今晚不該怠忽工作，心頭也掛念著泰倫斯，因為泰倫斯鼻竇炎發作而送醫。是不是單純的鼻竇炎也沒人敢保證。「要不要脫鞋子？」查理說。「你們家地板好漂亮，我可不想踩得你們到處是雪泥。」

「哎唷，更髒亂的場面又不是沒見過。」桃莉說。她微笑著，臉紅起來。查理只講兩句，就已贏得她的芳心。他的英國腔附帶一頂大禮帽和一副單眼鏡，也不無助力。

耶爾和查理一同在沙發坐下，手裡多了「一杯維諾[19]」，比爾的用語。他看著比爾挑選唱片。家裡仍隨處可見耶誕裝飾品，有蠟燭、天使和幾剪冬青。

桃莉說：「希望你們喜歡吃帕瑪起司小牛肉。」查理不吃哺乳類動物，兩人也都對小牛肉有意見，但他們仍點頭說，聽起來很可口。

查理說：「如果滋味和香味一樣棒，那我就在你們家住定了。」

桃莉聽了臉更紅，嘻嘻笑得超高頻，若非態度如此真誠，客人聽了必定頭疼。她對耶爾說：「據我瞭解，藝廊最近有喜事吧！」

「至少我們是滿開心的。」即使在耶誕假期之前，捐贈案已全面冰封：諾拉不再捎來進一步音訊，希思莉也沒來電飆罵。耶爾愈來愈確定作品是真跡，因為他和比爾常盯著相片看，比爾常奔回辦公室打聽查資料，證實藤田嗣治的確用過同一個色調的綠，看看這個就知道！因此，耶爾更提心吊膽，因為他明白，他的敵手不僅是希思莉和自大狂金主，和他作對的人還包括諾拉的家屬。諾拉的家人可能輕而易舉封殺捐贈案，也可能軟禁諾拉或攔截她的郵件。

桃莉說：「哇，聽起來都好棒。」

19 vino，義大利文的葡萄酒。

比爾播放邁爾士．戴維斯[20]專輯，隨著音符搖頭晃腦，動作彆扭。他在耶爾對面的大黃椅坐下。

他說：「洛曼就快來了。」新年過後，兩名博士生即將前來藝廊實習，拜美隆基金會補助金之賜，這次實習有薪水可領。耶爾尚未見過洛曼，但比爾兩三年前指導過洛曼的碩士論文，當時比爾的職位仍是教授。新學季開始，洛曼將再度擔任比爾的助理，另一位實習生名叫莎拉，將由耶爾支配。「洛曼剛來電說公寓停水了，他不得不衝去健身房洗澡。研究生的日子苦啊，對不對？我完全不懷念。查理，你讀過研究所嗎？」

「一天也沒有。」查理說。他避提他連大學也沒畢業的事實。耶爾能重建的部分是，查理讀完大一後就不再上課，但他在國王學院校園再逗留三年，鼓動學生，帶頭去示威抗議，大致上是同性戀學生當中的皇太子。查理不可能對比爾解釋這麼多，耶爾也慶幸他說他想去廚房幫桃莉忙。查理不擅長廚藝，但他刷洗鍋子的能力一把罩。

耶爾說：「我認爲，我們最好乾脆再開車北上杜爾郡一趟。這次你和我一起去。你可以跟她談，我可以跟律師談。」端著太滿的紅酒，他差點把酒灑到米黃色沙發的扶手。「反正她又不可能不在家。也不可能遇到她正好在家辦舞會。」

「所以，不通知一聲，直接去敲門？」

「她九十歲了。我們不能再空等下去。」

比爾嘆一口氣，環視客廳一圈，彷彿擔心有人躲在角落偷聽。「你懂不懂你走下去會出什麼狀況，我想確定一下。」

「我懂。最壞的狀況非常慘。」在最壞的情境下，這批畫沒弄到手，或者較不可能但仍有幾分機率的是，畫得手了，卻發現是贗品。無論是前者或後者，西北大學勢必平白錯失查克．唐納文的遺贈。

比爾說：「我們的動作如果被希思莉聽見風聲，或者事情演進到最後搞得一團糟，她爲了自保，一定會向上級告狀，越告越高層。只不過兩百萬而已，但是她——最近她日子不太順。」他把自己的椅子拖向耶爾，椅後腳勾到淺色東方地毯的邊緣，把地毯掀開對折。「如果出事，我願意儘量扛起責任，因爲他們不會開除我。撇開別的不談，我其實還有終身職。不過，以後的事，我沒辦法擔保。他們可能開除一個人以儆效尤，而那個人就是你。」耶爾不確定他們指的是誰，但他仍點點頭。「我懷疑他們大概不會把藝廊丟去餵狼群，只不過——」

查理從廚房門探頭進客廳。「有人吩咐我留心你們的酒杯有沒有見底！」耶爾舉起滿滿一杯，淺酌一口，比爾向他比拇指。查理必定看得出他們在談公事，因爲他不再出聲就退場。

比爾說：「桃莉已經在囉嗦，叫我趕快退休。我想頂多再待兩年。聽著，我願意拿我事業的尾巴做賭注，而且賭得心甘情願。不過，你是個年輕人，耶爾。你才剛起步。而我們的目標是登陸月球。」

假如事情發生在一年前，耶爾可能禁不起壓力而退出，但現在的他覺得自己有備而來。近幾星期，他全身有一股莫名的元氣。原因可能是募款會那一晚朱利安看著他的神情，那股寵幸的餘韻尚存。也有可能是，他從周遭情景處處能體認到人生苦短的明證，明白當前最重要，無需展望未來。

他說：「我想走下去。」

比爾伸出修長的一指，說：「順帶談談一件事，和實習生有關。你忍耐點，這事跟你有關聯。實習生有兩個，一個是莎拉，另一個是洛曼，兩個都很優秀。本來，我把莎拉派給你，不過我最近考慮一下，決定改派洛曼給你帶。」

耶爾不解。「他不是主攻藝術史嗎？他不會想做開發案吧。」

「會啊，怎麼不會？我找他商量過了。他對美術館行政感興趣。說不定他攻讀的下一個學位是行政，

---

20 邁爾士．戴維斯（Miles Davis, 1926-91），美國爵士演奏家。

誰曉得呢？他是那種走不出象牙塔的學生。」

「好，我——」

「他的博士論文是巴爾蒂斯[21]，所以他會——好吧，不盡然是諾拉那個年代吧，不過算是夠接近了。他個性純真。是長得不錯的年輕人。我要你收他。」

桃莉回客廳，擺一碗綜合堅果仁。她說：「洛曼很棒！」

「謝謝妳。」耶爾對比爾說。他搞不清楚實習生換人究竟是怎麼一回事，但覺得比爾似乎期望他表達謝意。

「那我就改收莎拉。」比爾說。

桃莉一聽，滿臉喜出望外。多數人聽見丈夫想收妙齡實習生，反應跟她完全相反。她回廚房後，比爾說：「如果你覺得有幫助的話，我們可以帶洛曼一起去杜爾郡。」

夏普夫婦來了，尖聲笑談天氣多冷，立時紓解耶爾緊張的情緒。艾斯美擁抱他，驚呼查理的長相和她想像相去不遠。耶爾有藉口站起來走動。夏普夫妻才四十幾歲。艾倫．夏普擁有一個加油嘴逆止閥專利，全球幾乎每座加油機都有這種裝置，如今夫妻倆在緬因州和滑雪勝地亞斯本都有個家，在芝加哥知名的湖濱大廈也有一間小公寓。這兩位是作風獨特的捐獻者，特別有興趣協助布瑞格藝廊建立館藏。艾倫是西北大學校友，艾斯美讀過建築學，兩人卻從不收藏藝術品。相貌出眾的這一對頭髮同樣是栗褐色，同有挺直的鼻梁。艾斯美曾告訴耶爾，「我知道，我們應該開始收集的，可是，我看不出據為己有的好處在哪裡。」耶爾但願夏普夫妻能收養他，湖濱大廈的角落小公寓能分一房間給他和查理住。

比爾將拍立得相片攤開在咖啡桌上，耶爾對夏普夫妻交代完整背景。比爾事先叫耶爾略過諾瓦克的作品不介紹。由於諾瓦克作品無從鑑定，耶爾覺得略過也無妨，反正諾瓦克那幾幅無關這次對話。查理和桃莉也凝神靜聽。耶爾突然想到，他從未如此詳盡對查理說明過諾拉捐贈案。嗯，查理最近太忙了。

「不可思議啊。」艾倫說。「我沒聽過藤田嗣治，覺得好丟臉。」

見比爾不搭腔，耶爾跳出來。「在二〇年代的巴黎，藤田嗣治很活躍，是個名人。差不多是全法國唯一的日本人。大戰期間他搬回日本，幫軍政府搞文宣，令人遺憾。不過，現在已經沒有人在乎那一段了。」

艾倫笑說：「不在乎了？我老爸八成會在乎。」

耶爾挨向他，以報機密的口吻說：「呃，他有一幅素描，最近在巴黎賣到四十萬。那個買家好像不在乎吧。」

查理看耶爾一眼，耶爾片刻後才解讀出是「佩服你、以你爲榮」的涵意。查理鮮少見他一展長才。假如耶爾有個老婆，他會帶老婆出席所有校友活動和捐贈者辦的每一場餐會。她會穿短裙裝，拍男人馬屁，在回家路上模仿他們的老婆。或者，他不會娶這種老婆。假如他是異性戀，也許他會娶一個太忙著自己的事、沒空玩這種陪笑點頭遊戲、是個像查理那樣的配偶。

門鈴又響了，比爾和桃莉同時跳起來，過去應門。

耶爾本以爲，名叫羅馬人（Roman）的洛曼身材應該像雄壯威武的軍人，但踏進屋裡的這位青年卻矮小，一頭金髮，差點被凍僵，戴著能放大眼珠的莫里西[22]黑框眼鏡。洛曼穿黑色高領毛衣和黑長褲。「抱

21 巴爾蒂斯（Balthus, 1908-2001），波蘭裔法籍寫實派畫家。

22 莫里西（Morrissey），英國另類搖滾樂團史密斯（The Smiths）的主唱。

歉，我拖到現在才來。」他說。他送桃莉一小盆聖誕紅，可能是多米尼克連鎖超市的耶誕過季品。乍看之下，他像大學生，但耶爾不久後發現他二十六歲，繪畫碩士讀到一半轉攻藝術史。洛曼婉謝主人好意不喝酒，坐在沙發最遠的一端，姿態靦腆，跟夏普夫婦閒聊今年暑假他在巴黎做的研究。他的嗓門小，雙手黏在膝蓋上。他說：「我媽還擔心我不想回國。」

艾斯美笑著說：「對呀，你回國幹什麼呢？」

「呃，我——我還要念書，而且我的——」

「她是在挖苦你啦。」艾倫說。「拜託妳，艾斯美，妳嚇壞這孩子心靈了！」

洛曼很可愛，耶爾一聽就聽出他是同性戀——不然爲何比爾態度那麼詭異？但耶爾也認爲，他是不知自己愛男人的那一型。耶爾自己本來也屬於同一型，所幸在密西根大學二年級修了一門總體經濟學，助教馬克．布里恩外形不俗、自信、口才好、年長他幾歲。進了馬克公寓五分鐘後，耶爾已經忘記自己的過去，也不記得在此之前的所有感受。

桃莉問洛曼，今年有沒有回家過耶誕。

「有，呃，我們——我們家有七個小孩。所以我們全聚在家裡。家在北加州。」

「七個小孩！」艾斯美說。

原來，洛曼家信摩門教。

耶爾能意識到，查理也在暗中對洛曼品頭論足。洛曼不是查理的菜，但查理有眼鏡癖。在查理變得愛吃醋之前，他們在湖畔或在機場常玩「你想上哪一個？」遊戲，一人先舉出三個男人，由另一個挑選假想情人，只能挑一個，讓對方猜他挑的是哪一個。查理總挑眼鏡男，被耶爾譏笑他最愛超人變身前的克拉克．肯特。

查理問他，「所以說，你會去藝廊上班嗎？」

比爾說：「到時候他歸耶爾管。」

桃莉邀請所有人上餐桌。查理去洗手時，耶爾跟隨他，繞過轉角，進走廊，在浴室外摸他手臂一下，低聲說：「是比爾突然提出來的。實習生的事。」

查理勉爲其難笑一笑。

「是不是桃莉逼他換實習生的，我很懷疑。」耶爾繼續說。大家都在飯廳就坐，驚嘆著美食香噴噴。「你覺得呢？換得太突然了。感覺很怪。」

查理也壓低聲音。「沒關係啦。你以爲我會發飆嗎？」是的。的確如此。

「我又不是大魔王行不行？每當你接觸到別人，我就怒髮衝冠嗎？不會吧。」

「我知道。」耶爾說。「我沒有這意思。」

席間，夏普夫婦暢飲葡萄酒，針對查理的週報打破沙鍋問到底，請查理提供旅遊方面的建議，盛讚桃莉的廚藝，耶爾聽著這些話題，伺機而動，抓到空檔，話鋒一轉，兜回捐贈案，提起他計劃再去拜訪諾拉。他避而不談的是，對方沒邀請他再上門。他也不提諾拉家屬反對、查克・唐納文鬧場、開發碰釘子等險阻，只說：「我想提一個有點非傳統的點子，聽聽兩位的意見。」

艾斯美說：「我最愛非傳統了。」

「除了這批收藏品之外，這位捐贈人別無恆產。她負擔不起鑑定費用，這批畫捐贈後的維護經費也沒著落。有些情況下，我們是可以申請作品修復補助金，不過，鑑定費用沒補助金可領。因爲——」

艾斯美點頭。「因爲這是在賭運氣。」

艾倫把餐叉擺在盤子上。

「我先聲明一下，她能不能接受我這點子，我還沒概念。」耶爾繼續說，「不過，她好像不是自我中心的那種人。我在想，如果有人想捐贈這兩筆費用，我們在為館藏命名時，或許可以聯名。以一物回報一物，而是，承蒙某某人慷慨資助之類的。」

比爾說：「比方說，藍諾——夏普典藏。」

艾斯美和艾倫互相看一眼。「我們願聞其詳。」艾斯美說。

「這有點像把馬車裝在馬的前面。」耶爾說，意思是本末倒置。

艾斯美舉杯。「好啊，那我們敬馬車一杯。但願馬能加緊腳步趕上。」

告辭後，在前往捷運站的路上，查理說：「如果你非收一個正點實習生不可，幸好他是一個信摩門教的處男。」

耶爾笑一笑。

「咦，不對，」查理說，「不是處男。他可能交了一個女朋友，是個嬌小的金髮女孩子，碰巧住在離他家車程三小時的地方，習慣穿毛衣套裝，戴珍珠首飾。他每兩個禮拜去看她一次。」

耶爾說：「他怎麼一直不求婚嘛，女朋友搞不清楚。」

「共和黨員。最起碼女朋友是。女方的爸媽也是。他假裝自己是。他其實不投票。」

「可是，他研究的領域是巴爾蒂斯啊！」耶爾說。「你知道巴爾蒂斯是誰嗎？他專門畫裸體小女孩。爭議度很高。」

「果然是。」

「果然是什麼？」

「你收了一個性取向迷惘的呆瓜。」

因為這條街上冷清無旁人，耶爾抓住查理，把他轉過來熱吻。

隔天，查理為報社員工辦一場年終午宴，希望大家在各自慶祝除夕前歡聚一堂。至於除夕，查理和耶爾不想去狂歡，而是計劃去共濟會醫院（Masonic）探望泰倫斯。昨天，泰倫斯來電說，他可以見客了。據他說，為慶祝佳節，共濟會醫院新設的愛滋病房非常用心妝點內觀，但泰倫斯不指望院方大肆慶祝新年，畢竟多數病人挺不過一年。但話說回來，元旦是泰倫斯最嚮往的節日，他想好好慶祝一番。至少能歡樂一下也好。菲歐娜會早一點來看他，但她急著回去當保姆，好讓小孩的爸媽能出門慶祝除夕夜。在電話上，泰倫斯說：「我也想見你們兩個。不一定要待到半夜。我只想慶祝慶祝就好。」耶爾也想痛快慶祝一下，盼能忘情解消一些愁緒。藉員工年終午宴慶祝，應該也算吧，耶爾心想。他和報社員工合得來。他和查理可利用年終午宴慶祝新年，晚上不喝酒，一同走路去共濟會醫院，回家路上可要小心走，不能踩到別人嘔吐的穢物。

正午時分，十二名員工齊聚梅洛斯餐廳，和耶爾圍坐一大張併桌，大家傳閱昨天出刊的報紙，里察的圖像式特寫躍登這一期。上週一募款會的報導已出現，里察趕不及截稿，理由是這些相片是藝術，不是新聞。週報傳閱到耶爾時，耶爾沒由來地忐忑不安起來，彷彿里察神通廣大，進廁所拍下他和朱利安含情脈脈的鏡頭。幸好沒有這回事。有一張相片以仰角捕捉到耶爾和查理聽演講的神情，耶爾看似情緒激動，可能是在他淚崩的前一刻拍下。還有一張是希思莉和兩男一同歡笑的畫面，據推測是陪她前來的朋友。「她賣的是什麼膏藥啊？」葛洛莉亞伸手指她問。「她滿靚的。」

耶爾說：「異性戀。也搞不太清楚性傾向。她有一次幾乎在對我放電。」

哄堂大笑。桌頭的查理對著全桌喊：「以前天天有女人對我放電喔。我開始掉頭髮之後才停。」身為好員工的大家紛紛為他打抱不平。

耶爾和多數員工很熟，但最近員工略有更動。尼可是一例。原班人馬另有兩位如今也病了。那年秋天，查理曾說，「乾脆全換成女員工算了？我這樣考慮，不會太殘忍吧？」他繼續說，「算是一種保障。拉子不會在我的報社做到死。她們甚至連產假都用不著。」耶爾回答說，沒錯，是很殘忍。查理說：「願天佑拉子族。她們終將繼承我們所有的爛污。」

午宴席間，耶爾向校對杜威特提起，他又快去杜爾郡出差了。童年常去那裡渡假的杜威特推薦他許多點子，可惜多數不合時令。杜威特生性枯燥乏味，優點卻是，耶爾在週報上一整年沒抓到一個錯字。杜威特也告訴他，二次大戰期間，有不少德軍戰俘被抓去杜爾郡半島採收櫻桃，其中許多人戰後留下來，和當地女孩成家。耶爾記下這背景，作為驅車北上時的話題。

但就在此時，查理那邊似乎出了什麼狀況。查理雙手托頭，臉色蒼白，嘴巴不停說：「操，操，操。」

拉斐爾說著，「對不起。我以為你早就知道了。」

耶爾說：「什麼事？」查理急忙搖搖頭，意思是，暫時別問，比較適合回家談。桌尾的耶爾和鄰座似乎沒人聽見桌頭的話題。大家識相，紛紛另闢話頭，以掩蓋尷尬的沉默。杜威特要求嚐一嚐葛洛莉亞的番茄湯。但隨即，查理起身，不穿外套就出門去打公用電話。隔窗，耶爾看得見他撥號、聽聲音、掛掉、取回兩毛五硬幣、再撥一次。總共四次。

查理回來時沒有坐下，手伸向耶爾，把信用卡交給他，對他低聲說：「好好款待所有人，好嗎？」語畢轉身就走。

坐桌頭附近的員工沒有錯愕，只滿臉懊喪，彷彿剛闖了一個大禍。坐長椅的耶爾從葛洛莉亞身邊擠出來，過去坐在查理空出來的椅子，輕聲問：「剛才是怎麼一回事？」

左右邊分別是拉斐爾和一名新進員工，兩人同時開口，旋即打住。最後拉斐爾說，「是朱利安・艾姆斯。」

「唉。操。」耶爾覺得頭重腳輕，感到自己的臉色也和查理一樣蒼白。「糟糕。」他說。「操。」

他們不反駁，也不說：「搞錯了吧，我們的意思只是朱利安摔斷腿而已。我們只想說朱利安挨揍了。」耶爾看著兩人，兩人則注視著各自的餐盤。

耶爾的呼吸快停止了。

糟糕的是，耶爾的驚恐有一半純屬私心。那天深夜，他眞的考慮進朱利安公寓嗎？眞的上樓了嗎，不會吧？該不會是眞的上樓找朱利安了，事後卻在記憶裡抹淨這一段，如今坐在這裡否認？眞的沒有上樓。那天之後，他做過幾場鮮活的春夢，但他不曾身體力行過。

更重要的是，朱利安，俊俏的朱利安。不斷談愛滋病靈丹的朱利安。耶爾懷疑，在募款會場廁所裡，朱利安欲言又止，莫非是染病一事？染病告白被誤解成愛的告白。耶爾對拉斐爾說，「你聽到的是第一手消息嗎？」

「他，呃。去驗血，是他送他自己的生日禮物。我只知道這麼多。不是朱利安說的，泰迪・奈普斯說的。」

朱利安的生日是十二月二日。布朗診所募款會是——那陣子還在過光明節吧？十三日。所以，不可能，驗血結果沒那麼快。除非是，他已經身體不舒服了。所以他拖到現在才驗血。

新進員工說：「如果他只帶原，他還可以活好久。好幾年啊！」

拉斐爾說：「我聽說，在耶誕節前一天，他被電話吵醒，以爲媽媽爲了耶誕節打電話給他，沒想到是診所護士通知他來聽驗血結果。」

全桌這時都豎耳聽著，滿足個人的好奇心。在場似乎無人特別難過，只是爲了耶爾而擔憂。可能是大家和朱利安不熟，也可能是耶爾和查理是最後知道的兩個。

耶爾伸手拿起查理喝了半杯的水，看見自己的手在抖。應該打電話給朱利安才對，但查理剛才明顯試過了。應該衝出去追查理才對，問清楚查理想去哪裡。但信用卡在耶爾手上，員工才吃到一半。拉斐爾說：「我們出去換個地方好了。讓你有杯啤酒喝再談。」

兩小時之後，耶爾回公寓，發現查理不在家。他失望到令自己心驚的程度。他本想找查理一起躺在床上談個夠，盯著牆壁看，邊談邊罵髒話，回想最近有哪些苗頭不對勁。但耶爾另有其他用意。抱著查理，耶爾能開始暗中贖罪，因爲他不該動歪念頭，不該考慮勾搭朱利安。抱查理抱得愈緊，他愈能追回不該有的想法。

晚間九點，耶爾獨自去共濟會醫院，帶著幾本雜誌和一頂節慶帽送泰倫斯。沒來過新開的愛滋病房的耶爾搭錯電梯，穿越肺科病房才找對地方。護士站的上空張燈結綵。一位長得像妮爾．卡特[23]的護士問耶爾想不想來一杯氣泡蘋果酒，耶爾說，好。護士用小塑膠杯倒一杯請他喝。護士說：「他那間今天來了一個新室友，脾氣很大，不過他現在睡昏頭了。泰倫斯還醒著。」

進病房時，耶爾想看一眼另一位病患，看是不是他認識的人，但簾子另一邊熄燈，只見病患的下巴底部，腮幫子凹陷，有鬍碴和紫斑。

泰倫斯正拿著塑膠湯匙吃巧克力布丁，鼻子插管吸氧氣，手腕打點滴，比在募款會那天更瘦，但氣色改善一些。至少也比較快樂。「嗨，」泰倫斯說，「你想不想幫我吃這個？」他的嗓音粗糙緊繃。

「我有點心動，」耶爾邊坐下邊說，「不過，那點心裡面含人工調味料，對你的身體和康復有幫助。」耶爾問他，查理有沒有來過。泰倫斯說，沒有，只有菲歐娜來過。「怎麼了？出了什麼事？」

「沒什麼。我們只是有些誤解。」他說，「你別開口，可以嗎？講話由我來負責。這地方不錯嘛。還設電視交誼廳啊？不會吧。這裡簡直是Club Med渡假村。」

「死人渡假村。」

「不准你講話。我幫你煮了一鍋耶誕素食吉利濃湯。滋味還可以，不過，我不算專家。」

泰倫斯說：「得愛滋，最難受的部分是什麼，你知道嗎？」

同一個笑話講幾次就老掉牙了，但耶爾依然笑著說，「知道啊，就是告訴你爸媽說，你瘦成海地人了。」

「錯。」泰倫斯闊嘴奸笑著。「其實是一腳踏進棺材的這部分。」他狂笑一陣，隨即咳起來。幸好沒事，還好。

耶爾記得歷歷在目的一幕：在父母堅持幫尼可辦轉院的郊區那間醫院走廊上，泰倫斯把菲歐娜當成嬰兒抱著走，她摟著泰倫斯脖子啜泣。尼可轉院到這裡後，菲歐娜固執堅持：沒有泰倫斯，她不肯踏進尼可病房一步。經社工協調後，她和父母同意每小時換班。被菲歐娜拒絕往來的父母進他病房陪他一小時，泰倫斯和菲歐娜坐在加護病房等候室，然後趁馬庫斯夫婦下樓去自助餐廳，泰倫斯和菲歐娜能進去探病半小時。耶爾、查理、朱利安、泰迪、艾許、以及其他朋友輪流在空檔探班。在泰倫斯抱菲歐娜走的那一天，耶爾陪泰倫斯和菲歐娜一起來看尼可，三人下電梯，見到刺蝟髮型的凶護士走來。護士對菲歐娜說，想看最後一面趕快進去。菲歐娜說：「我可以帶泰倫斯進去嗎？」護士一臉不悅說，社工正在開會，我可以去叫他出來商量，菲歐娜聽了說，「沒有泰倫斯，我不進去。」

說完，菲歐娜在長椅坐下，耶爾不知道該看她或看泰倫斯。泰倫斯在發抖，兩手放在窗臺上，似乎猶豫著該不該一走了之，這關頭是否容得下他的存在。過了三十秒，菲歐娜起身說：「對不起，泰倫斯。」她衝進尼可病房。

23 妮爾・卡特（Nell Carter, 1948-2003），非裔美國藝人。

耶爾邁大步走向護士站說：「好，我們去叫社工過來。這樣下去不是辦法，不是辦法。」

然而，在等社工前來的當下，菲歐娜從病房出來，模樣既像十二歲也像一百歲，總之不像二十一歲。她抽搐著，哭到哭不出聲音，背後的母親也放聲痛哭。醫師走出病房，步向泰倫斯，耶爾做好準備，想在泰倫斯暈倒時接住他。幸好，在醫師證實大家的想法無誤後，泰倫斯並未腿軟。

以空心石似的嗓音，泰倫斯對醫師說，「我過兩個鐘頭以後回來。你們會幫他清乾淨，對吧？多給他們一點時間好了。我過兩個鐘頭再回來。」那天早上，他撞到醫院清潔車，膝蓋仍痛，但他照樣一把抱起菲歐娜，好像她體重是零似的，直線走出醫院。耶爾留下來，借護士站的電話，通知查理和所有人。事後，耶爾才知道，泰倫斯抱著菲歐娜，繞著醫院外面整整走了二十分鐘，她才肯回醫院叫車。有人不明究理，見停車場裡有個女白人在哭，被黑人抱著走，於是打電話報警。一名警官趕來，緩步尾隨他們，被菲歐娜發現，破口對警察大罵說，我沒事，一個人被人抱著走，沒犯法吧？有嗎？

時空回到現在，場景換成泰倫斯住院，至少這間比尼可那間好太多了，但走到人生盡頭，醫院好壞重要嗎？不久後，住院的即將換成朱利安。

泰倫斯已經閉上眼睛，耶爾繼續坐好久，轉述著八卦。耶爾唱新年快樂歌《友誼萬歲》（*Auld Lang Syne*）給他聽，嗓音沙啞也五音不全，後腦勺挨了吊點滴的手摑一下，他才歇嘴。從頭到尾，耶爾一直以爲查理會來。但查理沒來。

泰倫斯睜開眼睛。「十二點了沒？」

「十點四十分。不過，我們可以一起看紐約市的降球儀式。你可以再撐二十分鐘嗎？」耶爾打開角落的小電視，看見一個泰倫斯今生無緣再前往的時代廣場。

泰倫斯看著巨球，然後幽幽說：「我走到了。一九八六，哇。」他閉眼睡著了。

耶爾覺得自己還不能走——或許他也不想走——於是他再坐幾分鐘。門開了，耶爾以爲是查理，結果是護士進來查看是否一切平安。

耶爾握握泰倫斯瘦弱的手，在他敢的限度下緊握。他說：「不過是鼻竇炎而已，媽的，你不能說死就死。」

查理也不在家。

耶爾打給朱利安，慶幸他沒接聽，反過來覺得自己很可恥。他在答錄機留下長長一段話。「希望你能讓我們知道你需要什麼。有些人——例如尼可和泰倫斯——他們能互相依靠。如果你身邊沒人——你可別誤解我的意思——我們所有人都能給你依靠。」

他想知道泰迪的現況。多年來，泰迪和朱利安分分合合，現在泰迪除了崩潰之外，一定也很害怕。然而泰迪，儘管他是三溫暖常客，儘管常在夜店後廳亂搞一些耶爾連空想都反胃的動作，泰迪的健康似乎一切安好。（耶爾隱約聽得見查理和艾許罵他不能這樣推斷。查理會說：這跟次數多寡無關，重點在保險套。艾許會說：如果三溫暖能多開幾間，愛滋就會比較少。為什麼，你知道嗎？因為我們的恥辱會比較小。）

有一次，泰迪喝醉酒，悄悄對著耶爾，宛如訴說著天大祕密似的：「你知道我為什麼沒愛滋？總是當一號的人是不會中鏢的。」耶爾試圖拿數據勸他，說這不就像女孩子以為夏天做就不會懷孕。耶爾勸說，病毒這麼隨機，不可能拿定律來套用。耶爾說：「洗澡時，肥皂泡泡不是也會跑進那裡嗎？有出也有進。」泰迪再不願面對現實，現在總該認識事實了吧。大家全是人體骨牌。泰迪怎麼可能不知道自己是被排好等著倒下的一個？

凌晨兩點，查理才進門。耶爾穿著運動長褲，在沙發睡覺，小耶誕樹的彩燈亮著。查理的臉皮縮著，舉止近似殘破的布偶。耶爾以儘可能輕柔的口吻問他去哪裡，查理說：「散步。」他在沙發坐下，耶爾坐起來，頭靠查理肩上。查理的身體散發類似開冰箱的寒氣。耶爾用自己蓋的毯子也去蓋查理。查理說：「這是最後一根稻草。並不表示是最後一根。問題就在這裡。是稻草，我被壓垮了，不過我曉得，將來還有更多。」

耶爾明白，因爲他在募款會上也有同感。他一手伸向查理的臉，查理哆嗦一下。「抱歉，」耶爾說，「我不是——我只想確定你還好。」

「什麼，你還好嗎？」

「當然不好。不過，比起多數人，這事對你的打擊好像特別重。」

查理以鼻子出氣說：「多數人。」

和查理對話時，一起看著耶誕樹比較輕鬆，不必對看。耶爾深呼吸說，「有句話，我想讓你安心一點。我以前講過，當時不應該講的，不過我知道，基於某種原因，你一直把這事掛在心上。你有必要知道，朱利安和我沒動過對方一根汗毛。」

查理猛然抽身，眼珠圓鼓鼓，看著耶爾。

「對不起，我以爲——我以爲你擔心的是這件事。」

查理起身，甩開毛毯，好像毯子上沾滿蜘蛛似的。他說：「去你的，耶爾。」

「好吧，算我沒講。回來嘛。來。過來我這裡。」

查理回他身邊，鼻子埋進耶爾的胸毛，哭了一陣，哭著哭著沉沉入睡。

二〇一五年

亞諾叫菲歐娜上午十點前不要來電，所以她在十點〇一分打電話給他。亞諾沒接，她再試一次，然後為了消磨時間，她去沖個澡。十點二十六分，他接聽了。

亞諾說：「妳有沒有休息？」

「快告訴我。」她說。

「我有幾張相片，如果妳想看的話。」

「是他們嗎？」

「是的，是的。」

「有拍到——他們身邊有——只有他們兩個嗎？」

「兩個成年人。聽著，要我描述，我可以描述半天，妳也可以親自看個夠。」

兩人相約中午在聖日耳曼區一家餐廳見面。餐廳名叫壽司屋，有違菲歐娜對巴黎的印象，但至少發音容易，她能叫計程車載她去。和亞諾坐下後，她強迫自己看菜單，防止自己衝向桌子對面的亞諾，撕開他的書包。她也看得懂菜單上的說明：鮭魚握壽司、鮭魚卵、味噌湯。

亞諾告訴她，他躲車上等到十一點，終於等到柯特和克萊兒走過他車窗外，手牽手。

亞諾把手機推向對面。「妳準備好了嗎？」他說。

她一時沒聽懂。她以為私家偵探會拿出一疊八乘十的光面相片。但相片在他手機裡。不然會放在哪裡？

第一張只有柯特，特寫。

「就是他。」她說。見到柯特的臉，她等著怒火燒破理智，但她只有似曾相識感，只有見到久違老友的頓悟。柯特確實是老友。每次菲歐娜見到他，總難免想起當年那小男生的模樣，依稀能見到同一個聰慧、容易緊張的小孩，聽見他賣弄誇耀德軍潛水艇和間諜機的知識。

手機仍握在亞諾手裡，所以她說：「好，我準備好了。下一張呢？」

下一張顯示柯特和一女子。這女人高䠷，頭髮黑濃，一手牽著柯特，另一手拎著一袋雜貨。這女人不是克萊兒。

她奪走手機滑到下一張，再下一張。這些全是連拍的相片，因此看似手翻書，一對男女走過人行道。「不對。」她說。「操。」她無緣無故對亞諾火大。「不對。」她覺得被困在座位上，被黃燈和低吟的音樂壓得她喘不過氣。

「不是她？」

「根本連有點像都稱不上。」

「她有可能染過頭髮。」

「什麼？染頭髮也能染鼻子形狀嗎？也能把自己染高幾吋嗎？」

「好，」他說，「妳別生氣。這是好現象，不對嗎？這表示克萊兒已經和他拆夥了。」

她拿著手機，正面朝下，一舉摔向醬油旁邊的桌面，抓起包包。

「妳想去哪裡？點一些東西吃嘛。不是她又怎樣？我們還能採取一些步驟。我們有必要事先規劃一下。來。喝點水。」

她舉杯貼額頭不喝。女服務生過來時，亞諾幫她點菜。

「再給我看一下。」她說。亞諾打開手機再遞給她。

柯特的頭髮紮成一包，嘴上無毛，看起來也許像半個霍桑納共生營的成員。至於身旁的女人就很難說了。長髮中分。照在女人身上的街燈太亮，菲歐娜看不清楚她是否有化妝。女子穿著外套，但腿沒入鏡。菲歐娜再細看每一幅相片，彷彿背景隱藏著蛛絲馬跡。

亞諾說：「那群人有——英文是一夫多妻制嗎？」他以法語的發音說。

「對。我意思是，對，你用的單字沒錯。不過他們其實沒有一夫多妻。謝天謝地。」她是眞的謝天嗎？照這些相片來判斷，克萊兒不住那間公寓。這也意味著，克萊兒可能根本不住在巴黎。可是，咦，那影片怎麼說？影片是在巴黎拍的，而柯特正住在巴黎。因此，克萊兒至少在巴黎住過。「如果克萊兒跟他分手了，」她說，「她可能也離開法國了。她——移民法是怎麼規定的？外國人總不能想住哪裡就住哪裡吧？」

亞諾聳聳肩。「非法居留的人多的是。」

該不會，菲歐娜來法國的同一天，克萊兒正好決定去芝加哥敲她門？該不會，克萊兒敲門後走人，以爲媽媽搬走了，所以回法國？該不會，克萊兒去店裡找媽媽，聽店員說她出國了？菲歐娜心想，應該打電話給鄰居問問看。早知道就留字條給克萊兒，畫個明顯的記號，貼在正門上。繼而一想，不會吧，太扯了。克萊兒怎可能挑同一個時間回家？一個月前，菲歐娜沒有這種迫在眉睫的情緒。若非那影片出現，她不會如此急如星火。克萊兒失聯後，她不曾遠行過，但整天不在家的日子多的是，約會去對方家過夜的例子也有幾次，另外也有一次去鬧區大飯店參加婚禮，乾脆在飯店過夜。結果，她的天下也沒有因此比以前更亂。

上菜了。亞諾拿著筷子邊指邊說，「我可以——再加一些錢的話——我可以進他們的公寓。也許能搜出更多資訊。」

「怎麼進去？把鎖撬開嗎？」她桌上擺著酪梨壽司，肚子餓得咕咕叫的她直接用手拿。

亞諾笑一笑。「不是。賄賂房東。」

「為什麼不找柯特商量？」

「因為如果他不肯合作——我們就沒戲唱了。不過，如果我們先進去搜一搜，掌握更多資訊之後，日後照樣可以找他談。在他住的那一帶，我相信有錢能買通房東。這手法不太合法，妳瞭解嗎？所以才多加一些錢。我不是在敲詐妳。像這種事，加一些比較好。只要一百歐元。」

「我瞭解。」

「外加賄賂金。所以總共一百五。」

「可以讓我跟嗎？」

亞諾一臉氣急敗壞。他塞鮪魚壽司進嘴裡。

「對不起，」她說，「我知道，我知道，不過你根本不清楚有什麼可找。如果我進去，見到克萊兒以前的東西，我一眼就認得出來你認不出的東西。」

亞諾徐徐吐一口氣。一團無形的煙，從偵探應有的菸斗往上飄。沒菸斗，至少也抽菸。也穿風衣。今天，亞諾穿牛仔褲搭配鮮黃色高領衫。「快進快出，我可能只有十分鐘。」

菲歐娜說：「要是我一起，房東會不會比較願意放你進去？我們可以解釋說我女兒失蹤了。」

「不會。」他說。「不過，這樣吧，好，可以，如果我進去了，我會帶妳進去。妳不會見到房東，不過妳可以進公寓。好嗎？」

她承諾手機不關機，隨傳隨到，一有消息就飛越市區去和他會合。但時機還沒到，還沒到。亞諾必須先查明柯特的作息，找到房東，諸如此類的事。少說也要兩天。

一九八六年

全藝廊只有耶爾一人。主任比爾．林吉和藝廊登錄員都請病假，藝術品安裝員和簿記都是兼職員工。耶爾大聲播放新秩序樂團（New Order）的流行曲，在辦公桌吃一個一直落餡的火雞三明治，聯絡夏普夫婦，也再次打電話給諾拉的律師史丹利，答錄機說事務所休假中。不會吧，都一月七日了。耶爾準備留言，不料答錄機卻發出高亢的嗶聲，延續不休。他分別寫信給諾拉和律師說，除非接到不便見客的回覆，否則他和主任下星期開車北上杜爾郡拜訪。他埋首改造官方的藝廊簡介。

隔天，耶爾進辦公室，見裡面依然鬧空城，決定打電話邀請朋友前來參觀。這樣做，有助於他驅散腦海中的朱利安影像，不再去想自己險些夜訪朱利安一事。泰迪和艾許有空，所以他們下午過來藝廊。假如艾許單獨前來，耶爾會擔心自己手足無措。換個角度看，假如只邀到泰迪來藝廊，耶爾也擔心查理吃醋。耶爾帶他們參觀目前的展示品——十二幅美國虹彩畫家艾德．帕斯奇克（Ed Paschke）的人像畫。每次耶爾走過這批作品前，總覺得目眩。參觀完，他們進耶爾辦公室坐，泰迪拿耶爾的現代藝術博物館咖啡杯充當菸灰缸，每隔兩三秒吸一口，速度驚人。

話題來到朱利安，總比對朱利安想個不停來得好。

「最近他每晚都出去玩。」艾許說。

「玩什麼？」

「買醉。」泰迪說。「找其他帶原者打炮。」

「是他告訴你的？」

「他昨天開玩笑說他出去玩俄羅斯輪盤。」泰迪的語氣爲何絲毫不顯關切？再怎麼說，朱利安是他分分合合的男友。但泰迪對閒言閒語的熱愛勝過一切。他說：「菲歐娜有沒有告訴你，上禮拜她發現他睡在她沙發上，鞋子和外套都沒了。被他拿去換五顆安眠酮和一支大麻了。」

「而且是睡在她當保姆的那個家。」艾許補充說。艾許把玩著耶爾的四色原子筆，輪流按著顏色玩。

耶爾覺得自己成了朋友圈的圈外人。才一星期，怎麼發生這麼多事？最近天氣比較冷，他比較少出去吧。新年後，查理也比往常更投入報社工作，彷彿多報導一些住居權益法和妖姬秀，愛滋疫苗就能憑空變出來。不在辦公室，也不去開會時，查理都在家裡工作，麥金塔電腦嗡嗡嗡，宛如一臺人工呼吸器。人權規章（Human Rights Ordinance）即將在市議會表決，查理原本希望這議案能暫緩，如今卻加入艾許推動表決。他們知道市議會毫無落實同性戀權益的意願，明知表決也不會過關，但至少是個起點。他們想爭取《論壇報》版面，想攻進電視晚間新聞。立場不變的查理突然狂熱如投靠另一宗教的信徒。

最近，查理累到不想做愛，煩到不想做愛，心情糟到不想做愛。週六晚，他們去看電影《紫色姐妹花》（*The Color Purple*），回家後，查理開口閉口都罵導演史匹伯，女同志的劇情支線全被導演淡化成一吻充數。查理罵說，「我跟牙醫的接觸都比那還多。」耶爾解開查理上衣釦子，想拉他進臥房，查理卻扣好自己上衣，把耶爾推去背靠牆壁，嘴唇湊向他鎖骨，然後跪向他胯下，幫他吹喇叭，吹得效率十足。要不是感覺爽，耶爾會覺得他動作太馬虎了。

泰迪再點一支菸。他說，朱利安打算拒絕所有抗生素和維他命，甚至連泰倫斯掛在嘴上的木瓜酵素也不想試。「墨西哥有一種兩藥搭配組合的療法，對不對？我認識一個從那裡帶藥回來的人。朱利安不想要。」

耶爾說：「奇怪，他不是相信，靈丹就快發明出來了嗎？」艾許聽了說，「信歸信，靠不住。」艾許坐在椅子上，不斷翹起椅子前腳，耶爾擔心他跌個倒栽蔥。

耶爾對泰迪說：「你的臉，看起來好多了。根本看不出受過傷。」

泰迪伸左手，摸摸鼻梁。

「我勸他告校方。」艾許說。「他聽不進去。」

「哼，根本沒道理嘛！大家都希望我火氣再旺一點。查理叫我寫一篇文章自述心路歷程，可是我——我覺得，又沒啥大不了的。」

艾許說：「泰迪，你被人攻擊了，雖然比不上一大堆人病死，卻也和愛滋脫不了關係。不能說兩者之間沒關聯。」

泰迪笑說：「有一次，查理不是對尼可大小聲嗎？在天堂酒吧外面那次。」

事情發生在尼可病發之前。尼可當時說：「我認為從現在起，我們比較不用擔心挨揍了，對吧？現在大家都怕血。頂多，壞人會拿東西砸我們。現在我們走出酒吧，嘴巴至少不會挨拳頭了，沒錯吧？」查理聽了說，「媽的，你講什麼屁話？攻擊事件陡增三倍了。你不是幫報社畫漫畫嗎？怎麼不讀讀裡面的報導？**陡增三倍**，尼可。」整晚，大家頻頻模仿查理的用語。**陡增三倍！諸君且看，俺的啤酒攝取量即將陡增三倍！**

這時有人敲門。去開門的耶爾嚇一跳。門外站著希思莉。耶爾剛帶朋友進來時，並未鎖上藝廊大門。他希望希思莉誤以為泰迪和艾許是金主，至少以為他們是藝術工作者也行，但她去過募款會，極可能認得這兩人。泰迪穿著修補過的馬汀靴，白T恤有污痕，嘴巴又叼著一根菸，像是看完流行尖端電子樂團（Depeche Mode）演唱會去續攤路過進來的人。打擾到他人，她明顯不以為意，大搖大擺進來說，「希望你假期過得愉快。」

「假期是過了幾個。妳呢？」

「我想過來跟你確定一下共識還在不在。」

艾許挑挑眉，指向門口，耶爾見了搖頭。

耶爾字斟句酌說：「呃，不如聽聽妳的看法。查克・唐納文有沒有再發怨言？」

「最近沒有。」

由於嚴格說來算是實話，耶爾說：「杜爾郡那邊最近也沒消息。」撒半謊，他能保持語調平和，而他撒全謊時辦不到。耶爾每說謊必穿幫，所以查理最近疑神疑鬼的態度才更令他覺得更詭異。

「嗯，那好，」她說，「很好。」

離開前，艾許去上洗手間。他想載泰迪泰迪回芝加哥。艾許的雪維特車（Chevette）能吵死人，在車上講話非扯破喉嚨不行。耶爾和泰迪在走廊等他。

泰迪說：「聽說院方準備讓泰倫斯出院了，你聽說沒？」

耶爾沒聽說過。「出院？不會太冒險了吧？」他問。泰迪聳一聳肩膀。他說：「欸，泰迪，你現在總該去驗血了吧？我是說，我懂你對驗血的感想，不過，如果驗血有點幫助——你難道不想去驗驗看嗎？現在不是有藥在進行臨床試驗嗎？你自己也能試試你說的墨西哥藥吧？」

泰迪輕聲說，「我去驗過了。我跟他一起去的。因為他過生日，他要我陪他去驗血，算是我送他的生日禮物。我的結果是陰性。我不是告訴過你了？我都告訴你好幾次了。」

耶爾說：「天啊，泰迪。我為你高興，可是，天啊。」

翌日，比爾終於進藝廊了，請病假皮膚卻曬黑了一層，啓人疑竇。辦公室至少有點雜音了。隔天下午，實習生洛曼前來報到。他在耶爾對面，坐在校徽椅上，黑背包抱在大腿上，一腳抖個不停。

耶爾說：「我知道你的志願大概是比較偏向館務，希望你不會太失望才好。」

「不會，我嘛——我什麼都願意做。跟別人要錢的事，我是沒經驗，不過，學一學也好吧，對不對？」

他絕不會讓洛曼去向金主討錢——洛曼頂多只能旁聽，但耶爾不願點破。排除其他因素不談，下星期，他會和洛曼一起去杜爾郡出差。

耶爾說：「我是熱愛藝術的人。我不是一個誤闖美術館界的財金人。我現在是個擅長數目字的藝術圈人士。」

洛曼神情開朗起來。「你讀過研究所嗎？」

耶爾說：「我換個說法解釋。我是個大學主修過財金的藝術愛好者。」

「瞭解。」洛曼點頭。「我是說，還不算太遲。」

耶爾忍不住笑了。「一路走來，我接受過相當不錯的教育。」

「酷，」洛曼說，「酷。」他摘掉眼鏡，用毛衣擦拭鏡片。

旋轉式名片架仍一團亂，耶爾派他去整理。辦公室前半部的角落多一張餐桌，權充辦公桌也適合，只要沒人開門就好。何況，叫他坐那裡，老實說，也能美化耶爾的視野。耶爾如果想看看美景，背後有窗戶可看，前面有勤勞工作中的洛曼。倘使時空轉移，耶爾或許能縱容自己瞎想，收洛曼這徒弟，在工作上指導他，在床上也能對他露一手。但以當前而言，耶爾一想到這裡就差點反胃。

北上杜爾郡前，耶爾去熟食店買一大袋子的雞蛋沙拉、義大利麵沙拉、冷肉切片，全擺進冰箱，讓查理一開冰箱一目了然。他也逼查理承諾不熬夜。

查理說：「我配不上你。」他邊說邊看冰箱，好像裡面裝滿圖坦卡門法老王寶藏似的。

耶爾說：「下次雨天如果我忘了關窗戶，你可要記得這句話。」

出差的路上，比爾不停談論他以前收過的實習生，有些在布瑞格藝廊實習，有些在其他單位，有些前途無量，有些生性羞赧，更有一個曾經精神崩潰。從敘述中，耶爾能明確認定，比爾口中的這些年輕男人，許多和他的關係不僅止於師生。講這些話的用意是，比爾希望洛曼聽得出箇中的端倪。在耶爾心目中，適合洛曼的熟男並非比爾這一型。撇開別的條件不談，比爾已經六十歲了。更何況，洛曼是個容易緊張的年輕人，拒不出櫃的同性戀絕非他值得效法的榜樣。

「嗯。」洛曼說。他單獨坐後座，彷彿是耶爾和比爾的小孩。「到了以後，我們直接走到他們家敲門嗎？」

「大致是這樣。」

比爾主張帶洛曼同行，究竟期望他能發揮什麼助力，耶爾不清楚，只覺得基本上還不錯，因爲洛曼能從學生的角度發言，談談遺贈藝術品對學校的好處。洛曼外表像大學部學生，或許能勾起諾拉丈夫就讀西北大學期間的情景。此外，北上途中，洛曼也展現導航的功力。在加油站，他甚至懂得操作加油嘴。

耶爾說：「我想要求的一件事是，我們應該避談錢的事。甚至在和諾拉獨處時也不提。連價或值這類的字眼也要迴避，懂嗎？」

洛曼說：「有句話，我沒有不好的用意——她爲什麼做這件事？呃，爲什麼找上我們？」

「我猜她老公在西北大學讀得很愉快吧。」耶爾說。「另外，我認識她的姪孫女。」不提尼可，耶爾覺得內疚。

來到蛋港鎮的民宿，他們先去登記住宿，放下行李。左中右三間客房相連，耶爾耍心機，刻意選中間，自認應保護洛曼，以防萬一比爾深夜圖謀不軌。安頓好，三人在前廳會合。這座民宿主打櫻桃，繪畫主題是櫻桃和櫻桃樹，早餐也供應脆皮櫻桃派。民宿主人是一對男女，對著他們介紹一大堆景點，建議他們「能抽一點點空」去走走。

車子駛進諾拉家的車道，耶爾憂心忡忡。縱使此行是他出的主意，他痛恨以突襲的伎倆對付人。他常對查理說，他絕不會辦舞會給他驚喜，因為他自己的心臟會受不了壓力。

這一次，兩輛福斯車旁邊停著一輛黃色旅行車。在他們下車前，一名小男童從屋角跑過來看來人，然後狂奔回去。

「可惡。」耶爾說。

比爾說：「欸。這可能是好現象。可能是好現象。」

能好到哪裡，耶爾看不出來。一個念頭掠過他腦海：說不定諾拉死了，大家來這裡看她最後一眼。說不定五天前就死了。

草坪上殘雪斑斑，反射著陽光。走向前門途中，一名年輕女子從屋角走來，牽著小男童的手。紅髮的她穿著藍色大衣，不是黛博拉。她說：「有事嗎？」

耶爾說：「我們是西北大學來的。」

他正要解釋，正要詢問諾拉是否在家，女子搶先請他們在門廊稍候。她和男童入內，幾秒後，一位粗壯的禿頭中年人出面，他身穿馬球衫，沒外套，一指勾住門把，門開一道縫。

「現在不方便。」他說。

耶爾對他伸出一隻手。「我是耶爾．第敘曼。你是諾拉的兒子嗎？法蘭克？」最理想的結果是，他能贏得法蘭克的心，請法蘭克叫狗別亂來。

「你們不能來這裡騷擾她。」

「容我道個歉。我們沒有她的電話號碼。我知道她想認識我們藝廊主任。這位是比爾．林吉，」——比爾點點頭——「我們還帶來一個研究生。」耶爾講得太急了。法蘭克上下打量他們，耶爾根本無法想像法蘭克對他們的第一印象：穿著拉風外套和圍巾發抖的老中青三個相公。

諾拉正在屋內講話。耶爾聽見她說：「我怎麼沒聽見門鈴？」他考慮對她喊話，考慮從法蘭克手臂下面鑽進門。

法蘭克瞇眼，高高在上看著不速之客。在門階上，他比三人高一階。他說：「你們擅闖民宅。這屋子登記在我名下，屋主不是我母親。如果你們在警方趕來之前離開，我可能不會要求警方逮捕你們。」說完，他關上門。

比爾呵呵笑起來，笑得薄弱無助。三人坐回車上。

耶爾四周的空氣變得濃稠，一股粉紅色的濃霧令人喘不過氣，嚴重到能引發偏頭痛。法蘭克絕對正快馬加鞭聯絡金主查克．唐納文，而唐納文也將馬上打電話給律師團、希思莉、西北大學校長。

車子駛回蛋港鎮，一找到營業中的咖啡廳就停車進去重振旗鼓。

「對不起。」耶爾對著比爾說。「敗得好慘，白費時間了。」

但他認爲，比爾大概沒有同感，因爲即使是在逃離現場之際，比爾仍像嚮導一般，屢次指著景觀給洛曼看。比爾正在點咖啡，自言自語是否餓到有胃口吃三明治。比爾事先警告過耶爾：我能放手一搏，反正少不了一塊肉。目前有洛曼在場，比爾似乎沒察覺到耶爾吃驚，也沒注意到他面無血色。耶爾覺得自己一定面如白紙。

耶爾說：「要不要——我們要不要去找她的律師？說不定假期又臭又長的他終於收假了。叫律師打給諾拉看看，或者跟他討諾拉的電話號碼。我們總不能這樣就回家吧。」想放棄已經太遲了。事到如今，情況無論再怎麼演變，藝廊勢必有苦頭要吃。

咻咻吸著咖啡的洛曼說：「她家的信箱立在路邊，對不對？」

「對。住址寫在上面。」

「我覺得——現在下午兩點，他們有可能已經把郵件收走了，也可能還沒有收。那個紅頭髮的女人帶小孩在外面走動，八成順便去看郵箱了。不過，要是我們寫封信給諾拉呢？我們可以把信弄成像郵差送的。寄件地址隨便寫一個假的，只要別被法蘭克看見就好。信裡可以請諾拉打電話來民宿找我們。我是說，唉，不知道。最近我看太多諜報電影了，不過我覺得未必行不通。」

比爾說：「看，不是蓋的吧？年度最佳實習生。」

耶爾看著自己的手攪拌著咖啡。「這點子不錯。」他說。「我們也可以現在去找她律師。」

他們找到一家賣問候卡的禮品店，買一張印有蝴蝶的「想念你！」卡片，爲不請自來一事寫信向諾拉道歉：實在是因爲一直苦無聯絡她的方式，如果她想認識藝廊主任，現在正是時候。他們在信封上寫好地址，甚至找到一張郵票，在表面抹一抹墨水，搞得像郵戳。車子緩緩駛上郡道ZZ。接近諾拉郵箱時，耶爾搖下副駕駛座車窗，伸手打開郵箱門，發現裡面仍有幾本雜誌和幾張繳費通知單。他把假信塞進去。車子揚長而去之際，三人捧腹大笑，彷彿剛剛蛋洗民宅的青少年。

回民宿，比爾和耶爾讓洛曼下車，叫他守著民宿電話等諾拉來電。比爾和耶爾驅車去找史丹利的托畢波爾歐戴爾律師事務所。事務所位於鱘灣鬧區邊陲一棟改裝過的維多利亞風格屋，這種房子稍加裝潢，就能變成骨科診所。營業中，史丹利見他們上門，顯得高興。上班的他一身藍毛衣加卡其褲，似乎沒有緊要的事務。

「你們跑這一趟，可能是正確的抉擇。」史丹利說。「她有那家子啊，我替她操心。他們沒有軟禁她啦，沒那回事，不過，我打電話過去，他們讓她接聽的機率只有一半。她腦袋還靈光。她知道家人在搞什麼鬼。」

「可是，她不是獨居嗎？」耶爾說。「我以爲，家人只是正好來看她。」

史丹利背後的牆上掛著一個大時鐘，想必是用來提醒多數客人，找他談事情照鐘點計費，但對耶爾而言，大時鐘的作用只在提醒耶爾，再過幾小時，法蘭克的電話接力賽能把一棒傳給希思莉。

「我認爲，黛博拉一住幾個月沒離開過。我來說說她父親好了。她父親是諾拉的兒子，名叫法蘭克。」史丹利往後靠向椅背，椅子對他而言太矮小。「生下他的時候，諾拉三十二歲了——你該知道，在當時，三十二歲生第一胎算很老了。只生這一胎。兒子長大變得作威作福，她覺得全是自己的錯。他身價不低，自認懂得品嚐葡萄酒。一個酩酒狂。你懂這單字嗎？我剛學到的。我女兒送我的耶誕禮物是這個，每日一單字的桌曆。」辦公桌上有一小方塊日曆堆在塑膠架上，他拍一拍，轉過去給來賓看。今天的單字是「叔伯輩」。「沒錯，法蘭克是一大**酩酒狂**。」他嘿嘿笑著說。「聽起來很齷齪，對吧？重點是，諾拉送走那批畫，他也不至於餓死。五六年前，他甚至不知道那批畫的存在。」

耶爾說：「今天在那房子的女人，是他妻子吧？小孩也是他的？」

「總有一天她會覺醒，自己竟然嫁給一個老頭子。她是菲比，年紀嘛，只有他一半？不過，外形倒是很標緻。**有氧舞蹈老師**。」他聳一聳眉毛。

比爾說：「法蘭克質疑遺囑有效性的機率有多高？」

「滿高的。不過，能不能勝訴又是另一回事。而我站在你這一邊。我遵從諾拉的意願，而諾拉希望跟你們配合。」

耶爾說：「如果她在世時可以捐贈，我們就不必擔心遺囑被質疑。」

比爾說：「活人捐贈，不會被質疑吧？」

「這嘛，」史丹利說，「不是沒人質疑過。想想看，舉個例子來說吧，有個老婆婆罹患失智症，突然宣布所有遺產留給照顧她的護士，會有什麼爭議？不過，你說的沒錯，以諾拉的個案而言，在世捐贈單純多了。無論如何，我建議你們找律師一起來。有我這律師，你們也有律師，這樣才十拿九穩。」

「諾拉願不願意現在捐贈呢？」

史丹利似笑非笑，左右點著頭。

一幅荒謬的畫面映入耶爾眼簾，他見到明天三人捧著滿懷的繪畫，走進布瑞格藝廊大門。耶爾隨即看到希思莉眼見莫迪里亞尼作品，唐諾文的兩百萬支票和鋼琴小捐贈品全化成灰，紛紛像蚊蚋般飄走。

剛帶他們進來的祕書來了。她用指關節敲敲半開的辦公室門，說：「來了一通電話，想找你的客人接聽。」

電話中的洛曼語氣欣喜若狂，上氣不接下氣：「她來電了。她想見我們。她叫你們帶律師過去。」

因此，一小時後，諾拉家的飯廳餐桌前聚集八人，舉行一場氣氛頗僵的董事會議。坐輪椅的諾拉坐在桌首。她說：「坐輪椅不是頭一遭了，不過每次都沒坐太久。」太陽在她的頭後方漸漸西下。耶爾坐在法蘭克和黛博拉父女之間，好讓比爾、洛曼、法蘭克之妻混坐對面，避免形成敵我對壘的局勢。史丹利坐桌尾，和諾拉正對面。法蘭克的小孩一男一女，該上學而不上學，可能學校仍在放耶誕假。小孩被叫進地下室去看電視。稍早前，耶爾去電西北大學，請法務儘快趕來杜爾郡。在晚上八點之前，法務是不可能趕到了，但即使法務在諾拉送客之後才來，大家依然可以在早上辦妥整件事。

耶爾覺得自己應該開場，打破僵局。目前的場面只見黛博拉雙手叉在胸前，洛曼抖腳抖到地震。但開場的是諾拉。態度和氣的她清一清嗓門說：「你們能來，我很高興。法蘭克，不准你吭聲。你們能瞭解我的計畫是好事，但我不想聽建議。」

法蘭克哼一聲，往後靠向椅背。他年近六旬，僅存的頭髮是一叢銀絲，但深邃濕潤的眼珠令他顯得像超齡兒童。

「妳寄的拍立得很精彩。」比爾．林吉說。「另外，妳收藏的文物，例如巴黎的相片、書信等等，也能酌情合併展示。」

諾拉面露驚訝，但她旋即說：「裡面好像沒什麼太私人的東西吧。我得過濾看看。」

黛博拉說：「咦，奶奶，妳連那些信也一起捐走嗎？妳有告訴過我們嗎？」

「書信總跟著藝術品走啊，親愛的。」

法蘭克翻翻白眼，伴隨出氣一聲。

「所以說，你們全收嗎？」諾拉說。「連諾瓦克的那幾幅也收？因為，我真的很希望那幾幅能找到知音。」

在比爾講掃興話之前，耶爾搶著說：「我深受菱形花紋背心男人那幅吸引。」

諾拉呵呵一笑，閉上眼睛，彷彿那幅畫映在眼瞼裡。

黛博拉以全場聽得見的低聲說：「諾瓦克是她以前的男朋友。」

「啊——，」比爾說，「原來如此。」同時對耶爾使眼色。

比爾曾吩咐實習生莎拉研究諾瓦克背景，查到一九一四年的羅馬大獎獎學金得主有三位，諾瓦克名列其中，註腳說明後來一次大戰開打，該年度得獎學生無法赴羅馬深造，因此頒獎延後，這條歷史軌跡似乎到此不了了之。

比爾論及他辦展的願景。「我們也能以借展之名，接受這批畫，辦個臨時展。」他說。「不過，如果是借展，藝廊就無法籌措鑑定金和修復金。」比爾脫稿演出——耶爾無意提起借展的可能性，現在努力對比爾使眼色。

耶爾說：「我們願意下的承諾是，我們能永久維護這批作品。」

諾拉轉向兒子說：「你懂嗎，法蘭克？這可要花很多錢的。我的收藏品沒有一幅裱框，將來每一幅也都需要維護。」她對著手心喀喀咳著痰音。

法蘭克說：「能准我能講句話嗎？聽好，我認識一個朋友，他以前在藝術圈工作過，在多倫多一家藝廊。他願意免費幫我鑑定。幫我做個人情。」

耶爾搖搖頭。「你指的可能是估價，不是鑑定，不過即使如此——」

法蘭克引以為忤，耶爾看得出來。「告訴你，」法蘭克說，「我討厭提這事，不過，我有個好朋友，他在西北大學，嗯，是個大人物，而且——」

「唐納文先生曾經和開發室聯絡過。」耶爾說。「目前與我們無關。」

法蘭克張嘴似乎想罵耶爾，卻及時轉頭面對諾拉。「母親，我還在繳這房子的貸款，妳有沒有想過？妳不打算讓我和我子女繼承這筆錢，而妳居然坐在我名下的房子裡。」

諾拉心平氣和說：「你打算趕我走嗎？」

在法蘭克回答之前，妻子的手放在他手臂上。「法蘭克，」菲比說，「你不如出去後院透透氣吧？」

法蘭克起身，照理說是想進後院，不料這時候地下室傳來一聲驚叫和一陣哭聲，法蘭克和菲比直奔下樓去看究竟。這時，洛曼問洗手間在哪裡，轉瞬間，大家在屋內各分東西。正合耶爾心意。諾拉把輪椅搖進客廳，耶爾跟過去。她請耶爾坐他上次和希思莉同坐的那張沙發。這次，耶爾選擇坐中間，比較不彆扭，也比較不舒服，因為軟墊早已被坐扁，墊與墊的交接處直戳他尾椎。耶爾對比爾點點頭，意思是，能和諾拉一對一也好，有助於推動正事，於是比爾去前門廊抽菸。洛曼上完廁所，匆忙趕去前門廊。律師史丹利留在飯廳，拉長耳朵旁聽。

諾拉說：「我要你知道，我再活也活不久了。我有鬱血性心衰竭。我的心臟太衰弱了，可想而知的是，我不適合接受手術。醫生估計我活不過一年。醫生的估計未免太籠統了吧。說也奇怪，我一點也沒有病危的感覺，不過顯然我的心臟另有主見。日後極可能發生的事是，我會在睡夢中斷氣。那也沒啥不好，對不對？我總預想自己會得肺癌，沒想到竟然得這種病。你不抽菸吧？尼可抽菸抽個不停，我很討厭，只不過，到頭來，好像也沒差。我四十歲就戒菸了，結果活到現在。至於法蘭克和黛博拉，他們知道我的病況，不過他們不喜歡我提出來講。」

耶爾想不出該說什麼。病人告知病情的這種狀況，他最近見多了，也練就一身應對的本事，但除了眼前這位病人之外，面對朋友告知病情，他都能熊抱對方，啜泣著說，「媽的，我好難過。」但這些言行在目前的場合並不恰當。他勉強點點頭說，「我為妳感到遺憾。妳氣色好極了。」

諾拉笑笑。「哪來的好極了？想看我氣色好極了的模樣，就應該回到我二十五歲那年。拜託，你的確看過我二十五歲的模樣啊。那時氣色才好極了吧？」

「確實沒錯。」

「現在，你和我有得忙了，因為我不只想把那批畫交給你，我知道你有必要求證出處，而我的記性依舊牢靠，每一幅的年代和地點都能一五一十交代清楚。」

「那太寶貴了。」耶爾聽得見法蘭克和菲比在地下室對小孩大呼小叫。黛博拉正在氣呼呼洗著餐具。耶爾告訴諾拉，夏普夫婦願意出資贊助。他說：「如果我們能儘快上軌道，這些作品儘快掛進藝廊，妳還有機會看得到。」

「嗯，我喜歡。眞的。該進行的步驟有哪些？」

地下室樓梯傳來沉重的上樓腳步聲。耶爾趕緊告訴她，作品必須拍專業照以供鑑定，而鑑定每位畫家的專家不是同一人。「而且到最後階段，專家會想實地檢證。如果妳願意把這批畫託付給我們，」耶爾說，「專家可以直接來我們藝廊，由我們全盤處理。」

法蘭克來到門口。諾拉說：「聽起來很明智嘛，對不對？」耶爾但願比爾和洛曼能再進來，但也怕和諧的氣氛因此裂解。目前，客廳的氣氛宛若剛烤膨脹的舒芙蕾，輕輕一搖就垮。

法蘭克雙手按著門框。他說：「妳這樣做，可能送走好幾百萬。」他以瓶裝風暴的語調說。「妳一出手，孫兒女將來沒辦法讀西北大學。」

諾拉說：「史丹利，進來一下好嗎？」

「我可以指控這是『不當影響』。」法蘭克說。「史丹利，這法律名詞沒用錯吧？不當影響？」

史丹利進客廳，對耶爾投以警惕的神情。「這時候最好有校方的法務在場，以免——過一年，或者兩年後，你們就不必再處理這方面的狀況。」耶爾看錶。才下午四點。

法蘭克說：「既然這樣，我想找我的律師到場。」

「悉聽尊便。」耶爾說。

洛曼進客廳報告，外面開始下雪了。

諾拉說：「第敘曼先生，你可眞會呼風喚雨啊！」

耶爾瞇眼望窗外。氣象預報會下雪嗎？開車北上杜爾郡一路上，他們不收聽電臺廣播。大片大片的雪花落不停。充其量是好壞摻半：法蘭克的律師遠在綠灣，可能因雪不克前來，但這場雪也將大幅延遲西北大學的法務。太湊巧了吧？西北大學法務名叫赫伯・史諾（Herbert Snow），姓正是「雪」。蒼天眞會開玩笑。

「我可以借一下洗手間嗎？」耶爾問。剛去過的洛曼指給他看。耶爾穿越飯廳走過去，見到光滑的餐桌和古玩櫃，然後進廚房，覺得這正是天下每位祖母都該有的廚房：窗臺擺著香料盆栽，滿架子烹飪書，小桌鋪著一面布滿小野餐籃圖樣的防水布。

一隻厚實的冷手抓住耶爾肩膀。法蘭克說：「給我站住。」

耶爾說：「你心情不好，我能理解。家屬總是——」

「我的小孩也用那間廁所。」

耶爾一時會意不過來。

「我曉得你是哪種人。」法蘭克說。「我曉得你是**哪來的**。你休想在老子家拉下褲子拉鍊。」

大手仍壓肩膀的耶爾屈膝，低頭鑽過去。他比法蘭克足足矮六吋，但他的姿勢較挺拔，下巴也比較尖。他下巴直指法蘭克頸子，說：「哪來的？我家鄉在密西根州米德蘭。」

「想回老家請快一點。」

耶爾大可出言不遜。他想像著，假使泰倫斯身陷同一狀況，泰倫斯會敬告法蘭克說，他打手槍時會記得拿客用毛巾擦拭。假使換成艾許或查理在場，他們會揍法蘭克一頓，罵他是懦夫、心胸偏狹或更難聽。但是，耶爾是耶爾，進一步激怒法蘭克的代價太重，他無法承擔。耶爾只好說，「我很健康。如果你想——我沒病。」可惜最後一個字帶哭音，於事無補。

法蘭克露出想吐的表情，彷彿這句話本身帶菌。他說：「這房子裡有兒童。」

你是其中一個。耶爾憋住不講。他說：「建議明早我們約諾拉在銀行見面，把事情談完，好嗎？在保險箱前面見面。」

黛博拉出現在法蘭克背後。「爸，一切還好吧？」

「藝廊小子想走了。」法蘭克說。

在客廳，耶爾和洛曼和比爾穿上外套，耶爾從口袋掏鉛筆，記下諾拉的電話機上的號碼牌。

黛博拉說她明早十點會載奶奶去銀行，史丹利也答應到場。

「我也去。」法蘭克說，這時，塗著粉紅蔻丹的妻子伸手搔搔他脖子，緩和他心情。

同一天，晚間六點三十分，西北大學法務史諾打電話到民宿說，他車子開到沃基根市（Waukegan），遇到大雪被迫折返學校，明天早上再出發。耶爾說：「你能在十點前趕到嗎？」幹麼調頭回去嘛？遇雪在當地找旅館住一晚，明天不就能省下一個鐘頭車程？「這樣的話，你一定要趕在大清早五點半出發。」

史諾說：「我會盡力的。」

三人共進晚餐。比爾說：「慶祝一下！」但耶爾擔心高興得太早。比爾最後點了三瓶葡萄酒。餐廳裡原本只有他們這一桌食客，隨後進來一群婚宴賓客，不是進來辦酒席，而是在酒席散會後過來，純吃蛋糕。洛曼踩著蹣跚的步伐，過去祝賀新人，回來報告上述情資。這兩桌客人遲遲不走，最後服務生不惜反覆擦拭鄰桌，不斷清清喉嚨。比爾告訴耶爾和洛曼，音樂會鋼琴師的岳父曾追求俄國音樂家拉赫曼尼諾夫的女兒。洛曼的杯子才喝完一半，比爾就急著添酒。比爾醉到獨攬全桌發言權。反正他講話的對象全是洛曼，耶爾落得清閒，好好坐著發呆。相對而言，他醉意不深，最後的指定駕駛會是他。

他提醒自己，那批畫仍有可能是贗品。即使一切問題迎刃而解，他依然無法排除一種微乎其微的可能性：今天排除萬難進諾拉家，討論時遇到橫阻，全是法蘭克隻手導演的一場歹戲拖棚大騙局。然而，這樣做，這家子能撈到什麼好處呢？目的不是錢。

從小，耶爾無法坦然接受好運，常擔心被擺一道。心裡疙瘩至少可追溯回小學六年級。有一天，籃球隊徵選名單公布，有個同學精心模仿教練的筆跡，把耶爾的姓名加進名單上，耶爾信以爲眞，跟去練球，渾然不知自己落榜，結果教練看著他，以毫無惡意的語氣說，「第敘曼同學，你來這裡做什麼？」全隊在耶爾背後笑起來，有的假裝咳嗽，有的輕捶隊友背部。教練罰他們跑球場幾圈的同時問耶爾，想不想擔任球隊的器材經理，被耶爾回絕，教練沒有意外的表情。

往後的七年間，在上大學之前，他接連遇到一千個小惡作劇，一千個誘餌和陷阱。在此期間，耶爾試圖反制，懷抱一絲希望，想矇騙大家他是異性戀，希望大家上當卻徒勞無功。耶爾的障眼法是自稱暗戀海倫．艾波邦姆，也常對女排校隊送秋波。既然同學都不信，耶爾明瞭到自己永遠是被耍弄的一個，絕對騙不倒任何人。正因如此，尼可告別式那天，他發現人去樓空，直覺推斷是大家聯手對他惡作劇。或許基於相同原因，當天查理也妄下更可怕的定論。英國中小學更恐同，查理自幼遭遇過更慘的毒手。

但耶爾是個成年人，縱使這世界不盡然事事美滿，他仍提醒自己，現在能信任自己的感官認知周遭事物通常表裡如一，不含騙局，例如眼前的比爾·林吉，頭正湊向桌子對面的洛曼，說著他大學藝術課的教授「眞的令我大開眼界啊，懂我的意思吧。」例如窗外的雪，下得如此從容。例如正在看錶的服務生。

二〇一五年

同一天下午，菲歐娜尋遍巴黎街頭。她的想法是，就算克萊兒已經離開巴黎，在巴黎認識克萊兒的人也能提供線索。她試過美術用品店和瑜伽教室，路上稍微能借問的人一個也不放過。

眾人以聳肩、同情的微笑、困惑回應。其中兩人對著她手機裡的相片拍照，記下她的手機號碼。該回美國了，克萊兒最有可能在美國。但是，等到進去柯特公寓搜過後，無論亞諾肯不肯幫忙，她也能拿繩索套住柯特，儘管柯特再高大，她照樣能壓住他，不招供絕不放人。

最後她回到大主教橋。又只有小貓兩三隻。有幾區依然掛著一大堆鎖，如同影片中的畫面，但鐵絲網有些部分被淨空，以三合板覆蓋，人行道貼著一個巨大的心形貼紙，紅底白字寫著英文：「示愛之舉太沉重，本橋梁已不勝負荷。」右心房畫著一個被打叉的鎖。

橋的對面有個男人，彎腰俯瞰通過橋下的觀光船。

她背靠著欄杆休息，不面對河水，不面對聖母院，而是看著兩欄杆之間的橋面。今天多霧，天氣濕冷。在這裡鵠候觀望的她還能站多久，路人該不會誤以爲她有輕生念頭吧？

橋上不見其他行人時，她對著河面呼喚克萊兒。喊破嘴也無濟於事。明知無濟於事偶爾做一做，心情不也舒坦嗎？她累了，肚子又餓了，應該回里察公寓打給戴米恩才對。戴米恩應該起床了。她應該打進店裡查班，確定店務在蘇珊手裡一切順利。

她喊克萊兒名字十遍。「十」感覺像個幸運數字。

小學五年級起，菲歐娜習慣幾乎每週六搭電車去看哥哥尼可，騙父母說她參加女童軍活動。團員平日有沒有來，團長其實懶得管，因此她只要在每學年第一次聚會、最後一次聚會、遠足的日子露臉即可，就不怕被除名。多數週六，她搭通勤電車去艾文斯頓，轉搭捷運一路南下到貝爾芒街。

家住高崗公園市的她常從家裡碗櫥和冰箱偷東西，藏進背包揹去找哥哥。半盒茅屋起司、一塊牛油、吃剩的吉利濃湯、一管麗滋小圓餅。有一次，尼可湯匙不夠用，她從家裡偷湯匙。她也偷渡尼可房間裡的東西出來，例如襪子、相片、錄音帶，慢慢偷，避免被父母察覺。但願能偷渡唱片就好了，可惜背包裝不下唱片。何況，哥哥室友的唱片好像多的是。多年後，她才恍然大悟，她偷那麼多東西，哥哥和室友們其實用不著。湯匙去餐廳偷就有。室友們湊合點，還不至於餓死。

他們在百老匯街一家酒吧樓上同擠一個房間，總共五人，有時多到六七個。事隔多年後，在尼可與病魔搏鬥之際，菲歐娜才得知，其中幾人曾經賣過身。尼可在雜貨店爲結帳顧客打包，另有諾拉姑婆接濟，加上菲歐娜想盡辦法偷給他的幾塊錢，他才不至於淪落黑街。爲了買車票，菲歐娜整個星期偷零錢存起來，多餘的錢全給哥哥。尼可到最後仍堅稱沒有出賣靈肉，但她心想，就算哥哥眞的賣身也不可能告訴她，怕她自責小時候沒盡全力。

小菲歐娜揹著背包，敲尼可的門，尼可開門總喊：「小偷小菲！」拉她進去。看著他打開背包，看著他取出一件件走私品，感覺每次都像耶誕節。室友們會聚在他背後，見到湯匙之類的贓物會齊聲歡呼。有一次，小菲歐娜甚至偷來一瓶葡萄酒。大家都不敢相信。有個室友——是強納森・博德吧？——還爲她編了一首歌。可惜她記不起來了。

高中畢業，菲歐娜搬來芝加哥時，尼可已經有自己的住處，但很多老室友仍常露臉，仍喊她小偷小菲，仍喜歡當著她的面敘述她的事蹟，常說：「這小孩是俠女版羅賓漢喔！」詹姆斯、羅德尼、強納森・博德。若非第一個病死的是博德，她不可能記得他姓名。他死得好早，當時連「愛滋」的說法都還沒出現，死因被定爲GRID（男同性戀免疫不全症）。G代表gay，其他字母代表什麼，她不想回憶。博德原本健健康康，有天開始咳嗽，過一個禮拜辦住院，躺一天就走了。

直到現在，直到在橋上握著冰冷欄杆，菲歐娜才赫然想到，當年母親可能知道她週末的去向。小菲歐娜大幾歲後，再拿女童軍當藉口容易穿幫，她改騙說她去參加溜冰舞會，去找同學一起用功。也許，母親故意不看緊自己的皮包。在巴黎橋上的菲歐娜迎著對風再喊克萊兒最後一次，回音藉濕氣飄回來，這時菲歐娜記得童年，母親曾對著院子喊尼可。尼可離家後，母親是否不再喊他？是否不再零錢隨處擺，盼銅板能輾轉滾向兒子？

尼可病逝後，母親酗酒二十年。菲歐娜知道她深受打擊，但她無法原諒母親。尼可有這樣的下場，是母親和父親一同造的孽。父親趕尼可出門的那一夜，母親雙手叉胸站著哭，卻不曾出言出手制止，一毛錢也沒給尼可，只去地下室幫他找帆布行李袋，好像幫兒子一個忙似的。

這些年來，菲歐娜愈來愈少去探望父母。她扣著克萊兒，不讓祖孫相見。

也許，如果有祖父母在，有祖孫三代，一家能為克萊兒織出一張防護網。

示愛之舉太沉重，本橋梁已不勝負荷。

哼，去你的。

她放開緊抓欄杆的手。

她走回里察家，爬樓梯上去，走向爆香散發出來的蒜味。

一九八六年

在杜爾郡民宿吃早餐，脆皮派甜過頭，比爾自療著宿醉，三人一同看雪花飄。洛曼說：「法務來不成了，對吧？」

耶爾說：「我倒比較擔心其他人來不成。他們會說，下大雪，只好延期，害我們枯等三天，整件事泡湯。」

即使只拖一天，法蘭克也可能再干預，希思莉也可能插手，也可能接到西北大學校長發的電報。

「喂，夠了。」比爾說。「憂什麼天？你們是杞人不成？」

洛曼結結巴巴道個歉。他未乾的頭髮像麵條，其中一條滴著水，流過他的眼鏡。他說：「我是說，嗯，還沒有人打電話過來，對吧？不錯嘛，是個好兆頭。」

上午九點五十分，三人來到銀行前，在車上等銀行開門。十點整，他們站進大廳暖暖身子。耶爾暗罵自己為何穿尼可的船鞋來。鞋子被雪沾濕了，雪泥也滲透進襪子。反過來說，這雙鞋上次不也為迷信的耶爾招好運嗎？當初搶下尼可的圍巾不就得了嗎？圍巾甚至還殘存尼可的氣息，例如Brut體香劑和菸味。尼可最愛開一個玩笑，胡謅說，卡莉．賽門（Carly Simon）的名曲《虛榮男》（*You're So Vain*）裡的「杏黃圍巾」就是這一條，虛榮男指的正是他。「我的確虛榮得要命！」他總說。「所以一聽就知道是我！」（查理總駁斥說，「你那條圍巾才不是杏黃色。是橙色加灰色才對。」尼可回嘴說，「英國男人常有色盲症。」）

櫃檯裡的牆上掛著時鐘，耶爾儘量不看。儘管下大雪，儘管諾拉的家屬再三阻撓，如果今天敗北，這筆敗績會算在他身上，丟他的臉。小這心情幾倍的類似情緒是選錯電影：他帶人去看電影，雖然他無法控制劇情，但如果有誰敗興而歸，錯全計在他頭上。帶查理去看電影時，他不看大銀幕，反而是透過查理的目光看電影，頻頻瞄查理的反應，聆聽他是否被劇情逗笑。同理，目前的他希望主任比爾興奮異常。他想給洛曼今生絕無僅有的體驗。他要銀行職員拭目以待，看得津津有味，目睹藝術史開創新頁。

雪花黏成軟呼呼的小雪球降下來，持續不休。

洛曼說：「我擔心路況會更惡化。」

就在這時候，黛博拉走進來，眼球以下全被褐色外套和藍圍巾裹住。她說：「你們派一個人去幫史丹利搬輪椅下車。」耶爾覺得下背部有條肌肉放鬆了。在這之前，他甚至沒意識到那條神經一直緊繃著。比爾去廂型車幫忙卸下輪椅，黛博拉去和職員交談。史丹利和比爾推著諾拉進門後，該到的人全到齊了。法蘭克還沒來，謝天謝地。整群人跟隨職員進入保險庫。

「學校的法務正在路上。」耶爾對史丹利說。不得已的話，沒有法務在場也行得通。但事後……但事後，但事後。

大家脫下外套，堆放在保險庫中間的長桌上，但比爾需要用這張桌子檢視藝術品。樂觀此行的他們從藝廊帶來白手套，這時比爾發送給大家。黛博拉拒戴。

諾拉自行把輪椅滾向桌前。她說：「這太理想了，不是嗎？有件事我得告訴你們，我買通黛博拉了。」

黛博拉不語，只搖轉著一串鑰匙，神情緊張，手指被冰雪凍得通紅。

諾拉說：「這裡面的東西不只藝術品。我們已經決定，其中有些東西該傳下去了。珠寶之類的。」耶爾納悶，等諾拉一死，黛博拉能輕鬆繼承整批遺產，首飾能寶貴到黛博拉心動倒戈嗎？或許是，黛博拉擔心諾拉把遺產交給法蘭克，法蘭克不無可能將首飾轉贈給嬌妻。

耶爾不敢當面問這事，只說：「妳父親呢？」

「被我們殺了。」黛博拉說。「被我用枕頭悶死了。」

諾拉嘎嘎爆笑起來。「哇，這樣問題不就解決了嗎？親愛的，妳可別嚇人，人家會以爲妳真的弒父。」

黛博拉對我們的貢獻是，她向父親保證，今天下午之前不會簽名。是個謊言，不過是個善意的謊言。」

「我也跟他保證過。」史丹利說。

黛博拉說：「他想睡晚一點。」

但現在已經十點十五分了。在耶爾想像中，法蘭克徹底醒過來後，發現全屋空空如也，想到大家拋下他，全去銀行了，他也會趕過來。或者，更糟的情況是，法蘭克故意讓大家先走，他在前門廊上等他的律師。他昨天請律師從綠灣火速前來。或者，法蘭克拿出獵槍，正忙著擦槍。

黛博拉抖著雙手，想把鑰匙插進鎖孔，表情不僅煩躁，更有一分惶恐，宛如她想認賠退場，捧好僅剩一口的大餅，所以把復仇心重的父親出賣掉。耶爾絞盡腦汁，仍想不出該說什麼，這時洛曼碰黛博拉手肘一下。「妳這麼做是對的。」他說。

黛博拉說：「好，這裡有兩個盒子，不過我一直記不住哪個裝什麼。」

職員協助她抽出第一個大抽屜，放在桌上，裡面有個長方形收納盒，耶爾謹慎掀開盒蓋，看見裡面有一疊信封、摺疊好的書信、白邊相片，也有幾個絨面珠寶盒。盒裡另有一只大信封，黛博拉打開，裡面看似含有出生證明和舊地契。耶爾按捺住翻閱的衝動，蓋回盒蓋。

眾人屏息以待第二個抽屜。黛博拉打開，赤手伸進去，比爾見狀發出宛如驚弓之鳥的怪叫聲，說：「拜託妳，讓我來，讓我來。」諾拉的視線與桌面等高，仍看不見抽屜的內容物。她靜靜坐著，雙手交疊大腿上，耐著性子徐徐眨眼。耶爾心想，她多久沒親自翻這些東西了？史丹利站在她身旁，凝神專注。

抽屜裡有兩只皺皺的牛皮紙袋，裡面有——謝天謝地，一批繪畫和素描。牛皮紙袋下壓著一幅水彩畫，諾拉在畫中身穿綠洋裝，畫家是藤田嗣治，整幅畫未採取保護措施。耶爾的焦點在於紙質、毀損度、破損處。他並非專家，但一眼看去，這批藝術品年代夠久遠，狀況尚可。據信是赫布特尼和蘇丁的油畫以及諾瓦克的兩幅畫捲起來，以橡皮筋攏住。比爾除去橡皮筋，動作緩慢，四平八穩，令耶爾聯想起一個謹慎操作保險套的男人。比爾叫洛曼過來幫忙，兩人戴手套合作，攤開畫布，動作慢得令人如坐針氈。他們按著四邊角落，把畫攤平在桌上。這幅是珍妮．赫布特尼的臥房畫。

諾拉說：「哇，感覺像被剖腹挖心，不是嗎？多奇怪的感受。」她彎腰上前看畫。耶爾聽得見她咻咻呼吸聲，急促而凝重。

耶爾尚未判讀出比爾的反應，不想講錯話。他擔心比爾該不會發現這幅並非油畫，顏料其實是塑膠彩，因而斷言這幅畫絕非眞跡？但這時候總該有人講講話。「諾拉，」耶爾找到話說，「我們太感激妳了。」

比爾向耶爾示意，要耶爾過來按住油畫角落，好讓自己能後退幾步，遠遠審視這幅畫。接著，比爾發出嘆息聲——房事結尾的嘆息聲，無盡酣暢的嘆息聲。

諾拉說：「哇，這嘆息聲我喜歡。」

「這批畫很不得了。」比爾說。

「是的。這下子，你相信我了吧？你的疑慮可沒逃過我的眼光！」這話針對著耶爾。

耶爾說：「我們對妳感激不盡。」

藝術品曝光了，法務怎麼還沒來？十點三十五分了。如果等到正午，法務史諾仍未趕到，耶爾決定直接簽文件。但他又想想，既然要簽，何必拖到中午？要是待會兒法蘭克衝進來呢？

比爾草草過目諾瓦克的兩幅畫。菱紋背心男這幅比耶爾想像來得小，只有筆記本頁面一般大，哀傷小女孩這幅則是巨無霸。比爾的目光逗留在蘇丁的人像畫。諾拉說：「那一幅，我不妨自首說，是我從他那裡偷來的，所以才沒簽名。他想把那一幅跟其他一大疊畫全燒掉。畫中人是我呀！我怎能眼睜睜看自己被燒掉！脾氣很古怪的一個男人。」

看完這幾幀畫後，比爾不再需要旁人幫忙攤平，因爲剩下的作品全平整擺放。比爾從牛皮紙袋取出素描，謹愼如外科醫師。耶爾站開來，不脫白手套，像米老鼠，也像管家。其中有幾幅不見簽名，比爾向諾拉詢問年分。「我得仔細想一想。」她說。「諾瓦克那幾幅最早。戰前的作品只有他那幾幅。一九一三年吧，我敢說。不過，背心男的那幅當然不是！大戰以前，絕對沒人穿菱紋！」她笑著說，彷彿是不言自明的常識。

比爾點點頭，面露困惑。

黛博拉靠牆站著，耶爾走過去，小聲說：「我們眞的很感激妳的協助。我的確能明瞭妳的處境。」

「是嗎？我很懷疑。」黛博拉講話時，嘴唇的動作不大。

「至少我知道，假如和妳交換立場，我也會不高興。」

在桌子那邊，所有人紛紛出聲音，議論著一幀素描背面的字。素描被翻過來，舉在桌面上空一吋。黛博拉沉聲說，「她一生活得精彩。我呢，悶到頭皮發麻，還爲了照顧她放棄個人自由。她呢？那些年在巴黎玩得好開放，還跟莫內之類的大畫家往來呢。現在的她，連那一小部分都不肯分我。」

耶爾不得不佩服她——他本以爲，黛博拉嘔氣全是爲了財產，也許是他看走眼了。他說：「這一批畫裡面絕對沒有一幅是莫內，如果妳聽了比較舒服的話。」

「別講了，我只要你告訴我，你認爲這些總共值多少錢？」她閉上眼睛，靜候晴天霹靂。

「喔，」耶爾說，「天啊，這——我不知道。是這樣的，藝術品市場很怪，又不像鑽石，能照重量計價，而且——」

「好了啦，就照你主觀判斷，到底值多少？」

耶爾說不出來。一來是因爲，我方才剛取得她合作，直言價碼會導致情勢急轉直下。二來是因爲，他不希望可憐的黛博拉一輩子對此事念念不忘。他說：「這批畫多數只是素描而已，妳知道吧？莫迪里亞尼的完成圖是很了不起，沒錯，不過——對我們有價值的東西，未必價值連城。」

「好。」她的臉皮放鬆了。如釋重負，或許也有一絲失望。耶爾想抱抱她，乞求她寬恕。

「黛博拉，」諾拉呼喚著，「妳隨時可以過來看看珠寶。」

耶爾爲她將首飾攤開在長桌空著的一頭，有項鍊和耳環，耶爾看得出神，不亞於他對那批畫的沉迷。這批首飾並非串串皆寶石，但風格屬裝飾藝術，高尚而晶亮，堪稱系出設計家埃爾特[24]的複製畫。黛博拉揀選著，旁觀的耶爾暗忖她絕不適合佩戴這些首飾。一只太陽形狀的梳子，一對美術吊燈耳環，一枚金龜子胸針。有串項鍊鑲著看似眞翡翠的寶石，他無從判斷眞僞，被他移向她有意收下的那堆。「這可能很值錢。」他說。

挑剩的首飾躺回箱中，繪畫有些以橡皮筋束好，有些放回牛皮紙袋。比爾忘了準備存放畫作的容器。一直到現在，西北大學的法務仍不見蹤影。已經十一點二十分了。黛博拉又甩著鑰匙串轉呀轉。

洛曼說：「要不要我去打個電話？打回西北？」

他被派去銀行大廳，打電話回民宿，問問是否有人留言。洛曼搖著頭回來。

然而，在此同時，諾拉打開裝滿書信的盒子，開始分堆整理。她說：「比我印象中還多。」

「越多越好。」比爾說。

「是的，不過我本來想和你一同整理——不一起整理眞的不行。現在看來，恐怕一時整理不完。」史丹利湊過來，赤手取出半吋厚的一疊，比爾陡然吸一口氣。「坐下吧。」諾拉說。耶爾和比爾和洛曼在

---

24 埃爾特（Erté, 1892-1990），俄裔法籍藝術家。

冰冷的金屬摺疊椅坐下。耶爾坐在她左手邊。黛博拉來回踱步。「這一封，」諾拉說，「你看得見簽名是Fou-Fou，我相信你猜得出是藤田簽的名，不過你再看。」她指向簽名旁邊的一個小小的草圖，畫的是一隻小癩皮狗。諾拉解釋，「不說明，你一定猜不到，這是因爲他給我的綽號是『Nora Inu』。Nora在日文有『流浪』的意思，他覺得和我很合，說我是一隻越洋流浪（Nora）狗（Inu）。聽起來像在侮辱人吧，不過他沒那意思。」

「好有趣。」耶爾說，見比爾也目光灼灼。「這背景——像這樣的細節，我認爲在鑑定上是一大助力。我建議我們錄下妳講的話——」

「好啊，應該找一個人寫下來才對。這方面不是你的任務嗎？」她對洛曼說。

「我車上有一本筆記簿。」洛曼說得無助。見眾人繼續看他，他才衝出保險庫去車上拿。

「我嘛，」諾拉說，「我想說的是，我講的故事，你們將來用得著。如果這批東西全被你們搬回芝加哥了，我不知道故事從何講起。何況，這些東西不整理不行。我現在看，看得出順序顛三倒四。你們不能在這裡多住一個禮拜嗎？」

他們目前的確不行，因爲有會議要開，有藝廊要經營——此外，待文件一簽署完畢，他們想運走這批畫，遠離法蘭克爲妙。他們想出一個辦法，叫洛曼下午帶這盒書信去市立圖書館，給他一把硬幣，影印所有書信，正本可以暫時留在杜爾郡。耶爾插嘴說：「不能放在家裡。這批書信擺家裡，變數太多了。」

「是的，是的。」諾拉說。耶爾無需言明顧忌。

影印後，書信將暫留銀行保管，下星期耶爾將帶洛曼再來一趟，協助她整理。

洛曼去影印回來了，氣喘吁吁的，這時耶爾覺得膝蓋被旁人指關節敲一下，當下明白是諾拉對他打暗號，他不該嚇一跳問她想怎樣。他儘可能不動聲色向下看，見到諾拉一手握著東西，微微向上舉起，他趕緊伸手下去接。她想偷偷傳東西給耶爾。她把東西放進耶爾掌心，耶爾合起手，覺得握在手中的物體是金屬製品，尖尖的，構造複雜。他摸到一條鍊子。是一條項鍊。

他不明白諾拉的用意，把項鍊塞進口袋，擺平尖銳的那部位，以免刺到腹股溝。

諾拉對所有人說：「聽著，我今天覺得身心舒坦，不過下禮拜情況會怎麼，我就不清楚了。如果沒別的事了，我希望你記下來。」她邊說邊指洛曼。「我讀到的莫迪里亞尼生平全都寫說，他死於酗酒無度。那是一派胡言。他的死因是結核病。那年代結核病是個大禁忌，他用酗酒來掩飾病情，出席宴會時如果咳嗽起來了，他會假裝喝醉酒，站不穩，藉機開溜。話說回來呢，他其實是有一點貪杯，所以才能瞞天過海。他是想挽救個人尊嚴，好不好笑呢？他有所不知，在幾十年後，現代人還一直說他是醉死的。我聽了一肚子火。你有沒有寫下來？」

洛曼照著筆記宣讀：「莫迪里亞尼死於結核病而非酗酒。」

「哈。你呀，漏掉幾句。下次帶錄音機來。接下來我想提一提諾瓦克，因爲你們一定查不到他的文獻。」

但這時候，銀行女職員回到門口說，「有位男士來了，想請你們准他進來。」

耶爾站起來。腎上腺在他體內孕育著奇異而討厭的徵狀。

幸好，走進保險庫的人不是法蘭克，這人和耶爾素昧平生，是個身材魁梧的黑人長者。他撢掉風衣上的雪，一副心煩意亂的神態。

「赫伯！」比爾說，起身過去和來人握手，動作大而豪邁。

趁眾人轉頭過去之際，諾拉輕拍耶爾手臂。「給菲歐娜。」她說。那條項鍊。

耶爾點頭，走過去迎接赫伯．史諾。「這位是本校法務。」他對在場所有人說，對自己說，對全宇宙說。

駛回蛋港鎮一路上，耶爾和比爾和洛曼歡呼高歌不停。

回到民宿，耶爾打給查理。

「太好了，」查理說，「我眞的爲你高興。」

「你眞的爲我高興？講這樣？這是天大的好消息啊！這是在街上看見前男友才講的話。喔，你新交一個男友啊，你減重成功了啊，我眞的爲你高興。天大的好消息啊！我不是打比方喔，那批畫眞的擺在比爾房間裡面了。我想請你吃晚餐。明天，因爲我們還要再住一晚。我們還有東西要影印，而且路況不好。你想吃什麼大餐？」

「我考慮看看。」停頓片刻，查理才又說，「我是眞的爲你高興。我只是累了。」

耶爾差點提起房子的事，差點說他一直想帶查理去看那棟房子。事業有斬獲是個好兆頭，現在正是時候——但置產的事可以再等。明天幾口葡萄酒下肚，再提也不遲。

其次，他打給菲歐娜，她聽了樂得尖叫。他告訴菲歐娜有東西轉交，叫她過來藝廊看這批畫。她說：「喔——耶爾，這是命中註定，你不覺得嗎？」

翌晨，整批畫搬進後車廂加護墊，成疊的影印本擺後座，文件已簽署完畢，註明日期，也有人見證。回程途中，三人七嘴八舌。

「我爲她的家屬感到難過。」耶爾說。「我們不是壞人吧？」

比爾說：「那個法蘭克，這批畫假如落進他手裡，他會找錯修復師，找錯估價人，會被敲竹槓，結果沒有一幅畫獲得鑑定，更甭提被編入作品全集了。世上很多偉大藝術品就是栽在法蘭克那種貨色手裡。」

「這也能成就我們的藝廊。」耶爾說。「呃——抱歉，藝廊本來就經營得有聲有色了——」

比爾笑一笑，安他的心。「在你之前，我們沒弄到四幅莫迪里亞尼啊。」

坐後座中間的洛曼開口：「實習頭一個禮拜就被我遇到，不得了啊。」

回程半路上，耶爾猛然想到，假使諾拉不捐贈整批作品，她大可遺贈一幅給菲歐娜。單純一幅素描就能保送菲歐娜讀完大學。菲歐娜絕對也瞭然於心，卻始終不曾說出來。

二〇一五年

菲歐娜回里察家，發現杰克・奧斯丁坐在沙發上，和賽吉談話中。爲何邀杰克上門？她想發飆，想放任自己釋放怒火，但她或許也不無一絲慶幸。幸好沒人問她今天順不順心。然而，她沒想到這傢伙居然賴著不走。杰克眼球布滿血絲，襯衫多開一釦逼近下限。

她把皮包放在壁桌上，脫掉鞋子，兩男向她揮揮手，杰克大動作指著放在咖啡桌上的手機。錄音中。菲歐娜幫自己泡杯茶，聲音儘量放輕。

受訪的賽吉說著：「一邊是動，另一邊是靜，他在兩者之間找機會。他不想拍動的相片，也不想拍靜的相片，對吧？懂嗎？他求的是兩者之間的一刻。」菲歐娜不清楚賽吉的定位。賽吉仍爲其他人擔任公關嗎？或者是，代里察接受採訪已成了他的本行？

杰克點一下手機，兩人鬆懈下來。「今天找得怎樣？」杰克說。「他們，呃，告訴我了，希望妳別介意。一切都好嗎？」

「天啊，」菲歐娜說，「我也不知道。」哼，普通觀光客在度假的假象被戳破了。

菲歐娜還沒吃晚餐，但她想直接上床。但她應該打給戴米恩，也不該忘記關懷凱倫一聲。她也應該打給希思莉，告訴她，沒錯，柯特絕對在巴黎，希思莉不想聽也罷。或者，電話可以等到明天。通知希思莉，算是菲歐娜的責任嗎？自己管轄範圍包括誰，菲歐娜始終不太懂得如何界定。希思莉知道她來巴黎的原因，也祝福她如意。然而，影片中有個小女孩，菲歐娜仍未向她吐露。既然一切都在未定之天，何必告訴希思莉呢？

她說：「我今天不想再找了。」

「那太好了，」賽吉說，「妳可以一起赴宴！杰克也答應要去了。」

「赴什麼宴？」

「可琳家裡辦的，記得嗎？我們七點搭地鐵去萬塞納，好嗎？我們會早一點送妳回來，別擔心！」

「喔。我——」

「有很多知名藝術家會去。而且，妳一定要認識可琳的老公。不看看他的鬍子不行。」

「他的鬍子？」

賽吉笑著說。「相信我。相信就好。」

菲歐娜從房間打給戴米恩，每個細節他都想聽三遍。重述時，聽起來少一分萬念俱灰的意味，多一分進展。

「這太棒了！」他說。「這是一大斬獲！」

爲了戴米恩好，她假裝相信他。

若非凱倫從週一開始接受放射線治療，戴米恩也想搭機來巴黎，他希望菲歐娜明白這一點。「九四年那次年度大會之後，我就一直沒機會去巴黎。」他說。

「那次，你把我丟在家裡照顧嬰兒。我永遠無法原諒你。」她知道戴米恩聽得出話中含笑。「我不知道該怎麼辦。」她說。她說的是明晚宴會的邀約。

「去啊！」戴米恩說。「能在巴黎跟畫家打交道啊！去好好玩一玩吧。」

「又不盡然是跟畫家打交道。」她說。「又不是在咖啡廳畫畫。」

戴米恩說：「聽著，趁妳人在巴黎，不如去追溯妳姑婆當年的足跡。妳以前不是一直想嗎？去找找她那個男朋友，死掉的那個。」

「藍科・諾瓦克？」

「去找他看看。」

「找什麼？去掃墓嗎？」

「不知道。也行吧。」

「你眞貼心，戴米恩。」

「去赴宴啦。」然後他用法文告別：「蹺。」在戴米恩和她是師生關係的往昔，在她懵懂無知的歲月，她聽了曾感到窩心。

算了，準備出席晚宴可以是沒空打給希思莉的藉口。她也仍提不起勁打電話給希思莉。

在地鐵上，菲歐娜但願杰克沒跟來，但願他不是兩指勾著扶桿，向下看她。里察和賽吉坐在她後面，劈里啪啦講法文，菲歐娜只有和杰克交談的份，而和杰克交談，除了若有情似無意之外別無他法。巴黎之行，她只帶來一件洋裝，淺藍色的裹裙裝，低胸。儘管她多加一襲薄外套，釦子卻壞了，胸襟門戶大開，杰克能一眼直搗她的事業線。

到萬塞訥站，他們下車，走過黑暗幽靜的街道，路過商店和餐廳，經過一間間精美的窄屋，這時杰克湊向她耳邊說，「這裡該不會是巴黎的艾文斯頓吧？」她忍不住笑了，但旋即噤口，以免被他認爲成功博她一笑。

他滿嘴琴酒的口氣，菲歐娜懷疑他在里察家喝過酒，或者在上門之前灌過幾口。

兩分鐘前查看過手機的她再看一次。她沒按靜音。亞諾沒理由現在打給她，但她手癢，不停收電郵，猛按空的語音信箱。

她突發奇想，想甩掉杰克的話，乾脆跟他幹一炮。這樣玩一玩可以消消火，事後杰克也會做男人一定會做的事，展現風度告辭。如果他戀棧不去，如果他明天再來糾纏，她大可佯裝愛上他，問他有沒有空在芝加哥重逢。如果事態危急，她也可以說，「你知道嗎，搞不好，我還有生育能力呢。」

看他醉成這副德性，上床能不能有所作爲還是個疑問，菲歐娜心想。現在的杰克每次講話，尾音都拉得很長（「快看那邊的月——亮」），注視她的眼神流連太久，腳步拖沓，但顯然也沒嚴重到被里察或賽吉察覺，只足以惹惱菲歐娜。爲什麼老天爺縱容他醉生夢死？爲什麼天賜他一個迴力鏢皮夾？

接著，來到晚宴會場，她又被迫和他湊對。最初在門廳，他們和里察、賽吉待在一起，女主人可琳身穿黃色長版上衣，戴著巨木珠項鍊，熱忱歡迎他們，招待他們人手一杯，隔廳叫丈夫費南・勒克列克過來。如賽吉所言，費南的鬍子果然不同凡響，長度及胸，雪白而捲曲，能媲美黏土動畫版耶誕老公公的仙鬍。費南渾身散發貴氣，氣場盈滿門廳。他說：「請四處看，別客氣。」菲歐娜當下不解，邀客人四處看什麼看？有這必要嗎？隨即她才發現，這個家裡高級藝術品滿檔，客人引頸參觀著角落、後廳、甚至樓上，一窺費南和可琳夫婦收藏的精品。浴室外面掛著一幅巴斯奇亞[25]，飯廳的主角是一幅朱利安・許納貝[26]的碎盤拚花人像畫。

可琳和賽吉介紹她認識一名德國作家，起先大家儘可能講英文，但沒幾句之後，法文你來我往，菲歐娜只有和杰克講話的份。房子後面有一間日光室，人潮每隔幾分鐘湧進湧出，以確定沒錯過美食、香檳、立體派早期作品。菲歐娜和杰克進來這裡。

---

25 巴斯奇亞（Basquiat, 1960-1988），美國街頭藝術家。

26 朱利安・許納貝（Julian Schnabel，1951- ），美國畫家兼導演。

杰克說：「我最近常上網研究他的作品。里察的。有好多名氣響叮噹的相片竟然是他的，我到現在才知道，感覺很怪。他那幅三聯照，我好久以前就崇拜了，沒想到攝影師居然是里察‧坎普。有一張裡面好像也有妳，對不對？」儘管杰克端著酒杯，目前神智似乎比在搭地鐵時清醒。她用念力逼他消失。

「是我穿小花洋裝的那張嗎？」

「不是，妳旁邊有個男的──妳跟一個人蜷縮在病床上。」

菲歐娜想喝乾整杯香檳，只可惜吞嚥時嗆到鼻子。「你問到我隱私了。」她說。「是藝術品沒錯，不過，我在相片裡面。那幾個是我的朋友。」

「我──欸，我其實沒問妳什麼東西啊。我好像沒問什麼問題吧。」

「算了。」

「妳怕我問什麼？」

她思索一陣。「你想問我病床上那人是誰。」

「欸，妳想不想坐下？」

「不想。」她說。日光室門口有一群人在徘徊，但對話全是法語，而且視線也不曾瞟過來看她。

「我可以──聽著，我只想問一個問題，跟那張照片沒關係。我想問的是那幅三聯照。」

「天啊。快問。」

「抱歉！抱歉！我們去找吃的。」

有幾件心事煩得她半死，但和杰克無關，也無關他入侵私人領域。他只是不湊巧，被菲歐娜拿來當沙包。菲歐娜走向他，挨得太近，嗓音太高亢說，「那人名叫朱利安‧艾姆斯。三聯照片。他長得一表人才，是個演員，里察拍第一張的時候，一切都好。里察拍第二張的時候，朱利安知道自己有病，被嚇慘了，然後拍到第三張，朱利安已經暴瘦到只剩差不多四十五公斤。」

「欸，很遺憾，我——」

「我哥生病後，我爸媽幫他轉院，結果他死在那間爛醫院裡面。那醫院裡大家都怕他，醫生護士沒有一個懂狀況，朱利安天天去探病。朱利安不是什麼天才，不過他是個有義氣的朋友，感應力比別人強。你呢？你可以靠酒精麻痺神經，對不對？有些人真的能感應到東西。那醫院裡有個女護士，每天拿著菜單來我哥尼可的病房，不肯進門。反正他也沒胃口。」

「太慘了。」

「住嘴。所以，有半數日子，我哥不省人事，菜單用不著。到最後階段我們才知道，他中樞神經有淋巴瘤，被那醫院的腦殘醫生誤診開錯藥，開類固醇給他，錯到一塌糊塗。不過，起先，腦水腫減輕了，所以有兩三天，他有時能神智清醒個十分鐘，然後又陷入昏迷。有天，他清醒了，護士帶著菜單過來，杵在門口不進來，擺個傲慢的臭臉，宣讀著菜單。朱利安和我在病房裡，尼可神智清醒，護士唸著：『肉丸義大利麵。』朱利安站起來，走到床尾，用舞臺劇的調調複誦，像在飾演莎翁筆下的國王，然後表演既像默劇又像詮釋舞蹈的動作，模仿拿叉子捲麵的手勢，呼呼吃著義大利麵條。護士看了，表情像在說，搞這麼娘砲的行爲，難怪你們各個都生病。表演義大利麵還不過癮，朱利安走向護士背後，從後面瞄菜單，宣布下一道菜是雞肉沙拉，跳起雞舞來了。護士站著，朱利安就這樣表演完整張菜單。」

「好厲害。」

「錯。悲哀又淒慘。那天之後，我哥再也沒醒了。」

「朱利安他後來怎樣了，方便問嗎？」

「媽的，後來又能怎樣？」

「菲歐娜，妳——」

「他是個演員，沒家屬，沒健保。他如果待在芝加哥，至少有朋友幫他打氣，說不定能撐到愛滋藥研發成功，可惜他離開芝加哥，孤伶伶死了，我甚至不知道他死在哪裡。」

「妳在流血。」

「什麼？」

「妳的手。」

她低頭看。空香檳杯被她緊握到迸裂，一滴鮮血流到右手腕，另一滴順著杯身往下流。她一鬆手，香檳杯整個崩解，碎片掉滿地。

日光室的邊緣頓時一片灰暗，人聲紛紛靠近過來。可琳來了，用毛巾敷傷口，帶她進一間小浴室，讓她坐在馬桶蓋上。金水龍頭的浴室裡貼著壁紙。

可琳的丈夫費南進來，拿著鑷子，跪在菲歐娜面前，慢慢挑出密布在掌心裡的碎玻璃。

「太丟臉了。」她說。這時候，她視覺已經能聚焦。可琳去日光室收拾殘局了。

「不許妳動。」費南痰音深沉。他低著頭，塗抹髮膠梳理整齊的白髮顯得尊貴。她提醒自己，他是費南。是知名評論家。眼前的男人，這浴室，這血跡，她全覺得恍若隔世。

費南輕輕按摩她的掌心肉，隔著眼鏡檢查她的手。

「謝謝你。」她說。「你挑過碎玻璃嗎？」

「我只是在找亮點。」

菲歐娜想著，手心裡一定布滿千百個反光碎玻璃，能伴她一輩子。全身都能這樣該有多好。別人敢摸她皮膚一下，都會被割傷，該有多好。

她想稱讚費南幾句，但也不願坐著反覆感謝他。「你也畫畫嗎？除了評論之外？你的手滿穩的。」

「我修過繪畫學位。」他抬頭微笑說，令菲歐娜覺得自己能永遠待在這浴室不走，永遠有人照料。

「修錯了。藝評人不應該懂得怎麼作畫。」

杰克出現在浴室門口。她使不出氣力趕人。

費南用一個扁扁的棉花球，幫她塗消炎水。他說：「我待過法國美術學院（Académie des Beaux-Arts）。非常，呃，老派。」

菲歐娜精神爲之一振。「你還在嗎？你在教書嗎？」

「沒有。」他笑說。「不適合我。」

「我只是——」她停嘴，因爲這時鑷子戳進她中指和掌心接縫處。「——因爲我家人一直想查那學校的一個畫家。我姑婆和他交往過，他很年輕就死了。」

「哪一年？」

「喔，比你早幾十年了！我不是說你認識他本人，我只是——我連自己想問什麼都不清楚。我現在有點迷糊。他得過羅馬大獎，不過，他在第一次世界大戰結束後不久就過世了。」

「哈，對，的確是早我幾年！」

「他名叫藍科．諾瓦克。我們很早以前就對他好奇。」

「妳想查什麼？文獻嗎？或相片？」費南轉向仍逗留在門口的杰克。「你手機有燈嗎？」

杰克啓動手機的手電筒功能，揪著臉，照進菲歐娜掌心。

「這樣吧，」費南說，「我有個朋友在那所學校。妳今晚離開前留下那個人的姓名，我幫妳向他打聽。」

「你太好心了！」

「嗯，妳在我家差點斷指了，我怕挨妳告啊！」

菲歐娜用包紗布的手握一杯冰水鎮痛，不顧杯身的水珠沾溼紗布。在飯廳，她找到里察，見他正在煙燻魚肉拼盤前口若懸河。

她幾乎聽不懂大家在談什麼，多虧里察偶爾翻譯幾句，才勉強跟得上。（「瑪莉是他太太。」「他們談的是去年的法蘭克・蓋瑞[27]回顧展。」「她在講她女兒的作品。」）菲歐娜想要可待因。她想出去找藥房。然後呢？去柯特住的那一區閒晃到天亮吧？

里察對她說，「保羅剛問我成名後有什麼轉變。我正在跟他解釋說，我這輩子活到最後四分之一才成名！太短了！」隨即，他再以法語和保羅交談。保羅脖子像長頸鹿，牙齒短小。里察又對菲歐娜說：「我剛在說，我的第一個主顧是名叫艾斯美・夏普的收藏家，妳記得她嗎？她上禮拜還發電郵問我，明年春天的巴塞爾藝術展（Art Basel），可不可以讓她先睹為快。什麼轉變也沒有啊！我依然在為同一群愛好者拍攝作品。」

去向不明的杰克回來了，在這群人外圍流連。他剛捲起袖子，露出手臂的肌肉和血管，左肘有個刺青，上半截被袖子遮住。

艾斯美・夏普喚起菲歐娜久遠的印象。在里察事業起飛階段，艾斯美常進出里察的交際圈，週末從麥迪遜開車回芝加哥的菲歐娜可能和她打過照面。當年的菲歐娜不是正在懷孕，就是帶著剛出生的克萊兒。也有可能是，九三年搬回芝加哥後才認識艾斯美，當時戴米恩在芝加哥大學教書，原本讓菲歐娜覺得生龍活虎的芝加哥把她悶得快發瘋。九〇年代初的情景如今朦朧一片。克萊兒誕生於九二年夏，菲歐娜當時精神狀態不穩，原因是八〇年代的她深受打擊，創傷後壓力症候群餘毒尚在，進入九〇年代更罹患令人一眼就能判斷的產後憂鬱症加長版。她騙醫師說，一切都正常，醫師也不追問。她申請到私立帝博大學碩士班，卻提不起精神，連一篇報告都交不出來。她每天早上看電視，看著她不認識的名人接受專訪。帶小克萊兒去遊樂場時，她坐在長椅上，讓克萊兒自己去亂逛，讓她把胖嘟嘟的小手插進冰冷的沙地，看她卡在溜滑梯最上面。克萊兒上幼稚園之後，菲歐娜開始在義賣店上班——差不多是在里察搬去巴黎的前後——

才認清一切，彷彿有人在一九九五年給她一副新眼鏡，幫她把顏色調濃，爲芝加哥解除靜音模式，及時令菲歐娜醒悟自己多麼不滿戴米恩，多麼討厭聽他訓話看他舔牙。上瑜伽班，她搞上一個男同學，搞什麼鬼啊。即使出軌的舉動對婚姻造成緩蝕作用，卻有助於她覺醒。然而到那階段，里察已經出國。那陣子她過得渾渾噩噩，是霧港裡的一艘小船，艾斯美必定是那時代的過客。

「妳在哪裡高就？」一位女士以法語問菲歐娜。

菲歐娜以法文回答：「我——我是在一家店。在芝加哥。」天啊，她多想走人。里察過來飆法文解圍。她猜里察正對著大家澄清說，菲歐娜不是開店賣精品鞋。她聽見法文縮寫字「le SIDA」。她一向覺得這縮寫比ＡＩＤＳ悅耳。哼，無論在法國，在倫敦，甚至在加拿大，愛滋疫情都贏美國。少一分恥辱，多一分教育，多幾筆經費，更多研究。沒有那麼多人臨死前喊得呼天搶地。

她挨向杰克身旁，悄悄說：「幫我再找一些紗布。」她說。

「妳要我去跟主人要紗布？」

「不對。跟我走就是了。」

如果她能像青少年騎小蜜蜂滿街跑，在別的方面爲何不能也表現得像青少年？

他跟隨她進前廳，這時只見如林的外套，沒有旁人。

她說：「你身上該不會正好帶著止痛妙方吧？」

「但願有就好了。」

「你有菸嗎？」

「沒有，不過我想抽一根。」

---

27 法蘭克．蓋瑞（Frank Gehry, 1929- ），加裔美籍建築師。

「你有保險套嗎？」

「有什麼？」

「聽好。」她查看手機，沒動靜。她撥雲見自己的外套，拿出來。「你醉了，對不對？」

「不怎麼醉。」他跟隨菲歐娜出門，街頭冷清。

「你夠清醒嗎？能找到地鐵站嗎？」她向左轉，不確定有沒有轉錯。

「我說我沒醉啊。剛到這裡的時候，我是有點茫，不過後來就沒了。」

「你算哪門子酒鬼？連醉都醉半調子。」

她走得急，杰克加快腳步跟上。

「誰說我是酒鬼？」

「飛機上的某人。」

雖然街頭不見人車，他們仍在路口駐足等綠燈。

「你多大？」她說，「三十了吧？」

「三十五。幹麼問？」

「我不想跟嬰兒上床。三十五還可以。」

從他的表情可見，他摸不清菲歐娜是否在開玩笑，他也希望她不是在開玩笑。

以目前的醉意想自我分析的話，她是少喝了一杯。如果剛才多喝一杯葡萄酒，現在可能一屁股坐人行道上，道盡畢生私密事，出聲質疑自己爲何動不動以床戰應萬變。如果剛才少喝一杯，她現在還會待在里察身邊，聽雷的鴨頭頻頻搗蒜。照目前情況而言，她的醉意恰好能判斷，上述兩種可能情境都被她躲掉了，也醉到根本不在乎。夠醉的她希望找個男人壓她，但也不至於醉到一躺平就呼呼大睡。過馬路後，她伸手進杰克褲子的後口袋，摸他屁股。

杰克轉頭，對她顯露一種表情，脆弱和霸道兼具，然後捧起她的後腦勺，拉她的嘴過來，讓她的舌頭接近他，讓她的恥骨接近他。走到下一條街，他重複同一動作，再過一條街，他再重複一遍。

杰克有煙燻肉的氣味，她並不在意。找到藥房，他們買保險套和止痛藥，然後回里察家，進她的客房，躺進乾爽的床上做愛。騎在他身上之際，菲歐娜才想到自己極可能已經晉升阿嬤的等級了。她最大的感想是，她毫無自覺。杰克長得好美，上臂肌膚緊緻，有雞皮疙瘩，很容易令人渾然忘我。她左手伸進他濃密如鬍鬚的胸毛，裹紗布的右手緊抓床架。明早一定會更痛，但她管不了明天。結束時，杰克像原始人似的無助呻吟一聲，拖得很長，然後在她身旁躺下，伸手進她胯下，她認爲沒用，結果竟然有用。

她以爲杰克事後會倒頭就睡，沒想到他一肘撐著上身側躺，訴說他在大學交的第一個女友，他被她綁在床上，一小時之後才得救。他常回想那次經驗，也因此痛恨她，但也正是他至今對她念念不忘的原因。枕邊細語，天啊。菲歐娜想踹他出門，但現在才十點，她估計里察和賽吉再過兩小時才回家。她一定在他們回家前下逐客令。她並不是擔心被里察批判，但里察一逮到這小辮子，絕對會糗她。她五十一歲了，不太相信杰克眞的三十五歲，無法忍受年齡落差引人想入非非。

杰克說：「妳的第一次，說出來給我聽聽。」

「什麼？」她說，「難不成我們在交心？」

他笑一笑，心靈沒受傷。「這才是最棒的部分之一。好比說，之前有前戲，辦完事還有後戲。」

她翻身面對杰克。管他的。「奪走我貞操的是我表哥的理化老師。那一年，我差點沒從高中畢業。不同校。」

「哇噻。」

「我嘛，所有朋友年紀都比我大。他們全是我哥的朋友，後來成了我的。同年齡的人青春痘滿臉，誰提得起性趣嘛。」

「妳有沒有跟妳哥的朋友上過床?」

她不禁怪笑一聲，聲音像鵝，感覺丟臉。年輕的自己搞上查理．基恩或艾許．葛拉斯，成何體統嘛！她當時是狂戀耶爾，但那不能相提並論。她當時的愛是零期望，不懷抱希望，是一種能維持純純愛慕的暗戀，從不涉及肉慾，絕不自私。她總是藉機想碰觸他一下，想跟他講講話，想把頭靠上他的臂膀。

「不太常?」他說。

「不太。」

「對了，那幅三聯照，我搞不懂，裡面那個男的，他是——」

「天啊，閉嘴啦。過來。」她想吻他，只為了封他嘴，但被他推卻。「這事不是已經害我手被割傷了?你的心有點像……**吸血鬼**。」

「抱歉。」他說。「抱歉。我是忍不住當記者。不過，那件事，妳講出來不是比較好嗎?調適一下?」

「我已經調適三十年了。」她說。「你還穿著睡衣褲看週六晨間卡通時，我就在調適了。我有心理醫生在關心我，用不著記者來管我。」

「可是，妳不跟心理醫生上床吧?咦，有嗎?因為講句老實話，做愛過後談心，和平常不相同。我在想，就是這原因，佛洛伊德才叫所有人躺下。」

「佛洛伊德跟他的病人上床嗎?」

「我認為有。」

她翻白眼。「好吧。算了。朱利安死了——天啊，多久前的事，我甚至不清楚。這要看你跟對方走多近……有些人病了，會希望你多多接近他們，多多對你依賴，在他們最後幾個月，你和他們比以前更常相處。但也有些人，如果你不在他們親朋好友圈子裡，他們會跟你絕交。不是無情切割，只是他們用不著你了。你去找他們，反而被當作是打擾，你懂嗎?我不是朱利安最密切往來的那群人。反正到後來，他跟所有人都絕交了。」

杰克似乎有聽沒懂。「嗯。」他說。

「朋友病重的時候，會發生一種現象，大家會在傷心程度上面較量。有些人沒事往病房裡面擠，閒晃好幾天，有點裝模作樣的。講這樣很難聽，不過眞有這種事。並不是這些人心術不正，只是……人總想相信自己在別人生命裡扮演要角。有時候，到頭來，你會發現自己連配角也不算。」

杰克對她耳朵伸舌頭，一路往下舔到鎖骨。「再來一次吧。」他說。

杰克深情注視她，彷彿想讓兩人瞳孔擴張程度一致，看得她很不舒服。她無意引他動情，特別是在她心亂如麻的現階段。

客房外有動靜。

「可惡。」她說。「如果只是里察回家，他過一會兒就上床睡覺。然後你趕快溜走，行不行？」

「好吧。」他說著閉上眼睛。「我不是酒鬼。那天我是在開玩笑。」

「怎麼開那種玩笑？」

「不知道。我那天醉了嘛。」

菲歐娜大概是睡著了，因爲她發現自己和里察在芝加哥，尋找可琳家。她一手痛得像著火。

半夜她翻身，發現杰克走了，謝天謝地。

一九八六年

這天，比爾宣布下午放大家半天假。耶爾提著行李搭捷運，下車後步行至布萊爾街，進公寓，上兩樓。離家夠久，他有一種遠行歸鄉的欣悅，覺得公寓的氣味、走廊的長寬高都變了，景象變得如夢似幻，四面八方都偏差幾吋，顯得眼花撩亂。午餐延遲了，他肚子餓。他考慮烤個起司充飢，想著食品儲藏間裡有沒有番茄湯罐頭。

打開公寓門，他看見查理的母親站在裡面，身穿灰洋裝，打赤腳。她不是說下禮拜才來嗎？耶爾放下行李說，「泰瑞莎！」在他過去擁抱之際，他聽見臥房門關上。他心想，查理出房間來迎接他，隨手帶上門，以免床鋪亂糟糟被母親看見。但是，查理沒來。查理是進房間，而非出房間。

擁抱後，他看見泰瑞莎表情玄妙，面帶微笑，笑意卻只牽動嘴皮。她說：「耶爾，我們應該——要不要出去散個步？」

他覺得公寓可能歪一邊，或者早已傾倒。

「出了什麼事？」查理精神崩潰了。朱利安死了。報社倒閉了。雷根——

泰瑞莎伸出雙手握住他手臂。耶爾外套未脫，正式的外套。「耶爾，我們該出去走一走。」

「幹麼出去走一走？泰瑞莎，到底怎麼搞的？」

她熱淚即將盈眶。這時耶爾發現，她剛哭過，臉色難看，頭髮也一團亂。

他雙手插進外套口袋。回家前，他已經把菲歐娜的項鍊從褲袋移過來，這時墜子的翼尖戳著他的手心，墜子左右各有一隻鳥拱著一個浮雕，金屬翅膀尖銳。大事不妙了。

泰瑞莎深吸一口氣，以非常細小的聲音說，「耶爾，我想陪你走去診所，帶你去驗個血。」

耶爾開口想說，我不敢相信他又來了，不敢相信妳竟然聽信他的說法，不敢相信他以爲我對他做那種事，我們去年春天才剛驗過血。

但他不語，在地板坐下，頭垂到兩膝之間。

泰瑞莎試圖告訴他另一件事，事關查理，有別於他欲言又止的心聲。他一時難以拼湊泰瑞莎的言語。想一陣子後，通了，天啊，他聽懂了。頓時之間，手腳和腹部如挨千針戳，他無法動彈，變成一隻被釘死在泡綿塊上的蟲子標本。

他聽得見查理在臥房走動。正在搬東西。耶爾用膝蓋摀耳朵。泰瑞莎蹲在他面前，一手放在他的鞋子上。尼可的鞋子。

她說：「耶爾，聽得見我嗎？」

耶爾赫然發現，儘管泰瑞莎哭了，他自己卻沒哭。爲什麼不哭？他低聲說：「泰瑞莎，他做了什麼事？」

「我不知道。」她搖搖頭。「他不肯告訴我。聽著，耶爾，就算他有——有——**抗體**，那也只表示他**接觸過**病毒。不代表他有病毒。」

「不對。他最清楚沒這回事。是他親口對妳說的嗎？」耶爾不自覺地壓低嗓音，這種反應可能是習慣成自然——在病人聽得見的範圍內，不宜討論病情。或者是，他不想讓查理知道他的反應。他大可以破口大罵，不行嗎？他大可破臥房門而入，抱住查理，或揍查理一頓，而不是坐在這裡爲自己的身體著想，想著自己的健康，自己的心。

他可能會吐。他想吐。

假使查理沒有躲在臥房裡，而是親口對他坦白，他可以爲查理著想，想著驗血結果對查理的意義。然而，耶爾面對的只是一道深鎖的門，一份訊息，一位信差。

到底發生了什麼事？他仰望天花板，見天花板只不過是素面的白色天花板，靜得不合常情。

他說：「他什麼時候打電話通知妳的？妳什麼時候來的？」

「他昨天接到驗血結果。我今早飛過來。」

今天是十六日。這麼算來，查理在月初就去驗血？或在十二月底？

耶爾站起來，直奔臥房。「查理，媽的，你是不是搞過**朱利安？和朱利安？**你是怎麼搞的，查理？他媽的，你**哪個筋**不對？」

耶爾踹門一腳，然後再踹門。

腳痛，但還不夠。

已經倒下的骨牌是朱利安，然後是查理。或許耶爾是下一個。

除夕那天辦年終午宴，查理變得面無血色。查理去打公用電話。耶爾獨自去醫院探望泰倫斯，查理在市區漫遊。

氣喘藥吸過量時，耶爾的手會產生刺刺麻麻的感覺。這時他正有這種感受，而且兩手發燙。

泰瑞莎從後面摟他的腰，他聽見深鎖的門內傳來啜泣聲。泰瑞莎說：「耶爾，我們最好出去走走。你現在未必非驗血不可，我們可以出去——去小酒館，或朋友家。」

感恩節聚餐朱利安託辭缺席。查理不想去看《哈姆雷特》舞臺劇。每次耶爾提起朱利安，就被查理逼問（朱利安怎麼說？朱利安做什麼？）。

他氣得轉身面對她。「我現在去驗血，一點好處也沒有。妳懂不懂？」他吶喊著，好讓查理聽得見。「驗病毒要三個月才能確定。從最後一次接觸到病毒，要等三個月才驗得出來。」

「可是，驗過血，你可能會輕鬆一點。」她有氣無力說。

上次做愛是什麼時候？上禮拜六有一次口交，但是，查理多久沒讓耶爾解開他皮帶脫褲子了？天啊，元旦之後就沒有了。這一點，耶爾不得不暗暗稱讚他。查理一次又一次推開他。但在那之前，有。耶誕節等等。天知道查理什麼時候搞上朱利安、搞多少次、私通了幾星期或幾年。

耶爾對著門叫嚷，近到自己的吐氣反彈到臉上。「你壞事做多久了，查理？是不是這樣，你疑心病才這麼重？可惡，因爲你做賊心虛吧？」

「親愛的，別再罵了。」泰瑞莎說。他自知不該在她面前講這些話，但他不在乎。

「你大可以讓泰迪幹你！」耶爾大喊。「他沒病！」

房間裡有東西撞上門。泰瑞莎說：「耶爾，別再罵了。」耶爾不得不聽從。她的親骨肉活不久了。查理快死了。耶爾再度癱坐地上，頭再度垂進兩膝之間。他考慮再站起來，踹家具幾腳，想想又作罷，還是坐原地深呼吸。

目前的主角不是耶爾，至少還不是。

去年春天，耶爾和查理一同去驗血，當時耶爾心想，假如兩人都被驗出陽性反應，可以抱著對方痛哭一場，哭完出去享受一頓大餐，自我揶揄說可以吃胖一點，叫一瓶最貴的葡萄酒來享用。那一夜勢必很難熬，但兩人可攜手踏入難關。在驗血前，文森醫師曾一同輔導他們倆：「我們來討論一下，假如結果是陽性，對你們的意義會是什麼。」醫師說。文森醫師解釋，如果能明智預想屆時的反應和抉擇，情況會比較好。醫師說：「你們能依靠誰？」他們互指對方。查理當時說，「而且，我們有一群感情深厚的好朋友。還有我母親。」如今，耶爾覺得好友一個個全像塵埃飄走了。查理沒了，泰瑞莎也會跟著飄走。這群好友是他透過查理認識的友人，不會守在他身邊。耶爾相當篤定，中鏢的自己也不會有查理可依靠。顯然，查理有朱利安可依靠。何況，誰知道查理另外暗中搞了什麼鬼？

耶爾拎起過夜行李袋，從碗櫥取出一瓶蘇格蘭威士忌，塞進去。他想吻泰瑞莎，沒吻到臉，嘴唇只掠過她耳朵。他說：「很對不起。他不是我害的。」

「我知道。」她說。

耶爾來到街上，不知何去何從。他流浪進小吉姆酒吧，坐吧檯，凝視吧檯裡的酒瓶，喝著伏特加通寧，因爲是特價。他可以舉杯猛灌，但他懶得移動手臂。他不顧加速中的心跳。幫倒忙的求生本能叫他趕快爬樹避難，他也不管。大電視正播放A片：一個男人躲在淋浴間，遲疑地隔牆偷窺兩男炒飯，鏡頭不斷轉回偷窺男的臉。他絕不會跳進去參一腳。這片子的主題不是那種。愣愣看著的耶爾無感，內心僅有他原來就有的心情：反胃、痲痺。塑膠小吸管被他撕扯成碎片。

沒人過來煩他。大家必定看得出他壞事臨頭了。

最感冒的並非查理偷腥。他對著酒杯，對著逐漸融化的冰塊心想，默默說明著。此外，這事也不只涉及愛滋，不只涉及接觸到病毒，但這佔絕大多數。然而，目前直鑽他心底的疙瘩是，他竟然放任自己對查理的要求低頭。爲了查理，他如履薄冰，而查理卻背著耶爾，一直搬薄冰去砸牆。和其他情緒相比，耶爾最主要的心情是覺得自己傻。

步出酒館門，時辰晚了，晚餐時段已經結束，但診所仍未打烊。可是，何苦現在去驗血呢？應該再等三個月。不對，少於三個月——今天是十六日。從元旦算起才對。所以，要等到三月底？他愈算愈糊塗。抗體是有可能早一點出現，但驗出陽性反應，心情反而會更亂。現在驗血，如果是陰性，不僅毫無意義，也更多折磨。如果是陽性，無異於被判死刑。他考慮去藝廊，在辦公室地板席地而睡，卻又唯恐警衛被嚇到。他想到已出院回家的泰倫斯。有人陪陪泰倫斯，總是好事吧。可以去讓泰倫斯依靠，可以去照顧泰倫斯。

耶爾走向梅洛斯街，按門鈴，隨即卻又因麻煩泰倫斯下床開門而內疚。畢竟，他和泰倫斯並非知己，也非朋友。耶爾和尼可比較接近。泰倫斯儲存的能量有限，他無權去汲取借用。正想走的當下，他聽見泰倫斯說哈囉。泰倫斯說：「你可以上來，耶爾，不過我坦白跟你說，我家裡很臭。」

的確是。泰倫斯的臉凹陷無肉，皮膚緊繃閃亮，住院時，他留著濃密度不均勻的大鬍子，至今仍未刮。身體哪來的能量，還能長鬍鬚？有能量長鬍鬚幹麼？爲什麼不能多生一些T細胞？

尼可生前養的老灰貓羅斯寇走來，磨蹭耶爾的腿。「要我餵牠嗎？」耶爾問。

「不用，」泰倫斯說，「不過，如果你想清牠的排泄物請便。」他不是在開玩笑。「我要戴橡膠手套才能清，可惜家裡手套用完了。其實，照理說，醫生不准我養貓。」廚房裡的貓砂噁心。耶爾跪在廚房地板上清理穢物，羅斯寇頭頂著他大腿。做這事感覺很對味。耶爾能整晚舀貓糞、挖貓尿凝固成的土塊，也不會覺得自己來錯地方。「你知道嗎，他的醫生不准你住這裡。」耶爾對貓低聲說。「而且他也對貓過敏。」

自備的蘇格蘭威士忌一杯在手，耶爾在沙發坐下，發現自己無法對泰倫斯吐露任何一件事實。他不能說，「查理病了。」他也不能說，「查理對我不忠。」吐實令耶爾難堪，而且生病的消息不適合由他宣布。率先在週報上倡導安全性行爲的是查理，耶爾不宜放話說查理言行不一。多數人如果聽見這消息，倒也不至於罵查理僞君子，比較可能的反應是替查理講話，將耶爾的言語一概詮釋爲心有未甘，遷怒他人。

泰倫斯坐在綠色大扶手椅上，拐杖擺身旁。他說：「耶爾，你還好吧？」

耶爾不覺得身體不適，至今也未察覺任何異狀。他知道，今晚就寢前，他會照鏡子檢查身上有無病斑，檢查淋巴結，檢查喉嚨有無鵝口瘡。在去年驗血結果出爐前，這是他每晚不做睡不著的習慣動作。快一年沒自我檢查了。今天以後，他不自我檢查不行。但是，泰倫斯並非關心他有沒有病，只問他是不是快淚崩了。他的確可能。他說：「我剛被查理掃地出門了。我想我們是吹了。」

泰倫斯鼓臉頰噴氣，但不顯得錯愕。他拿起襤褸的拼布棉被蓋腿。

耶爾說：「咦，泰倫斯，你知道這件事？」

「哪件事？」泰倫斯說謊技巧拙劣，或許他實在拿不出力氣說謊。

耶爾用不著提卻說：「就——查理和朱利安。」

泰倫斯臉皮縮成一團，緩緩頷首。

「大家都知道？」

「沒有沒有。只在——好吧，在告別式之後？」

「哼，幹。」

「告別式之後，我們去尼可家，查理找不到你，也不曉得在生什麼氣，喝得醉醺醺。眞的很醉。他進廁所，朱利安去照顧他。我猜他在裡面吐。可是他們兩個進廁所好久。我進去一看，他們——你知道，他們正在搞。過了一小陣子，他們一起離開。別人沒注意到。隔天，我打給朱利安，他內心很掙扎。說眞的，只有那一次而已。朱利安不想傷害你。查理也是。我很清楚這一點。你也知道。」

「不可能只有一次。」耶爾說。「絕對不可能。不是那樣傳染的。」那是宣導短片的情節，眞實生活不是那樣。**只要一次就能感染。甚至不能牽手，可能會傳染梅毒。**話說回來，眞有這一回事嗎？天意眞有那麼惡毒嗎？那麼神準？

耶爾的思緒倏然翻湧，回到布朗診所募款晚會。天啊，在洗手間，朱利安站在洗手臺邊，對著耶爾含情脈脈，想傳達的就是這件事。朱利安才不是愛上他。朱利安表達的是歉意。也許他以爲耶爾知道了，或以爲耶爾遲早會發現眞相，或者，也許朱利安是想安安自己的良心吧。耶爾像個大白痴，傻傻覺得受寵若驚。

想到這裡，耶爾立刻轉爲自責。荒謬的是，他自責著，告別式當天在里察家，他不該上樓。假如沒上樓，假如沒嚇壞查理，也許這事根本不會發生。如果查理出軌眞的僅此一次，那麼耶爾踏上樓梯那一刻就已經害死查理了。也許也害死自己。

耶爾打一陣寒顫，發出近似哭泣的聲音，說著，「他感染到病毒了，泰倫斯。你不能傳出去。」

「幹。唉，耶爾。」泰倫斯作勢想從椅子站起來，彷彿他若使得出力氣，他會過來坐耶爾旁邊，以免獨坐大沙發的耶爾覺得渺小而孤單。「我知道朱利安染病了，不知道查理。我——不知道爲什麼，根本沒想這麼多。唉。搞不好是因爲查理口口聲聲保險套、安全性行爲之類的。耶爾，要是我眞的想那麼多，你要相信我，我一定會警——」

「好，」耶爾說，「好。」

「天啊。」

「對，沒人知道，所以你也不能告訴別人。全都怪驗血不好。無聊去驗血幹麼？要不是他去驗血，我們根本不會知道。我們今天還能一起出去吃晚餐。」

「幹。對是對，不過，驗血還是非驗不可，沒錯吧？你可能不會生病。因爲能驗血。」

「我要等三個月以後才知道。」

「對了，你打完一炮有沒有流感症狀？最近有沒有生過病？有沒有腸胃炎或發燒，好像被壓路機撞到，壓路機上卻有一大群狼，而每一隻都是沙門桿菌做的？」

「不是每個人都有這些症狀。何況，去年夏天，我好像生過病。我記不清楚了。說不定我去年春天生過病。」

查理在十二月曾經身體不舒服。所以，也許查理眞的只出軌那一次。也許，和朱利安的關係從那一夜延續一陣子。耶爾愈想愈頭暈。

他說：「感覺像在玩全世界最難拼湊的邏輯拼圖。」

「我爲你難過，耶爾。」

「不准。我不許你爲我難過。」

「我認爲我可以。」

耶爾再為自己添酒。他仍未吃晚餐，但他也不願向泰倫斯討東西吃。老貓羅斯寇跳上沙發，趴在他身旁，不一會兒睡著了。

泰倫斯說：「你想在我家過一夜可以，不過相信我，你不會想多待幾天。我每天早上害喜會吵醒你。」他揉揉凹陷的肚皮說，「這胎兒肯定是個女娃。她愛無理取鬧。」

耶爾說：「直到下午一點左右，今天是我這輩子最棒的日子。」雖然泰倫斯可能在暗示該上床了，耶爾仍止不住嘴巴。他告訴泰倫斯諾拉收藏的美術品，只提重點。莫迪里亞尼之類的。大勝一場的感覺如今顯得空洞無比。他已經失去另一半，可能也將喪失健康、生命，但他從杜爾郡搬一批舊畫回到芝加哥。幾份書信。

他說：「去杜爾郡的時候，我一直在想，事情太順利了，不可能是真的。一定是我漏看了什麼，一定是中計了。搞不好是我潛意識在作祟。對吧？當時我內心注意到什麼不太對勁，不曉得哪裡有毛病。警訊。可惜是我搞錯了警訊的方向。」

泰倫斯不語，然後說：「我問個怪問題。你穿的是尼可的鞋子嗎？」

耶爾忘了。「天啊，對。很抱歉。你介意嗎？」

「沒關係啦。呃，我其實是希望你能脫鞋子擺在門邊。細菌被帶進來，對我不好。」

耶爾脫掉鞋子，放在踏墊上，清理貓砂後洗過手的他再洗一遍。他說：「明天我走前，會去幫你買日常用品回來，好嗎？」

「好。」

這一夜，耶爾睡沙發，聽著泰倫斯蓋著被子輾轉反側，盜汗滿身的他呻吟著。耶爾閉著眼睛，看見自己重回告別式那天，在天窗附近俯瞰里察家，看著自己和菲歐娜交談，和朱利安交談，啜飲著古巴自由。

一次又一次，他看著自己觀看幻燈片的開頭，然後轉身，踩上樓梯第一階。他看著自己拾階而上。

二〇一五年

菲歐娜很晚才起床，醒來沒宿醉，只覺得喉嚨沙沙的，痛已擴散至胸腔和鼻竇。心臟每蹦一下，手傷也跟著劇痛。

賽吉陪她搭計程車去看醫生，無需掛號（也沒健保），醫師為她擦拭碘酒，俐落包紮傷口，給她幾顆止痛藥，開一帖抗生素處方，收費二十三歐元，賽吉堅持為她付。

「妳今天就休息吧。」他說。「答應我，好嗎？如果妳想出去，可以來里察的工作室，他可以帶妳參觀。他可以用電腦放影片給妳看，妳可以在攝影展之前嚐鮮！」

不過菲歐娜暫時還不想看。看影片，明天可以，但今天不行。今天絕對不行。儘管「休息」的概念像吃敗仗，她可以休息幾小時。她可以等私家偵探亞諾來電，看看服藥後頭腦多麼鈍再說。如果克萊兒根本不在巴黎，與其出門亂找一通，倒不如上網搜尋「柯特．匹爾斯＋逮捕＋巴黎」（無結果），搜尋「美國公民如何遷居巴黎」（看了還是一知半解），搜尋「霍桑納共生營巴黎」（同樣無結果）。

賽吉前往工作室前，菲歐娜對他說她太累了。外面涼颼颼的，但她打開陽臺門，拖一張椅子過來，聆聽劇組人員的聲響。如果角度對，她看得見圍觀人群、燈組、起重機。回國前，她應該查明這電影的片名，上映時她想去看。

然而，她不清楚自己會在巴黎住多久，連下一步該怎麼走也沒概念。

在書店買的巴黎史書擺在她大腿上。書買到手之後，她一直定不下心閱讀。裡面的相片賞心悅目，發人深省：皮草披肩仕女、踩著咖啡廳椅子渡洪水的男人、裝潢成怪獸血盆大口的夜店門。

她記得諾拉曾說：「對我們而言，巴黎甚至不是巴黎。一切全是理想的填充題。我們希望巴黎是什麼，巴黎就是什麼。」

當時是在菲歐娜的表姐梅蘭妮的婚禮。就是在這裡，菲歐娜拿餐巾紙寫下：耶爾．第敘曼，西北大學布瑞格藝廊給姑婆。婚禮在密爾瓦基北郊舉行，梅蘭妮特地邀請尼可和菲歐娜前來，拒邀他們父母，但也沒邀請泰倫斯。對於一九八五年的威斯康辛州而言，邀請一對同志或許太前衛了點。然而梅蘭妮對同輩分的人絕對忠誠。菲歐娜和尼可一同出席，形同一對情侶。

當時尼可體重已下跌，但菲歐娜並未特別在意。他和妹妹菲歐娜共舞，也和新娘共舞，更和討厭的表姐黛博拉共舞，也陪姑婆諾拉坐，討她歡心。回家路上，尼可開著他的車，掀開襯衫，露腰給菲歐娜看。她看見一道模樣猙獰的紅水泡，看得眼睛冒汗。尼可說：「皮蛇[28]。」

見妹妹大驚小怪，他說：「癢得受不了，不過這病跟水痘差不多。得過水痘的人都有可能得這個。這病毒能在人皮膚底下活一輩子。」

事後菲歐娜得知，他沒去看家醫，只去掛過急診，醫師開給他克拉明洗劑和一張印刷品。過了一個月，有天，他和泰倫斯去逛街，泰倫斯問他身上有多少現金，尼可一手拿著十元鈔票，另一手拿著五元鈔，瞪著錢看了半天，加不出總數。再過六星期，他走了。

一隻鴿子降落在陽臺欄杆上，菲歐娜看著。她還不準備去里察工作室看影片，但是，里察家有一批相簿，也許她可以拿下來翻一翻，做好心理建設再去。她關好陽臺門，倒一杯牛奶，深呼吸幾次。

書架上有大約二十本相冊，這是菲歐娜第一天來不及消化的事實。一排排黑皮、褐皮、色布外殼的相簿。另外也有幾盒幻燈片，她不敢亂碰。

她取下一本厚厚的紅色相簿，不料掉出一張紙，落在地上。她想蓋緊相簿，以免東西再掉出來，整本相簿卻嘩啦墜地，弄得滿地是紙，有些是對摺的米黃紙，有些是小卡片，其中一張紫羅蘭色，上面印著一個男人的相片，畫質粗躁。這些是喪禮流程表和祈禱卡。她跪下去收拾。她發現這一本完全不是相簿，因爲她翻開一看，見到《同聲報》裡的訃聞剪報，往生者是艾文艾莉舞蹈劇場（Alvin Ailey Theater）舞者。

天啊。

她翻開相簿頭幾頁，試圖把這些紙回歸空位。一個名叫奧斯卡的男人，她沒印象，死在一九八四年。有一張剪報是小勝，一九八六年。這裡也有一張泰倫斯・羅賓森的喪禮流程表。好奇怪——安排這場喪禮的人想必是她，她卻毫無印象。強納森・博德。杜威特・桑姆納。裡面有好多人，多到不可思議。

在菲歐娜店裡，每週至少發生一次客人進來發現本店成立宗旨後驚呼：「喔，我記得那年代！」之類的話。見狀的菲歐娜已學會壓抑怒火，緊緊踩住地板，以免當場變臉。「我認識一個人，他的表哥得過愛滋！」客人會繼續說。「妳看過電影《費城》嗎？」客人邊說邊悵然搖頭。

菲歐娜又能怎麼回應？這類客人全無惡意。她怎能對他們解釋，芝加哥無異於一座墳場？大街小巷無一不是大屠殺現場，各界冷漠無情的心態導致生靈塗炭。每踏進一股陰氣，市民不知見鬼了，不知有個被世人遺棄的男孩陰魂不散。

在巴黎的這間公寓裡，握在菲歐娜手中的正是一疊鬼魂。

她略讀泰倫斯的喪禮流程，當中有一道流程是朗誦《聖經》詩篇，但選讀的章節對今天的她毫無意義。艾許・葛拉斯獻唱，她倒是記得。

愛滋解放力量聯盟[29]聚會時，艾許常演講，嗓音近似黑白電影裡的政治人物。他多次帶著血手印布條闖進市議會。有一年夏天，他和一名友人把自己拴在州長湯姆森公館的圍牆上，被逮捕無數次的他再次被

28 shingles，帶狀皰疹。

29 簡寫爲ACT UP，字面有「擺爛、不服從」的含義。

扭送。菲歐娜知道，艾許還在人間，目前定居紐約。一陣子前，她在紀錄片上看過艾許，片名是「愛滋三十載」云云。鏡頭下的艾許健康如常人，肌肉發達，令人無法相信他是HIV帶原者。她曾看過同樣的病毒把男子漢掏空成骷髏。艾許的頭髮灰白了，也有雙下巴，五十歲以上的帶原者常見的病徵，例如骨質酥鬆症，必定已在他體內初顯，但在紀錄片裡，他看似隨時能躍出螢幕，跳進菲歐娜客廳幫忙搬箱子。

她曾說，他們全死了。她說的並非實情。並非死得一個不剩。

那年十月十三日，她獨自在家靜靜舉辦告別式，爲尼可。燃燭，放音樂，喝太多葡萄酒。那是三十年前的事了。已經過三十年了，怎麼可能？那年是最悲慘歲月的開端，她熟悉的芝加哥全淪爲病斑、迴蕩的咳嗽聲、嶙峋的四肢化石。儘管說不通，儘管顯得荒謬、顧影自憐，她始終無法擺脫一份內疚，愛滋疫情是她一手造成的。尼可被逐出家門後，假如她不曾扛下母職照顧他（最近她對心理治療師訴過苦），假如她不曾搭捷運送過敏藥給他，讓他知道妹妹一切還好——遲早他難保不會回家吧？假如尼可搬回家住，日子會很難熬，但苦日子不會維持太久。在家忍個兩三年，和全地球的男同志一樣吃苦。也許，他就不會接觸到病毒。也就不會喪生。

對於許多人，她罪惡感深重。她但願自己勸得動他們，勸他們及早驗血。她但願時光倒流，讓她在某一晚勸某些人打消出去玩的念頭（心理醫師對她說，「妳知我知，這想法不合邏輯。」）。她也但願能在某些人病倒時再多盡一點心力。那一夜，她莫名其妙告訴查理．基恩說，耶爾和泰迪在一起。到底爲什麼亂講話？是無惡意的酒後失言，但人人都知道佛洛伊德如何解析失言。

有時候，她覺得自己是印度教的某個鬼神，被她摸到的東西全化成灰。

止痛藥讓她視線迷茫起來了。

她可以待在滿地紙張鋪設成的墓園裡。里察書架上另外擺著什麼樣的地雷，誰知道呢？

或者。

也許步行十分鐘，就能看看尼可的影片。活生生的尼可。她惶恐不安；看影片比看相片的感覺更加詭異。有聲音嗎？最後一次聽見尼可是哪一年的事了？在他還活著的時候吧，她猜想。如果有人錄下他——那麼，非里察莫屬。影片就在他手裡。

她非去看看不可。

賽吉曾說，工作室在某某路的街角，但她沒留意號碼——里察也不可能在工作室外掛招牌。菲歐娜挨家挨戶找，也看著店面，彷彿瞇眼就能認找對地址似的。沒有一間看起來像工作室。

高興了吧？她發現自己心頭至少輕鬆一些。

接著，她瞧見賽吉的機車在寬闊的人行道上，停靠著樓房牆壁。

她硬起心腸說：「好吧，去就去。」

手機鈴響之前，她先感應到了。

「喂？」她對著手機喊，她不在乎。她堵住另一耳。

「欸，鎮定一下。」亞諾說。

「我很鎮定。什麼事。」

「妳能到瑪黑區嗎？我們好像有兩三個鐘頭。」

她轉身找計程車。撇開別的因素不談，這通電話不正是天意嗎？天意不要她進工作室流連往事。她來巴黎是尋找克萊兒，不是找尼可。她拋下里察的工作室，像逃離火場似的。

一九八六年

隔天，耶爾以爲是星期六，居然忘記去上班。起床後，他去雜貨店和GNC保健食品店幫泰倫斯買東西，然後收拾行李，躡手躡腳離開他的公寓，今天唯一的任務是找個地方過夜，或許也去買一件乾淨的襯衫穿。然而，上午十點，頭痛的他走在霍斯特德街上，見到有男人打領帶，他才驚覺今天是星期五。

這下子，他不至於沒地方可去。他帶著過夜用的行李，於是他直接走去搭捷運。在泰倫斯家的沙發躺一晚的他衣褲皺巴巴。車廂門正要關閉，有個瘦男直衝過來，好像擠得進車廂似的。深褐色頭髮的瘦男愁眉目送列車出站。剎那間，耶爾以爲他是朱利安——但仔細想想，下巴不像，何況現在才十點，朱利安不可能起床。如果眞的遇見朱利安該怎麼辦？耶爾心想。一拳揍扁他的臉嗎？或者擁抱他？不知爲何，他生氣的對象並非朱利安，只氣查理。捷運前往艾文斯頓的中途，他想通了，如果遇見朱利安，大概只會趴在朱利安身上痛哭一場吧。

洛曼在辦公室忙著裝訂他在杜爾郡影印的書信，並標示類別。他影印了一整盒的書信。

耶爾辦公桌上有兩則留言，一則寫著：夏普夫婦午餐後將過來看畫，另一則寫著：「里察．坎普答應了——謝謝你引介！」鈍腦袋的耶爾幾秒才會意過來，昨天上午回程中，他曾把里察的電話給比爾，提議寄去紐約的八乘十相片可以找里察拍攝，說不定可以算便宜一點。

耶爾進洗手間刮鬍子、刷牙，因爲他在泰倫斯家起床後，泰倫斯已蜷縮在浴室地上。他幫泰倫斯買完東西後，泰倫斯仍在浴室裡，也許至今還在裡面。泰倫斯向他保證說沒問題，艾許今天會來看他。在藝廊洗手間裡，耶爾對著襯衫灑幾點水，用手抹平衣服。

驗血結果該不會鬧烏龍吧？檔案錯置不是常有的事嗎？檢體沒註明姓名，只有——大概只有編號吧？代碼？代碼有可能搞錯了。果眞是烏龍一場的話，現有的事實仍是，查理是爛人，耶爾自己是傻瓜。如果驗血結果能被推翻，傻瓜和爛人也會顯得像芝麻小事。更何況，驗愛滋病毒是最近才有的科技。泰迪總說，他不相信有病毒的人一定會發病。耶爾不清楚這種陰謀論的細節，只記得泰迪說什麼缺乏縱向研究之類的。天啊，我陷入哀傷五階段的討價還價階段嗎？耶爾嘀咕著。連生氣的階段都還沒走完咧！他照著鏡子，見自己的臉皮垮成小孩臉。一副容易上當的模樣。

回辦公桌，耶爾瞪著紙看，讀不出意思。如果不算昨晚的液體晚餐的話，他前天在鱒灣吃完早餐後，至今不曾進食。去幫泰倫斯採購時，早知道應該買根香蕉吃，他心想。如果眞的感染到病毒，他最該做的是大吃特吃，趁現還能增重吃胖一點。今晚狂咬六個漢堡。也許到晚餐時間，他的胃口會奇蹟似的大開。但是，他又能去哪裡吃晚餐呢？找一家苦情餐廳吃悶飯嗎？吃完後呢？他不能再去打擾泰倫斯。去投靠熟人也會被問東問西。他想起里察家那一大間客房，轉念想到里察家，他的胃腸就糾結。若在從前，他可以去投靠尼可。也許尼可的公寓還沒租出去？可是，鑰匙哪裡找？藝術博物館有幾位老友不認識查理，但也沒有熟到可以借住的程度。

他身體不舒服。頭暈暈的，有點發燒，關節痛。今早醒來，他曾自我提醒，大概能勸自己相信生病了。明知這樣做也無濟於事。

正午，他慢慢撥自己家的號碼，推想查理去上班了。即使龍捲風來襲，查理照樣能沉迷工作中。但耶爾接著想到，泰瑞莎可能會接聽，也許能多給他一些說法。

他要的其實不是說法。他想對泰瑞莎哭訴，盼她能稍稍令他寬心。如果泰瑞莎接聽，他會支開洛曼。可惜她沒接聽。這支電話也沒裝答錄機，因爲查理深信，答錄機一裝，立刻會被慌張的報社員工留言擠爆。

他不想被員工認出來，變聲打電話去報社，又不能太怪腔怪調，怕引起同一間辦公室的洛曼側目。接電話的是個年輕人，耶爾認不出聲音。耶爾問他，發行人今天在不在，對方回答，「不在。基恩先生今天有私事請假。」耶爾再試旅行社，得知查理下星期二才進辦公室。

終於下午一點了，耶爾卸下心頭的千鈞重負。他終於有事可做，可照著腳本宣讀。他去比爾辦公室，夏普夫婦還沒到，但里察已經在忙了。耶爾剛才沒聽見里察進藝廊門。剛才睡著了嗎？耶爾覺得自己也許睡著了。里察一身黑，唯一的顏色是纏掛肩膀上的那件黃毛衣。在比爾辦公室裡，里察的動作像貓，半蹲著調整他運來的電燈。比爾的接待桌上平放著藤田嗣治的綠洋裝水彩畫。

「今日大人物駕到！」里察說著獻給耶爾一記飛吻，隨即繼續調整燈組。

耶爾擠出一句：「謝謝你幫忙。」他努力回想著，告別式之後有沒有再遇到里察。有，有幾次。例如在募款會那天。話雖這麼說，里察仍宛如直接從耶爾惡夢裡走出來的鬼。里察又沒做錯什麼事，聚會辦得隆重，幻燈片也安排得有聲有色。

里察忙著正事，不講話，不需要耶爾搭腔。未久，夏普夫婦出現在門口，笑容可掬，一副即將和養子初相識的模樣。

比爾把里察介紹給夏普夫婦艾斯美和艾倫，然後關上門，說：「講句實在話，這是我藝術生涯中最出色的一項發現，我能說我可以含笑退休了。我目前期望能在今年秋季展出這一批作品。呃，也許是有點太樂觀了。不過，到時一定很有看頭。」

藤田嗣治水彩畫仍在桌上，比爾介紹他們看。

「她就是諾拉。」耶爾說。

「她好可愛！」艾斯美彎腰看得出神。

較小幅的作品被比爾收進一大本作品集裡。比爾掀開作品集，艾斯美握住丈夫手臂。里察也從夫婦背後看，耶爾輕聲告訴他，「她是尼可和菲歐娜的姑婆。」作品集翻開，顯示莫迪里亞尼的藍蠟筆畫，畫中人誰也不像。

里察開心笑著說，「世代相傳的美人胚基因。」

還是問問看里察今晚是否方便給一張床吧。不是和他同一張床。會不會太爲難里察？

艾倫說：「我可不想一覺醒來發現我投資修復的是冒牌貨。」

「嗯，」耶爾說，「我們可以等鑑定無誤之後再進行。」耶爾的語調不帶感情。「不過，這些作品的出處有強力的佐證，我們也希望能及早修復，避免作品進一步受損。」

畫是個可以避免進一步受損的東西。可修復，可維護，可掛牆上。

比爾看著耶爾，期待他繼續說明，但耶爾腦中一片空白。比爾清一清嗓子說，「一種可行之道是，我們能等第一幅鑑定無誤就開始進行。例如說，我們找帕斯金專家先鑑定他的畫。」比爾翻至帕斯金的裸體素描。「如此一來，不也能類推其他作品同樣是眞跡嗎？」

艾倫邊點頭邊擺頭。不置可否。

比爾說：「呃，去叫洛曼來！帶影本過來！」

耶爾帶洛曼過來。洛曼把書信影本放在椅子上。里察繼續翻拍作品，其他人圍著書信影本。洛曼朗讀諾拉寫信回家敘述蘇丁用餐舉止粗野，耶爾心不在焉聽著。

比爾來到里察背面，見里察戴上白手套，準備從作品集裡取出諾瓦克的乳牛畫。

比爾悄悄說：「這幾張不用拍。」

反正找不到能驗證諾瓦克的專家，翻拍也沒地方可寄。

比爾說：「這畫家不具備太多技巧。」

這三幅乳牛素描稱不上差勁，但三幅幾乎一模一樣，筆法過於工整、簡單，簡直像兒童動物寫生教本裡的插圖。儘管如此，耶爾不完全能理解比爾蔑視諾瓦克的心。哼，凡事講平等的人絕不可能當上藝廊主任。

里察聳聳肩，改拿梅金傑的第一幅出來，動作謹慎。

艾倫態度煩躁，搔抓著耳根說，「我嘛，我在想一件事，我想起河裡撈上岸的那幾顆假頭。」莫迪里亞尼小時候曾雕刻人頭像，遭朋友嚴詞批判，據說憤而將作品扔進義大利某運河，前年夏天有人去打撈看看，竟撈到三顆人頭雕像，趕緊辦展，不料幾星期後，幾名大學生出面自首說，人頭雕像的作者是他們，扔進運河純屬惡作劇。

洛曼朗讀完諾拉家書，比爾拿過來，收攏椅子上所有的影印紙，手壓在上面。「沒錯，大家都嚴陣以待。這批畫的珍稀度高，特別是莫迪里亞尼的作品，不過，我們對這批畫抱持高度信心。問題在於，驗證可能拖很久很久，我們何不趁早做好準備呢？」

這時候，一樁舊事冷不防鑽進耶爾腦子，令他心頭一怔。去年夏天，查理和朱利安曾一同開車，南下春田市抗議。查理說，朱利安車上另有其他人，但耶爾當時不認為有。他們說，他們和全國同性戀陣線（National Gay Task Force）的會員同住一間飯店。他們說，他們在抗爭時沒被逮捕，不過朱利安因超速被開罰單。

耶爾從艾斯美背後，看著她正在旁觀里察拍照。她站得遠，以免影子遮到作品。從艾斯美的臉，從她彎腰欣賞梅金傑素描，耶爾可見她多想縱身躍進畫中。耶爾明瞭，諾拉的說法、整批作品、公開展覽的計畫，艾斯美照單全收。

艾斯美說：「她是怎麼從美術學生變成模特兒的？我問這的原因只是——那年代的模特兒，呃，不全是青樓女子嗎？」

耶爾說：「我們打算回杜爾郡，問清楚整個淵源。」

對了，他可以去杜爾郡，不是今晚，而是不久的將來。他可以去杜爾郡出差。他可以拖久一點。他可以遠離芝加哥，往北一直行駛，拉長他和查理的距離，在兩人之間置入廣袤一大片冰雪。

比爾說：「你們覺得怎樣？這可是藍諾——夏普典藏。」

艾倫深吸一口氣。他說：「我們信任你們的直覺，信你們兩個。」

耶爾覺得自己是個靠不住的人，因爲他是全世界最笨的傻子。但他點點頭。「你們不會後悔的。」他說。

回辦公室後，洛曼盯著耶爾，面帶著期望，宛如一條等著主人下令的邊境牧羊犬。耶爾說：「這禮拜辛苦你了。下禮拜一見。」

洛曼挑著背包出門之際，耶爾不禁考慮問他公寓有沒有沙發床可借睡一晚。但這未免太悲哀了吧。實習生如果以同情的眼光看他，他絕對無法承受。

他再打回家兩次看看，依然無人接聽。也許泰瑞莎帶查理去看醫生了，或者查理正躺在床上聽電話響。

光陰流速時快時慢。呆望空書架五分鐘，心裡覺得像過了五年，反之，和藝廊裡的導覽員丹娜聊二十分鐘，卻覺得時光瞬間飛逝。講完後，他回辦公桌，繼續凝望。

里察拍完照，探頭進來，奸笑著低聲說：「他不記得我了。」

「誰？」

「那隻老玻璃。你的主任。八年前吧，十年前，他常在蛇窟鬼鬼祟祟出沒，坐在吧檯前，冷眼看著所有人。」

「開什麼玩笑？」耶爾既覺得有趣，也同時慶幸能暫時甩掉心事。換言之，他無法完全擺脫煩憂。

「他怎麼會記得你？」

里察挑高一肩，彈一彈眼睫毛。「十年前，本姑娘可是最佳女主角唷。」

耶爾招手叫他進來，低聲說，「問你一件事。你方便讓我去你家過一夜嗎？查理的媽媽來看他，她睡覺會打呼。」

「呃，我約了一個人。我們製造的噪音會比查理的媽還吵。」

耶爾笑一笑，當作是隨口問問而已。

里察說：「你還好吧？臉色難看得要命。」

耶爾強擠出開玩笑的表情。「她呀，鼾聲如雷。」

夕陽即將西下，比爾下班走了。耶爾取出自備的蘇格蘭威士忌，取出工商電話簿。校園附近有旅館。他的帳戶裡有大約八百美元。旅館住幾天，存款很快就耗盡，但現在的他顧不了那麼多。

有人在敲門，他想到是希思莉。她今天絕對會來飆罵他一頓。她不是習慣拖到下班前才來嗎？兩天前，耶爾最畏懼的正是這一刻。如今，他一點也不怕。

他說：「進來。」他從書架拿來兩只咖啡杯，不看來人，直接倒酒入杯中，舉杯給希思莉。

希思莉看著杯子半晌才接受並坐下。從她的神態判斷，她倦怠多於盛怒，耶爾因而突然愧對她。原本，他想一早打給她，或捎張字條給她更好，算是道歉，或算是知會她，或者一招兩用，但無論他昨天規劃過什麼舉動，如今全化爲貨運列車底下的塵土。希思莉穿著黃色褲裝，臉色更形憔悴，頭髮失去彈性。

她說：「我今天一整天在忙什麼，你大概知道。」

「查克反應如何？」

「氣壞了。耶爾，問題不在錢上。你那批畫說不定眞的値兩百萬美元，不過，問題是，這件事對我會產生後遺症。查克能直通新任校長的耳根，還開一張董事名單給我，放話說他準備對這些董事抱怨。他們倒不會撤回遺贈，不過，這對我的危害非常重，對我的工作也是。」

他說：「事情演變成這樣，我眞的很抱歉。」

「我還以爲我們是朋友。」

耶爾想不出能說什麼，因此他舉杯，撞一下希思莉的杯子。他料想，自己的臉色夠滄桑，對方不可能誤認舉杯有慶祝之意。希思莉喝一小口蘇格蘭威士忌，再度駝背。

「而且我也很難過，」她說，「不過，多數董事他們不重視那批畫。藝術品又不能拿去新蓋一棟健身中心。藝術品又不能拿去當獎學金發。」

耶爾說：「媒體會爭相報導這則新聞的。妳可以對董事說，藝廊一炮而紅了。過五年，董事不會再去煩妳。」

他覺得頭暈，幸好坐著。進食。他又忘記進食。

希思莉的言語變得鋒利起來，少一分自憐的意味。「據我所知，你們甚至還不清楚這批畫是不是眞跡，對吧？」

耶爾額頭輕輕擱在桌面上，因爲額頭上無處可擺。他說：「如果不是眞跡，被開除的人會是我，不是妳。不是比爾。如果現在董事發脾氣，就叫他們開除我好了。怪罪在我身上。」

「你是在消極反抗嗎？這是什麼態度？」

「不得已的話，我會辭職，可以嗎？我會簽名負責。我會告訴他們的。」

希思莉說：「你好像不大對勁，耶爾。」

「我快睡著了，希思莉。我再也不管這飯碗了。我現在只想睡覺。妳可以走嗎？」

停頓許久，希思莉才說：「不行。」

何時和希思莉一起離開辦公室，耶爾不太記得，只知道他大概解釋說，沒錯，他的意思的確是想在辦公室睡一晚；不行，有家歸不得。他記得走在戴維斯街上，一手掛在希思莉肩膀上避免腿軟。她對他說著，家裡有一張沙發，可以攤開當床睡，但不攤開或許比較舒服。

這時候，冷風凍醒他，讓他能以神智分析此行是否恰當，推測著她是否會再拿古柯鹼誘惑他，是否會再揉他的大腿。但她接著提起兒子，說他已經到家了。希思莉出差失態，想必是單親媽媽操勞過度，想趁少有的出差機會瘋一下。募款會上，他出去外面哭，對著菲歐娜的肩膀一把鼻涕一把淚，如果希思莉還看不出他眞的是同性戀，那麼她腦袋一定有毛病。

希思莉說：「你的腳一定凍壞了吧。你沒雪靴可穿嗎？」

「這雙是我的杜爾郡幸運鞋。起先滿靈驗的。運勢逆轉了。」

他慶幸希思莉不追問細節。也許他給希思莉的印象是愛哭，希思莉不希望他再崩潰。她說：「吃中國菜怎樣？」

在腦筋回應前，他的肚子已經搶答。飢餓感如大潮席捲而來。他說：「我請客。感謝妳讓我打擾。」

希思莉住公寓二樓，有兩間臥房，客廳約有耶爾辦公室一半大。她在路上說，兒子柯特是鑰匙兒童。進門時，他們看見柯特正躺在沙發上，功課攤在咖啡桌上，對耶爾視而不見——也許媽媽常帶男人回家。他說：「媽，整個週末的數學作業全寫完了，我可以看《邁阿密風雲》嗎？」

「這位是耶爾。」她說。「他是我同事。」

「我可以嗎？我九點準時去睡覺。」

「我們家來了一個客人。」她說。

耶爾說：「我沒關係。我喜歡這部影集。」

木須肉和撈麵，耶爾一匙接一匙舀，慶幸是他自己請客。耶爾心不在焉問柯特的課業、體育活動、朋友。飯後，三人坐著看鬍碴男唐強森追逐走私犯，繞著一個藍得詭異的游泳池跑。柯特喊著加油，好像正在看現場轉播球賽。接下來三個月，如果耶爾不想度日如年，就應該這樣過日子。他應該多看電視，常去看電影，藉不用大腦的娛樂節目沖刷神智，不讓腦神經有空去仇恨查理、想念查理、憂心自身的健康。

柯特上床後，耶爾再度取出蘇格蘭威士忌，希思莉從廚房取來兩只紅色小玻璃杯，杯身印有古希臘運動員的白輪廓。他詳細對她說明事由，因爲他非找人吐露不可，因爲希思莉不屬於查理朋友圈，也因爲這算是主動掏心。希思莉被他毀了，他最起碼也該在她面前自曝破碎人生。

希思莉坐著，邊聽邊點頭，聽到最可怕的部分面露恰到好處的驚恐。她是心地善良的人。從她的神態看來，她不再惦記工作、怒火、悲慘的一天。耶爾漸漸能推斷希思莉的本性：剛硬的外殼只爲保護一顆軟趴趴的心。

耶爾說：「我可以走，如果妳要的話。」

「我爲什麼要你走？」

「呃，妳家有個小孩。如果我接觸過——妳知道。」

希思莉好似遭人打臉。「你總不會打算跟我兒子上床吧。」旋即趕緊說，「開玩笑的啦！」

「我知道。」

「除了這個還會有什麼問題，我看不出來。我在這方面的知識相當豐富。我不會擔心你跟我喝同一杯柳橙汁。」

耶爾說：「謝謝妳。我不敢相信妳對我這麼好。」

「唉，我知道我給人什麼印象。身爲女性，從事這份工作，我不得不做做樣子。不過，我是眞的欣賞你。」她爲耶爾添酒，耶爾感到高興。

他說：「好久沒遇到人生劇變的一天了。昨天我拇指指甲長一個肉刺，今天肉刺還在，人卻完全變了一個樣。」

酒精有助於他開話匣子。他不確定自己為何信得過希思莉，但他的確信任她。耶爾和希思莉相處幾次，每次都在對方面前做出丟臉的事。大學兄弟會裡的學生，不也這樣建立情誼的嗎？在對方身上吐的次數夠多，兩人更能一輩子交情永固。

希思莉說：「我也有過類似的日子。是沒你這麼慘，不過之前和之後的差別也很大。」耶爾不知道希思莉的離婚路多坎坷，但他能想像她的說法是真的。「換個住處大概比較好，不會觸景傷情。如果說，出走的人換成他——」

「對。」

「你在家裡，左看右看都是他的東西。」

左看右看都是他的東西的人是查理。查理坐在兩人曾共枕的床上，身邊是耶爾的枕頭，衣櫃裡擺著耶爾的衣物。但耶爾不覺得悲哀，只有一份滿足感。讓他苦個夠吧。讓他一面刊登主張廣發保險套的虛偽文章，一面自恨。耶爾還不太能詛咒讓他發病吧。耶爾當然沒這份願望。也許，耶爾想讓查理苦悶一段時日，然後醫生回頭找他說，結果是假陽性。耶爾希望他窮擔心六個月，才聽見研究人員突然宣布研發出新藥。

他對希思莉說，「這病凸顯出我們走錯的每一步。十九歲那年做了一件傻事，只粗心那一次，結果事後才知道，那天是今生最重要的一天。要是查理只偷腥而已，我和他是可以不計較過去的。我八成永遠不會發現。或者，我們會吵架，然後復合。現在，多了這病毒，對我們投下一顆原子彈，想挽回也不可能了。」

希思莉幽幽說，「他不需要你陪伴嗎？我是說，他病發以後，你覺得沒有轉圜餘地嗎？」

「我也可能在他之前病發。這病毒不照表推進。而且，如果先發病的人是我，我想握的手未必是他。」

「也對。」

在說出口之前仍不確定的事，一講出來就確定了。

希思莉說：「你想住多久，就住多久，幾天或幾個禮拜都行。家裡有個男人做榜樣，對柯特有幫助。他爸爸算什麼榜樣。」

睡前，他打電話回家。頭五次，沒人接聽。第六次，泰瑞莎接聽了。她說：「我相信你有很多話想說，耶爾，不過，除非你打來是想談和，否則今天不合適。」

「我很確定今天很合適。」但耶爾口齒不清。

「今天夠難熬了，而且他已經睡著。」

耶爾擔心，如果再拖下去，滿腔的怒焰將逐日退燒。他想趁熱罵查理一頓，不願冷靜思考一段時間，不願等情緒平穩下來。只不過，他靜不下來。每隔幾分鐘，怒火重燃。每過幾分鐘，血壓激增。

隔天是週六，耶爾去看電影。他看《要蘇俄吃癟》（*Spies Like Us*）和《遠離非洲》，但兩部片都不如預期來得扣人心弦。周邊的觀眾反而較能引他注意。幾對男女，幾個青少年，幾個單獨影迷，過著再尋常不過的日子。他自己也有過無數個尋常的日子。如今，尋常的一天對他而言猶如天外飛來的概念。不再走著走著渾然忘我，不再能單純存在於人間。任何人有幸得到尋常的一天也顯得不合理。

那一夜，他陪柯特玩棋盤遊戲戰艦，堅持洗餐具，刷洗之間，希思莉問，「要不要我介紹我朋友安德魯給你認識？那天帶我去布朗診所活動的人，就是他和他男友。他的男友走了，現在他是心輔師。」

「謝了，我沒這個打算。」耶爾想得出兩個安德魯，懷疑希思莉想介紹的是不是其中一個。安德魯．帕爾不是才慟失什麼人嗎？芝加哥的出櫃人口向來有限，如今更折損了一百多個男人。今年還會再死多少，也沒人知道。不久後，全市將只剩一個名叫安德魯的同性戀。不需要知道姓。即使現在，希思莉口中的安德魯認識查理的機率也高。

耶爾說：「我的腦筋現在亂得很，感覺像——像腦袋瓜裡全是油和醋，被人亂搖一通。」

柯特正在桌上爲模型飛機上色，說：「你的頭是沙拉醬。」

「對。」

「沙拉頭。」

二〇一五年

在聖保羅地鐵站外，菲歐娜和亞諾碰頭。他已經取得公寓大樓正門的鑰匙，目前希望女房東正要打開柯特公寓的門鎖。門一開，女房東會打電話通知亞諾。

他查看留言。「還沒好，不過我們現在可以走過去了。」菲歐娜原本想像，進柯特家一定是趁半夜，即使不是半夜也是摸黑進去，但這做法行不通，應該趁柯特夫妻去上班才對。菲歐娜也揣測，女房東應該也會在場，確保房客家不會遭小偷，但菲歐娜猜錯了——女房東更不希望被連累。

一有人迎面而來，菲歐娜就仔細看，但這次她尋索的並非克萊兒，而是提防撞見柯特。如果見到他，她只得趕緊躲到亞諾背後，以頭髮遮臉。

「妳鎮定一點好不好？」亞諾說。

「哈。哼。我儘量。」

起先，沿途的房子尚屬美觀大方，但市容愈來愈猥瑣。這一區的確到處是油炸鷹嘴豆泥球餐廳和彩虹旗。尤其是巷弄，裡面有一間看似性愛俱樂部或眞人性愛秀的店，她看不懂招牌，但大致懂得內涵。亞諾在書報攤前駐足，買一份《世界報》（*Le Monde*）。他說：「轉角就到了。我們先等一下，我請妳喝一杯威士忌。」

「下午兩點還沒到耶！」

「妳需要一杯威士忌，定一定心。」

「才一點五十四分耶！」她嘴巴這麼說，人卻跟著走。止痛藥的藥效逐漸消退中，感冒未癒，而威士忌基本上不也是一種藥嗎？亞諾找到一家性質較接近酒吧的咖啡廳。

在角落一張小圓桌，亞諾帶菲歐娜坐下，給她一杯威士忌。他讀他的報紙，喝著啤酒，泡沫沾唇。

喝酒不見得是壞事。定心藥下肚後，地板突然吱嘎，她比較不會嚇一跳，見蜘蛛也比較不會驚叫。她左手舉杯，包紗布的右手放大腿。至今右手的手指一彎，一陣熾熱的痛感仍立刻直竄手臂而上。

她坐著面對窗戶的座位，一直觀看著人行道景象。

全店只有另一桌有客人，坐著一對男女，喝著義式濃縮咖啡，以法語低聲爭吵著。男人的表面歲數超出女人一大截，只不過，法國女人只要是在十五和五十歲之間，哪一個看起來不像二十六？她和戴米恩交往之初，旁人對他們的觀感是小女生和教授。兩人相差十五歲，落差尚未大到讓人誤以爲父女檔。以她當時依偎著戴米恩的模樣，外人也不可能錯認是親子關係。有一次在麥迪遜，戴米恩帶她去水濱大飯店的頂樓餐廳，從觀景窗能眺望門多塔湖，看得見隨波浮沉的碼頭和生氣的海鷗。戴米恩去洗手間時，一名白髮男過來她這桌，以濃濃的外國腔含糊說，「妳是情婦，對吧？」菲歐娜夠淡定，不予回應，甚至也不否認，只對服務生招手，服務生馬上過來，白髮男自討沒趣走人。但事後連續幾星期，她和戴米恩常拿這事自我調侃。她接聽電話時，會聽見他說，「妳是情婦，對吧？」她才不是。戴米恩是單身漢，當時甚至不打算結婚，直到同年秋天，菲歐娜突然發現自己懷孕了才改變心意。那年菲歐娜二十七歲，在威斯康辛大學讀大四。

在巴黎咖啡廳，她對亞諾說：「你不能現在就打給女房東嗎？」

「這樣吧，再過十分鐘我就打。不過，我用不著打，她一定會在十分鐘以內來電。」

對亞諾的自信，她既欣賞又憎恨。

她發現另一桌的男女改講英文。奇怪，英文講得不順溜，爲何要硬講？

「公寓房租是我付的，」男人說著，「我付的，妳竟然做這事！」男人瞥菲歐娜一眼，亞諾的報紙在她臉前不遠，她佯裝正在讀報紙背面。她猜那男人見《世界報》，以為他們是法國人，改用英文吵架較穩當。

女人說：「不然要我整天做什麼？要我坐家裡沒事做嗎？」她顯得無力感深重，但不失叛逆心。她是被包養的嗎？或者更難聽？

「對，」男人說，「妳坐家裡，妳讀一個書，我不管。妳看一個電影。」濃眉叢生的他怒髮衝冠。

亞諾坐著不動，報紙稍微挪開看好戲。

菲歐娜想寫紙條給那女人（「當場甩掉他！」），無奈她無法在男人不注意的情況下傳紙條給那個女人。在科羅拉多州，旁人見克萊兒和柯特當眾吵架，也同樣袖手旁觀嗎？克萊兒和同夥霍桑納共生營婦女難得逛大街的時候，穿著長袖，低著頭走，曾被人發現嗎？有沒有人上前關心她們？有沒有人自願送她們去機場，塞三百美元給她們？

女人哭了。菲歐娜向亞諾使眼色，亞諾輕輕地聳肩。男人拿起自己喝剩的半杯水，倒進女人的杯子，見服務生背對他這桌，連忙用餐巾擦乾空杯，塞進女伴的包包裡。

女人用法文低聲抗議，男人低聲駁斥。愛巢的家具就是這樣來的嗎？一次偷一個家具？女人起身，容貌哀戚，拿起包包，和男人一起匆忙離去。

「哇。」菲歐娜說。威士忌被她喝光了。

亞諾摺好報紙，搖搖頭。「有些女人傻過頭了。」

「什麼？」

「不然呢？妳以為她是天才？」

「和擅長操縱另一半的人相處的苦處你不懂。」但說真的，她也不懂。戴米恩比她年長，沒錯，也常改用教授的口吻訓她，常高談闊論，但戴米恩從來沒有操縱過她。

克萊兒出生後，戴米恩鼓勵她復學，完成大四學業。上課前，菲歐娜會先把克萊兒和奶瓶送去他辦公室。克萊兒成了社會系小公主。經過兩小時，菲歐娜上完課回來，發現辦公室擠滿研究生，拿著手搖鈴逗弄克萊兒。戴米恩自始至終慇勤對待她，婚姻破碎的錯全在她身上。離婚後，她曾對戴米恩說，如果他的新女友打電話給她，她願意爲他的人格打包票，也會對女友說明，無法專一而終的人是她，心靈受過摧殘的她無法容納眞愛。後來，戴米恩和凱倫交往，菲歐娜再次提出願爲他打包票的承諾。「不用了，」戴米恩說，「她瞭解我。」

亞諾說：「這種情形我看多了。不然妳以爲我徵信社是白幹的嗎？半數的案子，差不多都是不太聰明絕頂的女人跟錯男人。每星期都有男人找上我，叫我跟蹤某某女人，都被我回絕。」

菲歐娜暗叫自己別罵亞諾，因爲她不願失去亞諾的協助。她說：「我也認識被女人操縱的男人，或被男人操縱的男人。」

亞諾邊看自己手機邊說：「她傳簡訊來了。」

「喔，」她說，「好，好。」突然間，全身的神經又繃緊。她向後挪椅子，站起來，趕緊抓著桌緣，以免跌倒掀翻桌子。

在別的狀況下，這一趟或許好玩又刺激。她提防著被柯特的鄰居看見，倉惶竄進公寓裡。然而進入公寓後，她膽戰心驚，緊張得想吐。她最不樂見的狀況是在公寓發現慘劇。菲歐娜不相信柯特敢動克萊兒一根汗毛，但她哪懂別人家難念的經？她記得，在哥哥尼可臨終前幾天，也就是她和母親眞正有話可說的最後幾次，菲歐娜怪罪母親不敢對攆走尼可的丈夫嗆聲，當時在醫院自助餐廳，母親告訴她，「除了妳自己的婚姻之外，妳永遠不懂別人的婚姻。即使是對自己的婚姻，妳的瞭解也一樣不夠通透。」

柯特的公寓髒亂，家具微薄，瀰漫著老鼠死在牆裡的臭味，腐中帶香。一個大房間隔成兩半，一頭是一張凌亂的床，另一頭是一張被磨破皮的藍沙發。在狹小的廚房裡，洗碗槽裡有兩只空碗。

進公寓之前，亞諾逼菲歐娜發誓不亂碰裡面的物品，因此她無助站在公寓正中央，在亞諾搜索的同時原地打轉。「另一個衣櫥裡掛外套，」亞諾說，「這一個掛女裝。」他站在床邊一道敞開的門前。「妳認得嗎？」如果菲歐娜認得出，那一定是克萊兒大一或之前的服飾。菲歐娜早已認定克萊兒不和柯特住這裡，但無法排除可能性。也許，深褐色頭髮長腿女子只是柯特外遇的對象！菲歐娜站到亞諾身旁，往衣櫥裡看。粉色系，克萊兒最排斥。沒有一件眼熟。裡面掛著夏日洋裝和晚禮服。不是霍桑納共生營服裝。

亞諾從架子上取下一套洋裝，手法近似服飾店員。

「太長了，克萊兒不能穿。」她說。克萊兒穿這件會拖地。而且，公寓裡不見玩具和兒童床。小咖啡桌上有幾張繳費通知單，收件人是柯特．匹爾斯，有一份賀卡的空信封，收件人是瑪莉．匹爾斯。

「瑪莉。法文拼法，她可能是法國人。」菲歐娜說。

「對。也不排除是紐西蘭人，誰曉得。」

菲歐娜探頭進浴室看。門缺一邊的藥櫃，裡面沒有不尋常的物體，不見精神藥物。只有維他命和藥膏，一盒避孕藥丸。霍桑納共生營拒用這些藥。

洗手臺右邊有一張小女孩相片，塞在塑膠封套中，以圖釘固定牆上。

天啊。大約三歲大。肯定是影片裡的同一個女孩。肯定是。

過敏症發作的感覺上身——菲歐娜覺得咽喉緊縮，胸口悶，同時也想高歌一曲，想抓住亞諾，在公寓裡跳華爾滋。相片裡的小女孩有一頭捲捲的金髮，眼睛像尼可。不太像克萊兒。克萊兒從小就比較像爸爸戴米恩，肌膚蒼白、目光陰沉、唇薄而緊繃。在菲歐娜眼中，在社會學的課堂上，教授戴米恩的臉形能顯示心靈，能透露辛苦掙得的人生智慧。菲歐娜有所不知的是，戴米恩的外形得自遺傳基因。然而相片裡的小女孩正有馬庫斯家族的眞傳!在童年,尼可的頭髮金黃,轉大人的階段嗓音加深,色調才漸漸黯沉。那一年,在哥哥身邊,菲歐娜突然害羞起來,不知如何和這個高大的陌生男孩往來。從此,她再也無法眞正重返妹妹的角色,因爲不到一兩年的光景,她蛻變成哥哥的共犯、他的小偷、偶爾是他的母親。

相片裡的小孩……假如頭髮剪短,假如穿上一九六〇年代男童裝,不啻爲尼可的翻版。

菲歐娜以健全的左手拔除圖釘,從封套取出相片,背後無字。她想帶走相片。但她做不出這種事。

「看。」她對亞諾說。

亞諾揑著相片邊緣,搶過來說,「亂來亂來!不許留指紋!」

哼,他自己呢?見東西就摸。他把相片擺在床上翻攝。

他說:「怎麼拍都有反光。」

「你可以傳相片給我嗎?」

「可以,」他說,「可以。」

沒有其他重大發現。亞諾說:「如果早十年,我們可以找找看家裡有沒有通訊錄。現在沒這麼容易。」

他打開爐子上方的碗櫥,翻找盒子和罐頭。「妳對這東西有什麼想法?」他拿著一盒雀巢Chocapic的棕色早餐穀片,盒子上畫有一條卡通狗,湊向一碗巧克力穀片,以法語吹噓:巧克力滿檔!「說不定是給那小女孩吃的?」

「嗯。」菲歐娜說。她不想樂過頭。住這種公寓的男人,不是不可能吃這種東西當晚餐。但她又想起,柯特一向是養生迷,而霍桑納共生營崇尚《聖經》裡提到的穀物。就算他脫離邪教,四十幾歲才重拾巧克力穀片也不合常理。她開電冰箱,雖然裡面東西不多,卻樣樣是健康食品:無糖優格、瓶裝綠飲料、看似法國版的純素火雞（Tofurky）。

「明年春天才過期。」仍看著盒子的亞諾說。「不可能已經擺很久。這是好現象吧？」

這盒穀片確實引燃一小盆希望之火，但她不願承認。

亞諾再拍幾張相片。菲歐娜覺得他是在裝模作樣。對著洗碗槽拍照有啥用？

臨走前，菲歐娜按捺著一股衝動，差點想故意撞歪檯燈，或在牆上畫個問號，留下異狀。

「我們從來沒進過這裡。」亞諾說。他轉動門鎖，出門後鎖上。「再見了，柯特．匹爾斯的公寓。」

菲歐娜在瑪黑區閒逛半天。這一帶觀光客不多，她覺得自己是個礙眼的美國人。希望之火稍微重燃的她拿著克萊兒相片，給服務生看，給店員看。

街角有個一頭亂髮的男人，帶著一個狹長的盒子，正在等人，菲歐娜拿相片給他看。原來，他是英國人，菲歐娜相當確定他恍神中。

他看相片半晌才說：「不是每個人都想被找到。」

菲歐娜抱著受辱的心情走開，不想再向人打聽。

她掉頭回去，太接近柯特的住處。她來到剛才喝威士忌的咖啡廳，進去借洗手間，認為與其去其他地方借用，來這裡借比較理直氣壯。

離開咖啡廳後，她希望在街頭再看見那對怨偶。其實她只盼再見到那女人，希望那女人獨自倚著櫥窗哭泣。菲歐娜想去摟摟她，帶她回里察家。即使沒救到女兒，她能救救別人也好。

然而，如她所料，街上見不到人。

一九八六年

這天是星期日。即使查理週五休假，今天他一定會上班。《同聲報》每週一出刊，定稿送印的時間是每週日深夜。

星期日一大早，柯特的父親來接他去練曲棍球，和耶爾打招呼時態度僵硬，對希思莉講悄悄話。希思莉的前夫是個彪形大漢，肥油和肌肉都多，滿口令人不敢恭維的愛爾蘭腔。柯特遺傳到他的朝天鼻和闊嘴，耶爾看得出。耶爾心想，在他面前，最好露出同性戀的本性（表明他和希思莉是純友誼），或者假扮異性戀（以免他想歪，擔心耶爾對十一歲小孩亂來）。耶爾儘量表現得自然，換言之，舉止大概偏向同性戀。

耶爾去公寓大樓的地下室洗衣服，然後搭捷運進市區。希思莉說得對，這雙鞋正慢慢整死他的腳丫，穿著襪子也一樣。今天，雪泥布滿每一條人行道，走幾步腳就已經濕透。

下午一點。他走在貝爾芒街上，像刺客般心無旁騖，來到塔可店，從旁邊的門上樓，來到牙醫診所和保險公司的這一樓，走進《同聲報》辦公室。杜威特守櫃檯，見他來，對他揮揮手。一切如常。

查理在社長辦公室裡，和葛洛莉亞談公事。耶爾照常進他辦公室，坐進門邊的椅子。葛洛莉亞稍微向他揮一揮手，繼續講話，似乎沒留意到查理怔住。耶爾覺得自己像幽靈，只有一個人看得見。只有查理見門邊坐著一隻鬼。只有查理感受到陰風慘慘。

葛洛莉亞說：「要我離開一下嗎？」

耶爾說：「繼續繼續！我很樂意等。」口氣像是送三明治來給查理吃似的。

上次見查理是去杜爾郡出差那天。上次見查理時，他仍徹底信任查理。查理催葛洛莉亞走，對她說，等排版完成再過來討論。她走後，查理關上門，沉聲說，「天啊，耶爾。」他的視線左瞟右瞟，獨不正眼看耶爾。

耶爾知道沉默是一種力量。他繼續坐著，雙手叉胸前。他想說的事至少有五件，也想問幾個問題，但現在還不是時機。

查理回辦公桌坐下，頃刻間看似即將抱頭痛哭。可以說，痛哭是唯一合宜的動作。但他沒哭，只抿緊嘴唇，擴張鼻孔，說：「我聯絡不到你。」

「可以打去藝廊找我啊。」

「我指的是昨天，或今天。」

「找我想說什麼？」

查理一肘撐桌面，然後一手托額頭。「我要通知你，泰倫斯死了。」

耶爾只暫停呼吸一秒，因爲這不是事實。查理到底想耍什麼把戲？

「他才沒死。」

「是眞的，他死了。」

查理是想證明說，這種事耶爾不可能知道？

耶爾說：「抱歉，我剛去過他家。我去他家住過。星期四晚上。他還好。」

查理的語調突然變得有耐性。「星期四是星期四，他是在星期五接近中午時被他們送醫，死在星期五。」

耶爾不相信他。可是，爲何他情不自禁哭了起來？豆大的淚珠燙人，無聲滾進他嘴巴。

查理說：「你去陪過他，我很欣慰。」

慶祝新年時，泰倫斯看起來病得好重，像隨時都可能撒手人寰。星期四那天不像。星期五早上也不像。當時，他坐在浴室地板上，不過，那正常。耶爾離開時讓他繼續坐著。前一晚，耶爾顧著講話，不讓他睡。耶爾進門沒脫鞋，把病菌踩進他家。耶爾好想撕碎周邊的空氣，無法思考。

他說：「羅斯寇在哪裡？」

「媽的，誰是羅斯寇？」

「貓。尼可的貓。換泰倫斯幫他養。」

「你關心貓幹麼？我相信有菲歐娜照顧。」

耶爾說：「我去醫院陪他過新年。」

「很好。我很高興。」

「你呢？新年死到哪裡去了？」

「耶爾，別挑起戰火。重點是，儀式在三點舉行。」

「今天？」過多少天了？兩天吧？這比乍聽死訊更難令他接受，更像開錯玩笑。他說：「不對吧。他是在星期五自己叫救護車的嗎？或者是被人發現？幾點的事？」

「細節我不清楚，耶爾。」

「怎麼會選在今天？」他連連問錯問題。去看朱利安演《哈姆雷特》那天，他聽見雷爾提聽聞妹妹奧菲莉亞死訊的反應：「喔，在何方？」但話說回來，這反應沒錯，細節正是慌亂之中的人想抓住的東西。

「主辦人是菲歐娜。」當然，醫療授權書上註明過。查理說：「如果我們不坐一起，會顯得很奇怪。」

「會嗎。」

「我意思只是，菲歐娜的負擔已經夠重，不應該再煩她。你能坐我旁邊，反正也死不了。」

耶爾一輩子沒打過人，從沒眞的下重手過，但在這一刻，他眞想揍查理一頓。查理辦公桌後面炫耀著幾架子全球各地同性戀週報，現在耶爾多想一個個抓起來揉爛，砸向查理的臉。

但查理看起來好累。眼袋如黑青色的半月。

即使自知無厘頭，耶爾還是問，「你到底是什麼時候去驗血的？」

「耶爾。陽性就是陽性。我接觸過病毒，現在呈陽性。一加一等於二。我死定了。」最後一句從他嘴裡拋射而出，宛如手榴彈。

如果查理這時候崩潰，如果查理的嘴臉皺成一團，耶爾即使凝望窗外，天人交戰中，他也有可能心軟，繞過辦公桌，擁查理入懷。但查理的臉孔無動於衷。

耶爾抱著大罵一頓的心意來這一趟，如今罵不出口，已算是讓步。

查理說：「算是我拜託你，可以嗎？進教堂，坐我旁邊，省得我們逢人解釋。」

事實是，耶爾也尚未做好逢人解釋的心理準備。

「我沒西裝可穿。幹。泰瑞莎在家裡嗎？」

「我可以打給她，派她去外面跑腿。」

「好，拜託你。」

「地點在一神教派教堂（Unitarian）。只剩……兩個鐘頭吧？」艾許的朋友布萊恩喪禮也在同一間舉行。這間教堂靠近百老匯街，屬於親同教會，因而最近快成了送終樞紐。

耶爾說：「我搞不懂。我不知──」他講不下去，用袖子拭臉。

查理說：「很遺憾見你這麼捨不得泰倫斯。」

「夠了，查理。」耶爾不吭不叫，離開辦公室，帶上門，真心相信查理會叫他回來，會快步追上。那天從杜爾郡喜不自勝打電話回家給查理到現在，這真的是頭一次、僅有一次的對話？這期間在腦海裡，他和查理對話無數次了，真的講完話，感覺反而不太像第一次。

查理沒道歉，沒解釋，也未跪求寬恕，他怎能走得如此乾脆？

耶爾走著，怒火愈走愈旺。在查理辦公室裡，耶爾覺得洩氣，現在浸淫在寒氣裡，沐浴陽光下，每遠離查理一步，心中更多一份憤慨。查理一刻也不曾對耶爾表達關切，不曾關心耶爾的健康。

但反過來說，耶爾不也沒說：「你被感染了，我很難過？」也許，耶爾和查理同是驕矜自持、心地不純正的人。也許，這兩人湊成一對是活該。

另一半愛吃醋的人如果得知自己其實受騙了，甚至另一半欣然讓他接觸絕症病毒，這種人該有何反應？耶爾想像著。這種人應該會說，沒關係，保持冷靜，為另一半打氣，自願經年累月守護病榻、承受打擊。誰辦得到呢？聖人吧。好騙的人。籃球隊甄選事件中計隔天，耶爾認份，乖乖和壞人吃午餐。忍辱多年後，耶爾才學會為自己爭一口氣。但顯然是走了一段路之後他才覺醒。

回到家，耶爾先敲門，確定泰瑞莎不在，緩緩開鎖。他討厭上次站在同一個地方的自己。當時的耶爾準備分享凱旋之旅的細節，渾然不知即將臨頭的埋伏。也令耶爾討厭的是，假使三天前的耶爾能看見今天的耶爾，他會誤解今天的耶爾剛吃完午餐回到家，有點憔悴，但心裡快樂，一切正常。

室內的景物略顯突兀。泰瑞莎的藥盒擺在桌上，旁邊有一本沒見過的《紐約客》雜誌。一疊錄音帶立在沙發扶手上，像是查理拿出來整理，或想查歌詞。耶爾發現自己的郵件整齊疊在電話旁，一封校友通知，波士頓親戚寄來的一張明信片。謝天謝地，沒有水電費通知書，假如有，他會拿起來撕碎扔在地上。房租通常由耶爾繳交，但公寓的承租人是查理。兩人認識時，查理在這間租了一陣子。

耶爾換上西裝，在電冰箱上面找到一個還算大的箱子。元旦後幾天有一場募款會，查理買一箱葡萄柚送大家，把這空箱子帶回家。耶爾開始裝箱：護照、祖父的手錶、兩件上衣、一件卡其長褲、支票簿、一馬克杯的捷運代幣。他也將尼可的船鞋擺進去。近日穿過的衣物全被他塞進洗衣籃，讓查理或泰瑞莎去處理。他把西裝鞋放進箱子，待會兒再穿，取出門邊衣櫃裡的雪靴。他用襪子和內褲把箱子填滿，拿一件毛衣覆蓋整箱。家裡有幾個行李箱，他可以用，但唯一的大行李箱屬於查理。

冰箱裡有耶爾出差前買給查理的冷肉，如今他見到，恍如事隔數十載，冷肉應該早已過期，但這些肉片仍新鮮，仍可食用。他用火雞肉和莫恩斯特起司做一個三明治，站在流理臺前吃。

感覺太像從前的日子了。彷彿在同一條走廊的浴室裡，查理即將步出淋浴間，毛巾纏腰，一切正常。他可以一手貼查理胸膛，按著濕暖的肌膚，感受查理的心跳。事實是，他的肉體懷念查理，或者懷念的是查理的肉體。只懷念它在身邊的感覺。尚未到懷念性愛的地步，只不過，在夜闌人靜隻身的耶爾難眠時，對性愛必定將更加感懷。查理緊繃的大腿肌肉，囓囓耶爾耳朵的動作，查理的滋味，包皮底下不可思議的絲柔。哼，想著想著就思念起來了，渴求著。最沒有用的一種愛。

洗盤子的當下，門開了。泰瑞莎說：「我還以為你已經走了。」

「我可以走。應該走。」

她把皮包放在流理臺上，走向耶爾，彷彿打算擁抱他，其實不然。她氣色難看，皺紋深，臉皮乾燥，雙下巴下垂，眼瞼浮腫。她說：「耶爾，你還好嗎？去驗過血了沒？」

「驗血沒用。」

「你心裡會比較舒坦一點。查理會舒坦一點。」

「我管不著查理的心情。」

泰瑞莎面露痛苦的神色。「你們兩個有啥好吵的，我不懂。你們彼此相愛啊。」耶爾很懷疑。泰瑞莎牽起他一手，撫摸他手背。她說：「如果你回來住，你們兩個我可以一同照顧。最近我常下廚，你知道嗎。不只煮無趣的英國菜喔！去年秋天，我上過義大利烹飪課，我有沒有告訴過你？我現在有食譜，能煮一頓香噴噴的肉丸餐，可惜查理不吃牛肉。」

「我現在還好。」耶爾說。「以後也是。」

「他做錯事了。那天他打給我，劈頭講的第一句話就是他做錯事了，無法挽回。」

「他說得對。是無法挽回。」

「耶爾，我好擔心，如果他心情不好，會更快發病。他一直擔心下去，會把身體搞壞的。」

泰瑞莎式的邏輯令耶爾暗暗稱奇：害查理生病的人居然是他。耶爾大可以坐下，對泰瑞莎傳授愛滋病學問，保證她聽得暈頭轉向。不然，耶爾也可以說，查理至今尚未表達絲毫歉意。然而，講這麼多，又有什麼用？他告訴泰瑞莎，他和查理約在喪禮見面，泰瑞莎聽了似乎心安不少。她說：「對他溫柔一點，好嗎？」

捧著箱子走在霍斯特德街，耶爾為避人耳目而繞遠路，改往東走，能路過房仲帶他參觀過的那棟房子。他不該停卻駐足。自虐之舉。因為，即使他僥倖沒染上病毒，即使薪水暴漲，即使他能獨資買房子，他絕不肯買在查理這條街。即使查理死了，他也無法住在兩人曾幸福同居的住處附近，無法在前往捷運站途中路過兩人住過的公寓。

但是，耶爾眞的相信查理會死嗎？在他思想裡，這念頭仍像龍捲風襲擊芝加哥一樣，純屬假設。朱利安會傻呼呼一廂情願，以為解藥即將問世了，耶爾也信以為眞嗎？不是這樣。他的想法仍像打水漂，石子仍在池塘水面彈跳，還沒有入水，尚未觸及查理死期將近的念頭。

「吉屋出售」的牌子仍在，房仲電話號碼輝映晚霞裡，字母已蠶變成古歐文，不再能傳達任何旨意。隔壁窗戶內睡著一隻貓。有人正在彈鋼琴。

教堂大廳有人群聚集，耶爾為迴避，躲進後走廊，找到地方放下箱子，藏在懶人豆袋沙發後面。這間大概是少年團契室，牆壁布滿兒童彩繪，畫著雛菊、青蛙、披頭四歌詞。

他進洗手間，把西裝拉平整，沾水抹平頭髮，找到菲歐娜，幫她捧手裡的鮮花，將諾拉託他轉交的項鍊送給菲歐娜，叮囑菲歐娜切勿在表姐黛博拉面前戴這條項鍊。菲歐娜攏起捲髮，讓耶爾笨手爲她戴上。「我從沒做過這種事。」耶爾說。不知爲何，菲歐娜覺得很滑稽。進教堂，耶爾幫忙排椅子。耶爾喜歡這種獨立椅子，比教堂長椅舒服，坐久屁股不會發麻，也比較不會喚回討厭的童年記憶。

前幾排已經坐滿後，查理才進教堂，背後跟隨幾名報社員工——葛洛莉亞、杜威特、拉斐爾、英格麗。這群人必定是在報社換好衣服才一同出發。散場後，他們也必定一同回報社，耶爾則獨自離開。耶爾抓住查理的視線，片刻後查理來到他身邊，散發著刮鬍水的氣息。

牧師提及社群、友誼、「你們自選的家庭」，針對性相當高，顯然他對這族群已習以爲常。他親自主持過多少場同性戀喪禮了？菲歐娜起立，上臺追憶尼可介紹泰倫斯給她認識的那天。「尼可警告我，泰倫斯有**幽默感**。」她說。「我聽了好緊張。見面後，我一直擔心椅子被他暗藏一個放屁坐墊之類的東西。可是，他一個玩笑也沒開。午餐到最後，泰倫斯看著我，對我說，『妳從小照顧妳哥到今天，現在我——』」她一時語塞。她再試一次，開口卻沒聲音。她說：「要是他搞笑一下，氣氛反倒會比較輕鬆。」眾人一時間哄堂大笑，爲教堂塡補聲音，替菲歐娜打氣。「泰倫斯說：『妳從小照顧妳哥到今天，現在我想讓妳知道，從今以後，該換我來照顧他了。』他果然說到做到。當時他不知道自己扛下什麼重擔，不過，他的確陪伴尼可走完最後一段路。現在，他又飛去照顧尼可了。」她哽咽到近乎無語。一位女性朋友扶她下臺，揉揉她的背。

泰倫斯的一名教職員同事朗誦一首詩，耶爾無法集中精神聽。牧師帶領大家冥想。受過正規聲樂訓練的艾許是男中音，獻唱韋伯的新安魂曲《耶穌發慈悲》（*Pie Jesu*）。耶爾曾聽過女高音版的錄音，由艾許詮釋這首別有韻味。耶爾總想像艾許喉嚨裡住著一把大提琴，這時總算引吭高歌給大家欣賞。耶爾和艾許都不信天主教，此時卻能神遊拉丁文音符中，沉溺在精純的宗教母音裡，徜徉在Q和C的無聲閉鎖音之間。這曲子不純粹是喪歌，也具擰乾作用。耶爾是一條濕毛巾，被人帶到洗手臺上方擰得一滴不剩。

他不看查理。他聽得見查理的呼吸聲，聽到查理擤鼻涕。在尼可的守靈夜，他們曾手握手。

耶爾曾回頭望後幾排坐了什麼人。七個青少年，不見家長陪同。耶爾猜測他們是聽見風聲的學生。青少年後面坐著泰迪和里察。泰迪左手敲著椅背。最後面坐著泰倫斯的家屬——耶爾猜八成是家屬。其中一位高大的青年長相酷似泰倫斯，另有三名年輕的黑人女子，沒人的年齡接近父母親，但有位女子年長到可以是祖母的年紀。

儀式結束後，耶爾和查理一同退席，兩人陸續和菲歐娜擁抱。

耶爾看見朱利安在教堂大廳另一邊。剛才在教堂裡，他沒看見朱利安，如今朱利安站在外套架旁邊，大眼圓睜，目光呆滯。朱利安瘦了一些。耶爾猜原因並非病發。剛驗出陽性的人立刻病發的機率很低。

他發現查理也在看，頃刻間耶爾和查理再度心靈契合，心電感應著。

耶爾悄悄對查理說，「你告訴他了沒？」

「沒。」

隨即，兩人又分開，陷入各自的思緒中。耶爾知道，查理正在回想他和朱利安做過的事。幸好耶爾永遠被隔絕在那件事之外。耶爾進走廊，去少年團契室搬那箱家當。

箱子抱起來，他轉身，見查理站在門口。只盯著他看。

耶爾說：「講句我該講的話，你病了，我很遺憾。不過除了這句話之外，我目前對你沒有多大的同情。」

團契室裡的燈沒開，唯有路燈從窗戶透進的微光。

查理說：「爲什麼做出那種事，我認爲我想通了。」

「我洗耳恭聽。」耶爾把箱子捧在胸前，作爲屏障。

「聽來可能不合理，不過，我猜我那時是因爲我厭倦了害怕的感覺。」

「你怕染病毒，所以乾脆去被感染？」

「不對。不對。我是怕你離開我，怕你搞上一個比我年輕、比我帥、比我聰明的對象。我知道我腦筋錯亂了，不過，腦海深處總覺得，如果我搞一件我想得到最爛的事，這樣一來，如果我一看見你跟別人打情罵俏，我會幾乎希望你一定會跟他亂搞，我們就能扯平。」

「你的設想很周到嘛。」

「當時不是。那天我喝得爛醉，耶爾。而且，朱利安從里察家偷走一小瓶 Rush。」

「Rush 的藥效不過十秒鐘。」

「我指的不是這個。我指的是，我們在床上做的事，我當時就不會——」

「天啊，查理。」

「我當時就不會准他。」

「你的自我分析，好像扯太遠了吧。我認爲，你絕對是想染上病毒。」耶爾這時嗓門大開，豁出去了。「重點在於爲什麼，而這問題應該由你自己回答。搞不好，你恨自己。搞不好，你恨我。搞不好，你想引人注意。沒有一個是充分的理由，對不對？你自己明明知道風險。你不是三歲小孩。媽的，你是芝加哥的保險套大使啊。」

查理搖著頭。查理似乎從來沒有掉過一滴淚，但他眼球轉紅，眼睛浮腫起來。他沒進團契室幾步，仍在門口附近，彷彿隨時可能轉頭就跑。他說：「我們那天用了保險套。眞的有。起先我們在尼可公寓，情形變得，嗯，你知道——後來我們進浴室，裡面很暗。臨走時，我問朱利安有沒有套子，他說：『我敢說這裡面一定找得到。』他打開藥櫃摸索，拿起兩個塞進他口袋。後來，我們回到他家。不過最後，在我走之前，我看到包裝紙。他用的是羊腸。」

「哇靠，查理。八成是擺太久了。」

「八成是。」

「我一點也不相信你。眞的。你用了套子，可是那時太暗，結果，糟糕，用的是羊腸？尼可家怎麼會有羊腸？他想避孕嗎？想編故事，至少也打個草稿嘛。他到底幹過你幾次，講眞話。我本來願意相信你。我差點準備相信你。你居然拿羊腸瞎掰。」

「只有一次。」

「葬禮後只打那轟轟烈烈的一炮。乾脆再去補一炮啊，他就在外面那邊。再去爽一爽。」

「耶爾。」

「泰迪幹遍了半個芝加哥也沒事，你只搞一次，而且還戴套子，竟然歪打正著中鏢了。你應該去上脫口秀，每一場都去。你應該去高中巡迴演講，嚇一嚇小朋友。你應該去講給共和黨員聽！他們會愛死你的！」

「耶爾，夠了。」查理這時也扯開嗓門。「你知道病毒不是那樣感染的。你知道這沒有定律。」

「你到現在還沒道過歉，你知不知道？連考慮都沒考慮過嗎？你一直在講藉口，編羊腸故事，還提出理論來闡明動機，卻從來不關心我，一次也不承認你轟爛了我的一生。」

查理張嘴，但耶爾繼續講。

「五年來，你一直主張專情制，拿他媽的狗繩拴緊我，自己卻在外面盡情亂搞。告訴你好了，全是一個『貪』字。我們這段情，全以你爲軸心，你想怎麼亂搞隨便你，全爲你著想。而現在，你只考慮自己的感覺，拒絕考慮其他事，這絕對是自我中心。」

查理雙手抱頭，說：「你這麼說可能沒錯，不過，我暫時沒辦法呵護你的心情。我媽已經累得我半死了。」

耶爾搬著箱子，推開他，箱角撞到查理的胸部。耶爾說：「至少你還有媽媽能依靠。我誰都沒有。」

他走進走廊，經過一個不認識的女人，然後走過泰迪和艾許。他們近到大概能聽見吵架聲。

來到希思莉公寓外面，屋裡的燈光全暗。出門前，希思莉給他鑰匙，他用鑰匙輕輕開門，以腰撐住箱子。他是個鑰匙兒童，和柯特一樣。

這公寓只有一間浴室，他進裡面換裝。希思莉的化妝品、護臉霜、捲髮器散置洗手臺一邊，另一邊只有柯特的紅牙刷和煮蛋計時器。耶爾脫掉襯衫，檢查胸部、背部、上臂內側平滑蒼白的皮膚。病毒能釀成的病變不下千百種，更能無聲無息潛伏數年之久，不是目測這幾處就能安心。泰倫斯甫被驗出病毒時曾說，「這就像雜貨店的投幣玩具機，你看得見裡面的玩具好多種，二毛五投進去，不知道裡面會掉出哪一個玩具。不是肺炎，就是卡波西氏肉瘤，不然就是皰疹或什麼的。」他比劃著打開塑膠球的動作。「喔，看，是住血原蟲病！」

從尼可的告別式到元旦那天，他和查理做過幾次愛？只比平日少一點。也許十次。也許查理信得過羊腸的保障——果真有羊腸那回事的話。或者，查理認定朱利安沒病毒。表面上看，朱利安健康得不得了。儘管如此，查理大可以找藉口，推說腰閃到了。他大可以去驗血，但也許他一直在等三個月空窗期過去，和現在的耶爾一樣。然而，他一得知朱利安是陽性，立刻去驗血。結果，抗體提早出現。

耶爾穿上T恤，走出浴室，看見希思莉在廚房泡茶，正把茶包從杯中拖出來。她穿著睡袍和拖鞋。如耶爾借住第一晚，素顏的她和化過妝的她判若兩人。

她問他感覺怎樣，然後說：「很可惜，有個狀況。」

「喔。」

「是我前夫布魯斯。我猜是那天晚上，我在柯特面前提起我朋友安德魯。柯特是個鬼靈精，想得比我多。不過，他誤解了，他以爲你病了。他不介意。他知道安德魯的事，而——」

「他告訴妳前夫說我有愛滋病。」

「我解釋說你沒有。基本上我講的是實話，我說你接觸過病毒。布魯斯大驚小怪，說他不敢相信我居然讓你住進來，跟小孩同桌吃飯。很荒謬沒錯，不過他就是這樣的人。」

「我去跟他說明一下。有沒有幫助？」

「問題是，小孩監護權的細節，我跟他一直沒談判好。他認爲可以用這事在官司上對付我。」她以下齒咬著上唇。

耶爾忽然渾身疲乏。「瞭解了。老實說，他大概可以。如果他碰對法官的話。」耶爾低頭看自己的運動褲和赤腳。他說，「我再睡一晚，妳認爲可以不可以？」他覺得強人所難。他已經讓希思莉的飯碗危在旦夕了，如今又整得她家天翻地覆。這女人日子已經夠艱苦了，耶爾現在竟然進來踐踏她的人生。

「當然可以！不過，之後——」

「我明天早上就搬走。」

「很抱歉，耶爾。柯特也覺得很難過。他知道自己做錯事了。奇怪的是，柯特根本不在乎，他只覺得好好玩。這事他看新聞裡常聽到。」

「他沒做錯事。妳可以這樣告訴他們？」

「你現在最不該碰到的就是這種遭遇。」

耶爾照實說，「妳願意接納我比較重要，有人排斥我住進來不重要。」

「柯特很擔心你。我告訴他，你沒病，不過他擔心大家會欺負你。」

「呃，我是有可能生病。」

她點點頭，態度轉爲嚴肅。「我堅決認爲你會沒事的。」

「妳呢？沒事嗎？」他說。「妳的工作？」

她遲疑一陣。「只要那批畫是眞跡，我大概會沒事。」她的五官緊縮，耶爾認爲她另有隱情。「即使是假畫，工作只不過是工作而已，耶爾。你知道嗎，你的事讓我想到，世上有比失業更嚴重的事。」

一早，耶爾穿好衣服，刮好鬍子，在柯特和希思莉的鬧鐘響之前步出公寓。

二〇一五年

菲歐娜想做一件未經亞諾准許的事。她哪管得著亞諾准不准?事情拖得愈久,亞諾領的錢愈多。

何況,隔天傍晚,杰克又出現在里察家。菲歐娜急著趕他走。如果他又來打擾里察,他非走不可。如果他是來打擾她,他可以去別的地方打擾。因此,在賽吉來得及邀他坐下、請他喝一杯之前,菲歐娜揪住他手臂說,「我想請你幫忙一件事。」說著拉他出門。

「我查到那個傢伙住哪裡了。」菲歐娜說。「就是把我女兒拐進邪教的那個。我們過去找他。」

「我們?」

「你塊頭比我大。我該警告你一聲,你沒他那麼高。不過,他不是什麼運動健將。」

「喔。幸好。」

但他跟著菲歐娜坐進計程車。

她說:「所以,你眞的不是酒鬼?」

「我不知道。我上網做過幾個自我測驗。結果顯示,在美國,我被歸類爲酗酒者。在法國,我完全正常。」

她笑了,摸一摸口袋,確定手機沒留在里察家。「如果我把你扔進八〇年代,扔進我朋友圈子裡,你會是個僧侶。」

「你們都花天酒地嗎?」

「我們各個都有酗酒的毛病。每一個都有,只有幾個有吸毒問題的人例外。」

「妳卻活下來了！」他說。「妳活到現在！」

天啊，她當場恨透了杰克。

她說：「聽著，到了那裡，你不要開口。你不吭聲，看起來會比較嚇人。」

「懂，」他說，「我是打手。」

她撥開他的手，甚至不讓他摸膝蓋。

敲門時，菲歐娜胃腸表演著痛苦體操，她希望應門的是柯特太太，希望太太請他們進門，柯特下班回家會發現三人坐在沙發上喝茶。可惜開門的是柯特，他兩眼茫然盯著他們，看杰克的秒數多於看菲歐娜，最後視線轉向她時，兩眼才圓睜，一手伸去握住自己的馬尾巴。

「喔——。」他說。「嗨。喔——喔，哇，嗨。菲歐娜。」

菲歐娜說：「我們想進門。」說著，她低頭從柯特手臂下面鑽進公寓。今天，流理臺上多了幾個購物袋，沙發上多了一臺打開的筆記型電腦，公寓比昨天充實許多，也更有暖意。

成年後，菲歐娜常耽溺在兩種幻想情境中。最近尤其常出現的是幻想一：在芝加哥走著走著，試圖喚回一九八四、一九八五年。她先從幻想街上有棕色車開始。棕色車子停滿路邊，消音器掉了。街上不見Gap服飾連鎖，卻有附設午餐臺的伍爾沃斯百貨。口腔外科消失了，Wax Trax! 唱片公司回來了。真能看見這些的話，她也能見到她的哥兒們穿著轟炸機夾克，走在人行道上，彼此吆喝著，在號誌燈變色前衝向馬路對面。她遠遠看得見尼可走來。

另一種幻想是，尼可跟隨在她身旁逛二十一世紀大觀園，一直問東問西。他是大夢初醒的李伯，菲歐娜有義務對他闡述現代社會的種種事物。從芝加哥機場前來巴黎途中，尼可始終在她身邊。儘管她專心前進巴黎尋找克萊兒，在機場的移動走道上，尼可見圖文廣告標榜著：「為雲端打造一道防火牆」。雲哪用得著築牆防火？她無從解釋起。一旦尼可進入她腦海，他在航廈裡無處不跟隨，跟著她在披薩店櫃檯的iPad上點餐，被自動沖水馬桶嚇一跳，看著CNN螢幕下面的走馬燈，問什麼是比特幣。他問，大家都盯著計算機看什麼看？「妳活在未來世界耶，」他低聲說，「小菲，這是未來世界。」當她看見尼可能完全理解的事物時，例如嬰兒掉了奶嘴哇哇哭、麥當勞、一整排公用電話（現在還有？），她才覺得天下恢復正常了。

也有些時候，她只在內心敘述週遭事物，細數著聽起來像時光倒流的情景，例如現在，她告訴自己，柯特・匹爾斯坐在她面前，她正和柯特・匹爾斯對話中，里察在他的工作室裡，她稍後有必要打電話給希思莉・匹爾斯。這番情境絕對可能發生在一九八八年，比較不像二〇一五。

不同的是，一九八八的柯特是個青少年，而非眼前這個伸長腿坐著的高個子。杰克也不會靠牆站著，雙手叉胸，表演保鏢的戲碼。

柯特顯得神智清醒，不沾酒毒，講話輕聲，嗓門低到不能更低沉。「我不曉得我能告訴妳多少。我不曉得妳想要哪一招。」

「要哪一招！」菲歐娜脫口而出，及時打住。她不該意氣用事。

「我總覺得，克萊兒對妳太不公道了。妳盡最大能力了。妳現在還費盡心血找她。我瞭解。」

他看起來好年輕。一直以來，菲歐娜討厭他是因為他年紀和她比較接近，和克萊兒差太遠。他只不過是個兔崽子，傻嬉皮一枚。

他說：「嗯，事情如果能重新來過，該有多好。有陣子，我錯得挺嚴重的。不過，現在大家都好。我們大家都沒事了。欸，妳的手怎麼了？」

「現在她們在巴黎嗎？」

「我只能告訴妳，大家都平安健康。除了這句話之外，我不方便再多說。她們能再接納我，我已經夠幸運了。還好克萊兒允許我保持聯絡。」

菲歐娜的心願僅此而已：讓女兒再度接納她。她沒有錯得像柯特那樣離譜，至少不曾被逮捕過，但她也許錯得比柯特久。此外，也許原諒母親比原諒男人來得困難。她總認定，等女兒長大，女兒一定更能體諒母親的缺失，畢竟成年人比兒童更能明瞭外遇的普遍性（多麼稀鬆平常的罪過啊！）現在的克萊兒，難道還不懂治絲益棼的人心嗎？

菲歐娜有太多疑問想問柯特，但苦找不到起頭點。她不宜透露自己延請徵信社助陣找他，昨天還入侵他公寓。她說：「據我所知，你結婚了。」

他看看菲歐娜，再看看杰克，視線在兩人之間流轉，然後說：「對，她是個好伴侶。婚姻關係健全。」

「好，我為你高興。我一向祝福你萬事如意，只但願——」她無法表達她覺得小柯特多可愛，因為女兒被大柯特搶走了，她渾身所有細胞一致恨他。她說：「你跟**那團體**劃清界線了，對吧？霍桑納共生營那群人？」

柯特笑說：「妳可以罵他們是邪教。他們的確是。對，我很高興能用大海隔絕他們。」

「這麼說來，你厭倦他們了？」

「欸，要不要來一瓶啤酒？」柯特說。菲歐娜搖搖頭。他轉而對杰克說，「你呢？要不要來一瓶啤酒？」杰克婉拒了，謝天謝地。一瓶在手的杰克看上去不夠機靈。柯特起身，自己去拿一瓶，回來坐下。

「厭倦他們的是**她**。本來我對他們就不怎麼熱衷，可惜我愛上一個人。」

「談戀愛為什麼非加入邪教不可？」

「那是她的心意啊！她——從一開始，她比較在乎他們，有沒有我並不重要，我一眼就看明白。假如我逼她二選一，我知道她會挑哪一個，絕對不可能是我。」

菲歐娜瞄杰克，見他佇立在原地。菲歐娜糊塗了。「那一年住在科羅拉多的人是你。」菲歐娜說。

「發現邪教的人——是你。」

「錯。錯，錯，錯。那時候，她在餐廳上班，認識廚房裡的一個男人，我起碼知道她不愛那男人，因爲他皮膚很難看，有點消瘦，不過他邀請克萊兒去參加邪教在營區辦的聚會，克萊兒約我一起去。我去了，裡面有鼓也有鈴鼓，整個場面有夠扯。有個女孩子名叫魚，我對天發誓，不蓋妳。魚死纏克萊兒不放，整晚黏著她講話。他們請我喝一種茶，裡面不曉得摻了什麼東西。他們不喝酒，不過，哇，摻在茶裡的東西有夠厲害。最後，我們倒在地板上。那地方感覺很隨意，後來他們才露出魔爪。克萊兒想去他們的營區，每晚都想去。到了月底，克萊兒的公寓住不下去，我提議她搬來和我同居，可是魚告訴她說，營區有個房間，可以分給我們住。其實——呃，住了一陣子，我也被他們迷昏頭，說實在話，他們技巧不錯，不過，拉我越陷越深的人是克萊兒。這可不是自我脫罪的說詞喔。」

菲歐娜認爲自己相信柯特的說法，但仍想破口大罵他說謊，女兒絕不可能上那種當，因爲邪教的冤大頭是破碎家庭的小孩，是在其他環境下可能誤入幫派的小孩。爲何別人家的小孩會被帶壞呢？你自己會用以上託辭自圓其說，並且安慰自己說，我們家的小孩一定不會學壞。話說回來，如果克萊兒被家暴，菲歐娜能理解她爲何誤入邪教。受制於霸道男人股掌的女人無路可走，只能順從男人作威作福。雖然菲歐娜絕不希望女兒被家暴，但如此推論不是爲了撇清責任嗎？

菲歐娜說：「你把積蓄全給他們了嗎？」

「我其實沒存多少錢，反倒是他們幫我償清卡債。我只欠兩三千元，全被他們繳清了，好讓我能剪卡。當時我一聽——也好，恭敬不如從命。」

克萊兒有一張萬事達卡，繳費通知持續寄來菲歐娜的電郵箱，多年來菲歐娜一直代繳年費，希望總有一天克萊兒會刷這張卡，洩露行蹤。但菲歐娜希望落空。

菲歐娜現在能問了。「爲什麼邪教看上她？爲什麼他們知道對她下手能成功？畢竟，用同一種手法對付一百人，有九十九個會轉頭就走。」

柯特聳聳肩。「我猜他們練了很久吧。聽我說，如果我們從心理學的方向推測，克萊兒本來就對年長的男人有好感，對不對？她想找個家長型的人。」

菲歐娜原本的意思是讓他說出來，好讓她能多恨他一些。她說：「原本戴米恩在她心中有很重的分量。以你本身來說好了，你爸媽也離婚，而當年離婚相對不常見，這並不表示離婚會讓小孩一輩子內心有缺陷。」

柯特站起來。他伸伸腰，手心平貼天花板。他說：「這尤不得我評判，不過，在科羅拉多，她最先對我講的話之一是，她出生那天是妳一生最慘的日子。她說是妳親口告訴她的。」

「沒那回事。」

難道克萊兒耿耿於懷的癥結就爲了這事？克萊兒內心的疙瘩不是媽媽的外遇，和離婚毫不相關？菲歐娜的手傷隱隱發疼，該痛的頭和肚子反而痛在手心。

「她從小知道妳的一生被她搞砸了。」柯特說。「這對一個人的影響多深，妳曉得嗎？」

菲歐娜也站起來，杰克向前跨出一步，宛如預備衝進來勸架。「首先，我絕對沒有對她講過那種話。那話是戴米恩告訴她的，是在我們辦離婚手續的那陣子，用意是教她翻臉不認我這個母親。其次，沒錯，她出生那天確實是我一生最慘的日子之一。不過，我這輩子遇到的慘日子有多少，只有天知道，但全和克萊兒沒關聯。這又不是什麼天大的祕密。那天多麼慘痛，爛昏頭了。又不代表我不要她，也沒有改變我撫養她的方式。」

「欸。我又不是說——我自己也記得那一天。我當時——」

「你不覺得太痞了嗎，你記得你女友出生的那一天？」

「她現在不是我女朋友。」他舉起雙手，做出不容攻訐的佛祖模樣。「我儘量在幫妳。妳想跟她修好，就得下去蹚一蹚這灘渾水，懂嗎？克萊兒是——她不是一個快樂的人。別人再怎麼努力，她一輩子大概也快樂不起來。好像她星象錯亂似的。她只是一個本質偏激的人類。妳不是個差勁的母親。」

如果不差勁，爲何心這麼痛？

「聽著，我老婆快回家了，你們不趕快走不行。她討厭克萊兒這筆爛帳。」

「她認識克萊兒嗎？」菲歐娜說。

柯特張嘴但及時噤口。她要的招數被他逮到了。

她說：「幫我傳個聲，總可以吧？」

柯特緩緩搖頭。她本以爲他會應允。「她差不多是懶得理我了。我傳話給她，她搞不好會拿我出氣。如果她發現我跟妳講過話，還讓妳進……」

杰克說：「給個電郵也不行嗎？」菲歐娜不介意他插嘴；打團隊戰的時刻到了。

柯特走向門口，爲他們開門，但菲歐娜不動。「我可以這樣告訴妳：大家都沒事，大家都很平安。妳想留個電話嗎？我保證，如果出了什麼事，我一定通知妳。」

「意思是，如果她死了，你會通知我？眞體貼啊。」

「我不是這意——」

「對了，那個小女孩呢？是不是你的骨肉？」

柯特伸出大手，不放在菲歐娜肩膀上，而是落在杰克肩膀，導引他出門，毫不費力，把杰克當成一艘玩具船來作弄。菲歐娜趕緊從皮包掏筆和用過的登機證，寫下自己的電話號碼。

步出門之前，她說：「你身爲父親，設身處地爲我想一下。運用你的想像力。我知道你以前想像力很豐富。」

來到街上，杰克緊緊擁抱菲歐娜，鬍鬚和嘴唇緊貼她額頭。他說：「我看得出來妳是個好媽媽。」

菲歐娜擔心他問她想去哪裡，擔心他也想跟，但擅長擺脫男人的她說，她想自己一個人靜一靜。說完，她坐上計程車，請司機送她去蒙帕納斯區。她不願回里察家，她倒知道這一點，即便忘記帶止痛藥的她手痛如觸電。「答應我，妳會練習自我照顧。」行前，心理醫師伊蓮娜曾囑咐她。她猜伊蓮娜並非期許她去找個被開除的流浪機長炒飯。她可以去好好吃一餐；這種自我照顧法，她還辦得到。

她來到諾拉姑婆口中的圓廳咖啡館（La Rotonde）。如果菲歐娜沒記錯，諾瓦克就是在這裡發瘋的。咦，是莫迪里亞尼才對吧？不管了。她進去坐下避寒，點一客法式洋蔥湯，嫌周圍有太多講英語的客人，不見醉醺醺的邋遢畫師，不見喝著苦艾酒的模特兒，沒有旅法名詩人。

哼，怎麼知道沒有？說不定角落那桌全是。

她曾問諾拉，有沒有遇見過海明威，諾拉回答說：「就算遇過，他也沒印象。」

但菲歐娜猜想，從姑婆那年代至今數十年，前衛藝術早已轉移陣地了。

諾瓦克在這裡發狂，確實不太可能。這地方暖和、紅豔豔、神奇，湯也好喝。

哼，人想難過的話，到什麼地方都能難過。這道理，她領悟多年了：置身盛宴中的人照樣能餓死，眼前是一齣最逗趣的電影，人照樣能從頭哭到劇終。

侍應問她想不想吃點心。她再點一客濃湯，和剛才那一客相同。

一九八六年

藝廊打烊後，耶爾進洗手間刷刷牙，再刮一次鬍子，明早應該還能見人。他換一件上衣，其他家當留在辦公桌底下。

艾文斯頓不是華燈達旦的市鎮，他認爲進芝加哥市區比較能逛到熱鬧的地方，於是搭捷運南下。他打算待在克拉克街以南的地方，最不可能遇見查理。他先南進內環，太冷清，只好調頭往北走向「厚顏」（Cheeks）酒吧，看看那位大光頭帥弟酒保在不在。再過一條街就到厚顏時，他在人行道上看見比爾・林吉闊步前進的背影。耶爾愣住了，考慮轉頭走開，豈料比爾正巧回頭瞧見他，停下腳步，對耶爾呼喚，還大動作向他招手，他無法假裝沒看見。

耶爾上前，比爾說：「你住這附近，對不對？我對這一帶不太熟。」

「我住這裡以北不遠。」

「哇，太巧了！我車上有個東西，今天忘記帶去辦公室了，保證你看了樂陶陶。」

耶爾只好跟隨比爾走向他的別克車，是帶洛曼去杜爾郡出差時開的同一輛。比爾的車正停在酒吧前面。比爾絲毫不顯尷尬，只是講話比平常急促。

「看！」比爾說著捧起厚厚一大本書給他。耶爾把書擺上引擎蓋。

《帕斯金全集：油畫、水彩、粉臘筆、素描》第二冊。比爾說：「看第六十頁。談談你的心得。」

「喔。」一名女模特兒坐在椅子上，捲捲的金髮梳向遠遠的一邊，睡袍傾露香肩，蓄積在大腿上，姿勢和帕斯金書房裡的諾拉如出一轍。臉也是同一張。唯一差異是這張不是裸體畫。耶爾說：「這是個天大好消息。」他好想笑。命運之神居然只在工作上眷顧他。

「我可以問問她。」耶爾說。「我可以帶這本去。」

「我知道她最想對你講故事。在你取得她所有的說法之前，我希望你問她，記不記得哪些成品是從這批素描畫成的。因爲，以這一幅爲例，耶爾，這幅收藏在奧賽美術館啊！說不定他們對素描有興趣，想擺在完成圖旁邊一併展出。」他說。他看出耶爾的表情。「非賣品，只借或交換。我可以派你帶全集去杜爾郡。當然了，沒有赫布特尼的全集，也沒有賽傑什麼的，更沒有諾瓦克的全集，哈！不過，你這一趟會滿載一堆書。」

「你確定不一起去嗎？」

「拍立得展的事情太多，我忙不過來。」拍立得展八月才開幕，但比爾忙著處理安塞爾．亞當斯和沃克．埃文斯[30]的借展品，每次談起這展覽，他總雙手朝天一揮，挫折感表露無遺。「我要你儘快回杜爾郡去。你帶洛曼去。他是一個人才，對吧？」

耶爾不知如何回應。「他好像學得很快。」他說。

比爾上車之際眨眨眼。

耶爾進厚顏酒吧，在最暗的角落選一張吧檯椅坐下，兩腳從黏黏的地板提起。他點一杯曼哈頓。在這裡打發時光很安全，而且凌晨四點才打烊，他不斷看見隱約認識的臉孔，例如百老匯街上那家親同牙醫的櫃檯職員，例如小勝的前男友，例如尼可曾著迷的加拿大高個子。現在他的左頰骨上多了一道長長

30 安塞爾．亞當斯（Ansel Adams, 1902-1984），美國黑白作品攝影師。沃克．埃文斯（Walker Evans, 1903-1975），美國黑白作品新聞攝影師。

的紫斑。查理以前的一名員工也過來打招呼。還有朱利安的劇場朋友，曾在《哈姆雷特》飾演福丁布拉（Fortinbras）。今天是週一，酒吧卻異常客滿，大概是大家被天露異象引來的吧。帥酒保今天沒來，但值班的酒保酒倒得慷慨。有個膚色偏黑的男人穿著有破洞的T恤，在耶爾大腿上留下火柴簿，耶爾掀開看見電話號碼，這才想到，如今他可以算單身了，想跟誰回家都行，趁機撈一張溫暖的床過夜，好好洗一澡，解消心煩。問題是，他太久沒放電了，不太記得如何調情。另一個問題是，他滿腦子煩惱著病菌和體液。在他眼裡，整間酒吧宛若一只培養皿。

儘管酒客眾多，大家顯得低調，只順著布朗斯基節奏（Bronski Beat）樂團的韻律點頭，圍著小圈圈站，原因或許是每次門一開，刺骨的寒風立刻灌進來。裸上身釣男人的概念在洛杉磯比較吃香。有人捏他頸背，他抬頭看見里察，浪捲的銀絲映照吧臺燈。他湊近耶爾耳邊，大聲說：「罕見的奇景啊！耶爾深入南方，不惜屈就我輩！」

「我只是想找個地方消磨時間。」

里察看似能領會他心情。里察說：「基於這原因，博物館應該全天開放才對。你可以逛遍菲爾德博物館（Field Museum）。沒人膽敢在古石棺前面攻擊你。」

「應該把整座博物館搬進男孩城。」

里察笑說：「如果把博物館搬進男孩城，博物館會只剩下酒吧。所以我才不想搬去那裡。」

「怕你自己會變成酒吧？」

「不是，怕變成爛醉的酒鬼。」

他告訴里察，剛在外面遇見比爾．林吉。里察說：「你注意看，你一出去，他一定在角落出沒。」他前後左右看著酒吧深處。「我想在這裡拍一些影片。」他說。「情調猥瑣到心底。」

耶爾說：「開什麼玩笑？酒吧會罰你永遠不能進來。」

「枝節問題先生。」

「正是我從事的工作。把藝術的靈魂全吸乾。」

里察說：「你不是喝太少，就是喝太多。要不要再來一杯？」

門再度打開，冰風又充斥酒吧內。一群人推擠而入，講話大聲，已有醉意。朱利安在這人群中間。當然有他。

他不希望被朱利安看見，但里察招手叫朱利安過來。里察總對朱利安有意思，總要求他擺姿勢。朱利安見人招手，立刻直奔而來，雙手勾住里察脖子，垂掛里察胸前，把自己當成一條醉醺醺的大項鍊。朱利安戴帽穿毛衣，沒外套，口齒不清，像在說，「里察，我能長住你家。」也可能另有所指，聽起來像忘記戴假牙的老漢。

里察說：「朱利安，你吃錯什麼藥？」

朱利安倒向里察和耶爾之間，扶住吧臺，才沒跌倒。「小孩子的玩意兒啦。我們剛去天堂酒吧！我們回天堂去啦！我剛不想走。喔，耶爾。」他一手伸出來，觸摸耶爾下巴。「耶爾，我想告訴你一件事。」

「不用了。」耶爾想恨他卻恨不下去。他的模樣好狼狽。面對如此狼狽的人，他從何恨起？

朱利安摘掉帽子，耶爾赫然發現他剃成大光頭，情急之下假咳一聲，以掩飾錯愕。原本一頭飄逸的黑髮，那一簇獨角獸的額前髮，如今不僅全被剃禿，而且剃得不均勻，處處剩毛渣，也有幾處結痂。

里察伸手摸他頭頂，滿臉驚恐。

「剃頭幹麼？」耶爾說。

朱利安發出動物生病的濃痰音。

「嘩。」里察說。「欸。我們最好帶你回家。」

「我鑰匙搞丟了。」

「耶爾，你能帶他回你家嗎？」

耶爾呼一口氣，差點說，「我告訴過你了，家裡有個打鼾客。」但他說，「查理和我分手了。」反正遲早該公諸於世。查理不能脅迫他陪同出席所有場合，不能再大演情侶秀。

朱利安大哭起來，令耶爾心慌。他一手按耶爾胸部，不讓淚水沾溼他，只當著他的面抽噎，撼動全身。

里察說：「我怎麼不知道，耶爾，對不起。他可以——朱利安，別哭。朱利安，你可以來我家，好嗎？」朱利安點點頭，臉不離開耶爾身上。「耶爾，你呢？你今晚睡哪裡？你還好吧？」

「我不知道。我嘛，我還好。我本想在這裡坐到四點。」

「喔，耶爾。那你跟我們一起走吧。那天你想借我家睡，是不是爲了這原因？我是個大呆瓜。」

耶爾說：「你不是。我也不應該。我不能。」既然朱利安要去里察家，耶爾不能去。他不想早上酒醒後，和朱利安同桌吃炒蛋。朱利安半夜嘔吐時，耶爾也不能照顧他。

里察說：「我有個朋友在貝爾芒街一間古屋開小旅館，整修得很美觀。我們陪你去，好嗎？」

這辦法聽起來也好。

年長的旅館老闆結著波洛領帶，戴著飛行員眼鏡。里察和他擁抱後，給他一張五十美元鈔票，請他好好照料耶爾。老闆向耶爾介紹繁瑣的開關門過程——一支鑰匙開前門，一支開樓上走廊，一支開房門，這時候里察帶朱利安離去。

早晨，有咖啡和沾糖粉的甜甜圈。樓下住著一隻白茸茸的小狗，名叫瑪波小姐[31]。樓下也有一臺能看兩頻道的電視。晚上，耶爾帶著行李，抱著一箱子家當，回到旅館，預訂整星期的房間，存款勢必將耗盡，但是，假如非消耗積蓄不可，這錢也不得不花。現在存錢有個屁用？

週五，耶爾去投幣洗衣店，看見泰迪正從烘乾機拉衣物出來，撕開充滿靜電的上衣。泰迪說聲哈囉，繼續摺衣服。耶爾覺得他口氣冰冷。耶爾正要開始洗衣服之際，泰迪走過來，杵在他身邊，抱著衣物。抱衣物的泰迪當然不只抱，衣物抱在他懷裡宛如哄嬰孩似的。

「聽著，」泰迪說，「有句話我非講不可。」

「什麼話？」

「禮拜天你離開教堂後，艾許和我進去，發現查理垮得不成人形。讓我先講一聲，我知道出了什麼事。我知道他病了。」

「好。」泰迪不再說什麼，因此耶爾看看四下，見無人旁聽，低聲說：「呃，不對，他沒病發，只染上病毒而已。你知道他怎麼感染的嗎？」

「不知道，也不想知道。談感染途徑，只會導致批判和埋怨，我不想跟著撻伐。你想談，是想怎樣？要不要製作一張感染線路圖？畫一張流程表？別鬧了。染上病毒，一定是被某人感染的。我們全都是被雷根感染的，對吧？既然要怪罪誰，我們省點力氣，全怪罪欠幹的雷根，怪他無知，怪他漠視疫情。一起怪罪參議員傑西．赫爾姆[32]吧。怪罪教宗好不好呢？我只知道，你和你的男朋友交往多久了？五年吧？他怕得屁滾尿流了，你卻決定一走了之爲上策，讓他獨自去面對他那個被嚇慘的母親，然後，媽的，在朋友喪禮上，痛罵他一頓。」

耶爾說：「等一等。等一等。是他趕我走的。」只不過，這未必正確吧？確實的經過是……？

---

31 Miss Marple，英國推理小說家阿嘉莎．克莉絲蒂筆下的老偵探。

32 傑西．赫爾姆（Jesse Helms），曾推動歧視愛滋病患法案。

「對，他這陣子言行會比較非理性。別鬧了行不行。」

耶爾想問，艾許是否也生他的氣，是否全芝加哥每一名同性戀都聽信查理的片面之詞，大街小巷是否把耶爾的大名和傑西．赫爾姆、教宗相提並論。

「泰迪，他不要我跟他住一起。何況，跪著求我的人應該是他才對。」

「跪求的一方不是病患。」

「這算哲學信條嗎？」耶爾努力壓低聲音，因爲櫃檯小姐已經在行注目禮了。

「對。」

「所以說，你正忙著照顧病患囉？沿街幫忙打嗎啡針止痛？辦針頭舊換新活動？」

「事實上是。」泰迪說。被耶爾說中了，耶爾暗暗叫慘。「事實上，朱利安剛搬進我家。我正在照顧朱利安。」

最近一兩年，泰迪和朱利安不是一對，稱不上眞正伴侶，但兩人始終維繫藕斷絲連的關係，再續前緣的可能性尙在。

「什麼時候？」

「兩天前。星期三早上，里察打電話找我。他說他跟你一起去釣男人的時候撿到朱利安。」

「天啊。我才不是去釣男人。我無家可歸啊。」

「不管了。現在他住我家。這幾天，我領悟到幾個道理，其中一個是，我有多麼愛他，一向都愛。快要失去身邊人的時候，對身邊人才會另有一番見解。」

「你們復合了？」

「呃，肉體上還沒有，但不是不可能。重點是，你該照顧你心愛的人。」

耶爾考慮直言，把病毒傳給查理的是朱利安，但解釋源頭有什麼用？消息會傳出去，會傷人。此外，如果泰迪樂於照顧朱利安，外人何必在他們的關係裡投下變數呢？
他說：「你的心地一定比我善良，泰迪。我祝福你。」

二〇一五年

回到里察家，菲歐娜開門開一半，見門被賽吉突然拉開。賽吉揪住她手臂，拉她進門，說：「我找妳找了一個鐘頭！妳的手機，呃，睡著了。」

菲歐娜從皮包裡掏出手機。怎麼迷糊到讓手機沒電？

「他來了！」賽吉說。

「誰來了？」

「妳的偵探。他非常，呃，激動？對吧？」

里察出現在他背後。他說：「賽吉剛地毯式搜索妳！是妳的偵探找上我們家的。這偵探不賴嘛，能追查到這裡。」

菲歐娜來回看著眼前的老少配。賽吉口中的「激動」可能代表「不滿」，也可能意指「警覺」或「恐慌」。或「快樂」。

賽吉說：「他去上廁所了！馬上就出來！」語畢，他進走廊。

她對里察說，「怎樣？快告訴我！」

「親愛的，別催我，我怕我講得牛頭不對馬嘴。耐心一點。」

亞諾來了，邊走邊塞襯衫進牛仔褲。

亞諾說：「啊，好，哈囉！回來了！妳整天沒開手機！不過，我有雙重好消息。她準備和妳見面了。」

「她——什麼？誰，克萊兒嗎？」

「哈。我很行嘛，對不對？神速。她住在巴黎。呃，她住在聖丹尼，在郊區不是很高級的一帶。不過，她在十八區一家菸酒吧上班。」

菲歐娜不由自主地靠向牆壁。

最先映入她腦海裡的一句話從她嘴裡出來：「你怎麼找到的？」

「我單刀斬亂麻！我直接問柯特老婆。今天大清早，我在他們家那條街上來回走，等她一出來，我問她，妳是不是克萊兒．布蘭查？她說不是，我說克萊兒欠繳停車罰單，知不知道她在哪裡上班？結果她報我去找對地方了。」

菲歐娜說：「我的天啊。你去了？你看見她了？」她微微意識到，賽吉和里察對著她淺笑。看情況，柯特沒向妻子吐露客人上門一事，否則妻子必定會提高警覺。

亞諾說：「見到人了。兩三個鐘頭前。她還好。有點瘦，不過還好。她看起來不像，呃——不像邪教成員。塗了一點口紅嘛，妳知道。臉色還不壞。」

「小女孩呢？」

「沒有。我意思是，我沒看見小女孩。不過，沒錯，小女孩的確是她女兒。我確認過了。是她和柯特．匹爾斯生的。小女孩跟她住一起。」

「眞的！」

「名叫尼可蕾。我沒看見她，是克萊兒告訴我的。」

刺痲感布滿菲歐娜整張臉。「她名叫什麼？」

「尼可蕾。」他一個音節一個音節說。「要不要我拼字給妳看？」

「我們——」她講不出話。她視線無法轉向里察。她勉強擠出一句：「我現在該怎麼辦？」

「這個嘛。妳付錢給我。哈。然後，我給妳地址。之後呢，隨妳便。」但是，克萊兒不希望她在明天之前上門。亞諾說：「她想要，妳知道嘛，多一點時間。準備一下。她有點震驚。」

「你不覺得她會逃走嗎？」菲歐娜說。「要是她逃走了，怎麼辦？」

「這嘛。我不知道。不過，我當時沒這印象。」

菲歐娜接下亞諾提供的地址，想即刻趕過去，但急著去做什麼？只會徒生傷害。

亞諾急著走，因為他接的案子不只這樁，為了追查克萊兒行蹤，他已經耗了一整天。賽吉從她手中拿走電力枯竭的手機，幫她充電，說他會準備飲食端進房間給她。她渾身瑟縮顫抖，旁人一定看得出來。

波特蘭時區在美西，現在是清晨，她不能打給戴米恩，但打給希思莉不算太早。

希思莉今年大概七十歲了，但在菲歐娜心目中，她的外型凍結在一九八〇年代中期，墊肩、定型髮膠、臉皮亮麗無皺紋。柯特和克萊兒加入邪教至今，她只見過希思莉一次，當時希思莉正在打包搬家，準備從艾文斯頓遷居密西根上半島區。希思莉和菲歐娜坐在只剩餐桌的廚房裡。希思莉表達對克萊兒的關切，也表示關心菲歐娜，但希思莉說，她老早和柯特一刀兩斷。她說：「我是可以警告妳的。要是我知道妳想介紹他們倆認識，我一定警告妳。他完全是他父親的翻版。呃，不對，他比他父親聰明。可是，聰明也沒用。他愛鑽牛角尖，言行衝動。這兩個缺點形成惡性循環。我盡力了，菲歐娜。我盡力了。他是個成年人，我做錯幾件事，再也沒辦法彌補。」這時候，菲歐娜才得知，柯特曾經偷走母親兩萬餘美元，謊稱戒毒成功，更把母親花錢請的諮商師騙得團團轉。

在巴黎，菲歐娜打給希思莉，聽著對方的電話響了又響，進入語音信箱，她掛掉重撥一遍。賽吉端著托盤回到她房間，上面有吐司、葡萄、幾塊軟起司、一杯細長的白開水。

希思莉終於接聽，語調不帶感情且倦怠。

菲歐娜說：「嗯，我有消息想報告。」

「是我想聽的消息嗎？」

「是的。」菲歐娜說。賽吉在床頭小桌放下托盤，在床尾坐下旁聽。菲歐娜不在意。有賽吉在，她能邊講電話邊看人。「柯特還好。我甚至跟他講過話。他看起來清醒，不像有毒癮。身體也健康，一切很正常。」她告訴希思莉，柯特和一個不是克萊兒的女人住一起，但她不說柯特已婚。她不說柯特曾被逮捕過。接著她說：「我們找到克萊兒了。我明天去看她。現在講，可能太早了點，不過妳應該考慮飛來這裡一趟。」

希思莉長嘆一聲，態度疲憊。菲歐娜想像她穿著浴袍。她說：「我瞭解妳爲什麼非去巴黎不可。我愛柯特，可是，他是個成年人，而我早已不認爲自己是個母親，和以前不一樣了。以前是有個身爲母親的季節，不過，現在已經過季了。」

菲歐娜說：「是的。不過，我需要妳協助。」她的指甲戳進膝蓋。她說：「另外，我們有個孫女。」

一九八六年

週一啓程前往杜爾郡，令耶爾如釋重負。所有物品擺進後車廂，洛曼坐副駕駛座。路面溼滑，黑樹影以魚肚白天空爲背景。這輛租車瀰漫著人工松香味，載著兩人前往一九二〇年代的巴黎。耶爾憧憬著，此行車程每過一小時，時光就逆流十五年。車子行抵鱘灣時，正好趕上興登堡號飛船（Hindenburg）。終點站不是諾拉家，而是煤氣燈下的咖啡廳。

耶爾曾在口袋月曆的一月二十六日上打個圈卻不記得這動作，換言之當時八成喝醉酒了。近幾星期，他計算過無數次。今天是二十七日。離尼可告別式整整十二週零一天。假設查理果眞在告別式當晚感染病毒，耶爾可能在那天之後不久也被感染。驗血可以等到三月底，也就是他最後一次和查理做愛滿三個月。或者，一不做二不休，現在就去驗。因爲，他曾兩晚打去布朗診所熱線詢問，兩個不同接聽的人都說，即使他在最後一次才被感染，有抗體的機率達百分之八十。此外，部分醫師認定，被感染不久的傳染率最高。這份實用知識來自某家報紙的文章，而混帳報紙發行人可能已經害他沒命。

耶爾儘量打開洛曼話匣子，問他童年過得如何。「和大家想像的不是同一個加州。」洛曼說。「特拉基鎭（Truckee）是唐納大隊[33]受困的地點。」

「他們受困在加州？」耶爾覺得荒謬。

「人吃人和滑雪。本鎭名勝。」

耶爾問他是否仍以摩門教徒自居，他苦笑一陣，猶豫著。「他們會讓你想走也走不掉。就好像想退出哥倫比亞郵購唱片俱樂部（Columbia House）一樣難。」

「哈！常寄貼紙給你嗎？」

「對。」洛曼說。「只花一元，就換來十一年的罪惡感。」

耶爾問他為何傾向於叛教，但洛曼只聳聳肩。「我對一些東西有疙瘩。」他說。耶爾決定不便再追問，因為他自己有過類似的經驗：有些事實，連自己都無法面對，卻能啓人疑竇，反而讓自己難堪。他不願讓洛曼體驗同樣的苦。耶爾十幾歲時，雜貨店結帳檯有位老婆婆，常對他投以異樣的眼光，把他視為全天下最悲哀的人，害他自我質疑想買的商品——娘娘腔才買口香糖嗎？忍了一陣子後，他找藉口開車南下六哩，改去光顧另一家店。高中期間，升學輔導老師爾文問他想讀什麼樣的大學，措辭謹慎，額頭皺起幾條線，問他的志願是否瞄準「大都會取向」的大專院校。這兩人的評估對他打擊之深，更勝同儕對他的批判。有的同學只罵他人妖，塞衛生棉進他的置物櫃而已。因為別的同學也會遇到這種事，不是只有同性戀被惡整。任何一個同學的內褲都有可能被扔進游泳池。任何人的化學課本都可能被潑尿，害人每晚捏鼻子用功。反過來說，唯有道地的兔子才會被成人投以憐憫的眼光。因此，儘管洛曼不是青少年——才比耶爾小幾歲而已——耶爾不願再談這檔子事。

在魚溪鎮加油時，耶爾說：「除了問素描和成品的關聯之外，我們的當務之急是問清楚日期。」耶爾繼續說，「日期不詳的作品，我們能不能至少幫她推敲年代。我知道她想告訴我們的是往事，不過，如果我們沒問清楚大事紀就回藝廊，比爾一定不高興。」作品當中有不少幅有簽名，但註明日期的屈指可數。令人氣餒的是，莫迪里亞尼的作品也沒寫日期。

「我禮拜五之前要回去。」洛曼說。

---

33 Donner Party，一八四〇年代由美東出發移民加州，途中遇雪受困內華達山脈，全隊八十七人僅四十八人存活，盛傳曾靠食人肉充飢。

今天才星期一。雖然耶爾多想永遠待在杜爾郡，遠離芝加哥，遠離查理，他仍說：「我認爲只花兩天就能完成。你週末有什麼大計畫嗎？」

「她眞的快死了嗎？」洛曼說。耶爾正拿著油嘴加油，洛曼刮洗著擋風玻璃。洛曼穿黑外套和黑牛仔褲——耶爾從未看過他穿黑色以外的衣物。脫離都市之後，洛曼顯得突兀、憂鬱。

「鬱血性心衰竭的死期據說是遲早的問題。我們只能假定每次去訪問她都是最後一次。所以，先問大環境。精彩的小細節以後再問。」

回車上，洛曼說：「你是怎麼一下子就取得她信任的，我想知道。」

耶爾考慮故作無知敷衍他，但他還是說，「大概是我讓她聯想起她姪孫吧。我和她姪孫是朋友。他去年十月過世了。」

「喔。」

「他有愛滋。」

洛曼轉頭看副駕駛座窗外。「請節哀。」

來到蛋港，他們吃晚餐，在上次那間民宿登記入住。諾拉曾告訴他們，上午是她「最有精神的時刻」。這一趟，沒有主任比爾．林吉的左右，沒有一瓶接一瓶的葡萄酒，兩人因此早早回房休息。隔著浴室牆壁，耶爾聽得見洛曼在刷牙、吐出漱口水。洗手臺一定是隔牆互通，他可以對著牆壁說聲「晚安好睡」，但何必讓人誤會呢？

來到諾拉家，他們見她坐在壁爐前，火苗貧瘠，手握塑膠噴霧瓶，不見輪椅。她說，「先請你們喝杯咖啡。」黛博拉聽命，重重踏步前去廚房，態度宛如一名不耐低薪的服務生。

「嘍曼。」諾拉用西班牙文發音稱呼洛曼，重音前後對調。「你行行好，幫我一個忙吧？」她舉起噴霧瓶。「黛博拉覺得這東西沒效。這裡面裝的是薄荷水，能趕走老鼠。」耶爾和洛曼視線不約而同掃射客廳。耶爾沒看見任何嚙齒類動物。「老鼠嗅到薄荷會跑掉。你能幫忙沿著地上的板條噴一噴嗎?也噴噴窗臺。」

「我呃——好。」洛曼說，把筆記簿和筆留在耶爾旁邊的沙發上。

耶爾原想慢慢導入正題，循序漸進。他事先設想過幾套訪談策略，但沒有一套涉及薄荷滅鼠法。他翻著檔案夾，尋找作品列表，但諾拉已經開始講話。

「最近我心情不好。」她說到一半停下，看著耶爾，彷彿他一點就通。「我們簽的那幾份文件。我應該叫史丹利詳細解釋一下才簽。」

「喔!是不是有——」

「我們講好了的東西，作品展示時應該一視同仁，文件裡面沒規定。」

洛曼站在壁爐邊，扭轉著噴霧瓶嘴，想調整出合適的噴霧量。耶爾聽得見廚房裡咖啡噗噗煮，以及黛博拉東敲西碰的聲響。

「對。對。那沒關係。偶爾，有人可能想指定贈予細則，不過細則很麻煩。我能跟妳擔保，我沒有忘記妳的心願。」

「聽著，」她說，「我不是傻子。我知道諾瓦克不是你們平常主打的畫家。不過，他的東西並不賴。」

「我愛他那兩幅畫!」洛曼說。他正在噴灑唱片架旁邊。「遠近是有點偏差啦，對吧?行筆既躊躇又無章法，不過也能表現出美感，就好像他快開竅似的。」洛曼從沒發表過這感想，耶爾懷疑他究竟是昧著良心講話，或者心知主任鄙視諾瓦克，所以在藝廊不敢讚美他。

「我好喜歡你的實習生。」諾拉說。「你的上司呢，我可就不怎麼欣賞。」

「在這件事方面，我是妳的擁護者。」耶爾說。他想順勢再講，但諾拉又開口。

「我想告訴你們藍科．諾瓦克的事。你們有你們自己的輕重緩急，我瞭解，不過，蘇丁的東西，你們去圖書館查就查得到。那批作品多數，藝術史學家都比我更懂背景，但是你們能查到的諾瓦克背景一定不多，我想趁我還有一口氣在，非趕緊說明一下不行。」然後，她似乎又想到，「也說明賽傑．穆坎肯。」

耶爾說：「我們可以照年代順序談每一件作品，輪到諾瓦克時，妳再說明他的細節。我車上有幾本作品全集，可以——」

「不行。」她搖搖頭，態度如任性的小女孩。碰巧能發號施令的小女孩。「我想先說最重要的故事，然後交代次重要的故事，以下類推。首先講大戰之前，諾瓦克參加羅馬大獎被閉關的那段日子。」

「閉關？」

「別動家具。」她對洛曼說。「對準沙發下面噴一噴，應該就可以了。」

耶爾抬腿讓洛曼噴灑。

「他是塞爾維亞人。」她說。「但他在巴黎出生，在巴黎長大。」抄寫員應該是洛曼，但既然他在忙，耶爾只好拿起筆記簿代勞。宜人的薄荷香瀰漫起來，有消毒作用。

「我和他不同校。對了，我爸是法國人，」她說，「他聽到我立志學畫，認眞看待我的志趣，覺得在費城學不成什麼氣候。」她講得急迫，斷句時喘一喘，像泳者換氣。「巴黎有一所名校，我想你們聽過，國立美術學院，可惜不收女生。就算收女生，我也嫌他們太古板。我向兩所學校申請，其中一所是克拉羅西學院（Academie Colarossi）。而且——」她笑一笑，「我告訴你，最令我心折的是：那學校准我看著裸男模特兒畫畫。你知道，那時候的學校多數都用這藉口拒收女生。本校有裸男，女生收不得！所以決定了，我讀克拉羅西——」她拼音給耶爾記下。耶爾聽過這學校，但仍落後兩句，「我爸帶我去註冊。那年是一九一二，我十七歲。」

洛曼蹲下，噴灑客廳和飯廳間的門檻，黑T恤向上縮，後腰暴露。

「我爸把我交給他阿姨愛麗絲照顧。她老年癡呆了，不能下床，所以請護士看緊我，可是，可憐的護士哪裡管得住我。每天早上，她幫我烤吐司，對我的管教僅此而已。那年秋天，學校有一堂解剖學課，開放給民眾旁聽，就是講解膝蓋內部構造等等的。國立美術學院也開類似的班，不過這門課很熱門，因爲有客座講師，所以友校的學生也來旁聽。」

洛曼回客廳，像接力賽跑選手，接下筆抄寫。耶爾重拾作品列表，每幅畫旁邊預留空格，方便他塡寫日期，但至今他只寫下一九一二年抵達巴黎。

「我旁邊坐了一個男生，一頭黑色捲髮——跟你頭髮挺像的，耶爾，不過他的臉比較長。他坐我旁邊，用迴紋針串成頭冠，戴在頭上。他坐那裡，好像一點也不怪，讓陽光從他身上反光。我想幫他畫一幅畫，那是我頭一個念頭。但緊接下來，我對他產生好感。在那之前，我一直搞不懂，畫家怎麼會愛上他們的繆思？我以爲只是精蟲在作怪。不過，我有一股衝動，想畫他，想佔有他——跟那些男畫家是同樣的道理。這樣講合不合理，我不知道，總之是這回事。」

耶爾想說一件事，卻不知從何說起。他想到的是，有一天，他陪尼可和里察去逛林肯公園湖濱湖，尼可和里察共用里察的萊卡相機。那一天，令耶爾大開眼界的是，他們和世界的互動方式既能自私，又能慷慨——一方面捕捉美感，另一方面卻能將美感反饋回去。來到長椅、消防栓、人孔蓋，尼可和里察駐足拍攝，尋常的事物在他們關注下，美感頓時陡升，攝影師走開後，它們變得更美。那天逛到最後，耶爾覺得自己能以框架看事物，觀察圍牆柱反光的樣子，見到唱片行櫥窗粼粼的日光，他也想過去舔一下。

他對諾拉說：「我懂，我真的懂。」

洛曼這時流著汗，臉上汗光晶瑩。耶爾猜測著，他是聽愛情故事聽得緊張，或他身體不舒服。從他在沙發上變換坐姿來判斷，耶爾猜他愈聽愈緊張。以耶爾本身而言，現在耶爾最不想聽的正是愛情故事。

「隔天，諾瓦克想辦一場野餐會，他邀我去。就這樣，我失神了。他聞起來，氣味對，就像黑暗的衣櫃一樣。催情的一大因素在嗅覺。我堅決相信是。而他也同樣愛上我了。」她歇口，豎起一指，看似想專心呼吸。耶爾想發問，以塡補對話空檔，不巧黛博拉來了，端著兩大杯咖啡給耶爾和洛曼。無糖，無奶精，純咖啡，稀薄到能見杯底。洛曼接下咖啡杯，動作彆扭，直接放在咖啡桌上。黛博拉挨著門框站，雙手叉胸，儼然是悶得不耐煩的一尊雕像。

「還在談諾瓦克嗎？」

耶爾點點頭。洛曼說：「講到迴紋針了。」

「她把整批畫送給你們，全是爲了他，你們知道吧？」

「我不否認。」諾拉說，省得耶爾決定該如何回應。

洛曼問她是什麼意思，黛博拉大笑起來。「沉迷一個人，沉迷七十年，未免太久了吧。」黛博拉說。「你不覺得嗎？我嘛，我確定他是個很棒的男人，不過，他作古那麼久了，她還爲他放棄家人。」

洛曼說：「我還是不懂，爲什麼這表示她非捐給布瑞格——」

「黛博拉。」耶爾說，一時詞窮，講不下去。他是急著破解僵局，想改變話題。「有糖可加嗎？」

見黛博拉悻悻然回廚房，耶爾起身跟進，示意洛曼繼續做筆記。

黛博拉開冰箱看。冰箱裡絕對找不到糖吧，但耶爾本來就不是眞的想加糖。他只希望黛博拉能減輕對他的恨意。一旦諾拉過世，黛博拉將成爲一份寶貴的資源。

他說：「照顧她，想必很辛苦吧。」

黛博拉不語。

「情緒上和財務上都是。喔，對了，如果妳那批首飾想找人估價，我很樂意介紹專家給妳。妳最好不要在這附近隨便找一家估價。我在芝加哥認識一個人，他甚至願意開車來這裡。看在我份上。」

黛博拉轉身。不知爲何，她手裡多了一罐芥末醬，眼裡有淚光，但也可能是剛才留到現在的淚。她淡然說，「你眞好心。」

「舉手之勞而已。」

「告訴你好了，我從沒針對你個人生過氣。假如你是個混帳就好了，那我可以儘管恨你。這是你勸人交出東西的本領，對吧。你人很好。而且甚至不是假的。」

耶爾曾自信是個好人，但查理對他的觀感或許不同。泰迪也是。他聳聳肩說，「對，不是假的。」令他大吃一驚的是，黛博拉對他微笑。

他和黛博拉回客廳時，諾拉正在告訴洛曼，她搬進公寓，室友是克拉羅西學院一位離過婚的女學生。「我們住一間小公寓，樓下是一間修鞋店，在大茅舍路上。糟糕，」她對洛曼說，「你懂法文嗎？」

「我其實懂。我曾經——我的論文題目是巴爾蒂斯，我也——」

「哈！那個變態！嗯，那好，你自己能拼音。室友的前夫還每月寄錢給她。我用幾法郎買通我姨婆的女傭，可憐的姨婆病太重，根本沒注意到我搬走了。」

耶爾坐下，想瞄洛曼的筆記，但洛曼記下的不多。黛博拉從飯廳拉一張椅子過來坐。

「所以，我出國讀書那幾年就那樣過。素描、繪畫、和諾瓦克在一起。那幾幅乳牛素描就是那期間畫的，那時我和他去諾曼第旅行。一九一三年三月吧，我敢說。」

在諾瓦克三素描旁的空格，耶爾記下日期。他奉命前來求取的事項當中，這是最雞毛蒜皮的一項。假如他只問到乳牛素描的日期，比爾會認爲是惡作劇一場。

「我們想結婚，可惜暫時不能，因爲在四月，諾瓦克參加羅馬大獎。那可不只是交一幅畫就能領獎的，是學生之間相較量一整年的比賽，每階段淘汰幾個學生，就像美國小姐選美那樣，每到一個階段，就有幾個可憐的女孩哭著下臺。而且，你們猜到了嗎？比賽只開放給未婚男人參加。國籍一定要是法國，結果當然有學生亂扯，藍科．諾瓦克不是正統法國人。我猜是他名字的關係吧，爸媽沒幫他取名『雷內』。幸好，主辦單位還是讓他晉級。不過，他爲這事很難過。

「他的個性相當脆弱。作風也很怪！對了，他其實不該讀國立美術學院的。他那間學校是正統派，你們知道吧，學校想馴服他。那年代崇尚隨性流浪風，學生最不想被守舊的傳統派拍拍背稱讚。在那環境下，他總想壓抑自己的怪筆法。最後，校方成功了，很遺憾。他對著自己的作品東刪西修修，直到老師滿意爲止。」

洛曼說：「那兩幅完成圖，看起來不像刪修過。」

「嗯，答對了。那兩幅不是畫給老師看的。小女孩那幅——他在同一時期畫的，快筆揮一揮就畫好。他畫的是我，假想著我年幼的模樣，可惜他錯得離譜，但話說回來，那一幅照樣傳神。不過，他畫給老師看的作品全修飾過，每一幅都平淡無奇，宗教意味濃。他根本不信上帝啊！

「他在競賽裡一路過關斬將，累到最後一階段，參賽者集中在康比涅城堡，閉關七十二天。七十二天吶！你們能想像嗎？而且要針對指定的主題作畫。首先，給十二個鐘頭素描，然後，給十個禮拜繪畫成品，不准跳脫素描。畫到一半不能改變心意嗎？誰規定的？所以，他被關七十二天，我坐在公寓裡害相思病。」

洛曼說：「他能寫信給妳嗎？」

「不行！那些日子是我這輩子最苦的一段。對了，現在我話這麼說，其實那時候，我每天都更愛他一些。苦等城堡情郎出關，天下還有什麼比這更浪漫的？我瘦了九公斤。

「指定的主題是什麼，我不記得了，不過他畫了一個死氣沉沉的聖母抱亡子像。我那時的感想是，看起來像一齣難看的復活節歷史劇。結果他得獎了。其實，得獎人總共三個學生，當時吵得沸沸揚揚。去年得獎者從缺，基於什麼無聊的理由，前年得主被逼退，所以那年有三個名額，得主一起送去羅馬的麥第奇別墅。老實說，若是正常年度，諾瓦克不可能入選。大家都清楚，他其實是第三名，他自己也心裡有數。

「所以，你們能想像吧：我今生的新郎閉關幾個月，大獎是保送他去羅馬住三到五年。而且，我們不能結婚，因為那裡容不下妻子。他得獎興高采烈，我卻是情緒崩潰。」

「如果對方是個好男人的話，」黛博拉插嘴，「我倒能理解終生緬懷他。可惜，這個是混蛋。」

耶爾不得不默默贊同。也許諾瓦克不壞。羅馬大獎聽來像是一生難得一次的良機，但假使年輕的諾拉找耶爾指點戀愛迷津，耶爾一定會叫她及早認賠退場。

「後來，那年夏天發生兩件事。第一件，你們已經知道了。那個可惡的傢伙槍殺大公，大戰跟著爆發，我多想踹他一腳。但另一件事是，我爸突然死了。所以轉眼間，諾瓦克的羅馬之行延後，接著我也被叫回家。」

洛曼發出同情的一聲，在筆記的死字底下畫線。

「一切陷入混亂，你們可想而知。我不想回國，想繼續待在諾瓦克身邊。大戰開打，我幾乎好高興，太自私了吧。但巴黎愈來愈危險，而我爸過世，表示我沒錢繼續求學。後來，到了八月，諾瓦克告訴我，他被動員了。我根本不知道他有上戰場的可能。

「我連續哭了兩天，決定還是回國算了。輪船一票難求，因為大家急著在同一時間訂船票。我回到費城，和母親相依為命，平日教幾個小討厭鬼畫畫。」

「妳回國了。」洛曼說。「可是，另外那幾幅呢？它們是後來的作品，對吧？」

「是的。」諾拉回答，然後深咳不止，痰音濃，每咳一次撼動全身。黛博拉從椅子箭步奔進廚房。耶爾站起來，不知如何是好。在芝加哥街上，在酒吧裡，常有一種肺囊蟲肺炎咳嗽聲，他聽習慣了。這種乾咳如犬吠聲，令他聯想起一種較接近中世紀的瘟疫。他記得尼可以前的室友強納森．博德曾說，「咳了再咳，真希望能咳出東西，該有多好。」諾拉的咳嗽聲較近似溺水。黛博拉端來一杯水，也帶來一張紙巾。

耶爾進飯廳，示意洛曼過來。不宜圍觀，至少給諾拉一點面子。

洛曼低聲說：「諾瓦克後來陣亡了，對吧？」

耶爾松聳肩。「我覺得嘛，這故事沒有快樂結局。」

「好淒美喔。」洛曼說。「註定沒結果的愛。」

耶爾笑了。「淒美嗎？」他止不住笑。不妥吧，因爲諾拉仍在狂咳，洛曼露出受傷的神態。都怪洛曼的嗓音和臉上那副癡情的模樣，正中耶爾幽默感裡最陰狠的一區。好淒美喔，註定沒結果的愛！戀侶勞燕分飛，多麼瑰麗，意境多深遠！死在華麗的戰爭裡，葬身詩情畫意的病魔手裡！他多想喚醒地下的泰倫斯說，「你們好像羅密歐和朱麗葉喔！羅密歐和朱麗葉吐得稀里嘩啦死掉。也像英國版的崔斯坦與伊索德瘦到四十公斤，頭髮掉光光。好淒美喔，泰倫斯。淒美！」

洛曼說：「你還好吧？」

諾拉的咳嗽終於平息。

「我們還是走了比較好。」洛曼說。

這時候，黛博拉站在門口，暗示逐客令。「她累壞了，我不該准她講這麼久的。」黛博拉說。「明天再來，可以吧？」

聽起來好極了：能保證在杜爾郡再待一晚，遠離芝加哥，遠離他認識的所有人。要是能多拖幾天，再待一星期，待一整個月，該有多好。這裡看不到催他去驗血的海報。他可以在諾拉家住下，解放黛博拉去逍遙。

坐進租車後，耶爾說：「如果她今晚一睡不醒，你一槍斃了我，好不好？」

「被你這麼一說，她一定不會死。」

車子的座椅冷冰冰，一股寒意從方向盤穿透耶爾的手套。「我對宇宙有那麼大的神力嗎？我不確定。」

洛曼說：「人擔心遇到特定的壞事時，那件壞事絕對不會發生。我指的不是擔心下雨就不會被雨淋到，而是如果你擔心你搭的班機會失事，你就不會墜機。」

耶爾搖搖頭。「我想活在你那種世界裡。註定沒結果才淒美，命運能任自己左右。」只不過，也許洛曼死命強求的，正是這份信仰機制。何必戳破他的痴信呢？耶爾能告訴他的人生道理，有朝一日這世界也必定能點醒他。

在昨晚同一家餐廳，他們停下來吃下午餐，耶爾點相同的麵糊炸魚餐，外加兩瓶啤酒。

走回民宿後，櫻桃夫人衝向他們，邊跑邊拍著手，說：「哎呀，太可怕了，不是嗎？告訴你們，房間裡能收看NBC和CBS，不過ABC的訊號不太穩定。公視臺也能看吧，我想，不過公視幾點播新聞，沒人知道。我嘛，我會先試試看CBS。」

耶爾張嘴想問出了什麼事，想說我們整天沒開電視，但洛曼已問CBS是第幾臺，並且在櫻桃夫人再說「太可怕」的同時點頭贊同。幸好，她看起來不太傷心——不可能是世界末日到了。「對了，我問一下你們兩位。」她說。「你們喝不喝酒？今早有一對小夫妻退房，在地板上留一整瓶。等一下，我這就去拿。」

兩人只大眼瞪小眼，滿頭問號，她取來一瓶本地釀製的草莓酒，紅如咳嗽糖漿。瓶子硬塞進耶爾手裡時，不知為何，瓶身黏黏的。

「不喝，帶回去送家人也行。」她說。耶爾向她道謝，告訴她說，他們的確喜歡喝酒，不會辜負她的好意。

耶爾正想回房，洛曼卻從隔壁招呼他。「你不想看CBS新聞嗎？」

耶爾想看。如果發生俄國宣戰之類的大事，他更不願單獨看。他帶著草莓酒進洛曼房間。他說：「哪一個會比較可怕，是新聞還是這瓶酒？」

抽屜櫃上擺著一籃子，裡面有軟木塞開瓶器、餐巾、塑膠杯。耶爾倒兩杯。從這種塑膠杯的形狀難以判斷容量多寡。兩人舉杯乾杯一下。耶爾本以爲會嚐到滿口甜膩似糖漿的滋味，沒想到在甜味下另有一股放蕩不羈的酸，整體的口感是甜過頭又不夠甜。

他在洛曼的床尾坐下。洛曼的行李箱開在地板上，黑衣褲如岩漿溢散。

電視機在抽屜櫃上，離床尾僅兩呎。洛曼過去開電視，螢幕被他擋住，耶爾只有他的背和臀可看。

「喔，」洛曼說，「喔，哇。」

「怎麼了？」

「呃，太空梭。爆炸了。」

「糟糕。閃開啦。」

洛曼在他身旁坐下，翹起二郎腿，摘掉眼鏡，然後再戴上。

棚內主播丹拉瑟解釋著，發射升空一分十二秒後，太空梭發生事故。在卡納維爾角現場的記者坐桌前，試著解釋事發經過，提到大片機體殘骸已墜海。畫面重播著今早升空的畫面，有一大段期間無異狀，耶爾幾乎充滿希望，以爲根本沒出事。隨即，火箭化爲一團濃煙，兩道螺旋煙柱跟著分岔而出。

「我的天啊，太空梭上有一個老師。」耶爾說。

「什麼？」

「之前不是在公開徵選老師上太空嗎？那個女老師中選了。天啊。」

洛曼說：「呃。我不太看新聞。」

若非前幾天柯特．匹爾斯提起，耶爾自己也不知此事。那天，小柯特說，以後人類就能經常來去太空。小柯特的心願是二十歲那年移民月球定居。

洛曼的左膝碰觸耶爾的右膝。不對，是黑牛仔褲的布料摩擦耶爾的卡其褲。耶爾揣測此舉是有心或無意，想著挪開腿是否會刺傷洛曼的心靈。

耶爾說：「嗯的確是大事。媽的。」

「還有其他太空梭嗎？」洛曼說。

「什麼意思？」

「就是，他們有一整個艦隊的太空梭嗎？或只有這一架？」

「他們有——」問題看似容易，但耶爾想一想，卻答不上來。「一次一架嘛，對吧？目前是這一架。」

耶爾不知不覺大灌草莓酒。現在才下午而已，但感覺時辰已入夜。洛曼的窗簾全關，背後的百葉窗也閉緊。

洛曼癱回床上，二郎腿仍翹著，膝蓋仍壓向耶爾，酒杯平放在肚皮上，一指勾住杯緣。

耶爾慢慢花時間，好好思考一件事，一字一字考慮：不跟洛曼上床。現在不會，永遠也不會。現在不會是因爲，自身可能已經染上病毒。永遠不會是因爲，自己的職責是帶這個小子學習。耶爾不太清楚西北大學對研究所師生關係設立的規範，但他心想，規範是一定有，他也認爲同樣的標準適用在他和實習生之間。永遠不會是因爲，他沒興趣輔導迷惘處男釐清性傾向。永遠不會是因爲，洛曼雖然是博士候選人，腦筋卻不太靈光，而耶爾覺得這點很重要。

「驕矜自傲。」洛曼說。「人類就是太驕矜自傲了。我們不是剛聽過諾拉談往事嗎？那年代離現在很近。那些年，她常搭輪船橫渡大西洋，對不對？而現代人居然以爲可以像搭公車遊太空。」

耶爾想問，太空人如果擔心出事，會不會就因此逃過這劫數？但這時講這種話太刻薄。這件意外令人扼腕痛心。一切都令人扼腕痛心。他說：「比發生壞事更糟的是什麼，你知道嗎？原本眞的美好的事，原本大家以爲會很棒的事，後來卻變成壞事。爲什麼這樣會比發生壞事更糟糕呢？」

新聞播報員說著，雷根總統取消今晚預定宣告的國情咨文，但絕對會針對此意外發表談話。耶爾忽然好想念查理，想念到心慌慌。他要查理出現身旁，對著電視怒吼：雷根「絕對會發表談話」這說法不合乎邏輯。死了六七個太空人，雷根與全國一同落淚。死了一萬三千名男同性戀，雷根卻忙得沒空發表談話。

進廣告後，耶爾藉這機會從從床上站起來，稍微調低音量，再添一杯酒，坐回床尾，離洛曼遠一點。這時候，畫面出現聚集觀看太空梭升空的學童，見到地勤人員送一顆蘋果給女老師，令人難以轉移視線，同時也令人看不下去。草莓酒的後勁超出他預期。嗯，之前也喝過啤酒。此外，房間幽暗，煙柱看起來嚇人，也不無關係。

洛曼說：「每次我一想到『死』字，就忍不住質疑一切。」

耶爾不想談死。他說：「有時候，質疑是好事。」

「我一直想著諾瓦克。多浪漫啊。我是說，他是眞的被鎖在城堡裡，不是比喻的說法。而諾拉在外面等他。」

「講老實話，聽起來好慘。」

「你不羨慕諾拉那段情嗎？當時災難那麼多，她卻有所歸屬，你不覺得嗎？」

耶爾措辭謹愼起來。「歸屬嘛，你可以——你在芝加哥也找得到。」

「搞不好我的問題就是這個。我被困在艾文斯頓，瞪著名畫看。」

「我二十六歲才搬去芝加哥。」耶爾說。

耶爾突發異想，自認應該把洛曼介紹給泰迪。畢竟，泰迪沒病，也會把陪伴洛曼當成好事一樁。有條小狗可讓他訓練。

「聽著，你應該往南搬，呃，搬去湖景市也好。在那裡，你遇到志同道合的人機會比在艾文斯頓多。酒吧比較好玩，有趣的人也比較多。更放鬆一點。」

「這房間天花板怪怪的。」洛曼說。耶爾身不由己在他身邊躺下，雙腿仍垂掛彈簧床尾。天花板沒有特別詭異之處。只不過是常見的灰泥。洛曼已喝完他那杯，把塑膠杯拋向地板，說，「我腦筋好鈍。」

「你沒醉。」耶爾轉頭面對他，希望他看見認眞的眼神。

洛曼伸手，以指尖觸碰耶爾頸子和綠毛衣。耶爾暫停呼吸，呆望著洛曼的臉閃現螢幕投射的藍光和黃光。該叫洛曼停手才對。該起身了。但是，也許洛曼從來沒做過如此大膽的舉動。也許，如果他被耶爾推拒，他終生再也不敢向男人伸手了。耶爾全身不聽使喚躺著，洛曼的指尖下滑至耶爾手臂，滑向Dockers長褲的外側縫線。耶爾被釘在床上，制伏他的是草莓酒裡的糖分和酒精，以及午後懶散感。老實說，另有一個東西制伏他：下體正在四角內褲裡腫脹，緊貼左大腿。

洛曼看起來好惶恐，好年輕，耶爾牽起他滑到大腿上的手，不放開，繼續握著，五指扣住洛曼修長蒼白的手指。現在，兩人面對面，耶爾霎然明瞭，自從人生天翻地覆之後，再也沒有人摸過他了。泰瑞莎不算。他從杜爾郡出差返家那天，泰瑞莎曾抱他一下。在泰倫斯喪禮抱他的菲歐娜也不算。碰觸，向來是耶爾的弱點。有人喜歡笑稱小時候沒被抱夠，但耶爾不覺得好笑。對耶爾而言，沒被抱夠簡直像維他命攝取量過低。

洛曼呢喃著：「我不知道我要什麼。」他在發抖，至少手在抖。他的眼鏡被枕頭擠壓，在他臉上歪一邊。

不到十五分鐘前，耶爾曾列舉不宜踰矩的理由。而今，理由有哪些呢？一個是，他可能帶原。就是這個。可是，這樣就該什麼都不做嗎？

他想關掉電視。這一點他還知道。想關電視就該動一動。他放下洛曼的手，撐起自己上身，下床，以汗溼的拇指按掉電源鍵。

地板上的兩腳不穩。他記得十二月那一夜，他走過朱利安家，過門而不入，可能因此救了自己一命。然而，現在，他想做和以前完全相反的事。他看著門，以爲自己會走過去，但身體卻反其道而行，在床緣側身坐下，一腿上床，另一腿下垂。洛曼坐起上身，向後靠向他，後腦勺倚偎耶爾下巴底下。耶爾伸手至洛曼襯衫，往下摸到褲子拉鍊，鑽進拉鍊裡，單手，只有右手，將洛曼拉出內褲上圍，然後左手伸向洛曼胸膛，按住他，感覺洛曼心臟動搖肋骨腔。他慢慢揉洛曼，揉到洛曼逐漸昂首迎向他的撫觸，之後耶爾才加速，握得更緊。

上一次幫人打手槍是多久前的事？查理不太熱衷此道。雖然最後一次性接觸是和查理，但自慰大概是一兩年前的事。洛曼背貼著他前胸，幾乎喘不過氣，兩人肩膀交疊，腰臀交疊，角度和自我解決大同小異。

「放輕鬆。」他低聲說，洛曼聽了再向後貼緊他。

耶爾的勃起擠壓著洛曼的尾椎，但這其實不是重點。重點在於，洛曼似乎有這欲求——欲求度多高，耶爾不知道，只能瞎猜——而耶爾自己也有這欲求。

洛曼繃緊身體，兩手按在耶爾膝蓋上，沉嗚一聲，射向抽屜櫃的正面，射向扁扁的抽屜和銅柄，落在電視機正下方。

旋即，在兩人都來不及吐一氣之際，洛曼觸電似的下床，從地板抓起黑T恤，開始擦拭抽屜，好像唯恐有人突然進門看見。「坐下啦。」耶爾說。他從洛曼手中拿走T恤擦擦手。擦完後，耶爾把T恤揉成一團，塞進行李箱一角。洛曼臉朝下，趴在床上，雙手張開成十字架刑的姿勢。

耶爾說：「你要我留下嗎？還是要我走？」

他自己也無法決定去留，但洛曼對著被單說，「我想我還是單獨一人比較好。」

耶爾回自己房間，開蓮蓬頭，隱約想打飛機，但等水溫夠熱之後，興頭卻消失了。他觸摸鼠蹊的淋巴結，覺得頭太暈，不洗澡也罷。他躺上床，考慮轉臺看看哪一頻道不轉播雷根那顆大頭。沒吃晚餐的他睡著了。

在早餐室裡，耶爾坐一張小圓桌，太陽穴因宿醉噗噗痛著，口舌乾澀。這時候，洛曼出現在門口，櫻桃夫人歡迎他，直線帶他在耶爾對面坐下。洛曼看著地面，趕緊拿起《杜爾郡倡議報》遮臉。

起床到現在，耶爾不斷捫心自問，腦筋到底有什麼毛病，昨天到底在想什麼，但他認為，自己最好表現出平常心，向對方釋放一切沒事的訊號，身心健全的男同性戀沒必要一覺醒來自我鞭笞。他對洛曼說：「我們今天一定要問出細節來。諾瓦克的瑣事再精彩也一樣。」

也許耶爾該提其他事，說點較為親善的話。也許洛曼認為，耶爾也在迴避禁忌話題。但耶爾也倏然想到，此行不知道仍有幾天，回程的路途也漫長，下週上班同處一室多難為情。最近充斥他腦海裡的盡是病毒問題，也太滿意自己理解出的解答，昨夜居然忘記更稀鬆平常的問題：悔恨、羈絆、期望、羞赧。

櫻桃夫人端吐司上桌。她說：「昨晚總統的談話多美啊，不是嗎？有詩的意境。」

耶爾說：「我相信是。」

「你沒看嗎？」

「我看了，」洛曼說。「妳說的沒錯。有詩的意境。」

駛向諾拉家途中，洛曼一路凝望副駕駛座車窗外。耶爾考慮道歉。但道歉可能埋下惡種，等於坦承自己濫用權位，更糟的是，道歉可能強化洛曼可能有的一種錯誤觀念，讓洛曼更加認定，男男接觸是可恥的行為，是該道歉的事。道歉可能害這小毛頭的觀念倒退五年。

引耶爾入甕的是洛曼的稚嫩和罪惡感嗎？或者，在昨天那種時刻，無論與誰共處，耶爾都可能繳械投降嗎？他不認為會。對方如果能傷害他，他就不會。

多好笑，查理曾以為，像處男的洛曼好稚嫩，和耶爾相處不會擦槍走火。也許查理完全不懂耶爾吧。

「你們今天不能叫她講太多話。」黛博拉說。耶爾請她放心，今天他們只想填補空缺的細節。黛博拉走向樓梯，坐在歇腳處打毛線，從門口隱約看得見她。耶爾怪自己早餐吃太多。或者，也許吃太少了，多吃一點能吸乾仍在肚子裡涮來涮去的草莓酒。

諾拉的確有一抹倦容，總是蒼白的皮膚今天多一分青藍，眼珠淺紅。耶爾告訴她，今天眞的要問到其他作品的日期，她並不反對。「全是二五年以前的作品吧，我想是。」她說。「到最後，我就不常做模特兒了。到了二五年，我已經跟大衛訂婚。」

洛曼和耶爾同坐一張沙發，但儘可能隔得遠遠的。他有一本裝滿影印資料的活頁夾，上星期忙著整理、加標籤、照年代順序排列、建立目錄。諾拉建議他們照書信對象來整理。「這樣一來，我可以拼湊出往事。」因此，洛曼先翻閱少數幾封莫迪里亞尼的來信，這時耶爾拿起筆記本和筆，問諾拉是否記得重返巴黎的確切時間點。

「我敢說是一九一九年仲春。那年我二十四，感覺好成熟。在費城，我算老小姐了。」

「諾瓦克呢？」洛曼說。耶爾好想掐他脖子。耶爾其實也想知道，但等到其他問題搞定再問不是更好？耶爾慢慢想起昨晚一場夢：他夢到諾瓦克被關進城堡，耶爾打電話給他，想找他出來看諾拉，以免他的畫被諾拉燒掉。他發現，他撥的號碼是《同聲報》的報社。

「這個嘛，」諾拉說，「問題就出在這裡。他完全沒消沒息，一封信也沒來。我忍不住希望他死了，這樣表示他沒有遺棄我。我也忍不住希望他恨我，這樣表示他還沒死。你們可別以爲我一直癡癡愛著他喔。在費城，我交過幾個男朋友，只不過我沒遇到想嫁的對象。和我一起長大的男孩全去打仗了，我交的到的只有——老天吶，有一個是**賣鞋子的推銷員**。本來和我交往的全是狂放的年輕畫家耶。在費城，我悶慌了。」

耶爾正要問她當模特兒的機緣，但他慢了一步——酒霧在腦海中礙事——諾拉繼續談。

「你們該瞭解，當時我們不知道誰死誰活。我在克拉羅西學院的朋友，甚至教授，他們是死是活都不知道。除了大戰之外，當時還爆發流感大流行！有時候接到信，知道某某人作戰負傷，後來聽說他死在野戰醫院，根本不清楚是傷重死亡或得流感病死。不過，多數根本沒消沒息。親愛的，你再翻也翻不出太多莫迪里亞尼的。」她對洛曼說。但洛曼繼續找。耶爾懷疑他想藉活頁夾遮臉，不願和他對眼。

「我回到巴黎，發現巴黎不見了。不是城市本身，只是——解釋不清楚啦。男孩子不見了，同學不見了，不然就是缺手缺腳的。有個建築系同學回來了，手腳都還在，可惜聲帶被芥子毒氣燒壞了，再也說不出一個字。那年春天，所有人都漫無目的。在咖啡廳看見一個人，即使不太熟，也會跑過去親對方，交換死訊。那情形你能拿什麼互相比較呢？我想不出來。你沒辦法類比吧。」

耶爾腦筋一時轉不過來。「類比什麼？」

「呃，你們呀！你的朋友圈啊！除了戰爭，你們還能拿什麼來類比！」

洛曼愣住——耶爾眼角餘光看得見。洛曼暫停翻頁的動作。耶爾想叫他放心，手不可能傳染病毒。或者，也許洛曼擔心諾拉口中的「你們」包括他在內。

諾拉說：「所以我才選中你，所以我才想捐這批畫給你！菲歐娜跟我一提起你，我就捐定了。我明白辦展的主事者是林吉主任，不過，能保證妥善照顧這批畫的人非你莫屬。」

按照正式的說法，諾拉的話說不通，但耶爾點頭。「當然。」他說。

「因為你一定能理解。當年巴黎成了鬼城。那些男孩有幾個是我的摯友。我和他們同窗學習了兩年。我跟著他們到處跑，做盡年輕人做的荒唐事。我可以報他們的姓名給你記下，可是，你聽了也沒意義。假如我告訴你，畢卡索在大戰期間過世，你能理解說，世人無緣見到《格爾尼卡》這幅名畫。可是，如果我說，沙克・懷斯（Jacque Weiss）在索姆河戰役陣亡，你不會知道世上缺了那幅畫。這——告訴你好了——

這爲我老年預做了心理建設。現在，我的所有朋友，不是已經死了，就是一腳踏進棺材了，而我早就嘗過年老的滋味。」

耶爾原本不太認爲諾拉目前還有朋友。在耶爾觀念中，朋友是從前認識到現在、友誼永固的朋友。也許正因這觀念，寂寞感才對他打擊如此沉重。他無法想像再去找一票全新的死黨。以諾拉而言，她失去了成年後第一批朋友，失去了同輩，接著繼續見人事滄桑七十年，令耶爾實在難以想像。

諾拉說：「後來，每次我進藝廊，我會想到裡面缺了哪些作品。可以說是『鬼影畫』，只有我自己看得見。不過，四周有好多快樂的年輕人，你會發現，他們沒有喪友之慟，他們看不見空白的格子。」

耶爾但願洛曼不在場，但願能和諾拉促膝而泣。她淚汪汪注視著耶爾，扣住他的視線，彷彿捏住他的目光。

洛曼說：「諾瓦克也不在了嗎？」

諾拉怔一怔。「嗯。沒人知道他在**哪兒**。我有幾個朋友還在學校，我沒錢復學，我存的錢只夠旅費。我有個老同學是俄國女生，我去跟她住。她太會帶壞朋友了。

「夜間部開放讓民眾繳錢聽課，有幾位老師肯放我們進去偷偷旁聽。我考慮離開巴黎去流浪作畫，可是我實在找不到事情做。我想畫斷手斷腳的阿兵哥，下筆卻又於心不忍。所以，在大亂中，我坐下畫水果。跟我在費城教小孩做的沒神經習作差不多。」

「這批畫的畫家，是妳在這階段認識的囉？」耶爾提示。「是在同一年，或是後來才認識的？」

「在那年夏天和秋天。」

洛曼從耶爾手中接下筆記本，翻到最後。「莫迪里亞尼在一九一九年春天回巴黎。」他說。他在這頁寫下年代表，以顏色區別，很用心。「帶著赫布特尼和他們的女兒。」耶爾從這裡嗅得到洛曼的汗味——不臭，是他昨天近身嗅過的氣息，是昨天藉熟悉勾引他的氣息。

「正是。嗯，隔年元月他就死了。你對他的年代有概念了吧？」她一副沾沾自喜的模樣。「莫迪里亞尼是克拉羅西校友，回學校常大搖大擺走，看起來像歌劇裡的大反派，當時已經出名了。口氣很臭，滿口亂牙，可是我一見他，就被他的名氣沖昏頭。他在走廊，和我們的老師在一起，我找個藉口過去問問題。最早找我當模特兒的就是他。

「我的想法是，我想當繆思。因爲我怎麼畫，都無法表述內心的失落感，既然畫不出來，說不定有誰能鋪排出我的心靈世界。這當然是想留名青史的企圖心。」

耶爾心裡有一百萬個問題，其中一個是，身爲繆思是否涉及性關係，但他只問：「所以，是那年春天嗎？或是夏天？」

他試著想像六十年後，有人訪問他，鑽研他畢生細如牛毛的細節：你是先去驗血，還是先有打手槍那件事？尼可和泰倫斯哪一個先死？強納森．博德病發時，誰是他室友？查理過世的確切日期是哪一天？你是在哪裡聽說的？朱利安哪一年過世？泰迪呢？里察．坎普呢？你病發是在哪一年？他將成爲舉世最幸運的人，能活到最後，是碩果僅存的一個，遙想著往事。也是最不幸的一個。

就在這當下，洛曼驚叫失聲，超高頻尖叫，斷斷續續，機關槍式的急促尖叫不休。見洛曼雙腿縮上沙發跪著，耶爾一眼便明瞭。黛博拉一定也明瞭，因爲她下樓梯時，手上多一支掃帚。「跑去哪裡了？」她說。洛曼狂亂揮著手，大致比著牆、唱片架、飯廳的方向。

「對不起，」他說，「我實在很討厭老鼠。」耶爾也討厭老鼠，但洛曼的過度反應讓他能低調反應，能鎮定上陣協助。黛博拉拿著掃帚柄，撞一撞唱片架，看老鼠會不會竄逃而出，洛曼說：「不曉得我少了哪根筋。我昨晚睡不著。」

「親愛的，放過可憐的小老鼠吧。」諾拉對黛博拉說。

洛曼說他確定看見老鼠跑進飯廳碗櫥後面，黛博拉請耶爾一起進飯廳，合力搬開靠牆的碗櫥。

一站起來，耶爾覺得頭暈，宿醉仍在作怪。他想回家睡大頭覺。家？睡哪裡都行吧。

「手指從凸架下面抓進。」黛博拉說。碗櫥很高，奇重無比，他怎麼抓也抓不緊。

他曾讀過一則雜誌文，知道宿醉能加重羞恥感；昨夜做過於心難安的事，宿醉能讓你更難安心。他希望如此，因爲今晚才回民宿，和洛曼睡同一棟建築物裡，酒醒的他不至於一想到那件醜事就反胃。或者是，也許是碗櫥太重了。他和黛博拉一次抬起碗櫥一腳，把碗櫥挪出牆邊一呎，地上有很多灰塵，但不見老鼠影子，也沒有鼠窩。在客廳，諾曼已經鎮定下來，以正常語調和諾拉對話中。

「擱著就好了。」黛博拉說。「我該拿吸塵器吸一吸。」她伸手綁牢鬆開的馬尾。「那一批畫不在這裡，倒也是好事吧。這房子是個豬圈。」

耶爾想喝水。他想上洗手間。他說：「哈。對啊，灰塵毛球再多也傷不了畫，不過呢，老鼠鑽來鑽去，兩百萬美元的藝術品可會遭殃。」

黛博拉雙手停在馬尾巴上。「什麼？」

耶爾心神太渙散了，以爲黛博拉不高興的是他提起她追打的老鼠。

黛博拉說：「你剛說兩百萬，是嗎？」

「喔。我只——」他想說，這數字是查克．唐納文提的，無奈頭腦遲鈍，拼湊不出完整的句子。除了這句話之外，他找不到搪塞她的託辭。他說：「對，差不多是。」

黛博拉的臉轉爲火紅，五官縮在一起，他還以爲會被吐口水。她沉聲說話了，比狂吼還可怕。「我本來和站你同一邊。去你的，有那麼一瞬間，你騙得我和你站同一邊。」

「妳我的確是站在同一邊。」耶爾說，語氣荒謬。

「我竟然在我爸面前爲你辯護。她知道嗎？我祖母知道她捐走多少錢嗎？我還以爲頂多幾十萬。那樣已經夠多了。我被你騙了。」

陷入棘手的職場困境時，耶爾有時會露出圓滑的一面，露得神奇，油然而生，現在他等著這一面油然流露，盼自己這張嘴吐出一句能緩頰的話。

「你該走了。」黛博拉說。「這房子是我父親的。你來這一趟，我可以瞞著他，不過，你現在非走不可。」她雙臂交叉腹部前，在灰色毛衣前打叉。

「好。」耶爾說，但幾乎擠不出聲。

諾拉和洛曼似乎連一個字也沒聽見。耶爾來到客廳門口時，諾拉說：「我們剛聊到那幾個可憐的太空人。」

「他們想走了，」黛博拉說，「讓妳休息。」

「喔！可是，他們明天會回來吧？」

「妳明天要看醫生。」黛博拉已經拿著客人的外套。「他們要趕回芝加哥。」

耶爾不看黛博拉。他想咒罵自己，一頭衝過去撞牆。他說：「我們會儘快回來。」

他怎麼想像也不認爲會。但是，辦法想就有，也許可以只透過電話訪問。

諾拉站起來，緩步走向前門附近去送客。她說：「我恐怕還沒交代清楚。要是有一臺時光機該有多棒，我就能帶你們去逛最美妙的一圈！」

笨手扣著外套鈕釦的耶爾說：「來這裡的路上，我也想到穿越時空的事。」

她笑說：「穿越時空太容易了！容易到拍案叫絕！只要活夠久就行！」

洛曼半隻手臂伸進袖子裡，動作暫停。

「聽著，」她說，「我出生的時候，馬路還沒鋪柏油咧。」

耶爾仍在想柏油路之際，洛曼接腔，「可是，諾瓦克。我們還沒聽到最後。」

黛博拉開門，讓冰空氣灌入。「他後來出現了，一手不管用了，然後自殺。」黛博拉說。「故事到此爲止。」

耶爾和洛曼同聲說：「喔。」洛曼比他高八度。

諾拉說：「而且是當著我的面，很遺憾。」

黛博拉張嘴，耶爾唯恐她講更難聽的話，怕她高聲說耶爾鑄下大錯，所以趕緊步出門外，確定洛曼也跟上。

回程，車子來到密爾瓦基近郊，洛曼關掉電臺說：「他自殺眞好。」

「你是在諷刺他嗎？」

「這樣的話，故事比較精彩嘛。故事精彩一點，比爾比較願意展出他的作品。假如換成什麼阿貓阿狗的畫家，乳牛素描不過是乳牛素描吧。不過，如果畫家是她的摯愛，而他尋短，那麼，整批收藏品就能以這故事爲主軸。等我們回藝廊，我們再問細節就好！你認爲，他是不是開槍自盡？一定是，對不對？」

耶爾的胃腸亂糟糟，不躺下來睡一覺不行。他不願戳破洛曼的美夢說，極可能永遠問不清諾瓦克故事的結局，至少第一手說法是不太可能取得了。

洛曼說：「帕斯金割腕自殺的時候，他寫了一封血書給情婦，你知道嗎？」

「多浪漫啊。」

過了一分鐘，洛曼壓低嗓門說，「你知道，那——昨晚——我不做那種事。」

「好。」耶爾兩眼注視著路況，儘量表現得不慍不火。

「天啊，我腦筋太鈍了。」洛曼說。

「我倒不認爲。」他試圖回想他爲何放任事情發生，是誰先主動。房間裡那份黏膩凝重的感覺仍縈繞他心裡，但他再怎麼想也想不出道理。

洛曼的臉整個背對他。對這小毛頭，他是有害無益。今天是一月二十九日，離耶爾打圈的日子已過三天，他即將回芝加哥，回歸現實，僅有的家當全在這輛租車後車廂裡，而他晚餐前必須還車。此行，他填滿幾個日期的空格，能向比爾交差，但除了諾瓦克之外，他未能取得任何畫家的獨家內幕。何況，他很可能剛焚毀通往諾拉的唯一橋梁。今晚去哪裡過夜，他沒概念。就算洛曼需要一個效法的榜樣，再爛的榜樣也不會比耶爾更差勁。

耶爾說：「如果你不介意，我想聽電臺。」

二〇一五年

從克萊兒八歲起，每逢週六，她會進義賣店幫媽媽忙。那年，菲歐娜剛升任店長，往後幾年，她工時加倍，辛苦處理收支表和員工支薪，對抗脾氣執拗的遠古級電腦。她常在接近打烊時，去芭蕾舞班接克萊兒下課，帶女兒回店裡上班。克萊兒常到處走動，幫忙撣灰塵，整理東西。店裡有燈泡燒壞了，她會過來報告，菲歐娜會給她寫字板，叫她寫下是哪個燈泡。

有時候，有個朋友會跟著克萊兒來店裡，多半是個興沖沖的小女孩，尤其外面華燈初上時，能在冷清的店裡走來走去，幻想自己受困古宅中。

這家店有兩層樓，商品擺設清爽而專業，風格時髦，文藝氣息濃厚，客廳、飯廳、衣櫃的商品分區陳列。有時，菲歐娜叫克萊兒去整理女鞋，過了一小時，菲歐娜走出辦公室，竟發現女兒照顏色區分高跟鞋，排成一道彩虹。同樣常見的是，克萊兒坐在待售的沙發上，兩眼無神發著愣，菲歐娜交代她的工作一項也沒完成。不做也沒關係，反正菲歐娜是沒事找事給她做。然而，克萊兒的老師告訴菲歐娜，克萊兒在學校也不聽話。在課堂上，克萊兒有時乖乖習作，有時卻擺爛，默默畫著自己想畫的樹木，老師揚言取消她下課時間，她也老神在在。

在她八歲這一年，有一次超強暴風雪來襲，芭蕾舞班的同學蘇菲亞擔心回不了家——回家其實沒問題，只不過她喜歡和克萊兒假想情境窮擔心。「妳可以睡樓上那張條紋床，」克萊兒說，「我睡大鵝。」大鵝只不過一張眞皮沙發。這沙發在店裡滯銷一年多，被她以「大二學生」的諧音取綽號。蘇菲亞說：「明天早上我們要換穿新衣服，自己挑自己想穿的。」

蘇菲亞家近在六條街外。晚上七點，菲歐娜打電話給她母親阮氏，表示自己可以陪蘇菲亞走回家。她告訴兩女孩，該走了。蘇菲亞發一小陣牢騷，但克萊兒無言。送蘇菲亞到家門後，母女倆回到克拉克街上，克萊兒一屁股在積雪的人行道坐下，大喊：「我恨妳！」不是哭喊，只是氣沖沖的一顆小球，氣得面紅耳赤。

那段期間，菲歐娜和瑜伽課的同學丹情路走到最迷惘的交叉口。每天，瑜伽丹在午休時刻發電郵給她，但有時菲歐娜沒等到電郵，例如暴風雪這一天，她會忍不住幻想各式各樣的狀況，以為正在辦離婚的他忽然和太太重修舊好，或以為他上班到十一點，陡然對菲歐娜心生厭倦。當時她深信她愛瑜珈丹，一生至今沒有更愛的對象，然而，仍和前妻與小孩同住的瑜伽丹一旦能溜出來，約菲歐娜在賓館見面，或在店裡熄燈幽會，躺在克萊兒喜歡的大鵝沙發上，墊一床毛毯做愛，這時她常不禁想，他沒什麼特別之處，只不過是個褐頭髮的男人，眼睛長得不錯，智商平平，像保險廣告中的男模。但那年冬天，瑜伽丹搞得她終日神魂顛倒。見克萊兒賴在人行道上不走，菲歐娜拿她莫可奈何。

要是在家中，菲歐娜可能會喝斥女兒不該亂講話。但在風雪中，克萊兒可能一時失去理智，衝進馬路或衝上公車。菲歐娜在克萊兒和馬路中間站了半晌，幾個行人路過時報以同情的微笑。風雪拍打人人的臉。

最後，她一手放在克萊兒背上，克萊兒驚聲大叫。隔著大衣，克萊兒怎能察覺媽媽的手？克萊兒大叫：「永遠不要再來煩我！」

此時一名女子在她們身後駐足。女人彎下腰，以牙買加腔英文問克萊兒，她是不是媽媽？

克萊兒吃一驚，回答說是。

女人直起腰，對菲歐娜說：「抱著她走最後一次。再大一點就抱不動了。」

儘管菲歐娜以為克萊兒會亂踢亂咬，她還是彎腰抱女兒起來。被衣服包得緊緊的克萊兒縮腿至胸前，不予抗拒。過了一條街，她對著媽媽的胸啜泣。到家時，她抖得厲害，菲歐娜還擔心她是被凍得爆發抽搐症。

爲何剛才沒直覺想到抱著她走回家？爲何等陌生人獻計才恍然大悟？

她把克萊兒放在床上，爲自己和女兒拉開外套拉鍊，抱著女兒蜷縮，女兒沒用手肘推卻，終於沒有再像菲歐娜用冰手碰她的反應。

在醫院產下克萊兒後，荷爾蒙失調的菲歐娜既恐慌又悲切，既害怕又內疚也強烈反感，戴米恩抱來娃娃給她時，她見嬰兒小到沒道理，像外星人，渾身是毛骨悚然的粉紅，趕緊叫戴米恩抱她走開，以策安全，因爲她腦海浮現一幅驚世駭俗的狂亂景象，見到母獸悶死初生的親骨肉果腹。菲歐娜當時確實發高燒，五小時之後才恢復神智，護士帶她進育嬰室，給她一個奶瓶。菲歐娜氣壞了——每一本育兒寶典都反對奶瓶。然而，克萊兒被抱進她懷裡，由護士監督哺乳時，嬰兒不含就是不含，而且菲歐娜尚未開始分泌母乳。護士勸說，讓寶寶試試看，母乳才會開始分泌。由於菲歐娜哭得太厲害，汗也流太多，她懷疑自己除了鹽水還能分泌什麼。

「妳這陣子雜念太多。」戴米恩說。「我相信也和心理因素有關。」

這句話的用意是請她放心，沒想到菲歐娜卻認爲被套上罪名：無法哺乳不單純是身體因素，是她個人的過錯。

接連找來三位泌乳顧問極力相助之後，哺乳終究還是功敗垂成。克萊兒體重太輕，菲歐娜有出血的現象，後來乳房嚴重發炎，爲顧及母女雙方的好處，最後還是放棄哺乳。

反正母乳也沒那麼重要嘛！好幾代的嬰兒含著奶瓶長大，不也活得健健康康？國際母乳會（La Leche）鼓吹以哺乳促進母子情，菲歐娜不信。然而，在暴風雪那天，菲歐娜和八歲的女兒躺在床上之際，她記憶猶新，當年無法哺乳的她心灰意冷，認定這嬰兒永遠向她討不到溫情——從孩子出娘胎的那天起，日後亦然——菲歐娜已經被掏空了。

如今，在巴黎里察家，菲歐娜望著窗外的午後陽光，回憶著暴風雪那天，克萊兒八歲大那年，當時她有一種荒謬的念頭：母女連心的那艘船被她錯過了。傷害早在過去的八年間鑄成，而今母女倆活在災後的斷垣殘壁裡。她的另一個念頭是，母女頂多只能指望瘡疤不至於太礙眼。

一九八六年

黛博拉翻臉一事，耶爾避而不向主任比爾報告。他告訴比爾說，諾拉說出了幾個大致上的日期，提供少許背景，但她交代不出細節。「洛曼會打成書面報告呈交給你過目。」耶爾說。「包含很多諾瓦克的故事喔！」諾瓦克愈來愈得他心，拿諾瓦克自我消遣，耶爾感覺很賤。

辦公桌上有艾斯美・夏普的留言。他回電給艾斯美，後來竟不禁吐露無家可歸的窘境。在艾斯美堅持下，耶爾去夏普家過夜。夏普家位於湖濱大廈五十八樓，她和丈夫艾倫整個冬季在亞斯本滑雪渡假，因而閒置。「想住多久儘管住。」艾斯美說。「幫我的發財樹澆澆水。」

這裡離男孩城夠遠，不會和查理不期而遇。他很想儘早和查理見面，沒錯，因為他想罵卻沒罵的事情還有很多，但他想等到心理準備好再罵。他不想在自動提款機前面撞見查理。

艾斯美堅持他睡主臥室，但他還是住進較小的客房。這間有專屬的半陽臺，書架擺滿建築學圖書。廚房有一架子葡萄酒，艾斯美說：「等我回家看看，最好一瓶也不剩。」客廳有一套耶爾用過最高級的立體聲音響，有一架子的CD、歌劇、百老匯、法蘭克・辛納屈。假如由他作主，他會天天用這音響聽史密斯樂團，愈聽愈頹廢。更何況，如果驗血後發現自己只剩幾年可活，不是多聽貝多芬才好嗎？隔著窗戶，他看得見河景和希爾斯大廈，夜景是紅黃燈火構成的繁星群。

食堂舞廳在同一條街上。查理首次帶他去見識食堂時，他近看兩棟湖濱大廈，看得出神，欣賞著每一層樓開展出的花瓣原來是半月形的陽臺。如今，置身公寓中，耶爾赫然發現陽臺欄杆多麼矮，住戶如果重心不穩，可能一頭栽下陽臺，一時想不開也能輕易跨越欄杆縱身躍下。

即使驗出陽性反應，耶爾也不會跳樓。因爲，陽性並不代表今年或明年一定病發。他想過，假如併發失明症，他是有可能結束生命。要是大便失禁，他也可能活不下去。去年夏天，他和查理在酒吧認識一個人，那人坐著告訴他們，他男友染上病毒後曾說，病到沒辦法跳舞，他就自殺。後來，男友眞的跳不動，他改說，不能進食才自殺。等到不能進食，他又改說：「等我變啞巴。」

那人說：「他一直沒法子自我了斷。到嚥下最後一口氣之前還不想死。你們想想，這代表什麼呢？這代表什麼？」耶爾和查理想不出答案，那人也一樣。

日子一天一天過，能確切驗出抗體的機率逐日攀升。如果驗出陰性反應，依然無法百分之百確定沒有病毒。反過來說，再不去驗血，壞消息照樣可能提前報到，這樣一來，他至少能知道。在如此舉棋不定的關頭，他最需要聽聽朋友意見。他可以找一個認識查理但不恨耶爾的人，也可以找一個查理不認識的人傾訴。自從在投幣洗衣店遇見泰迪後，他幾乎沒再遇見熟人。分手前，耶爾曾向百老匯街上的牙醫預約掛號，有天傍晚，他看完牙醫走出來，週報員工拉斐爾正好帶著一個朋友路過。喝醉酒的拉斐爾親耶爾一邊臉頰，在另一邊輕咬他一口，但雙方沒談幾句話。

從杜爾郡出差回芝加哥後，洛曼照常實習，每週三週五下午進辦公室。大幸是，出差後他第一次進辦公室時，女清潔工詹妮絲正好推著吸塵器忙活，兩人見面只好以無聲招手代替噓寒問暖。洛曼如常辦公，多一分緊張的神態。每小時大約兩次，他額頭貼桌面休息，耶爾不敢問他，是不是照著諾拉書信打字太累，是不是申請補助的案子太繁瑣，是不是人生中出現什麼生死存亡的危機，會不會和耶爾有關，會不會和洛曼自己的心靈世界有關。無論原因是哪一個，全地球上，耶爾最不想透露染病恐懼的對象就是洛曼。

週日晚上，耶爾在金銀島超商看見朱利安。耶爾大可去湖濱大廈附近的珠兒超商買，但他對那家店的配置不熟，討厭走進店裡卻找不到他要的商品。也許，他抱著撞見熟人的希望。朱利安正在買保鮮膜包裝的燜燒牛肉三明治，氣色比兩星期前好看，至少臉頰多了一點血色。見到耶爾，他愣一下，像肚子挨了一拳。耶爾走向他，在他肩膀上握一握，他才鬆懈下來，說聲哈囉。

「泰迪把你調養得不錯嘛。」耶爾說。「你氣色很好。」

朱利安朝走道盡頭望一眼。他低聲說：「我快被泰迪悶死了。你有沒有注意過，他完全靜不下來？一刻也不得閒啊。而且，他成天守著我，眞的，早上我睜開眼睛，他就在我眼前。聽著，有件事，你先別宣傳。我想離開這裡。我計劃出國。」

耶爾不太相信他——朱利安有誇大其辭的傾向。但耶爾裝出姑且一信的表情，問：「去哪一國？」

「兩年前我辦到護照，到現在一次也沒用過。說眞的，我不回泰迪家了。我行李都帶著。」朱利安轉身，讓耶爾看他的背包。「能去哪裡過夜，我自己也不清楚。我的公寓已經退租了。」

「你該不會想搬去泰國之類的國家吧？你會小心一點吧？」

「聽著，」朱利安說，「我聽見風聲說，你找到地方住了。要是我——我只借住個三晚，在出國前做好準備就行。假如我去住泰迪家，一定會被他下安眠藥，被他綁在床上，我發誓一定會。我知道你現在恨透我了。我是知道的。怎麼不恨我呢？連我自己都恨我。你應該——應該讓我住進去，然後把我從窗戶推下去。你可以回絕。我不能再去住里察家了，感覺太怪。我可以付你錢。」

耶爾答應時的心情好暢快，自己覺得好恥辱。朱利安幾乎是他最不願共處的人，但是，有一個人陪伴也好，以免接下來幾晚單獨看電視。他心想，朱利安背包裡不知暗藏多少毒品，最後會不會變成他的累贅——然而，被朱利安這麼要求，他心裡好得意。假使在一年前，他會擔心病毒，但現在的他已經釋懷。

「你在泰迪家還有行李嗎？」

「我不能回去了。一次也不行。也不准你洩漏我的行蹤喔，好不好？」

就這樣，朱利安幫耶爾提購物袋，搭捷運回北河岸，站進高速電梯，來到五十八樓。兩人在餐桌上吃披薩喝啤酒，關燈看夜景。朱利安說：「這簡直是卡通《傑森一家》喔。好像飛行車會飛來窗外載你走。」

朱利安剃光頭至今近兩星期，已經看不見頭皮，但怎麼看都不對勁，大耳朵招風，額頭蒼白而暴凸。耶爾說：「我要你明白，我不氣你。我氣的是查理，氣的是這世界，氣的是政府，不過，想對你生氣很難。」

「是看在我可憐兮兮吧。別否認，是就是。我最近才領悟。你如果變成悲哀又落魄的一團屎，大家對你的感想除了同情還是同情。」

「我不覺得你可憐兮兮。」耶爾說。

「話別講得太早，等我瘦到只剩三十六公斤再說吧。到那個程度，你也看不見我了，因為我已經出國了。我想說的是，我討厭被人同情。我倒希望你只生我的氣。我希望你踹扁我的頭。現在沒人願意生我的氣，除了上帝。」

「講什麼鬼話。」耶爾說。「看在老天份上，我准你住幾天，可沒准你帶口口聲聲上帝的傑瑞・法威爾[34]住進來，行嗎？」

「我甩不掉的一個感覺是，把我從喬治亞州趕到芝加哥的是上帝。我從小的心願是過好日子，搬來芝加哥，一切都美好，日子棒透了。都怪我罩子不夠亮。早該知道會有這麼一天。」

「我能體會，不過那也太——你不要拿『天譴論』自責啦。」

34 傑瑞・法威爾（Jerry Falwell, 1933-2007），美國南方浸信會電視布道名人，反同言論之多罄竹難書。

「我有沒有告訴過你迪士尼樂園的事？不是我在迪士尼上班的那段，是我第一次去發生的事。」耶爾說沒聽過，再拿兩瓶啤酒過來。

「迪士尼每年辦一個叫做『畢業生之夜』的活動，開放給高中畢業生玩通宵。我家鄉瓦爾多斯塔（Valdosta）離州界很近，所以家長會出錢租遊覽車，買門票給我們這屆畢業生。我們進場想坐什麼遊戲機儘管坐，不會大排長龍，而且有樂隊現場演唱喔。能熬夜不睡的人就能玩整晚。人人都帶著一壺酒。

「我跟幾個話劇社的女生一起去，她們全都夢想嫁給我喔。後來，我注意到別的學校的三個男生。帥呆了。而且好娘唷，娘到掉渣。在喬治亞州哪看得到？在『飛越太空山』排隊時，我們排在他們後面，其中一個戴耳環，他跟我搭訕，說他們等一下想去找吃的，問我想不想跟。下車後，我跟著他們三個走，和他們一起吃冰淇淋，我的朋友已經不見。耳環同學建議大家去坐『火車過山洞』。稱不上是遊戲機啦，只是高架軌道上的小箱子，人坐在裡面，車速很慢。一臺其實可以擠四人，他的朋友坐一臺，他和我坐另一臺。在我那年紀，能跟這個男學生坐進兩人世界，是有生以來最刺激的一件事。我緊張得要死。

「車子鑽過幾個建築物，走到一半，鑽進山洞，黑漆漆的，本來應該只停幾秒，卻整個卡住了，不進不退。黑漆漆的。大家又叫又笑。」

耶爾推測著，這故事即將轉向情色、浪漫、或驚悚，但他無法判斷是哪一種，只好說：「喔天啊。」什麼可能性都適用。「結果你做了什麼？」

「什麼都沒做。那學生跪下去，拉開我的拉鍊，幫我口交。我這輩子最美妙的兩分鐘。我是很怕燈會亮起來，但我哪有閒工夫擔心那麼多呢？我拉好拉鍊，才不到半秒，車子又動起來。」

「這——哇。」

「就是嘛。這整件事給我的心得是，除了我**絕對**是同性戀之外，我知道世上有好地方和壞地方。迪士尼是個好地方，家鄉是個壞地方，我非得儘快回迪士尼不可。結果成功了。待了兩三年後，我想搬去眞正的大城市住，所以我就近試試看南方大城亞特蘭大，後來，我又想離開南方，搬去一個更大的都市，去劇場圈更寬廣的一個都市。就好像，離家鄉越遠，我越覺得安全。像在爬梯子，一階又一階向上爬，對吧？終點是舊金山某豪宅。可是，現在看看我。我覺得像大白痴一個。怎麼笨到自以為有好日子可過？」

耶爾說：「與其出國，不如待在這裡，日子會比較好過。你應該和愛你的人同在。你總以為世上有更棒的地方，一直想搬家，現在又想出國，不又掉進同一個死胡同嗎？」

「不一樣吧。有些國家氣候比較溫暖。反正快死了，乾脆死在一個臉上有陽光的地方。」

「也對。」

耶爾找毛巾給朱利安睡的主臥房浴室。他想著，下個月，夏普夫妻滑雪完回家，會發現五十八樓淪為難民營，住滿新近確診的同性戀，滿地睡袋和摺疊床，維他命和蛋白質奶昔隨處可見。

週一上午，藝廊辦公室裡的暖氣機故障，耶爾直接走回捷運站，慶幸不必見洛曼。然而，面對沒事做的一天，他也心生畏懼——這下子，找不到藉口不去驗血了。但他下捷運後，呆立公用電話前，因為他絲毫不清楚自己想去哪裡。

他考慮打電話給文森醫師，但又怕醫師也被收編進查理陣營，正如所有朋友全成了查理的人馬一樣。他無法想像自己走進診所，期期艾艾想問文森醫師知道多少內情。也許，早幾個月，甚至早幾年，文森醫師已知查理偷腥，也許還幫查理治療過淋病，叫查理小心一點。文森醫師溫柔的眼睛水汪汪，耶爾無法面對。耶爾考慮打給希思莉，但他為他們惹的麻煩夠多了。和西北大學相關的任何人也不行，因為他不想讓他們認定他有病。他考慮回湖濱大廈，又唯恐被朱利安的模樣嚇到不敢去驗血。朱利安去驗血，除了搞得人生烏煙瘴氣外，又得到什麼好處呢？他考慮打進布朗診所的愛滋熱線，卻怕聽見女同志向他說明可選擇的事項，朗讀表格給他聽，措辭謹慎，他怕自己會聽到吐。更不妙的是，打進熱線會被泰迪的朋友小勝接聽，可能會被認出嗓音。更何況，熱線只在晚間開放，現在連上午十點都還沒到。因此，儘管他認為最好不要，儘管這人是最沒必要再被拖累的一個，他還是打給菲歐娜・馬庫斯。

電話響三聲，他正希望菲歐娜不在，結果她接聽了。身為保姆的她正在幫小孩多穿幾件衣服，想帶她們去逛動物園。想不想一起去？他說想。

他們約在獅虎區碰頭。菲歐娜穿鮮藍色大衣，架勢大了一號，兩個小女孩繞著她團團轉，大叫著。菲歐娜提醒他，穿粉紅色的妹妹名叫艾許莉，五歲大的姐姐是布魯克。這對小姐妹的父親是聯合航空公司高層主管。菲歐娜綜合各方說法研判，母親大部分時間忙著曬太陽。姐姐布魯克高聲說，她想去看企鵝和北極熊。「因為牠們是冬季動物。」她說。

「等一等。」耶爾對妹妹艾許莉說。「讓我幫妳整理耳朵再走。」他輕輕把一邊耳朵拉高，另一耳壓低。「好看多了。」他說，逗得小姐妹嘻嘻笑，一副好愛這叔叔的表情。和小孩相處，他只有這一招，但每次都管用。

菲歐娜說：「你最近過得怎樣？」兩人邊走邊聊，她說：「最近我聽過幾種互相矛盾的傳言。嗯，查理的事，我聽說了，不過，我決定不要輕信其他人的說法，等你親口回應。」

「謝謝妳。」耶爾說。「最近比較少聽見這麼中聽的話。」

「從實招來吧。」

動物園裡幾乎無人，只見零星幾個懂得禦寒的人推著嬰兒車散步，以及一個慢跑人。

他對她傾訴所有事，甚至比他對希思莉透露的還多，部分原因是現在能說的事情更多。他告訴菲歐娜，他在泰倫斯葬禮和查理大吵一架，也提起洛曼，甚至也提到打圈的日期已經過了八天。他故意漏掉里察家辦尼可告別式的事件。反正查理的說法可能是假話，何必提起這件事害菲歐娜自責呢？他說：「妳表姐黛博拉開始恨我了。」但耶爾略過捐贈品的價值不談。他也告訴菲歐娜，他讓朱利安借住幾天。

「天啊，聽了好沮喪。」菲歐娜說，只不過她指的並非耶爾的困境。來到企鵝區，玻璃髒到幾乎看不清內部。「企鵝還住裡面嗎？」

「看，看，看！」艾許莉指向腳邊。玻璃的另一邊有一隻憔悴的小企鵝。要不是有玻璃隔著，牠可能早被耶爾踩到。兩姐妹跑來跑去，想逗企鵝跟著跑。

菲歐娜說：「所以，那個實習生。你喜歡他嗎？」

他知道菲歐娜想從他的近況挑一個最輕鬆的話題，但他一想到洛曼，緊張的程度不亞於其他難題。

「唉，天啊，不盡然。他太年輕了。不是說他年紀小，他是成年人。他只是太嫩。我可以說，那次只不過是性，可是，根本連性都稱不上。就算是──唉，性再也不會只是性而已了。」

菲歐娜笑起來。「體驗到女人的辛酸了吧。」

「我指的不是心理那方面。」

「哎唷，耶爾，我也不是。你講的那回事，自古以來女人司空見慣了。生小孩，可能會難產而死，也可能破壞自己一輩子。身為女人，有一籮筐的東西會致癌。男生呢，頂多得個股癬，撒撒粉就能治好。女人呢，動不動得癌症。不然就是得什麼病，導致終身不孕。能懷孕的話，嬰兒會因為妳在高三舞會被哪個痞子傳給妳的東西變瞎子。另外呢，我們女人又不是不會得愛滋。又不是愛滋害不到女人。唉，耶爾。怎麼了。對不起。」

耶爾發現自己臉色變得很難看。他說：「沒什麼，我只是──我剛想到──」

「欸，對不起啦。我不是無知，好嗎？我又不是什麼道理講不通的混蛋。」

他知道菲歐娜說的是實話。

小姐妹看夠了，想走了，菲歐娜停下來幫艾許莉的靴子再束緊魔鬼氈。「想看北極熊，可要走很遠喔。」她說。「妳們確定嗎？」

布魯克說：「去啦，菲歐娜！」說著拉住菲歐娜一手，把她當成乖狗牽。

「那邊有個垃圾桶，妳們跑過去。」菲歐娜說。「我們待會兒過去跟妳們會合。」

即使和耶爾交談，她的視線分秒不曾離開小姐妹身上。時時警惕必定是件累人的事。

「對不起。」她又說。

「幾個月前，有人對我說，我們同性戀以前很懂得找樂子。」他雙手深深插進口袋。「沒錯，以前曾經是有一小段時光我們比較安全，比較快樂。我那時候以爲，好時代快要展開了。誰曉得其實是快結束了。朱利安也有同感——我以前認爲朱利安好天眞。我剛剛才體會到，我跟他沒兩樣。」

「你比朱利安聰明多了。」她說。

「他只是裝傻而已。我也不清楚。我一直在想，說不定將來，等我們這一代全死了以後，說不定下一代的同性戀……說不定他們能重新起步。可是，也許他們不會，因爲他們會從零開始，會知道我們遇到什麼下場，帕特・羅伯遜[35]會叫他們相信，有那種下場全是我們那一代的錯。菲歐娜，那時候，我活在黃金盛世卻不自知。六年前，我走來走去，過著日子，工作賣命，不知道當時是黃金盛世。」

「假如那時你知道是黃金盛世，你會怎麼好好把握？」

他不清楚。他不會趕快出去找更多人上床。在一九八〇年，想找誰上床都行，完全自由，但他對濫交的興趣不高。他笑說：「我嘛，我會編一首曲子歌頌一下之類的。」

他們跟著小姐妹，緩步往北走，每次一跟上她們，菲歐娜會叫她再往前走幾碼，約在圍牆或樹旁邊會合。

「妳以後很適合當母親。」耶爾說。

「哈！才怪。搞不好，我的下一步就是當母親。」言語中含有一分怨如苦水的口氣。耶爾不該提起生兒育女的事。尼可的死並未縮短她和父母的距離，如今連泰倫斯也走了。她有這對小姐妹可以帶，但也只能帶到她們上學爲止。一個丈夫和一個寶寶——菲歐娜能眞正重溫美滿家庭的途徑只有這一條。耶爾自己也好不到哪裡去。現在的他能向誰討溫馨呢？菲歐娜戴著手套，雙手插進胳肢窩，頭髮被風吹甩臉上，見她這副模樣，感覺好孤單。打電話找她出來，對她訴苦，耶爾見狀覺得內疚，但或許這樣也好。也許這樣算拉她一把。

耶爾從未來到動物園北端，沒見過這裡的北極熊。北極熊區可從上面參觀，也可以進下面看。他們帶小姐妹下去，透過玻璃看水面下的風光。這裡無風，暖而暗，菲歐娜摘下她們的帽子。

「索爾在那邊！」布魯克高喊。「牠就是索爾！」

「妳怎麼知道？」菲歐娜問。另一隻北極熊趴在水邊岩石上。

「牠比較不怕人！牠比較愛游泳！」

不怕人的索爾宛如一枚毛茸茸的魚雷，從玻璃窗前竄游而過。

「我想講一件事。」菲歐娜說。站在小姐妹背後，高她們幾個頭，他們覺得能放心談私事。「我向來看查理不順眼。」

耶爾噗哧笑出來，覺得這話荒謬。誰不愛查理？人人時時刻刻都告訴他，他們有多麼愛查理。她說：「他對尼可很照顧，而且做了好多大事，而且，你知道，他舉足輕重。我認爲像他這種人，他只是風頭健，容易引起大家迴響。可是我總覺得，我講的話他從沒聽進去。他老是在等我講完而已，他想再開口。」

若在一個月前，耶爾會逼不得已裝難過，其實心知這是事實。但現在，他能點點頭。「別人不明白的現象，妳怎麼會知道？」

35 帕特．羅伯遜（Pat Robertson, 1930- ），美國媒體大亨、南方浸信會電視布道家。

「搞不好大家都知道。搞不好大家都有同感。他讓我聯想起國中，有幾個女生人緣特別好，只因爲大家全怕她們。」

「妳的意思是，查理是國二女生。」

「我的意思是，他很霸道。我是說——抱歉。我不該罵他。不過，告訴你好了，我一直不喜歡他對待你的方式。他老是抓著我東問西問一些怪問題，問我在哪裡看見你，你跟誰在一起。感覺有點管得太緊了。」

「這是公道話。」

「我思考過，告別式那天，我爲什麼告訴他說你和泰迪在一起？我猜當時，我懷著的心態就是，終於抓到一個東西，能對準他的臉砸下去。可是，我也不清楚。我那時喝醉了。我的意思不是——」

「沒事了。」他不想聽下去。再聽下去，他會對菲歐娜生氣，而他不願。

「我討厭他圍著尼可的圍巾。有一次，他走在我同一條街上，我遠遠看見他圍那條圍巾，一瞬間，我好像——」

「看見尼可。」

「對。如果那條圍巾圍在我想見的人身上，例如你，情形就不一樣。我眞想把圍巾討回來。」

索爾游來玻璃窗前，鼻子和巨大的熊掌按在玻璃上，離布魯克和艾許莉的臉僅幾吋，樂得她們尖叫，艾許莉伸出小拳頭敲玻璃，菲歐娜制止她。

「他好愛裝腔作勢。」菲歐娜說。「布魯克，妳說中了。牠的確是索爾。」

「另一個是牠老婆！」布魯克說。

耶爾說：「北極熊能結婚，我怎麼不知道？查理的事，我聽妳這麼說，我很高興。在妳告訴我之前，我還以爲，全世界只有我能看透他。」

「耶爾。」她轉頭，雙手放在他的二頭肌上，假認真瞪著他。也許她的態度真的很認真。「真愛你的人才配得上你。查理向來只要聽眾。」

「可是，」耶爾說，「可是。要是我這輩子再也交不到男朋友，那怎麼辦？」

「才不會。你會活得比索爾更久。你會比大象長壽。大象不是能長命百歲嗎？烏龜。你會活得比這裡的烏龜更久。」

「鳳頭鸚鵡能活六十年！」布魯克插嘴。

「喂，」菲歐娜說，「妳是在偷聽嗎？」只不過，他們的對話小孩能懂多少呢？

耶爾說：「我不會去買鳳頭鸚鵡回來養。」

「驗過血，你會比較寬心的。這樣吧，你驗血結果出來後，我會帶你去買一條金魚送你。能活幾十年的那種大金魚，養到後來，要買游泳池才能繼續養。」

耶爾說：「羅斯寇換妳養了，對吧？」

「妳哥的貓羅斯寇。」

菲歐娜不語，愣愣凝視玻璃缸裡面的索爾，神情異常冷凝。

她猛然轉頭看他，嘴唇合不攏。

他說：「怎麼了？」

「慘了。慘了。」

「呃，泰倫斯收容他，然後——」

「慘了。」

「泰倫斯的家人不是會——」

「不會。他們沒進過他家。他們沒——我的天啊，耶爾。」

「可是，房東總該會吧？房東不是會進去清走他的東西嗎？」

「他的公寓不會有人想進去就進去，不會亂搬東西。想搬，他們會等到——噴霧消毒之後。而且，房東可能根本不曉得泰倫斯死了。誰去通知過房東了？我沒有。進他家拿西裝的人是泰迪，給他當作壽衣——」

小姐妹這時抬頭望大人，不再理會北極熊。菲歐娜解下圍巾，宛如被圍巾勒得無法呼吸。

今天是二月三日星期一。泰倫斯在一月十七日過世。超過兩星期了。若非耶爾最近常看月曆，否則不會記得如此清楚。

耶爾說：「呃，我們去——可惡，我們能上去他的公寓嗎？我們馬上去。走吧。」

四人穿越動物園往回跑，沿途是獸欄和註明學名的黃牌，小姐妹哭著說，還沒看到大猩猩。

菲歐娜有泰倫斯公寓的鑰匙，但放在家裡。反正她非留小孩在家不可。小姐妹的母親在家。她明白菲歐娜近況，不介意放她一兩小時的假。耶爾在門外等她送小姐妹回家。她拿到鑰匙再出門時，耶爾已經攔到計程車。

「待會兒我先進門。」耶爾在計程車上說。「妳在走廊等。」

「不要。不要不要不要。要進去一起進去。」她催司機快一點，司機指著紅燈，用波蘭語嘟噥一句。

下車後，耶爾和菲歐娜踏上前門階，爬上三樓，耶爾暗自承認著，能有事情可忙，正好能趕走愁緒。許久以來，今天終於有個確切的行動方針，終於能當機立斷，理解出明顯的解答。他要帶菲歐娜進泰倫斯的公寓找貓。或者，最好找不到貓。

菲歐娜鼓著臉頰，鑰匙戳進門鎖。她突然停手，敲敲門，耳朵貼木門聆聽。耶爾屏息，希望她聽見裡面有新房客，有清潔人員，有慌張的喵聲。但她搖搖頭，轉動鑰匙。

客廳臭味撲鼻。耶爾不記得這臭味和兩星期前是不是同一種——藥味、嘔吐味、貓屎尿、汗臭，或者臭味和兩週前不同。泰倫斯的家具仍完好如初。耶爾兩週前整齊摺好的被單仍擺在沙發上。

菲歐娜呼喚：「羅斯寇！」她音量壓低，彷彿怕聽見回應。

耶爾進廚房，查看貓砂盒，發現裡面有屎尿，但數量不如預期。羅斯寇的塑膠飼料盒分兩邊，一邊裝貓食，另一邊裝水，如今兩邊都空。耶爾走的那天早上餵過貓，故意讓Meow Mix貓食堆積如山，滿溢出盒，足夠讓貓吃好一陣子。水的問題比較要緊。耶爾說：「羅斯寇？」他開水龍頭，看看水聲會不會誘使貓衝出來。他找垃圾桶後面，開碗櫥，看冰箱旁邊。菲歐娜仍在邊找邊喊，在公寓裡遊走。她喊：「馬桶蓋開著。」耶爾明瞭她意指貓有水可喝，如果貓夠聰明的話，如果平衡感夠強的話。

廚房窗臺上有一列藥罐子。止痛藥、維他命、過期抗生素，更多維他命。他拿起來搖一搖，每罐都半滿，全都沒用了。也許可以帶走幾罐回去送朱利安。或自己用。流理臺上有一棵枯萎的吊蘭，種在藍小花盆裡，耶爾拿去開水龍頭澆水。說不定有救。

他再檢查垃圾桶後面。翻垃圾。探頭到外面看消防逃生梯。

菲歐娜站在門口，臉紅而濕。

她懷裡多了一個狀似洩氣的絨毛玩具。一張獸皮。馬路中間的扁屍。

「牠還有呼吸。」她說。「好像有。」

在獸醫等候室，耶爾翻閱一本舊的《生活》雜誌，裡面有一則關於黑手黨的特別報導。菲歐娜握著一團面紙，手放在大腿上。她雖然已止哭，抽噎仍斷斷續續，每隔幾分鐘會彎腰對著面紙哭一聲。獸醫幫羅斯寇打貓咪點滴，承諾會再通報最新狀況。獸醫顯然把耶爾和菲歐娜視爲一對。即使菲歐娜澄清說，羅斯寇是她哥哥的貓，獸醫照樣每句針對他們兩人問。她長話短說敘述哥哥過世後，貓被冷落了。「你們這樣做是對的。」他對兩人說。

等候室裡有幾條狗，扯著狗繩，狗腳奮戰著滑溜的瓷磚地板。一隻貓在手提式貓籠裡兜圈子。菲歐娜說：「上星期呢，我去給人按摩。女師傅說：『妳是不是出過車禍？』」菲歐娜模仿著俄國口音說。「我告訴她，『沒有，我只是最近壓力很大而已。』再按摩五分鐘後，她又說，『會不會是很久以前的事？出過車禍嗎？』你摸摸看。」她抓起耶爾一手，放在後頸部，他按到的肌肉僵硬如大理石。

他說：「不健康。」

「我對她說，老實說，我根本連輕輕撞一下都沒有過。她聽了說：『對，可是，有時我們會忘。』」

聽菲歐娜的腔調，聽她傳授俄國老媼的智慧，耶爾不禁捧腹大笑。或者也許是，一整個月以來，他一直有同感，像三角肌被人注射混凝土，被人鎖進大冰櫃。

一名助理走出來告訴他們，羅斯寇的情況樂觀，他們聽了彷彿親骨肉平安了，舒一口氣。

如果貓挺過這難關，耶爾願意收容他。菲歐娜煩惱的事已經夠多了，天下最不該再受託的人是菲歐娜，他怎麼捨得再要求她？他告訴她，他會再想想辦法，她緩緩點著頭，心已飄走，頭被後面一張宣導貓血友病的海報框住。她的皮膚乾燥緊繃；她太瘦了。他本想關心她最近有沒有照顧自己，是不是考慮明年重拾課本，該不該去渡一個假，但這時她看著他說：「你去找程醫生好不好？」程醫師照顧過尼可。去年夏天有兩星期，尼可獲准出院回家，程醫師每天去他家探病。有一次，耶爾和查理在尼可家，程醫師來了，自掏腰包訂一份披薩，不是給自己解饞或給尼可吃，因為尼可進食會吐。訂披薩的對象是耶爾和查理，因為他們已在尼可家坐一個下午。在獸醫等候室，菲歐娜勸說，「去聽聽他的建議就好。總勝過打去熱線問。我可以打電話給他。他好愛我喔，我不知道為什麼。我可以幫你掛號，今天就去看他。我真的辦得到。」

耶爾本能上想制止她，想告訴她說，不准連他也照顧，不能再多操勞自己。要是她今天打給程醫師，他從此不就成了她照顧的對象？病到最後，幫他換便盆的會是她嗎？但想著想著，他已經同意了，因為一想到程醫師，一想到他溫呑的語氣，心頭洋溢的一股安適感已令他無法招架。

菲歐娜向獸醫櫃檯借電話幫他掛號。羅斯寇至少要再打點滴一夜，他們坐了一小時之後離去，步行至喬治街上的程醫師診所。耶爾暗罵自己不該讓菲歐娜陪同，不該再害她被捲入另一場風暴。她應該回家，睡個午覺，吃點東西。但她一定在自責，今天已經讓尼可失望，讓泰倫斯失望。在搭計程車趕赴獸醫途中，她一路臉貼著貓哭。讓她為他做件功德，又何嘗不可呢？

程醫師診所原本是一棟民宅，如今等候室裡焚著香，護士從櫃檯走出來，熱情擁抱菲歐娜。幸好這時候沒有旁人，謝天謝地，沒有眼神空泛的陌生人坐著，投射著耶爾的將來。幸好也沒有他認識的人，免得他不得不閒聊。

「今天是等候室日。」耶爾說。

菲歐娜說：「這裡的雜誌比較好看。」咖啡桌上有一疊舊的《君子雜誌》。但他有幾份表格要填寫：家族史、藥物、手術。

他說：「妳不必陪我等。」

「我想跟程醫生打聲招呼。現在回家，我也是看小孩。相信我，這算渡假。」她一定是在打馬虎眼。她沉沉坐在一張陳舊的綠扶手椅上。在同一張椅子裡，想必她曾度過今生最難熬的一些時刻。

耶爾說：「妳先答應我一件事，我才准妳陪我等。」

菲歐娜的表情混雜著警覺和溺愛。

「妳最近對自己有什麼規劃？妳明年打算做什麼？妳二十一歲了。妳是個聰明的小孩。妳不覺得現在——妳不想上大學嗎？」

「你想說的是，現在尼可已經走了。」

「呃──對啦。泰倫斯也是。我不樂見的一件事，我告訴妳好了。我不希望妳接著收養我，然後再收養下一個生病的人，然後一路再收養下去。到最後，轉眼間，妳五十歲了，生活在鬼城裡，周遭全是我們留下的舊衣服和書。」

「我不會再收養下一個人。只有你。尼可愛你，而且我小時候，你也對我好好。記得你帶我參觀藝術博物館那天嗎？」

「記得，那次妳誤觸警鈴。」

「我只想說：目前我們都該有個能扶持的朋友。」

「我們是朋友啊，菲歐娜，我只──」

「那就當死黨吧。別笑，我指的不是十歲小孩那種！我意思是像家人。我們乾脆當彼此是自家人。乾脆現在說好，傷心時，一定打電話找對方。我也會送你生日禮物或什麼的。」

「好。」他無從拒絕她。「可是，我們該討論上大學的事。」

「哎唷，天啊，耶爾。大學生胡鬧狂歡的那種場面，真的不合我胃口。你叫我去上課嗎？左看右看都是十八歲小孩耶。」

十八歲和二十一歲的差距似乎小到令人發噱，但他不便道破。何況，菲歐娜的二十一歲能直逼兩百。

「妳可以在芝加哥讀大學，不一定要去外地住宿舍什麼的，不會遇到醉眼對著妳彈吉他的男生。只要想想妳想修的課程，想攻讀的學位。妳不想一輩子當保姆吧？」

話一出口，他立即後悔。目前對話中的他只用半邊頭腦，另一邊思索著，今天是否會屈服於程醫師的建議。他希望不會。他還沒準備好。

他說：「妳爸媽會幫妳繳學費嗎？」

「他們願意，不過，他們那種人的臭錢，我一毛也不要。他們死後不管留下多少財產，我全直接捐給愛滋病研究。」

但耶爾想像，她肯接受諾拉的好意。她肯接下一幀素描。聽她語氣，如果眞的需要錢，絕對有錢等著她花，接不接受純屬自尊心作祟。偏偏菲歐娜很固執。她絕不會屈膝回家討糖吃。

「申請大學的話，我該打電話給高中老師，跟他們要推薦信，對吧？我幾乎都沒去上課。」

「我相信老師記得妳。我相信翹課學生討推薦信的事常常有。」護士這時站起來，但她只是伸手從高架子拿東西，拿到之後坐回原位。「我也能幫妳寫一封。額外的推薦信。嚴格說來，我也是大學職員。起碼我也監督過學生啊。」

菲歐娜聽了爆笑，正合他心意。

接著，護士叫他進去。

程醫師牆上掛一幅吉力馬札羅山相片，辦公室裡的香味比較接近濃湯，消毒酒精味反而比較淡。程醫師對病人講話時，兩眼注視著對方，每講三句刻意停頓片刻，好像醫學院的老學長教過他。他過濾著耶爾的病例，簡短爲他檢查身體，幸好還不至於叫他換穿紙袍子，但耶爾仍嫌太多，感覺像即將進入什麼正式階段。程醫師聽診他肺部之際，耶爾想到，守護他最後一程的可能就是程醫師。剛才步入門內的那一刻，耶爾可能已選上一種長遠的合作關係，是他今生最恆久的一個伴侶。至死不渝。

「據我瞭解，你有一些隱憂。」程醫師說。

耶爾一五一十說出，講得很急，說完後擔心醫師會以爲他在說謊。

程醫師緩緩複誦他的說法，寫下來，確定日期無誤。他說：「你擔心自己在十二月被感染。」

「或在那之前。」

「十二月或之前。一月初，你有沒有發燒、倦怠、食慾不陣的現象？」

耶爾搖頭。

「有沒有出疹子、喉嚨痛、頭疼、肌肉痠痛？有沒有感冒？」

「沒有。」

「有沒有留意到淋巴結腫大？」

「我當時沒檢查。不過最近檢查是沒有。」

「我想聽你對驗血的疑問和顧慮。」程醫師說，雙手交叉握膝蓋。

耶爾說：「我不確定我今天想驗血。驗了結果無意義，我不驗也罷。」衣服上有貓毛，他一絲一絲捻掉。

「你知道嗎，如果你在一個月前或更早感染到，我敢說，現在驗的結果滿牢靠的。三個月後，我會不會叫你來驗血呢？一定會。我會不會叫你保證今後一定避免危害自身或他人的行為呢？會。」

程醫師停下來，彎腰向前，等耶爾開口。

「這次我比較害怕，不知道為什麼。第一次是去年，我們一下子認為已經被感染了，一下子又認定沒事，不過這次，我內心深處覺得被感染了，你知道嗎？每天早上，我檢查舌頭看有沒有鵝口瘡。上次我們去驗，感覺是——也許是鬆一口氣吧。現在就沒有那種感覺。」

「單獨一人來驗，比較困難。」

「對。」耶爾儘量穩住嗓音。

程醫師再湊近一些。「聽著，你接觸過病毒了，沒錯，這未必表示你一定有病毒。我治療過和我上過床的人，耶爾。那還是在能驗血之前的事。我那時以為自己也中鏢了。結果沒有。事情還沒發生，我們不要先自己嚇自己。我們今天幫你驗血。我想你心裡暫時會舒坦一點。然後，我們可以幫你掛號，告訴你驗血結果——」醫師坐著滾輪椅，滑向桌曆，「在兩週後，十七日。」

「第一次驗，不是過幾天就能知道結果嗎？如果是陽性，我希望你告訴我。我想知道。」

程醫師搖搖頭。「恕我辦不到。陽性只是初步結果。ELISA檢驗法如果是陽性，要再檢驗一次，然後做西方墨點法。ELISA驗出假陽性的原因很多，例如梅毒、吸食毒品。懷多胞胎。」

若非程醫師的敘述一板一眼，笑果不會這麼高，但耶爾露出笑容看著他。病榻是這名醫生，他還受得了。

「陰性ELISA絕對是陰性，不過我不能告訴你說，結果是陰性我會通知你，因爲如果你沒接到電話，一定會胡思亂想，對不對？你能瞭解。」

「你怕我跑去跳橋。」

程醫師問他想不想找諮商師。暫時還不想。醫師告訴他，他會拿到一張紙，上面有一組號碼，列入資料的是同一組號碼。「我甚至不註明這是驗愛滋。」醫師說。「我都在上面加個特殊符號。如果我的資料被搜走，他們只會看到一堆奇怪的符號。我要你瞭解，這不是羞辱你。有時候，我們會把隱私和恥辱畫上等號。這作法是是保護你。你對保密規定有疑問嗎？」

耶爾用不著醫師高談恥辱論，但拖點時間也好。他努力想著可以談久一點的問題，但他想不出來。程醫師說：「我請護士葛瑞茜幫你抽血，我不會走。」果然，程醫師留下來。耶爾移開視線。耶爾總怕見自己的血灌滿針筒的景象。「我們這裡有一些舞會點心。」程醫師說著拿出一個半透明塑膠袋，裡面裝滿保險套。「總共五種，每種都有好幾個。你會不會用？」

耶爾說他會。有一次，查理在公寓辦聚會，曾向來賓介紹耶爾是「我的代言模特兒在此爲大家示範預防措施！」耶爾當場笑著爲香蕉戴上保險套。但耶爾從未爲自己戴過。和查理交往之前，他是遇過兩三個爲他戴套的男人，但他自己不太喜歡戴套的感受。耶爾懷疑，這些保險套進他背包後，將來用得著嗎？或者，保險套就此幽居他背包裡，而他在長短不一定的餘生裡從此禁慾。

抽完血，護士離開。耶爾回等候室，袖子仍未放下。見菲歐娜——天啊，他好高興見到菲歐娜——他指著肘窩的繃帶和棉花球。

她眼眶紅了，但她說：「我想買一支棒棒糖請你吃。真的！這附近一定買得到。我想買一支棒棒糖請你。」

二〇一五年

菲歐娜慎選服裝：灰長褲、藍上衣、黑色高跟鞋。

她可以搭地鐵前往，但她不想為了換車和一身汗臭而擔心。於是，她過橋，脫離拍片現場，叫計程車前往十八區，循址來到蒙馬特丘的山腳。

希思莉曾告訴她，「記得，妳有的是時間，不必一趟全搞定。」但希思莉不懂克萊兒——走錯一步，就可能讓克萊兒人間蒸發。希思莉儘管渴求菲歐娜提供孫女的資訊，自己卻不願前來巴黎。她說：「我只會搞砸事情。」希思莉向來不是任何人間事的專家。

「菸酒吧」是什麼樣的場所？菲歐娜不太清楚，但其實只是一間尋常的酒吧，一間溫馨小店，在芝加哥邊緣的羅傑斯公園區也有。牆上貼著電影海報，酒架懸掛小耶誕彩燈。這時是正午前幾分鐘，客人有幾位，多數是男人，多數獨飲。

菲歐娜雙腳失去知覺了。

菲歐娜挺胸走向吧檯裡的女子——絕對不是克萊兒。她對女子說法文，「我找克萊兒．布蘭查。她在這裡？」

女子看著菲歐娜，一副喔，就是妳的表情，快速講了一句法文，菲歐娜聽不懂。女子走進吧檯盡頭的門。

接著，克萊兒出現了。她撥開臉上的髮絲。深吸一口氣，硬起頭皮。

那一雙是克萊兒的眼眸，深褐色的睫毛。虹膜有褐色大理石斑紋。

女子站她背後，望著菲歐娜，低聲問克萊兒一句話，克萊兒點點頭。

克萊兒顯得瘦但健康，臉頰紅暈，頭髮在後腦紮成毛躁的麻花捲。她神情錯愕，不知所措。這是她不該有的反應。

菲歐娜假想過一千遍，母女重逢能講什麼樣的對話。今天重逢將如何收場，她也假想過一百種情境，但她沒想過見到女兒的臉和身體時有何反應。克萊兒笑得僵，臉上一抹難為情的微笑。

菲歐娜終於開口了。「嗨。」

克萊兒繞過吧檯走出來，匆匆抱她一下，好像在抱遠房親戚。她說：「見到妳眞好。」

百感交集的菲歐娜雖然一肚子火，也覺得荒謬。花了這麼多時間，耗了這麼多錢，吃過這麼多苦，人找到了，見媽媽居然隨便抱得如此苟且，也沒有倒進媽媽懷裡，叫媽媽救命。眼前這位成年人太陌生，太淡定了，頭髮色調稍微變深，臉也變了，但和她變瘦無關，臉骨定型了，眼眶加深，絲毫不像當年那位大一新鮮人，也不像影片裡那位曝光豔陽下、畫質顆粒粗獷不羈的女青年。

菲歐娜說：「方便換地方聊嗎？」

「待在這裡聊就可以了。」她語調堅決，彷彿演練過。彷彿吧檯裡的女子想確定克萊兒今天不會被綁架。

母女倆在角落坐下，頭上有一臺正在播映足球賽的電視。零星的酒客朝這方向看，但目光聚焦在足球，而非菲歐娜和克萊兒。菲歐娜但願有東西能吃喝，能把她們固定在餐桌上，能以一頓飯來定位這一場聚會，確保能延續超過一分鐘。

菲歐娜說：「我想知道妳是不是平安。」她想碰克萊兒的手，想摸她的手心是不是變粗糙，或者柔軟如故。她想幫女兒把頭髮固定在耳後。

克萊兒說：「我們還好。」

「妳生了一個女兒。」

克萊兒微笑說：「我正在教她英文，別擔心。」

「我擔心的其實不是這個。」

克萊兒從圍裙口袋掏出手機，菲歐娜這才發現她穿著一件白圍裙，裡面是黑上衣和黑裙。她說：「等一下。」她用拇指按手機，然後放在菲歐娜面前，呈現一個騎著三輪踏板車的小女孩，捲髮在臉上飄逸。

菲歐娜想抓起手機，逐一滑相片，看最遠能回溯到何時，看最近的日期是哪一天。但她只說：「她長得好美。」

「柯特結婚了。我上班的時候，他有時會幫忙看尼可蕾。」

她以法文唸尼可蕾，菲歐娜仍橫不下心問她取這名字是否爲了紀念舅舅尼可。克萊兒雖無緣認識這位舅舅，卻自幼在他的陰影中成長。是或不是，菲歐娜都擔心她的回答。她說：「她上學了嗎？」

「她才三歲。」

「妳是在科羅拉多生下她的嗎？」

克萊兒起身，從吧檯取來一張雞尾酒紙巾擤鼻涕。菲歐娜擔心她不肯再坐下，但她還是坐回原位。她說：「對，嗯。結束就是從那陣子開始的。他們——在家裡自助分娩，過程不是十分順利。」

「喔。天啊，親愛的。」

「我大量出血，流了好多好多，他們不肯幫我叫救護車，柯特只好偷開他們唯一那輛車，載我去醫院。我差點沒命。我在醫院躺了一個禮拜。但後來，他們還是接我們回去。我認爲他們是擔心我們告上法院。」

產婦生小孩，母親應該到場才對，應該對著醫生大吼大叫，也要確定產婦有充分的休息。假如當年菲歐娜允許母親來醫院，母女關係會爲之丕變嗎？母親會堅持她抱小克萊兒一起睡，以便培養母女情嗎？這想法對她打擊之深，猶如肚子正中一拳。同樣重擊她的是她頓悟到，克萊兒以她當年對待母親的同一招對待她。她等克萊兒出生兩天後，才想到該通知媽媽。她——喔，天啊。

「你們拿什麼錢繳醫療費？」

「呃。我們其實沒繳。我們呃，在院方追過來之前逃走了。」

「你們趁那機會脫教嗎？」

「是在尼可蕾滿月的時候。我們回那裡，先等一陣子，先存一點錢。我們不准有自己的錢，不過柯特在農家市集的攤子管錢，所以。他也寫信給巴黎的朋友求助。後來和他結婚的就是那個朋友。」

「親愛的，」菲歐娜說，「妳能離開，我就很高興了。」她指的既是離開邪教，也是離開柯特。

克萊兒說：「起先，我在一家美術用品店工作一陣子。」她微笑了。「妳會很喜歡那間店的。有兩百年的歷史了。莫內的畫筆就是在那間買的。」

「哪一間？」

克萊兒以異樣的眼神看她——巴黎的美術用品店名講給她聽，她又能有什麼概念？菲歐娜不提她爲了尋女而找遍全巴黎的美術用品店，只說：「諾拉姑婆可能光顧過同一家。」

克萊兒說：「那份工作不錯。後來，柯特偷那間店的錢。他在我快打烊的時候進來，拿走東西，拿過好幾次，瞞著我，我還是被開除了。幸好我沒被逮捕。他被逮捕了。所以我們才分手。」

「他是不是染上毒癮？」

「現在他完全不碰毒了。要是他沒戒，我怎麼肯讓他帶尼可蕾？」

菲歐娜瞪她。

克萊兒說：「媽——啊。」虛擬著發牢騷的青少年。若非上次菲歐娜見到她時，她眞的是青少年，否則會更好笑。克萊兒說：「什麼風把妳吹來巴黎的？」語調裡不含一絲嘲諷。

菲歐娜說：「只覺得花三年撒幾千元尋女挺好玩的。而且嘛，能順路參觀巴黎鐵塔。」

「喔。」克萊兒面露慍意，但也看似試圖隱藏喜色。「妳沒必要大老遠跑這一趟。」

「克萊兒，妳現在有小孩了。妳難道不懂嗎？假如妳——如果妳女兒——」菲歐娜喊不出孫女的名字。喊她名字是一種侵犯，而菲歐娜尚未獲邀享受那份特權。

克萊兒說：「那可就不一樣。」

也許是一份指控，但菲歐娜不肯咬這誘餌，改說：「妳爸最近還好。」

「我知道。」

「怎麼知道？」

「我們這裡也有Google啊。看得到他在教書。而且，妳的店好像也還好，所以我猜妳也還好。」

菲歐娜想問她，近三年來，她是死是活，父母有權知道，而這份權利被她否決了。菲歐娜至少想知道爲什麼。但這問題將來可另尋機會解決。以目前的對話而言，這問題無異於炸彈。

她說：「凱倫得乳癌了。所以他才不能來。她開始接受放射治療。」

克萊兒僅露出些許關切。「嚴重嗎？」

「好歹是癌症。不過，聽起來像還有藥可醫。」

「她會變得超愛打粉紅緞帶那種東西吧。每次有遊行，她都去報到，開口閉口都是抗癌經。」

若在幾年前，菲歐娜聽她這麼說，必定會斥責她幾句。提起凱倫時，菲歐娜總帶一份敬意，維持和諧關係，但她聽了克萊兒的調侃後放任自己呵呵一笑，感覺好舒暢。

菲歐娜從皮包取出信封，在背面寫下戴米恩的電話。「他最近很苦悶，」她說，「如果能聽到妳的聲音，我知道他會開朗一些。」

克萊兒不置可否，接下信封，塞進圍裙束帶裡。

菲歐娜低聲說：「妳是非法移民嗎？」

「一言難盡。我不會被逮捕或什麼的。我逾期居留了。不過，我能想辦法解決。」

「乾脆回家不就好了嗎？回芝加哥？」

「妳最好有完整保留我的臥房。」

幸好沒有，謝天謝地，否則聽見這句話她會心如刀割。克萊兒的床仍在，抽屜櫃和書籍也在，但在她離家赴科羅拉多州之初，菲歐娜已經把縫紉機搬進她房間，後來雜物愈擺愈多。

菲歐娜說：「我會在法國再待一兩個禮拜。記得里察・坎普嗎？」這話是白問了。里察曾拍過一張小嬰兒克萊兒在戴米恩懷裡哇哇哭的相片，成為坎普經典作品之一，至今仍掛在麻州當代美術館（MASS MoCa）展出。克萊兒大學時期曾以那張相片為題寫報告。「星期一他在龐畢度開攝影展。我借住在他家。」她忍不住想暗示，巴黎之行的主因是看展，尋女倒是其次，但何必呢？為了自尊心嗎？對待克萊兒，這始終是她的一大缺點：愛女兒卻佯裝不愛。為了預防心碎而猛吞秤砣。交男友，她也祭出同樣的對策。（她和戴米恩頭一次去接受婚姻諮商，諮商師最後問她，「如果妳對他徹底敞開心胸，妳怕發生什麼事呢？」已經在哭的菲歐娜嘶吼：「他會死掉！」諮商師顯然沒料到這回答。他並非諮商達人。）

她說：「為了看他的攝影展，我至少會待到那天。我希望妳陪我一起去，不過——」她舉一手制止瞪圓兩眼的克萊兒發聲抗議，「如果妳不願意，我想多待一會兒。說不定我能幫妳帶寶寶。給個電話號碼，總可以吧？」

「她不是寶寶。她三歲了。」

「我很樂意幫忙，甜心。」

克萊兒不願意給號碼，但同意菲歐娜過兩天可以再來找她。至於後續發展，以後再說。

吧檯裡的女子對克萊兒喊一聲，指著自己的手錶，菲歐娜懷疑兩人是否事先串通好了：六分鐘過後，如果我沒打暗號，妳就叫我回去。

克萊兒說：「妳來這裡，我不介意，不過我們沒事。」

「我知道妳沒事。我看得出來。妳本來就不會出事。」

她的確是一半如此認爲。

一九八六年

耶爾但願朱利安能出去走走，但朱利安怕出門會被熟人看見。他想躲在耶爾住處，等星期日搭機前往波多黎各，投宿高中朋友家。至於之後，他並不確定，只想去一個氣候熱一點的地方。「牙買加吧。」他說。耶爾說：「朱利安，牙買加專門宰我們這種人。」朱利安聳肩以對，令人於心難安。

多半時間，朱利安把自己反鎖在主臥房裡，想運動時，從艾倫．夏普的抽屜翻健身衣褲，去湖濱大廈健身房做運動。據耶爾判斷，他不碰毒品，但朱利安白天做什麼，耶爾不得而知。每晚六點半，朱利安出現在客廳，收看益智節目《命運輪盤》（*Wheel of Fortune*），耶爾懷疑他是不是眞的喜歡看，因爲他從來不猜答案。每一回合最後，贏家能從一個小陳列櫃挑獎品，朱利安會自言自語問，會挑那尊大麥町犬的雕像嗎？朱利安投入的程度僅此而已。

週二，耶爾下班去赫爾館游泳池，見到艾許．葛拉斯。耶爾到時，艾許在擦乾身體了。耶爾跳進泳池，泡水跟他聊天。蒼白乾癟的耶爾怕在艾許面前相形見絀，以水藏身是上策。艾許聽說耶爾搬進北河岸區。耶爾說：「我住在玉米大廈裡。可惜我絞盡腦汁，硬是想不出一個玉米戳洞的俏皮雙關語。」[36]

艾許沒笑，一臉關切看著他，說：「你如果想爭取你在舊窩裡的東西，需要法律上的協助，或需要金援，儘管告訴我，這是我的本行，我很樂意幫忙。」

渾圓的水珠附著在艾許的肩膀和胸毛上。

「你有這份心意，我就很感動了。」

他不太關心留在查理公寓裡的個人物品。他穿了幾天艾倫．夏普的毛衣，也借穿他柔軟至極點的浴袍，音樂、家具、餐具暫時應有盡有。但是，艾許願幫他而非幫查理，令他窩心，泡冷水的肌膚也因而泛起一陣暖意。艾許走後，他沉進游泳池底，向上看著瀲灩的淺藍色燈光。

週三，菲歐娜打進耶爾辦公室，告知羅斯寇可以出院了，等人去接。耶爾沒問醫療費，菲歐娜也沒提起。耶爾付了三百六十美元。獸醫給他一個紙箱做的貓籠，方便他提著羅斯寇回家。耶爾沒向朱利安提及救貓事件，一方面是因為令人心酸，另一方面是耶爾唯恐自己連帶提起驗血一事。紙箱回家後，耶爾掀開籠門，遲疑的羅斯寇踏出一步，朱利安在沙發上凝視，一頭霧水。耶爾說：「記得這小子嗎？」

迷惘少頃後，朱利安馬上蹲下去抱貓，當成一床失散已久的幼兒安心毯來抱。「牠是哪裡來的啊？」朱利安說。所幸他不給耶爾回應的空檔。「嗨，小朋友，你現在改住閣樓啦！牠會住下來嗎？可以嗎？」

「如果牠沒其他應酬的話。」

看朱利安抱貓的模樣，耶爾擔心這下子他永遠不肯搬走了。然而，朱利安的飛機票已經買好，也一天比一天更心急。耶爾出去幫羅斯寇買貓砂盒、貓食、貓床、餵食碗。正要踏出寵物店之際，他又轉身，回去買個玩具送貓：拖著一條羽絨尾巴的紫球。

週四，藤田嗣治專家從巴黎前來會晤比爾。耶爾想在門外偷聽。他想貢獻餘生，以一顆接一顆的方糖，砌築諾拉的巴黎往昔。他想要一張前往一九二〇年的單程票。他思索著諾拉的時光旅行觀念。多麼可

36 cornhole，投擲沙包進洞的戶外活動，此處影射葷笑話。

怕啊，只能前進一個令人惶恐的未來，離歡樂的往日愈來愈遠。但是，也許諾拉另有所指。也許她的意思是，人活得愈老，能隨心取用的年代就愈多，閉眼就能舊地重遊。他無法想像老耶爾願意重返這一年。再過十一天，他能得知驗血結果。也許屆時，他會渴望重返目前的煉獄階段，還能坐辦公桌緊抱一絲希望。

同一天，耶爾下班回家，朱利安坐在餐桌前，閱讀著《電視指南》，只不過電視不在他身邊。這本早過期了，是夏普夫婦留下的最後一期。羅斯寇趴在他大腿上。

朱利安說：「好好笑。他們假裝在專訪科米蛙和豬小姐。」

「對，我看過了。」

「他堅持說他們沒結婚，豬小姐認爲有。」

「笑死人了。你還好嗎？」

「我再住兩天，就不會再煩你。」

耶爾坐下。如果朱利安眞的想走，耶爾可以問他一件事。在朱利安走前，他應該問清楚。他說：「我想再講一遍，和查理的那件事，我原諒你。我應該在你的咖啡裡下毒才對，但我就是不氣你。不過，你可要告訴我一件事。我有必要知道，那次是不是唯一的一次。」

朱利安把翻開的雜誌面向下，放在桌上，好像不想忘記讀到哪頁。他把貓抱到胸前。擋箭牌。「好吧。嗯……對啦，差不多是。」

「差不多是？」

「他幫我吹過一次。大概一年前。不過，做那種事——如果你問的是那種事，對，只有一次。」

「他大概一年前幫你吹過。」耶爾心算著，試圖回想一年前的生活概況。查理的報社狀況不穩。驗血尚未普及化。既然不訝異，爲什麼心臟噗噗跳？他心想。

「不過，聽著，耶爾——呃，如果你眞的想知道……」耶爾點頭。「他絕對有去外面野。」

耶爾調節著呼吸。他說：「請你詳細一點。」

「以他的個性嘛——他常憋在心裡。我是說，我對性伴侶專一制的看法，你不是不知道。他是社群的棟梁或什麼的，憋了六個月，他會爆發一次。我不是說他常爆發，不過——你也知道，人如果整天沒吃東西，身體會中邪，一口氣吃掉整個蛋糕，對吧？我只知道，他常去陰暗的角落亂搞。火車站廁所、森林保護區那種地方。他有用套子。至少他這樣講。」

在耶爾視野中，貓一會兒失焦，一會兒聚焦，朱利安的臉也時清晰時模糊。火車站廁所是郊區同性戀族群出沒的場所，那些背著妻小在外鬼鬼祟祟的男人是查理常痛批的「通勤同性戀」。查理的內疚和自我憎恨心和那些人不相上下。耶爾絲毫不相信查理會用保險套。查理的行爲無異於尋短。想不開的人不用保險套。嘆氣一半的他以下半口氣說：「幹。」

「我幫他講句話。我認爲他儘量避開我們的社群。他不會去天堂酒吧之類的地方釣男人。」

耶爾納悶，查理是想保護自己的名譽或怕傷耶爾的心，或以上皆是。郊區那些男人會比較安全嗎？查理絕對不認爲。

「你要明白，」朱利安說，「就因爲這樣，我才沒有那麼愧對你。我是說，我是愧對你，沒錯，不過，我又不是敲碎了一個本來就沒破的東西，你懂嗎？我那時也看不出來你們是不是有各吃各的共識。現在我猜大概是沒有。」

「你怎麼知道這麼多？」耶爾想問，另外還有誰可能知情，但答案可能會讓他吃不消。泰倫斯似乎相信他目睹的是單一事件。但是，如果朱利安知情，泰迪必定也知情。耶爾想著艾許、里察、查理的員工。

「他嘛，他老是對我吐心事。有一次，我在孟卓斯街沙灘看見他，有個男的坐在奧迪車裡面，他猛敲那人的車窗。那次之後，他就常告訴我一些事，不是吹噓或自誇，只是講出憋在心裡的話。做那種事，他並不開心。做那種事的原因是什麼呢？不是因爲做了很爽，就是因爲恨自己所以自我作賤，我不覺得他是貪圖好玩。」

耶爾頓時想通了許多事，腦海深處角落裡的碎片紛紛接合，拼湊出全貌。耶爾說：「你沒告訴我。你明明知道卻瞞著我。」如果菲歐娜說得對，如果沒人眞的喜歡查理，爲何大家全護著他，保護這麼久？

「我只是——我自己嘛，每走錯一步路，也不想被人囉嗦。那是房事警察才幹的事，你懂嗎？我又不是房事警察。欸，我是眞的很抱歉，好嗎？我是眞的眞的很抱歉。你沒——你沒被感染吧？」朱利安的眼神充滿恐慌的神態，彷彿這時才驚覺不對。

以最籠統的定義，這是實話，所以耶爾告訴他，「我驗血結果是陰性。」去年五月驗的結果。哼。當時報告是陰性反應，天知道後來查理害他接觸病毒多久。他站起來，叫朱利安也起身，擁抱他。如果朱利安眞的在週日啓程，他不願兩人的友誼以吵架結尾。想生氣，以後可以獨自生悶氣，也可以在牆上畫標靶，把所有叛徒畫在牆上，瞄準他們的臉射飛鏢。現在，他也可以擁抱朱利安片刻。感覺舒暢。他說：「房事警察的點子很適合用在萬聖節服裝上。」

他凌晨三點才睡著。查理一次就中鏢，接著耶爾和查理才做幾次就中鏢，這種機率微乎其微。然而如今，或然率賦予他的防護罩消失了。他知道，病毒才不在乎公平不公平的問題，不在乎或然率——但這也無法爲他提升安全感。

耶爾忽然想知道，去年五月去驗血，查理到底有沒有老老實實跟著驗血。去接受輔導時，他和查理一起去，沒錯，但抽血是個別進行，聽驗血報告也是個別接到通知。事到如今，耶爾的想像天馬行空，臆測著查理是否對他瞞天過海。查理可能膽小到不敢驗血，可能騙自己一切沒事，最後才遇到無可否認的事實，發現自己睡過的人確實被感染。

週五，仍半睡半醒的耶爾去上班，桌上有一張紙條：「回電給艾菲德．程。」半晌他才回過神，想到程醫師。本來不是說好了，再過十天，程醫師才來電嗎？心跳到他喉嚨了。他想再等一百年，也想即刻回電，但在辦公室打這通電話不方便。他也不可能回家打電話，因爲朱利安打算整天窩在家看連續劇，陪貓玩。大概是小事吧，可能是繳費出問題，可能是醫生有後續問題想問他。現在就有驗血報告，未免太早了。除了驗血報告之外，又能有什麼壞消息呢？也許驗血驗出其他毛病。膽固醇。斷言是癌症。

近中午時，泰迪來電問耶爾最近有沒有見過朱利安。他回答：「沒有，不過我確定他沒事。」

「他能出什麼事？」泰迪反問。「我只問你有沒有見過他。」

耶爾想讓泰迪自我明瞭，朱利安寧可住他家，也不願被泰迪緊盯到窒息。他想問泰迪知不知道查理在外見人就亮屁股，活像個染毒癮的青少年。

正午，中午十二點整，他不穿外套，走向音樂廳。大廳裡有幾臺公用電話。拿著兩毛五硬幣的手抖得太厲害，不聽使喚，從口袋掏通訊錄翻閱時，手指也不靈活。撥號之際，他咒罵自己拖到午休才回電。辦公室的人大概走光了。有人在某處吹小號——音符急促而焦躁，更令他緊張。

診所櫃檯接聽了，一分鐘後，程醫師對著電話說：「是我騙你的！」

「什麼？」

「那天我騙你說，我不會通知你 ELISA 結果。你是陰性。」

「喔。」耶爾飄浮在地板和天花板之間。「陰性到——陰性到什麼程度？」

程醫師笑說：「十分陰性。陰性沒有假陰性這回事，很確定。」

耶爾差點樂死在大廳裡。

「那天我看你好緊張，不想害你窮著急一個禮拜。對了，聽好，不許你告訴別人說我通知你，因爲不然——」

「我懂。我懂。」

「過三個月，我們再次幫你驗血，我絕對不會再提前通知你。這不是玩笑話。下不爲例。」

耶爾懷疑這話有幾分眞實性，懷疑下次程醫師是否重演同一戲碼，再發誓下不爲例。

「在此正式聲明，這報告表示，目前查無抗體。你說你最後一次和伴侶親熱是在——」

「前伴侶。十二月。所以說，我到三月才能確認，對吧？我可以等到三月才回診？」

「可以。我通常會說，再等三個月，不過，三月可以。我可要提醒你，在那之前，每次都必須使用保險套，即使對方是未受感染、專一的伴侶。不過——抗體拖那麼晚才出現的機率太低了。假如我是你，我會放一百個心。去慶祝一下，好嗎？不能肆無忌憚。」

「你確定？我是說，你用的代碼沒問題嗎？」

「我很確定。聽著，我還是覺得，你進來接受輔導比較好。我驗出陰性之後，心裡也有不少虧疚。」

「我會考慮看看。」

心裡有什麼感受呢？電話掛斷後，耶爾一手留在聽筒上，彷彿電話能爲他輸送適切的情緒。心裡是有一份欣快，絕對有。另一份感覺是，一顆子彈在朋友圈亂射，他僥倖再逃過一劫。但這些情緒的比例多高？他最大的感受是腎上腺素激增。

兩名學生揹著小提琴盒進大廳，耶爾向其中一人討硬幣，打給菲歐娜。她不在家，電話進入答錄機。耶爾說：「打給妳只因爲我的心情好陰——沉。感覺眞的眞的陰——沉。」她應該聽得出語帶奸笑。

「全身灌滿陰——氣。跟妳講一聲也好。」

回辦公室，洛曼正在裝訂東西，傾上半身的力氣使勁打著孔。耶爾說：「我們聽聽音樂吧。」他的新秩序樂團專輯仍在卡座中。他在報告桌前坐下，拿著原子筆，聞樂敲桌子，洛曼看傻眼了，一副眞心警覺的表情，但曲子唱到副歌時，他也跟著敲桌，把桌面當成曼波鼓來演奏。副歌唱到第三次，兩人齊聲合唱著。

耶爾在辦公室加班，不想太早回家和朱利安相處。他無法忍受，受不了正眼看朱利安，因爲朱利安有病，而他身體無病毒。面對尼可，面對泰倫斯，不是還能應付嗎?但這一次不同。

這天晚上，他下捷運後，不直接回公寓，而是繞向賀巴德街。這裡有兩間同性戀酒吧和一間隱密的三溫暖。他不打算進三溫暖，也不確定要不要進酒吧，只覺得能在這裡走走也高興。在這裡，他能看見別人的朋友圈在芝加哥一隅，面對他們的危機、外遇、救贖。置身事外，感覺好健康。來到綠洲酒吧，他站在馬路對面，看著人來人往。一個都認不出來，感覺多美妙。身邊沒有誰快死了，這種感覺多美妙。

拉薩爾街有一群人轉彎過來，樂在興頭上，吱吱喳喳講著話，一時之間耶爾但願能加入他們，混進去，跟著他們走，但他隨即發現，帶頭的人是查理。平常絕對不來這一帶的查理。查理大手比劃著，和人辯論得起勁，身穿「法蘭克說放輕鬆」[37]上衣，夾克敞開。耶爾呆立著，呼吸不多，爲街頭再添一支路燈。

整群人轉向酒吧門口之際，耶爾再看見另一人，遠遠不覺得眼熟。那人對著查理耳朵講悄悄話，然後轉頭正面看著耶爾。但查理不曾轉頭。

耶爾雙腳黏路面好一陣子。假使此事發生在昨天，他的感受會被逃過病毒劫的喜悅沖淡。如今他醒悟到，他不會比查理更早死，五十年後他將回首這一切，對某人訴說查理的故事，正如同諾拉對他敘述諾

37 英國一九八〇年代流行樂團Frankie Goes to Hollywood的曲目〈*Relax*〉。

瓦克往事一般。他會比諾拉少一份渴望。他無法想像自己會把這一段情視爲終生的一大憾恨。他想變隱形人，以便跟隨查理進酒吧，看查理會不會藉啤酒澆愁。但耶爾轉頭走回家，迎向冷風，到家時肌膚已被吹得麻痺。

週六，耶爾在家，和朱利安共處一室覺得彆扭，只好找藉口外出。他深怕自己坐家裡，會不知不覺想到自己被放過一馬了。如果自己被放過一馬，那麼朱利安呢？雀屏中選嗎？想到這裡，他一定會自責不已，朱利安會問他怎麼了，耶爾會推說沒事，隨即發現這話聽起來太蠢了，現在的情形哪一點不是錯得離譜？只差沒錯到身染病毒而已。

耶爾被吵醒時，天色仍暗，聲音像家裡遭小偷了。幸好他發現，只是朱利安正忙著塞東西進背包。耶爾站在主臥房門口，看著檯燈下的朱利安彎著腰，卡其褲腰暴露一道白皮膚。貓站在床上，踩著棉被。

「你的班機幾點起飛？」耶爾說。朱利安一聽，整個背包落地，拉鍊的一邊朝下。

朱利安說：「可惡可惡可惡。」一瓶眼藥水滾到腳邊，耶爾撿起來，也撈起幾件上衣和襪子。

「喂，深呼吸一下，好不好？」

朱利安坐在地板上，背包夾在雙腿之間。

「你不會趕不上飛機的。現在幾點？」

「我只想早點離開這裡。」

耶爾說：「好。你是不是嗑了什麼東西？」

朱利安不回答，耶爾認爲是默認。他把眼藥水交給朱利安，朱利安看著藥水瓶，好像從沒見過似的。

「聽著，你有機票嗎？你只要帶機票、身分證明、現金。機票給我看一下。」朱利安從背包外袋取出機票。聯合航空上午九點十四分班機。耶爾看床頭櫃上的時鐘。「再等一個多鐘頭出門也還不遲。來——看一看，我幫你整理行李。」

耶爾在他身旁坐下，感覺像在幫忙幼童，一個剛發完脾氣、一口氣喘不過來、拿不定主意的孩子。他幫他摺好三件T恤疊成一堆，把盥洗用品排成一行，找出皮夾。老舊不堪的皮夾以破損的膠布補貼著，裡面滿是折價券、錄影帶店會員卡、健身房通行證。朱利安一張接一張抽出來，擺在耶爾前面。「這張能換一客免費薯條。代我送艾許。」

耶爾知道，自殺的警訊之一是謹慎託付身外之物，但話說回來，機票不就在朱利安膝蓋旁邊的地板上嗎？他即將登機。至少朱利安還能挺到上飛機。

朱利安拾起一個梯形的白色小盒子，握在手心裡。是牙線。他說：「我怎麼有這東西？」

「用來——呃，很重要啊，不是嗎？能去除牙菌斑啊。」他是想逗朱利安笑一笑。

「不對啦，耶爾，說眞的，我幹麼帶這東西？我可不想再剔牙了。」

「剔牙是一定要的啦。」

「告訴你，我已經決定不用牙線了。從今以後。我從小就討厭用牙線。往後六個月，我的牙齦又能爛到怎樣？」

「你的日子還長得很。」

「你以爲，我還會再去看牙醫嗎？再也不會挨牙醫罵了！我再也不去洗牙了！每天晚餐可以吃棉花糖夾心餅，都不必刷牙。」他把牙線放在耶爾大腿上，握住他肩膀。「我要是十歲大，一定會爽翻天。」隨即，他狂笑到不支倒地，耶爾無法跟著笑成一團。

耶爾說：「你什麼時候被感染的，自己知不知道？聽著，要是你在驗血前一個月才剛被傳染呢？可能再過好幾年，症狀才會開始出現。症狀出現後，也還有好久好久。到那時候——你自己不是一直相信，一定有藥可醫嗎？你一定要用牙線啊，朱利安。」

「首先。」朱利安坐起來，表情轉爲嚴肅。他擦擦臉，抹淨剛才笑出的淚水。「我明確知道被感染的日期。八二年夏天。有個導演，被像小狗狗的我追著跑好幾個月，他終於屈服了，可憐我，幹我一炮了事。差不多一年後，他死了，得耳癌之類的，你知道。我去他的喪禮，覺得，哇，人生苦短，多悲哀啊，誰曉得哪天會死呢。那時候，病毒已經在我體內了。我否認了好久，耶爾。我一直否認到護士對著我的臉說，我染上病毒了。她講了三遍我才接受。

「所以，對，幾年才發病。算一算，不就是現在嘛。我就坐在溜滑梯最上面。我希望最先有皰疹和鵝口瘡一起來，好讓我嘴巴一張開，就像一頭白舌頭的毒龍。讓牙齦流血的是什麼病來著？我也要。然後呢，爲了你，耶爾，在我嘴唇結痂的時候，我張開嘴，露出血淋淋的牙齦，喉嚨裡是一個酵母菌溫床，我會照鏡子用牙線，只爲了你一個。因爲，我可不希望牙菌斑來攪局啊。」

耶爾以拇指和食指拿起牙線盒，說：「你昨晚有沒有睡？」

「上飛機再睡就好。」

「你走後，過幾天，我可以告訴別人你去哪裡嗎？」

「你可以說你看見我，我帥得像欠幹的惡魔，說我對不起大家。想講我去波多黎各儘管講，因爲等泰迪飛去找我，我老早走了。」

「你家人呢？」

「我會寄明信片給他們。」

朱利安背包裡只帶一本恐怖大師史蒂芬金的小說《寵物墳場》。耶爾找到筆，在封底寫下辦公室號碼和夏普家號碼。

他說：「我幫你叫計程車。」

那一夜，耶爾扯下一段朱利安的牙線扔掉，然後再扯一段自己用。隔天晚上，他再使用牙線。他只在就寢前用。每早，他用他自己的牙線，藉此延長朱利安牙線的壽命，也能藉此反思自己今日所作所爲。朱利安走了一天。朱利安走了兩天。又有什麼差別呢？我做了什麼？他反省著。

朱利安離去，照理說不該在他心中形成巨坑才對。然而，朱利安出門後約莫一小時，耶爾正在使用夏普家這臺豪華咖啡機，卻詫然想到，又有一個朋友從他生命中消失了。尼可走了，泰倫斯走了，查理相當於置身另一顆行星，泰迪看他不順眼，如今朱利安遠走高飛，蜷縮在椰子樹下等死。剩下的是艾許，但艾許是個大忙人。剩下的是菲歐娜。有些人，他稍微認識，生活圈和查理沒有太多交集，例如小勝，但大家最近似乎深居簡出，只和認識最久、最親近的朋友往來，不太熱衷結交新朋友。另外有洛曼。最常和他交談的就是洛曼，但交情也不深。洛曼去看阿爾發村樂團的演唱會，告訴耶爾說，有人踩到他的腳。洛曼穿著雙魚座T恤，和他談起星象學。耶爾試圖隨口講幾句鼓勵自我接受性傾向的例子：「我從七二年到現在一直沒再去墨西哥。那年我出櫃了，至少是接受自己的性傾向。」有一次談到美食，他說：「我的上一任只會煮三道菜，其中一道是西班牙海鮮飯。」洛曼從不追問。

他發現腳踝有個發炎的紫色瘀傷，又被嚇得七葷八素，那天晚上，他使用牙線。

瘀傷漸漸褪色，邊緣開始轉黃，那天晚上，他使用牙線。

主任比爾興沖沖告訴他，蘇丁的畫經專家鑑定無誤，那天晚上，耶爾用手掂一掂牙線盒重量，估計裡面剩多少。世上應該有這種童話吧：國王有個魔繩圈，繩子用到尾，王權隨之終結。聽起來算合理。他不想爲了多撐幾天而每次只用短短兩吋，但他也不想照查理那樣，每晚扯下一整條手臂那麼長，浪費牙線。

在西洋情人節那天，他照鏡子，牙線穿入臼齒之間，他告訴自己，終於渡過這星期了，至少。他挺過驗血難關，挺過和洛曼相處的難爲情期，沒有忍不住打電話給查理，更沒有跳陽臺，也不曾去錄影帶店的小隔間從事自殺性行爲，也沒哭過一次。他達成使命了。他挽回羅斯寇一條貓命。如果能像這樣再撐一星期，然後再撐一星期，到月底，他就能站這裡，再度慶賀自己毫髮無傷，然後能反覆同樣動作，一生一世。

週一下午，洛曼提早進辦公室，腳步輕盈。洛曼的實習期再過四週即將結束，耶爾曾表示樂意在春季班留他繼續實習，但洛曼搖頭含糊說他另有計畫。耶爾不能怪罪他。這天，洛曼進辦公室說：「我查到藍科．諾瓦克的資料了！」說著從背包取出厚厚一本圖書館的藏書，表皮是耶爾不敢摸的粗布面。「他是個註腳。不是主角，是只被寫進註腳裡。」洛曼繞過耶爾辦公桌。出差回來至今，洛曼不曾如此接近他。洛曼翻開書到他以借書單當書籤的那一頁。洛曼指的註腳佔半頁，耶爾不得不湊近，才看得見洛曼用鉛筆畫線之處。「基本上跟她講的羅馬大獎是同一回事。」洛曼說，然後才讓耶爾自己讀。「寫得貶多於褒，像罵他沒資格得獎。沒人認爲你夠格的感覺太慘了，對不對？」耶爾看見日期，看見得獎名單，看見當年名額擴增至三人，看見延期領獎。書裡寫著：戰後，迪布喬與普季翁[38]總算如願前往羅馬，諾瓦克因傷不克受獎，爾後於一九二〇年去世。

「拿去給比爾看。」耶爾說。「等一下，別告訴他說是註腳。你可以去影印一份嗎？印成像正文那樣。」耶爾愈來愈在意接納諾瓦克的作品。現在，他覺得是原則問題——可憐的諾瓦克，坐困愁城、無獎可領的諾瓦克——如今總算能和名師級的畫家共同展出。

比爾目前把辦展的日期設定在明年秋季。要苦等好久，多麼殘酷。耶爾但願辦展能快一點，好讓諾拉臨終前圓夢，但根據比爾，八七年秋季辦展已經很趕了。這場展覽將是比爾的告別作——他明確表態過了——離開校園後，比爾立刻去西班牙馬德里過冬。

洛曼拖長待在耶爾身邊的時間。耶爾不禁神馳著，等實習期結束，等到春末，他也許會打電話約洛曼出去喝一杯。想想而已，他不會眞的實行。

電話響起，洛曼嚇一跳退開，走向自己的辦公桌，隨即想起書中註腳，抱著書走出辦公室。

電話線彼端的嗓門大無比。「耶爾．第敘曼先生！」這男人的語氣近似控訴。假使泰倫斯仍在世，耶爾可能會以爲泰倫斯模仿別人，打來惡作劇。「我是查克．唐納文，董事，一九五二年校友。我正在匹爾斯小姐辦公室，借她電話打給你。匹爾斯小姐告訴我，諾拉．藍諾遺贈案是你主導的。」

耶爾站起來，四下看看。可憐的希思莉，電話機竟然被這傢伙霸佔。他想像希思莉坐在辦公室裡，眼睛閉著，指尖按摩太陽穴。

「是的，」他說，「最近我負責協調——」

「因爲目前似乎出現了一些溝通不良的狀況。那批畫的主人事實上是我的一個朋友。」

耶爾拿起整具電話機，儘量把電話線拉進走廊。他只勉強出辦公室大約一步。比爾的辦公室門半開。他說：「可以麻煩你等——」但唐納文繼續說著。

「我和匹爾斯小姐曾經有過一個相當明確的共識，現在我想知道，我想知道兩件事。第一，溝通不良的疏失責任歸屬是誰。第二，日後我們將如何撥亂反正？」

在走廊上，耶爾脫掉左鞋，甩向比爾辦公室的門。洛曼出來了，比爾也跟著出來，兩人看著他的鞋子，看著地上，耶爾慌張暗示他們過來。對著電話，他講給他們聽：「唐納文先生，你正在匹爾斯小姐辦公室嗎？你人在校園嗎？」

---

38 迪布喬（Jean Despujols, 1886-1965），法國畫家。普季翁（Eugène Robert Pougheón, 1886-1955），法國藝術家。

比爾用手心重擊自己額頭一下。

耶爾說：「我想邀請你前來藝廊一趟，我們也可以找本校法務過來。」

「很好，」唐納文說，「很好。正合我意。」

下午五點三十分，各方人馬總算集結在比爾辦公室裡。洛曼已經回家了。在耶爾想像中，查克·唐納文是腦滿腸肥的紅臉男，但他本人卻身形瘦長，一撇修剪整齊的白鬍子。在場還有比爾、希思莉、以及法務赫伯·史諾。比爾的實習生端咖啡過來，耶爾緊張到喝不下。在這之前，他向比爾報告過，上次出差曾不慎說溜嘴。他避談那天早上的宿醉和心事。

唐納文說：「很高興有這機會和大家對談。」

在他能發表演說前，耶爾說：「遺贈已經定案了，無法悔改。」

法務插嘴講幾句專業話，耶爾趁這空檔和希思莉四目相接。她簡直像即將步上刑場面對槍刑隊。那天，耶爾得知驗血結果是陰性後不久，曾去她辦公室告知，她聽了擁抱他，拍拍他的背，態度溫馨。「接下來你只需要保持現狀。」她當時說。

唐納文說：「我被當成傻子了。我捐錢給這所大學，擔任董事，感恩的人沒幾個。我付出時間和心血，校方承諾我的酬勞不多，只讓我稍微能借力使力一下。以我的爲人，我不會去干涉課程。舉個例子來說好了，你們藝廊展出裸畫，我也不會去申訴。不過，身爲言出必行的人，我答應過朋友，對方明白我會爲他仗義執言，我的要求不會被藐視。結果現在搞得我在朋友、經商夥伴面前抬不起頭。老實說，我也因此整體懷疑自己和大學之間的情義關係。」

耶爾心想希思莉也許會開口，但她只像洩氣的皮球坐著。他想像，剛才在辦公室，希思莉能講的已經講完了。

「我找匹爾斯小姐商量，以爲事情妥當了。沒想到，後來我從朋友法蘭克得知，雙方已經拍板定案了，他非常難過，不過他說，你盡夠力了，事情結束了，還是算了吧。然後呢。然後啊！這週末，我接到法蘭克電話，他透過女兒發現，你們估計這批畫價值好幾百萬元。」

比爾說：「唐納文先生，我能體會你的難題，不過，這三百萬元目前已經納入西北大學的資產。」

耶爾咳嗽起來，想停止咳嗽，試圖對比爾使眼色，叫他別提錢的事。耶爾倒沒聽過三百萬。想必是蘇丁專家估的價。果然，唐納文挑起眉毛到天庭。

他猛然轉頭，面對希思莉。「妳怎麼沒告訴我這數字？」

「我又沒這數字。」她說。

「這三百萬的名正言順原主是我朋友法蘭克．藍諾。」

耶爾說：「情緒是很激昂，沒錯，不過，請聽我說，我們對這批收藏品感到振奮。過一兩個禮拜，我們即將公諸於世，你可以獲得獨家內幕消息。」

唐納文不理他，繼續對希思莉說：「如果這些人沒資格拿出任何對策，妳幹麼拖我來這裡，我搞不懂。」

眞的是希思莉出的餿主意嗎？剛才在她辦公室，她主動把電話遞給唐納文，叫他自己打給耶爾嗎？

耶爾說：「這件事跟她絕對沒有關係。諾拉．藍諾聯絡的人是我，經手接收過程的人也是我。說句實話，從那階段起，我們就不再知會匹爾斯小姐。在那之前，每走一步，匹爾斯小姐總爲你發言，維護你的權益。」

希思莉舉雙手摸臉頰，看著他，他無法分辨她是想警告他或謝他。耶爾希望比爾這時能講句話，撐撐他的腰，但比爾垂頭看自己的膝蓋。法務正在寫筆記。耶爾脊背發涼想到，法務正記錄著耶爾規避希思莉行事的自白。

耶爾說：「既然你如此寬宏大量——我們或許能私下安排一場展覽，只開放給你和少數幾位友人進場。我們可以儘快辦，也可以等到整場展覽安排妥當之後。在藝廊裡喝香檳吃開胃小點心。你意下如何？」

唐納文起立。「我這就去見校長。我認爲，民眾對這件事一定會非常感興趣。事實上，我有幾位記者朋友。」

耶爾也趕在其他人之前起立。他從口袋掏出一張名片。「請瞭解，接收這批畫是我個人的行爲，我們的行動並未遵照匹爾斯小姐的指示。」

比爾說：「我們包括我在內。如果你想針對誰申訴，請你針對我個人。耶爾只是代表——」

耶爾舉起一手制止他，說：「這案子是我的。我們並未做出違反分際或法律的行爲，不過，有怨氣請針對我發洩。」讓比爾扛罪不夠厚道，何況，搞砸好事的人是耶爾，都怪他出差時爲私事分神，怠忽職守。

希思莉調整墊肩，在唐納文身後，亦步亦趨，跟到門口停下，看耶爾一眼，然後才離去，臉上的神情宛如剛穿走最後一件救生衣目送一個即將溺死的人。

同一天，耶爾晚上來艾許・葛拉斯家，茫然坐在地板上。在場有很多人，椅子坐不下，靠牆沒地方站的人只好席地而坐。艾許家的客廳有一半是辦公室，有幾張辦公桌、幾支電話、幾座檔案櫃，另一半有一張爛沙發和一小臺電視機。耶爾的尾椎按在木板上，從這裡看得見每一個灰塵毛球，多的是。

艾許承諾披薩即將送來。他站在電視機前面，高談社群住居基金。他的構想是挪用一筆黑錢，濟助繳不出房租的病患。有人問艾許，能不能保證這筆錢只用在同性戀族群，艾許說：「才怪。開啥玩笑？愛滋又不是我們專屬的疾病。」這話引爆激辯。每當艾許氣急敗壞時，眉宇間的平行紋會加深，宛若被蝕刻進骨肉裡。

恢復自由身的耶爾，如今能垂涎艾許，能縱情幻想一個不僅是春夢的情境，而是確有實現之日的可能性。他可以在這裡待到很晚，幫忙清理場地，然後一手搭在艾許肩膀上……但耶爾向來不是主動示好的人。一輩子沒主動過，喝醉酒也一樣。而他也很懷疑，艾許該不會根本沒注意到他對艾許有意思吧？除非他眞的握住艾許的雞雞。

更何況，耶爾目前不想再爲人生添風波。他想平淡過幾個月的無聊生活，別人問他最近有什麼新鮮事，他可以回說，「不多，只走一步算一步。」飯碗犧牲了，在同一天又冒被拒絕的風險，他會受不了。

話說回來，明早藝廊會一切安好。法務會保證他，遺贈品的轉移在法律上無懈可擊。不會出事的。

查理的週報總編輯拉斐爾也坐地板，不斷挪向耶爾，最後坐來耶爾身邊，低聲說：「活動辦得好悶喔。」

進門時，耶爾曾緊張掃瞄全場，不想遇到查理。艾許邀請耶爾時曾保證查理不會來。查理是全芝加哥能見度最高的男同性戀，想迴避他也難，但耶爾能儘量躲到岩漿冷卻硬化。泰迪和友人小勝斜倚窗臺。今晚，耶爾尚未和泰迪交談過，可能待會兒也不會。泰迪和小勝的體形一模一樣，耶爾瞇眼看他們，直到他們變成兩個同卵雙胞胎的身影。小勝舉手，艾許在吵雜聲中請他發問。小勝說：「對於我們這些帶原者——」耶爾隱約只聽得見他的問題涉及租屋者權益。他猜得到小勝有病毒，但他今天才得知。

有人問到匿名措施，拉斐爾這時悄悄對耶爾說：「聽說你住進豪宅了！哪天開一場盛宴，邀請我們這些市井小民參加吧？」拉斐爾圍著巴勒斯坦人圍巾，下巴縮進裡面，活像一隻烏龜。

「我只是借住幾天而已。」耶爾說，但他愈來愈覺得自己成了屋主，能在市區高空坐擁一小顆膠囊，讓底下的芸芸眾生繼續吃苦，繼續忍受風浪。

片刻後，拉斐爾又悄悄說：「查理的腦筋斷光光了。報社所有人都像在說，我的天啊，趕快叫耶爾回來。查理以前也這麼神經嗎？以前有你搞定他，所以他才不會來報社整我們嗎？」

耶爾說：「他最近有很多難題。」

「他呀，簡直是災難現場。你以前都對他灌食嗎？我們開始在他桌上留零食，以免他每餐都忘。」

瞬間，全場轉頭面向門口，耶爾也轉頭看，以爲門口一定站著查理。是夢魘，能令他如釋重負，或是復仇天使。但來人是週報的葛洛莉亞，捧來一疊披薩盒，叫大家稍安勿躁，等她擺好紙盤和紙巾。

耶爾讓周遭的聲響融合成悶悶的嗡聲。他看著艾許講話，比著手勢，一手掃到電視天線。他看著小勝和泰迪相依偎。

拉斐爾說：「根本沒人在聽。大家都聽膩了。」

隔天早上進辦公室，耶爾桌上多了一束黃大理花。希思莉送的，附上一句：「我無從報答起。」他還沒坐下，比爾就來了。耶爾有咖啡可喝，比爾照樣端一杯給他。比爾說：「看來，唐納文有意作威作福。」他停頓一下，等著耶爾問這話什麼意思，但耶爾沒興趣照他戲碼發言，比爾只好清一清嗓，繼續說：「他去找過校長了，這——後續會有什麼發展，我不清楚。不知道。他到處打電話給其他董事。不是我們藝廊的董事，是學校的董事。而且，諾拉的兒子法蘭克也正在採取某種法律行動。會不會一狀告進法院，我不清楚，不過法務跟你保證過。」

「想告我們，包準浪費他的時間。」耶爾說。

「是的，是的。」比爾望向耶爾後面，視線飄出窗外。「可是，這事對藝廊不好。你給他名片，責任往自己身上扛，表現很高尚，我但願你昨天沒有那舉動。你知道我願意扛罪。」

「搞砸好事的人是我。」耶爾說。

昨夜他睡不著，其實也是爲犧牲小我一事費思量。當然是爲了救希思莉。但是，或許那舉動也算某種自我鞭笞，一種自我懲罰，爲的是——什麼？哼，不勝枚舉。和洛曼亂搞。奪走黛博拉的遺產，甚至可能影響到菲歐娜。離開查理。躲過愛滋危機。用不著問天才心理醫生就知道。程醫師叫他行事要謹愼，建議他找心輔師，被他一語回絕，結果眞的闖禍了。不同形式的肆無忌憚行爲。

比爾說：「我認爲，如果你有什麼事想跟諾拉交代清楚——我指的是親自去，因爲主導人本來是你——我認爲，也許最好這幾個禮拜抽空去一趟。我只是考慮到大致上的時機。」

「你認爲，我應該結束我和諾拉的訪談。」耶爾試著解讀主任的表情。

「呃，只要你願意。」

「這幾個禮拜。」

比爾以拇指揉著下巴溝。「我不是料事如神的人。我的一個想法是，如果我告訴唐納文，我不准你再碰這案子，以後由我親手辦理，可以嗎？解除你和諾拉的交涉，看看情勢的走向如何。反正你也和她談完了嘛！不過，申請補助這場畫展的事也不交代給你了。包括宣傳方面等等。」

耶爾說：「比爾，如果你要我去收拾其他狀況的殘局，你最好明白告訴我，對你的好處最大。」

「喔！我不是這意思！耶爾，我們不能沒有你！我不會眼睜睜看你走！」

然而，接近週末時，比爾找法務前來閉門密商，步出辦公室時，兩眼比平日更多黏液，臉色更灰沉。艾倫．夏普來電說：「最近，顧問董事會有一些風聲。」耶爾不得不對他說明來龍去脈，似乎平息了艾倫的憂慮，但艾倫又擔心其他事。「這種事，大家會想撇清關係。」他說。「一牽扯到道德可議的行爲……這種新聞會被炒作成什麼樣，我不是沒見過。」

耶爾腦中浮現太清晰的情境：《紐約時報》藝文版報導藝術圈幸災樂禍的閒言閒語。唐納文辦得到的話，他能一手掀起這場風雨。唐納文才不在乎那批畫；和法蘭克的生意能不能做下去，唐納文可能甚至不在乎。他只在乎表現得呼風喚雨一把罩。

耶爾低頭，額頭按住打字機的空格鍵。

午休時刻，耶爾走向湖邊，來到水濱，站在成堆的冰上。他被冬天凍太久，冷空氣凍不痛他了。被凍結的水濱區是天外行星的地表，參差不齊而灰茫茫。耶爾手指被凍僵了，但他等頭腦也被凍到麻木才走。

他走回藝廊，進比爾辦公室。他覺得自己該進廁所吐，幸好只是神經太緊繃而已。他說：「打給查克・唐納文，告訴他，你要開除我。問他，開除我，能不能改善情勢，也問他能不能打電話叫法蘭克休兵。用談生意的語氣跟他談判，投合他的胃口。」

「我才不開除你！」比爾說。

「那我自己遞辭呈。」

感覺像吐盡了滿腹髒污，好像如此一來，不只藝廊能重新上軌道，整個宇宙也是。

他說：「即使法蘭克的官司是打爛仗一通，訴訟期間，你也休想領到資金，不能要求顧問董事會——」

比爾說：「耶爾。」但比爾的神情已開朗不少。

「打電話吧，看看這招有沒有效。」

比爾肩膀往下掉。他仰頭望天花板，一手遮嘴，說：「你知道，如果照這樣下去，我可以寫推薦函把你捧上天。」

即使是耶爾獻苦肉計開除自己，比爾坦然接受的態度令耶爾覺得肚子中一槍。「快去打給他，」他說，「我在我辦公室裡等。」

耶爾打開最上層抽屜，裡面至少有五十支原子筆，多數承續自歷任。他拿起一支，在筆記本上畫一畫，起先沒水，後來有了。他把這支插進左手邊的空馬克杯，然後忘記自己正在做什麼事，坐著乾瞪眼。接著，他想起來了，再拿一支筆出抽屜，寫寫看，沒水，被他甩進垃圾桶，聲音太響亮。接下來的兩支沒水，接著這支斷水，接著這支沒問題。每一支筆全被他試過了。總共十二支沒問題。兩支印著西北大學的校徽，有幾支是陽春Bics原子筆，兩支是可擦式的高級筆，幾支是保險公司打廣告用的廉價品——耶爾猜的，因爲他視覺無法聚焦，看不清楚筆身的文字。

過了十分鐘，比爾進來，神態痛苦而猶豫，不盡然能遮掩如釋重負的輕鬆，耶爾一眼看得出，策略奏效了。

比爾說：「我認爲能成功，你的點子——。我對他的訴求。對他而言，全是自大心態在作祟。」

「我知道。」

「你是個人才，耶爾。你自己知道嗎？接下來的麻煩是，我痛失才子了。眞的搞得一團糟了，不是嗎？。唐納文說，他覺得，終於有人把他的話當一回事了，然後他話題一轉，提到音樂學院的什麼狀況。後續有什麼發展，我們拭目以待吧。說不定我們可以——說不定他會改去管其他閒事，我們可以來個大翻轉。」

「不行。」耶爾聽得出自己語氣平淡，聲音清晰無比，彷彿他若千年前錄下的一句話原音重現。「如果奏效，我們還是不要再亂來。」

「我要你先完成這案子。辦公室空著怎麼行呢？耶爾，我想說——」

耶爾說：「如果你下禮拜能放我假，我可以去杜爾郡。」

「好！太棒了！帶洛曼一塊去！」聽比爾口氣，好像洛曼是個安慰獎似的。比爾走時，特意大動作輕輕關上門。

耶爾看著釘書機和旋轉式名片架，考慮一陣，決定後者。他拿起來，使盡全力，對準牆壁砸過去。

週二，耶爾租最貴的一輛車——紅色紳寶900，買零食也刷大學信用卡結帳。他開車到辛曼街公寓接洛曼，刻意給他婉拒的機會，但他是真的想去，於是兩人駛上湖濱大道，去接菲歐娜同行。

找菲歐娜一起去，是爲了緩頰黛博拉。菲歐娜和她不親近，但前幾天打電話給她的人是菲歐娜，告訴她說耶爾被開除了，想多給她幾分內疚。菲歐娜也告訴她，耶爾想跟諾拉說聲再見，她自己也想見見姑婆。菲歐娜也放話，妳想打電話通知妳爸可以，想報警也請便，我不管，這一趟是去定了。在車上，菲歐娜告訴耶爾和洛曼，「最後這段大概是沒必要，不過我事先演練過了，不講白不講。」

耶爾認爲，有菲歐娜插花，有助於安洛曼的心。菲歐娜是個不錯的緩衝。而且，菲歐娜好久沒見姑婆了，上次見面是在親戚的婚禮，當時她向姑婆介紹在大學藝廊上班的耶爾。以公帳幫菲歐娜訂一個房間，耶爾絲毫沒有罪惡感，他認爲這是唐納文請的客。

昨天，耶爾整天打電話給各界金主，開始爲退場做好準備。一方面，這是這職務的一部分，但另一方面，他也想加強他和金主的關係。日後三個月，如果他在另一家美術館找到工作，他希望能再打給他們。

那週末，他重寫履歷，打幾通電話給芝加哥藝術博物館的老同事，態度猶豫不決。其中一人在芝加哥當代藝術館。另外，有些老同事在芝加哥以外的城市。多年來頭一次，他能自由向世界各地求職。紐約、蒙特婁、巴黎、羅馬。他儘量往這方面想，儘量對他掌握到的厚禮感恩：生命、健康、遷居世界各地的自由。

前往杜爾郡途中，大家吃著話匣子（Fritos），洛曼向菲歐娜細數諾瓦克生平。除了耶爾想去跟諾拉道別外，此行的主要目的就是問清楚諾瓦克的往事。假如耶爾爲了莫迪里亞尼的畫而辭職，他是個白痴。然而，如果耶爾辭職是爲了挽救這批畫，如果這批畫能照諾拉心願完整展出，那麼耶爾今生堪稱做了一件好事，一件大好事。此外，釐清諾瓦克的往事，確定諾瓦克事蹟能流傳下去，這難道不是諾拉捐贈整批畫的初衷嗎？諾拉欽點耶爾主事，不正因爲她預料耶爾能體會她的心願嗎？

接近基諾沙市時，他們在休息站停車。這一帶樹林茂盛。在等洛曼時，菲歐娜對耶爾說，「你應該打給艾許。他的本行不就是這個嗎？非法解聘。」

「我才沒有被非法解聘。事情被我搞砸了，我主動辭職。艾許有更大的壞人要對付。」話雖如此，他愈想愈心癢——能藉機和艾許相處，能以這理由向他哭訴，有個肩膀好依靠，而且是個雄壯的肩膀。

「我搞不懂你幹麼說走就走。」她說。「怎麼能爲了清高而犧牲前途嘛！」

他模仿菲歐娜的語氣：「和妳一樣，怎麼能爲了清高而犧牲大學教育嘛！」

菲歐娜想喝汽水，所以洛曼出來後，換她進去。威斯康辛人攜家帶眷，穿著胖嘟嘟的外套，洛曼置身其中模樣突兀而滑稽。他穿著黑色飛行夾克，裡面穿黑T恤，牛仔褲、鞋子、眼鏡框當然也清一色是黑，宛如時髦得不得了的抬棺人。他走過來，站在耶爾身邊。這裡有一張古蹟解說板，介紹美西拓荒前鋒馬凱特和喬立耶（Marquette and Joliet），耶爾假裝在閱讀，內心仍想著比爾和艾許。現在，洛曼站過來，也在讀解說，近到耶爾能聽見他呼吸聲。站了一會兒，兩人的手臂互相接觸，肩膀和腰身也若即若離。洛曼伸一手至耶爾背後，作勢摸他的背，但耶爾一直沒感覺到他的手。洛曼的手似乎只在他背後躊躇，問自己夠不夠膽。

洛曼說：「馬凱特是牧師？我怎麼不知道。」

「那時代不是人人都是牧師嗎？」

「嗯。」

腳底下的人行道突然轟然炸開。

仔細一看，玻璃碎片四散紛飛，水泥地完好，兩人的鞋子和腳也還在。

耶爾急轉身，看見一名壯婦頂著大外翻髮型，身穿丹寧布夾克，回頭看他們，朝休息站門前進，另一婦人快步走在她前頭，哈哈笑著，大概是她的朋友，爲她的舉動感到難爲情。在他們腳邊摔碎的是一支沙士玻璃瓶，泡沫在碎玻璃中簇擁著。

「你們讓我想吐！」壯婦嚷嚷著，然後追上友人。「欠幹的變態戀童狂！」兩人走進休息站。

洛曼向後退一步，踩進汽水碎玻璃堆，嘴唇拱成一個小O字，冉冉吐氣。

耶爾說：「我猜她不懂得欣賞史蹟吧。」他邊說邊發抖，但他想故作一切沒事的假象。發生這事，他自覺脫不了關係，暗怪自己那天幫洛曼打手槍，如今別人一眼就看得出洛曼是同性戀。

洛曼步出人行道，在變硬的雪堆上擦鞋子。「她連我們的臉都沒看到，只看到我們背部。」

耶爾說：「你沒事吧？對不起。那──」

「我又不是沒被罵過。」

「我是說，這裡是威斯康辛。」

「越過州界進入威斯康辛，才會遇到這種事嗎？少來了。」

耶爾說：「別告訴菲歐娜。」

菲歐娜來了。

抵達諾拉家，他們發現她氣色比上次好多了。她坐著輪椅，來到餐桌旁，桌上是她收藏的書信，疊成幾堆。她顫巍巍站起來擁抱菲歐娜，告訴耶爾說他有倦容。剛才開門的人是黛博拉，只冷冷和菲歐娜碰個煩，全然迴避耶爾，隨即出門去買菜。耶爾希望她多做一些事，去看看朋友，去瞎打混，去典當珠寶，什麼都行。

耶爾告訴諾拉，藝廊的目標是明年十月辦展，但瞞著自己失業一事。就算黛博拉對她說過，她也不動聲色。

「我們可以綁架妳，載妳回芝加哥！」菲歐娜說。「我們想推著妳到處跑，叫大家讓路！」

諾拉笑說，「一般人看見輪椅，會主動讓開的。」

耶爾告訴她，這次比前幾次少了幾分公事公辦的意味。「信不信由妳，我們這次不想逼問妳詳細日期。我們想聽的一件事是諾瓦克。上次妳賣關子。」

諾拉很樂意接著講完，但她堅持要客人先去做三明治吃。她說要不是自己坐輪椅，會親自做給他們吃。於是三人找出神奇吐司（Wonder Bread）、起司、三明治醬，還找到軟趴趴的脆皮萵苣，耶爾不想加。洛曼在自己的三明治裡夾一片，調整一下，讓葉片露出吐司外圍。

耶爾和菲歐娜在他之前走回客廳。「他的確好可愛。」菲歐娜悄悄說。「有什麼理由不能再色誘他一次嗎？」

耶爾想得出兩三個理由，可惜回到諾拉身旁了，洛曼緊跟而來。

「我的腦子還靈光，算你們走運，」諾拉說，「因爲我還記得上次講到哪裡。上次講到一九一九年，對不對？」

來到餐桌，菲歐娜在耶爾旁邊坐下，拿走耶爾的筆記本和筆，大筆寫下：動手吧。耶爾憋住笑，不想笑得像猶太教堂裡的十一歲小男生，這時菲歐娜畫著兩個竹竿人在交媾。

洛曼帶錄音機過來。他按下錄音鍵，諾拉暢談那年夏天，她因擔任模特兒而獲邀出席狂野的聚會和延續幾小時的聚餐，融入名副其實的藝術家圈。身爲女學生的她以前不得其門而入。

「過了五年。」她說。「我相信他沒陣亡，因為有幾個朋友說，打仗到末期，他們看見過他。當然囉，那時有流感疫情，所以不一定。總之，我早認定再也看不到他了。大家都知道他沒去領獎。」

她提起保羅·亞力山卓（Paul Alexandre），洛曼似乎聽過這姓名。常贊助藝文人士的亞力山卓租下一棟垂垂老矣的豪宅，供他們辦趴。他們一玩就是連續幾天幾夜。

「有好多古柯鹼喔。」諾拉說。菲歐娜爆笑。「哎唷，親愛的，我們剛遇到一場大禍害沒死啊，不曉得該怎麼辦才好。莫迪里亞尼是個磁心，他帶我進去。他身高才不過五呎三，而且牙齒快掉光了，還經常勃然大怒——結核病的併發症。有時候，他只是大哭。有天，他正在畫我，突然發一頓脾氣，痛罵布拉克[39]，說布拉克飛到天邊去，自己卻划著小船迷路。現在被我講得好難聽，他其實很有魅力。他帶我去亞力山卓那棟房子，我喝多了，抬頭一看——諾瓦克站在門口，像個幽靈。」

洛曼倒抽一口氣，彷彿故事不可能急轉至諾瓦克似的。

「他右手插在口袋裡，我那時不知道他的手殘廢了，神經不管用了。他在戰場上沒有中槍，所以我不懂得他哪裡不對勁，有可能是心理因素吧。他只能動小指頭，其他沒法子動。

「我不記得話頭是怎麼起的——只記得最後我們兩個出去，坐在草坪上，他罵我說，他知道改當模特兒是怎麼一回事。他嘛，說的沒錯。他講的絕對沒錯。我始終無法向他解釋的是，現在唯有當模特兒，否則我這輩子休想成為畫家。結果看今天的我，不是成功了嗎？拖了大半輩子，我終於要開畫展了！」她呵呵笑著拍桌。

「可是，妳那時還有機會當畫家吧？」菲歐娜說。「不行嗎？總不能因為輟學就不畫吧？」

「哎唷，甜心。一九五〇年之前出過哪一個妳聽過的女畫家，妳能舉個例嗎？瑪麗·卡薩特[40]除外。還不只這樣。憑良心說，我的作品本來就不怎麼樣。假如我繼續接受調教的話，倒還不是沒機會。我這種人需要教導。諾瓦克的畫筆是被教育教壞了，我呢，我那時還有救。」

「貝絲．莫莉索[41]！」菲歐娜慢半拍說，但諾拉的話題已經轉彎。

「一看見諾瓦克，我又墜回愛河了。隔了那麼多年能再重逢，感覺是怪透頂了，不是嗎？因爲頭腦重新調整到上次見到他的模式。」

她熱切看著耶爾，彷彿需要他認同。他心想，還能躲查理多久呢？隔五年重逢，會發生什麼現象？比方說，假如耶爾搬走，然後回芝加哥參加葬禮，在人海中遠遠看見查理，陡然心驚，見到查理變得枯瘦蒼白。想錯了——過五年，重回芝加哥，他最有可能出席的是查理的葬禮。

「他氣我氣到跑去尼斯住一個月。不曉得他是怎麼想的。我又沒結婚生三個小孩，他應該偷笑才對。不過，幾年下來，我總想像，眞正令他惱羞成怒的是我跟藝術名家往來。他從尼斯回來後，跟我吵架吵得好兇，然後我們和好了。那時我和朋友瓦倫蒂納同住一間公寓，他搬進來和我們住，不過我繼續當模特兒，他打翻一缸又一缸醋罈子。他想叫我畫他。太慘了。我們借他朋友的畫室，他用左手打個草稿，畫得很籠統，還想把我當成傀儡來指揮。他左手調顏料，左手指指點點，太折騰人了。最後，畫得像小孩的作品。要是他不一直在我背後嚷嚷，我還可能畫得比較好。呃——我不該講這個的，說溜嘴了。那幅——」

「菱紋背心男。」耶爾說。他的頭宛如氣球飄走了。「妳說那幅是戰後的作品。」

「是他的啊！不是我的！他想畫一幅自畫像，結果沒有一幅畫得自己滿意。我當然願意當他的手。你們看得出來吧，他畫我小女孩的那幅和菱紋背心男相比，筆觸多麼相似！」

耶爾想躲到餐桌底下，想緊緊蜷縮成一團。待會兒，他會命令洛曼洗掉這一段錄音。假如被比爾聽

---

39 布拉克（Georges Braque, 1882-1963），法國立體派藝術家。
40 瑪麗．卡薩特（Mary Cassatt, 1844-1926），旅法美國印象派畫家。
41 貝絲．莫莉索（Berthe Morisot, 1841-1995），法國印象派畫家。

到，諾瓦克永遠休想躋身藝廊。如果被其他人聽到，不得了，可能整批畫的鑑定程序都走不下去了。嚴格說，菱紋男不算贗品，但也差不多是。耶爾思緒紛亂。

洛曼說：「畫的是他嗎？諾瓦克長那樣子嗎？」

「嗯，不是。結果畫得不太像他。眼睛倒是被我畫對了。這一點我很自豪。可是，有人對著你耳朵大小聲，你怎麼畫得好嘛。」

菲歐娜說：「那妳幹麼賴著他？」

「歉疚感吧。他吃過太多苦了。而且我熱戀中。對一個正在談戀愛的人，怎麼講得通道理嘛。」

菲歐娜似乎不滿意這回答。但話說回來，她也不懂耶爾爲何隱忍查理那麼久。有朝一日，菲歐娜自己會懂的——人會變，原始觀感卻縈繞不去。曾經對你而言是十全十美的男人會變得面目全非。

坐在耶爾身旁，洛曼掀開三明治重組，取出方形起司對折，放進嘴裡。諾拉坦承代筆，他和菲歐娜似乎都不以爲意。

「莫迪里亞尼是怎麼死的，你們都知道。元月，珍妮．赫布特尼自己來到巴黎，懷孕了。我聽說她來了，所以和莫迪里亞尼保持距離。他家在圓廳咖啡館轉角那附近。我去那間咖啡館坐過好幾次，而他卻躺在一條街外的家裡，快病死了，現在一想到我就心痛。後來，他的鄰居覺得不對勁，進他家一看，發現他和珍妮都昏迷不醒，被凍掉半條命。他們家連柴薪都沒得燒。珍妮活過來了，莫迪里亞尼沒有。死因是結核病，不過他身上的最後一根稻草的是寒冬。」

耶爾曾在圖書館讀過。

諾拉瞇眼看著三位客人。「你們心臟夠強嗎？」

「當然。」菲歐娜說。洛曼突然一臉不自在。

「莫迪里亞尼有幾個朋友，想幫他做一個死亡面具，其中一人是畫家[42]。他在大戰期間和諾瓦克交朋友。另外還有雕塑家利普茲[43]。這兩個不懂裝內行。第三個的本行是星象。他們邀諾瓦克去看。我好嫉妒，因爲我想去跟莫迪里亞尼說聲再見，結果能去的人居然是討厭莫迪里亞尼的諾瓦克。問題是，利普茲用錯石膏，腐蝕性太強，所以摘下面具的時候——」她停下來，看大家一眼，「臉頰和眼皮跟著剝落。他們嚇壞了，面具掉地上摔破。最後，他們把面具組合好，利普茲總算能雕塑他的臉，現在陳列在哈佛的美術館，我不想去看。」

菲歐娜看起來還好，但洛曼臉色慘白。想像力是他的好友，幫他把諾瓦克幻想得栩栩如生，如今他八成不想和想像力稱兄道弟了。耶爾自己也昏頭昏腦。

「因爲這事，諾瓦克崩潰了。」諾拉說。「他本來就身心一場糊塗了。不過，我想，一個人在他眼前變成骷顱，何況生前是個才華洋溢的人……唉，他忍痛轉告我這件事，差不多是對我講的最後一件事。我相信他在戰場看過更可怕的東西，不過這不能同日而語。

「沒多久以後，珍妮也爲了莫迪里亞尼自殺了。她從父母家跳窗，一屍兩命。對諾瓦克的衝擊多大，我也常想到。你們知道嗎，我們被稱作是失落的一代——是海明威的名言吧？或者是費茲傑羅？」

洛曼說：「是——抱歉——是葛楚．史坦[44]對海明威講的話。不過，嗯，寫下來的是海明威。」

「好。嗯。我覺得再貼切不過了。我們歷經父母那一代沒體驗過的災禍。經過大戰洗禮，我們反而比父母更老成。比父母老成的人該怎麼辦才好？誰能教我們怎麼過日子？」

諾拉以一指順著書信盒邊緣撫摸。她說：「喪禮辦得好轟動，反諷到不像話。他死於飢寒交迫，卻盛

---

42 奇斯林（Moïse Kisling, 1891-1953），旅法波蘭籍後印象派畫家。
43 利普茲（Jacques Lipchitz, 1891-1973），旅美法籍雕塑家。
44 葛楚．史坦（Gertrude Stein, 1874-1946），美國文學家。

大下葬在拉雪茲神父公墓（Pere Lachaise）。對了，耶爾，該停的時候，你應該喊停。你們大老遠開車過來，我不想掃你們興。你們該知道，當年我們也是歡樂無限多啊！不過，往事濃縮成精華版時，最後免不了有個不忍卒睹的橋段。所有故事的結局都差不多，不是嗎。」

她想再提死字，耶爾不確定是否聽得下去，但他還是說：「繼續。」

「你們知道基本事實，諾瓦克自殺死了。在莫迪里亞尼葬禮那天。我們一群人一起去送莫迪里亞尼，然後去圓廳咖啡館坐，喝著聊著，我沒看諾瓦克。事後有人說看見他手伸向嘴巴。我們只見他全身抖得好厲害，從椅子摔到地上。大家以爲他什麼病發作了。接著，他斷氣了，嘴唇周圍起水泡。我驚叫不停。急救人員趕來，他已經過世了。從他手上和口袋裡的粉末，他們研判他服食氰化物晶體。直接塞進嘴巴吞掉。爲什麼挑那一刻自殺，讓我一輩子納悶。」

「氰化物！」洛曼說。「所以他——他一定有預謀，對不對？總不可能成天帶著毒藥到處跑吧？」

耶爾說：「妳認爲他自殺的理由是什麼？」

「天知道。人走了，理由也被帶走，不是嗎？」

黛博拉買完菜，抱幾袋東西回家，拒絕別人幫忙，在客廳砰砰來回走四趟。

洛曼去外面抽菸。諾拉這時說，「我相信你們一定覺得我太傻，對個性那麼執拗的男人太癡情了。」

耶爾和菲歐娜都不反對。「癡情也沒妨礙到我正常過日子。假如他沒自殺，我們不久還是會分道揚鑣的，他有他自己的一片天，我不會再想他。可是，如果有個人走了，而看守他往事的主角是你，遺忘他，和謀殺不是沒兩樣嗎？我對他懷抱那麼多愛，就算是愛恨交加，他一死，愛往哪裡擺才好？他走了，愛沒辦法演變，不能變冷變無情，卡在我懷裡，我放不開。」

「所以妳才捐這批畫，」耶爾說，「希望辦畫展。」

他知道，菲歐娜默默哭著。他伸手過去，搔一搔她的背。

洛曼抽完菸回來，耶爾向他們兩人追憶尼可一件舊事。尼可曾在平底船義大利餐廳當侍應，有一天，兩個客人吃霸王餐，尼可冒雨追出去，逮到一個體形大他一倍的壯漢，壓著他貼住電線桿，等著廚師趕來助陣。耶爾和查理隔著窗戶觀看。「他追過去，使出撲擊術。」耶爾說。「好像小孩子。好像手腳都裝了彈簧。」菲歐娜聽過這件事，但她的笑得像第一次聽到。

耶爾說：「我們可能好一陣子不會再來府上了。不過，如果妳想到任何東西，歡迎隨時來電找我。」他寫下新的電話號碼。「另外，我想讓妳知道，接下來這一年，隨著藝廊茁壯，我的角色可能也會跟著異動。」

諾拉張嘴，耶爾擔心她問「異動」是什麼意思，幸好她一手放在他手上，觸感冰冷無重力。「這是命中注定的。」她說。「你信不信人能投胎轉世？」

耶爾望著菲歐娜求救，但她只等著他回答，一臉困惑。「我願意相信吧。」

「嗯。」她拍一拍他的手背。「如果有幸，讓我們大家都同時間投胎。你們兩個、我、尼可、諾瓦克、莫迪里亞尼，有趣的人每個都可以。一夥人一同瞎攪和，再也不會讓什麼狗屁戰爭拆散我們。」

回到民宿，耶爾和菲歐娜在小電視間收看晚間新聞，洛曼回自己房間。

耶爾說：「妳最近聽到查理有什麼消息？」如此一問，他不知道健不健康。他想知道泰瑞莎的心路歷程，報社的狀況，查理是否想念他。他想知道查理是否仍在做見不得人的事。他想要一幀全彩畫，上面畫著查理的心和所有的心靈缺陷。

「我知道的不多。艾許正在動員那場抗議巴納丁樞機主教(Cardinal Bernardin)的活動，我知道查理也參一腳。我沒見過他——只有一次，呃，那天是泰迪的慶生會。」

「好痛。」

「沒有啦，我的意思是——」

耶爾自嘲著，但他心裡確實在淌血。幼小心靈受的傷，最原始的傷痛。「有誰去？」

「少少幾個人。你沒錯過什麼好戲啦。大家一直在談朱利安。艾許在，小勝，拉斐爾帶他的新男友，還有里察。泰迪在羅耀拉大學的朋友，老實講，他們個性悶到沒力。查理帶他以前交往過的那個大隻佬，留大鬍子的那個。馬丁。」

「馬丁！」在耶爾心目中，這話與其說冒犯到他個人，倒不如說是個聳人聽聞的八卦。他納悶著，和馬丁的戀情是死灰復燃，或是查理始終和馬丁斬不斷情絲。

「大家都想念你。我嘛，我就好想你。你不在，大家都感覺得到。」

「我聽了應該高興，對吧。」

「咦，你過生日怎麼慶祝？五月，對不對？你想不想辦慶生會？或者，我們可以一起去吃晚餐！我們可以去日本料理店『良之家』！」

耶爾提不起精神想像三個月後的自己。他微笑說：「太好了。」

回房前，耶爾去敲洛曼的門。

洛曼的上衣沒紮進褲腰，頭髮是一團亂草。

耶爾說：「我們該早點出發。七點可以嗎？」

「可以。聽著，這一次出差算進我實習的鐘點，我的實習就結束了吧？」

「喔，對。我認為你超時了。」

「所以，我差不多是實習完了。我是說，如果可以的話，我不想再去藝廊。」

「我自己進去的機會也不多。」

洛曼摘下眼鏡，揉揉鼻梁的凹洞，說：「你再也不是我的上司了。」

走廊無旁人，但耶爾覺得應該壓低音量。「對。」

「所以，也許你可以進來。」洛曼後退，為耶爾騰出空間。

房裡暗，洛曼散發蜂蜜和菸味，耶爾走進門口，覺得自己潛入一艘沉船中。

二〇一五年

翌日正午，賽吉的筆電收到一則電郵。菲歐娜不記得自己曾給藝評家費南郵址，但她若非酒醉加上失血而遺忘，就是費南曾向里察打聽。

「我朋友快動作幫我查到資料。」他寫道。「一查就有。他說年代是一九一一。藍科．諾瓦克在第三排左二。如果妳想再知道更多，詳細告訴我！我樂意幫助里察的朋友。代我問候妳那受傷的小手。」

菲歐娜點選附檔的掃瞄圖。一群人排成三角形，最前排十人，第二排七人，以下類推，全是嘴上有一撇鬍子的男人，大家你看我，我看你，不看鏡頭。第一排的人大腿上有一具骷顱。在全體的前方，有一名裸女躺在小地毯上，以豐臀對鏡頭。這是一張搞笑相片，是歌舞昇平版的搞笑團體照。

在筆電螢幕上，她手指滑向三排左二。黑捲髮，嘴唇薄而長，油光的頭髮中分，軟而單薄的領結。

這男人有什麼特色？菲歐娜不清楚自己原本抱著什麼期望，但這人絕對不夠格。諾瓦克是值得痴戀七十年的男人。諾瓦克是無可取代的男神，是諾拉宇宙中心的一個缺口。而他就長這樣。一張臉，兩顆眼睛，兩片耳朵。

哼，同樣這句話，告訴一個戀愛中的人看看。

她把圖檔放大，諾瓦克的臉並未變清晰，只是擴大而已。

她和瑜伽丹的戀情源頭在某天瑜伽課之後，兩人散步去轉角過去那家果汁店。瑜伽老師那天曾教大家釋放內心羈絆，丹問她有什麼想法。他說：「錢是一回事。如果我想出家，我可以放棄車子，心只會痛一個禮拜。可是，難就難在怎麼放棄人。」

兩人坐著長聊許久。菲歐娜說：「我總覺得鵝好好笑喔。」丹聽了笑起來，她說，「不對啦，我的意思是，鵝是終生一夫一妻，對吧？可是，牠們全長得一模一樣啊，全是同一個樣子！根本分辨不出哪一隻是哪一隻。我是說，難道每隻鵝的音樂品味都不同嗎？話說回來，鵝卻能從幾哩外就能認出另一半。」

「我們人類還自以爲好特別咧。」丹說。他懂，所以她才從此爲他傾心。「還高談什麼眞愛。妳認爲人類跟鵝一樣亂找對象嗎？」

她說：「可是，慘就慘在，明白這一點，並不會因此就不信眞愛、不會亂找對象。」

如今，事隔一百餘年，在巴黎看筆電的菲歐娜看見諾瓦克。茫茫人海裡的一張臉孔，和其他鵝沒兩樣的一頭鵝。他死了，諾拉也死了，令兩人銷魂蝕骨的那份激情呢？如果菲歐娜能勸自己相信那份激情仍沉浮在人間——只是脫離肉體而已，殘存的激情——能相信這種事，不也很美好嗎？

下午兩點，希思莉打越洋電話說，她改變主意了，即將在芝加哥機場登機，今晚深夜將抵達巴黎。她不需要訂旅館。拉丁區有一位大學老友能招待她。「我不會礙到妳。」希思莉說。「我會去對付柯特。然後——妳覺得我應該帶禮物嗎？送孫女的。」

五點，菲歐娜揭開繃帶，塗抹醫師開的藥膏。手現在比較不痛了。皮肉的痛，多快就遺忘了，眞奇妙，轉眼間，連痛的餘燼都喚不回來。

八點，杰克來電。號碼是賽吉給的。杰克問她想不想出去吃點東西。她說她累了，找藉口掛電話。該找賽吉溝通一下。

九點四十五分，菲歐娜躺在床上，開始聽見警笛聲。聲音太多了，也響太久。九點五十分，她的手機開始響。先是戴米恩，緊接著是杰克，問她在哪裡，語調慌張，不知所云。他們說，不要出門。隨即，里察來敲她的門。她到客廳看新聞報導。穿著睡袍的她站著看，兩腳冰冷。賽吉來回踱步，罵著髒話。里察躺在沙發上。

菲歐娜叫自己呼吸。

恐攻發生的地點離這裡夠遠，她試著想像自己在家聽見天涯海角發生大事。克萊兒不可能去聽什麼重金屬搖滾演唱會，人的興趣不可能轉變那麼多。她倒是有可能去那間餐廳，或者走在人行道上，不過機率渺茫。足球場在聖但尼，正是克萊兒住的那區，最令她憂心。但克萊兒有個小小孩，夜也深了。至少克萊兒有她的手機號碼——見面時，菲歐娜為什麼不逼她交出電話號碼呢？菲歐娜也不知道柯特的號碼。現在也不可能外出到處找人。她該去換穿毛衣，但她不想動。

除了保持鎮定外，別無他法。希思莉仍在空中。但願她的班機能獲准降落。明早克萊兒去上班的機率多高？巴黎陷入大亂，菲歐娜再也找不到她的機率多高？

她訝異於自己麻木不仁，見到電視轉播的暴行和啜泣流血的街頭民眾，她無動於衷。因為巴黎不是她的家嗎？或者因為震怒、悲慟、恐懼的感覺已經太熟悉，心已經長繭了？也有可能是，晚餐後服用的手傷止痛藥生效了。

她突然有個自私的想法：這對她不公平。在她原本置身的故事中，她跟巴黎恐攻毫無關聯。在那故事裡，她千里尋女，想找女兒和解，容不下極端宗教的胡作非為，容不下陌生男人的暴戾行徑。正如同在她辦離婚那段期間，紐約市的世貿大樓倒下，所有人的精心計畫因此坍塌得七零八落。正如同她撫養親哥哥的過程中，她和哥哥獨力在芝加哥一同成長，一同闖天下，半途卻殺出病毒，也遇到貪婪導致的冷漠，輾碎她的成長故事。她想到諾拉姑婆，想到藝術和愛情因刺客引爆大戰而中斷。蠢男人和蠢暴力，拆毀世人辛苦建築的良善萬物。人為何不能好好過自己的日子，為何總是被某個無聊白痴的老二絆倒？

里察的攝影展：週一是否能如期預展仍在未定之天。公關來電了，經紀人也來電。「他們都應該鎮定一下。」里察說。「沒其他事情好擔心了嗎？」

賽吉說：「我們完蛋了。全世界完蛋了。」

一個半小時以來，他不曾停止動作。

「不是我冷血。」菲歐娜說。「這事我們在美國經歷過。又不是——」

「錯，」賽吉說，「死一百個，或什麼的，我不管。公車出車禍也能死一百人。我擔心的是，歐洲各國右翼分子一個個當選。以後，妳、我、所有人，全完蛋了。大家都因爲恐懼而行動，明年，接下來兩年。妳以爲，像我們這種人會怎樣？」

菲歐娜覺得自己身體往下沉。她說：「明天早上，狀況可能會不太一樣。」

賽吉旋風似地轉身面對她。「人一害怕，社會就會出現作風跟塔利班沒兩樣的基督徒。我們法國有，你們美國也有，我們會全被關進監獄。我們全都在坐牢。」

里察沉默了好久，菲歐娜一直以爲他該不會睡著了吧。他舉高雙手說：「賽吉，夠了。」

「我要出門。」賽吉從流理臺拿走安全帽。「去他的總統宵禁令。」

菲歐娜以爲里察會攔他，以爲賽吉會自我攔阻，但賽吉說走就走。里察的手機又響起，他不理會。

「我不是故意惹他生氣的。」她說。「我不是天眞的人，你知道。」

他說：「妳不覺得嗎，我們天天都等著天下大亂。天下太平總是曇花一現。」

一九八六年

洛曼左手臂的肌肉上，有個天花疫苗疤，圓圓一個凹洞，裡面有千百個小點。耶爾能用拇指按。他能伸舌頭舔。

洛曼常喝醉酒來找他。身負二十七年的摩門教包袱，他似乎一定要靠酒精麻醉，否則不能來找他。洛曼會在週六晚上八點來電，說他「過一會兒」上門，卻拖到午夜過後才出現。枯等他的耶爾只好大開音響聽歌，自己開始喝酒，因爲他不想出門錯過洛曼。但是，坐沙發看重播節目等人，未免太可悲了。

洛曼的臼齒有銀塡料。每次射精完，他總需要擤鼻涕。

洛曼像雨，每兩星期來一次，待到凌晨四點，在城市甦醒前離開。每一次，他邊穿鞋邊說，「我不知道自己在幹什麼。」耶爾聽了心想但沒說：你我都在樹林裡迷路了。只不過，洛曼以爲耶爾能帶路出去。

洛曼喜歡側躺，胸貼耶爾背。他的汗能沾濕兩人。他會對著耶爾的頭髮呻吟、顫抖。頭幾次，他太快了，太慌亂。後來，他能放鬆，學會放慢速度，開始顯得他懂得享受，而不是按捺恥辱心草草了事。現在，辦完事，他甚至會留下來聊聊天。

洛曼說：「恕我無禮，這是好事啦，可是，你的老二簡直大得像胡椒研磨筒。我是說，我從沒見過——呃，我眞的不——」耶爾說：「放心，我不會幹你的。」耶爾問洛曼，十天後將舉行光榮大遊行，他想不想去看。這時候是凌晨三點，兩人漸漸酒醒。「去那裡壯聲勢是很重要的。」耶爾說，發現自己口氣像查理。「去年，我們有三萬五千人。」

洛曼翻身面對耶爾，奸笑一陣，沒戴眼鏡的眼珠子似鼴鼠。「你是在說，大小對你很重要。」

「我是說，我們想再大一號。」

洛曼笑了，一指摸進耶爾的鼠蹊。

「對你有幫助的。見妖姬在卡車上當街跳鋼管舞，隔天回去上班心情會輕鬆一點，不必擔心自己露出龍陽癖。」耶爾已經無班可上。「而——」但他耳朵上半部已經被洛曼咬住了。「而且也有教育性。」

「有教育性的是你。」

那夜之後，洛曼沒消沒息，耶爾決定自己甚至不太想去看遊行。他買了一張小熊對壘大都會的門票，三點半才開打，但至少能多一個滿牢靠的藉口。他用這藉口回絕艾許的邀約。在遊行前一天，艾許來電問耶爾，能不能爲芝加哥愛滋基金會貢獻一臂之力。艾許說：「不對，我們要借重的不是你的手，而是你那張帥臉。我們不打赤膊，不穿小泳褲見人。當然囉，除非你自願想露。我算哪根蔥，怎麼敢攔你呢？」除了這件事以外，耶爾幾乎什麼忙都肯幫艾許。遊街招搖，耶爾才不幹。他不願大搖大擺走過他認識的所有人面前，不願在遊行整備區巧遇查理。

近一個月，耶爾在湖濱大廈健身房，常有一位紅髮男洛斯對他放電。洛斯告訴耶爾，他有朋友住威靈頓街和克拉克街交叉口，公寓外有消防逃生梯，幾個朋友想結伴站在逃生梯上看遊行，約耶爾一起去。耶爾不想誤導洛斯，但逃生梯令他嚮往。初抵芝加哥時，他愛上隨處可見的逃生梯，一直妄想奧黛麗·赫本抱吉他出現逃生梯上，頭髮裹在毛巾裡，對她高歌《月河》，牽他手，帶他大街小巷逍遙遊。

他在心中列出一張表，列舉不去看遊行的理由。他想看巨砲桑柏格（Sandberg）和魔投古登（Gooden）大對決。他不想被打赤膊的遊行美男挑撥慾火，最後卻黯然回家，進浴室五個打一個。他不想擔心自己的外表，還不停在人群中尋找好友和斷交的舊識。他不想看《同聲報》的花車通過。此外，他年年都擔憂，這次一定有狂徒會引爆炸彈，對人群掃射。昨晚新聞報導，三K黨來到西南區黑人密集的鄰里，在公園集結一千名支持者，高聲辱罵少數民族，也宣布在同性戀大遊行之前，在林肯公園再度號召支持者，攻佔自由言論區。情勢並不看好。

過去這四個月，耶爾到處投履歷，想得到的機關行號全不放過，不惜向水族館和天文臺求職，甚至不惜考慮屈就密西根州的小機構和人生地不熟的偏遠大學藝廊。他的學經歷條件傲人，無奈目前的職缺似乎只有申請補助金的寫手。布瑞格藝廊找到接班人，他在四月初過去交接。

希思莉的飯碗保住了。藝廊狀況良好。法蘭克已經撤告，查克·唐納文也已轉移目標，另尋滿足自大心的戰場。耶爾偶然會打一通電話給比爾，關心一下近況。他得知，莫迪里亞尼和赫布特尼的作品修復工程浩大，遠超出大家的預估，比爾開始懷疑畫展明年可能辦不成了。諾拉自曝爲諾瓦克代筆的錄音被耶爾親自洗掉了。他對洛曼說：「再多跨幾步，就快沉淪成尼克森了。」

四月間，夏普夫婦回芝加哥一星期，耶爾儘可能迴避他們，事先把貓送去給艾許代養，結果貓明顯肥了一圈。在遺贈案起爭議那段期間，艾倫·夏普只因去電和耶爾溝通一次，如今竟爲了耶爾辭職而自責不已，耶爾向夫妻倆全面說明過也沒用。他們加倍堅持耶爾繼續住下去。反正他們就要去巴塞隆納避暑。

遊行當天早晨，他想打電話給洛曼，託辭約洛曼同行。洛曼沒接，他居然大失所望，和他對洛曼的用情不成比例。他對洛曼只稍微有意思而已。洛曼是很好玩沒錯，也許洛曼能療他的心傷，但洛曼絕非全天下唯一男人。

這也是他隻身去看遊行的另一個原因。

上午十一點，電話響起，耶爾接聽，照常說，「這裡是夏普公館。」只不過，似乎從來沒人打電話來找夏普夫婦。

來電者是他的父親，嗓音低沉慵懶似嘟噥，關心他最近好不好，語調如同低薪護士探頭進病房問便盆需不需要清理。

耶爾說：「我還好。我很好。」

「我正坐在這裡玩交叉填字遊戲。」

「喔。」

「如果，呃，如果你能幫我想個字，我會感激你的。想一個六個字母的字，和『harpy』（鷹身女妖）同義。我坐這裡填字填半天，一直看成『happy』，結果是我看錯了。『harpy』才對。」

父親是全世界講話最慢吞吞的人，耶爾十幾歲時聽得快抓狂。

「我想不出來。」

「你最近忙什麼？」

耶爾無法回答。耶爾不曾提起分手一事，只說他搬家了。去年夏天，他離開芝加哥藝術博物館（AIC），甚至也沒向父親報告過。父親居然聽過那機構，令耶爾產生那麼一絲絲的自豪。雖然父親必定也聽過西北大學，耶爾覺得還是見好就收。

他大可談談小熊隊的賽事卻改說，「我正要去看遊行。」因爲他的右耳現在被父親的語音纏繞，也因爲提球賽恐怕受父親稱許而掃興，所以他講實話：正要去看遊行。

「什麼樣的遊行？」

「很騷的那種，爸。騷到不行的同性戀大遊行。」

從父親的沉默裡，耶爾解讀出一種諷刺意味：聽聽你自己，多荒唐，你自己聽得出來嗎？

耶爾說：「所以我有點急著出門。」

他以爲父親慶幸之餘，會趕緊掛電話，但父親說：「聽著，最近新聞常報一種病，你有沒有在注意？」

耶爾發現自己正把電話線拖得老長，走向窗前，面對自己的倒影，看自己翻白眼。

「沒有，爸，我沒有注意。什麼病啊？」

「是——你在跟我耍嘴皮子嗎？我老是搞不清楚。」

「告訴你好了，遊行快開始了，我眞的非走不行。」

「好吧。」

耶爾來到克拉克街，沿途已人滿爲患，頭幾輛花車也已經通過。他鑽進人群，尋找熟臉孔。來到威靈頓街，他看逃生梯，三心兩意找紅髮洛斯和他的朋友。走過兩條街，他相中馬路對面的小勝。百威啤酒公司花車通過時，幾個人從花車後面衝過馬路，他也跟著跑。小勝和幾個男人站在一起，耶爾不認識他們，但每次見面小勝總不吝於熱情招呼擁抱。他不得不對著耶爾耳朵大喊：「目前爲止還好！想喝我這杯汽水嗎？」說著遞麥當勞杯給耶爾。病菌的陰影頓時掠過耶爾腦海，但被他任性漠視。他喝一小口，隨即怪自己貪嘴——氣泡全跑光了的溫水。

哈雷重機車隊通過，蕾絲邊武道館隨之登場，全身白，邊走邊表演手刀和腿功。威斯康辛同性戀小姐冠軍；態度積極、高舉同性戀親友會（PFLAG）標語的大媽；敞篷車拖來一張大銅床，上面躺著兩個裸男，下身以薄薄的白被單遮掩，火辣辣炒著飯。

耶爾問小勝最近忙什麼，小勝說：「我快變成法律專家了。」他高聲解釋，兩年前他換一家保險，今年一月身體很不舒服，終於去驗血，被驗出病毒，耶爾知道嗎？知道，唉，可惡。小勝甚至還沒向母親報告。該死的保險公司胡扯說，愛滋是投保前已有的病症，因此不在給付範圍內。「媽的，愛滋驗血都還沒研發出來，我就已經投保了耶！不過，保險公司說，我三年前治療過鵝口瘡，所以我早該知道染上愛滋了。只那麼一次。保險公司就能拒絕給付。」小勝需要注射潘他密汀，也需要住院，但他拒絕住進他媽的郡立醫院，因爲他去過兩三次。他問耶爾，那裡面臭成怎樣，聞過嗎？所以郡立醫院才免費啊！想取得聯邦醫療保險Medicaid需要先申請社會安全（Social Security）卡，所以還得勞駕艾許幫忙他申請，據說這國家就愛這樣捉弄老百姓。「政府要我們提出什麼證明，你知道嗎？聽好喔，太扯了。我和律師要證明我是殘障者。我現在是，因爲我一週差不多只能上四天班，到第五天我會拉肚子拉半死，待在廁所裡出不去。」以他目前的狀況，在布朗診所兼職還可以。那份全薪的行政助理工作他做不來，享受不到工作附帶的那份沒用的保單。「可是，腹瀉不列入殘障項目，你知道嗎？艾許幫我找一個人，可以說是新進律師吧？他要在聽審上證明什麼呢？證明我無法從事全國經濟體中任何一份『靜態之非專業勞動工作』。是全美國喔。政府舉什麼鳥例子，你想聽嗎？」

光聽小勝講話，耶爾就夠累了，但他說好，想聽。一位變裝皇后裹著綠紗布，以旖麗版的自由女神像造型出場，踩高蹺，渾身綠亮片。

「不是我鬼扯淡喔。雞蛋分類員。這可不是委婉語唷。保齡球擦拭員。也不是委婉語唷！餐具包裹員。大概是坐著負責用餐巾包住刀叉吧？人人都希望湯匙被拉肚子的愛滋病人摸過才怪。桿頭磨光工。什麼鬼工作？我根本搞不懂。最後一個是——沒騙你——阿拉斯加的魚鉤檢視員。我不可能搬去阿拉斯加，永遠別想找那份工作，政府哪管得著？政府在乎的是，全國經濟體裡面有那份差事。所以，對，我活不活得下去，關鍵在於能不能證明我磨不動桿頭。」

皮衣皮褲的男人組隊走過來了，海報寫著：「光榮束縛一身！」後面跟著某某園藝社團。

「不過，現在，不管什麼臨床實驗，我能報名就報名。」

「也有艾許幫忙你？」耶爾說。

「對。艾許。他想分我的卵蛋儘管來，我沒說錯吧？」

耶爾聽了心火撲上臉。

「哎唷，少來了，你也願意讓他擦你的保齡球吧。」

耶爾強擠不置可否的一笑。

他來不及恢復神色，說也奇怪，艾許的愛滋基金會花車來了。艾許招著手，活像政壇人物。耶爾也揮手，但視線沒和艾許接觸。

接著是三人騎獨輪車表演，身穿牛仔背心和剪斷褲管的褲子。

連續幾輛敞篷車幾位市議員和州級參議員過境，多數一臉苦悶。

《同聲報》的花車。無邊蓋的紅卡車。耶爾向後退一小步，以免臉色被小勝看見，也不想擔心自己眼睛和嘴巴的反應。

花車上掛滿海報：「同聲鼓吹安全性行爲！」「同聲報說：遮頭！」

六個上身赤裸的美男子——耶爾只認得校對杜威特——各拿一根小黃瓜，舉在下體處，慢慢戴上保險套，然後脫掉，重來，用嘴再撕開一包保險套，慫恿著觀眾歡呼。

卡車兩旁是葛洛莉亞和拉斐爾，提著桶子，向人海拋擲保險套。他沒看到查理。條然，他看見了。鬍子刮掉了。查理扛著手提式音響，放送電音舞曲〈被你兜得團團轉〉（*You Spin Me Round*）。

這場面太反諷了，耶爾腦筋一時兜不過來，體內卻忙著以詭異的方式反應，血壓上沖下洗。一個Trojan保險套擊中小勝胸部，他笑著接住，交給耶爾，說：「我愛用LifeStyle。你要不要？」這保險套間接來自查理，耶爾想不出在什麼場合用得上，但還是收進短褲口袋裡。套子總該習慣戴。三月，耶爾再去找程醫師掛號複檢，這次醫生說到做到，眞的等兩週才通知耶爾是陰性。之後，耶爾才鬆懈下來。在那之前，他連和洛曼在同一房間裡射精都不敢。最近，在複檢陰性之後，他才讓洛曼幫他口交——只不過，見面次數這麼零星，最近又能代表什麼？

耶爾但願《同聲報》花車趕快走，但花車仍牛步駛向克拉克街，保險套繼續滿天飛。有人在他肩胛骨之間摳一下，他轉頭看見泰迪傻笑著，蹦蹦跳跳。「哇，寄居蟹露腳了！」泰迪說。泰迪可能和小勝同一群，耶爾早該知道的。說實話，他很高興看見泰迪，尤其是，聽泰迪語氣，他不再把耶爾視爲妖魔鬼怪。

泰迪告訴他們三K黨在公園裡的動態。他說：「現在散會了。他們不想眞的看見遊行，知道嗎？遊行起跑前幾分鐘，他們走人了。」

小勝說：「我敢說，他們私底下逗留不走。我打賭，他們一定用袍子遮著老二手淫。」

「其實只有一個人穿袍子。我太失望了！他們帶了什麼戰鬥器械的，還拿著一種奇怪的小盾牌。」

耶爾說：「除了出風頭之外，他們到底想幹什麼？」

「呃，根據他們拉的大布條，他們主張隔離檢疫娘娘腔。好有創意喔。總之，我們對著他們大罵好久，幾個拉子還在他們前面打啵喔。然後，他們收拾東西走了。我留下來，被一個記者採訪。有誰想吃熱狗?我餓死了。」

遊行進行中,觀眾想走也擠不出去,耶爾只好等到遊行結束,才跟著群眾進公園示威。小勝先走一步,留下耶爾和泰迪排在漫長的人龍尾巴等買食物。耶爾說:「希望我們還是朋友。」

「那天我在氣頭上,氣過一陣子就消了。我因爲你審判別人而審判你,很諷刺吧?」

「我審判誰了,我怎麼不知道?我明白,對你來說,你聽到的新聞是查理被驗出陽性,不過對我個人來說,新聞是,他對我不忠。說不定大家都知道了,只有我不知道。而且,我和他失和已經好一陣子了。我們其實——他誣賴我跟你上床,在尼可告別式那天晚上。」

泰迪以齒縫吹一聲口哨。「怪了,我幹過你嗎?我怎麼沒印象。」他笑說。「一定是沒那麼爽。」

隊伍動起來,耶爾向後看,確定排在後面的幾個是陌生人。他說:「我覺得,我們好像被捲進一個審判的大漩渦裡。我們一輩子學習不能輕言審判別人,現在卻還是一樣。」

「問題是,」泰迪說,「愛滋本身感覺就像一種審判。我們都有點像參議員傑西·赫爾姆,對吧?如果你上過一千人,染上病毒,錯就錯在你濫交。如果你只跟一個人上床一次,差不多更糟糕,就好像錯在我們是同性戀,好像性行爲本身就有問題,錯不錯在你做過幾次。如果你自以爲不會染病而中鏢,錯就錯在你太狂妄。如果你自知可能染病卻不在乎,錯就錯在你多恨自己。全世界那麼疼萊恩·懷特[45],不正是這原因嗎?可憐的小孩得血友病,上帝怎麼能狠心懲罰他?可是,民眾照樣虧待他。只因爲他有病就審判他,不管他的病是從哪裡來的。」

聽泰迪講話,耶爾往往覺得頭腦乏力,但泰迪這次言之有理。

遠遠在舞臺上,哈洛德·華盛頓市長開始致詞:「身爲飽受歧視的黑人,身爲受欺壓的族群一分子……」泰迪說,「他很不錯吧?算我們運氣好。」

「我們這隊還沒排完,他就能競選連任了。」

泰迪說：「看那邊，《阿達一族》[46]的演員陣容。」

耶爾放眼但沒看見。

「三點鐘方向，在鳥人後面。」

耶爾最先看到一名黑髮男子，肩膀站著一隻藍綠金剛鸚鵡。他和旁人有說有笑，人長得美，鳥也漂亮，令耶爾一時難以轉移視線。但他背後確實有一群極端時髦的年輕人，從頭到腳一身黑。其中一人是洛曼。耶爾正想揮手卻及時縮手。

他從未見過洛曼的朋友。如今見到，他大感意外：兩個高䠷的白臉帥弟，可能是同性戀，也可能不是，但以這場合而言，十之八九是。另外有個妙齡女子，金髮及腰，鼻上有個銀環。想像力和現實的誤差居然這麼大？問題在於，他不太常讓自己多想像洛曼的背景。一般而言，他愈思考洛曼的背景，愈覺得困惑。洛曼頂多是夜裡來夜裡去的身影，是一面空白的螢幕，隨便耶爾投射心目中的影像。洛曼不是主動來看光榮大遊行的那種人，也不會有耶爾從未聽過的這群炫友。洛曼常待在家，埋頭寫論文。

泰迪說：「我認識戴眼鏡的那個。」

「哪個戴眼鏡的？」

耶爾腦筋變遲鈍，思想宛如風濕病患表演翻跟斗。洛曼甚至不該出現在這裡。那人不是洛曼。耶爾努力換個角度看。洛曼的眼鏡，洛曼的骨感肩膀。

「他不是蓋的。」泰迪說。

「你在哪裡認識他的？」

---

45 萊恩．懷特（Ryan White, 1971-1990），輸血感染愛滋病毒而遭學校排擠的血友病童。

46《阿達一族》（*The Addams Family*），喜劇影集改編電影，劇中全家族以暗黑系打扮。

「我嘛……」泰迪聳聳肩，笑一笑。

「認眞回答我。」

洛曼來過幾夜？耶爾喝得多醉？兩人之間發生過什麼事，在哪一張床上，在哪一天？他自己很謹愼行事，爲了保護洛曼。反過來，洛曼不曾保護他。因爲洛曼是處男。因爲洛曼是處男。耶爾說：「**快告訴我**。」

「別激動嘛，他又沒那麼正。去年，我去文化中心聽朋友演講，在那裡認識他。他一副悽苦文青的模樣，好像會突然飆出禮堂、自己去靜一靜的樣子。」

「喔。」耶爾放鬆了。「我還以爲你是在三溫暖或什麼地方認識他的。」

「天啊，耶爾，我有別的地方好去啊。我嘛——」他笑一聲，挨近耶爾，「——他被我當成初春的田地那樣犁，不過，我們絕對是在文化中心認識的。」

耶爾讓泰迪排他前面。公園裡的聲響現在比色彩多，比現實多一份震動。如果他睜開眼睛，會發現自己和查理躺在同一張床上，重返去年夏天。他告訴泰迪，他馬上回來。他走向仍在遠處的洛曼那群黑衣人。他非得看清那人不是洛曼才行。市長仍在致詞，空氣仍瀰漫著熱狗香，沒錯，的確是洛曼站在那裡，一臉悶得發慌，和他身旁那群悶得發慌的俊男美女一樣。

耶爾可以跑回家，鑽進棉被裡躲起來，但他走過一群皮衣褲的拉子，走過鳥人，直接邁向洛曼。洛曼想側身避開，像青少年見老爸走過來，怕在朋友面前丟人現眼似的。耶爾說：「方便講句話嗎？」

黑衣男孩之一嗚呼怪叫一聲，另一個說：「哪來的大媽？」

洛曼張嘴，彷彿想找藉口不方便講話，但他用手臂抹一下眉毛，和耶爾站向一旁。泰迪是不是在看，耶爾不在乎。耶爾老早已經跳脫在乎的領域。

耶爾說：「我們長話短說。你是不是雙面人？」

「什麼？」

「我當初應該──應該多問你一些問題。我應該逼你筆試才對。你平常都這樣嗎？到處裝得像個迷惘的摩門教徒？像在玩角色扮演嗎？」

洛曼說：「不懂你在講什麼。」朋友們旁觀著，竊笑中。他們離太遠，聽不見。「我真的是摩門教徒啊。又沒騙你。」

「可是，你是一個跟很多男人上床的摩門教徒。而且亂搞了好久。」

「呃，不對。不是很多。我的意思是，我以前很常。後來儘量專一了。」

一時之間，耶爾以為洛曼專情的對象是他自己──醉懵懵的午夜幽會可說是一種穩定交往，但他怎麼想也沒道理。洛曼繼續說著。

「我是，嗯，真的專一，可是後來他啊──他覺得我有點太黏他吧，我猜。他好像有意甩掉我。我是覺得那樣沒錯。他叫我跟你交往，我根本不想要。不是你沒魅力，只是──不知道啦。不過，我們出差發生第一次之後，他竟然知道了，一瞬間變得好嫉妒。他想叫我辭職。」

耶爾苦思這男友是誰。這人認識耶爾，知道杜爾郡出差之行。有了，知道是誰了。

洛曼說：「被他開除或什麼的，如果你生氣，我告訴你，我也生氣啊，可是那不關你和我之間的事。我是說，你是真的辭職，對吧？他很欣賞你啊！你走後，他是真心難過。對了，是不是他叫你做的？」

「叫我做什麼？」

「既然我們把話講明白了，我一直在想那件事。你講實話，我不會傷心。發生第一次那次，是不是他叫你勾引我？感覺好怪喔，原本是他想趕我走，我跟你那次之後，他卻變得佔有慾超強。他仍──我不知道啦。你建不建議我跟他分手？」

耶爾有太多思緒理不清，艷陽又太毒辣，肚子也太餓，現在一心只想回家，找出那個該死的口袋型月曆，痛心再苦算一遍日期。這次應該比較容易吧，應該比較堅強，心知已經躲過一顆子彈，但這次不是子彈，感覺像一顆大砲對著頭臉飛過來。

洛曼仍看著他，熱切等待忠言。洛曼始終以誠待人，這是不爭的事實。錯全錯在耶爾看人的角度有誤差。

耶爾說：「對，你應該和他分手。少糊塗了。他跟女人結婚了，而且身上一股樟腦丸臭味。我想知道你有沒有驗過。」

「驗過什麼？喔——那個。不知道啦。我讀過好多文章都說，驗血其實也不準。而且，我嘛，我不做那種事。」

「什麼？哪種？」

「你知道嘛，打毒針、拳交、小巷子的。」

「打毒針、拳交、小巷子的？」

「你懂我意思。」

耶爾掉頭就走，不說再見，甚至也不回去找泰迪。他不往北走，而是往南穿越公園，只不過他應該直接走去找程醫師才對。呃，不行：今天是禮拜天，是光榮遊行日，診所不上班。

他沿著港口走，然後沿著湖濱湖走，穿越動物園，來到植物園。好久沒進去了：一個玻璃罩，裡面種滿熱帶花卉，只有瀑布聲，只有透窗而入的陽光。

他走進第三廳，最安靜、最空曠的一廳，在地板正中央坐下。

二〇一五年

菲歐娜通宵睡不著，但她等到早晨才下床。她等里察進去洗澡，無法攔阻她，她才出門，踏上異樣幽靜的街頭。拍片停擺了，箱型車停在原地，拒馬靠著樓房牆壁堆疊。幾乎每個路口，都有戴紅貝雷帽、荷機關槍的特種部隊站崗，彷彿小孩在巴黎撒了一整缸陸軍玩具。還叫得到計程車，她很意外。司機可能是索馬利亞人或衣索比亞人，不講話。他照克萊兒工作的酒吧地址載她去，發現外門深鎖，掛上一面手寫的牌子，她只好叫司機送她回她上車的地點。

希思莉的班機降落後不久，恐怖攻擊事件才展開。提領行李之際，她接獲消息，到半夜一點終於和菲歐娜聯絡上，下午兩點左右來到里察家，在門口脫鞋。菲歐娜和她睽違十年了，無法分辨她臉上的皺紋是倦容或歲月軌跡。希思莉確實具有祖母的樣貌。七十幾歲的人可以是祖母。五十一歲的人，依菲歐娜之見，仍應在飛輪課上領騎全班，玩到凌晨才回家。

「妳手怎麼了？」希思莉問。菲歐娜說，「聖痕。」希思莉沒笑。希思莉向來不太有幽默感。

菲歐娜端茶請她喝，敘述和克萊兒見面經過，但羞辱的過程隱而不宣。

希思莉坐在里察家沙發上，身體的角度朝窗外。她說：「我從來沒見過巴黎。這時候來，感覺多奇怪。」

「我討厭在巴黎的歷史時刻插花。我們美國的亂局夠多了。」

希思莉微笑道，「我想念妳。」

「里察向妳問候。他去工作室了。奇怪，今天我去過他工作室，路上見別人也出門，自己害怕起來。因爲，如果出狀況，里察跑不動。」

希思莉同意。菲歐娜說她聯絡不上克萊兒。希思莉說：「擔心是一種天性，不過我確定她沒事。」在這之前，菲歐娜沒想到自己也該爲柯特操心。柯特比較可能深夜不回家。雖然她無法想像柯特是重金屬迷，但還是該爲他操心才對。

賽吉這時從正門進來，汗濕的頭髮亂七八糟，黑眼圈，對兩人點一下頭，直接進臥房。

「我覺得打擾到人家了。」希思莉說。菲歐娜叫她放心。

「大家都進入危機模式了，」菲歐娜說，「只是每個人著急的原因不同。聽著，我建議我們去柯特的公寓，說不定在目前情況下，他能交出克萊兒的電話號碼，而且我當面見過她了。」

希思莉細看著自己素顏的指甲。「我最好單獨去吧，妳不認爲嗎？」

也許吧。何況，母子想一對一。和克萊兒重逢那天，菲歐娜也不希望第三者在場。

因此，希思莉吃完簡餐後，菲歐娜陪她下樓，幫她叫計程車，讓她直奔瑪黑區。她承諾一有進展立刻回報。

菲歐娜回樓上，見賽吉在廚房打筆電。他說：「昨晚我對妳大吼大叫。」菲歐娜明瞭他以此言代替道歉。「妳女兒不玩臉書嗎？」

她差點笑了。假如克萊兒玩臉書的話，事情多麼單純啊。一封簡訊發給她，機票和徵信社的錢全免。

「她不玩。」菲歐娜說。「我也一樣。」戴米恩有臉書帳號，近幾年著魔似地在臉書上尋尋覓覓。

「好，功能有兩個。第一，遇到現在這狀況，人可以報平安。」菲歐娜從他背後看，見到一串姓名和臉孔，全是已報平安的賽吉臉友。「不過在這裡，」他點選另一處說，「有一個論壇，可以尋人。我寫句話，可以嗎？」

她點頭，賽吉開始敲鍵盤。

「克萊兒姓什麼？」

菲歐娜從爐邊取來一支筆和購物字條本，寫給他：克萊兒・雅耶爾・布蘭查。「我猜她的姓也可以是匹爾斯。」她也寫給賽吉看。

「好，」他說，「貼上去了。我們等著。」天啊，和亞諾說的一模一樣，感覺像事隔一千年。我們等著。

戴米恩來電，她向他說明現狀。

「妳覺得她被嚇壞了嗎？」戴米恩問。

「希望不要。我是說，希望她不比大家更怕。她已經不小了。」

「可是，現在她當媽媽了。」

「對。」菲歐娜說。「對。」

「說不定，這事能促成她回國。」

菲歐娜覺得不太可能。哪一次天下大亂能爲她牽成好事？這一次能幫她一把才怪。

她說：「我們還是別太奢望吧。」

一九八六年七月十五日

密西根湖，湛藍得不像話，晨曦從湖面投射進芝加哥。

密西根湖凍結成一塊塊冰，可供人行走，但沒人敢上去。

密西根湖把高樓窗塗成灰色，窗戶和天空融成一片。

剛出爐的麵包。或者，餐廳餐籃裡的過期麵包，有鹹牛油可補味。

小熊隊有朝一日贏得國聯錦標。小熊隊贏得世界大賽。小熊隊繼續敗北。

他最愛的歌曲仍未問世。他最愛的電影仍未開拍。

一筆油畫的濃度。夏卡爾[47]的藍窗。畢卡索的藍人和吉他。

程醫師說：「我把我的話全寫下來，方便你以後再讀。」

老門吱嘎關上的聲響。烹煮大蒜的香味。打字聲。進廚房倒飲料時，電視廣告從客廳傳來，別人沖澡結束的聲音。

⁂

艾許總愛揶揄這艘是「老酷兒遊艇」，上面坐著一起步入晚年的大家。他說，遊艇在貝爾芒岩灘（Belmont Rocks）外，望遠鏡人手一副。

新藝術運動時期的街燈。有柵欄門的電梯。

菲歐娜生兒育女。晉級乾舅父，送小孩毛衣、口香糖、圖書。帶他們逛美術館，說，「你們舅舅尼可是畫圖高手，將來你們也有潛力。」如果菲歐娜生女兒，讓她幫忙塗蔻丹。如果生兒子，帶他去看球賽。女兒也可以帶去看球賽。

程醫師說：「你年輕，身強力壯，以後能好好照顧自己。」

濃稠的上等土耳其咖啡。連吃幾小時的晚餐後喝加太多奶精的Sanka無咖啡因咖啡。稀薄悲哀的辦公室咖啡。

---

47 夏卡爾（Marc Chagall, 1887-1985），俄裔法籍現代派畫家。

二〇〇〇年。一九九九年最後一場派對。

紅酒。啤酒。夏日一杯伏特加通寧。

他才開始眞心喜愛的耶誕節。

總有一天去澳大利亞。瑞典。日本。

程醫師說：「我知道，你現在最不想再被抽血，不過，我們今天想驗驗你的T細胞指數。由於我們知道感染是最近的事，我預計你的T細胞指數非常看好。所以，我們在壞消息之後能有個好消息。我們可以在這裡抽血。」

風濕病。白頭髮。眉毛橫七豎八像父親。假牙，拐杖，攝護腺毛病。

高中畢業二十五年同窗會。儘管往事不堪回首，他仍有可能去參加。

一隻能沿湖遛的狗。

程醫師說：「也許你起先不想找人開導，不過，我會在這裡寫下一個互助會的資訊：陽性認知網（Test Positive Aware Network），我寫在第一頁最下面。」

捷運月臺上的蠻風。五十人簇擁在電暖燈下，鴿子群聚腳邊。

買房子。粉刷門，以後能叫朋友找紫色門那間。

尚未流行到美國的美食。他沒嚐過但十年後將人人狂愛的美食。

從西行班機的窗戶俯瞰芝加哥。眞正看得見城臉的唯一機會。

程醫師說：「日後能進步到什麼程度不得而知。照我判斷，我們只能等著瞧，因爲更先進的醫藥指日可待。亞馬遜流域說不定出現什麼奇花異卉能治病。可能明天，也可能明年。沒有理由不信總有一天會有人存活。」

布林莫爾街附近的水泥岸，被人畫了一隻幻彩腳丫。

哈維・米克[48]的接班人。首位同性戀參議員，首位同性戀州長，首位女總統，仇視弱勢的最後一個眾

48 哈維・米克（Harvey Milk, 1930-1978），舊金山市監委，美國頭一位公開同性戀身分的民選政治人物。

議員。

舞到有無地板都沒關係。手肘外張的舞步，雙手舉高的舞步，舞到地上一灘汗。

還沒展閱的所有書。

Wax Trax唱片行那個睫毛秀美的男人。每週六在努吉餐廳（Nookies）吃炒蛋、讀《經濟學人》、耳朵總異樣紅的男人。人生路能和這些人如何交錯，只要日子夠久、精力夠多、時空夠仁慈。

今生的情人。人的一輩子，不都有個摯愛嗎？

程醫師說：「我們的諮商師今天在，我會請護士陪你去他辦公室，陪你等到輪到你再走。」

身體，這具遲鈍、愚蠢、毛森森的軀殼，充滿荒謬的肉慾、反感、恐懼。冷天左膝常發出啪聲。

太陽，月亮，天空，星辰。

每個故事的結尾。

橡樹。

音樂。

呼吸。

程醫師說：「哇，來，躺下來。我扶你躺下來。」

二〇一五年

賽吉說，全巴黎的手機訊號大塞車了。菲歐娜遲遲沒接到克萊兒的原因可能就是訊號當機。希思莉出門一整個下午，也沒回報消息。

一整天下來，菲歐娜的恐慌度時升時降。降低是因為大批死者名單公布，克萊兒和尼可蕾不在名單上。升高是因為她一直沒接到消息。降低是因為她明白問題出在手機訊號。每次她停止動作，想起這件事，心情就更恐慌。

下午六點，希思莉終於按門鈴。「我帶他來了。」她說。

在希思莉帶柯特進門之前，這對母子的心結解開多少不得而知，有沒有和解也是個疑問。柯特願意陪母親過來，絕對是福音。然而，母子倆的臉上掛著同一副憂心的神色，在菲歐娜看來，與其說是感人肺腑的母子團圓，倒比較像相扶持應付難關的兩人。希思莉和柯特在沙發坐下，相隔兩呎。菲歐娜知道，希思莉一定覺得很痛苦，但菲歐娜無法想像拋棄兒子、和兒子斷絕往來的角色。哼，她自己爸媽對付尼可的手段不能和希思莉相提並論。希思莉是因柯特屢次偷她錢並撒謊而心死，並未摒棄一個無助的青少年。話雖這麼說……

柯特說：「我留三通留言給她。」他說，克萊兒的公寓和女鄰居共用一間廚房，假如克萊兒出事或沒回家，女鄰居必定會設法向他通風報信。「我是擔心，沒錯，不過我沒擔心的理由。而且，她絕對不會那麼晚回家。」

菲歐娜無意叫囂，但她講這話的嗓門太大：「你去她家看一下，不行嗎？」

「那——那不合我們的協議。不是法律上的協議，不過，我只要沒照約定的日子出現，她就閃人。她講得明明白白的。」

希思莉說：「可是，遇到緊急狀況——」

「不行。」柯特說。

窗外近處傳來警笛聲，歷時短暫，可能是警方警告民眾離開交叉口。儘管如此，屋裡的三人被嚇一跳，菲歐娜心跳開始快如倉鼠。

「地址給我。」她說。「我就說是她酒吧同事給的。如果她不信，我會說是從你那邊騙到手的。說我去你家闖空門，見地址寫在信封上。」與事實相去不遠。「啊，對了，我就說，是徵信社查到的。」

希思莉一手放在柯特膝蓋上。「這樣不是比較好嗎？」她說。「你也可以知道她們母女是不是平安。」

經希思莉一碰，柯特似乎鬆懈下來，不再剛毛直豎。

假如恐攻沒為菲歐娜帶來好處的話，至少促成匹爾斯母子和解的功勞可能算在她身上。也許，日後如果希思莉能看著孫女成長，菲歐娜獨自坐在芝加哥家中，每週能收到她對尼可蕾的近況報導。

菲歐娜遞自己的手機給他。「輸入我的ＧＰＳ就好。」她說。「就克萊兒所知，我好幾年沒見過你了。」

柯特嘆氣，接下她手機。

菲歐娜取回手機後，立即拿起皮包，說：「你想在這裡等的話請便。」柯特伸出大手，在菲歐娜肩膀上按一按。

聖但尼地區情勢紊亂，處處封街。計程車司機連問她三次，確定想去那一帶嗎？

「我等到妳進得去再說。」他說。「妳久待嗎？我等妳，再送妳回去。」

她告訴司機，三分鐘就回來。她希望到時能出來多賞他一些小費，請他可以走了。

一名年輕男子走向門，搶先她一步，因此她省了解讀門鈴和名字的麻煩，直接尾隨他進門，步入狹隘的走廊。這棟公寓如迷宮，但她總算找到八號，門外有一只紅色塑膠桶和綠色塑膠鏟子。

她用健康的左手敲門，感覺不對勁，招霉運。

克萊兒開門了，門鏈不開。

克萊兒說：「搞什麼鬼。」

「孩子，我只——」

「不行，這樣不好。」

「我想不出怎樣才聯絡到妳。」

「這樣不好。」

克萊兒頭髮胡亂紮在頭頂，看似沒睡好。

「妳平安嗎？」

「還用說。」

「我也平安，萬一妳也關心的話。」

「聽著，現在是她午睡時間。」克萊兒的語音稍微柔和下來。「這——唉，我現在沒空搞這個。」

「我瞭解。」

「妳哪瞭解。」

「起碼給個號碼，可以嗎？以免我去妳上班的地方糾纏妳。」

「我有妳的電話。」

「聽著，妳又不會少一塊肉。」

「現在就少了一塊。」

「好吧。」菲歐娜舉雙手表示投降。「妳還活著，妳女兒還活著，我就知足了。我現在就走。」

克萊兒大嘆一聲，語帶憤怒，菲歐娜不知該從何解讀。

菲歐娜眞想拂袖而去，但她和心理醫師達成的共識是，巴黎之行的大方向是主動示好，即便克萊兒拒絕敞開心房，菲歐娜仍需展臂以對，要有身爲人母的擔當，而非耍孩子氣。她說：「想打來隨時都行。我愛妳，甜心。」

克萊兒不再多說什麼，關門，連揮手都省了。

一九八六年

九月，小勝病倒街頭，路人送他去共濟會醫院急診，他被轉送至愛滋病房。泰迪回報說，小勝本來口口聲聲想死掉算了，後來病況趨緩，他被丟回郡立醫院，幾乎馬上被院方辦出院。隔天，他呼吸困難，院方告知病床爆滿了。他等了兩星期，病況沒嚴重到被送回共濟會急診，最後到了病入膏肓，郡立醫院才再收留他。

耶爾知道自己遲早該去探病，一來是這樣才夠義氣，二來是因為，在最糟的狀況下，他自己也會淪落到郡立醫院，所以該去探勘環境，不想去也得去。

有一晚刷牙時，他拿起朱利安的牙線，抽出最後一段，勉強夠用。他儘量不要胡思亂想，但怎麼想都覺得苗頭不對。他決定明早去看小勝，以免來不及。

求職方面，他在聖路易大學進入決選名單，去芝加哥帝博大學應徵普通的開發員工作也尚未被剔除，如今依然失業。程醫師曾叮囑他，一錄取贊助勞保的工作，一定要立刻去報到。程醫師說：「越大的公司越好，讓他們忙中有錯，沒過濾到你。」目前他仍有離職後的自費COBRA健保，積蓄快速流失中。他的錢能苦撐到一月，然後勢必被迫在保險和三餐之間作抉擇。

程醫師保證暫時為耶爾的病例保密，記錄成耶爾只因喉嚨痛前來就診。等耶爾申請新保險時，保險公司只會問他的愛滋病史，不會問他有無病毒。程醫師說：「帶原不等於發病，你否認有愛滋病史不算謊報。過一個月，等你被保險公司核可，你再來我這裡驗血。正式驗。」但此舉不無風險。儘管程醫師曾保證驗血單全隱姓埋名，萬一政府查緝驗血結果，萬一耶爾被揪出來，萬一耶爾發生意外進醫院被抽血……風險不勝枚舉，耶爾可能永遠被拒保，踏上小勝這條路，病情吃緊時，只能祈禱郡立醫院有床位可躺。

耶爾打給艾許，希望聽幾句寬心話，但艾許說：「儘快找到工作。」

雪上加霜的是，他無法再找比爾．林吉寫推薦函。此外，耶爾在西北大學就職未滿一年，在履歷上也不美觀。

陽性的驗血報告出爐後，耶爾透過校園郵遞系統寄信給洛曼，然後寄一封去辦公室給比爾：

我有確切理由相信，如果你仍未受檢，建議你考慮篩檢有無感染導致愛滋病的HTLV-III病毒。在此盼你能勸妻子也受檢。請放心，我不曾也無意聯繫她。

爲了是否聯絡桃莉．林吉，耶爾曾苦思數日。他曾個別找艾許、泰迪、菲歐娜討論過。三人異口同聲搖頭反對，令他訝異。他們口徑一致質疑他：「你不行吧。」泰迪引用哲學家康德名言教訓他，特別擲地有聲。八月，他透過希思莉得知，桃莉和比爾離婚了。「我在路上看過她，」希思莉說，「她在逛街或什麼的。說眞的，耶爾，我不認爲他們還同床，你覺得呢？」但耶爾始終沒接到比爾回音，只有一次接到比爾的潦草親筆信，附上一疊藝廊代轉的半私人郵件：很欣慰得知你立足有成！耶爾沒暗示這回事。耶爾從講解員丹娜得知，比爾不再提退休一事。

去郡立醫院探病，耶爾盼能快進快出。小勝被麻醉藥迷昏了，耶爾想趕快走。一大間病房裡有幾張病床，僅掛著薄布相隔，擋不住鬼門關前的三十種聲響和臭味。在那種地方怎麼睡得著，怎麼懷抱一絲希望，耶爾想不通。

小勝對他說——其實字含在嘴裡——「我胳肢窩好痛。胳肢窩爲什麼痛這麼厲害?」

耶爾帶一杯奶昔請他，留在他的餐盤上，等他有胃口再喝。泰迪曾說，小勝怕遭小偷，所以把隨身聽藏在枕頭下。奶昔不至於有人想偷吧?護士絕對不會，因爲她過來換點滴袋時，連正眼都不肯瞧小勝。

耶爾想找艾許進醫院發飆，但發飆又能成就什麼事?上個月，耶爾請艾許簽署醫療意願書，相信艾許罵人至少懂得找對人罵。

小勝說:「能叫他們關燈嗎?」巨大的日光燈照亮整個病房。耶爾不問也知道，院方絕對不願熄燈，即使夜深也一樣。他抽兩張面紙摺好，覆蓋小勝眼睛，權充眼罩。

耶爾回家，看見一個怪誕不經的東西:查理的筆跡出現在寄給他的信封上。查理寫E習慣只畫三條懸空的橫槓。淡藍色信紙，深藍色筆墨。

信上寫，他聽到消息了。查理也寫著，泰迪和艾許和菲歐娜一致要他放心，他沒有直接關聯性，但他想從耶爾獲得第一手回答。查理寫道，不怪罪病毒本身，不怪罪縱容病毒撒野的權力結構作孽，卻責怪人，這是多麼可怕的現象，但他也無能爲力，他想知道。就算他最起碼也有間接關係。他想尋求赦免，耶爾猜想。耶爾尚未準備頒發赦免狀。

耶爾不回信，但他也不把這封信丟掉。若在六個月前，他可能點火燒掉這封信。現在，他把信抹平，壓進抽屜櫃上的白鑞碗下面。他用這碗收集零錢。

他抱貓去放在窗前，自己站著瞭望河景，看著觀光船徐徐來，慢到不可思議，終於通過了。

二〇一五年

里察說：「最適合跳舞的一間是天堂。我相信天堂也老早就收攤了。」

菲歐娜說：「聽了可別跌破眼鏡喔：現在是沃爾瑪百貨了。」

「不會吧。」里察說。他從工作室的洗手臺轉身，雙手濕答答。賽吉坐在角落的躺椅，好氣又好笑地聽著。希思莉和菲歐娜坐在大木桌前。希思莉今天穿米黃色高領毛衣，一身素淨，顯得受到庇蔭，能免受巴黎的紛擾，能躲過親屬的毒鏢。

「簡直像故意用來象徵什麼。」菲歐娜說。「還好不是變成共和黨黨部之類的。對了，里察，貝爾芒街和克拉克街路口開了一家星巴克。其實也沒像我講的這麼死氣沉沉。不過，跟以前不一樣了。每年冬天，那裡都辦濃湯散步會，路人可以隨便進一家餐廳喝湯，大家都去，有男同志，有異性戀男女，有坐嬰兒車的寶寶。也有濃湯。好美。讓人不希望回到從前。因爲從前那股氛圍來自外界，有一種——你也知道，到處都有一種被逼得快抓狂的味道。即使是在愛滋之前。」

「所以說，那地方長大了。」里察說。

「不再是男孩城了！」賽吉笑說。「男人城！」無人附和他。

里察說：「會不會只是稍縱即逝的一刻？妳有沒有想過？」

她不認爲。不太算是。很難想像再回去，前功盡棄。

他說：「因爲我這麼覺得。我相信，我如果回去看到男孩城主流化了，一定氣得翻白眼，不過，親愛的，我老了，狗屁事見太多了，我能告訴妳，有福氣可享受要趁早，因爲這不是類似一二三木頭人前進的遊戲，不一定一直往前走。我知道現在感覺是時空一直在進步，不過大環境脆弱得很。過五十年，妳回頭看，可能會說，那年代是最後一個美景。」

菲歐娜挽起袖子。二十幾歲時遇到的慘景，她忍不住想視爲今生史上的一場大格鬥，全屬於過去式。即便是她在店裡上班，即便是遊說、募款，她總覺得像在收拾善後。今天，依然有愛滋病患一個個病患，只是拖得比較久而已，尊嚴也略多一些。至少在芝加哥是如此。她自認道德上的一大缺失是，在她內心深處，面對非洲當前的愛滋危機，她不再有從前那份切身之痛。她並未因此停止捐善款，但困擾她的是，她心田深處不再悸動，不再痛哭到睡著。去年死於愛滋病的人數多達一百萬，她不曾哭過一次。一百萬條人命！她捫心自問許久，自己該不會有種族歧視吧？或者只因她和非洲之間有大西洋之隔。或者也許是，非洲的危機主角並非同志圈，不只殃及令她聯想起尼可和他朋友的小鮮肉。當然，綜觀所有的利他行徑，說穿了各個都含自利的因素。此外，或許，在她這輩子，她心中只容得下一份大理念，只容得下一場浩劫的起承轉合。看情況，克萊兒從小能體會母親的大愛總奉獻在天邊的往昔。

希思莉說：「樂天和天真的差別就在這裡。這工作室裡的人沒有一個天真。天真的人還沒體驗過真正的試煉，所以才自認永遠不會遇到災難。樂天派已經體驗過了，我們每天照樣起床，因爲我們相信能避免禍事重演。或者是，我們騙自己這樣想。」

里察說：「所有信念全是把戲一場。」

賽吉說：「法國沒有一個人是樂天派。」

里察的工作室呈L形，一端是布幕、相機、照明器材，另一端是辦公桌、電腦和雜物，他們坐兩區交會處，這裡也有一間小廚房。這裡因移師美術館辦展而飽受摧殘，沒插座的電線和包裝用的小豆豆散落一地。菲歐娜的來意不是看錄影帶。她表態過了——現在不是時候。

目前是週日下午兩點。里察的預展排定在明天，但一切仍懸而未決。警方正在比利時邊境附近追緝恐攻嫌犯之一。剛才他們一進工作室，立刻鎖門。流理臺上的收音機播放著ＢＢＣ新聞，音量太小，聽不清楚，賽吉不斷告知推特上的最新消息，但進展不多。里察等著龐畢度來電告知明天預展能不能辦成，伴隨正式展覽的慶祝活動更是未知數。縱使一切如期舉行，宴會的場面勢必冷清。龐畢度中心離巴塔克蘭劇院（Bataclan）不遠，根據新聞報導，該區目前仍「哀鴻遍野」，但菲歐娜只敢看鮮花和玩具熊堆積如山的相片。攝影展部分貴賓將遠從外地前來，班機和火車能否如期運作只有天知道。

昨天深夜，戴米恩來電說，克萊兒發電郵到他的大學郵箱，短短五句報平安，叫他別擔心。他唸出克萊兒的電郵給菲歐娜抄記，叫她當然不能發電郵給女兒，也把女兒發的電郵內容朗讀兩遍給她聽。沒有歉意，但也沒有怒意，沒有忸怩。她兩度和克萊兒對談的氣氛多緊繃，和戴米恩的境遇如天壤之別。

嗯，克萊兒多數的意見是針對她，而非戴米恩。多年前，兒童心理專家曾解釋：小孩仇視的單親是同住的這位，仇視這一個比較保險。在心理治療過程中，他們以為小孩不懂媽媽的婚外情，其實幼小的心靈能理解的程度遠超出他們的預料。心理專家當時說，「她認定妳想另找一個家，一個更好的家。」

菲歐娜寫下克萊兒的郵址，放進床頭櫃抽屜。她已經背得滾瓜爛熟。

里察的電話終於響了。他退回辦公桌，邊踱步邊講電話，講完回來時搖搖頭：「不是龐畢度打來的。到這階段，如果他們來電，我也會回絕。我想等一個禮拜再說。下禮拜一比較好，你們不覺得嗎？主辦單位想讓民眾參觀，隨時都可以，不過，要是辦預展，非好好辦不行。話說回來，有個好消息。菲歐娜，我不是說，我要給妳一個驚喜嗎？本來明天晚上才給妳，不過——嗯。」

菲歐娜硬起頭皮來。對於別人的「喜」，里察觀念有點偏差。如果所謂的驚喜是尼可的影片，她會無法承受。

「剛才電話來了。」他說。「妳去門口等一下，好嗎？兩分鐘後揭曉。」

「只有我？」

「只有妳。」

她狐疑看里察一眼，進走廊，踏進小門廳，看得見玻璃門外的街頭。她心情七上八下。頭也不舒服。

一名深褐色頭髮、身穿藍外套的男子路過，看著手機，後退幾步，正對著門外。對著菲歐娜傻笑。

男人年齡與菲歐娜相仿，顴骨陌生，臉孔不知爲何不對勁，扭曲了，錯置了。

接著，五官重組，再度自行調整一次，菲歐娜不去開門閂讓他入內，反而倒退一步，因爲她活見鬼了。

這男人不可能卻的確是朱利安・艾姆斯。

因爲他仍對著她傻笑，因爲不然她又能怎樣？她終於蹣跚向前，理解門閂怎麼開，推一推門，隨即才發現用拉的才對，貼身靠牆以騰出空間給來人。

他握住她雙臂，臉湊向她。

他說：「哇，看看妳！」

一九八八、一九八九年

查理眼瞼發炎。這是艾許告訴他的。艾許接著說：「我不打算對你報告大小所有近況，不過我想還是告訴你算了，然後想說，問你想多久聽一次報告。基本上，醫生說，這絕對算是病情急轉直下。」

艾許的雪維特車正沿著湖濱大道南下，引擎聲大，兩人都不得不高喊。耶爾最近怕使用公共運輸，擔心扶手上有病菌，擔心乘客咳嗽出的飛沫。他偶爾還是會搭，但今天他覺得累，而且ＡＺＴ藥物令他腿力減弱，所以才接受艾許好意。從互助會搭便車，他不會不好意思。何況，春天終於放暖，今天第一次能開窗開車，湖面看似一座琉璃峭壁，彷彿人如果走向天邊，就能縱身躍下海角。

耶爾說：「多半時候，大家都跟我介紹他在嗑什麼藥。好像我聽了會產生什麼變態快感似的。」

艾許打開電臺，只聽見廣告。他說：「我想阻止他。他那麼有錢，可以做的大事好多好多。」

大約一年前，由於1-900開頭的專線突然激增，很多公司行號願意砸大錢廣告，查理的週報首度變得進帳豐碩。以同性戀報社而言，利潤之高超乎耶爾想像。除此之外，查理的旅行社也脫手，錢入袋爲安。就算買不到安康，他也計劃奢華渡餘生。然後，據說他耗盡所有錢在古柯鹼上。此舉令耶爾詫異，因爲至少就過去而言，查理對毒品種類極爲挑剔，但耶爾其實絲毫不驚訝。反過來說，至少在人事方面，報社陷入混亂。拉斐爾叛逃到敵報《同眾報》(*Out and Out*)。杜威特過世。葛洛莉亞堅守崗位，但拒絕和查理講話。報社另有新進員工，據耶爾所知，新人全討厭查理，查理也討厭他們，總而言之場面是不堪入目。

查理嗑古柯鹼成癮，導致一種比較怪的結果。在第一封信後，相隔許久，他才再動筆寫信給耶爾，大約每個月一次，每次洋洋灑灑八頁，筆法宛如躁症發作。耶爾猜別人大概也接過這種信，但他也推論，唯有在給他的信中，查理才寫標題「我做過有你的夢」和「這些是你留下的書」，下面中邪似地列舉一長串。有些列表寫得恐怖不失趣味：「共和黨今秋如果勝選我的自殺法」，其中一條是讓水蛭吸乾自己的血，叫人把水蛭端上桌，以饗就職宴貴賓。

查理不曾提議見面。寄過第一封肉麻信後，他再也別無所求。耶爾變成他習作的對象，儼然是查理的靜態記憶體，供查理傾訴心聲用。他也從未直言道歉過。每封信只列表，然後以淩亂刻印在紙上的印刷體，鉅細靡遺描述日常瑣事：吃什麼、體重、胃腸毛病、他看過的電影劇情。他仍堅持不開葷，文森醫師苦勸他多吃點富含蛋白質的食品。泰瑞莎在查理附近租公寓自住，馬丁似乎變成他的跟班，只不過，查理為了耶爾好，略過兩人的性生活不談，到底有沒有性生活，信裡也隻字未提。有時候，查理的信裡根本不寫他自己。有一次，基於不明理由，查理寫了五頁，只提一個號稱「浪姬．天涯癖」（Wanda Lust）的變裝妖姬。在耶爾搬來芝加哥前，妖姬早已仙逝。

通常，耶爾收到信會擱置幾天，最後才在週六早晨坐下，喝著咖啡，捻一捻信封厚度，最後伸手指進封口拆封。耶爾從不回他信。不是賭氣，也非固執，只是耶爾想不出該從何下筆。

讀多了查理來信，耶爾心軟了，至少心稍微軟一些。這些信讓查理少一分壞人的意味，多一分落魄漢的調調。耶爾始終知道這才是查理的眞面目。

過去兩年來，他曾幾度遠遠見到查理。他猜查理也遠遠看見過他，只是耶爾沒留意到而已。在他想像中，查理見到他會暫停呼吸，轉身，託辭離開派對、酒吧、會議——和耶爾的對策差不多。

眼瞼發炎是什麼樣子？耶爾試圖想像著。是腫起來吧？他猜。紅腫。愈想眼睛愈發汗。

車子轉離湖濱大道後，引擎至少安靜一些。

艾許說：「我想他是怕了。我——算了，乾脆告訴你好了。他想見你。」

「我很懷疑。」

「是眞的，他告訴過我。好幾次。他叫我告訴你說他想見你。」

耶爾本想一頭側撞車窗，不料車窗開著，一頭蕩進疾風中。

「考慮看看吧。我只幫忙埋下一粒種籽。」

「如果他想道歉，那是一回事。我可以——他要道歉的話，我才考慮給他畫下句點的機會。不過，我不想衝過去握他的手。」

「我明白。」

艾許在前座中間的菸灰缸擺一個「同性戀幣」的圖章，外加一盒印泥，耶爾心想，他該不會還在每張鈔票上蓋章吧？耶爾拿起圖章，用拇指摸一摸。只有艾許會把這種東西留在車上，以便在麥當勞得來速換到小鈔，立刻能化抗爭意念爲行動。

如果去見查理，耶爾現在至少有東西可談，能藉講話來塡補兩人之間的虛無。耶爾始終不回信，所以能聊的事情無限多。查理可能尚未得知菲歐娜申請到大學；她上禮拜才收到錄取通知。大家必定告訴過查理，耶爾改在帝博大學負責募款，但他們可能沒傳達這份工作多麼枯燥，凡事向錢看齊，無關藝術，無關美感。保險公司約耶爾面談了，過程中耶爾直冒冷汗，以「不」回答ＡＩＤＳ問題。五個月前，程醫師首次申請ＡＺＴ保險給付，保險公司仍在審核中。保險公司要求耶爾交代過去十年看過的所有醫師，耶爾擔心遭受到小勝那種待遇——他擔心，保險公司會追溯到幾年前的小毛病，或者查出他漏列的某皮膚科醫師，因此一口咬定他造假。保險公司花一年的時間審核他列出的大小事項，在此期間，耶爾看醫生只好自掏腰包，希望事後能獲得給付。幸好他現在有工作，有張辦公桌可守。

他也可以告訴查理，諾拉的畫展被比爾延後了，最早在九〇年秋季才揭幕。儘管耶爾身體健康——謝謝你關心——他唯恐自己活不到那一天。他可以告訴查理，諾拉去年冬天過世了。原本他再三盼望，縱使無法如願推她坐輪椅進藝廊，至少能拍畫展照片給她看。當然，查理可能根本不記得諾拉是誰。

耶爾也可以說，去年他的淋巴結腫大，現在正常了，T細胞指數也漂亮，他正在喝維他命奶昔，實行意念形象法。他也可以告訴查理，老貓羅斯寇被送去給希思莉和她兒子養了，因爲程醫師告誡他千萬不能在公寓裡養貓、攏貓砂。他也可以說，他終於搬出湖濱大廈了，目前住在林肯公園區的轉租公寓裡，大樓的油漆斑駁，幸好每戶都有洗衣機。

艾許說：「下週末DAGMAR辦活動，能勞駕你來嗎？」耶爾永遠搞不清楚DAGMAR這團體的宗旨是什麼，只知道是「反對R的拉子與男同」，R一下子是「雷根」，一下子是「右派」，隔幾天又變成「共和黨」，不然就是代表「壓制」。每次問到的答案都不同。

耶爾說：「現在反對的是蕪菁甘藍（rutabaga），對吧？」

他把「同性戀幣」圖章摁進左手心，留下若有似無的紅印。

「你心情會舒暢一點的。」艾許說。「我認識的人當中，不喜歡槓上政治的人，全是因爲他們還沒有好好駕馭內心的怒火。怒火一被駕馭，心情自然會好轉。聽著，正面抗爭（direct action）——正面抗爭是人間第三爽的感覺。」

「第二爽是什麼？」

「脫掉濕淋淋的泳裝。」

「是嗎。」

耶爾其實想答應，但人在艾許身邊的這感受不宜持續太久。對神經系統有害無益。何況，他見過的正面抗爭是在街頭躺臥、滿臉辣椒粉、被銬上手銬押進囚車。如果在夏天，警察會緊閉囚車門，開暖氣熱到你討饒。國一在更衣室被同學找碴，他都無力抗拒了，如今在艾許面前，他又怎能迎戰爺爺爸爸都是警察的警察？耶爾說他想考慮看看，推說目前工作很忙。

耶爾定期見艾許的一個場合是在愛滋互助會。艾許固定遲到半小時，到場先鬆開領帶。如果耶爾能幫他佔位子——通常是故作無意把外套留在鄰座一會兒，然後假裝突然想起外套擺錯地方，收外套過來，正巧讓艾許有位子可坐。艾許坐下會捏一捏耶爾後頸部。如果艾許不坐下，會站在圈子外。有幾張摺疊椅靠牆放，如果諮商師想搬一張椅子給艾許，艾許會婉拒他的好意。艾許開口的時候都在演講，而非發表個人心事，也不提醫師對他的診斷或預後。本來他一直不去驗血，但去年體重突然遽降，胃腸不適，醫師堅持爲他檢查T細胞，發現指數降至不到一百。每次聚會，他差不多都會提起AZT的價格多高昂——又不是在座任何人的錯，再罵，大家也拿不出對策。一開罵，艾許常喊，AZT是史上最昂貴的處方藥。「是巧合嗎？你們不覺得這純粹是仇恨嗎？一年一萬元耶！操，一萬美金！」艾許從不泣不成聲，亡友、死期、倖存者的內疚感，從不令他落淚。

聚會結束，艾許常勸耶爾找同組的朋友出去玩。之前，耶爾曾和同樓的紅髮男洛斯短暫交往過，多半只共進晚餐而已，因爲洛斯固定在每三個月的第一個星期一驗血，畏懼比接吻再進一步。結束這段交往後，耶爾完全清心寡慾。有一次，互助會聚會結束，耶爾和艾許去喝咖啡，艾許勸他，「那個傑瑞米，你覺得怎樣？屌斗的那個。他沒包袱，和你年紀差不多，手臂很壯觀喔。他前臂那麼粗，我不聯想也難。你和他都是陽性，他離你家才一條街，而且他經濟穩定。我不是催你們同居，只建議你們交換一下體液，爽一爽就好。」

體液是耶爾最不願想到的一件事。他說：「要是眞有不同株的病毒怎麼辦？有些人認爲，陽性的人也可能被——」

「天下最臭的狗屁。敵人沒能儘早查禁你的性事，現在還想再進一步禁更多。想打炮，沒理由不行打。差別只在換一個約會的圈子而已。」

現在，坐在艾許車上，耶爾納悶的是，艾許邀他參加DAGMAR活動，是不是想幫他牽紅線。他想問。他另外也想問艾許，艾許一直對他的性生活興致勃勃，卻從不曾自願參與，他是該生氣，或是應該覺得受寵若驚？耶爾倒是不可能採取主動。耶爾辦不到。

艾許說：「我載你這一程，所以你欠我一個人情。如果不想參加活動，你就得去看查理。」

艾許不看路況，改看耶爾，注視夠久，令耶爾的臉出現不由自主的反應，令他極力笑得隨意一點。

「說不定，我會跟他母親聯絡。」

艾許說：「到最後，愛會不會跑掉？」

「跑什麼跑？」

「愛會消失嗎？」

耶爾一手按住儀表板穩住，以免艾許緊急煞車。耶爾凝視著這隻手。「呃，我和他從來不希望它消失。不過，愛總會消失的嘛，不是嗎？」

艾許說：「我認爲，天下最悲哀的就是有愛卻無正果。最悲哀的不是恨，而是愛無正果。」

那天晚上，耶爾沒去探望查理，但是，也許他下決心去探望的關鍵就在那天。時隔一年半，直到一九八九年十月，查理失明了，耶爾才去探病。查理失明的原因和一年半前的眼瞼發炎無關。

查理的母親泰瑞莎來電梯口迎接他。她老了百萬歲。

耶爾進共濟會醫院體檢過好幾次，但多年前來愛滋病房探望泰倫斯那次之後，這是他第一次進三七一病房。曾有幾名朋友也住進這裡，例如查理的校對杜威特，但耶爾和他們不熟，所以不曾來探病。

愛滋病房現在看起來不再新穎，多了一份老成持重的氣息。百老匯海報張貼牆上，目前的主題是萬聖節，有個穿病人袍的男士挨著護士櫃檯聊天，穿著黃毛拖鞋，手臂布滿病斑。有一面布告欄貼滿工作人員和志工的拍立得，名字以馬克筆註明在白邊上。對耶爾而言，這一次來愛滋病房最大的不同點在於，他知道除非保險公司拒保，除非他淪落郡立醫院，否則眼前的病房將成爲他死前的歸宿。這裡將是他人生最後一個家，而剛才走過他身邊的兩位護士，有朝一日，將成爲他混得最熟的兩人，他也會對亞麻地板的細節和每一座電燈瞭若指掌。

他和泰瑞莎擁抱，關心查理的近況。「他被轉到單人房了，」泰瑞莎說，「我覺得後勢不是很看好，你認爲呢？我只想睡一覺。他現在——聽著，他最近常被麻醉，今天早上他去照支氣管鏡，才又被打麻醉藥，現在還在昏睡。你來看他，我覺得他未必知道。我本來應該通知你別來的，可是，我也希望他這時應該會醒。問題是，他不——即使他沒有被麻醉，他一樣也神智不清。我早該告訴你一聲的。」

「沒關係，」耶爾說，「沒關係。」

耶爾跟隨她走。前腳踏進病房門之際，耶爾閉緊眼皮。徐徐睜眼，發現眼前的病人不是查理。他想告訴泰瑞莎，妳帶錯病房了，我不認識病床上的乾胚胎。但泰瑞莎過去撫摸病人的頭皮，病人張嘴，耶爾看見查理的牙齒。查理成了外星人，成了納粹集中營裡的皮包骨，成了從巢裡墜地的雛鳥。耶爾腦海裡的隱喻層出不窮，因爲眼前人居然是查理，這事實令他難以承受。

門和病床之間的距離不大，但耶爾的腳步是竭盡所能的遲緩。他握住床緣欄杆，看著滿牆壁的問候卡。

泰瑞莎累了，耶爾說他可以留下來照顧，請她回家休息。她抱耶爾一下，離開病房。

耶爾不知道該不該張嘴。他可以解釋說，我來了，然後觀察查理的臉有無反應。但由於麻醉藥效未消，查理也已失明，耶爾目前多了一份隱瞞身分的保障，令他覺得留下來是安全的，至少今天如此。待會兒，如果查理清醒，耶爾可以對他道盡他想說的話。至少提一提開心的部分。他也可以至少說一次，他原諒查理。即使查理神智始終沒有完全恢復，耶爾照樣會說他原諒他。也許這樣也算說了。

耶爾在床邊的椅子坐下。

護士進來，給他一根竹籤，一頭有個小小的粉紅色海綿，教他沾水爲查理潤潤嘴唇。

潤唇一陣子後，他以拇指輕拂查理手腕，聆聽牆外悶悶的聲響。

他餵查理喝水，一滴一滴餵。

他能意識到。順著這條走廊走下去，在全芝加哥大小醫院走廊上，在全球其他被神遺棄的城市裡，有一千個男人也有相同的舉動。

二〇一五年

沒道理嘛。也許說得通。一定說得通。菲歐娜明明醒著，現在是二〇一五年，眼前這活生生的男人，眼神和動作和嗓音卻是朱利安。

菲歐娜坐在工作室的水泥地板上，後腦靠著碗櫥。朱利安向其他人解釋剛才菲歐娜在前廳支支吾吾說什麼。「謠傳我死訊的那句名言怎麼說來著？里察，你從來沒對別人提起我嗎？會不會太侮辱人？」[49]）賽吉覺得整件事笑死人了，說朱利安是殭屍，譏笑菲歐娜的表情。希思莉不認識朱利安；她去拿紙巾沾水，抹抹菲歐娜的額頭。

里察說：「菲歐娜，我也是兩年前才遇到他的。我們知道妳不清楚他在哪裡。所以我才想給妳一個驚喜。可是，假如我知道妳誤以爲他已經——聽著，我就絕對不會對妳搞這種惡作劇。」

過去這兩年來，菲歐娜找里察講過幾次話？一次也沒有。來巴黎前，她曾發電郵要求借住幾天。至於更早以前……感覺上是講過話，但僅止於錯覺，因爲里察的大名太常出現了，也因爲兩人是多年老朋友。

朱利安站在她前面，神情無助，拇指搓摩著自己下巴。她注視朱利安的臉，看著他哪裡變了。除了歲月的正常軌跡之外，她看得出他因服用ＡＺＴ而臉皮塌陷。她也確定他接受過豐頰手術，以彌補面部脂肪萎縮的缺憾，但手術不太成功。她店裡有兩名志工也有類似的臉頰。朱利安的臉也變寬了——據推測是類固醇的副作用——像被雕塑得方方正正。外形仍英俊，卻和從前大異其趣。彷彿是依照嫌犯素描圖重建

---

49 美國大文豪馬克・吐溫在報紙誤刊死訊後，曾譏諷記者說：「針對我過世的報導是言過其實了。」

的容貌。

他說：「我幫環球影視做會計。我們正在里察家那條街拍戲。不可能輪到我上場啦。公司三天前才派我過來，我只有坐淒涼小辦公室的份。」

她說：「通常──哪裡──」連簡單一個問句也令她詞窮。

「我住洛杉磯。我在臉書上找過妳，妳知道嗎。找了好多次喔！」

「喔。」

「欸。對不起。」

她不確定他為何道歉，但她擔心自己的想法被他看穿了。菲歐娜心裡的疑問是，如果有個鬼要上門，天下那麼多鬼，為何上門的偏偏是朱利安？為什麼不能是尼可或泰倫斯或耶爾？為什麼不能是泰迪・奈普斯？泰迪逃過病毒劫，卻在九九年心臟病發作，在課堂上暴斃。為什麼不能是查理・基恩？查理雖然是混帳一個，但他不也做過很多大事？菲歐娜把朱利安視為摯友，真的，但為什麼死而復活的偏偏是他？

她強迫自己擺笑臉，因為她到現在還沒笑過。

「我真的努力找過妳。」朱利安說。「早知道，跟里察打聽不就好了。」嗓子沒變。朱利安的嗓音。

「你向我打聽過啊，記得嗎？去年，在洛杉磯。我說我會找她的電郵給你。結果忘了，那還用說。」

她說：「沒關係了。」

里察說：「我是個大驢蛋。」

大家決定吃三明治，派賽吉出去買。賽吉提回來一紙袋，裡面有五個保鮮膜包裹的法國麵包夾火腿起司，大家圍桌坐著吃。社交手腕靈巧的里察為化解尷尬，提起一件耶爾的往事。耶爾住進共濟會醫院後，曾為室友辦慶生會。耶爾剛在病房認識這人，知道他在芝加哥無親無故，沒人來探望他，於是耶爾叫大家帶小禮物過來。菲歐娜為了搞笑，順路買一本《花花女郎》（*Playgirl*）雜誌，到了慶生會才發現，過生日的人是異性戀，是來自伊利諾州南部的粗漢子，因打毒針而感染病毒。里察說：「他滿臉不高興。」

菲歐娜仍覺得魂不守舍，飄忽不定，思緒紊亂，一直看自己的手。如果這雙手始終是她的，那麼，坐她對面的人不會不可能是朱利安吧。朱利安正在打開三明治，向里察要餐巾。

有些往事，她多年來相信自己是唯一守望者，例如有些慶生會和聚會，有些對話，有些笑話，但其實，這些往事也一直活在他心中。

朱利安說：「當年一走了之，是我這輩子最大的遺憾之一，菲歐娜。我要妳知道。我以為出國能省得大家難過，其實我是想拋棄大家。想像力再強，我也沒想到他們會早走我一步。想破頭也想不到。我也知道，是里察告訴我的，我知道妳特別照顧耶爾。該照顧耶爾的人是我。我應該陪他走完最後一段才對。」

「希思莉也照顧他。」菲歐娜語音沙啞，彷彿一星期沒講過話。「去醫院陪他的是我和希思莉。我們兩個輪班。」

希思莉說：「多數時間是妳。」

「可是他死得孤伶伶。」菲歐娜說得出口的話以這句最殘酷，不只是對朱利安而言如此，對里察和希思莉也是。對她自己也一樣。「他死得完全孤伶伶一個。」

朱利安放下三明治，看著她，直到她以目光相對。「里察告訴過我。」他說。「我知道，我也知道錯不在妳。任何人都可能死得孤伶伶的。妳知道嗎，在三更半夜，如果——」

「不是在三更半夜。」

希思莉涼涼的一手伸向菲歐娜後頸部。

賽吉以嘴形對里察講話，里察也以嘴形回應「紐約」。賽吉問的一定是耶爾死時你在哪裡。里察的名聲當時在攝影界蒸蒸日上。

為改變話題，菲歐娜強忍悲楚，請朱利安敘述這三十年來的經歷。

「如果妳問的是我怎麼活到今天，」朱利安說，「那我也沒概念。」但他其實知道。他在八六年赴波多黎各，投靠老朋友，在海邊賣T恤，大麻呼得輕飄飄，住了一年。「我本來篤定自己快死了。」他說。「後來，我聽說有AZT可醫，覺得像——像你跳水想自殺，卻有人扔一條繩子給你，你忍不住抓住。」問題是，當時朱利安沒健保，AZT的代價高達他在芝加哥的年薪一半，他只好回喬治亞州家鄉啃老。母親以爲再也見不到老么了，好高興，收留他住他小時候的臥房，欣然花掉父親留下的壽險金，再抵押房子。「她是個大聖人。」他說。「南方女紳士。她生下來是爲了做禮拜、喝下午茶的，結果我們發現，她生下來也爲了應付危機。」母親逼他繼續上班，因爲她深信他病能痊癒，以後如果履歷上有幾年空白，會影響求職。他在附近一家製片公司找到工作。（菲歐娜記得，朱利安在確診前一副樂天的俏模樣，一直相信愛滋總有能醫治的一天，也確信自己成名在望。樂觀的心態必定是得自母親眞傳。）儘管有母親照顧，他對AZT出現抗藥性，病情每況愈下。「我只剩下半個T細胞。」他說。「瘦到四十八公斤。」

里察說：「就是那陣子，我才又見到你。」菲歐娜知道，九〇年代初，里察曾在紐約和朱利安不期而遇，當時有一位朋友陪朱利安北上，朱利安想在死前看一兩場好戲。他坐輪椅。三聯照的第三張就是在那年拍的。事後，里察曾打電話告訴她，她接著打電話給泰迪，說著，朱利安能活這麼久，太神奇了。

「對。後來，我住院整整一年。事後回想，去紐約那一趟的點子超遜的。」

賽吉說：「然後呢？」唯一吃完三明治的人是他。

「然後是九六年！突然，靈丹出現了！有幾個月，我神智不清不楚，根本不記得發生什麼事。後來，腦筋變靈光了，出院回家，能舉手，能進食。一轉眼間，我能慢跑了。其實是過好一陣子才跑得動，不過當時感覺確實是一轉眼。

「菲歐娜，說給妳聽，妳一定能體會。有很長一段日子，我懷疑自己是不是變鬼了。不折不扣的鬼。我以爲自己一定是死了，這裡如果不是煉獄，就是天堂，因爲，這種事怎麼可能呢？你們知道嗎。不過我當時想，如果這是天堂，我那票朋友去哪裡了？如果耶爾和尼可和所有人都不在，就不可能是天堂。所以，我猜自己一定還留在老地方——地球。到今天，我還沒走。」

賽吉離開去接聽手機。他整天不停發簡訊，雖然所有朋友似乎全沒事，朋友的朋友未必各個安好，他仍有緊急和值得憂慮的事情和朋友討論。

朱利安說：「我老公也有大同小異的經驗。他說他重生了。在我聽來，這種說法太像基督教基本教義派，不過他又不是南方人。但他說的對，感覺的確像重生。」

朱利安左手戴戒指，結婚金戒指。

連朱利安都能死而復生，整個人生重新來過，反觀菲歐娜，過去三十年卻活在震耳欲聾的回音裡，奇怪透頂。三十年來，菲歐娜獨自照料墓園，不明白大家全重新振作起來，也不知道其中一座墳墓底下始終是空的。

「提到母親，」朱利安說，「也提到耶爾．第敘曼。里察，我有沒有告訴你，我有天遇見耶爾的媽媽？大概十二年前吧。」菲歐娜雙手平放桌面，穩住自己。假如朱利安眞的是鬼，他是一隻磨人精。他轉向菲歐娜和希思莉。「那陣子，我在拍片現場，拍一齣名叫《傻萊塢》（*Follywood*）的情境喜劇的試播集。你們一定沒聽過，因爲沒有一家電視臺願意播，謝天謝地。耶爾的媽媽飾演醫生。光看她長相，我認不出是她，不過我認得她姓名。珍．葛林斯潘。記得嗎？」

菲歐娜記得她的鼻子和耶爾出自同一個模子，記得她的闊嘴。菲歐娜在電視上看過她一百次，卻只見過一次眞人，匆匆的一面之緣。那支止痛藥廣告連續播放幾年，菲歐娜慢慢記住她長相，後來幾年，她在其他廣告再亮相，菲歐娜也認得出是她。菲歐娜逢人就問爲什麼，獨不問耶爾：拋棄小孩的父母親爲什麼是她？菲歐娜認識的男同志這麼多，拋棄小孩的父母更多，爲什麼她會棄養耶爾？身爲演員的母親，照理應該更能瞭解同性戀兒子，不是嗎？耶爾被棄養的原因無關性傾向，豈不是悖離常情、太過分了嗎？

里察問朱利安，有沒有和她交談。朱利安說：「沒談到耶爾。感覺太殘忍了。不知道啦。怎麼跟她提起那話題呢？我跟妳棄養的兒子是好朋友。後來我想到，她該不會不知道耶爾死了吧？」

「她知道。」菲歐娜說。她的語音化為出現裂痕的玻璃。

她無法呼吸。即便她不想出門，她也差點說她想出去透透氣。但賽吉已經去開門，回來時多了一個杰克・奧斯丁。

害得菲歐娜進退不得。逼得她從頭解釋一遍：生死大誤解、陰錯陽差的重逢、里察的懊惱、朱利安的一生。

杰克傻笑著，好像聽見全世界最酷的事似的。他說：「嗯，我不得不說，我覺得有點討回公道了。菲歐娜，那天我想問三聯照的原因就是這個。因為我看見最新的第四幅相片。那天妳嘛，口氣那麼斬釘截鐵，我還以為也許是我誤解了。」

菲歐娜聽不懂，里察只好解釋說，去年朱利安過境巴黎，他幫朱利安再拍一張相片。這次攝影展的作品之一就是三聯照再添一張近日照。「四聯相片。」里察說。「聽起來不怎麼響亮。」

「誰能相信呢？」朱利安說。「過了這麼多年，我居然又當上男模了！」

他的口氣是如假包換的朱利安・艾姆斯，和他二十五歲的語調如出一轍，令菲歐娜直接走向他的位子，親吻他額頭。

「我好高興你來這裡。」她說。「真的真的真的好高興。」

一九九〇年

即使這次是純遊行，即使不把自己拴在電線桿或搞什麼苦肉計，耶爾和菲歐娜仍拿馬克筆，把葛洛莉亞的電話號碼寫在自己手臂上，也寫下艾許的律師事務所電話，只不過，艾許遠比他們更可能被捕。葛洛莉亞腳踝扭傷，不克共襄盛舉，但自願隔空相助，為至少十位參加抗議的友人保釋。耶爾憂心，如果十人全被逮捕，葛洛莉亞恐怕交不出保釋金，他會在牢房蹲到衣帶漸寬。「我認識的人裡面，她是責任心最強的一個。」菲歐娜說。沒錯，查理以前也說，全世界記者當中，唯一不拖稿的就是葛洛莉亞。葛洛莉亞已經從《同聲報》跳槽到《論壇報》寫專題報導。為了預防萬一，耶爾也寫下希思莉的電話。他和菲歐娜各拿一條頭巾，鬆鬆地纏著脖子備用，但他很懷疑頭巾能不能抵抗催淚瓦斯。頭巾綁這樣，感覺像個傻牛仔。

他和菲歐娜搭捷運到洛普區，儘量不讓她看出他心裡多惶恐。週六晚上，庫克郡醫院外舉行燭光祭悼會，耶爾去參加，待到凌晨兩點，和艾許、菲歐娜、艾許的紐約朋友一同吃濃湯，蓋同一條毛毯取暖，但那場面安全太多了。燭光令他聯想起宗教儀式，站一陣子後，大家全坐下。只有幾百人，幾把吉他。其中大演一場搞笑時裝秀。相形之下，貨眞價實的遊行是另外一回事。昨天半夜，ACT UP的接力電話打到耶爾家，語氣過度熱心，提醒耶爾務必告知親朋好友去向。那人也建議耶爾多帶一個背包，揹在前面。「有時候，警察拿警棍會越打越起勁。」那人說。「所以，那背包裡面多塞幾件毛衣或什麼的。」但耶爾只有一個背包。他裝進一件毛衣、多帶一條頭巾、一瓶水，在長褲口袋放一瓶氣喘吸入劑，用夾鏈袋裝三天份的藥丸，被捕時不至於沒藥可吃。八十五顆藥，才花七十幾美元，有健保是萬幸。

電車擠滿週一上午通勤族，男人穿西裝，女人穿套裝，幾個學童穿私校制服。遊行八點從保德信（Prudential）大樓出發，現在已經八點四十五分了，他和菲歐娜可能得去密西根街跟大家會合，一起前進藍十字辦公室。耶爾口袋裡摺著一張影印路線圖，上面在市區畫著一大圈，看來最後恐怕走不動。美國醫藥協會大樓是下一個大站，之後又有一家保險公司，最後繞回戴利廣場（Daley Plaza），在郡大樓前集合，抗議郡府收掉庫克郡醫院半數愛滋病床，也抗議院方拒收女病患。

菲歐娜找到空座位，堅持讓耶爾坐。他其實身體還可以，只不過前陣子肚子鬧革命好幾天。那陣子的腹絞痛劇烈，胃腸常有水聲，有別於藥物的副作用，令耶爾懷疑可能是發病前兆，也可能是緊張過度。耶爾在她前面坐下後，她說：「我遇到一個麻煩。我愛上我的社會學教授了。」

耶爾笑說：「小菲！是單相思，還是想拍教授馬屁？」

「哎唷，他還打電話給我呢。打到我家。可是，我們還沒有——又沒犯法或怎樣！」

「他該不會六十歲吧。」耶爾說。「天啊，他有老婆嗎？」

「全錯。他的年紀跟你差不多，好像。」

「妳是他學生？」

「對。嗯，現在不是了。這週期末考。」

「怎麼不在家用功？」

「少囉嗦啦。所以，我去考試，考完以後呢？」

菲歐娜臉紅了。就算她努力不流露情緒，也不太成功。這景象眞賞心悅目：一個快樂的菲歐娜，戀愛中的菲歐娜。

耶爾說：「不如等他送出成績再說吧。比較得體。然後。妳知道。」

「眞的嗎？我還以爲你會對我談大道理。你應該是我最會講道理的一個朋友。」

「小菲，妳想聽我建議，而我是一個越來越明白生命太短暫的人。妳就等拿到成績單，然後去他辦公室，拉開他褲子拉鍊。」

他壓低音量講話，但菲歐娜尖叫起來。「男同志才用的賤招，耶爾！」沒人轉頭看。就算聽見了，旁人也會以爲她罵他賤。

「我滿確定的，這一招對異性戀男人也管用。說眞的。妳有幾條命？妳能二十五歲幾次？」

菲歐娜挑起一邊眉毛。她的眉毛色調比頭髮深，因此神態永遠有一分譏嘲的意味，令耶爾欣賞。她說，「你有以身作則嗎？」

「我不正要去加入暴民行動嗎？我像平常做這種事的人嗎？」

「一點也不像。不過啊，我只知道你爲什麼來抗議。不是因爲人生短暫。而是因爲，你愛上艾許了。」

他想反駁，豈料血氣唰然直衝臉頰和耳朵，速度快到他聽得見「唰」的一聲。事到如今，想否認勢必加倍丟臉。她畢竟在燭光會上，目睹過他心猿意馬的模樣，見他擔心艾許是否跟那位紐約朋友上床，見他望著燭光由下而上照耀艾許臉孔。耶爾說：「呃，他的優點倒是有幾個。」和以往相比，他對艾許的愛慕不增不減，換言之，如果他敢對自己承認，他一直深愛著艾許。最近他願意對自己如此承認。並非他最近比以往更常和艾許相處，但現在的他更有機會坐到一旁，旁觀艾許，看著艾許在慈善會發言，看他主持社群會議，看他在愛滋拼布[50]抵達芝加哥海軍碼頭時上電視，看他被捕時上電視。如今，耶爾總算能放任自己遠遠望向他始終知道能灼傷瞳孔的那顆小太陽。

在燭光會上，艾許花了整整一小時，勸耶爾參加今天的遊行。「寄信給民代算什麼？」艾許當時說，「想害民代掛不住面子的話，害他們上晚間新聞最有效。用其他方式花再多心血，遠比不上這一招。何況

---

50 全球規模最大的民間藝術，每片彩繪長六吋、寬三吋，以追思愛滋病患。

這次聲勢很大。最大的一次。」艾許的紐約腔畢露，食指太用力戳耶爾胸口，隨即賠不是。

DAGMAR已和ACT UP的芝加哥支部合併，艾許鼎力提供法律協助，自己也勇於上戰場面對辣椒粉。多數抗議活動能策動二三十名死忠分子，但這次是全國性示威，民眾從各地飛來芝加哥，抗議美國醫藥協會反對全民健保的立場，抗議郡立醫院，抗議保險公司，另外抗議什麼只有天知道。耶爾愈聽愈糊塗，但根據艾許的說法，層面愈廣愈好。艾許說：「如果我們不爲貧苦的黑珍珠爭取郡立醫院床位，我們豈不是和狗屎共和黨一樣黑心？參加這次活動，不只是爭取你個人的權益啊。另外呢，耶爾，耶爾——」艾許當時說。耶爾微感訝異，艾許竟記得他的存在，不只是對空氣演講。「——耶爾，我認爲，長期而言，你很適合做這個。也許做幕後工作吧，不過，我們需要你。我們一直都需要新人站出來。這次民運的問題就是，領導人死得太快，我們不多找儲備領袖不可。」

艾許握的蠟燭滴出一顆蠟淚，順著燭身往下滾，眼看即將燙到艾許的手，耶爾趕緊用自己的拇指阻流。菲歐娜若非早已瞭然於胸，極可能就在這一刻看穿他。

耶爾和菲歐娜加入時，示威隊伍的確已經出發，朝北走過密西根街橋。有些抗議民眾穿醫師袍，別出心裁，多數人則手持標語：「被漏洞坑死」、「嗜血錢」等，另外有個製作精美的標語痛批布希有緝毒總司令卻不指派愛滋總司令。耶爾看得汗顏，覺得自己是個沒作爲的小配角。沒人揹兩個背包，他暗幸自己不像準備太周到的小學童。

然而，菲歐娜積極想跟著喊口號。耶爾一旦也跟著喊，立刻覺得自己踏步的節奏能吻合口號聲浪，不久後，心律也跟上節拍，一如走進舞池。

「愛滋病人被夾殺！」一位女民眾拿著擴音機喊。「怎麼辦？」

眾人齊聲喊：「ACT UP！反擊！」

耶爾在人群中尋找熟臉孔，但他非耐著性子不行，因爲抗議民眾成千上萬，他在男孩城見過但不認識的臉孔寥寥無幾。能委身於潮浪般的人群裡，感覺眞棒。

口號聲漸次減弱，最後停息，彷彿在場有個隱形的樂團指揮喊停，然後，新的一波口號從街頭蕩漾過來，起初不夠清晰，他終於聽出整句才跟著喊。通過《論壇報》大廈之際，在一群神態茫然的觀光客旁觀下：**醫！療！是人權！醫療是人權！**在藍十字大樓外，在壯麗大道商圈：**酷兒來這兒！抗爭不瞎拚！**走司岱特街南下，人群密度變高，分貝加大：**嘿，嘿，醫療協會！今天死了多少位？**

三個青少年嬉笑著，在耶爾和菲歐娜身邊跑一會兒，軟手跳舞發媚功，大家懶得注意。有人從車窗扔空香菸盒，砸到菲歐娜肩膀。

耶爾瞥見《同聲報》的拉斐爾拄拐杖走，但距離太遠，無法交談。警察四面包圍民眾，吹哨子，吆喝著耶爾聽不懂的話，幸好還沒有人被捕。沒有人被警察勒脖子「頭部固定」。

然而，醫療協會大樓還沒到，耶爾覺得整個肚子嘩嘩響。他告訴菲歐娜，他想找廁所，菲歐娜說他臉色蒼白。

他們鑽進一家飯店，幸好沒被人攔阻。耶爾進總管櫃檯裡面的走廊，找到一間豪華單人洗手間，菲歐娜守在門外。他叫菲歐娜走，她叫他別講傻話。她衝出去找 Walgreens 藥房，買一瓶止瀉藥樂必寧和一瓶開特力回來，但在她回來之前，耶爾已經舒服多了。他慢慢來，在馬桶上坐了十五、二十分鐘，擔心廁所外有一群面帶困惑的圍觀民眾。走出洗手間，他只見菲歐娜一人蹺腳靠牆坐著。他趕緊關上廁所門。他說：「被警察逮捕的話，我可以用這招自保。我可以不脫褲子直接拉屎，耍臭鼬功，耍章魚功。」

菲歐娜說：「尼可不是畫過一個漫畫嗎？騷陶德（Hot Todd）約會到一半想拉肚子。」耶爾記得。那則四格漫畫最後是陶德衝回家，夢幻情人被甩在人行道上，搞不懂自己做錯什麼事。

菲歐娜陪他坐大廳沙發。他想回去加入遊行，但現在還不是時候。他想等幾分鐘，確定沒事再走。

菲歐娜微笑起來，好像準備好一個禮物想送他。她說：「你知道嗎，他也對你有意思。」

他說：「誰？」他明知故問，或者他希望自己知道是誰。剛才他既冷又困頓，現在一聽菲歐娜這麼說，血脈和呼吸瞬間暢通。

「他告訴過尼可。尼可告訴我。」

「喔。所以是好幾百年前的事了。」

「對。不過，感情不是說忘就忘得了。你跟查理分手後，我去找他談過。我叫他去追你。」她嗓門一直太大，沒留意到耶爾暗示她小聲一點，幸好大廳裡只有一家大小在櫃檯前忙事情。

「結果他沒追。」

「問題是，他不想專一，而他知道你要的是專一。」

「拜託。唉，我老早就放棄了。我染病，全是被專一害的。」

菲歐娜歪頭。「跟事實有點相反吧。」

「不盡然。」

他既生氣又興奮又滿頭霧水，種種情緒令胃腸更加不安分。他比剛才更想出去示威，但也自知比剛才更無力振作。

他終於能走了。和菲歐娜慢慢站起來之際，他腦海突然閃過一個念頭，最初是似曾相識——不對，是眞實的一件往事：在里察家走出廁所，下樓竟發現人去樓空。舊事重演怎麼辦？待會一走出飯店大門，發現市容如平日，抗議民眾全走進異次元不見了，怎麼辦？

菲歐娜說：「我們直接去郡府大樓，在史努比旁邊等大家吧。」

「在什麼旁邊？」

「掉進果汁機的史努比。就那個雕像嘛。」

耶爾沉思一會兒才聽懂。「老天爺爺啊，菲歐娜，那是尚．杜布菲[51]的作品啊。」一尊抽象派黑邊白雕像。一座等人去攀爬的藝術品。

「又不只有我一個叫它史努比。不是人人都是藝術專家。」

能鑽進空心雕像裡面看抗議，看艾許，他覺得這點子不錯。

他和菲歐娜確實超前遊行隊伍趕到終點，只見少數召集人拿著夾紙板、腰掛擴音器走來走去。他們從其中一人得知，醫藥協會大樓前有幾位民眾因擋門被警方逮捕。那人說：「連騎警也出動了。」

他和菲歐娜坐下，背靠著雕像。

耶爾說：「這雕像名叫《立獸與紀念碑》（Monument with Standing Beast）。給妳參考。」

「才不咧。永遠用不到。對了，諾拉的畫展要開幕了，你會陪我去嗎？」

「妳不帶妳社會學教授一起去？」

「耶爾，我爸媽會到場。」

「有道理。」他說。「帶一個有病的男同性戀陪同出席，絕對更好。我知道妳爸最愛這一味。」

再過將近十個月，也就是明年二月，諾拉的收藏品幾經拖延，排除無數莫須有的障礙，終於、終於即將在布瑞格藝廊展出。在主任比爾籌備下，情勢大亂。他在布瑞格有機會展出藤田嗣治之前，居然允諾日本大原（Ohara）博物館借展。耶爾仍未退訂藝廊電郵通訊，赫然注意到，畫展的文宣提到的畫家連穆坎肯都名列其中，卻獨缺諾瓦克。他冒充《同聲報》記者打電話進藝廊，問接聽電話的小姐，這次畫展是否展出一位姓諾瓦克的畫家作品。她說：「我沒看到。」耶爾聽了頭向後仰至下巴和喉結直指天花板，直到

---

51 尚．杜布菲（Jean Dubuffet, 1901-1985），反傳統美學的法國現代雕塑家。

脖子瘦。

至少諾拉死前相信自己幫諾瓦克辦成畫展了，然而，就算耶爾對來生有那麼一絲絲相信（至少他最近是努力去相信），他總覺得太辜負諾拉心願了。諾拉信任他，將諾瓦克的遺物親交他手中，他卻枉費諾拉的心意。縱使諾拉不認爲是，《菱紋男》的確也出自她的畫筆。耶爾最盼望能見到諾拉的諾瓦克畫像高掛藝廊牆上，與諾瓦克描繪她的作品並陳，這份私心僅有兩三人能明瞭。如今，那幾幅畫全被鎖在某個儲物櫃。想到這裡，他咽喉緊縮。他尚未告知菲歐娜這消息；告訴她，感覺像通知諾拉。

耶爾和菲歐娜並肩在史努比雕像旁，再坐半小時，才聽見遊行隊伍從克拉克街南下，然後見被風摧殘過的標語，見大家汗涔涔，聲音沙啞。**滅族劊子手！布希別逃走！**新聞記者來了，面對著遊行民眾倒退跑。他看見艾許在接近最前排的地方，也見到泰迪。泰迪正在加大戴維斯校區攻讀博士後研究，專程爲抗議回芝加哥，在燭光會和耶爾敘舊。他皮膚被曬黑，顯得神清氣爽，也壯了幾公斤。

耶爾和菲歐娜加入喊口號的陣容：**醫！療！是人權！醫療是人權！**剛才因上廁所而喪失的衝勁，他喊幾聲又回來了。

多久沒大小聲了？幫小熊隊加油時喊過。喊查理分手時吼過。但他不曾爲愛滋高聲疾呼過。他沒痛罵過政府。小勝被拒保，呼吸困難卻被郡立醫院拖兩星期才有病床可躺，死在尿臭薰天的大通鋪，耶爾也不曾罵過這制度的惡勢力。口惠不實的新市長，他也沒罵過。他沒罵過宇宙。

菲歐娜牽起他的手，帶他走進人群，穿梭找到艾許。艾許忙著拿擴音器呼口號，但他對他們眨眨眼。他放下擴音器問：「你還好吧？」

耶爾說：「這感覺像什麼，你知道嗎？就像剛出櫃。我站在鬧區中間，吶喊著我是同性戀。我喊著愛滋。感覺好奇妙。」

「待在我身邊，好嗎？你要不要這些？」艾許從口袋掏出一捲「沉默＝死亡」的貼紙。「見地方就貼。

我朋友在馬身上也貼一張！」

泰迪蹦跳走來，報告角落的實況。耶爾看不見那麼遠，只聽見那方向傳來的怒吼、哨音、叫囂。幾個女人搬來十五張床墊，扔到馬路中間，象徵因人手不足而病床閒置的現象。女人躺上床墊，當街表演應急病房劇。

這時候，菲歐娜手指上空，眾人紛紛對著上面指指點點。五人從郡府大樓上爬窗出來，站上陽臺，迅速將標語掛在飄揚的州旗下方：「**平等醫療權快給我！**」艾許樂得直跳腳，喊著他們的名字。他轉頭對耶爾說：「他們剛才變裝異性戀！他們穿扣領襯衫！」現在他們改穿ACT UP服裝。

過了大約整整一分鐘，警方才出現在他們背後，拖走兩人，剩下的三人奮力舉拳高呼：「全世界都在看！全世界都在看！」儘管耶爾怎麼想也覺得不可能——新聞播個三十秒就偷笑了——能跟著喊也爽。警察回來想再抓走剩下的三人，他們卻緊抓著窗緣和旗桿，抓住布條不放，作勢想效法蜘蛛人攀壁而上。菲歐娜埋臉進耶爾上衣。耶爾也看不下去，但他逼自己看警察抓住他們的腿拖走。最後一個被警察頭部固定。

地面上的騎警踱著步，逼退民眾。看樣子，街頭靜坐的時刻到了。艾許說：「你可以走了。你想走嗎？」耶爾不想。菲歐娜也不想。艾許說：「你們有後援嗎？」耶爾點頭，不提葛洛莉亞在家，不會護送他進牢房。

警察說**止步**！群眾高呼著。「**我們說反撲！**」

耶爾只希望胃腸安分點。他從背包取出止瀉藥，大灌一口，喝太多，副作用以後再煩惱吧。大家手牽手坐下，一行二十人，橫阻整條街，艾許在耶爾旁邊，耶爾身旁是菲歐娜，菲歐娜是泰迪，背後的人站著呼口號、錄影、對警察叫囂。

騎警靠得太近，坐下難以看清狀況，聲音也混雜。謠言從隊尾傳來，說有人被馬踹到頭了，剛才的警笛聲是救護車。警察不斷叫馬背對民眾，讓馬後腿離人臉一呎，近到抗議民眾嗅得到馬臭。馬蹄踩路面時，耶爾能感受到震動。

一名召集人沿著靜坐人龍邊跑邊喊。「如果被捕，做這動作！」他說著交叉手腕。耶爾問為什麼，但沒人回答。召集人繼續說，「手腳不能軟趴趴，不然警察會讓你頭撞地上！」

「妳怕不怕？」耶爾對著菲歐娜耳朵喊。

她搖頭，捲髮遮到臉。「氣壞了，哪有力氣害怕！媽的，氣死我了！你呢？」

「怕！不過，反正我只剩半條命！」

有人一直喊拒絕暴力！但只有一人在喊，不是呼口號。

一群警察圍過來，抓住隊尾的女人，抱走驚叫不已的她，押她上囚車。警察回來，抓走她旁邊的男人，然後再抓走他旁邊的男人。警察戴著藍色塑膠手套。其中一個戴紙口罩。

攝影機仍在，但記者群全站到一旁去了，在人龍前面拿著攝影機的人正在為後世捕捉鏡頭。一名記者停在泰迪面前。「講句話！」他高聲說，泰迪喊：「警察手套跟鞋子不搭調！」

群眾聽見後接應，喊出這句大家最愛的老口號：手套鞋子不搭調，新聞看得到！

鏡頭移向耶爾。「講句話！」記者說。「心情怎樣？」

一生中最不像耶爾．第敘曼的一刻或許就是現在。假使有大半輩子可活，他也許會把這一刻視為新契機，終於感悟今後志向。然而，由於他沒有大半輩子可活，他把握住激增的腎上腺素和勇氣，因為在僅存的日子裡，他難保機會再來。手勾手的他鬆開菲歐娜，轉頭面對艾許，抱住艾許後腦勺，對著艾許的嘴唇親下去。艾許是不是表演給鏡頭看，耶爾不在乎，只知艾許也全心回應他的吻，手指伸進耶爾頭髮裡，舌吻耶爾。耶爾嚐得到他唇上的鹽味，覺得艾許的粗鬍碴磨蹭著他光滑的下巴，全芝加哥頓時消散為無形。

終於分開後，耶爾才發現菲歐娜樂得尖叫，泰迪也在一旁歡呼鼓掌。艾許對他奸笑，和他對眼，但這時聲浪傳過來，叫大家躺下。

耶爾把背包換到前面揹，再度和左右邊勾手臂，頭和背貼沁涼的柏油路面。他閉眼，迎接衝擊。他不想起立走向囚車。他想靜靜躺著，成爲一具被動的屍首，任人抬走，像人龍裡的其他人一樣。輕盈如羽絨，僵硬如木板。

吆喝聲愈來愈近，哨聲愈來愈近，驚叫聲愈來愈近。

泰迪被抓走時，他聽見菲歐娜驚叫，頃刻之後，菲歐娜的手被扯離他臂彎。他來不及伸手抓她，她被抓走了。他繼續閉眼。

警察抓住他的衣服。揪他的衣領，揪他的背包，握住卡其褲腰，抓住鞋子。他儘量不要軟趴趴，但還是全身癱軟。

他注視著眼皮裡的漆黑景象。他想到下週末，他該去幫泰瑞莎清理以前的公寓。他該去整理查理的遺物和他閒置四年的個人物品，儘管拿。這週末遊行，下週末去整理東西。遊行大概輕鬆多了。

他感覺像孩童倒在沙發上呼呼大睡，軟趴趴被母親抱上床。

不料，他重重墜地，摔得呼吸暫停，被翻身，肋骨壓住背包，臉頰貼緊柏油地面，背部被膝蓋抵住。吆喝聲四起。有人折他手臂到背後，用某種東西束緊他手腕，他動彈不得，呼吸不順，背後那隻膝蓋照樣抵住他。

他聽見艾許的聲音，不知艾許離他多遠。「幹麼這樣對付他？警官！警官！幹麼這樣對付他！」

「他拒捕。」

「他哪有拒捕！警官，他沒拒捕啊！」

耶爾打開眼皮，看見馬蹄，再往上看見褐毛皮，近到伸舌舔得到。他再度閉眼睛。

有鞋子踩住他的頭，把他釘在路上。止瀉藥瓶在背包裡，壓迫他的左下肋骨，壓力太大太大。他覺得好像肋骨斷裂，一陣嗆辣的激痛。

「警官，這沒必要吧！警官，他又沒拒捕！」

耶爾希望警察快一點。他好想上囚車和菲歐娜會合。他好想回家冰敷。他想知道胃腸能不能挺住。他要艾許繼續叫罵，想繼續聽艾許的聲音。

在腦海，他重溫熱吻的那一幕。他能在裡面長住久留。那裡好溫馨，感覺好好。

二〇一五年

在里察家臥房，菲歐娜開Skype，和心理治療師伊蓮娜視訊。對方的畫面頻頻定格，但聲音持續，有時像閉嘴還能講整句，有時像呵呵笑著問嚴肅問題。伊蓮娜說：「不管等什麼，都是很辛苦的事。目前妳的情況有很多壓力因子。」

去敲克萊兒家門至今三天了，她完全沒有克萊兒的音訊。「坐在這裡，我覺得好蠢。」她說。「說不定根本沒機會見孫女，我還叫希思莉來巴黎。」

「希思莉有沒有再見到柯特？」伊蓮娜低頭，又定格了，黑色捲髮覆蓋整個畫面。

「好像沒有。我不會探人隱私。今天她和朋友去一日遊了。讓她借住的那個朋友。」

「妳也有機會和老朋友再交流。」

「我礙手礙腳的。在里察的攝影展之前，我應該再住六天嗎？」至少屆時朱利安會回來。他有事剛飛回倫敦，但週一能趕回來看展。「如果克萊兒到時候還不來電，攝影展開幕之後我就回國。」

「揮揮衣袖就走？」

「嗯。我可以——我可以寫封信，從她門底下塞給她再走，這樣一來，不算觸犯她的大忌吧？」

「這計畫很妥當。」

「都怪我去她家，把事情搞砸了。這公平嗎？她從小，我對她的照顧不夠周到，現在反過來太纏人，嚇跑她了。」

伊蓮娜深呼吸——畫面再度定格，菲歐娜見她噘嘴但聽得見聲音。伊蓮娜說：「我一直在思考一件事。我們常討論到，有些事，妳可以怪罪自己，而克萊兒也該分攤一些過錯。」

「我——」

「我知道，要妳怪克萊兒很難。不過我在想，怪罪來怪罪去，從現在起，乾脆不要怪誰算了。」

這句話把菲歐娜甩回多年前的一百次對話。艾許・葛拉斯常痛斥「怪罪與恥辱」，說這兩大毒瘤是愛滋病的跟屁蟲。

菲歐娜說：「我走過同一條路。問題是，你如果停止怪罪他人，而萬事照樣不如意，能怪罪的只剩全世界。而你怪罪全世界的時候呢，覺得全世界都不要你的時候呢，如果眞有上帝，上帝也恨你——那比恨自己更慘。眞的。」

她料想伊蓮娜會說她錯了，會說，自恨才是最慘的一種——但伊蓮娜沉默不語，寓意深遠，拖得太久，感覺不太妙。

菲歐娜說：「哈囉？」

伊蓮娜一手固定在臉頰附近。她掛了。

週三清晨，天未亮，菲歐娜手機響起。她第一個想法是，一定是從美國打來的。結果是克萊兒。

克萊兒說：「嗯，我想跟妳報個平安。離我們家差不多五條街的地方出事了。好像是。不過我們很平安。」

「發生什麼事？」菲歐娜下床站著。

「是警察，不是又有恐攻。不過有幾陣槍聲。」

「喔！咦，妳在——甜心，謝謝妳通知我。謝謝妳。妳在家裡嗎？」

「對，剛才有個警官過來。我們基本上是被禁足了。」克萊兒的語氣異常淡定。若非菲歐娜知道尼可蕾睡在她身旁，否則幾乎能輕信克萊兒的確很鎮靜。天下哪個母親遇到這種事能鎮靜？她多想飛越巴黎去女兒家。

「妳該不會很靠近窗戶吧？」

「呃，我們家很小。」

「妳能搬個書架擋住窗戶嗎？」

克萊兒不語，菲歐娜擔心這話是否冒失。「嗯，可以吧。」

「門有沒有鎖好？」

「當然有。」

「家裡東西夠不夠吃？妳有玩推特嗎？里察的男朋友都上推特看新聞。」不夠清醒的她口無遮攔說，「克萊兒，這是一個預兆。表示妳應該回芝加哥。」

話一出口，她心知完蛋了，克萊兒一定掛她電話。

克萊兒哈哈一笑。「這裡的人每個都怕芝加哥。他們不敢相信我能活著出來。」

「不然，我們可以安排妳改住巴黎比較安全的一區。換個治安比較好的地方。妳爸和我可以資助。」

她簡直是用錢換取女兒心。不對，先換取她的人身安全，然後再求她的心。時間是清晨五點，背景是槍擊事件。

「媽，」克萊兒說，「妳快回去睡覺啦，好嗎？」

「妳待會兒會再打來嗎？」

「會啦。我——沒聽見我消息，妳可別恐慌，好嗎？」

「甜心，恐慌是一定會的。不過，如果妳不想打給我，可以再發電郵給妳爸，他可以轉傳給我。妳上次打給他，他很感激。」

菲歐娜打開客廳電視，按靜音，因爲她聽不懂機關槍似的法文。她也上里察的電腦找ＣＮＮ。

到了中午，她沒接到克萊兒電話，但她從新聞得知，警方已擊斃最後一名嫌犯，據報在現場五條街外並無百姓傷亡。

菲歐娜突然想到，說不定手機通話紀錄查得到克萊兒的號碼，但她看到的來電者是「隱藏門號」。

她吃完午餐，打給杰克，約他想不想見面。他說他也會待到攝影展開幕才回國，否則報導不夠完整。他還說，他的朋友（菲歐娜暗批這女人罩子不夠亮）願意留他多住幾天。他問菲歐娜，想不想出去散散步，她說不想，她非常想做的事是再打一炮，如果他有炮房的話。

他回電報地址。他帶菲歐娜來到聖日耳曼區一小棟辦公樓，帶她上去一間空蕩蕩的小辦公室，裡面有一扇窗、一張辦公桌、一張椅子，牆上有幾幀建築圖複製品。

「對不起，」他說，「我以爲至少有張沙發。」辦公室主人是朋友的室友的男友，顯然一點就通，交出鑰匙。也許法國人都懂這檔事。

「很完美。」她說。她讓他坐在椅子上，解開他上衣鈕扣，跨坐他大腿。幸好這張椅子無扶手。他們把椅子推進辦公桌和牆壁之間的角落，以免椅子亂跑。她掀起裙襬，褪下內褲，坐下去。他悶哼一聲，扯掉胸罩，不一會兒，短暫到令人心驚的一會兒，兩人一起辦完事了。全部過程是哆嗦一陣，噴噓一個，快而不受意識控制的一種肉體怪現象。他找來一張印表紙，把用過的保險套包起來。

「別丟進垃圾桶。」她說。「上街再扔。」她在地板上躺下，伸伸腰。杰克把紙團放在椅子上，躺在她身旁。

他說：「妳還好吧？」

「我只是紓解神經的方式有點怪。」

「欸。」他說。他一指沿著她下巴劃向頸部。「妳認爲我們爲什麼會認識？」

「因爲你醉倒在飛機上。」

「我指的是天意。人總不會跟人無緣無故相遇吧？上蒼爲什麼會把我們湊一塊？」

「我沒聽錯吧？你說天意？」

「別裝作妳不信。天下事沒有一件是隨機的，不可能。我們認識的人，我們瞎攪和的人，對不對？」

「我又不是，呃，和你變成一對。這不是命運。」

「我指的不是命運啦。我是哲理心大發。妳有沒有想過？例如說，人死了以後去哪裡？」

「天啊，杰克，現在才下午兩點。」

「我認爲，人死了就像睡覺，」他說：「不過，人可以幫忙夢想出一個世界。所以，無論地球上發生什麼事，發生再怪的現象，例如火山爆發或什麼的，全是在世上走過一遭的人集體夢想出來的事件。」

「照這種說法，巴黎發生的恐攻——是很多死人夢想出來的結果。」

「正確。」

「哼。」她笑起來。「嗯，不對。錯到離譜。」

「我是不太相信啦。不過，值得深思。而且，世界有時候實在怪到不行，只有用這理論才能解釋。」

「你認爲死人能控制我們。」

「對。」

「我告訴你一個祕密好了。」她說。杰克翻身側躺面對她。菲歐娜的傷手換新紗布，她摳弄著邊緣。

「我們控制死人才對。以我朋友朱利安來說好了。以前，我以爲他死了，我和他的對話以及我記得他的所有往事，全都是我的。那天能再看見他，最古怪的感覺之一是，有個東西從我身上溜走了。某種能量。

像空氣從氣球裡流掉。」

杰克說：「妳是如釋重負，或者哀傷？」

「不是哀傷。哀傷就太扯了。」

「妳的失落感失落了。那仍算失落。」

菲歐娜坐起來。「謝了，蘇斯博士。」

「怎麼了？惹到妳了嗎？喂，回來嘛！」

上街後，菲歐娜開手機，見到克萊兒的簡訊。一切平安。明天，如果可以，菲歐娜和希思莉想不想認識尼可蕾，陪小孩一小時，因爲克萊兒上班前和柯特從市區另一邊趕來接女兒之間有個空檔。保姆臨時請假。

一九九〇年

耶爾肋骨骨折，在查理公寓裡力不從心。泰瑞莎堅持要他坐沙發，她可以一箱箱搬出來給他看。查理的衣物，他不要。查理的書，他也不要。廚房用品是他的，但他早已另買一套。尼可的橙色圍巾。耶爾不敢相信。他伸手撫摸圍巾的流蘇。他仔細把圍巾捲成圓鼓鼓的管狀。他終於能退還給菲歐娜了。他自己的密西根大學運動衫，有石棺的臭味。他納悶，是查理刻意留著的嗎？或者只是一直被壓在箱底沒注意到？有一張芝加哥地圖，尼可在上面畫他們一起去過的地點——里察帶相機在貝爾芒岩灘，朱利安在他以前上班的三明治店旁端餐點，耶爾戴著藝術博物館的貝雷帽。這張他想保留。

他伸手想拿，泰瑞莎說：「不要到處走動。你如果呼吸不滿進滿出，很容易得肺炎。」

被媽媽呵護的感覺眞好。查理走後，泰瑞莎僅剩的母性光輝能讓他沾一下，他不覺得內疚。於是，他坐在沙發上。事隔這麼多年，這沙發仍能款款迎合他的曲線。他任由泰瑞莎泡茶加蜂蜜給他喝，任由她裝滿兩大箱他可能永遠用不著的東西。

這間公寓沒變，令他暗暗稱奇。查理絲毫不曾重新裝潢，牆上毫無新增的擺飾。冰箱門上的磁鐵紀念品相同，窗臺是同一株無精打采的盆栽。耶爾很高興。假如回這裡一看，發現分手後的查理重新上路的實體證據，他會因某種不明原因沒來由地難過。或者，也許只是因爲他願接受兩人的舊窩依然存在，永遠冰封在一九八五中，門可能隨時打開，朱利安進來邀請他們聚餐，泰倫斯帶啤酒過來坐，尼可帶他剛畫好的漫畫稿給查理。

泰瑞莎說：「你該不會回去上班吧？連回去探個頭也不行。同事嘛，你也曉得，本來你只想進去看一看，一不留神，你手上的文件堆積成一座山了。答應我，你會在家休息，什麼事也不做。」

他向泰瑞莎保證，他會儘可能休息。在帝博大學上班的優點之一是，他對工作崗位的用情甚淺。目前他的單位正在爲新停車場募款。

箱子太重，耶爾搬不動，有計程車送也不行，因此他承諾下星期等泰瑞莎再從加州過來時，他會回來搬箱子。查理在十二月過世後，泰瑞莎屢次來回奔走。耶爾但願她能去加勒比海曬太陽一個月，睡個飽。「這棵盆栽能活到現在，」他說，「表示妳做太多事了。」

他打電話給自願答應來接他的艾許。自從上次示威遊行，自從街頭熱吻，這是兩人首次相會。那天，最後被拖進那輛囚車的是耶爾，下一個被逮捕的人是艾許，他和艾許不同車，他沒機會再看見艾許，部分原因是幸好菲歐娜堅持吵著找律師，耶爾被送進醫院，而非進拘留所。

艾許可以在五分鐘後趕來。耶爾仰頭靠沙發，嗅著布面的氣息。泰瑞莎拿著手提式吸塵器忙著。他說：「這張地圖有件往事，我說給妳聽。」尼可在上面畫過的地圖。她停下來，坐在沙發前面的地板，縮腳，下巴擱在膝蓋上。「妳看，他在這裡畫一輛小車子，有沒有？」耶爾指著。「我們坐朋友泰倫斯的車，本來想往南上高速公路，沒想到走偏了，往西上了艾森豪公路。身爲數學老師的泰倫斯是路痴。數學老師缺乏方向感，奇怪不奇怪？我們下公路，亂了方向，來到一個好恐怖的住宅區。」耶爾記得車上所有人往下縮，好像這樣能保平安似的。「車子繞一大圈，最後發現路名全照歷任總統命名，我們覺得這樣不錯，可以照著就任的順序走，能一路帶我們回鬧區，回到湖邊。查理老是抱怨說，他記不清楚總統，所以找不到路回鬧區。他說，要是街名全照英國王室命名，他就不會迷路。所以那天，我們照著總統街名回去，就是麥迪遜、門羅、亞當斯、傑克遜之類的。後來，到了凡布倫[52]街之前的那一區，下一條街很小，叫做葛拉蒂斯街（Gladys）。查理看了說：『美國有葛拉蒂斯總統？』他不是鬧著玩的。泰倫斯從此不饒他，天啊，他眞能編出一大堆葛拉蒂斯總統任期的鬼話。」

泰瑞莎客氣淺笑一聲。

「我冷場了。」他說。

「哪有，我喜歡。我非常喜歡。他結交到幾個棒透了的朋友，對不對？他在這裡有一群家人。」門鈴聲沉沉響起，來自遠古的往昔。耶爾親泰瑞莎臉頰一下，她再次叮嚀走路當心，呼吸要滿進滿出。

艾許沒開車過來。「天氣太棒了，開車多可惜。」他說。耶爾向他保證，走路沒問題，只有在彎腰或扭身才痛。艾許約人下午兩點在聖約瑟醫院（St. Joe's）談事情，建議一起散散步再過去赴約。「然後我幫你叫計程車。」他說。

耶爾緊張到舌頭打結，一下子嘰喳不停，一下子又沉默良久。艾許想進霍斯特德街找提款機。把鈔票放進口袋之際，他說：「郡立醫院的事，你聽說了吧？」耶爾沒聽過。「庫克郡醫院宣布正式……請掌聲鼓勵鼓勵……收治愛滋女病人。」

「眞的嗎？這麼快？就……因爲那天抗爭？」

「你沒想到會成功吧。聽著，耶爾，不是我臭蓋。搞抗爭眞的有效。我要你繼續參與。」

「我考慮看看。」

「我想告訴你一件事。」前往聖約瑟另有一條更直線的路，但這時艾許又帶他轉進布萊爾街。「我一直拖延不告訴大家，特別瞞著你。我快搬去紐約了。」

「喔。」這消息感覺像肋骨一陣痛，但耶爾並未扭身或彎腰。繞回來到耶爾和查理的舊窩了。四年

52 凡布倫（Van Buren），美國第八任總統。

前，這裡是兩人分手的傷心地，舊地重遊再傷一次心，有何不可？他臉頰有刺痛感，眼睛反而沒事。多奇怪，爲什麼是臉頰？艾許止步，面對他。

「有些全國性的活動，如果我和紐約的ACT UP合作，影響力比我在芝加哥更大。」

「對嘛，誰用得著芝加哥。」

「耶爾。」

「抱歉。這是好事。眞的很好。」

「聽著，我覺得，我從娘胎鑽出來，好像就是爲了抗爭。我天生就偏激。我討厭我爸，我討厭全世界，愛找陌生人的碴，對不對？我反省一下發現，果然是，說不定我天生的目的就是這個。你大概覺得我講話有宣教的口氣，不過，我總覺得，我出生在這世上負有一個使命。」

耶爾左顧右盼，就是不看艾許，點點頭說，「查理有一次提到你，你知道他怎麼說嗎？他說，假如世上沒有你，我們只好發明一個你。」

艾許笑說：「嗯，你們有我啊。你們有過我，現在仍有我，只是——」

「沒關係啦。」

兩人繼續走。耶爾可以挽留他，可以再吻他一次，告訴艾許說，只要艾許留在芝加哥，再大的犧牲他都願意。但這舉動無濟於事。艾許或許會回吻，但未來的情境無論是哪一種，絕不會出現艾許放棄抗爭、選擇愛情的一幕。愛是稍縱即逝、脆弱易碎、渾身病痛。（騙誰？這根本不是愛，只是互相有好感而已，是一粒可能萌芽的種籽，只要有沃土，只要多點陽光即可茁壯。）前途無論再怎麼演繹，艾許的抉擇是正確的。艾許不應留在芝加哥，不應只爲了給耶爾一年或三年的幸福，直到兩人病重到誰也高興不起來的地步。艾許應該前進紐約，挨家挨戶敲門，搏版面。去抗爭的那天，耶爾其實算旁敲側擊過了，也已經得到答覆。

來到耶爾千年前曾想買的這棟房子。他原本想在芝加哥擁有自己的一片天。

耶爾說：「停一下。」

「怎麼了？」

耶爾面對房子，閉上雙眼，一手放在艾許捲起的袖口。他想沉湎未來，五秒鐘就好，憧憬著若非造化弄人，他能擁有的將來。在這片未來的天地中，他一定和查理分手，查理會搬去鬧區買公寓自住，藥嗑得昏天暗地，耶爾會買下這棟房屋，有艾許常相左右。耶爾很篤定。艾許會在後院點燃烤肉爐，菲歐娜和尼可和泰倫斯就快一起過來吃晚餐了。朱利安剛排演完，在門廊上喝酒殺時間。

艾許說：「你還好吧？」

耶爾睜眼點點頭。

艾許和耶爾一同往東走，來到貝爾芒港南邊，然後循步道穿越公園。

他們聊起里察。今年夏天，里察即將在洛普區的藝廊舉辦個人攝影展。「里察居然有辦展的神通，誰想得到呢？」艾許說。「我還以為，他搞攝影是想藉口認識男模。」

他們聊起艾許會搬去紐約那一區（切爾西），什麼時候搬家（兩星期後），多久回來芝加哥一次（偶爾會，以公事為重）。

他們聊起耶爾的肋骨傷勢，咒罵壓斷肋骨的那瓶可惡的止瀉藥，耶爾說他不在乎，時光倒流他也願意再上場抗爭。

耶爾告訴他，尼可姑婆的遺贈藝術品即將展出了，主任比爾獨漏最重要的畫家，她終生愛慕的諾瓦克面世無望了。「整個畫展的重頭戲是他，」耶爾說，「他是所有淵源的癥結點。」

艾許請他另找他人簽署醫療授權書。「最好找一個能儘快趕到醫院的人。我搬去紐約以後，再也沒辦法為你做出決定。你應該去找菲歐娜商量看看。文件由我來起草。」

耶爾大可反駁說，從麥迪遜市開車來芝加哥，不會比從紐約搭機趕來更快。耶爾也可以說，他不忍心再叫菲歐娜扛重擔。但是，艾許說得對。耶爾能信任的人一個也不剩了，沒人能比菲歐娜更能贏得他的信任。

「等你病發，她大學也畢業了。你不會那麼早死。」

耶爾說：「你知道嗎，以前，我常擔心雷根會按鈕發射核子彈。也常擔心小行星撞地球等等的。後來，我想通了。如果你能活在地球史上任何一個時代，隨便你選，你不會選世界末日嗎？活在最後一個時代，什麼好戲都不會錯過。如果你死在一九二〇年，你沒福氣欣賞搖滾樂。如果死在一六〇〇年，你會錯過莫札特。對不對？壞事嘛，也會累積一大堆，不過，沒人想在故事結尾之前死掉。

「我以前也常相信，我們是最後一代。那時候，每次我一想到這裡，如果我怕死，我怕的是我們一塊死，全地球都滅亡。而現在呢，倒楣的只有一個，就是耶爾。錯過好戲的唯獨耶爾。甚至連世界末日也稱不上——好吧，希望世界能再延續十億年吧？正正常常的十億年。」

艾許不回應，但他左手牽起耶爾右手，十指緊扣，並肩散著步，耶爾的心臟宛若彈珠，在受傷的肋骨腔橫衝直撞。

假使耶爾的身體目前能從事性行為，假使艾許剛才未提腳傷和止痛藥殘留的暈眩感，耶爾還可能抱一線希望——這一路走下去，今天下午能上某人的床。露水情。無奈，手牽手的舉動不含任何目的。只是一種認知，是淺嚐一口剛才在布萊爾街上那份美夢。到頭來，友誼和愛情有什麼天大的差別嗎？性愛的可能性被排除在外的話，重要的是在時間點——能在此時此刻置身對方的世界裡，為對方在自己的世界騰出一個位子。

「看看這一對在搞什麼鳥事！」

背後不遠處傳來男人喊話聲。耶爾還來不及反應，艾許握緊耶爾的手。

「喂，路易絲！看看這一對在搞什麼鳥事！」

「別轉頭。」艾許小聲說。

耶爾以為艾許會鬆手，但他當然沒有。艾許甚至不加快步伐。

女人從更遠的後方說，「博特，你別惡搞啦。」

「愛搞鳥的人又不是我！欸，兩位小妞！有空嗎？我有幾個問題想請教你們！」

「博特！」

「聽著，小妞。等一等嘛。」

這時候，後方的聲音愈來愈遠，或許博特被路易絲制止了。

遠遠傳來：「看看這一對在搞什麼鳥事！」

前往聖約瑟的路上，艾許和耶爾不再多說什麼。

耶爾向艾許承諾，自己會叫計程車回去，但後來他食言。他一路走去搭捷運。他想接近其他乘客，想被緊緊包圍。他想從上俯瞰市區，想近距離經過民房窗戶，近到看得見餐桌，看得見吵架。人間是個可怕、美麗的地方。如果他來日不長，他可以隨心所欲發揮，他在世最想做的事，除了追求艾許之外，就是把諾拉的畫展辦好，還給諾瓦克一個公道，讓他那幾幅不盡完美的繪畫素描公諸於世。

能找誰求助呢？他思索著。可以找夏普夫婦，但他們對他仁至義盡了，他不便再難為他們。西北大學方面，他幾乎一個也不認識了。他絕對不考慮再把希思莉扯進這灘渾水。在捷運列車上，對面有個十幾歲的女孩站著，耳朵上勾著一整排銀環，令耶爾聯想起葛洛莉亞。葛洛莉亞現在轉戰《論壇報》。可以找葛洛莉亞幫忙。怎麼幫，他沒概念，但葛洛莉亞一定想得出辦法。

耶爾在下一站下車。在目前這一站，有個男人跛足進車廂，狀似可能一頭栽向耶爾大腿，但他打開一個帆布袋。「有襪子賣。」他口齒不清，對著耶爾和鄰座女乘客開口。「一元一雙。兩元三雙。不分尺寸都能穿。」他取出一個夾鏈袋，裡面裝著一雙乾淨的運動襪，上緣印有黃色條紋，看起來出奇厚而舒適。「你襪子有破洞嗎？」他對耶爾說。「這雙能讓你舒服。好襪子，你感覺好舒服。一元，好舒服。」

耶爾找出一美元，遞給他，無牙的他淺笑著，把新襪子交給耶爾。快進站了，耶爾站起來，捏一捏夾鏈袋。

感覺像芝加哥送的好禮。柔柔軟軟，壓在他和地球之間。

二〇二五年

克萊兒約在蒙馬特丘的方院花園見面。菲歐娜和希思莉搭計程車前往，市區交通紊亂，因爲大家都想出門，路況仍未恢復正常。這段路程漫長艱辛。菲歐娜心想，新聞車是否仍妨礙通行，心有餘悸的民眾開車是否不夠專心？

西特斯[53]方院花園並非正方形，而是橢圓形的一條步道迂迴灌木叢中，邊緣有籬笆和矮磚牆。也有綠色長椅。要不是有鳥屎，夏日捧書坐下，想必是心曠神怡。

這天出太陽但氣溫偏低，菲歐娜一面擔心克萊兒會不會爽約，進一步又擔心孫女尼可蕾會不會太冷。希思莉看錶。她說：「我們兩個坐在一起，等寶寶出生，場合應該是在醫院才對。遲來總比沒有好！」

她和菲歐娜走完花園一整圈，經過小小的遊戲場，在一旁的壁畫前駐足。這幅壁畫亮麗，整體藍底白字揣摩黑板的模樣，穿插著小塊小塊的紅色。「一定全是『我愛你』。」希思莉說。其中一句是西班牙文Te amo，另外畫一隻手比著「愛」的手語，多數是菲歐娜看不懂的語言，有泰文，有盲人點字，有希臘文，也有看似北美原住民契羅基（Cherokee）語。黑板上方另有一幅身穿晚禮服的仕女圖，說著法文：情愛本無規則……我們愛了再說！

在橋上尋女那時和現在，菲歐娜有同一份感受：巴黎或比巴黎更調皮的精靈，正在對她正面傳遞訊

53 西特斯（Jehan Rictus, 1867-1933），法國詩人。

息。其實不然，巴黎只是一座能正視愛的城市，懂得愛的紊亂無常。她想著，假如芝加哥也到處見得到這類壁畫，芝加哥會有什麼轉變？如果克拉克街橋勾滿五顏六色的鎖呢？

希思莉握她手臂一下，要她轉頭看步道：一位金髮小女孩坐在小嬰兒車上，伸著雙腳晃呀晃，背後是克萊兒，含糊微笑著。尼可蕾跳下嬰兒車，衝過她們面前，直奔遊戲場，粉紅外套敞開，雨靴一直想脫落。

菲歐娜和克萊兒擁抱得不自然，克萊兒和希思莉握手的態度更不自然。菲歐娜百忙之中到現在才想到，這兩人彼此不認識。把老貓羅斯寇託付給希思莉後，她曾抱著克萊兒去看過貓幾次，去和希思莉敘舊，但不久之後漸漸疏遠了。在病房照顧耶爾期間，菲歐娜和希思莉被湊在一起，培養出的友誼也不見得有續航力；創傷未必是最有效的黏膠。

菲歐娜轉頭看著尼可蕾手忙腳亂上階梯，越過小橋，走向大小恰好適合她、只給她一人玩的溜滑梯。和相片比較起來，眞人和尼可的相似度略減，反而比較神似菲歐娜。

克萊兒呼喚她，她從溜滑梯盡頭跑回來，臉埋進媽媽大腿之間。「可以說聲嗨嗎？可以對菲歐娜和希思莉說嗨嗎？」

直呼名字太怪異了，但是，假如一切順利，或許兩老能個別發明代號，例如祖祖、娜娜、咪咪，甚至可以教她喊法文「咪梅」（Mémère，回憶）。她從小排斥菲菲，但講法文的孫女喊菲菲，也許很適合。她想抱抱尼可蕾，想摸一摸柔嫩的小臉頰，但她不願嚇跑小女孩，也不願嚇到克萊兒。

克萊兒給她們一個手提袋，裡面有尼可蕾的點心和果汁、換穿的衣物、兩本圖畫書。她告訴她們，過一個半小時，柯特會來接小孩。「有緊急狀況，妳們可以來店裡找我。」克萊兒的酒吧離這裡只有兩條街。

「訓練過大小便嗎？」希思莉問，彷彿突然記起數十年前的臺詞。

「當然。她不會急著上廁所的。她是隻駱駝。」

克萊兒再交代兩件事，匆匆抱尼可蕾一下，然後離去。尼可蕾興味盎然看著兩位祖母，似乎一點也不害怕。這孩子一定被保姆帶慣了。

菲歐娜在遊戲場旁的長椅坐下，打開包包，讓尼可蕾看裡面的餅乾和吸吸杯裝的果汁。《貝貝生活繪本》(*Penelope*) 其中一冊的封面是小老鼠在學校玩顏色遊戲，另一冊是小老鼠學習季節。但是，尼可蕾目前只玩溜滑梯就知足了，在她們拍手時衝過來，然後掉頭再玩一遍。待會兒再叫她過來，看她願不願意坐在她們大腿上，對她們講英語或法語。

希思莉說：「她實在太美了。」

菲歐娜聽了彎腰大哭起來。在這時間點大哭雖然荒謬，卻也有點合理。因為鐵面希思莉首度流露眞情。菲歐娜的淚腺因此宛如接受眞情的邀請。她能意識到，希思莉以關懷的眼光凝視她，抬頭一看，發現尼可蕾不再團團轉，現在站到她面前，小眉毛緊蹙。

「妳是不是摔一跤了?」她講的美語標準，咬字清晰，菲歐娜只能哭得更嚎啕。

「她沒事啦，親愛的。」希思莉說。「她只是為了什麼事在傷心。」

「她傷心什麼?」

問得好。她勉為其難回答，「我為了這世界傷心。」

尼可蕾四下看，彷彿這座公園哪裡不對勁。

她說：「我朋友有個小地球!」

希思莉說：「別擔心了，蜜糖。菲歐娜還好。」尼可蕾聽了能信服，所以再跑去玩，學貓喵喵叫著。

希思莉一手放在菲歐娜背上。

菲歐娜說：「我趕走他母親。」

這件事，那天在里察工作室的她不願對朱利安脫口而出。當她得知克萊兒瞞著她陣痛生小孩時，她不願讓自己想這件事。自從克萊兒失聯之後，甚至失聯之前，這件事總在每個想法底層隱隱蠢動。這件事她只對心理醫師伊蓮娜提過一次，即使提起也東刪西改，輕描淡寫，醫師幾乎漏聽。

「我不懂。」希思莉說。

「耶爾的母親。」

「喔。耶爾？妳怎麼了？」

「被我趕走——在最後那階段。那天我去照顧他，妳非去加州一趟不可。」

「是的。菲歐娜，妳不能——」

「聽著。妳非去加州不可，錯不在妳，而我懷著克萊兒。」

「我知道。」

「妳不知道。那時候，我簽了醫療意願書。那時是他——他的肺出了好多毛病的那陣子。」

「他好苦。」希思莉說，語氣與其說是回首當年，倒不如說是證實菲歐娜的回憶無誤。「我記得，他幾乎無法一口氣連講兩個字。字也寫得不知所云。我看了好心疼。他的筆跡本來好娟秀，字條寫得——我不能——」

「有些日子，他的狀況比較好。」菲歐娜原本不忍心打斷她，但她正在話頭上，再不說出口，今後恐難再啓齒。「到最後那階段，也許是妳去加州那幾天吧，感覺像治療突然有效了，肺病好了不少，他能講話，眞的又可以講話了。可是，他的腎臟接著出毛病，都怪醫生開給他太多藥了，體內的液體不停累積——我甚至不記得了。後來是心臟。他溺死了。我告訴醫生，醫生說，沒那回事，不過我親眼看見了。他溺死了。」

希思莉說：「妳照顧得很完善。我無法想像妳吃了多少苦，但妳不讓他裝呼吸器是正確的抉擇。那是他的心願。」

尼可蕾玩厭了溜滑梯，改在地上玩落葉，把枯葉子小心堆積成一座小山。菲歐娜儘量深呼吸一大口氣，想再接再厲。「我數過，他病重的階段有整整兩年。」菲歐娜說。耶爾首次罹患肺炎是在一九九〇年春，是在爲醫療權抗爭之後，可惡的肋骨傷併發肺炎。後來肺炎好轉了，可惜沒有完全康復。他本身有氣喘，肺炎讓他身體更加虛弱，所以大病小病接踵而至，後來他自我調侃說，這身體像個夜總會，專門招引愛投機取巧的感染症，並且開玩笑說，最後幾個T細胞可以用小熊隊員的名字來命名。「然後到最後——唉。」她雙手放膝蓋上，手臂僵直。「他死前四天，他的母親出現在醫院。」

希思莉的臉皮僵了。

「我知道她是誰，因爲她演過止痛藥廣告，每次廣告一出現，我會瞪著她臉看，想猜透這女人的心。我猜他爸——妳記得吧，他爸爸來看他兩三次，每次都只站在那裡，動作好僵硬。」

「我不記得了。」

「算了，他的確來過。耶爾以爲爸媽彼此沒聯絡，不過看樣子，他可能查到聯絡方式，通知前妻，所以她才來醫院。她穿一件黃黃的夏日洋裝，看起來好緊張。那時候是晚上。耶爾睡著了。」

他母親那副表情像極了耶爾焦慮的神態。每次耶爾焦慮，菲歐娜總聯想起小白兔。見母子相似之處，愛耶爾的菲歐娜也可能愛她，但菲歐娜反而加倍憎恨她。耶爾那副表情令她心儀不已，偏偏那表情來自於拋棄他的母親。

「結果妳趕她走。」

菲歐娜哭出一聲，引起落葉堆中的尼可蕾看一眼，金髮在日曬下透光。

「那時，我還沒當媽媽，還沒生。我——我只考慮到，他見了母親反而不高興。可是，我也被佔有慾衝昏理智了，我現在才知道。他是**我的**，這女人竟敢來搶。我沒考慮到她身爲媽媽的心境，也沒考慮到她鼓起多大的勇氣才踏進醫院。我怕耶爾會被氣死。我想到她可能胡亂對醫生發號施令，怕她像我父母親對待尼可那樣亂來。我也恨透了自己的母親。所以我陪他母親走到電梯口，幫她按電梯，告訴她說，耶爾明確指示不想見她。」

「是眞的嗎？」

「對，眞的是。是的。那是他對我交代的事項之一。不過，他醒來以後，我本來可以告訴他的。我是打算告訴他的。我一直想告訴他。」

實情是，不久後，陣痛來了。分娩過程出了大差錯，她接受剖腹生產，然後掛點滴，在藥物和疼痛交互作用下，無法下病床。耶爾的病房在她正下方，她卻無法從走廊走到電梯。當時希思莉仍未回芝加哥，艾許遠在紐約，沒有人能守在他病榻邊。她考慮打電話找個略有交情的朋友，請他們去看他一下，但他和護士比較接近，幫他隨便找個老鄰居他也不要。何況，護士是識途老馬，曾在無數孤苦伶仃的男病患臨終時握住他們的手。除此之外，菲歐娜只希望儘早康復，趕快下去三樓再照料他。

然而就在這一刻，耶爾陷入重度昏迷，菲歐娜只能透過電話為他進行醫療決策，產房護士在一旁憂心忡忡看著。儘管她知道耶爾聽不見，她仍一次又一次叫戴米恩下樓傳話給他。戴米恩回來，她會叫他描述耶爾的情況。「他身上插了好多管子。」戴米恩說。「他臉色不對勁。菲歐娜，我呃，我好累。妳要的話，我可以再下樓，不過每次我一進去就差點暈倒。」耶爾的老友葛洛莉亞和她女友也輪班，但只有下午能來。尼可死的時候，有太多人想進病房，想搶位子，想爭取擔任看護、牽手者、主祭者的角色。如今，一個人也沒有。耶爾陪尼可走完最後一程，也陪過泰倫斯，甚至陪過可恨的查理，如今朋友一個也不剩，所剩無幾，她的心好痛。

克萊兒出娘胎三十六小時了，菲歐娜哺乳不成。她原本有心理準備，以為能自然分娩，以為會有撕裂痛，結果現在想動上身，就痛得哇哇叫，想稍微自行坐起來就痛徹心扉，令她不敢相信。她痛昏頭，倒回床上，眼前一片黑。拉梅茲妊娠呼吸法的老師以五分鐘講解手術生產，卻隻字未提多痛苦，痛到不良於行。在護士攙扶下，菲歐娜能上廁所，差點暈倒。她請護士讓她坐輪椅，推她下樓去愛滋病房，第一個護士說她要先請示醫師，一去不回。第二個護士說，等明早再去看。菲歐娜是可以再極力爭取，奈何她實在太痛了，而且止痛藥迷得她眼皮睜不開，明早情況會比較輕鬆些。

那一晚，克萊兒整夜留在嬰兒房，菲歐娜睡到很晚才醒，醒來見到程醫師的臉。他從樓下過來找她。她定睛看清楚程醫師的表情後，聲嘶力竭大叫，音量高亢到產科以外的病房，所有人也將聞聲必至。

今天凌晨走的，程醫師說。有護士長黛比陪他。

有黛比也不夠。

假如菲歐娜沒趕走他母親，他也許能在霧茫茫的意識中聽見母親的聲音，或許心田最底層的小耶爾能獲得撫慰。

在公園裡，尼可蕾走向長椅，自己打開一小包餅乾。希思莉拍拍長椅，她爬上來坐，兩腳盪來盪去。

菲歐娜觸摸她的金色捲髮。柔順到難以想像。

她說：「那是我此生最大的錯，希思莉。我覺得，我得到報應了。我先是拒絕跟母親來往，然後又趕走耶爾的母親，現在，兩個錯像回力鏢全飛回來了，正中我的臉。」

尼可蕾說：「妳們住在美國嗎？」

菲歐娜用袖子揩拭淚水。「對。我是妳媽咪的媽咪，希思莉是妳爹地的媽咪，妳知道嗎？」

尼可蕾一會兒看她，一會兒看希思莉，彷彿被人開了一個大玩笑，彷彿聽見一個是復活節小白兔，另一個是牙仙。

「妳媽咪是從我肚子出來的，妳爹地是從希思莉肚子出來的。」

「證明給我看。」尼可蕾說。菲歐娜掀開毛衣，指著一道顏色偏淡的疤痕。

「就在這裡。」她說。尼可蕾點點頭。

「可是，不痛嗎？」尼可蕾問。

「一點也不痛。」

尼可蕾嚼著餅乾，希思莉對菲歐娜說：「有沒有幫助，我不知道，不過我小時候，每次做錯事很自責，母親會說：『妳怎麼補救呢？做什麼事，心裡會舒服一點呢？』有羅傑斯先生[54]的味道，我知道，不過每次我難過，總能讓我覺得踏實點。」

「我可以搬來巴黎。」菲歐娜說。玩笑話一句，但話一脫口而出，她自己聽見後才發現不是玩笑。

尼可蕾想看她的書了。希思莉抱她坐上大腿，讀貝貝的故事給她聽，讓她聽一聽貝貝和動物朋友玩一箱子彩衣的故事。

54　羅傑斯先生（Mr. Rogers），公視兒童教育節目。

一九九一年

菲歐娜在布瑞格藝廊正門裡面等他們。她說：「家人煩死我了，救命啊！」

「妳先幫我們。」希思莉說。門口有輪椅斜坡，但門有一道橡皮條，卡住耶爾的輪椅，希思莉只好讓輪椅退後，請菲歐娜抓住扶手往前拉，耶爾握緊，儘量向後靠，以免放下輪椅時往前栽。落地時，他的脊椎被氧氣筒敲到，痛了一下。還好，總算進門了。菲歐娜幫他脫掉外套。

希思莉說：「我們只有一小時。」

「其實我的氧氣能用兩小時。」耶爾說。「她的估計比較保守。」

「她沒講錯啊！」菲歐娜說。「回醫院的路上如果塞車呢？我不敢相信護士肯放你走。」

「讓我聲明一下。」耶爾說。她們推著輪椅，走在前往藝廊的走廊上，耶爾繼續說，「萬一妳們進法庭被質疑，要知道兩件事：護士不准我出來，程醫師也絕對沒有幫我們偷氧氣筒或輪椅。」

「當然。」

「他要我跟妳打招呼。」

藝廊已經客滿。耶爾的服裝相形見絀——在場所有男士都打領帶，他卻只穿一件以前合身、現在鬆垮如帳篷的舊毛衣。幸好大家來參觀的不是他的衣服。

《視覺藝術新聞》季刊（*ARTnews*）記者華納．貝茲來了，對他揮手，同時指著他給旁人看。去年秋天，葛洛莉亞在《論壇報》最早那篇特寫見報後幾天，華納曾專訪他，當時也帶攝影記者同行，拍下耶爾和菲歐娜在沙發上談笑的模樣。自己的角色成了焦點，耶爾覺得害臊。葛洛莉亞的報導以整批作品爲主軸，標題是「歷經七十載，畫家終於領到獎」。葛洛莉亞訪問到比爾．林吉主任，取得不少精彩的說法。比爾有所不知，葛洛莉亞採訪的重點是諾瓦克。葛洛莉亞的報導並非不實，因爲她並未直言諾瓦克也將展出，但她在諾瓦克的作品著墨甚多，也詳述他的生死，給讀者的印象確實是諾瓦克不會缺席。文章裡引述耶爾：「她希望還給他一個公道。她希望他的作品能和莫迪里亞尼並陳。」單獨這篇報導或許未能迫使比爾屈服，但隨後在藝術媒體接連衍生五六篇報導，比爾才認輸。一轉眼，諾瓦克的大名在藝廊本身的文宣裡隨處可見。

在畫展上，耶爾瞥見比爾站在他前方幾碼外，比爾留意到他，滿臉惶恐不安，急忙轉向剛道別的一位女士，問她一句話，然後趕緊帶她往另一方向離開。比爾沒有病容。希思莉告訴過他了。希思莉每幾個月向耶爾報告一次比爾的近況，語氣幾近遺憾，好像耶爾巴不得比爾染病似的。

坐輪椅有個麻煩：耶爾被來賓擋住，至今一幅畫也沒看見。他認得出珍妮．赫布特尼臥房畫的一小角。

很久以前，他曾想像推著諾拉的輪椅進畫展，想像輪椅上的她坐在來賓前面。

夏普夫婦也在場，正穿越人群走向他。艾斯美彎腰抱他，纖瘦的手臂抱得彆扭。艾斯美和艾倫是大聖人，不斷打電話關心他需不需要什麼。耶爾第一次入院長住，艾斯美捧來一疊小說送他。他和艾斯美絕不可能成爲至交，絕不會共進早午餐大談八卦，但夫婦倆自願在他下方編織一層安全網。

「要不要我推你到處參觀？」艾斯美說。

有個男人想對菲歐娜詳細說明他怎麼認識諾拉的丈夫，佔著菲歐娜不放，希思莉和夏普夫婦負責幫耶爾推輪椅走動，不時請人讓路。

畫展場地是一座小迷宮，畫家大致依字母順序排列，希思莉建議從尾逛到頭。每一組作品有詳盡的文字介紹。裱框的書信和字條圍繞藤田嗣治的介紹文。在雪白的藝廊牆上，有一幅他描繪身穿綠洋裝諾拉的鋼筆畫。

耶爾初見這批作品幾年後，這些畫漸漸蒙上一縷名畫的光暈。見過的東西才重要，在腦子裡已佔一席之地。猶如街角巧遇睽違多年的老友。猶如失而復得的高中歷史課本。在久遠的熟悉感烘托下份外神聖。

艾斯美推他經過一群人，菲歐娜的父母在其中，不曾瞥他一眼。黛博拉倒是正眼看他，但一臉茫然，耶爾懷疑她會不會沒認出是他。她的外形也變得較豐潤，亮麗了一些。根據菲歐娜的說法，她正和綠灣一名銀行人員交往中。耶爾曾暗中祝福她的人生豪放不羈，天天有奇遇，顯然她沒如他所願，但有總比沒有好。

《視覺藝術新聞》的華納・貝茲忽然擋住他視線，介紹他給一對老夫妻認識，兩人看著耶爾，不掩驚恐的神態。耶爾沒有主動伸手給他們握，他才不會。華納說：「辦得好成功啊，耶爾！你應該非常欣慰吧！」

「的確。我不敢相信畫展終於辦成了。」

「這全是你的功勞，你知道的。」華納轉向老夫婦。「他是這畫展的最大功臣。」

輪椅從藝廊尾走到最前頭，終於看見諾瓦克了。兩幅油畫，三幅乳牛素描。菲歐娜剛回來了，這時握一握他的手，艾斯美說：「哇，展出了。」

耶爾但願諾瓦克的作品更有看頭，但畫框製作精美，也附上諾瓦克生平解說牌，能適切轉移焦點，來賓見乳牛素描平凡無奇也不至於興嘆。諾瓦克把諾拉畫成悲哀的小女孩，經修復後，整幅畫明亮不少，藍洋裝的色調也比耶爾印象中來得嬌嫩。

最後，身穿菱紋背心的諾瓦克。自從得知主角是諾瓦克後，自從諾拉揭穿代筆的內幕後，耶爾不曾再看見這一幅。標題是《自畫像》；耶爾至少已傳達這份訊息。乍看之下，的確像出自同一畫家之手，至少對耶爾而言如此，但是，現在他再仔細看，也許線條是有那麼一點點遲疑，執筆者迫切想畫得正確。這一幅經修復後，色澤也鮮活起來。他現在才發現，這批畫原本受損的程度必定很高。在諾瓦克的一頭捲髮中，耶爾留意到一點銀光。他自己把輪椅推向前，更模糊，只好自己再後退。

沒發瘋。頭髮裡的確畫了一枚迴紋針。不是一眼就能注意到的細節，但定睛再看，沒錯，另外還有一枚，比較接近他的眉毛。迴紋針的形狀明顯，諾拉也在每一迴紋針上加畫一個亮點。是她自己的主意嗎？或者是諾瓦克？他擺姿勢的那天，眞的再度戴上迴紋針皇冠嗎？或者是在諾瓦克去世後，她才添加幾筆？多奇怪，多麼震驚難解：迴紋針。

他想大笑，想對全藝廊呼喊這項發現，想解釋——但他只能向菲歐娜傾吐。對艾斯美，他只說，「那一幅是我的最愛。」

耶爾旁邊站著一男人對妻子說：「聽說老婦人遺囑裡規定，每一幅畫都要展出。」掛在牆上的這幅算是愛情工藝。呃——是一份絕望、註定沒結果、自私、荒謬的愛。但話說回來，天下可曾存在另一種愛呢？

時間已過一小時又五分鐘，希思莉衝出去發動車子。艾斯美倒退推著耶爾從出口離開，讓他有看藝廊最後一眼的機會。華服光鮮的人們，畫作的邊緣和角落。

艾斯美說：「糟啦，下雪了！」

地面積雪達半吋，希思莉走向車子時留下柔柔的足跡。

耶爾和菲歐娜擁別，叫她仔細看諾瓦克自畫像。他對艾倫．夏普說：「如果她爸媽走向她，你趕快假裝什麼病發作。」

艾倫跑向他前方，用西裝鞋爲輪椅清道。

艾倫和艾斯美合力抬輪椅進副駕駛座，把氧氣筒放進他雙腿間。希思莉說：「超過十五分了。耶爾，我不喜歡。」

天色已暗。希思莉駛上薛爾頓路，車速太快，照亮掠過車外的雪花。「慢一點，」他說，「出車禍得不償失。」

「出車禍的話，」她說，「反正我們順路，有救護車載更快到。」

「我們不會有事的。」耶爾說。「這一趟很值得。」

「是嗎？你高興嗎？」她查看他表情。「我喜歡諾瓦克的東西。我眞的喜歡。」

「諾拉很愛他。」耶爾說。他本想告訴希思莉，完全不喜歡諾瓦克作品也無所謂。「就算她不該愛也一樣。我認爲原因是，人無法忘懷第一眼看上對方的初衷。」

「我們永遠沒辦法忘懷初衷。」希思莉說。「嗯，即使是身爲父母的人——寶寶永遠不可能不是自己的寶寶，你知道嗎？」

「有道理吧。」隨著病情加重，耶爾一回憶好友，愈來愈常想到他們最初的優點，例如查理，絕對如此，至於其他在世或離世的人也一樣：不會惦記對他們的失望，而是緬懷他們最初的表徵，謹記他們的每一份潛能。

「妳車子的電子鐘好像走太快了。」耶爾說。這時候，車子在湖濱大道上南下。七點四十九。剩十一分鐘。但如果氧氣眞的用罄，他可以再撐幾分鐘沒問題。路上每位駕駛都謹愼開車，希思莉沒機會超前。

「那電子鐘慢了。」她說。「而你連錶也沒戴。」

他閉上眼睛，把椅背放低幾吋。

電子鐘顯示七點五十六分，車子才在共濟會醫院外面停靠。

程醫師冒雪站在人行道上，穿著白袍凍得半死，捧著全滿的氧氣筒。

二〇一五年

十一月二十三日星期一，里察．坎普攝影展《層與層》（Strata）終於在龐畢度中心舉辦預展，比表定日期順延一週。正式開幕訂在週三，也順延一週。高掛門面的大布幕仍寫著原訂日期，布幕下方是年輕許多歲的里察手握一臺柯達Brownie遮眼，「坎普」大名橫貫整面布幕。

克萊兒順菲歐娜心意，決定出席預展。菲歐娜一廂情願認定，克萊兒答應前來是為了她，暗示願意重修母女情，願意和好相處，但反過來說，克萊兒從小認識里察，目前仍以藝術工作者自居，或仍有心投入藝術工作。更何況，克萊兒今天有個保姆。希思莉堅稱她寧可帶小孩，也不願踩著高跟鞋吞吞吐吐講法文。

緊張的菲歐娜提前四十分鐘到場。午餐後，她儘早從里察家出門，不願在他準備期間礙事。她先在一家咖啡館打發時光，然後進龐畢度紀念品店閒逛。她和克萊兒相約在這裡見面。她瀏覽著色彩鮮豔的矽膠抹刀、笨重的項鍊、藝術書籍。她想選購禮物送尼可蕾。

正在細看一只條紋水壺時，她發覺肩膀上多了一個下巴。朱利安。這舉動睽違三十年了，不變的是朱利安的鬍碴，突襲依偎法也是老把戲。

她旋身擁抱他。她說：「不得了，是你啊。」

他說：「妳容光煥發喔！」隨即沉聲：「聽賽吉說，妳來巴黎有床可上。可是啊，哇。」

菲歐娜拿水壺打他，說：「緊張到火大才對。」

週末她在巴黎物色出租公寓，希望找間能租一個月、兩三個月的地方。她能輕易轉租掉芝加哥的家。

昨天她和希思莉一起吃早餐。她對希思莉說：「我們兩個都搬來這裡，好不好？當室友？如果我們——呃，巴黎的祖母與外婆，響亮吧？聽起來像電影喔！我們可以，眞的可以。遊學只准年輕人玩，未免太浪費了吧？」

「不行。」希思莉當時說，果決地搖頭。「妳眞的在考慮嗎？」

「呃，對，住到她願意回國再說。或者一直住到——不知道啦。不過，聽我說，我們年輕時，不是常不顧一切奔向未來嗎？至少我是。不曉得幾歲時才收斂。」

「妳不是養了一條狗嗎？」

「也有一份工作。我嘛——辦法想就有。」

「妳確定她歡迎妳嗎？」

「不確定。」

她解釋，昨晚睡不著，腦袋孳生眾多半生不熟的想法。她說她可以幫里察工作——里察不是說他缺助理嗎？她也可以幫忙帶小孩，在財務上接濟克萊兒，把克萊兒的家搬去治安比較好的住宅區。既然里察想找助理，可以找克萊兒啊！

她沒向希思莉解釋其他想法：遷居巴黎可以讓人生歸零，是她早該採取的行動。她這輩子幾乎從未離開過芝加哥。去麥迪遜的車程才一個半小時，不算外地，何況她大學時也常回芝加哥，被芝加哥牢牢綁住。尼可過世三十年，總該放手了。杰克能粗心把皮夾掉在酒吧，知道皮夾總有跨海回到身邊的一天，她爲何不能輕易把命運拋向國外？

希思莉聽了嘆氣，笑一笑，叉子輕敲餐盤邊緣。「那，我可以來看妳。」她說。

昨夜，她發一則冗長的電郵給克萊兒，陳述想法。電郵開頭寫：「妳別回信。我們明天可以談一談。」

因此，如今在龐畢度中心，除了出席預展本身就有的社交焦慮之外，除了對里察拍攝的八〇年代影片的期待之外，她站在紀念品店裡，等著被獨生女斷然拒絕的一刻到來。

朱利安說：「這枕頭我非買不可！印的是誰的作品來著？康丁斯基[55]嗎？」

菲歐娜來不及看他所指何物，因爲克萊兒來了，身穿黑色棉質洋裝和黑靴，頭髮是舒緩的浪捲，神態似乎比在酒吧那天和公園那天來得鬆懈。也許克萊兒覺得這次比較不受侵犯，也許克萊兒只是比較習慣和母親見面。無論如何，克萊兒調整包包的位置，給菲歐娜倉促一抱，目光掃視家用器皿區，彷彿預期其他事情將發生似的。

菲歐娜說：「我想介紹朱利安．艾姆斯給妳認識。」

克萊兒點頭一下，和他握手。

「朱利安是妳舅舅尼可的朋友。」她說。

尼可從沒當過「舅舅」，這稱呼多詭異。然而，在克萊兒的童年期，她不斷試著用這稱謂：這是妳舅舅尼可的畫圖桌。妳舅舅尼可也討厭吃蛋黃。如今，菲歐娜猜，尼可升級舅公了。老天啊：舅公尼可。哪來的傢伙啊？戴雙焦眼鏡的老頭子。

朱利安說：「妳媽媽以前很照顧我們一整群朋友。」

菲歐娜見克萊兒的肩膀向後縮。

「我知道。」她說。「聖菲歐娜，男孩城的守護神。」

朱利安瞥菲歐娜一眼。菲歐娜忽然想知道，邪教會不會把克萊兒洗腦成同志圈仇視者，會不會教她把愛滋病視爲對同志的天譴？她無法想像克萊兒那麼傻，但話說回來，克萊兒無異於陌生人，誰說得準呢？

克萊兒看到一組美耐皿餐盤，拿起其中一個，上面印著馬格利特[56]的作品「非菸斗」，以春綠爲底色。克萊兒拿起來，邊看邊轉一轉。

朱利安說：「幾年來，我到處傳頌妳媽媽的事蹟。她以爲我老早就死翹翹了，而我卻一直活得好好的，把她捧成保羅・班揚[57]。而且長久以來，我根本不知道她後來又做了好多善事。我離開芝加哥，她繼續做好事。」

克萊兒對朱利安冷笑說：「哼，害她做不下去的人是我。」

菲歐娜一時聽不懂她的意思。

克萊兒說：「我出生在她朋友死的同一天。你知道嗎？」

菲歐娜不必低聲卻壓低嗓門說：「她指的是耶爾。」隨即恢復音量：「妳錯了。妳在前一天出生。克萊兒，聽著，妳有沒有告訴柯特我說那天是我一生最慘的一天？因爲我從來沒有——」

「每提那句話就傷透我的心。」克萊兒說。她只對朱利安講話，不把菲歐娜看在眼裡。該稱讚朱利安一句：置身家庭紛爭中，他似乎不亂分寸。也許他知道自己的角色是空氣，或忠臣，或必要的陪襯品。克萊兒繼續說，「我小時候，總覺得，心裡有點覺得，但願我能在他死後才出生就好了，這樣一來，她會相信我是他投胎變的，甚至期待連我也跟著信。要是我能在同一秒出生該有多好。」

雖然克萊兒不看她，只看朱利安和菸斗餐盤，菲歐娜仍說，「沒什麼好比的，女兒。」

「哈！」克萊兒音量過大，幸好沒有旁人聽見。「笑破肚皮了。」

或許這樣也好。克萊兒非吐出最傷人的話不可，不能再深藏在心底。儘管如此，菲歐娜只想大哭一場，但哭也於事無補，於是她強忍淚水。朱利安上前一步，一手放在菲歐娜背上。

---

55 康丁斯基（Kandinsky, 1866-1944），俄國表現主義畫家。

56 馬格利特（René Magritte, 1898-1967），比利時超現實主義畫家。

57 保羅・班揚（Paul Bunyan），美國神話中的巨人樵夫。

克萊兒放下餐盤，拿起另一個，這個印著大禮帽，背景是晴空藍，帽子上寫著法語：外用。

朱利安說：「我知道她盡過最大努力了。」

「我現在也儘可能努力。」菲歐娜說。「妳現在自己也當媽媽了，難道不——」

克萊兒打斷她。「她想搬來巴黎住的原因只有一個，就是巴黎陷入大災難了。她想俯衝進來，接近風暴點。」

朱利安一臉茫然。

菲歐娜說：「我想接近的是我女兒和我孫女。我也許是個憂鬱的爛母親，現在我想做個稱職的外婆，以彌補過去，不求回報。」

克萊兒翻盤子看底部，彷彿在看標價。深思而無奈的沉默。

「在紀念品店，妳們可能談不出結果。」朱利安說。

克萊兒說：「妳想住哪裡，我沒辦法控制。妳想搬來巴黎就搬吧。」

現階段而言，這樣的答覆夠好了，菲歐娜能接受。

「我方便插個嘴嗎？」朱利安說。「可以邊搭電扶梯邊講嗎？差不多要去搭電扶梯了。」克萊兒一愣，放下餐盤，三人一同穿越寬闊的大廳。他說：「每個人都知道人生多短暫。菲歐娜和我尤其能體認。可是，卻沒有人談論人生多漫長。而這——懂我意思嗎？每一段人生都太短暫了，連人瑞也是，不過，有些人的人生路的確也太漫長了。我的意思是——說不定，等妳再大幾歲才能領悟這道理。」

他率先踏上電扶梯，轉身面對母女倆。

他說：「要是我們能和親朋好友一同在世，在同一個時間地點，要是我們能一起出生一起過世，那就單純多了。可惜不是。不過，聽著：妳們兩個在同一個時間站在地球上。妳們現在站在同一個地點。這算奇蹟了。我想講的只有這個。」

克萊兒站在她背後，因此菲歐娜看不見她的臉，但能感應到她的情緒——她從前練就這份本事，如今又能派上用場了。最低限度，她能感應到克萊兒聽了朱利安的話並不惱怒，不翻白眼，不至於暗罵這個大放厥志厥詞的癟三是哪裡來的。至於菲歐娜本身，她心懷感激。印象中，朱利安不是腦筋如此靈光的人，但她自己以前也不見得聰明。三十年光陰的作用何其大。

電扶梯快升到樓上了。「再不轉身，」菲歐娜說，「你會被絆倒。」

一九九二年

三週以來，他首次能呼吸了，雖不順暢，但起碼能連續講一串字，能傳達完整的想法、完整的句子。他昨天還篤定以爲，到盡頭了，每次呼吸，之後只能再喘一兩口。他有點認爲，自己呼吸應該多撙節一點，存到明天再用，但他最想趁能講話的時候多講一些，以免以後沒機會。

菲歐娜坐在病床邊的椅子上。妊娠八月，肚子卻仍小，如果她穿的上衣夠寬鬆，別人根本看不出她是孕婦。她曾向耶爾保證，懷孕進入九個月，她不會再冒險從麥迪遜開車回來芝加哥。然而，上星期逐漸明朗的事實是，在耶爾死前，她可能完全沒機會回麥迪遜了。

鼻管搔得他鼻孔發癢，伸手調一調才不至於打噴嚏。打噴嚏會痛。今天晚上吃披薩——派茲餐廳每週捐贈披薩。菲歐娜吃辣味香腸口味。近幾星期，耶爾沒吃過固體食物，但今天他看別人吃，自己頭一次有點嫉妒。這是好現象。照理說，這是個好兆頭，但他很清楚，有食慾是因爲剛換藥，醫生不再開給他那些害他肺臟吃不消的藥，最近恢復給他一堆潘他密汀和兩性黴素。然而，這兩種藥到最後也會拖垮他的肝腎。在這方面，程醫師沒有留一手。很久以前，有一位志工告訴他，病人早晨有大餐可吃，表示那病人完了，只剩幾個鐘頭可活。豐盛的早餐離耶爾還遠得很，但呼吸飽滿既能滋養身體，也能給他不祥的預兆。理髮師今天來過，耶爾甚至能在他們協助下坐起來，讓他們刮乾淨後頸部的頭髮，用薄荷香油按摩他的太陽穴。

菲歐娜說：「你眼睛看起來好很多。」

「之前怎樣？」但他不想知道，因爲不久後，他的眼睛會恢復從前，甚至更難看。

「之前你的瞳孔放得好大。好像被困在一缸水裡的人。感覺大概也像那樣吧。」她惋嘆一聲，僵著身子彎腰，爲浮腫的腳踝按摩。「你想不想看能放鬆心情的頻道？」

拉斐爾這時候進來，助行器的輪子被門檻卡住，菲歐娜只好起身，過去幫輪子脫困。

「我專程來送禮。」拉斐爾說。「我幫你塗亮光漆了，把它刷得亮晶晶。」一個月前，耶爾曾在美勞室用鳥飼料製作一個小曼陀羅，現在拉斐爾用拇指把曼陀羅按在助行器扶手上。助行器擠不進病床和牆壁之間，他只好給菲歐娜，讓她轉交耶爾。「你不在美勞室，不能播放你那些悲哀的英國痞團，現在不一樣了。現在，音響被那個叫卡爾文的傢伙霸佔，天天是他媽的工業舞曲。」

耶爾握著曼陀羅，只不過無論握什麼東西，他的手臂都痛。他不知道該送誰。寄去加州給泰瑞莎吧？她仍每星期定期寄問候卡過來。

拉斐爾說：「我今晚出院。醫生批准了。再等一個鐘頭，布雷克會來接我。」

菲歐娜興高采烈鼓掌，耶爾不懂她哪來的力氣。「你有準備嗎？」她說。「家裡安排好了嗎？」

「慷慨社[58]已經放東西進冰箱了，我不打點滴也不會出狀況。」

拉斐爾的語調不含愧疚，令耶爾感激。拉斐爾是個絕佳的室友。在拉斐爾住院之前，耶爾有個高個子室友，名叫愛德華，常用哀傷的口吻說，他一輩子沒這麼快樂過，三七一病房是頭一個讓他覺得自在的地方。在愛德華之前，有個異性戀男人，名叫馬克，渾身不自在的模樣。在馬克之前，有個室友名叫羅傑，篤信愛爾蘭天主教的大家族常來圍繞他。簡稱ＰＭＬ的進行性多灶性白質腦病奪走他的行動和言語能力，幸好腦力絲毫不受影響，至少有一陣子還好。最早期，有一次住院，耶爾有個室友在窗臺擺十個塑膠杯，每杯種一顆橡實，希望它們能在他死前萌芽，他想送十位朋友種橡樹。

58 慷慨社（Open Hand），送餐至愛滋病患家中的慈善機構。

歷經這些室友之後，有天耶爾接受完腰椎穿刺檢查，正在休養，隔著布幕聽見護士推來新病人，聽見尋常的交代語——護士解釋點滴和呼叫鈴的用法，也說明吸菸陽臺的一些規定，然後耶爾聽見有人說，「我的愛滋拼布那格想要什麼圖樣，你們知道嗎？一大包駱駝牌香菸！」

不用喊拉斐爾的名字，護士不必拉開布幕，耶爾就知道是他。住進三七一的病患當中，心情最好的人絕對非他莫屬。話說回來，拉斐爾已熟悉住院程序，也知道和他最投合的護士是哪幾位。他知道請哪位志工解讀塔羅牌。這一次，拉斐爾帶來一袋VHS錄影帶，可以去交誼廳看，也準備了一疊相片貼牆壁。對他來說，這次是老馬歸鄉，至少他營造的氣氛是如此。耶爾當時也意識到，若非拉斐爾吊點滴，否則一定跳下床，輕咬耶爾的臉一口。

在耶爾仍能呼吸那幾星期，兩人每晚聊天，談舊八卦和新八卦，談政治和電影。《同聲報》的老同事探望拉斐爾，會假裝也來看耶爾似的。然而，後來有天早晨，耶爾夢見自己在赫爾館泳池底游泳，抬頭看卻無法浮出水面——醒來後，他覺得病房出現真空，呼吸很吃力。

「我會想念你的。」耶爾說。

拉斐爾聳聳肩說：「呃，我又不是不會再住院。」

他走後，耶爾好累，但最近兩三天，他深怕睡著。他倒不是怕一覺不醒——病到如今，睡死也好——而是怕醒來又覺得置身池底。他不是怕在最後一天閉眼睛，而是怕在安好的一天閉眼。因此，現在，他繼續撐著眼皮，讓菲歐娜繼續講話。他請她唱《月河》，她說：「歌詞講什麼，我到現在還不清楚咧！」但她勉強唱起來，不懂的歌詞以笑帶過。

她說：「要是尼可也住這裡，他會喜歡的。有一間美術室！能想像嗎？我猜我是在幻想他能活久一點。要是，要是他現在才發病，有藥可醫也有什麼的保障。他那時候啊，護士連摸他一下都不敢。這裡居然有人幫你按摩。」

「現在沒有了。現在全身是管子。不過，對啦。他會喜歡這裡的。」

菲歐娜倦容深重。她的頭髮髒兮兮，癱軟無彈性，臉皮浮腫。她該回家好好養身才對，準備迎接小寶寶來臨，而不是在病房裡的小床上側睡。多數病患的家屬也不會這麼盡心。他問她身體是不是不舒服。

「背好痛。」她說。

「妳不必睡這裡。」

「我要。」

他說：「菲歐娜，害妳再吃這種苦，我很捨不得。我擔心這對妳不好。」

她揉揉眼，強顏歡笑。「對我來說嘛，這樣做，我能回憶往事。傷透我的心的是，現在換成是你。你是我最心愛的一個。不過，我的韌性滿強的。」

「不過，我講的正是這一點。我一直在想諾拉回憶的往事。她說，戰後男人全變得自閉。愛滋疫情是一場戰爭，的確是。就像打了七年壕溝戰。沒人能理解。也沒人會頒發紫心動章給妳。」

「你覺得我被砲彈震傻了？」

「我只要妳向我保證妳會照顧自己。」

「我會在麥迪遜看心理醫生。一定會的。」接著她說，「你有沒有——有沒有希望哪個人能來看你卻一直沒來？你要的話，我可以打電話給你爸。如果你有任何親戚，任何一個老朋友，即使彆扭也可以。假設我有根魔杖。想不想見誰呢？」

「我不想跟我堂兄弟姊妹聊天。」

她露出難過的神情。「如果你想看什麼人，隨便是誰都可以，即使你不認爲他們想來看你。一個也想不出來嗎？」

「天啊，菲歐娜，被妳這樣逼問，我覺得自己一個朋友也沒有。除非妳的魔杖能讓死人復活，不然不要。妳跟駐院牧師一樣煩人。」

牧師不斷詢問耶爾需不需要什麼，想不想閒聊，耶爾能呼吸時屢次回說：「不想。而且我信猶太教。」耶爾一度瞥見，牧師踏進病房前儘量擺出哀傷虔敬的臉色，低頭對著手裡的《聖經》嘟嘴。不久後，他見到程醫師，神態和牧師完全相反。那天，耶爾在走廊，等著被推進去照支氣管鏡，程醫師站在某人病房外，翻著筆記看，一臉洩氣狀。耶爾從未見過程醫師有這副表情。耶爾首度領悟到，程醫師年齡和自己差不多。讀完後，程醫師放下筆記，抬頭挺胸，深呼吸，音量大到幾碼外的耶爾都能聽見。轉瞬間，他變回耶爾熟識的程醫師，伸手敲病房門。

菲歐娜不再追問，拉椅子靠近床邊，以便揉撫耶爾眉毛之間的皮膚。其他部位被人一碰就受不了。他閉上眼睛。

他說：「我小的時候，我爸開車載我回家的路上，離家剩十分鐘，我常閉眼睛，然後憑知覺去感受開進我們家車道的最後一個轉彎。轉了幾個彎，我儘量不去數，只憑感覺，看看什麼時候到家。我的感覺通常很靈。」

菲歐娜說：「我也做過同樣的事。」

「在我呼吸困難的時候，我也這樣做，不同的是——妳知道的——感覺的是盡頭到了沒。我知道，以後我還有再做這種事的機會。我會閉眼躺著，心裡想，對，就是這裡。一定是到了。結果還沒到。」

「在車上閉眼，有時候也有你這種感覺。」菲歐娜說。「你沒遇到過嗎？感覺像到家了，眼皮一打開，卻發現只是在等紅燈。」

「是的。對，感覺像那樣。」

他慶幸沒被菲歐娜罵他太病態了。

「紅燈的那種亮光。」她說。「夜裡紅燈發的光多神奇，你記得嗎？小時候？天黑以後出門看。」

他記得。

他以爲自己會哭，以爲身體將擰乾體內最後一滴淚，但這時候，菲歐娜不再揉他額頭。他睜眼一看，發現她哭了，自己因此沒哭出來。他說：「我沒事。沒關係啦。」

但菲歐娜猛搖頭。他轉頭看見她握著病床欄杆，握得好緊，臉色也轉爲蒼白，臉頰變得紅通通。

他說：「菲歐娜。怎麼了。」

「背痛。」

「妳的背？」

「我認爲——」

「好了。好了，沒事。」

她急吸一口氣，彷彿剛才一直在憋氣。也許她眞的在憋氣。「問題是，身體一直每隔兩分鐘抽痛一陣。可是，只有背在痛。」

「小菲，這聽起來像收縮痛。」

「可能是假性收縮吧，全名是布里克斯頓（Brixton）什麼的。不過，我一直在想，說不定我應該，嗯——不行，別按！」耶爾已經按下呼叫鈴。「按什麼按？」

「別在愛滋病房生寶寶比較好吧。」

「我又不是——再過四禮拜才到預產期。」

「我本來不也能活到八十歲？」

護士黛比已經來到門口。「這次不是我。」耶爾說。

菲歐娜說：「我還好。」

「妳看起來不好。」黛比說。

「這裡有——你們有產房吧？不然我要走去急診室嗎？」

「天啊！當然有，本院提供分娩服務。不用上別的地方。我去幫妳找輪椅來。」

「也沒那麼痛啦。」菲歐娜說。「跟電影比較的話。電影裡的產婦痛到呼天搶地的，我的痛沒那麼強烈。只不過，來得滿急的。」

黛比說：「這樣吧，我呼叫樓上的產房，找人護送妳上去，不必掛急診。耶爾在這裡坐著不會亂跑，我會整晚陪伴他。等妳回來，說不定妳瘦了一大圈，妳也可能多幾盎司，好嗎？」

菲歐娜又出現慫氣的神情，這時捏捏耶爾的手，點頭。「可是他們會——妳可以通知我嗎？如果我在產房多待一會兒，我想知道這裡的情況。我還有他的醫療授權，對吧？即使我被送進產房？」

「我們可以打電話給妳。」黛比說。「而且，我一聲令下，勤務員能跑多快，說給妳聽妳一定不信。」護士已經對走廊某人示意，已經拿起耶爾的電話呼叫陣痛助產科。

夜裡，耶爾渾身冷汗醒來，黛比仍守著他。她說菲歐娜正在休息，醫生盡力延遲分娩。菲歐娜的先生去加拿大參加年會演講，正要趕回來。有進一步消息，黛比會告知耶爾。現在她想幫他換床單。

心臟感覺不妙。他覺得心臟正在賣命運作，恰似一個拳頭想破牆而出，正符合程醫師的預測。「由於你有多種並存病原體，」程醫師說，「我們想一併醫治，但每種病的藥物未必合得來。而且是很多藥，很多點滴，很多液體。這樣醫治的風險是，原本負荷已經很重的心臟恐怕會累垮。」簡而言之，幾乎無可避免的結果是鬱血性心衰竭，和諾拉的死因相同。當年諾拉怎麼能表現得那麼心平氣和？

隔天早晨，情況更加惡化。黛比下班了，改由伯納德照顧他。伯納德幫他換尿袋，耶爾想關心菲歐娜的進展，但只說得出她名字。

「我對天發誓，她每隔十分鐘打給護士站。」伯納德說。「她想知道你醒了沒。寶寶還沒生。」程醫師來了。他說：「你體重增加了，可惜在現階段並不是可喜的現象。你腹部積水了，這表示腎臟和肝臟的功能不是太好。」

低血氧導致耶爾手指有刺麻感，他也不確定腳趾還有知覺，心臟每跳一下就像在登山。

小學二年級時，耶爾的亨莉老師肺炎住院，代課老師大部分時間都在講故事，談他在和平工作團的見聞。有一次，他想解釋亨莉老師的病情。「你們深呼吸一下，」他說，「吸到不能再吸氣，憋住。」同學跟著做，然後他說，「現在，憋氣別放，再吸一口，繼續憋住。」大家照他指示儘量吸氣。幾個同學投降了，發出放屁聲，笑得滾到地上。但總是聽話的耶爾繼續憋。「現在，憋氣別放，再吸一口看看。肺炎的感覺就像第三口。」

在病重期間，小二的警示具有某種安撫作用。那天在課堂上，在他七年的生命中，有那麼一秒的機會，健壯的幼小身軀體會到生命盡頭的滋味。

程醫師說：「我有幾個問題問你，你點頭搖頭就行。如果我不瞭解，我們會去找菲歐娜，好嗎？我想知道，你同不同意我停止潘他密汀和兩性黴運。這表示正式進入安寧療養階段。我會幫你打嗎啡。」

這是耶爾欣賞程醫師的原因之一：程醫師能乾脆把藥改名為兩性黴運。

耶爾使出渾身解術，儘可能表白心意，點頭表示同意。

不知過了多久，他醒來發現床邊站著一名個頭比天高的小伙子。他視覺不太能聚焦，這張年輕的臉孔顯得朦朧。嗎啡是一片小地毯，能鎮痛的一頃暖地毯，蓋在他身上，也埋在他身心裡。

「欸，我是柯特啦，」小伙子說，「希思莉的兒子。」

耶爾努力吸氣想說話，但他咳出的空氣遠比吸入多，每咳一聲，肋骨宛如挨一腳，踹他的是被嗎啡磨鈍的靴子。

黛比在病房。一定又入夜了。現在一想，他早知黛比來了。他覺得她已經守了一陣子。她知道他兩眼之間的地帶。

「欸，對不起。你不必講話。是我媽叫我過來看你的啦，我——」耶爾隱約看得出，柯特瞄黛比一眼徵求同意。他抱來一個帆布行李袋，拉開拉鍊。「我帶羅斯寇來了。」

模糊一片灰色。每次去希思莉家吃晚餐，羅斯寇都乖乖坐上他大腿讓他抱，彷彿認得他是誰。

「我媽星期五才從加州回來。」星期五離今天多遠，耶爾沒有概念。

柯特逗留在床邊，不把貓抱上床。他一定沒料到這麼多管子，這麼多機器。他可能以爲耶爾背靠著枕頭坐著看書。

「我知道他很感激，親愛的。」黛比說。「來，讓我抱給他一下子。」

她接下羅斯寇，羅斯寇不反對。她抬起耶爾一手放在濃密的貓毛上。耶爾儘可能移動手指，心裡很明白，這是最後一次撫摸動物皮毛，更是最後一次能摸病床和人手之外的東西。

柯特說：「嗯，我該走了。」

可憐的孩子。耶爾想對他說，沒關係，急著逃命，我不怪你。

柯特走後，耶爾努力以嘴唇發出F的聲音，黛比懂他意思。

「她快生了。」她說。「她要生下一個健康漂亮的寶寶。一有消息，我會儘快通知你。」

他知道自己在做夢，但是像個永無止盡的夢。

菲歐娜，隻身在街頭。只不過，有時候，他成了菲歐娜，懸空俯瞰她推著嬰兒車，起先嬰兒車空著，後來有一對雙胞胎，後來又變空車。過了一會兒，連嬰兒車都不見。有時候，他看著菲歐娜，跟在她背後，飄浮在上空，伸手觸摸她的頭髮。

菲歐娜隻身在百老匯街，往南走。夏夜燠熱濕黏，周遭窗戶亮著，街頭卻冷清無人車。窗戶裡面沒人，停車場也是。百老匯街和羅斯科街交叉口。百老匯街和艾爾丁街交叉口。百老匯街和梅洛斯街交叉口。百老匯街和貝爾芒街交叉口。

飛機掠過天空，遠處有車流，但此地一輛也不見。菲歐娜拱起肩膀，頂著蠻橫的寒風前進。風吹她肩膀，她說：「他們正在對著我呼吸。到處都有他們。」她瞥見一名青少年坐在公車亭長椅上，以藍鋼筆寫日記。她轉頭，男孩走了，她說：「喔，他剛只是——」耶爾正好在她背後，拼命想說，妳錯了，男孩早在六〇年代就死了，在越戰中陣亡，這裡另有幾個更古遠的幽靈。但耶爾發不出聲，因爲他其實不在這裡。

菲歐娜前進至學校街。耶爾對這條路不太熟悉，但他總喜歡這街名。每條街名都隱含一段歷史，他喜愛。學校街上仍有學校嗎？嗯，有。在那邊，荒廢了，長滿青苔，校舍延伸好幾條街，好大好大，菲歐娜低頭看嬰兒車，看著小寶寶尼可。因爲，沒錯，是尼可，她生下自己的哥哥，他只需從頭來過。他被他那條橙色圍巾包裹住。他頭戴著迴紋針串成的皇冠。菲歐娜說：「他還沒大到可以上學。」她說，「你要等到二〇〇〇年。」

咦，二〇〇〇不是就快到了？現在，他們回到百老匯街，二〇〇〇年的確非常近了。所以所有事物才接近尾聲。除夕是期限。是死期大限。末代男同性戀在這天走進歷史。

小寶寶尼可呢？「我們偷偷藏起來養，」菲歐娜自言自語，「像《舊約》裡的小摩西那樣。不過，他長大後一定要會打棒球。」

百老匯街和布萊爾街交叉口。百老匯街和葛拉蒂斯街交叉口。可憐的葛拉蒂斯，進錯城區迷路了。一座葛拉蒂斯總統雕像。

菲歐娜撕下電線桿上的傳單，放進空的嬰兒車上。她的工作是掃街。她剝除窗戶上的海報，卸下商店招牌，清走餐廳門口的菜單。她走進一間空酒吧，嗅一嗅仍在吧檯上的幾個半滿啤酒杯。

雖然她仍單獨一人，耶爾現在能對她說話了。他說：「他們想怎麼處理這地方？」

當她看著他，他明白了，眞正的回答是她將一生獨居此地，一世掃街。但她說：「他們想改成動物園。」他知道，這也是事實。

她坐在空街正中央，因爲不可能有車子再走這條路。她說：「你以前的公寓打算給什麼動物住？你自己選。」

他現在非常非常熱，熱到簡直像一千條毛毯被織進他身上，而且肺臟裡暑氣騰騰，卻有個冷冷的東西正逐漸凍結成冰，於是耶爾選擇北極熊。

二〇二五年

在攝影藝廊（Galerie de Photographies）入口，一名男士托著一盤香檳杯迎接他們。菲歐娜像採花般摘走一杯，朱利安卻敬謝不敏。他對菲歐娜微笑說，「二十四年又八個月不沾酒了。」他們來得早，現場僅有二十幾人，半數帶著龐大的照相機和照明設備，對著最早蒞臨的賓客猛按快門。

賽吉在入口附近迎賓，菲歐娜左右臉各吻他一下，但她沒看見里察。

她屏息跟隨朱利安走，同時確定一下克萊兒仍走在她後面，但克萊兒筆直走向牆上那幅熱門話題大嘴相片。這幅黑白特寫是一張男人的嘴，下唇下方有鬍碴，嘴巴微張，不欣賞的人能說這根本是高中攝影展的作品，了無新意，但在菲歐娜眼裡，比這幅更動人、更具性暗示的作品不多見。若有似無的動作，彷彿嘴即將再開大一點，即將言語。嘴即將開或即將合，怎麼判斷？

長年不曾追憶的事件忽然映入她腦海，枝節鉅細靡遺：布瑞格藝廊展出諾拉收藏品的揭幕式，她今生首度出席的盛大開幕式。每當回憶布瑞格，她較常想起她帶克萊兒去參觀永久館藏，而這時的布瑞格美術館規模宏大，已躋身世界級之林。她帶著女兒參觀，說明蘇丁和藤田嗣治，也帶她看諾瓦克的作品說，「她終生愛著他。長長久久。」她心裡想著，是因為諾瓦克早死，諾拉才可能愛他那麼久吧？如果對方是個有缺陷的活人，愛能維持那麼多年嗎？她也告訴女兒說，取得這批畫、催生畫展、為諾瓦克在這批作品裡留住一席之地的最大功臣是耶爾。她說：「妳的次名就是照他取的！妳出生的時候，耶爾就在妳樓下，以念力催生妳來到世上！妳從天堂下凡，讓門開著，方便他走。」當時這麼說，不覺得有何不妥，但如今再回首，沒錯，很容易讓小孩子誤解。女兒聽見媽媽語帶歉疚，所以承續同一份遺憾。當時的頭腦是斷了那根筋？也許她完全沒考慮到克萊兒；也許天堂論是她非告訴自己不可的童話一則。

菲歐娜瞧見記者可琳和藝評家費南夫婦在展場中間，對一群人侃侃而談，接受拍照。克萊兒仍在大嚼前，菲歐娜不想去打擾她。她愈來愈放心，不怕克萊兒逃出展場。

和她見過的里察作品相較之下，這次比以前更加後現代，更加多媒體，菲歐娜無法以貼切的術語形容。有一大幅相片是一張拍立得擺在一疊紙上，拍立得的主角是坐在椅子上的男人，雙手摀臉，從白襯衫和Docksiders船鞋判斷是一九八〇或九〇年代，但菲歐娜不認得他。旁邊掛著公寓大樓門面的相片，窗戶當中有三個被畫上紅叉叉。根據解說牌，里察於一九八二年拍下這一張，今年才在窗戶上打叉。她推想，攝影展命名爲《層與層》，是否在影射布新不除舊的意涵。

她找到新版的朱利安系列照了。二〇一五年的朱利安調皮微笑著。然而，里察．坎普攝影作品顯示的情緒絕不會只有一種。朱利安也顯得尷尬，更有洋洋得意的神態。

她差點和杰克．奧斯丁撞個正著。杰克說：「我的女朋友來了！」

她拍他胸部一下。「我不是你女朋友，杰克。不過，見到你眞好。」

是眞的。過去這十分鐘，她竟迷糊到忘記當前是哪一年。一下子是諾拉畫展那年，一下子是朱利安不告而別那年，一下子是她第一次帶克萊兒去布瑞格藝廊那年，一下子又是克萊兒呱呱墜地那年——如今眼前來了一個活生生、有呼吸的人，提醒她現在是二〇一五年。

他說：「快看！那個電影明星。」他指著藝廊另一邊的演員，也就是被圍觀民眾戲稱爲德莫．麥德莫的那個。

但是，眾人的目光不在他身上，而是投向剛登場的里察。窄管灰色長褲，珊瑚紅開襟衫，在眾人矚目下滿面光彩。她的名人朋友。人生多麼怪誕。

菲歐娜逛完這堵隔間板，杰克已經走了，去跟幾位大嗓門的英國青年敬酒，朱利安這時候折回來。他說：「妳女兒不要緊吧？」

「天知道。」

「不會有事的啦。我很清楚。這方面我很在行的。而且，天啊，她跟妳的個性一模一樣。」

菲歐娜笑了。「她根本不像我。問題就出在這一點。」

「開啥玩笑？妳不記得從前的妳嗎？妳是最頑強的小——妳簡直是野生動物！妳告訴妳父母說，如果不准我們所有人參加尼可的守夜會，妳就爬進他棺材給他們看。」

「哪有棺材？我說的是，我會站起來爆料給大家聽。」

「好吧。不過，妳懂我的重點吧。」

「我以前不那樣，哪活得下去？」

朱利安微笑說，「那也不賴啦。欸，對了，妳眞的想搬來巴黎嗎？」

「確實有這打算，是的。住一陣子看看。講這話連我自己也不敢相信，不過我確實想搬來。」

「那我挺妳。對了，妳看見沒？」

「看見什麼？」

「嗯，其實有兩個東西。三個才對啦！你剛有沒有看見我？我上不上相？」

「你豔光四射，朱利安。」

「好，另外兩個。這一個。」他握住她雙肩，帶她轉向固定在牆上的一座燈箱，一條條的黑白縮圖在大如觀景窗的箱子表面密布無間，有幾條垂直陳列，有幾條橫向，也有幾條彼此交叉。這號作品命名爲《一九八三》。燈箱左右各垂掛一支高倍數放大鏡。太好了，因爲菲歐娜不想從包包掏出老花眼鏡。

她從左上方開始隨心看。有一條拍的是某場舞會，每格裡面的人太多，無法辨識容貌。有一條拍的是一張臉，她認爲是小勝。連續四條看似那一年的光榮大遊行，有幾個男人揮舞著旗幟。常在霍斯特德街上兜售散裝香菸的那個長人。泰迪・奈普斯。有人在接吻，有人在跳舞，有的人閒坐沙發，有的人穿奇裝異服，有的人在翻薄煎餅，有的人在岩石上日光浴。

盼能看見尼可的她希望落空。

朱利安說：「看。」

她看見年輕時的自己，一手摟著泰倫斯的腰，看起來像在餐廳。曾經那麼漂亮，那麼快樂嗎？她永遠沒印象。克萊兒只是子宮裡的一個卵，還沒被菲歐娜毀壞。這張的左邊是耶爾，張嘴和鏡頭外的人講話。眾人背後有一面鏡子，映照出幾張餐桌，幾名饕客，以及閃光燈遮頭的里察本人。

她想爬進這張相片，想告訴大家，「靜止別動。」

這不正是相機的作用之一嗎？萬世凍結那一刻。

*停在那裡。*她想。*停在那裡。*

朱利安讓她獨自憑弔一分鐘，然後說：「我剛想起《哈姆雷特》。妳知道嗎，這齣戲我演過三次，卻一次也沒演到哈姆雷特？我剛想到的其實是何瑞修。我也一直沒機會扮演他。」

經他這麼一提，她對朱利安的一股荒謬、非理性的愛頓時洋溢滿懷，因爲她能感受到尼可在她身邊，耶爾和泰倫斯和整票朋友也在，大家聽了全在翻白眼，偷笑朱利安又把話題扯到自己，扯到他的演戲人生，太符合朱利安本色了，但大家照樣愛他，她至今也一樣愛。

朱利安說：「整齣戲的重點是哈姆雷特想報殺父之仇，想公布眞相，對不對？後來他死了，把任務全移交給何瑞修。『忍痛在此冷酷的塵世殘喘，訴說我的故事。』我就說嘛，找我演哈姆雷特多合適！不過啊，身爲何瑞修，包袱太沉重了吧。回憶全壓在他身上。何瑞修又能怎麼辦呢？到了第六幕，何瑞修有哪門子戲可唱？」

菲歐娜傾倚額頭，和朱利安的額頭相貼。兩人維持這姿勢站立一會兒，頭對頭，鼻對鼻。他肌膚的暖意滲進她體內，直通至腳底。

她依然緊握著放大鏡。她想喚克萊兒過來，介紹這些相片給她看，轉述朱利安剛才說的話，試著解釋，或試著開始解釋她的過往雲煙。她想解釋，這場攝影展或許能略爲傳達：她心如羊皮紙，能再三重寫卻無法抹滅。她永遠無法回歸爲空白的一塊石板。

然而，她待會兒還有機會解釋。克萊兒仍在展場裡，跑不掉。朱利安帶菲歐娜深入藝廊。掛在小鏈子下的放大鏡從她手中脫落，在燈箱下面晃盪。

他說：「第三個東西在這裡。」錄像裝置。展場最深處有兩面螢幕，間隔很遠。朱利安請她站在左螢幕前面。「另外那個是妖姬秀。有看頭的是這一個。」螢幕顯示人行道上的一群人，紋風不動站著。他說：「食堂。妳記得食堂吧？或者，妳那時年紀太小？」

「是舞廳，對吧？我記得那時大家把它捧成世外桃源。」

「嗯，對。那地方眞的好歡樂。我不是說我們沒其他地方可玩，不過，後來我們大概再也沒有那麼歡樂過了。片子拍的是食堂被拆掉那天。」

她向前一步。影片有聲音，但人要站到音箱前才聽得見。

人群裡有個男人說著：「沒有一家比它大，沒有一家比它更棒。」

另一個男人說：「這裡是我們這一代的Studio 54[59]。呃，不對。是我們的月球才對。是我們的月球！」

第三名男人：「有沒有人能對他講解大鬍子女郎[60]的事？有誰能講解一下？」

59 一九七〇、八〇年代紐約傳奇夜店。

60 Bearded Lady，駐店表演的變裝皇后。

在場的人還有，老天爺啊，耶爾．第敘曼和查理．基恩。查理穿飛行員夾克，別著胸章，拉鍊不拉。耶爾穿牛津衫，知青的模樣迷死人了。青春到不可思議、不像話的程度。有誰那麼年輕過？行動自如，手腳輕快，面容圓潤。這時候，鏡頭帶到他們正後方，尼可，頭髮被風颳成亂草。菲歐娜暫停了呼吸。

耶爾說著：「我一直在等人說，這是一場惡作劇。」

查理面對鏡頭：「他剛搬來芝加哥的時候，我帶他來這裡見識。」

耶爾：「那時候我說，噢查理，這眞是太神奇了。」

查理：「想知道芝加哥當前的處境，想知道市政府被誰收買了，看看這地方就一目了然。你以爲拆舞廳跟政治扯不上關連？你以爲這是意外嗎？」

耶爾：「以前裡面的大砲會發射亮彩屑屑，而且會——有一次，他們發射泡綿小星星。怎麼辦得到，我到現在還搞不懂。」

尼可：「告別舞會結束到現在，我還在宿醉。都四天了耶。」

他的嗓音。

竄向她頭子和手臂。

舞廳建築，渺小不設防。

鏡頭外有人說：「這地方被黑道大哥拆了。」

另一人：「嗯。不會吧。」

查理：「他們想改建一座天殺的停車場。」

耶爾：「看。」

沒動靜。鏡頭對準舞廳外觀，建築依然挺立。靜止。

尼可：「有了。看。」

鐵錘球盪過來，擊中牆壁，效果不符預期，沒有傾倒，沒有摩天樓應聲崩垮，只見一團灰塵遮蔽視線，散去之後留下一個大洞。

再一擊。

有人喊著「嗚呼！」彷彿有喊才算盡到義務。

遲緩、氣氛僵的一分鐘，主角是鐵鎚球，以及各人的反應。耶爾的臉。查理的臉。

朱利安牽起她的手。她忘掉自己身在何處，忘了攝影展，忘卻龐畢度，忘了巴黎一切的人事地物。

片子跳接到幾分鐘之後。

建築被拆毀了，整棟夷為平地，塵埃漸漸落定。民眾紛紛離去。

風的聲響。

查理的聲音：「停車場最好蓋得美不勝收。」

耶爾：「我的天啊，看。」

耶爾跪地上伸手進水溝。

還沒走的人圍過來看，耶爾捧起一把東西。

耶爾捧向鏡頭：一把塵土。

「裡面有亮彩屑屑耶！」他說。

菲歐娜不認識的男人從耶爾身後看。「沒有亮彩屑屑啊。哪裡有？」

看起來只像塵土一堆。耶爾一轉身，對準查理的上衣往下抹。

耶爾和查理和尼可笑成一團，笑得歇斯底里。查理跟著撿起塵土，撒在人行道上。尼可撿起一點，揉進查理的夾克袖口。

有一個男人撿起來，抹在自己臉頰上，女人說：「裡面一定含石棉。」

查理依舊止不住笑：「我們可以把屑屑帶回家去！」

鏡頭特寫塵土堆積的水溝。果然，塵土金光閃閃，但也有可能是玻璃纖維的小碎屑。當然是。菲歐娜拼命想相信裡面不只含玻璃纖維。

尼可的噪音再度入鏡，只聞聲不見人：「我準備好了，來個大特寫吧，坎普先生！」

畫面逗留在水溝，沉寂良久。

她以為影片到此為止，就在笑聲平息之際，鏡頭硬生生轉向一名男子，正將自己飄逸的黑髮攏成馬尾巴。接著轉向一個母親牽著幼子，穿越最後幾名圍觀者。然後轉向人行道上漸行漸遠的耶爾與查理，明顯是一對，相隔僅幾吋但互不碰觸。周遭是浩渺如芝加哥的一團沉寂。

之後，片子從頭播放。畫面中，大家全站著，食堂完好如初。眾男孩手插口袋，引頸鵠候萬事登場。

作者註解與銘謝

本書中的人物和生活純屬虛構，但我描寫時儘可能貼近現地和史實，只在必要時擅自作主，包括以下幾處：爲避免涉及眞人，我爲芝加哥另創一群同志報業的生態，本書提及的刊物皆不存在。雖然虛構的布瑞格藝廊與西北大學布拉克（Block）美術館特徵有幾處雷同，兩者不可併爲一談。世上不存在王爾德喧鬧劇團，但同志劇團例如獅心（Lionheart）確曾借用戲院公演。一九九〇年民眾前往美國醫藥協會的部分抗爭行動在本書中被壓縮。雖然安莎澤餐廳常支持芝加哥同志圈，也曾主辦無數次活動，但據我所知，該餐廳並未在一九八五年十二月爲布朗診所舉辦過募款活動。

爲避免良心難安，我在此聲明，林肯公園動物園的企鵝新區美侖美奐，企鵝們看起來也快樂，目前怎麼看也不覺得骯髒或令人沮喪。

在我爲本書找資料的過程中，我遍尋芝加哥愛滋危機的書籍或影片，可惜數量不如我想像中豐富。所幸，如果讀者有興趣鑽研，我能推薦幾處寶庫。MK Czerwiec寫過一本精美的圖像小說《*Taking Turns*》，回憶她在伊利諾州共濟會醫院愛滋病房三七一擔任護士的往事。她也是本書之益友，對草稿貢獻良多。紀錄片《*Short Fuse*》探討芝加哥 ACT UP 創始人丹尼爾．索托梅爾（Daniel Sotomayor）生平，該片難尋但絕對值得一看。作家 Tracy Baim 和 Owen Keehnen 不辭辛勞記錄芝加哥同志史，報導與出書令我受益匪淺，另外也撥冗爲我釋疑，我感謝他們。Owen 也是本書早期讀者之一，眼光犀利。如果讀者人在芝加哥，務必光顧一字未刪書局見他一面。

《風城時報》（*Windy City Times*）的網路新聞庫與口述歷史是一大寶藏，Tracy Baim 功不可沒。《風城時報》本身在一九八五年開辦，我感激哈洛德・華盛頓圖書館留存最初幾期供民眾檢索。（順帶一提，在本書中，哈洛德・華盛頓市長於一九八六年同志大遊行的演說的確出自他本人之口。）Gerber/Hart圖書館針對LGBTQ議題與歷史藏書豐富，提供我不可或缺的助力與題材。YouTube有一九九〇年四月美國醫藥協會遊行抗爭的影片，我大力推薦。我蒐集到的文獻裡，報導那場抗爭最深刻的一則文章是〈最憤怒的酷兒〉（*The Angriest Queer*），出自一九九〇年八月十六日的《芝加哥讀者》。攝影師Doug Ischar的《邊緣人水域》（*Marginal Waters*）系列記錄一九八〇年代貝爾芒岩灘的同志生態，美不勝收。雖然我虛構的里察・坎普作品和Ischar大異其趣，我仍感謝Ischar以及其他藝術攝影師與攝影記者爲我活化當代景緻。

我在本書創作過程幾經思索與對話，也慎重看待「異同結盟」與「文化挪用」的分野。不同讀者對同一條分界線的觀感可能有所出入。我在此企盼本書能帶動好奇讀者深入探討愛滋危機的第一手文獻。本書若有訛誤之處，盼能啟發大家訴說個人的故事。

在此感謝出版界朋友：Kathryn Court與Victoria Savanh，Nicole Aragi、Duvall Osteen與Grace Dietshe，Eric Wechter，Francesca Drago。感激帝博大學介紹三名大無畏的暑期實習生：Felipe Cabrera、Megan Sanks與Natasha Khatami。感謝缺一不可的草稿讀者Gina Frangello、Thea Goodman、Dika Lam、Emily Grey Tedrowe、Zoe Zolbrod以及Jon Freeman。本書部分研究與寫作發生在Yaddo與Ucross與Ragdale駐村期間。若無國家藝術基金會（National Endowment for the Arts）贊助，本書和許多其他作品絕無付梓的一天。

萬分感激獻給Maureen O'Brien、Patty Gerstenblitch、Adair McGregor與Cassie Ritter Hunt教育我藝術品、遺產與大學藝廊方面的知識。感謝Paul Weil、Steve Kleinedler、Todd Summar、J. Andrew Goodman、Michael Anson、Amanda Roach、Amy Norton、Charles Finch以及Edward Hamlin，他們的對話和介紹無盡豐饒。

Lydia和Heidi，感謝妳們在我寫作編輯過程中能自行找娛樂。

最重要的是，我無限感激所有歷經滄桑的人撥冗耐心鼓勵我，陪我喝咖啡，歡迎我進家門，或不斷發電郵給我，許多人也不吝分享私事和創傷。除了上述作家之外，我也要感謝Peggy Shinner、TB、醫療正義律師團（Legal Council for Health Justice）的Justin Hayford（不辭辛勞提供資料並閱讀草稿）、David Moore醫師、David Blatt醫師、美化愛滋病房三七一區的Russell Leander、站上高崗舉布條的Bill McMillan、無與倫比不屈不撓的Lori Cannon，也感激各位對我傾訴奇男子的往事。我已傾盡我所能。

後記

蕾貝佳・馬凱訪談錄

問：當初為什麼想特別以芝加哥為背景撰寫愛滋疫情小說？

答：芝加哥一直是全美第三大城，但坊間以愛滋爲題的書籍和影片多數側重紐約、舊金山和洛杉磯，所以我必須走出書桌，勤於奔走蒐集資料。在芝加哥鬧區的哈洛德・華盛頓圖書館，我埋首苦讀一九八五年到一九九二年每一期《風城時報》（芝加哥第一大同志週報）。在我創作本書四年間，我去咖啡廳或府上專訪無數醫師、護士、社運分子、律師、死裡逃生者、ＨＩＶ帶原者，以及芝加哥八〇年代的青年同志。他們不僅慷慨抽空受訪，也不吝於詳述當年苦樂。

我在芝加哥長大，至今仍住芝加哥，因此在地探索的感覺分外有意思。芝加哥可以說是我畢生的大愛，令我永遠不厭煩，寫再多芝加哥也絕不厭倦。

說也奇怪，這部小說的起源寫到後來縮小成僅佔一小部分：一次和二次大戰間的巴黎藝術圈。我一直嚮往那段時空，嚮往置身於各國藝術青年匯聚巴黎的「巴黎畫派」。雖然後來這部分退居副情節，只聽追憶而非第一手詮釋，當年的時空仍在書中，舉足輕重。二〇一五年的菲歐娜其實是後來才增闢的情節。書寫到大約一百五十頁，我才發現，與其固定在八〇年代，不如穿梭往返三十年更好。

問：《幸運之子》的角色讀來非常寫實生動，是什麼人或什麼事物啟發妳創作這些人物的靈感？

答：我從不依照眞實人物創作角色，但我開創的每個角色都攙雜幾個不同眞人的眉角（也加入很多自我）。在《幸運之子》中，部分眉角取自我訪問到的個人事蹟和受訪者在八〇年代的友人，有些來自別處。對我而言，這些角色愈寫愈逼真，比我以前筆下的人物更加栩栩如生。特別是主角耶爾，我不斷把他想像成一個剛過世的朋友。出書後，每當本書一傳來好消息，我但願自己能告訴他。這麼講，感覺像我精神失衡，但對我而言，投入創作到誤以為角色是眞人是很重要的事。

問：身為順性別異性戀女人，為何妳覺得有必要講這故事？妳如何能夠為ＬＧＢＴＱＡ＋族群代言？

答：我常設想（也煩惱）的是，由我來講愛滋故事是否合適。到頭來，我認為我必須滿足兩個疑問：一、我能善盡本分寫好這故事嗎？二、本書會不會模糊災難餘生者的焦點，能不能協助讀者探索他們的故事？第一個疑問的回答是，找資料方面我能打破沙鍋問到底，希望本書確實能寫好當事人的故事。第二個疑問的回答是，我的小說如果成功，更有可能在愛滋題材上激發進一步討論與寫作，而不會矮化愛滋。以商業出版界而言，一本小說如果成功，意味著將來有更多出版社願意推動同類型出書計畫。如今我有機會能介紹探討愛滋危機的小說和紀實文學給大家。

本書不只牽涉到愛滋，也談一九二〇年代巴黎藝術圈氛圍、邪教、芝加哥、回憶、慟失親友。我希望讀者讀完後，對愛滋多一份認知、想法、感受。我不希望讀者讀完這本就算了——我希望這本書是開端，帶動讀者進一步閱讀並對話，深入認識當年人的回憶。

問：愛滋危機期間瀰漫的那股痛楚，妳為何覺得有必要置入當代來詮釋？

答：一個原因是，那份痛楚仍在。在美國，一般人忍不住認為愛滋成了過去式，其實全球染上ＨＩＶ病毒的人多達三千七百萬。

即使我們探討的是八〇年代末和九〇年代初美國愛滋疫情巔峰期，即使談的是首當其衝的同志圈，至今無數人仍活在當年的陰影裡，時時感受著喪失親友的悲痛，仍努力振作中。我認爲有必要不只寫八〇年代，也該著眼於愛滋疫情橫跨數十年的廣度。

問：在醫療方面，一九八〇年代和當前相比，妳發現哪些異同？

答：醫療立法仍存在潛意識（甚或刻意）偏見，暗判誰該死誰該活。二〇一七年十二月，川普解散HIV/AIDS顧問委員會，不顧美國仍有超過一百萬民眾身染ＨＩＶ病毒。這並非湊巧，根源絕對是恐同和種族歧視，當權者也認定那一百多萬條人命可有可無。就算歧視的不是性傾向或族裔，性別、貧窮等級、教育程度也能被歧視。部分人士，不幸其中有些人位高權重，喜歡拿病因來怪罪病人——誰叫你喝那麼多汽水，誰叫你從事性行爲，誰叫你活該住在弗林特市（Flint）。我認爲，這群人講這種話是想求心安，自以爲壞事不會臨頭。我認爲，他們也能藉這方式縱容大規模暴行。在一九八〇年代，男同志一個個病死，部分政客談及這件事難掩幸災樂禍之情，如今多數政治人物比較懂得遮掩動機，但邪惡的動機尚在，仍在發炎化膿。太陽底下沒有新鮮事。

問：這本書為何定名為《*The Great Believers*》？

答：書名取自費茲傑羅名言，本書題詞引用如下：「我們曾經都是相信好運的人。我如今最關心的始終是這群與我同感初春的人，他們曾預見死神將至，暫獲赦免——而今舉步在夏日漫長風雨中。」

費茲傑羅指的是失落的一代，我詫然覺得有違常理，因爲今人常嫌那一代太麻木太世故。那一代和八〇年代失落的一代有類似之處，我藉本書探討。特別令我咋舌的是，二〇年代巴黎是藝術廢青的避風港，而在美國，芝加哥等大都會也爲ＬＧＢＴＱ青年扮演相同角色。巴黎當年的藝文盛景因第一次世界大戰中斷，一九一八年又遇到流感大流行，整個世代因而被摧毀殆盡。令我尤其感興趣的是戰後重新集結巴黎的那群青年，他們致力於挽回當年光景。那時代和八〇年代的相似之處令我神往不已。

問：妳希望讀者讀完《幸運之子》有什麼心得？

答：說穿了，我認爲《幸運之子》是一本不顧逆境、滿懷希望的書——至少書裡的角色是在逆境中滿懷希望的人。我覺得，這正是書名的含義之一。書中角色的人生傾毀之際，他們前進的步伐和方向也更加堅定。我們活在艱難的時代，而人生本來就夠辛苦了，但我這幾年訪問倖存者，傾聽他們絕境求生存、相互扶持的故事，從中汲取的啓示多不勝數。如果書裡的角色對讀者有所啓發，哪怕只有我承蒙的啓發的幾分之一，我就心滿意足了。

藍小說 323

幸運之子

作　者—蕾貝佳·馬凱
譯　者—宋瑛堂
編　輯—張瑋庭
美術設計—Bianco Tsai
內頁排版—邵麗如
總 編 輯—嘉世強
董 事 長—趙政岷
出 版 者—時報文化出版企業股份有限公司
108019臺北市和平西路三段二四〇號三樓
發行專線—（〇二）二三〇六六八四二
讀者服務專線—〇八〇〇二三一七〇五·（〇二）二三〇四七一〇三
讀者服務傳真—（〇二）二三〇四六八五八
郵撥—一九三四四七二四時報文化出版公司
信箱—一〇八九九臺北華江橋郵局第九九信箱
時報悅讀網—http://www.readingtimes.com.tw
電子郵件信箱—liter@readingtimes.com.tw
法律顧問—理律法律事務所　陳長文律師、李念祖律師
印　刷—勁達印刷有限公司
初版一刷—二〇二二年四月二十二日
定　價—新臺幣五二〇元
（缺頁或破損的書，請寄回更換）

時報文化出版公司成立於一九七五年，
並於一九九九年股票上櫃公開發行，於二〇〇八年脫離中時集團非屬旺中，
以「尊重智慧與創意的文化事業」為信念。

幸運之子／蕾貝佳·馬凱（Rebecca Makkai）著；宋瑛堂譯 . – 初版
. – 臺北市：時報文化, 2022.4
面；公分 . –（藍小說;323）
譯自： The Great Believers
ISBN 978-626-335-277-3

874.57　　111004730

ISBN 978-626-335-277-3
Printed in Taiwan